引揚小説三部作

『夢かたり』『行き帰り』『嘘のような日常』

後藤明生

つかだま書房

後藤明生

「内向の世代」の作家として知られる後藤明生は、1932年4月4日、朝鮮咸鏡南道永興郡（現在の北朝鮮）に生まれる。中学1年の13歳で敗戦を迎え、「38度線」を歩いて超えて、福岡県朝倉郡甘木町(現在の朝倉市)に引揚げるが、その間に父と祖母を失う。当時の体験は小説『夢かたり』などに詳しい。旧制福岡県立朝倉中学校に転入後(48年に学制改革で朝倉高等学校に)、硬式野球に熱中するも、海外文学から戦後日本文学までを濫読し「文学」に目覚める。高校卒業後、東京外国語大学ロシア語科を受験するも不合格。浪人時代は『外套』『鼻』などを耽読し「ゴーゴリ病」に罹った。53年、早稲田大学第二文学部ロシア文学科に入学。55年、小説「赤と黒の記憶」が第4回・全国学生小説コンクール入選作として「文藝」11月号に掲載。57年、福岡の兄の家に居候しながら図書館で『ドフトエフスキー全集』などを読み漁る。58年、学生時代の先輩の紹介で博報堂に入社。自信作だった「ドストエフスキーではありません。トリスウィスキーです」というコピーは没に。59年、平凡出版（現在のマガジンハウス）に転職。62年3月、小説「関係」が第1回・文藝賞・中短篇部門佳作として「文藝」復刊号に掲載。67年、小説「人間の病気」が芥川賞候補となり、その後も「S温泉からの報告」「私的生活」「笑い地獄」が同賞の候補となるが、いずれも受賞を逃す。68年3月、平凡出版を退社し執筆活動に専念。73年に書き下ろした長編小説『挾み撃ち』が柄谷行人や蓮實重彦らに高く評価され注目を集める。89年より近畿大学文芸学部の教授（のちに学部長）として後進の指導にあたる。99年8月2日、肺癌のため逝去。享年67。小説の実作者でありながら理論家でもあり、「なぜ小説を書くのか？　それは小説を読んだからだ」という理念に基づいた、「読むこと」と「書くこと」は千円札の裏表のように表裏一体であるという「千円札文学論」などを提唱。また、ヘビースモーカーかつ酒豪としても知られ、新宿の文壇バー「風花」の最長滞在記録保持者（一説によると48時間以上）ともいわれ、現在も「後藤明生」の名が記されたウイスキーのボトルがキープされている。

目次

ブックデザイン――ミルキィ・イソベ（ステュディオ・パラボリカ）
本文付物レイアウト――安倍晴美（ステュディオ・パラボリカ）
本文ＤＴＰ――加藤保久（フリントヒル）

夢かたり

夢かたり

　夢かたりといっても夢を書こうというのではない。漱石の「夢十夜」は、「こんな夢を見た」ではじまる。そして何の説明もなく、見た夢がはっきり書いてある。そこが面白いが、それにしてもまことにはっきりした夢ばかりだ。人物も、人物たちが話す言葉も、実にはっきりしている。男も女もはっきりしている。パナマをかぶった伊達男の庄太郎が女からさんざんな目に会わされるのは、第十夜だった。崖から谷底へとび降りるか、さもなければ豚に顔を舐められるか。二つに一つだと女はいう。意地の悪い女は、もう一人出て来る。夜明け前に鶏の啼き真似をして恋の邪魔をする、第五夜の「天探女《あまのじゃく》」である。

　時代もはっきりしている。神代に近い時代から江戸、幕末、明治であるが、人物はいずれも、その時代の武将は武将らしく、老人は老人らしく、商人は商人らしく話をしている。ただ一つ、さすがの漱石も夢の中で首をかしげているのは、護国寺に運慶を見に出かけた第六夜だ。山門で仁王を彫っている運慶は鎌倉時代の人間であるにもかかわらず、見物しているのは尻端折りをした人力車夫も、それから自分も、みな明治の人間らしい。それが不思議だと、夢の中で首をかしげていた。しかしこの夢も結論は明快である。

　夫の無事を祈りに、幼い子をおぶってお百度を踏む、第九夜の母親の姿も生なましい。彼女の夫はすでに浪士に殺されているが、妻はそれを知らない。これは最早現実そのもののようでもあり、同時に小説の世界のようでさえもある。果してどこへ着くのかわからない大きな船の上から海へ飛び降りてしまう第七夜の夢もそうだ。ところが足が甲板を離れ、船と縁が切れた刹那、とつぜん命が惜しくなった。「心の底からよせばよかったと思った。けれども、もう遅い。自分は厭《いや》でも応でも海の中へはいらなければならない」。水面は次第に近づいて来る。足を縮めても近づいて来る。「自分はどこへ行くんだか判らない船でも、やっぱり乗っているほうがよかったと始めて悟りながら、しかもその悟りを利用することができずに、無限の後悔と恐怖とを抱《いだ》いて黒い波の方へ静かに落ちて行った」。

この結末を見てわたしは感心した。もちろん夢としては特別なものではない。むしろ平凡だろう。墜落の恐怖は、逃げ足がすくむのと同じくらい、夢ではありふれたものといえる。いわば悪夢の類型である。また、彼がいやになって飛び降りた大きな船は、かつて留学のときに乗ったイギリス行きの船だったのかも知れない。その体験は大きいだろう。しかしこの夢は、類型でもなければ体験だけでもない。船の体験から一つの夢が出て来た。しかしそれは確かに一夜の夢であると同時に、世界そのものとなっている。そもそもは個人の体験から出て来て、個人の体験を超えている。だからリアルだ。わたしにはそう思われた。

こんな夢を見た、と漱石はいう。しかしそこでわたしが出会うものは、単に一つの夢のサンプルではなかった。なるほど、そんな夢をみたんですか、といった生やさしいものではない。その一つの夢が、まさにわれわれがこの世界に生きている、その生きる形そのものなのだ、といえるのではなかろうか。しかしまことに残念ながら、わたしはいまだかつて、あれ程はっきりした夢を見たことがない。漱石は「夢十夜」を四十一歳で書いた。わたしはいま四十二歳である。それがまことに残念でならない。こんなことをいうのは、それこそ烏滸《おこ》の沙汰かもわからないが、残念はやはり残念である。しかし烏滸は烏滸なりにやってみる他はあるまい。一つの救いは、あの運慶の夢だ。

「なに、あれは眉や鼻を鑿《のみ》で作るんじゃない。あのとおりの眉や鼻が木の中に埋まっているのを、鑿と槌《つち》の力で掘り出すまでだ。まるで土の中から石を掘り出すようなものだから決して間違うはずはない」

と、護国寺で運慶が仁王を彫るのを見物していた一人の若い男がいう。それで、なるほどそうかと考え、早速帰って樫の丸木を彫ってみるが、何本彫っても仁王は出て来ない。そして「ついに明治の木にはとうてい仁王は埋まっていないのだ」と悟るのである。ここが救いだ。つまり、わたしはここで、運慶を漱石に、明治を昭和に、置き換えてみた。自分勝手にそう置き換えて考えてみた。そうすると少しは何か希望らしきものが出て来そうな気もしたのである。

もちろんわたしも、これまでにさまざまな夢を見て来た。なにしろ四十二年間、生きて来たのである。その間、夢の数はたぶん数え切れぬほどだろう。しかしいざ思い出してみると、取り上げて語るほどのものはないような気がする。早い話、今日も二時間ばかり昼寝をしていると、夢を見た。場所はわたしが小学校時分に住んでいた北朝鮮の永興《えいこう》という小さな町で、わたしは自転車に乗って切手を買いに行った。着いたのは郵便局ではなく、朝鮮人の子供たちが通っていた普通学校に近い文房具店である。そこはわたしと同級生の本田君の家だった。自転車を降りて店の中へ入って行くとお婆さんがいたので、二十円切手を三枚ください、といった。

わたしは帽子を目深くかぶっていた。しかしお婆さんは下からのぞき込むようにして、あらまあ、あんただったの、と声をあげた。わたしはお婆さんがわたしの顔をおぼえていたことにおどろいた。同時に、自分が何か本当のことを隠していることに気づいた。自分が買いたかったのは、本当は切手ではなくて何か他の物ではないのか。しかしそれが何であるかは咄嗟に思い出せなかった。ただ、お婆さんにそういわれて一瞬うろたえたとき、表の自転車がガタンと音を立てて倒れた。するとお婆さんが、こんなに暗くなってしまって、明日じゃあいけないのかね、といった。

そういわれてわたしは、あたりが急に暗くなっているのに気づいた。それでも、お婆さんは小さな抽出《ひきだ》しをあけて手探りし、皺だらけの手に握ったものをわたしの方へ差し出した。それは切手ではなくて、何かのバッジだった。わたしはそれを隠すようにして受け取った。バッジは三個あった。わたしは二十円切手三枚分の六十円をお婆さんに手渡したが、その金額は少な過ぎるような気がした。そのことでお婆さんには済まないような気がした。何かい訳をしなければ、と思っているところへ、奥の方から本田君と山口君と誰かもう一人が出て来た。わたしはバッジを隠して、三人と一緒に表へ出た。しかし何故隠すのかはわからなかった。自分が本当に買いたい物が切手でないことはわかっていたが、かといってそれはバッジでもなかったのである。

四人は一緒に歩きはじめた。本田君も山口君も小学校の同級生だ。もう一人の方は、はっきりしなかったが、三人は一緒にどこかへ出かけるらしい。どうしていまごろから旅に出るのか、とわたしはたずねた。だってこれからずっと長い休みがはじまるじゃないか、と山口君が答えた。すると他の二人もうなずいていた。そういわれてわたしも、休みを忘れていたことに気づいた。しかし休みはせいぜい二日か三日なのだ。それとも本当は彼らがいうように、ずっと長い休みが続くのだろうか。やがてわたしたちは崖をよじ登って行った。登るのに苦心する程の急な崖ではないが、ずるずると足下の砂が滑った。摑まえどころのない柔らかい崖だ。登りつくと向う側に、どこかで見たような庭や木の繁みが見下ろせた。繁みの陰に古い木造の校舎のような建物もあるらしい。あれは……とわたしが思い出そうとしていると、何とか校だよ、と山口君がいった。ほら、全校生徒の半分近くが老人だというあれだよ。ああそうだったな、とわたしは思ったが、はっきりは思い出せなかった。しかしわたしたちは、そこへ向って崖を下って行こうとしているようだった。

　気がつくと崖の頂上がぐらぐら揺れはじめていた。不思議なことに崖の縁には木の手摺りがあった。それに両手でしがみついていると、揺れはますます激しくなった。高い吊橋に乗っているようでもある。吊橋はまるで竹細工の蛇のように揺れ動いた。振り返ると、揺さぶっているのは、うしろの三人のようだ。おい、崖が崩れ落ちるぞ、とわたしは叫ぼうとした。しかしうしろの三人も必死で手摺りに摑まっているだけのようにも見えた。しがみつけばつくほど、ますます揺れは激しくなるようだった。そしてようやく、手摺りにしがみつくことが、手摺りを揺さぶっていることになるのだと、わたしも気づいた。わたしたちは必死で手摺りにしがみつき、必死になって手摺りを揺さぶり動かしていたのである。

　目をさましてわたしは、今日の昼寝がおよそ二時間だったことを知った。そしてそこで見た夢をおよそつまらないものだと思った。それはいまここに示した通りである。ふつうならば、とっくにさっさと忘れてしまう夢である。忘れてしまっても一向に惜しい夢だとは思わない。

　強いてこの夢の取柄を挙げれば、本田君に出会ったことだろう。わたしと本田とは、夢で見た通り小学校の同級生である。一年生から六年生までずっと一緒だったが、もう三十年も会っていない。日本が敗戦の年、わたしたちは同じ小学校を卒業し、わたしは元山《げんざん》中学へ入り、本田は咸興《かんこう》師範へ入った。やがて敗戦となり、わたしたちは北朝鮮の町で別れ別れになった。それ以来、二人は会っていない。生死もわからない。したがって本田とわたしは三十年ぶりに、わたしが見た昼寝の夢の中で出会ったわけだ。しかしもちろん、そんな話は夢の中では何一つしなかった。

　本田の家は、これも夢の中の通り文房具店で、わたしはコンパスや三角定規などを買いに行った。わたしの家も田舎百貨店式の雑貨商であったが、文具類は置いてなかった。セルロイドの筆入れ、下敷き、クレヨン、絵具、パレット、そういう物はみな本田の家で買ったと思う。本田文具店はわたしの家から大通りを真西に四、五百メートル行ったところで、城西校に近かった。城西校というのは朝鮮人の普通学校である。しかし夢の中に出て来た学校らしき建物は、城西校とはぜんぜん似ていない。城西校は石垣の上に建てられた堂々たる学校だった。正面の石段を登ると広い運動場があり、校舎は二階建てだった。わたしたちが通っていた日本人小学校の五、六倍はあっただろう。日本人小学校の方は高等科二年生まで合わせて、全校生徒百二、三十人の小さな学校だった。

また夢の中で本田と出かけたような場所へ一緒に遊びに行った記憶もない。だいたいわたしと本田とは、それほどの仲ではなかった。一緒によくいたずらをしたのは山口の方だ。彼とはその後、一緒に元山中学にも入ったが、小学校からの帰り途、朝鮮障子に穴をあけるくらいのことは日常茶飯事だった。帰り道の左側に朝鮮そば屋があった。朝鮮瓦葺きの古い家で、ぷんと生ぐさい汁の匂いが家のまわりに立ちこめていた。わたしはそれを犬の肉の煮える匂いだろうと思っていた。朝鮮そばには犬の肉が入っているから食べてはいけない。わたしはかねがねそういつけられていた。しかし犬の肉の煮える匂いは、思わず口の中に生唾が出てくるような匂いでもあった。

朝鮮そば屋の表の戸は、開いていることもあったし、閉っていることもあった。朝鮮式の木の引戸で、上半分に白い紙が張ってある。日本の障子紙よりももう少し厚くて、ぼさぼさっとした手触りの朝鮮紙だった。わたしたちはよくそこから、そば屋の中をのぞいた。戸が開いている場合である。道路から二十センチくらいの高さに敷居があって、その内側は、左手がなだらかな坂になった土間だった。土間は半地下のようになっており、わたしの背丈と同じくらいの、朝鮮漬の甕がずらりと壁際に並んでいた。その反対側は焚き口で、大きな釜が三つ四つ、盛んに湯気を吹き上げていた。そこへ女が来て、半月形の蓋の片方を持ち上げ、ぐらぐら煮えたぎった湯をパカチで汲み取る。湯気で女の顔が見えなくなる。犬の煮える温かい汁の匂いが一段と強く鼻に入って来た。

パカチというのは、形は南瓜《かぼちゃ》に似ているが、種類はたぶん瓢簞に近いものだろう。実は食べられないと思うが、干して置いて真二つに割り、中をくり抜いて水汲みの道具に用いる。大きさも南瓜同様で、大中小があり、それぞれ使い道があるわけだ。柄のついていない天然の杓である。色も艶も手触りも瓢簞徳利にそっくりで、叩くとぽこんと音がした。パカチ頭というのは、空っぽ頭ということだった。

朝鮮そば屋は右手の奥の方がオンドル間の食堂で、脚の短い食卓が並んでいた。その食堂と土間との間に黒光りのする板張りがあって、そこでは一人の男がいつも足でそばを搗《つ》いていた。横に渡された摑まり棒に両手で摑まり、片足で太い梁のような杵《きね》を踏むのであるが、わたしにはその男が囚人のように見えた。何かの罪で刑に服している罪人のように思われた。男は坊主頭で、縄の帯をしていた。そしてやせており、いつも腹をすかしているように見えた。犬の肉の煮える温かい汁の匂いが立ちこめる板の間で、男は毎日、そば搗きの苦役に服していた。男はどんな罪のために罰されているのか。わたしは考えてもみなかった。横に渡された摑まり棒に両手で摑まっている姿は、架刑台でうなだれたキリストのようにも見えた。やせて腹をすかせて見えるところも、ドイツ人神父のいる耶蘇教会堂内で見たキリストに似ていた。しかしわたしは彼をキリストだとは思わなかった。ドイツ人神父のいる耶蘇教会の信者は、みな朝鮮人だった。キリストは朝鮮人たちから拝まれていた。しかし朝鮮そば屋のキリストの方は誰からも拝まれていなかった。

朝鮮そば屋の戸が閉っているときは、中をのぞくわけにはゆかなかったが、そのときはそのときで、また別のたのしみがあった。両手の人差し指を揃えて朝鮮そば屋の障子を突き破るのである。わたしが突く。山口が突く。それからもう一人くらい誰かが突く。突くと、人差し指の爪の先に朝鮮紙の手応えがあった。その手応えが、悪の手応えであることはわかっていた。わたしたちが一目散に逃げるのはそのためだった。わたしたちは、突くと同時に指を引き抜き、全力で走った。すると背中の方から、朝鮮そば屋の女の罵声がきこえることがあった。日本語だった。

「こら、パカチ頭！」

そしてペッと唾を吐く音がきこえた。たぶん本田はこの悪い遊びには加わらなかったと思う。したがって永興におけるわたしのパカチ頭ぶりの数々を思い出すためには、本田はそれほど都合のよい人間とはいえない。山口や田中や真壁の方が、パカチ頭時代の夢かたりには好都合だった。しかし今日わたしが夢の中で出会ったのは、本田なのだ。わたしはそこで三十年ぶりに、唐突にも本田に出会ってしまったのである。

山口と田中には一昨年、二十八年ぶりに東京で再会した。山口は造船会社の技師、田中は製薬会社の販売促進課長で、わたしを加えて三人ともいまや二人の子供の父親であった。真壁の消息は今年、彼の妹からの手紙で知った。彼は勤めていた会社を辞めてしまい、東北の地方都市で世捨て人のような生活を送っているらしい。何を読んでいるのか詳しくはわからないが、毎日正座をして時を過ごしている、と妹の手紙には書いてあった。

しかし今日わたしが夢で出会った本田の消息はわからない。生死も不明である。だからわたしの方で勝手に思い出す他はないが、本田の本籍地は島根県だった。それははっきりおぼえている。植民地で暮すものには、本籍地というものがまた別の意味を持っていたらしい。それぞれの地方のお国ぶりというよりは、それはまず、日本人であることの証しだった。その意味では平等なもので、お国自慢や出身地の比較優劣は左程意味を持つものとはならなかった。これは一つの美徳ともいえそうである。同時に何物かを失った生活であったといえるのかもわからないが、とにかくわたしにとっては自分の本籍地である福岡県も、本田の島根県も、日本なのだということだった。なにしろわたしは筑前言葉を知らなかったし、本田も出雲の言葉は知らなかったと思う。そしてわたしたちは、互いに共通の日本語で話していた。例えば、「知らなかった」を「知らんかった」という。そういう植民地標準語である。

本田の家は、表は二階だったと思う。その一階が文房具店だった。店先にはいろいろな物が並べられたり、ぶらさがったりしていたが、お婆さんはいなかったと思う。本田の家にお婆さんがいなかったかどうか、それはどうもはっきりしないが、本田の店でお婆さんから品物を買ったことはなかった。夢に出て来たお婆さんは、夢の中での嘘である。あるいは、玩具店の朝鮮人のお婆さんと混同したのかも知れない。玩具店は本田の家と狭いどぶ川を挟んで隣り合っていた。本田文房具店の先がどぶ川であり、そこにかけられた小さな土橋を渡ると朝鮮人のお婆さんのいる玩具店だったが、どぶ川を越すと急にあたりの空気が変るようだった。僅か幅二メートル程の土橋であったにもかかわらず、それを渡ると、急に道が狭くなった。道いっぱいに牛車の轍がめり込み、それはどこか遠い見知らぬ場所へ向う鉄道のように見えた。そこを三里ばかり行ったところに、大きな滝があるのだという。実さい、どぶ川の向うはもう永興の町の西はずれだった。そこから先には、日本人の家はなかった。滝の近くに駐在所があって、日本人の巡査が二人いるという話だった。どぶ川にかかった土橋は僅か幅二メートル程のものであったが、その向う側は、わたしには知ることの出来ない謎のような朝鮮人たちの土地だったのである。

しかし玩具店まではよく出かけて行った。店をやっているのは朝鮮人の老夫婦で、婆さんの方は腰に真赤な銭袋をぶらさげていた。銭袋は布製でつるつるした真赤な地に、金色の刺繍がしてあった。口紐の先には四角い穴あきの古銭をつけていた。間口は一間くらいの狭い店で、わたしたちがビー玉やパッチンをひねくりまわしていると、婆さんは奥の方から腰をゆするようにして出て来た。そしてわたしたちの脇をすり抜け、表へ出て行く。どぶ川の中へ手鼻をかむためである。手鼻をかみ終ると婆さんは、また腰をゆするような歩き方で引き返して来た。腰をゆするから銭袋がじゃらじゃら音をたてた。

わたしはビー玉やパッチンは、だいたいどぶ際の婆さんの店で買った。九州ではビー玉はラムネ、パッチンはメンコである。そのことは敗戦後、九州筑前の田舎町に引揚げて来てからわかった。婆さんは余り日本語は話さなかった。彼女の日本語で、いまでもはっきりおぼえているのは「オマケ」である。店では玩具の他に朝鮮飴や駄菓子類を売っていたが、木の箱の中にばらで入れてあるキャラメルのようなものがあって、それがオマケキャラメルだった。明治とか森永などの箱入りキャラメルよりも少しばかり横長の形で、甘味が薄く、固くて、舐めているうちにざらざらして来るのが特徴だった。これも朝鮮そば同様、食べてはならない物のうちに入っていたが、わたしは何度かこっそり買ってみたのである。飴そのものにも、もちろん興味はあったが、中に入っているオマケカードを当ててみたかった。

包み紙を開くと、キャラメルと同じ大きさの薄いボール紙が一枚入っている。そこに片仮名で「モヒトツオマケ」と書いてあれば、それを婆さんに見せる。婆さんはそれを受け取り、確かめる。そして、

「オマケ」

という。そうするともう一個キャラメルがもらえるのである。婆さんに片仮名が読めたかどうかは、わからない。しかし細長い紙片は「モヒトツオマケ」と書いてあるものと、何も書かれていないものとの二種類だったから、片仮名は読めなくとも商売に差支えはなかったと思う。ただ婆さんは、オマケキャラメルを売るときには、朝鮮人の子供に対しても「オマケ」と日本語でいっていた。しかしわたしは、遂に一度も「モヒトツオマケ」の札には当らなかった。

店の床には、チューインガムを一まわり小さくしたような、横長の薄いボール紙があちこちに散らばっていた。オマケキャラメルの札であるが、もちろん何も書いてないものばかりだった。「モヒトツオマケ」の札は、婆さんが受け取ってしまうのである。あるとき婆さんの左手に次から次へオマケの札が渡されたことがあった。オマケキャラメルの名人があらわれたのである。名人は朝鮮人の子供だった。体つきはわたしと同じくらいだ。城西校の四年生か五年生だろう。わたしは二度続けて空札を出して、床に捨てたところだった。そこへ彼が来て、まず一つ当てた。

「オマケ」

と、カードを受け取った婆さんはいった。二個目もまた当りだった。

「オマケ」

早くも彼は三個目へ手をのばした。見ると、前の二個は左の掌に握ったままだった。にもかかわらず三個目の包み紙を開く手つきはまことに素早かった。婆さんは三枚目のオマケカードを受け取った。四個目に手をのばすとき、彼は無雑作に左手に握っていた前の三個を黒い長ズボンのポケットへ押し込んだ。しかし彼の左手には、またもや二個のキャラメルが握られているのだった。実さいそれは魔術のようなものだった。彼の手つきが一層その印象を強めた。彼は素早く包み紙を開く。左手の掌には前に当てたキャラメルを握っているから、何かを隠しているような手つきになる。そして開くや否や、さっとカードを抜き出して婆さんに手渡す。開いた包み紙を元に戻す。そして左手に握り込む。そこには最早一つのリズムが生れていた。


わたしは呆然とそれを眺めていた。婆さんは、彼が手渡すオマケカードを右手で受け取り、それから左手に移す動作を繰り返していた。結局、婆さんの左手には六枚のオマケカードが貯った。彼女は日本語で「オマケ」を六回続けて繰り返したのである。しかし婆さんは別におどろいている様子ではなかった。ただ、呆んやり突っ立っているわたしの顔を見て、ちょっと首をかしげた。それから左手に貯ったオマケカードを握りしめるようにして、腰をゆすりながら奥へ引っ込んで行った。とつぜんわたしは、朝鮮人の中に自分一人だけがぽつんと立っているような気がした。そしてそれ以来、オマケキャラメルは諦めてしまった。

わたしが本田と三十年ぶりに出会った夢の中で眺めた、不思議な小学校みたいな建物、あれは何だろうか。全校生徒の半分近くが、そこでは老人だという。わたしは昼寝からさめて、煙草を吸いながらあれこれ思いめぐらしているうちに、それは、あれではなかろうかと思った。わたしたちが通っていた永興小学校の近くに、不思議な学校があった。建物は古い朝鮮の寺らしかった。平たい大きな台石の上に太い柱が立っている。いかにも古い寺らしく凸凹した太い柱だったが、その表面はいまや、からからに乾いてひび割れの入った赤土の地面のように見えた。実さい、ひび割れも入っていたし、色もそう見えた。もともとは朱塗りだったのだろう。わたしは朝鮮の古い寺では、李成桂《りせいけい》が建てたという釈王寺と、順寧《じゅんねい》の寺を知っているが、いずれもどぎつい朱塗りだった。

学校の名前はわからない。ただ屋根の上でこちらを向いている大きな鬼瓦に「仁」の字が見えた。仁の字は丸の中に入っていた。その字は永興小学校の校庭からも見えた。朝礼がはじまる前、運動場でわいわい騒いでいると、マル仁校の方でもわいわい騒いでいるのがきこえた。それは無数の雀が一時にさえずっているような、そんな騒がしさだった。何故、雀の声にきこえるのか。それは朝鮮語だったからかも知れない。マル仁校に行っているのは、朝鮮人だけだった。生徒は百人くらいだろうか。教室は、古い寺らしい建物の内部を二つか三つに仕切っていたようである。窓ガラスの具合でそれはわかった。しかしやはり普通の学校とは違っていた。第一、建物のまわりには何の囲いもなかった。また運動場には、何もなかった。それに狭かった。とても百人の生徒が運動会をやれる広さではない。実さい、運動会はやらなかったようだ。

囲いのない、狭い運動場には白くペンキを塗った国旗掲揚柱が一本、ぽつんと立っていた。落葉松の皮を剝いだような、ひょろひょろっとした柱だった。砂場もなければ、鉄棒もなかった。マル仁校は、そういうむき出しの裸の姿で、南山《なんざん》の下に建っていた。南山には永興神社があり、マル仁校は、その参道のすぐ右側だった。参道から一段低くなったところが狭い校庭になっていた。永興神社参拝に出かけたわたしたちが並んで石段を降りて来ると、彼らは教室の窓に腰かけて陽向ぼっこをしていた。ずらりと鈴生りになって、脚をぶらぶらさせながらわたしたちを見物していた。

それは不思議な眺めだった。彼らは彼らで、わたしたちを眺めていたのである。しかしいずれにしても、それは別世界だった。彼らが何を勉強しているのかも、わからなかった。同じ朝鮮人学校でも、城西校とはぜんぜん違うようだ。城西校の教科書は、わたしの家で扱っていた。しかしマル仁校のものはわからない。城西校の校長ははじめ清先生で、あとから市政先生に代った。どちらも日本人の校長だった。マル仁校には日本人の先生はいなかった。学校ではなくて寺子屋のようなものだろうか。

先生か父か、誰かにたずねてみればはっきりしたかも知れない。わたしは結局、誰にもたずねないままだった。たずねないままわたしは毎日、それを不思議な別世界として眺めていたのである。本田と出会った夢でも見た通り、マル仁校の生徒には大人も混っていた。子供たちは黒っぽい長ズボンに、襟のない木綿のシャツを着て、冬以外は裸足で通っていた。学校道具は、これも黒っぽい木綿の風呂敷にくるんで腰のうしろに巻きつけていたが、何が入っているのか、ずいぶん薄っぺらな包みだった。大人の生徒は朝鮮服に朝鮮靴で通っていた。大人といっても高等科の生徒くらいの者から、本物の大人まで年齢はまちまちだった。朝鮮そば屋のキリストくらいの年配の者もいた。中には老人も混っていたかも知れない。

マル仁校で運動会をやらなかったのは、あるいはそのためかも知れなかった。確かに校庭は運動会をやるのには狭過ぎた。しかし永興神社の参道を挟んですぐ向う側は、広々とした市民運動場だったのである。市民運動場は、東西に蹴球のゴールが立っていたが、いつもはがらんとしていた。わたしたちの永興小学校の運動場は、幅五メートル程の川を挟んでその市民運動場と隣り合っていた。わたしは毎日そこからマル仁校を眺めていたのである。この不思議な別世界は、あの朝鮮そば屋とともに、永興の中で最も朝鮮くさい場所だったと思う。

不思議といえば、ある日のこと、とつぜんわたしは何ものかにうしろから頭を殴られたのだった。理科の時間ではなかったかと思う。わたしたちは校庭に出て、桜の幹から肥後守で脂を取っていた。わたしはナイフを取り落とし、両手で頭を抱え、しゃがみ込んだ。他の桜の木の方から二、三人のものが駈け寄って来た。たぶんわたしは思わず悲鳴をあげたのだろう。やがて組主任も近づいて来た。喉仏のとび出した狼谷《かみたに》先生である。しかしわたしは誰かに殴られたのではなかったらしい。わたしの頭を打ったのはサイダーの空壜だった。しかしどこから飛んで来たのだろう。みんな市民運動場の方を見ていた。わたしは確かに市民運動場に背中を向けて脂を取っていたからだった。わたしは頭の瘤《こぶ》を押さえて立ちあがった。狼谷先生はサイダーの空壜を手にして、首をひねっていた。空壜は市民運動場から、幅五メートル程の川をとび越えて降って来たのだろうか。

「マル仁のヨボだろ」

と誰かがいった。しかし市民運動場は、がらんとしていた。それともサイダーの空壜は天から真直ぐわたしの脳天へ落ちて来たのだろうか。瘤に手を当てて空を見ると、両翼を水平にひろげた鳶が高いところで、ゆっくりと輪を描いていた。

鼻

鼻といえばやはり、ロシアのゴーゴリ、わが国では芥川龍之介の「鼻」を思い出さぬわけにはゆかないだろう。どちらもわたしには忘れ難い鼻物語であるが、いまわたしが思い浮かべているのは八等官コワリョーフの鼻でも、禅智内供《ぜんちないぐ》の鼻でもなく、天狗鼻のアボヂの鼻だった。これは物語ではなくて本物の鼻である。天狗鼻のアボヂは朝鮮人で、その鼻の形はどちらかといえば八等官コワリョーフにではなく、禅智内供の方に似ていた。しかし、そっくりというわけではない。内供の鼻は長さ五、六寸だという。その点はほぼ似たようなものだが、内供のように顎の方まで垂れさがっている鼻ではなかった。その名の通り天狗鼻のアボヂの鼻は、天狗のようにほぼ水平に前方へ突き出ていた。

しかし天狗のようにすべすべした鼻ではなかった。禅智内供とはその点も少し違う。内供の鼻は、「云《い》わば細長い腸詰めのようなものが、ぶらりと顔のまんなかからぶらさがっている」わけであるが、こちらの方のは、腸詰めは腸詰めでも、穴ぼこだらけだった。禅智内供の鼻は弟子たちによって熱湯で蒸される。蒸しあがったところを、足で踏まれる。しばらく踏まれていると、やがて粟粒様のものが鼻いちめんに吹き出て来た。その有様は、「云わば毛をむしった小鳥をそっくり丸焼きにしたような形」だと書かれているが、天狗鼻のアボヂの鼻は、まさしくその状態に似ている。ただ、内供の方のは鳥肌式に粟粒状のものが鼻いちめんに吹き出しているのに対して、こちらの方のはそれが無数の穴ぼこになっていた。そこだけが違う。凹凸の違いである。

天然痘だろう、ということだった。実さい、わたしが住んでいた当時の北朝鮮の町では、穴ぼこだらけの顔は幾らでも見られた。

「マルチャン、マルチャーン」

と、松の木の丸太を頭に載せて売りに来るオモニたちの中にもいた。

「ヤセー、ヤセー」

と、大根や白菜をかついで売りに来る支那人の百姓の中にもいた。

しかし天狗鼻のアボヂは、顔は穴ぼこだらけではなかった。鼻だけが穴ぼこだらけなのである。だから天狗鼻のアボヂは天然痘ではなく、蜂にさされたんだろう、というものもあった。しかし本当のことはわからない。何故あのような穴ぼこだらけの天狗鼻であるのか。わからないところは、禅智内供の場合と同じだった。また、かの八等官コワリョーフとも、原因が不明である点は同じであった。形こそ違え、コワリョーフの鼻も、いったい何故とつぜん消えてなくなったのか、誰にもわからなかったのである。床屋のヤーコヴレヴィチにしてみれば、何故その八等官の鼻が自分の朝食のパンの中から出て来たのか、見当もつかなかった。彼は八等官の鼻をぼろ布に包むと、こっそりポケットにしのばせてネヴァ川へ捨てに行く。そして誰にも見つからぬよう、まさに寿命の縮む思いで、ようやく鼻を捨てることが出来たが、一方、八等官の方はちょうど同じ時分、とつぜん自分の鼻が消滅したことに気づいて仰天している。この対照が面白い。つまり、一つの鼻が一方ではとつぜん目の前に出現したためにおどろき、他方では同じ鼻がとつぜん消え失せたためにおどろいているのである。

おどろいた八等官は馬車で警視総監宅へ乗りつけたり、新聞社へ紛失広告をたのみに行って断わられたりする。途中、自分よりも立派な馬車に乗っている鼻に出会うが、何故自分よりも鼻の方が官等が上であるのか、まったくわからない。ところが鼻は、ある日とつぜん、ふたたび八等官の元の位置へ戻って来た。そしてそれも何故だかは誰にもわからない。「だがしかし、よくよく考えてみると、いっさい、つまり、このことのすべてのなかには、たしかになにかがある。だれがなんといおうと、このような出来事はこの世にはよくあるものである、――まれにではあるが、それでもあることはあるものである」と、ゴーゴリは書いている。

天狗鼻のアボヂの鼻の由来もわからなかった。年は五十過ぎだったろうか。鼻の由来だけではなく、わたしにはその素姓もわからなかった。しかし彼の天狗鼻は煙草を吸うのには別段差支えはないようだった。彼は帽子屋の前の道端にしゃがんでいるときは、いつも長煙管をくわえていた。わたしの家は四ツ角に面していた。帽子屋は道路を挟んで真向いにあった。東西にひょろ長い店で、屋根にトタン張りの大きな看板を掲げていたが、文字は剝げ落ちて、はっきり読み取れなかった。文字は漢字と朝鮮文字らしかった。青白いペンキの上に女の顔らしい絵が見えたが、これも大半は剝げ落ちていた。朝鮮人なのか、日本人なのか、それとも西洋人の女か、よくわからなかった。

天狗鼻のアボヂは白っぽい朝鮮服を着ていた。上等の品物かどうかはわからないが、見た目には薄汚れているようだった。履物はもちろん朝鮮コムシンで、頭には形通り、黒い朝鮮帽子が載っていた。馬の尻尾を編んで作るという、例のシルクハットを小型にしたような帽子である。彼はその恰好でわたしの家の向い側の帽子屋の道端にしゃがんで、長い煙管をくわえていた。しかし帽子屋の主人ではなかった。帽子屋の店員でもない。

帽子屋の主人は金さんだった。しかしすぐ近くの時計屋の主人も金さんだったから、帽子屋の方は帽子屋の金さんと呼ぶことにしていた。帽子屋には子供がいなかった。金さんは四十代の半ばくらいで、わたしの父よりも少し年上に見えた。彼も天狗鼻のアボヂと同じく、いつも朝鮮服を着ていた。しかしさすが商人のためか、馬の尻尾製の黒い帽子はかぶっていなかった。薄ねずみ色のチョッキを着ていることもあった。頭は小ざっぱりした横分けで、全体に物静かな人物で、商人らしくも見えなかった。

実さい、剝げかけた看板同様、商売にはさほど熱心ではなかったようだ。間口は何間もある横に長い店だったが、西半分はいつもガラス戸を締めたままになっている。店員もいなかった。ときどきボール箱にはたきをかけている金さんの姿を見かけたが、声をきいたことはないような気がする。父ともつき合いはないようだった。出会うと父は、軽く会釈し「コンニチハ」と形ばかりの挨拶をしていた。金さんの方も会釈をして、ちらりと一本金歯を見せて笑顔を作った。金歯は左上の一本だったと思う。それは礼儀正しく、冷たい印象を与えた。色白でふだんは無表情だった。小柄で、年よりも少々老けて見えた。いつもきちんと朝鮮服を着ていたせいかも知れない。

わたしは帽子屋の金さんとは毎日顔を合わせていた。なにしろ道を挾んで向い合わせだった。しかしわたしは顔を合わせても挨拶しなかった。思えばこれは不思議なことだ。他の朝鮮人に対してはどうだったろうか。時計屋の金さんの家の前では、よくビー玉をやった。金さんの息子とやるのである。店の中で、片目に修理用の眼鏡をつけて仕事をしている金さんの姿をときどき見かけた。彼には挨拶をしたのだろうか。はっきりは思い出せないが、少なくとも彼とは何度も言葉を交した。

「コドくん！」

わたしの顔を見ると彼はそう声をかけて来た。

「フドゥン・ミョンジョくん！」

とわたしの氏名を朝鮮語読みにして話しかけて来ることもあった。時計屋の金さんの息子とわたしとは、ビー玉とパッチン友達だった。帽子屋の金さんとわたしが言葉を交さないのは、彼に子供がなかったためもあっただろう。わたしは毎日彼と顔を合わせながら、ついに一度も挨拶をしなかった。彼の方からも声をかけて来なかった。

もちろんわたしは、意識して挨拶をしなかったのではない。たぶん日本人の間では、近所の朝鮮人の一人一人に朝夕の挨拶をする習慣がなかったのだろう。東方儀礼の国の主としては甚だ不本意だったろうと思う。しかしわたしは帽子屋の金さんに決して無関心ではなかった。毎朝わたしが学校へ出かけるとき、彼は決まって飼犬と一緒に店の前に立っていた。両手を腰のうしろにまわし、顔は東の方に向けてどこか遠いところを見ていた。飼犬は黒白斑の西洋犬だった。何かとの混血かもわからないが、ただの朝鮮犬ではなかった。西洋犬も尻尾をぴんと西に向けて、主人と同じ方を見ていた。

彼の顔が向けられている東の方角には、わたしの通っていた永興《えいこう》小学校があった。小学校をさらに東に行くと永興農林学校で、そのあたりが永興の東の町はずれだった。帽子屋の金さんが毎朝何を見ているのか、もちろんわからなかった。しかしわたしが知りたかったのは、そのことではない。わたしの関心はまず、いつも店の向って右半分が閉じられたままになっている帽子店の内部だった。トタン張りの雨戸は毎朝あけられていたが、道路に沿って東西に細長い店の向って右半分、つまり西半分のガラス戸には内側から白いカーテンがかけられていた。カーテンは純白ではなくすでにうす黄色く陽焼けしていた。

わたしは一度だけ帽子店の中へ入って行った。帽子を買いにではなかった。わたしたちの帽子は金さんの店では買わなかった。店の中には誰もいなかった。入口に主人の姿が見えなかったのを幸い、こっそり入り込んだのである。もちろん帽子店であるから、黙って店内へ入って悪いはずはなかった。しかしわたしはこっそり忍びこんだような気持だった。店内は予想外に広かった。間口ばかりでなく奥行もあったのである。ただし天井が低かった。そのためわたしはどこか見知らぬ地下室へ降りて来たような不安をおぼえた。それでもわたしは右へ右へと歩いて行った。そこでわたしが見たものは、棚の上に並んでいた黒い例の帽子である。馬の尻尾を編んで作った朝鮮式シルクハットだった。黒い帽子は一番上の棚にずらりと並んでいた。わたしは顎をあげてそれを眺めた。それからゆっくりと左から右へ、首をまわしはじめた。一つ、二つ、三つ、四つ、五つ、六つ、七つ、八つ、九つ、十、十一、十二、十三、十四……。一度にこれだけの黒い帽子を見たのは、もちろんはじめてだった。さすがは帽子屋だ、とわたしは思った。しかしこの帽子を買いに来るものは、もういないのかも知れない。誰も買いに来ない帽子を、何故この帽子屋は並べて置くのだろう。それがわたしには不思議に思えた。どことなく変な帽子屋だと思った。そこへ不意にうしろから声がきこえた。

「ヨボセヨ」

振り返ると、帽子屋の金さんがちらりと左上の金歯を見せた。わたしはその金歯から目を外して店の中を見まわした。

「ヨボセヨ」

と朝鮮語で呼びかけられる以上、わたしではあるまいと思ったのである。ヨボの金さんからわたしが「ヨボセヨ」と呼びかけられるはずはなかった。しかし、がらんとした帽子店の中には、帽子屋の金さんとわたし以外、誰の姿も見えなかった。わたしはもう一度、ちらりと金さんに目をやった。彼の目は別段とがめているようではなかった。むしろ笑っているように見えた。いつも無表情で東の方を向いている彼には、珍しい微笑だったといえるかも知れない。彼は、わたしが珍しそうに眺めていた朝鮮帽子についてわたしに何か話してもよいと思ったのだろうか。何故売れもしない帽子をこんなに並べて置くのか。わたしが知りたければ教えてやってもよい。この馬の尻尾から作られる朝鮮式シルクハットの編み方を、知りたければ教えてやってもよい。それとも何か、こいつを一度頭に載せて見るか。載せて見たければ、一つ取って載せてやってもよいぞ。商売物だからただでやるわけにはゆかんが。いまは売れなくともこの帽子の良さが忘れられてしまうわけはないさ。それとも一つ買って行くか。あんたは金持ちの息子だからな。

そうだ、あんたの父親のことを話してやろうか。もちろんあんたが生れるずっと前の話だ。あんたが知らない父親の話だ。父親ばかりではないぞ。あんたの父親の父親も、母親も、よく知っておる。そのまた父親つまりあんたの曽祖父のこともよく知っておる。あんたの曽祖父、祖父、父親たちがどのくらい財産を作ったか。あんたは知らんだろうが、このわたしはよく知っておる。それをどうやってこしらえたかも、だ。なにしろわしは、宮大工だったあんたの曽祖父がこの永興へやって来る前から、ずっとここにおったんだからな。どうだね。黙っているところを見ると余りききたくはないようだな。それともわしを疑っておるのか。おおかたわしが、あんたに「ヨボセヨ」と呼びかけたからだろう。時計屋の金が、あんたのことを「コドくん」と呼んでいるのは、よく知っておる。なにしろ時計屋とは目と鼻の先だからな。しかしわしはあんたに「ヨボセヨ」と呼びかけた。つまり「もしもし」と呼びかけたわけだ。あんたは自分のことではないと思っておるらしいが、わしはあんたに呼びかけたのだよ。日本人のあんたに「ヨボセヨ」と呼びかけたのさ。その意味があんた、わかるかな。

もちろんわたしにはわからなかった。ヨボの金さんの不思議な微笑の裏に、わたしは如何なる意味をも、読み取ることは出来なかったのである。したがってわたしは、黙ってそのまま帽子屋から出て来た。ここは帽子屋だから自分は帽子を見に来ただけだ。しかし買う気はないから出て行くだけだ。そういう顔をして、わたしは帽子屋を出て来たのである。

その後も帽子屋の金さんは毎朝店の前に立っていた。相変らず白黒斑の西洋犬と一緒で、両手を腰のうしろに組んで、どこか東の方の遠いところを眺めているのも相変らずだった。ただ一度だけこういうことがあった。雪は降っていなかったが、ひどく寒い朝だったと思う。いつものように店先から道路へとび出すと、四辻の真中で大人たちが犬に水をかけていた。犬は二匹で、わたしには二匹とも見おぼえがあった。一匹は黒白斑の西洋犬だった。帽子屋の金さんの飼犬である。その西洋犬の背中に前肢をかけ、うしろからしがみつくようにして二本脚で立っているのは、時計屋の金さんのところの赤犬だった。

二匹の犬を取り巻いているのは、朝鮮人の大人たちだった。わたしの家で働いている店員の張と李も混っている。時計屋の金さんの大きな体も見えた。そこへ時計屋の金さんのところのオモニが小走りにあらわれた。長い、地面を引きずるような朝鮮服の袴の裾を左手で摑み、右手にはパカチを持っている。パカチの水は、犬の手前で少しこぼれた。

「ケーセッキ！」

時計屋の金さんのオモニは、パカチの水を西洋犬の股間めがけて浴せかけ、ペッと道路に唾を吐いた。そうして地面を引きずるような袴の裾を左手で摑み、小走りに家の方へ戻って行った。

すると今度は反対側から、同じようにパカチを手にした帽子屋の金さんがあらわれたのである。彼はいつものきちんとした朝鮮服姿で、上にうすねずみ色のチョッキを着ていた。

「ケーノムセッキ！」

帽子屋の金さんは、パカチの水を赤犬の股間めがけて浴せかけ、やはりペッと路上に唾を吐いた。帽子屋の金さんと時計屋の金さんの家は、四ツ角を斜めに挾む位置にあった。対角線の方向である。わたしは水を満たしたパカチを手にした二人が、その対角線上をそれぞれ二回ずつ往復するのを見ていた。わたしは学校へ出かけるところだった。しかし時計屋の金さんのところの赤犬は、まだ帽子屋の金さんのところの西洋犬の背中に前肢をかけ、うしろからしがみついたままだった。そこへ騒ぎをききつけたらしいわたしの祖母が、家の前へ出て来たのである。

「金さん、金さん！」

祖母の声はわたしの頭の上の方からきこえて来た。

「お湯、お湯！　水はだめです、お湯！　朝鮮語で、トンムル！　トンムル！」

わたしはその声をきくや否や走り出した。とつぜん恥かしくなったのである。

祖母の「トンムル」はいわば、テレビでやっている「クイントリックス」のようなものだった。もちろんわたしの朝鮮語だって似たようなものだ。最近わたしは長璋吉氏の「私の朝鮮語小辞典」という本を読み、次の知識を得た。セッキ＝動物の仔。ヨクソル（漢字で書けば辱説。相手をののしることば。略してヨク。俗っぽくというとヨクチゴリ）の基礎語彙の一つ。ケーセッキ、ケーノムセッキ＝ともに犬畜生の意。なるほど、とわたしは納得した。そこでついでに「ケージョジ」というのを探してみた。しかしそれは長氏の辞典には出ていなかった。

「ケージョジ、モゴラ！」

そういって朝鮮人の子供たちは、相手に向って突き出した尻を叩いてみせた。ケージョジは犬の尻、モゴラは喰らえ、である。わたしも朝鮮人と喧嘩をしたときにはそれをそのまま、クイントリックス式に真似ていたのである。

天狗鼻のアボヂは相変らず帽子屋の前の道端にしゃがみ込んでいた。黒い馬の尻尾製の帽子を頭に載せ、長煙管をくわえているのも、相変らずだった。たまに帽子屋の金さんと一緒のこともあった。しかし金さんは煙管をくわえてはいなかった。道端にしゃがみ込んでもいなかった。金さんは、しゃがみ込んでいる天狗鼻のアボヂの傍に立って、いつものように両手を腰のうしろに組み、東の方を見ていた。天狗鼻のアボヂは反対に西の方を見ていた。わたしの家と帽子屋のある四ツ角を西へ三百メートルばかり行くと永興警察署だった。金さんと天狗鼻のアボヂとは知り合いだったのかも知れない。しかし二人が話し合っている様子はなかった。

少なくとも二人の組合せは、余り似つかわしいものとはいえなかった。金さんはどちらかといえば礼儀正しく、冷たい清潔さを持った物静かな人であったし、天狗鼻のアボヂの方は一種の道化だった。彼は、帽子屋の前の道端にしゃがみ込んでいないときは、永興じゅうの道をうろうろ歩き廻っていた。そして歩きながら、所嫌わず手鼻をかんだ。彼の腰は曲がっているのではないらしかった。しかし歩く姿勢は前かがみだった。つまり屁ぴり腰で、顎を前に突き出していた。そのため頭に載せた馬の尻尾製シルクハットは幾分うしろへ傾き、穴ぼこだらけの天狗鼻は斜めに天を見上げていた。そして歩きながら、所嫌わず、チーンと音をたてて手鼻をかんだ。手鼻は左手でかむようだった。右手には尺余の長煙管を握りしめていたのである。

彼のまわりにはぞろぞろと子供たちがついて歩いた。朝鮮人の子供もいたし、日本人の子供もいた。わたしも何度かついて歩いた。彼の穴ぼこだらけの天狗鼻の、果してどこから鼻汁がとび出すのか。その一瞬を見たいためだった。見ていると左手を当てがう位置は、天狗鼻のつけ根の方ではなかった。左手の親指と人差し指で、彼は鼻の先端の方をつまんでいた。たぶん鼻孔はその附近にあったのだろう。しかし二つの鼻孔は下を向いて並んでいるのか、左右両脇に一つずつついているのか。それとも正面先端に前を向いて並んでいるのか。ついにわからなかった。禅智内供の場合も、その点はわからない。芥川の「鼻」にもそこまでは書かれていなかったようだ。

天狗鼻のアボヂが帽子屋の前の道端にしゃがんでいるときは、子供たちもさすがに観察を休止しなければならなかった。なにしろそこは帽子屋の店先であったし、それにときどきは帽子屋の金さんが傍に立っていたからである。金さんはああいう人だったから子供たちも遠慮せざるを得なかったのだろう。金さんにはそういうところがあった。その点わたしは恵まれていた。わたしは自分の家の中から天狗鼻のアボヂがしゃがんで煙管をくわえているところを眺めることが出来た。わたしは店のガラス戸越しに、天狗鼻へじっと目を凝らした。問題は煙の出所だった。煙管から吸い込まれた煙が吐き出されて来る孔こそ、あのチーンという音とともに鼻汁がとび出す彼の鼻孔に違いなかった。しかしついにわからずじまいだった。確かに彼は、帽子屋の前の道端にしゃがんでいる間じゅう、ほとんど長煙管をくわえ通しだった。ところがずっと眺めていると、彼はただ煙管をくわえているだけだったのである。たまたまそのときはそうだったのか。それともいつも空煙管なのか。まさか、そんなことはあるまい。そう思って何度か同じ場所から眺めていると、ある日待望の煙が長煙管から立ち昇ったのだった。わたしは全神経をガラス戸の向うの天狗鼻に集めた。わたしはほとんどガラス戸に鼻先をこすりつけんばかりだった。しかし結局はわからなかったのである。煙の出所をつき止めることは出来なかった。

　永興じゅうで天狗鼻のアボヂを知らない者はなかっただろう。大人も子供も、日本人も朝鮮人も、彼を知っていた。女ではナオナラ、男では天狗鼻のアボヂだった。この二人を知らない者はなかった。ナオナラというのは朝鮮人で女の気狂いだった。しかし天狗鼻のアボヂは、気狂いではなかった。少なくともはっきりあれは気狂いだ、と断定することは出来ないだろう。彼は乞食でもなかった。しかしそれでは何ものであるのか。はっきり答えられる者はいなかったようである。第一に彼の家がわからなかった。たぶん永興にはないのだろう、という。毎日、順寧《じゅんねい》面《めん》からやって来るらしい、という噂もあった。順寧面はわたしも知っている。永興から東へ約二里。李朝時代の大きな朝鮮寺があった。柱も壁も朱塗りの寺で、坊主頭の僧たちは木靴をはいていた。僧たちは皆朝鮮人だった。寺のまわりは果しもない赤松林で、わたしたちは松笠拾いを兼ねた遠足に出かけたのである。松笠は小学校のストーブの焚きつけだった。松笠拾いのあとは、林の中で宝探しがあった。しかし赤松の根元で落葉をまさぐっていると、遥か頭上からぺたぺたとカササギの糞が降って来た。おびただしい数のカササギが巣をかけていたのである。天狗鼻のアボヂは順寧面から毎朝二里の道を歩いてやって来るのだ、という。そういえば夕暮れ方、農林学校の向うを東に向って歩いて帰る姿を見た者がいる、という噂もあった。本物の天狗かも知れない、とわたしは思った。しかしふたたび目の前にあらわれた彼を見ると、その考えはたちまちにして変更された。チーンと音をたてて歩きながら手鼻をかむ姿は、どう見ても本物の天狗とは思えなかった。そしてわたしの関心は、いつの間にかその不可解な鼻汁の出所へと移っていたのである。

　ある日のこと、帽子屋の前の道端に天狗鼻のアボヂがしゃがんでいた。陽向ぼっこ日和だった。小学校は春休みだったと思う。帽子屋の金さんも一緒だった。金さんは相変らずの恰好で両手を腰のうしろに組み、いつものように東の方を見ていた。天狗鼻のアボヂの方もいつもの通りの恰好だった。馬の尻尾製の黒い帽子も、くわえた長煙管もいつもと同じである。そしてわたしは、ガラス戸越しに、アボヂの天狗鼻と長煙管の先端に目を凝らしていた。その結果わたしは一つだけ小さな変化に気づいたのだった。天狗が西向きゃ鼻も西。いつもはそうだった。その天狗鼻が、東を向いていたのである。帽子屋の金さんがいつも見ている東の方だった。

それから間もなく、天狗鼻は見えなくなった。金さんの姿も同時に見えなくなった。自動車が一台、目の前の道路を通過したからだった。自動車はわたしの家の前を東から西へ走り過ぎて行った。見ると今度は、天狗鼻はいつの間にか西を向いていた。いつもの方向へ直っていたのである。しかしわたしはふたたびそこで小さな変化に気づいた。それは金さんの顔の向きだ。彼は相変らず両手を腰のうしろに組んで立っていたが、顔は穴ぼこだらけの天狗鼻と同じ西の方を向いていたのである。そこでわたしも同じ方へ目を向けて見た。小型バスくらいの自動車が停っていた。カーキ色である。先刻、家の前を通過して行った自動車だった。警察の真前で停車していた。

やがて自動車のうしろの扉が両側に開いた。そういう車だったのである。そしてまず、二人の警官がとび降りて来た。黒の詰襟の制服に、サーベルをさげ、顎紐をかけているのがわかった。二人のうち一人が駈け足で警察署の門の中へ消えて行った。すると、ほとんど入れ替りに五、六名の警官が門からあらわれ自動車を半円形に囲んだ。彼らは小銃を手にしていた。わたしはすぐに映画「望楼の決死隊」を思い出した。河を渡りて襲い来る、憎き匪賊の襲撃に、妻も銃取り防戦す。鴨緑江《おうりょくこう》の氷の上を渡って襲って来る馬賊と戦う国境守備隊の映画だった。味方少なく敵多し。あわや守備隊は全滅しそうになる。女子供たちは土蔵に閉じこもり、最早これまでと母親はわが子の耳に拳銃を当てる。あの場面は何とも怖ろしかった。しかし最後の土壇場で望楼は救われる。そういう映画だったが、そこでは国境警備の警察官が軍人以上に勇敢なものとして、英雄的に描かれていた。見物したわたしにも、その印象が強く残った。黒の詰襟に黒の丸帽。その顎紐をかけたところが、どこか中学生のようだった。そのため悲壮感は倍増されたのだろう。

もちろん永興警察署の前では銃声は起こらなかった。五、六名の小銃を構えた警官の前に降りて来たのは、手錠をかけられた坊主頭の男たちである。彼らは一人ずつ自動車のうしろの扉から地上へとび降りて来た。一人、二人、三人、四人、五人、六人、七人、八人、九人。九人は一本のロープで数珠つなぎにつながれていた。ロープは胴に巻かれている。その上に手錠をかけられていた。年のころはわからなかった。もちろん彼らの罪もわからなかったが、わたしが思い出していたのは順寧の朱塗りの寺で木靴をはいていた僧たちだった。坊主頭の九人はいずれも朝鮮服を着ていた。はいているものは木靴ではなくて、ふつうの朝鮮コムシンだった。しかしわたしは極く自然に順寧の寺で見た朝鮮人の僧たちを思い出していたのである。理由は自分にもよくわからなかった。ただ何となく、ただの泥棒ではなさそうな気がした。坊主頭のせいだろうか。九人という人数のせいもあったかも知れない。暴動だろうか。しかし坊主と暴動ではうまく結びつかない気もした。それ以上の想像はわたしには出来なかった。警察の前では何事も起きなかった。数珠つなぎにされた九人は、武装した警官たちの前を歩いて警察署の門の中へ消えて行った。

わたしはその最後の一人が門の中へ消えて行くまで、帽子屋のことは忘れていた。天狗鼻のアボヂのことも忘れていた。気がつくと二人は先刻と同じ恰好のまま、まだ西の方を見ていた。色白の金さんの顔がまともに夕陽を浴びて真赤に染っていた。長煙管をくわえてしゃがんでいる天狗鼻のアボヂの方も同様に真赤で、今度こそ本物の天狗に見えた。

わたしが二十八年ぶりで山口と田中に再会したのは、二年前の秋だった。先にも書いた通り、二人とも永興小学校の同級生である。三人は新宿で酒を飲み、その晩は都内のホテルに一緒に泊ったが、考えてみれば三人が一緒に酒を飲んだのは生れてはじめてのことになるわけだ。なにしろ北朝鮮の町で三人が別れ別れになったのは、三人とも元山《げんざん》中学一年生のときだった。それ以来、二十八年ぶりの再会であるから、一緒に酒を飲むのがはじめてであるのは、当然だろう。わたしは当日、小型のテープレコーダーを持って出かけた。だからその再会の一部始終はいずれ更《あらた》めて書いてみることになるであろうが、不思議なことにその晩、天狗鼻のアボヂの話は出なかったような気がする。ナオナラの方は確か出て来た。しかし天狗鼻のアボヂは出て来なかった。わたしはそのときのカセットテープをもう何十回となくかけてはきいている。だから出て来ないことはとっくにわかっているのであるが、それを承知の上でつい二、三日前の晩また同じテープをかけていると、山口がこんなことをいっている声がきこえた。

「日本人が全部収容所に入れられたやろ。あんときな、朝鮮人たちがおれのうちへいっぱい押しかけて来てな」

「ほう」と、これは田中の声である。

「おれのうちを守ってくれるちゅうんだよ」

「なるほど」と、これはわたしの声だった。

「お前たち知らんかっただろうなあ、おれも誰にもいわんかったから」と、山口。

「ふうん」と、田中。

「あんたたちは日本人でも、他の日本人とは違う。あんたたちはずっと自分たちの味方やったんやから、収容所なんかに入る必要はない。この家でずっと暮してくれ。もしソ連兵が何かいうて来たら、そんときゃあ自分たちの力で、何とでもするから。そういうてな」と、山口。

「そういえば、収容所には来んかったのかな？」と、田中。

「いや、みんなより何日か遅れて行ったんだよ」と、山口。

「あ、そうか、そうか。やっぱりいたよな」と、田中。

「おれのおふくろがね、やっぱりみんなと一緒に収容所へ入りたいから、っていったんだよ。朝鮮人のみなさんの気持は有難いけど、自分たちも日本人として、自分だけ楽をするのはおかしいから、そういってな。無理に収容所へ行ったんだよ」と、山口。

「そうかなあ。それはぜんぜん知らんかったなあ」と、田中。

　このあとテープには、沖縄民謡の蛇皮線らしき雑音が入っている。

「酒！」

　という誰か知らない人間の声もきこえた。それから、何か器物が触れ合う音。わたしはその日が生憎日曜日だったことを思い出した。わたしたち三人が待ち合わせたのは、お茶の水に近いホテルのロビーであったが、わざわざ新宿まで出かけたのはそのためだった。田中が一、二度行ったことのあるという小さな琉球酒場を探し当て、そこの三畳間でわたしたちは飲んだのである。

　カセットテープの中で田中がいっている通り、山口の話はわたしもその晩が初耳だった。しかし同時にそれは、山口のお母さんが永興警察署の留置場へ弁当を運んでいたことを知っている者なら、誰にでも納得のゆく話だった。われわれはあなたが毎日運んで来てくれた弁当を食べて日本帝国主義と戦い抜いたのだ。山口の家を守ってあげるといって押しかけて来た朝鮮人たちがそう叫んだ、とは山口はいっていなかった。しかし仮にそのとき、はっきりとそう口に出して叫んだ朝鮮人はいなかったにしても、事実としてそれは充分にあり得たことだろうと思う。永興警察署の留置場の中で、山口のお母さんが毎日運んで来る弁当を食べながら、日本帝国主義と最後まで戦い抜いた朝鮮人がいなかったはずはないのである。

山口がわたしたちに向ってそういわなかったのは、それが現在の彼の思想のようなものだからかも知れない。現在の彼は大きな造船会社の技師だった。彼はただその話を、自分と自分の母親が利己的な日本人ではなかったことの証拠としてだけ披露したに過ぎない。議論の材料として提供したのではなかったと思う。わたしもそうは受け取らなかった。実さい、議論の必要が、どこにあろうか。三人は齢四十歳に達してようやく、二十八年ぶりに再会した小学校仲間だった。そしてその永興小学校は最早どこにも存在はしないのである。

もちろん山口の話に、議論の余地がまったくないわけではなかった。むしろはじめようとさえ思えば、議論はどこからでもはじまるであろう。そして止めようとさえしなければ、議論はいつまでも果てしなく続くはずである。またその議論は、新宿の小さな琉球酒場の片隅から、日本全土はもちろん朝鮮半島へと及ぶだろう。しかし山口の話は、議論のためにあったのではなかった。討論のためにあらかじめ都合よく取捨選択された実例ではない。それはおそらく日本人と朝鮮人、日本と朝鮮にかかわるあらゆる議論を受け容れるだろう。しかし同時にあらゆる議論を拒絶しているのかも知れないのである。少なくともいまわたしは、そういった議論の方へは、関心が向かなかった。

山口のお母さんがいつごろから永興警察署の留置場へ弁当を運ぶ仕事をはじめたのか、わたしは知らなかった。しかしわたしが物心ついたころには、もうはじめていた。わたしの家から四ツ角を龍興江《りゅうこうこう》へ向って真北へ四百メートルばかり行くと、もう一つの大きな四ツ角だった。その東角がコンサバンという支那人の反物屋で、山口の家はその店の裏側だった。山口のお母さんはそこから警察署まで、毎日リヤカーを引いて弁当を運んでいた。

弁当は朝夕二回だった。わたしがリヤカーを引いて行く山口のお母さんの姿を見るのは、朝だけのこともあり、夕方だけのこともあった。また往きがけのこともあり、帰りがけのこともあったが、往きも帰りも、山口のお母さんが引くリヤカーは、わたしの家の角を曲がって行ったのである。そしてその度にわたしは、山口の家の炊事場に山積みされているアルマイトの弁当箱を思い出した。山口は十畳くらいのオンドル間に母親と二人で暮していた。

表は支那人の反物屋に貸しているらしかった。しかし炊事場は広々としていた。窯場のような、大きな黒光りする朝鮮式の竈《かまど》があり、朝鮮釜が三つ据えられていた。朝鮮釜はいずれも、五右衛門風呂くらいの直径である。しかし底は日本釜のように深くなかった。それが特徴だった。

流し場の脇に山積みされているアルマイトの弁当箱は、いわゆるドカ弁用の弁当箱で、どれもこれも凸凹が激しかった。炊事場にはぷうんと粟飯の香ばしい匂いが漂っていた。わたしはその粟飯の味を知っている。山口の家で一度ごちそうになった。山口のお母さんは大きな朝鮮釜の平たい底にはり付いた粟飯のおこげを剝がして、おやつ代りにくれたのだった。山口のお母さんのリヤカーを見るとわたしはまず凸凹だらけのアルマイトの弁当箱を思い出した。それから粟飯の香ばしい匂いを思い出した。

数珠つなぎにされた坊主頭の九人を見てからあと、わたしは少し変っただろうか。例えば、山口のお母さんが引いて行くリヤカーを見る目である。数珠つなぎにされた坊主頭の九人は、それを見るわたしの目に何か変化のようなものをもたらしただろうか。凸凹だらけのアルマイト弁当箱。粟飯の香ばしい匂い。それ以外のものを何か、山口のお母さんのリヤカーからわたしは想像するようになったかどうか。なっていたのかも知れないし、ならなかったのかも知れない。それはただ、よくわからない、というのとは違う。当時のわたしに何かそのことで変化があったにせよなかったにせよ、そのあたりの細かい気持の変化のようなものには、いまわたしの関心は向っていないのである。いまわたしの関心が向っているのは、山口のお母さんがずっとリヤカーを引き続けたことだ。

山口は十二人兄弟の末っ子で、生れたときからすでに「叔父さん」だったらしい。父親は彼が生れて間もなく死亡したらしかった。何でも夜釣りの名人だったという。それはどことなく伝説めいた話で、夜半川の中で河童と格闘したなどという話もきいた。あるいは山口自身にとっても父親はどこか伝説めいた存在であったのかも知れない。また山口の父親は永興消防団の初代団長で、確か永興神社の裏に記念碑が立っていたと思う。それ以上のことは、わたしは知らなかった。山口のお母さんが何故、永興警察署の留置場へ弁当を運ぶ仕事をはじめたのかも、もちろんわからなかったのである。わたしが知っているのは、山口のお母さんのリヤカーが毎日わたしの家の角を曲がって行ったことだ。留置場へ運ぶ弁当を積んだリヤカーは毎日通った。朝、夕二回、必ず通った。雨の日も嵐の日も通った。そしてそれは日本が戦争に敗けた日まで続いたのである。弁当のリヤカーが行くのは、留置場に人間がいるからだろう。留置場には、山口のお母さんが運ぶ凸凹アルマイトの弁当箱の数だけ、人間が入っていたわけだった。

敗戦後、永興警察署の留置場には日本人が入れられた。まず警察官が入れられた。武装解除された警官が全員入れられたという。彼らはその後シベリアへ送られたらしい。きりりと顎紐をかけて、数珠つなぎにされた坊主頭の九人に小銃を向けていた警官も、たぶん例外ではなかったと思う。まったく例外がなかったわけではない。ただ、ま八月十五日に某地へ出張していたため助かったらしい。留置場にも入らず、シベリア行きも免れたのだった。同じ福岡県出身者というよしみで、わたしの家へときどき昼飯や夕飯を食べに来ていた独身警官の一人は、たまた揚げて来たあとわたしの母を訪ねて来て、そう話していたそうである。引

永興警察署の留置場にはどのくらいの人間が入れたのだろうか。山口のお母さんにでもたずねてみればわかるのかも知れないが、想像するに、かなり大きなものではなかったかと思う。何故だろうか。それはいずれ、そのことを考えるのに適《ふさ》わしい話が出て来たときに考えてみたいと思うが、とにかく、どこといって取柄もなさそうな古びた小さな永興という町の規模には不相応な大きさだったような気がする。その永興警察署の留置場へ、警察官の次には日本人が代る代る入れられたのだそうだ。何でも金持ちだった順に入れられたのだという。わたしの家の隣に住んでいた大叔父は二日間入れられたらしい。自分の私有財産のすべてを正直に、包み隠さず白状するまで入れられるのだそうだ。もちろん向うではすでにすべてを調査済みなのである。わたしの母の話によると、取調べ中に嘘をいうと、平手打ちを喰うということだった。大叔父は若い朝鮮人民保安隊の係官から、ずいぶんそいつを喰ったらしい。

わたしの母は、左頬に一発だけだったそうだ。母が何番目の金持ちとして呼び出されたのかはわからないが、父が応召中だったため代理で行ったのである。父が行っていれば一発では済まなかったかもわからない。しかし母が一発だけで済んだのは、女だからというわけではなく、嘘をつかずに最初からさっさと全部白状したためだ、と母はいっていた。留置場にも入らず、日帰りだったのもそのためだったという。

「それだったら一発も殴られずに済んだんじゃないの」

そうわたしは母にたずねてみた。

「向うにしてみたら、一つぐらいは叩きたかったとやろね」
そういう返事だった。それが左頬だったというのは、たぶん朝鮮人の係官が右利きの男だったからだろうと思う。わたしはその左頬の痛さを想像してみた。しかしわたしが思い出したのは母の平手打ちの痛さだった。永興ではよくあれを喰ったものだ。母の平手打ちは親戚じゅうでも有名だった。いかにも平手打ち向きの、指の長い手なのである。

母が呼び出されたことをわたしはぜんぜん知らなかった。もちろん平手打ちのことも知らなかった。すべて引揚げ後にきいた話であるが、母の場合は日帰りだったからよいとして、留置場へは誰が弁当を運んだのだろうか。おそらく家族の者が運んだのだろう。山口のお母さんではなかったと思う。山口のお母さんが運んだ弁当を食べた朝鮮人たちは、もう永興警察署の留置場の中にはいなかったはずである。いる必要がなくなったばかりではない。彼らにはそれこそ新しい任務が待ち受けていたはずだった。そしてそれは、あるいは日本人の私有財産を調査することだったかも知れないのである。

数珠つなぎにされた坊主頭の九人の男も、山口のお母さんが運んだ弁当を食べたに違いなかった。あの日の夕方も弁当を積んだリヤカーはわたしの家の角を曲がって行ったのである。帽子屋の金さんと天狗鼻のアボヂは、リヤカーが通るちょっと前まで、帽子屋の前で西を向いていた。金さんも天狗鼻のアボヂも相変らずの恰好だった。一人は両手を腰のうしろで組んで立っており、馬の尻尾製の黒い朝鮮帽子を頭に載せた方は、道端にしゃがんで長煙管をくわえていた。ただ、最早夕陽は沈んで、帽子屋の金さんの顔は真赤ではなかった。いつもの色白で無表情の顔に戻っていた。天狗鼻のアボヂの方も同様だった。最早彼は本物の天狗には見えなかった。やはり彼は天狗ではないのだ。順寧の山奥に棲む天狗などではあるまい。穴ぼこだらけの天狗鼻をした、ただのアボヂに過ぎないのではなかろうか。しかしそのとき、まるでわたしの腹の中を見抜きでもしたかのように、天狗鼻のアボヂはチーンと音をたてて手鼻をかんだのである。

虹

雑煮を食べていると電話がかかって来た。わたしたちは親子四人、ダイニングキッチンで食卓を囲んでいた。電話にはわたしが一番近かった。左手をうしろに廻せばとどく位置である。

わたしは餅にかけた箸を一旦おろしかけた。しかし電話は、立ちあがって来た妻が受けた。確か正月の三日だったと思う。電話は田中からだった。それで結局はわたしが電話口へ出ることになったが、最初は田中からだとは気づかなかった。

「おめでとうございます」

の挨拶のあと、妻は何か話をしていた。その間にわたしは餅を頬張っていた。妻が何を話していたのか、まるで思い出せない。餅を頬張ったわたしは、呆んやりと何か考えていたのだろう。あるいは納豆のことだったのかも知れない。

わたしは雑煮の餅に納豆をまぶして食べるのが好きだ。納豆は醬油ではなく塩でとくのである。そうすると醬油よりもねばが強く、白く太い糸を引いた。その塩だけでといた納豆を小鉢に入れて置き、そこへ雑煮の餅を移してまぶすのである。餅は煮てもよいし、焼いてもよいだろう。この納豆雑煮のことをわたしはこれまで何人かの知人に話した。しかし誰も知らないようすだった。知らないばかりでなく、きき手の反応も余り芳ばしいものではなかった。

「ふうん、そりゃあ初耳だね」

というのはまだよい方である。

「余りうまそうにはきこえないねえ」

というものもあった。わたしが話したのでは余りうまそうにきこえないのかも知れない。右の余り気乗りしない返事をした知人は、いずれも東京育ちの人間である。二人ともわたしと同年輩だった。それでも幾分かはわたしに同情したのか、そのうちの一人はこう訊ねた。

「それはどこの食べ方かい？」

　わたしはこの質問に即答出来なかった。

「さあて、どこの食べ方なんだろうな」

「なあんだ、自分でわかんないのか」

　わたしたち三人は酒を飲んでいるところだった。ときどき出かける小さな酒場の片隅である。したがってわたしは、何が何でも知人の質問に解答せねばならないというのではなかった。知人の方にもそんなつもりはなかっただろう。何かのはずみに出て来たその場の酒の肴に過ぎなかった。

「あんたんところ、九州だろう」

「でも関西には本来納豆はないはずだよな」

　ともう一人の方の知人がいった。わたしは彼からひき割り納豆をもらったことがあった。東北土産ということだった。

「あ、そうか」

「出所不明だな」

「で、どこで食べたんだい？」

「朝鮮でだよ」

　とわたしは答えた。

「あ、そうか。じゃあ子供時分だな」

「へえ。朝鮮にも雑煮はあるのかね」

「そりゃあるだろう。昔は日本だったんだから」

「じゃあ、植民地雑煮ってわけか」

「すると餅は、角餅かい、丸餅かい？」

「餅は丸餅だよ」

とわたしは答えた。

「ははあ、すると関東、関西の折衷だな」

そのあと話はわからなくなった。わたしが忘れてしまったのではなく、たぶん雑煮の話から何かの話に変ったのだろう。わたしたちはわざわざ雑煮の話をするために酒場に集ったのではなかった。しかしわたしはときどきそのときの雑煮の話を思い出した。雑煮は正月だけだが、ビニール包装になっている四角餅はときどきわが家の冷蔵庫にも入っている。ほとんど一年じゅうといってもいいかも知れない。妻や子供たちはたまに汁粉やぜんざいにしているようだ。または黄粉餅、つまりアベ川。わたしは好物の雑炊に入れたり、焼いて海苔巻きにしたりだった。納豆の方は、これはいまでは日本じゅうどこの家庭でも似たようなものだろう。つまり餅も納豆もほぼ一年じゅう目に触れている。そのどちらかを見てわたしはときどき、例の酒場での雑煮談義を思い出すに違いなかった。

誰がどこでどんな雑煮を食べていたか。これは案外大きな問題ではなかろうか。わたしはそんなことを考えてみたりした。植民地雑煮、と知人の一人はいった。しかし餅に納豆をまぶして食べる雑煮は、決して植民地一般のものではなかったようだ。佐渡出身の人は味噌汁の雑煮だという。その話をわたしは小学校時分にきいた。植民地に住む日本人の雑煮にもお国ぶりはあったに違いないのである。それは至極当然といえるだろう。しかし味噌汁の雑煮という話は、わたしには一つのおどろきだった。それは、こういうことだ。
一、私共ハ大日本帝国ノ臣民デアリマス
ではじまる「皇国臣民ノ誓」をわたしたちは毎朝斉唱していた。小学校の教室の黒板の上には右に二重橋、左に「皇国臣民ノ誓」の額がかかっていた。朝礼のあとわたしたちは毎朝それを各教室で斉唱した。確か三節まであって、もちろんわたしは暗誦出来た。教育勅語。青少年学徒ニ賜ハリタル勅語。ジンム、スイゼイ、アンネイ、イトク、コウショウ、コウアン、コウレイ……明治、大正、今上の百二十四代天皇。軍人勅諭。百人一首。犬モ歩ケバ棒ニアタル。サイタサイタサクラガサイタ。コイコイシロコイ。ハトハトオミヤノヤネカラオリテコイ。ススメススメヘイタイススメ。大東亜戦争渙発の詔書。万朶《ばんだ》の桜か襟の色花は吉野に嵐吹く。海ゆかば水漬《みず》く屍《かばね》山ゆかば草むす屍。イトー。ロジョーホコー、ハーモニカ、ニューヒゾーカ……のモールス信号。何でもかんでも暗記暗誦の時代だった。

「皇国臣民ノ誓」は植民地だけのものだったという。しかしそんなことは考えてもみなかった。わたしは「大日本帝国ノ臣民」であり、この永興《えいこう》はそのわたしの生れ故郷だった。はっきりしているのはそのことだった。そう信じて疑わないというよりも、わたしにとってそれは確固たる事実だった。すべての暗記暗誦はその事実の上に成り立っていたのである。わたしの暗記暗誦とその事実とは、切り離しては考えられない。

しかしこの論理は逆さまだったのだという。すべての暗記暗誦は、事実の上に成り立っていたのではない。朝鮮は日本なのだ、という嘘を事実らしく仕立て上げるための仕掛けだったのだという。事実の上に暗記暗誦が成り立っていたのではなく、暗記暗誦の上に嘘が成り立っていたというわけだった。それを白状したのが終戦の詔勅である。この詔勅がわたしの暗記暗誦のすべてを否定した。わたしはその詔勅を暗記しなかった。思えば当然の結果といえるのだろう。

「皇国臣民ノ誓」の大人版は「皇国臣民ノ誓詞」だった。
一、我等ハ皇国臣民ナリ　忠誠モッテ君国ニ奉ゼン
一、我等皇国臣民ハ　互ニ信愛協力シモッテ団結ヲ固クセン
一、我等皇国臣民ハ　忍苦鍛錬力ヲ養ヒモッテ皇道ヲ宣揚セン
こちらの方は三節まですらすらと出て来た。実さいに小学校で毎朝斉唱していた「皇国臣民ノ誓」の方が一節だけしか出て来なかったのは、一つにはわたしの度忘れである。風呂の中とか、トイレットから出た瞬間とか、何かのはずみでふっと思い出すこともあるのだった。ただ度忘れにしろ何にしろ、いまわたしは咄嗟にこれを思い出せない。然るに大人版「皇国臣民ノ誓詞」の方はすらすらと三十年以上も前に暗記暗誦した通り出て来たというのは、たぶんこの方が難解だったためだ。意味よりも言葉が先だった。チンオモフニ、リョジュンカイジャウヤクナリテ、ドコマデツヅクヌカルミゾ。いずれも暗記暗誦の原理に適っている。漢文調、文語調の有難味もあった。その点、口語体は忘れ易い。暗記暗誦には不向きだろうと思う。わたしのささやかな体験もそれを証明している。論より証拠。論語読みの論語知らず。いずれも当っていると思う。

ただ大人版「皇国臣民ノ誓詞」にはどこかニンニクの匂いが漂っていた。日本人が話す朝鮮語はタクワンの匂い

がするそうであるが、その式でいえば、朝鮮漬くさい皇国臣民の誓詞だったといえる。永興小学校では六年生までが「皇国臣民ノ誓」、高等科一、二年は「皇国臣民ノ誓詞」だった。高等科の七割は朝鮮人である。永興小学校は日本人小学校で、朝鮮人が通うのは普通学校と呼ばれていた城西校だったが、そこには高等科はなかった。

ニンニクの匂いはまず、一《ひとつ》が、ヒドツと濁るのである。そのあとは次のようにきこえた。ワレラワコウゴグシンミンナリ、チュウセイモッデクンゴクニホウチェン。小学校と向い合った市民運動場からも、この朝鮮漬の匂いはしばしば漂って来た。黒い戦闘帽をかぶって整列した警防団員たちの斉唱だった。

話が雑煮から脱線してしまった。しかし雑煮と皇国臣民の誓は、どこかでつながっているのだと思う。味噌汁の雑煮というものが、わたしには不思議だった。その不思議さ、たぶんそれは皇国臣民の誓のせいだ。雑煮と皇国臣民の誓とはそういうつながり方になっているのではなかろうか。つまり、当時のわたしには佐渡と九州との違いがわからなかった。正月の雑煮が、味噌汁と澄まし汁。同じ日本人に、それ程の違いがあるものとは知らなかった。不思議ではあるが、それが不思議だった。日本人はすべてコウコクシンミンであり、朝鮮人はコウゴグシンミンだったのである。

「今度来た馬部長か」

と父はいっていた。佐渡出身の日本人は警察官だった。馬で町を乗り廻すので「馬部長」と呼ばれていた。朝鮮人たちがつけた渾名だという。祖母のタクワン朝鮮語でいえば、マルブジャンである。マルブジャンの息子も永興小学校に転校して来た。わたしより二年上の六年生だった。

田中からの電話は別にどうというものではなかった。

「あけましておめでとうございます」

妻から受話器を受け取ったわたしは、まず早口でそういった。それから年賀状がいま着いたところだと答えた。

「去年の暮、引っ越したもんでね」

しかし田中はわたしの新居のことはたずねなかった。

「山口君からもいま年賀状もらったところ」

と彼はいった。

「去年の夏、君も引っ越したんだろう」

「うん、そう。一度遊びに来んね」

「ああ。建てたのかね？」

「うん、そう」

「大したもんだなあ」

「いやいや。ほんのバラックよ」

「いや、大したもんだよ」

わたしは昨年夏の盛りにもらった移転通知の葉書を思い出した。印刷物ではあったが事務的な文面ではなく、何かごちゃごちゃ書いてあった。今年もらったばかりの年賀状にも、何かごちゃごちゃ書いてあるようである。こういう性質だったんだな、とわたしは思った。

「いま奥さんにもいったんだけどね、今年はぜったい家族ぐるみで会おうや。ね、山口君とも連絡取ってさ、ぜったい家族ぐるみで会おうじゃないね」

「うん、うん」

とわたしは答えた。それから念のために彼の勤め先の製薬会社の電話番号をたずねた。人事課にかけてくれという。そしてまた「家族ぐるみ」を強調した。田中との電話は四、五分で終った。

「誰と話してたの？」

と小学校二年生の長女がたずねた。

「田中さん」

「お父さんのお友達なの？」

「ああ」

「お父さんの小学校のお友達なのよ」

と妻が教えた。

「どこの？　何小学校？」

「永興小学校」

「朝鮮だよ。朝鮮の日本人小学校なの」

と長男が口を挾んだ。

「外国なの？」

「そうだな」

「元は日本だったの。でも独立しちゃったんだよね、お父さん」

「ドクリツって？」

「別の国になること」

「どうして別の国になったの？」

「日本が敗けたからだよ」

「そうなの、お父さん？」

「ま、そうだな」

「じゃあお父さん、何組だったの？」

「お父さんの学校にはね、組はなかったんでしょ？」

と妻がいった。

「ああ。確か十一人だったな」

「たった、十一人？」

「いや、男が十一人か」

「じゃあ、女は？」

「さあて、何人だったのかなあ」

男より多くはなかった。半分以下ではなかったかと思う。うち消息がわかっているのが二人だった。一人は東京、一人は呉か。確か今年も年賀状が来ていたと思う。二年程前から来はじめたようだ。二人とも平凡無事な主婦だという。だから年賀状も寄越すのだろう。その他のものの消息はわからない。生死も不明だった。しかし年賀状をもらう二人も、顔はわからなかった。思い出せない。彼女たちは三十年前、永興小学校を出て元山《げんざん》高女へ進んだのか。あの夏ソ連兵が軍用トラックに乗ってやって来たとき、どこで何をしていたのか。何一つ思い出せなかった。龍興《りゅうこう》江《こう》の近くの日本人収容所内での場面も同じだった。その収容所を追放され、永興駅で石灰だらけの有蓋《ゆうがい》貨車に押し込められた場面でも、彼女たちの姿は出て来なかった。

屋根のない永興駅のプラットホーム。一時は平元《へいげん》線が永興を通るかも知れないと騒がれたものだった。昭和十五、六年ではなかったかと思う。三つ上の兄は地図を拡げてわたしに説明してきかせた。それまで朝鮮の主要幹線は半島をY字形に走る三本だった。すなわち、釜山《ふざん》―京城《けいじょう》間の京釜《けいふ》線。京城―平壌《へいじょう》―新義《しんぎ》州の京義《けいぎ》線。京城―元山―咸興《かんこう》―清津《きょつ》の咸鏡《かんきょう》線の三本である。それらはいずれも京城を中心にして半島を南北に結んでいた。然るに平元線は、平壌―元山を東西に結ぶはじめての幹線だという。狼林《ろうりん》山脈を越えて、西の黄海《こうかい》側から東の日本海側へ走り抜ける半島横断鉄道なのであった。その平元線が永興を通るか、通らないか。永興駅は咸鏡線の元山―咸興間のちょうど中程だった。そこへ平元線が来れば、咸鏡線と平元線の接続点として一大発展をとげることになるのだという。兄は新聞を読んでいるらしかった。父は商人らしく「毎日新聞」を取っていた。店の事務机の上に「エコノミスト」が載っていることもあった。「毎日」の他に、何か地方紙も来ていた。「京城日報」だったか「元山毎日」だったか。子供用には、「小学生毎日新聞」が来ていた。兄はたぶん、平元線誘致運動の記事を「京城日報」か「元山毎日」で読んでいたのだろう。平元線が通れば、永興駅は一変するだろうと兄はいった。まずプラットホームがもう一つ出来る。何しろ急行が停車するからだった。ホームが二つになればそれをつなぐ陸橋が必要だ。陸橋とはこういうものだ。京城駅の陸橋はこうなっている。そういって兄は画用紙に陸橋を描いてみせた。兄が京城へ行ったのは京城大博覧会のときだった。父は兄だけを連れて出かけた。京城大博覧会は紀元二千六百年を記念してではなかったかと思う。

「紀元二千六百年って、昭和何年だったかな」

とわたしはとつぜん妻にたずねた。

「ええと、あれは昭和十五年です」

「そうか。十五年か」

「え！　昭和十五年が二千六百年⁉」

　と長男が口を挟んだ。

「ああ」

「だってお父さん昭和七年生れだろう。それで昭和十五年には、ええ、八歳ぐらいじゃない。それが二千六百年に八歳だとしたらさ、いまが一九七五年でしょう。だったらどうなる？」

「日本だけで、そういうふうに年数を決めてた時代があったんだ」

「二千六百年から一九七五年引くと、ええ、七百、六百か。六百、二十五年でしょう。だったらさ、いまから六百二十五年後にお父さんは八歳だったわけじゃない」

「そういう勘定になるな」

「それじゃあ、まるでＳＦじゃない」

　紀元二千六百年の年、父は一人で内地へ出かけた。紀元節の頃だったかも知れない。父は軍服を着て出かけて行った。父は一年志願の歩兵中尉で、在郷軍人会の永興分会長だった。建国二千有余年、神聖比なき皇国の世界に負へる大使命、果すは誰の務めぞや。里に入りては忠良の民とし励み事有らば、出でて御国に棒ぐべき、吾等が此の身此の命。この「帝国在郷軍人歌」、父の愛唱歌の一つだった。五右衛門風呂の中でよくきかされたものだ。紀元二千六百年の奉祝大会に、父は在郷軍人分会長として出かけたのだという。内地では伊勢神宮、橿原神宮、明治神宮、靖国神社などに参拝して来たらしい。大鳥居の前に並んだ記念写真も見せてもらった。しかし何よりもわたしをおどろかせたのは、父の軍服の変化だった。出発のときは確か詰襟に、赤の歩兵の印があった。万朶の桜か襟の色、だ。そして階級章は肩にあった。ところが帰ったときの軍服では、階級章が襟に移っていた。菱形の小さな階級章だった。金筋も星も、光ってはいたが黄色ではなく、白だった。サビナイ包丁に似ていると思った。襟章の小さくなった白い星は、肩章の黄色かった星のようにとがっていない。つるりと平らな手触りだった。

「ほう、これが新式ですか」

　遊びに来た克巳さんがそういっていた。隣の大叔父の家の後継ぎだった。大叔父には子供がなく、克巳さんは養子である。結婚していたが、どういうわけか克巳さん夫婦にも子供がなかった。父と克巳さんは、店のストーブの前で話していた。父は茶色っぽいコールテンの上着で、ズボンはボタンつきの乗馬ズボンに似たカーキ色のものをはいていた。それに黒足袋。これがふだんの父の服装だった。曽祖父は白足袋、父は黒足袋である。内地で新調して来た軍服は、父の事務机のうしろの柱にぶらさがっていた。

「わしも一つ、新調せにゃいかんですかな」

克巳さんは伍長だった。在郷軍人会の副会長である。しかしわたしには、小さくなった新式の襟章は物足りなかった。とがった、黄色い星つきの肩章の方が、歩兵らしいのではなかろうか。それにどうしても、あの万朶の桜の襟章である。克巳さんは明日にでもカイコウシャに新軍服を注文しそうな気配だった。カイコウシャが陸軍の軍装関係の会社らしいことはわかっていた。しかし字がわからなかった。陸軍偕行社だと知ったのは、敗戦後だった。ほんの数年前ではないかと思う。柱にぶらさがった真新しい父の軍服は、以前のものよりも緑が濃いように見えた。左胸に赤、白、青が模様になった細長い略式勲章が一列、並んでいた。満州事変、張鼓峰事件、それから何だろうか。父は軍刀も内地で新調して来た。以前のものは、欛《つか》も鍔《つば》も昔の日本刀式のものだった。それが新調したものでは、サーベル式に変っていた。欛は白で、弧を描いた金属製の鍔は金色だった。わたしにはこれも何となく物足りなかった。警察官のサーベルや、指揮刀と同じ形式であるところがつまらなかった。しかし刀身は以前のものよりむしろ太そうだった。そして重かった。鞘《さや》には茶色い革のケースがかぶせてあった。

新調の理由は、もちろんわからなかった。しかし新しい軍服や軍刀は紀元二千六百年にふさわしいような気がした。金鵄《きんし》輝く日本の栄ある光身に亨けて、今こそ祝えこの朝《あした》、紀元は二千六百年、ああ一億の胸は鳴る。京城大博覧会はその年の冬だったと思う。

「お前も五年生になったら」

とわたしはいわれた。父だったか、母だったかにそういわれた。あるいは兄からいわれたのかも知れない。兄は金ボタンが二列並んだ黒の外套を着て、父と出かけて行った。確か一、二泊の旅行だったと思う。兄が出かけた晩、わたしも兄と同じ黒の外套を着せられた。そして玄関で待っていると、カーキ色の陸軍外套を着た兵隊が二人、わたしを迎えに来た。ときどきわたしの家へ昼飯や夕飯を食べにやって来る防空監視所の兵隊だった。一人は兵長、一人は一等兵だった。兵長の方は三十過ぎに見えた。克巳さんと同じくらいだろうか。

「あ、お母さん」

と兵長の方が玄関から声をかけた。そして出て来た母に、わたしの手袋を頼んだ。

「子供がポケットに手を入れてはいかんから、な」

この場面をわたしははっきりとおぼえている。その晩わたしが二人の兵隊に連れて行ってもらった映画には、李香蘭が出て来た。しかし題名は思い出せない。「第五列の恐怖」か、「鉄路の薔薇」か。あるいはどちらでもなかったかも知れない。ただ、こんな歌がきこえていたような気がする。仇《かたき》と知れど、ふるさとの妹に似たる、うしろ影。秋の上海《シャンハイ》ほのぼの明ける、ああ、君は歌うよ愛の歌。美しい支那人の女が、実はスパイらしい。これを日本人の男が殺さなければならない。紀元二千六百年記念の京城大博覧会の代りにわたしが連れて行ってもらったのは、そんな映画だったと思う。二人の兵隊は李香蘭ファンだったのだろう。

わたしは都会では元山と咸興しか知らなかった。咸興は咸鏡南道の道庁所在地で、父の所属する歩兵四十三部隊があった。元山は反対に海軍の街だった。永興湾内は要塞地帯で、元山海軍航空隊の基地があった。陸軍びいきだったわたしは、そんなわけで咸興びいきだった。自分が元山中学に入学するまでは、そうだったのである。咸興へ行くのは祖母と一緒だった。咸興の金光教の本部に参るのである。帰りには必ず、軍営通りの金山さんの家に立寄った。どういうつき合いかはわからなかった。親戚ではなかった。しかし祖母は金山さんの家では、自分の家にいるときよりものんびりして見えた。一晩泊って帰ることもあった。何をしている家かもわからなかった。軍営通りに面した広い二階家に老夫婦と、若い女の人だけで住んでいた。金光教の信者仲間だろうか。見当がつかなかった。家の中全体が、冷んやりしていた。ぴかぴかに磨かれた床の間に龍の刀掛けが置いてあった。大目をむいた龍の頭に鹿の角が生えている。わたしの曽祖父が彫ったものだという。曽祖父時代からのつき合いかも知れなかった。

咸興から帰りの汽車の中で、わたしは祖母にひどく叱られたことがあった。金山さんは朝鮮人ではないのか。わたしがそうたずねたためらしい。

「そんなことというもんは、もう咸興には連れていかん」

それから祖母はナマンダブ、ナマンダブと口の中で唱えた。

京城大博覧会から帰って来た兄は、さかんに図を描いて京城駅の大きさをわたしに教えた。元山、咸興など問題にならない大きさだという。引き込み線はこうこうで、プラットホームはこう、そしてブリッジはこうなっている、という具合だった。またプラットホームの屋根はこういう形である。しかし結局、平元線は永興には来なかった。永興より三駅元山寄りの高原《こうげん》へ行ってしまったのである。それで永興駅のプラットホームは、相変らず屋根なしのままだった。しかし長さだけは馬鹿に長かった。百メートル競走が出来そうな気がした。わたしはそのプラットホームで何度も出征兵士を送った。

青山先生が出征したのはわたしが三年生のときだったと思う。教わったのは僅か半年くらいだった。京城師範を卒業したばかりの若い先生だった。丸顔で頬が赤かった。頭は坊主刈りである。新任の挨拶のとき朝礼台の上で、両手をズボンの尻に当てていた。その後も走るときは、両手でズボンの尻を叩きながら走った。放課後は教室で油絵をかいていた。大きな絵だった。十五、六号はあったと思う。出来上った絵は教室の廊下側の窓の上に掲げられた。砲火を吐きつつ迫って来る敵の戦車めがけて、鉄兜をかぶった日本兵が手榴弾を投げようとしていた。梁川剛一《やながわごういち》ばりのその油絵にわたしは見惚れた。出征の挨拶のとき青山先生は、右手だけズボンの尻に当てていた。左手には奉公袋をぶらさげていた。帽子はかぶっていなかったと思う。

もちろん全校生徒が並んで永興駅へ送って行った。わが大君に召されたる、生命光栄《いのちはえ》ある朝ぼらけ、讃えて送る一億の、歓呼は高く天を衝く、いざ征け、つわもの、日本男児。この「出征兵士を送る歌」の歌手は朝鮮人だったという。戦後、北朝鮮の方へ帰ったのだそうである。しかしそんなことは、もちろん知らなかった。永興駅のプラットホームには在郷軍人会も、黒い戦闘帽の警防団も来ていた。白いエプロンに襷がけで、手に手に日の丸の小旗を持った国防婦人会も来ていた。連隊旗に似た在郷軍人会旗の旗手は、大工の下野さんだった。紫色に金色の縁のついた永興小学校校旗の旗手は、六年生の級長だったわたしの兄である。兄は、上着の上から締めた革ベルトに突き立てた黒い棒を両手で握りしめていた。重いのか、腹を前へ突き出して、弓なりになっていた。高等科の生徒たちは青山先生の名前を書いた、大きな幟を立てていた。祈武運長久の幟もあった。わたしは出来るだけ兄の方は見ないようにしていた。兄の眼鏡はいまにもずり落ちそうだったのである。

青山先生が乗り込んだ汽車は、元山方面行きだった。しかしどこへ行くのかはわからなかった。青山先生がデッキに立つと、万歳万歳の声だけが続いた。汽車が滑り出したとき青山先生は、坊主頭のまま挙手の礼をした。わたしは両目から涙がこぼれた。わたしたちは汽車と一緒に走りはじめた。しかし次第に抜かれていった。汽車はますます早くなった。プラットホームの端まで走りつくと、弓形になった汽車のデッキに白いハンカチが見えた。汽車は煙を叶き、汽笛を鳴らした。

父の出征のときもプラットホームにおける見送り風景は、だいたい似たようなものだった。わたしの父も何度かこの永興駅のプラットホームから出征したのである。母からの手紙にはこう書かれていた。「あの張鼓峰事件、ソ満国境で物凄い激戦があつてたうとう呼び出しが来たのです。二日位間があったので千人針の腹巻をこしらへました。千人針を知つてゐますか、晒木綿へしるしをつけて千人の女の人に一針づつ縫つてもらふのです。高原迄出掛けて縫つてもらひました。お父さんがはじめてしんみりと、有難う、と云ひました。この時はお父さんも私も、これ切りだと思つてゐました。とにかく凄い話をきかされてゐたのでとても帰つてはこないと覚悟してゐました。とても派手な見送りでした」。

この母からの手紙はもう十年以上も前のものだ。父の十七回忌に母が書いて寄越した長い手紙のうち、父の出征について書かれた一節である。これによると、これが最後かと思われた張鼓峰事件からは、三ヵ月程で父は帰って来ている。しかしその後、ちょくちょく咸興まで呼び出し召集というものを受けて出かけていたらしい。父が最後に応召したのは、昭和十九年である。母の手紙によると四月二十九日となっている。「天長節、最後のそれも今迄とすつかり違つた召集でした。農林学校の下庄原校長と一緒に朝早く出かけて行きました。二人きり、その時はもう家族の者も見送りには行けませんでした。こつそり行先も云はないで行つたのです」。そういうわけであるから、永興駅のプラットホームで父の出征を送ったのは、張鼓峰事件が最後だったのかも知れない。三つ上の兄はすでに中学に行っていたから、わたしが四年生のときだったと思う。

屋根の無い永興駅のプラットホーム。そこに停車した石灰だらけの有蓋貨車に永興じゅうの日本人が詰め込まれたのは、昭和二十年の秋だった。収容所を追放されたわたしたちはリュックサックを背負ってぞろぞろと永興駅へ向った。出征する青山先生や父を送って行ったのと同じ道である。道の両脇は朝鮮人たちで埋っていた。恥かしかった。捕虜の方がまだましだろう。捕虜ならば自分一人だ。相手は敵か、味方の他人だけである。わたしは下を向いて歩いた。祖母や兄弟たちと一緒であることが、何とも恥かしかった。六十何歳かだった祖母も一歳になるかならないかだった妹も、家族ぐるみで朝鮮人たちから笑われていた。コウゴグシンミンを笑ったコウコクシンミンを、コウゴグシンミンが笑っていたのである。

永興駅に着くとまず石灰おろしをやらされた。皆一所懸命だった。その貨車に乗りさえすれば日本へ帰れると思っていた。指揮は小銃を肩にかけた朝鮮人民保安隊員五、六名がとった。保安隊員の服装は、ソ連兵を真似た鍔なしの戦闘帽をかぶり、服は警防団が着ていたオリーブ色の国民服で、日本の軍靴をはき、ゲートルを脛の半分だけ巻きつけていた。小銃はソ連兵のマンドリン銃ではなく、永興警察署の警官が使っていた騎兵銃と同じものだった。まだわたしたちへの命令は、日本語である。

永興駅のプラットホームは石灰だらけだった。石灰の粉が白煙のようにプラットホームに立ちこめていた。わたしは貨車の中に乗り込み、力まかせにシャベルで石灰をかき出した。貨車の中には三、四名のものがいた。しかし誰と一緒に作業をしていたのか思い出せない。とにかく勤労動員の松根掘り以来の働きぶりだった。頭から爪先まで石灰だらけになって貨車から降りると、人民保安隊員の号令がかかった。

「チュウカクセイ、シュウコウ！」

わたしたちはプラットホームの中央附近に集合した。そのとき田中はいただろうか。中学生は、田中、山口、真壁、わたしの四名が元山中学一年。わたしの兄が元山中学四年。元山商業は田中の兄と吉賀の兄が四年、中島、吉賀が一年。本田が咸興師範の一年。いますぐに思い出せるのは、そんなところだ。二年生と三年生とが抜けているが、不思議に思い出せない。ブリキ屋の岩崎さん、荒物屋の奥野さんなどの名前が浮かぶが、学校がはっきりしない。石灰おろしのあとは便所掃除だという。わたしたちは人民保安隊員のうしろから従いて行った。しかし誰々がいたのか、はっきりしない。永興駅の便所は駅舎の外に立っていた。田舎駅によくある小さな木造の便所だ。しかし行って見ると、掃除はすでに済んだあとだった。わたしたちが石灰おろしをやっているとき、他の保安隊員が他の「チュウカクセイ」たちにやらせたらしかった。田中はそちらの組に入っていたのかも知れない。

わたしたちは待望の貨車に乗り込んだ。確か三輛に分乗したのだと思う。貨車の床は古い石灰がこびりついて凸凹だったが、そこに古カマスを敷いて皆坐り込んだ。しかし汽車は発車しなかった。機関車が来ないのだという。結局わたしたちは動かない貨車の中で二晩を過ごした。永興駅のプラットホームはたちまち難民のキャンプ場と化した。わたしたちは駅舎と反対側の線路の柵を越えて雑木林へ入り込み、薪を集めた。プラットホームには涙の出そうな煙が立ちこめた。その煙の向うに、ソ連軍戦車の巨大な砲身が見えた。ソ連軍戦車を積んだ貨車はホームの向う側のレールに停車していた。戦車は三台に積まれていた。キャタピラは泥まみれのまま乾いていた。

わたしは一度だけソ連兵が脱糞しているところをのぞいたことがあった。しかし何故そんなところをうろついていたのか、いまもってわからない。あるいは駅の便所へ行ったついでだったのかも知れないが、ぶらぶらしていると、丸木小屋のようなところに、ムシロが三、四枚、簾《すだれ》のようにおろしてあった。駅舎と貨物の積みおろし場になっている広場との中間あたりだったと思う。だからわたしは、ソ連の戦車を見ようとしてそちらへ歩いて行ったのかも知れないのである。わたしは丸木小屋の前で立ち止り、ちょっと考えたがそれが何であるのかわからなかった。それで一番手前のムシロをそっと上げて見た。するとこちら向きに一人のソ連兵が腰をおろしていたのである。縁なしの戦闘帽をかぶったままズボンをずりおろしていた。のぞいた瞬間、目が合っていた。彼は別に声は出さなかった。わたしも、物も言わずに駅の方へ走った。

それからもう一つ。ソ連兵ではこんな場面が浮んで来た。場所はやはり駅舎と貨物の積みおろし広場の間あたりで、年取ったソ連兵が焚火の前でギターを弾いていた。顔は真赤で、真白いトルストイのような髭を生やしていた。帽子は縁なしの戦闘帽ではなく、長い鍔つきの軍帽である。軍帽のまわりは空色だった。通信兵だろうか。ソ連陸軍は軍帽のまわりの色で兵科をあらわすらしい。日本陸軍の、軍服の襟の色に当るわけだ。永興では赤、空色、緑などを見たと思う。あたりはすでに薄暗かった。真赤な顔は酒のせいか、それとも焚火のせいだったかも知れない。彼は何かの空箱に腰をおろしていた。ギターを弾きながら、何か小声で歌っていた。わたしには彼が日露戦争におけるロシア兵のように見えた。トルストイのような髭を生やした赤顔のロシア兵。彼は、あの物干竿のような剣付け鉄砲を持った、見上げるような大男たちと白兵戦を演じた日本兵を、わたしに想像させた。とにかく大きな体だったった。しかし何故わたしが彼の焚火の前に立っていたのか。どうしても思い出せない。誰が一緒にいたのかも、わからなかった。

永興駅のプラットホームには相変らず涙の出そうな煙が立ちこめていた。機関車はいつ来るのかわからなかった。携帯食糧を作れという。わたしも鍋を焚火にかけて大豆を煎った。罐詰めの空罐は捨てるなという。難民にとって空罐は貴重品となった。その空罐で飯も食った。汁もすすった。誰かが駅の便所から出たところを、いきなりソ連兵に拳銃をつきつけられたという。マダム・ダワイ！　マダムは婦人、ダワイはよこせ。ヤポンスキーに次いでわたしがきいたロシア語だったと思う。とにかく女は一人で便所へ行ってはいけない。四、五名の男が張り番について行くことになった。しかしやがてそれも危険だということになり、薪取りだけでなく用便も線路裏の、柵を越えた雑木林でということになった。女性のまわりは五、六名が輪になって囲った。もし何か起きたら、一斉に「ゲ・ペ・ウ！」と叫ぶべし。ゲ・ペ・ウ＝ソ連国家保安部。日本でいえば憲兵、アメリカでいえばＭＰに当るのだろう。しかしゲ・ペ・ウの姿をわたしは一度も見なかった。

拳銃発射事件のときもついにゲ・ペ・ウは現われなかったのである。夕暮れだった。貨車の扉を締めようか、締めまいかといった時刻だ。締めると扉の内側は真暗だった。たとえ五分間でも、扉は長くあけて置きたかったのだと思う。その五分間を狙ってでもいたかのように、一人のソ連兵がするりと貨車の入口に腰をおろした。鍔なし戦闘帽をかぶっていた。わたしはすぐ入口のところにいた。ソ連兵は汚れたズボンのポケットから、松の実を摘み出すと、まず一粒をぽいと自分の口に放り込んだ。この芸当をわたしはすでに知っていた。ソ連兵の特技である。マンドリン銃をぶらさげて歩きながらでもやる。歩哨に立っているときもやる。まず一粒を口に放り込む。素早く前歯を動かす。それから、ぷっと殻を吐き出す。実に器用だ。貨車の入口に腰をおろしたソ連兵もまずそれをやって見せた。それからわたしに一粒差し出した。わたしは首を横に振った。すると彼は、また自分の口へ放り込んだ。いつの間にかわたしたちは彼の話をききはじめていた。もちろんロシア語はわからない。

「タンク」

と彼はいった。戦車兵だとわたしは思った。

「スターリングラード」

と彼はいった。そして鍔なし戦闘帽を脱いで、額を指さした。右眉の上あたりに十文字の傷痕があった。頭は坊主刈りだった。

「ヒットラー」

と彼はいった。そして左手に持った鍔なし戦闘帽に、振りあげた右手をぶっつけた。右手の拳は戦闘帽の赤い星に当った。彼は赤い星をわたしたちに見せた。星は半分欠けていた。スターリングラードでヒットラーの空軍に爆撃されたのだ、とわたしは思った。しかしわれわれは勝ったのだ、と彼は自分の親指で示した。彼はヒットラーの右親指を、左の親指で押し潰し、それをわたしたちの目の前にぴんと立てて、自分の胸を叩いて見せた。たぶん彼はスターリングラード攻防戦の勇士だったに違いない。年は三十くらいだろうか。自分の親指くらいのものだったと思う。彼は鍔なし戦闘帽をかぶった。大人たちは、やれやれというところだったと思う。わたしは半分欠けた赤い星を見ていた。

腕を摑まれていたのは、誰かよくわからなかった。するとき、女の悲鳴が上った。

「わたしを、代りに……」

そういって頭を下げている人も、よくわからなかった。二人とも顔は鍋墨だらけだったのである。二人は米屋の蓮池さん母娘だったという。引揚げて来たあとわたしはそれを母からきいた。腕を摑まれた娘の方は、坊主刈りにした上、国民服まで着ていた。その胸元に拳銃が突きつけられていた。とつぜん貨車の奥の方から悲鳴のような大声があがった。続いて貨車じゅうの日本人が一斉に大声をあげた。しかしそれは「ゲ・ペ・ウ!」ではなかった。

「わあーっ!」

「あーっ!」

「きゃーっ!」

たぶんその三つの複合混声だったと思う。朝鮮人の「哀号《あいごう》」に匹敵する嘆き言葉を持たぬ日本人の弱さだったかも知れない。それでも複合混声の叫び声は、サイレンのように貨車内で続いた。それを断ち切るように銃声が轟いた。続いて、もう一発!

「ゲ・ペ・ウ!」

の大合唱が起きたのはそのときだった。しかしスターリングラードの勇士の姿は、すでになかった。「ゲ・ペ・ウ!」の大合唱はなおも続いた。しかしプラットホームには誰もあらわれなかった。扉を締めた貨車の中は真暗だった。カーンと裏側から小石がぶつけられた。それからしーんと静まり返った。誰かが煎り豆を一粒かじった。

あのとき彼女たちはどこにいたのだろう。年賀状をくれた小学校同級生の女性二人である。わたしはそれを彼女たちにきいてみたい気もした。あのときどこで何をしていたのか。まったく思い出せないのである。貨車の中ばかりではない。永興駅のプラットホームでの彼女たちの姿も、ぜんぜん思い出せない。

「本当に女子は何人いたんだろうなあ」

とわたしは独言のようにいった。

「お父さん、まだわかんないの？」

と長女がいった。

「こんど新聞に出してみるかな」

「新聞に？」

「ああ」

新聞のことはすでに何度も考えてみたことだった。新聞の「名簿作り」という消息欄を見る度に、そう考えていたのである。「旧朝鮮咸鏡南道の永興小学校を昭和二十年に卒業された方、ご連絡下さい。途中で転校された方もどうぞ」。これでよいわけだった。葉書にそう書いて新聞社の消息欄に送ればよかった。出してみるか。わたしは「名簿作り」の欄を見る度にそう思った。確か毎週日曜日に出る欄だった。しかしそれは夢の中で出会った人間に電話をかけるのと、どこか似ているような気がしないではなかった。

わたしは雑煮の餅を小鉢に移し、納豆をまぶした。結局この雑煮の出自はわたしにもよくわからなかった。ただこれは宮大工だった曽祖父の好みだった。彼は昭和十五年、八十八歳で永興の土になった。わたしはその曽祖父の好みを真似ているのである。しかしわたしの真似をするものは誰もなかった。妻も長男も長女も、雑煮の餅を納豆にまぶして食べないのである。

わたしはテーブルの上の年賀状の束から、田中の年賀状を探し出した。写真入りで、彼の家族四人が写っている。左端に田中夫人、真中に次男、そのうしろに田中、右端が長男だった。この家族のことをわたしは何一つ知らなかった。奥さんのこともまったく知らない。しかし田中は、今年こそは「家族ぐるみ」で会おうと、電話で強調していた。田中夫人は次男坊の肩に両手をかけて笑っている。小学校二年生くらいか。長男はきちんと両手をおろして、真直ぐカメラの方を向いて写っている。たぶん六年生だろう。顔は母親似かも知れない。次男坊のうしろに写っている田中は、きちんと上着を着てネクタイをしめていた。ブロック塀にはめ込まれた「田中」の門札も写っている。この田中の家族とわたしの家族。その家族ぐるみの対面はあるいはいつかこの日本のどこかで実現するのかも知れない。しかし彼の「家族ぐるみ」は、どこかわたしの納豆雑煮と似ているような気がしないではなかった。

雑煮のあとわたしは長女と坊主めくりをやった。百人一首の絵札遊びである。それから家族全員で、いろは歌留多を暫くやった。まことに平凡な正月である。そのあとわたしは風呂に入った。湯は少し沸き過ぎだった。わたしは水道の蛇口をひねり、湯槽に入った。そして両手で湯を大きくかき廻した。するとそのかき廻された湯の中から、とつぜん一人の朝鮮人の顔が浮び上って来たのである。眼鏡をかけた朴宗會だった。彼は田中歯科医院の技工見習いだった。院長は田中の父親である。朴宗會の渾名は、キミソウカイだった。ボクソウカイではなくてキミソウカイだろう、というわけだった。色白でひょろっとしていた。長い顔に中学生のような丸い眼鏡をかけていた。頭は坊主刈りである。

田中の家は、門を入って正面が診療室、左手が母屋で、右手が庭だった。朴宗會とはよくその庭で出遇った。一度わたしは、彼が板の上に石膏の歯型を並べているのを見たことがある。庭の奥の鳥小屋の金網の近くだった。鳥小屋といっても、田中の家のは大きなものだった。大人の背丈よりも高い金網で、その中を七面鳥、鶏、それからキャンベルと呼ばれているアヒルが歩いていた。金網の中央に大きな李《すもも》の木があった。

朴宗會は自分が板の上に並べた石膏の歯型を長い間見おろしていた。しかしふだんの彼は、ブリキの如雨露《じょうろ》やゴムホースを手にして、庭の中を歩きまわっているのがほとんどだった。田中の父親は花と盆栽道楽らしかった。庭には広い花壇があって、その中央にガラス張りの温室があった。盆栽は棚に並んでいた。毎日その庭の手入れをすることも朴宗會の仕事だったのだろう。

ある日わたしは、彼がゴムホースで庭に水を撒いているところを、うしろに立って見物していた。彼のホースさばきはなかなか見事なものだった。彼はホースを上下左右に動かしたり、ホースの先を指で潰したりした。すると水は、二筋に割れたり、三筋に割れたり、平たく扇形になったりした。ゴムホースは彼の手首と指先によって自由自在に操られる、何かの生き物のように見えた。朴宗會はゴムホースを、奴隷のように意のままに操っていたのである。

「あのね、コドウくん」

彼はうしろに立っていたわたしに、そう話しかけた。そして前を向いたまま次のようにいったのである。

「お風呂が熱いときはね、キュウショウを押さえて入れば、熱くないよ」

朴宗會はゴムホースの先を上に向けた。うしろ向きになった彼の頭の真上に、大きな弓形の虹が見えた。

南山

ある日、「朝日新聞」にこんな記事が出ていた。朝鮮の古い文化財である石人が盗まれて日本へ流れ込んでいるのだという。新聞では朝鮮でなく「韓国」となっていた。また石人ではなく「望頭石」となっていた。朝鮮人の古い墓の前に立っている人面の石像である。石人は向い合って二人立っていた。文官と武官だという。いわゆる両班《ヤンバン》である。この両班のことは金達寿氏の岩波新書版「朝鮮」にこう書いてあった。

「両班というのは高麗時代の東（文）班、西（武）班からはじまった政府の文武官のことで、李朝時代をもつうじて彼らが国家の政治権力を握ることのできる、いわゆる貴族階級であった」。

いまのところわたしにはこの程度の知識しかない。これは金氏の本のことではなく、わたしの不勉強のことである。実さい古い朝鮮の歴史に関してわたしは無知同然だった。にもかかわらず一念発起して勉強しようという気持にもならない。ただ自分が生れた朝鮮という場所をいつも呆んやりと考えている。朝鮮というものが脳味噌のどこかにべたりとはりついて離れないのである。もちろんこんなことは自慢にならない。しかし事実としてそうなのである。

「ヤンバンサラミ」

日本が戦争に敗けるまで朝鮮人たちは、わたしの父のことをそう呼んでいた。サラミは人である。イルボンサラミは日本人、チョソンサラミは朝鮮人である。だから当時はそう呼ぶものだと思っていた。そう思っていて別に支障もなかった。なにしろ朝鮮人たちがそう呼んでいたのである。

「朝日新聞」の記事は、もちろんいまの韓国の話だった。ただニュースではなく、シリーズのような読物記事である。刑事たちが調べてまわった結果、盗まれた石人は南北休戦ライン近くのものがほとんどだったらしい。管理の手が届きにくい場所であるためだと、その理由も書いてあった。

事件は昨年春ごろのことらしかった。大がかりな石人密輸グループがソウル市警によって摘発された。ちょうど同じころ、大阪市内某所の空地に数十基の石人が置かれているのを見かけたという。

「李刑事らはこの事件をきっかけに、ソウル市内の骨とう商が、盗掘した望頭石三十点を買い入れたケースも摘発している。これらの事件で盗掘者など計二十七人が逮捕された。が、主犯の韓国人商事会社社長と骨とう商はいまだに逃走中だ。李刑事は『この二人が逮捕できれば、日本への望頭石の流れが解明できるのだが……』と嘆いた」。

記事にはこの他にもいろいろと書かれている。盗掘された石人は百二十点で、そのうち二十三点は文化財保護法で国外輸出を禁じられている一九一〇年以前のものであること。また、「日本人は、金にあかせて、祖先の墓にまで手をつけるのか」と韓国の新聞は日本人への怒りをぶちまけている、とか。そしてさらに、「最大の盗掘者」は初代朝鮮総督の伊藤博文だという、ソウル国立博物館長の談話も紹介されていた。

「伊藤は帰国のたびに、ソウルの骨とう屋で買い集めた古い陶器を数十の大きな箱に詰めて持ち帰り、皇族や要人へのみやげにした、といわれている」。

わたしはこの「日本と韓国」シリーズの記事を読み終ったとき、とつぜん仏壇のことを思い出した。敗戦後の日本で仏壇や位牌が高く売れたという話である。得意先は米軍の高級将校だったという。売り食い、タケノコ生活などという言葉が流行していたころの話である。斜陽という言葉も流行した。昔は二十何万石だか、三十何万石だかの殿様だった。明治以後は侯爵だか伯爵だった。そういう身分だった誰かがまず自分の家の仏壇を売った。すると、もっとないかと注文を受けた。それで親戚じゅうを歩きまわり、次々に売ってやった。お蔭で親戚一同からは感謝されたという。もちろん本人も手間賃を稼いだ。一石二鳥である。確かそんな話だった。誰でも一度や二度はきかされた話ではないかと思う。

米軍の高級将校たちが、買い集めた仏壇や位牌を何に使ったのかはわからない。フジヤマ国の美術品として、帰国後ながく愛蔵したものもいるだろう。また伊藤博文がしたといわれるように、誰かへの土産にしたものもいるかも知れない。

わたしの家の仏壇も大きいのだけはずいぶん大きかったような気がする。座敷の床の間の左隣に、はめ込まれていた。ちょうど襖一枚分の大きさだったと思う。祖母は毎朝そこへ花とお茶をあげていた。真鍮の高坏《たかつき》に三角形に盛りあげた飯は、わたしたち子供が運んだ。はじめは兄とわたし、そのうちわたしと弟が運ぶようになった。祖母は毎朝、必ず燈明をあげ、線香を立て、数珠をかけて念仏していた。ナマンダブ、ナマンダブ。葬式以外は、線香は必ず二本でなければならない。チーンの音も一回はいけない。そういうことはそのころ祖母に教えられた。

その黒塗りの大扉の中にはいろいろなものが収まっていた。大扉の中は二段になっていて、上段にはもう一つ中扉がついていた。下段は大小幾つかの抽出しになっていたような気がする。しかし正確な構造はいまもって不明だ。三角に盛りあげたホトケサマのゴハンは、上段の中扉の内側へ供えたのか、それとも外側の台に載せたのか。どうもはっきりしない。中扉の内側は幾つもの段や棚でこまかく複雑に仕切られていたのだろう。確かに仏壇は壇であって単純な箱ではない。そのこまかく複雑に仕分けされたところに金色に光るものがごちゃごちゃと並んでおり、奥行がわからない。わからないから無限である。その無限の奥にかすかに仏の像が見えた。小さな仏である。小さいために遠く見えた。遙か無限の彼方の蓮の花の上である。

その黒塗りの扉の中へ、わたしの目の前から最初に入って行ったのは、弟だった。この弟は数え年四歳で死んだ。わたしが小学校へ上る直前だったと思う。弟は風邪から肺炎になって寝ていた。わたしたちはある晩、その弟の枕元に呼ばれた。兄とわたしと、年子の弟の三人だった。弟は座敷の手前の神棚のある部屋に寝ていた。枕元に父が正座していた。部屋の中は酸素吸入器の匂いがしていた。しかし吸入器は見えなかった。肺炎の弟は上からタオルを巻いたゴムの水枕をしていた。その脇に、ゼンマイ仕掛けの機械体操人形が置いてあった。ネジを巻くと、くるりくるりとセルロイドの人形が大車輪をする。

その場に山室さんがいたのかどうか、はっきりしない。山室さんは永興《えいこう》小学校の校医で、わたしの家のかかりつけだった。父とは碁仇でもあった。山室さんはいたような気もするし、いなかったような気もする。夜の八時ごろではなかったかと思う。しかしいずれにせよ、わたしたちを呼んだのは山室さんではなかったらしい。弟が呼んでくれといったのだという。わたしたちは四歳の弟から枕元に呼びつけられたのだった。

わたしたちは父と向い合わせに並んで坐った。母はわたしたちが揃ったことを寝ている弟に知らせた。父は腕組みをしたまま両目をつむっていた。肺炎の弟は大きな両目でわたしを見ていた。兄も年子の弟も同じ目で見られたに違いない。やせこけた弟の顔は、両目と口だけに見えた。兄弟の中で唯一人、色が浅黒かった。弟は何もいわなかった。わたしたちも黙っていた。弟はもう死ぬのだと決まってしまったわけではないだろう。ただそのとき急にわたしたち兄弟の顔が見たいと思っただけかも知れなかった。浅黒いやせこけた顔の弟は、じっとわたしたちの顔を見詰めていた。どのくらいそうやっていただろうか。やがてわたしたちは眠ることにした。弟はわたしたちが枕元を離れるまで、目を閉じなかった。そしてわたしたちが眠っている間に死んだ。

わたしは弟の死顔は忘れてしまった。おぼえているのは、わたしたちを枕元に呼びつけたときの顔である。数え年四歳で死んだ弟はあの顔で仏壇の中へ入って行った。それから二年後に曽祖父が仏壇入りした。こちらは八十八歳だった。仏壇の中の位牌は四基になった。曽祖父母、祖父、弟である。三角形に盛り上げたホトケサマのゴハンも四つに増えた。そのホトケサマのゴハンは、夕飯のときに始末された。ホトケサマのゴハンは、そのままの形で祖母の茶碗に取り出される。その茶漬けが祖母の好物らしかった。好物ではなかったかも知れないが、わたしにはうまそうに見えた。

ホトケサマのゴハンが四個になってから、ときどきわたしにも廻って来るようになった。わたしはホトケサマのゴハンの茶漬けが好物だった。母は余り喜ばなかった。子供のくせに。年寄りくさい。しかしホトケサマのゴハンはただの冷飯ではなかった。母とは反対に祖母は喜んでいたのだと思う。そのうちホトケサマのゴハン運びは弟たちがやるようになった。わたしは永興小学校を卒業して元山《げんざん》中学に入った。祖母はその後も相変らず毎朝花とお茶を供えて、ナマンダブを続けたに違いなかった。しかし祖母はついにその仏壇の中へ入ることが出来なかった。日本人収容所へ持ち出すことが出来たのは、四つの位牌だけだった。日本敗戦後の北朝鮮での仏壇の値段はもちろんわからない。

わたしは「朝日新聞」の石人泥棒の記事を切り抜いて、スクラップブックに貼りつけた。わたしとしては珍しいことだ。これはと思う記事がないわけではなかった。わたしはその新聞を仕事部屋へ持って入った。そして仕事机の近くに置いておく。座椅子にかけたまま手を延ばせば届く場所である。そのうちいつの間にか新聞は見えなくなった。月刊雑誌、週刊誌、そういったものの下になってしまったのである。そうこうしているうちに、また、これはと思う記事を見かける。そして月刊誌や週刊誌の上に載せて置く。するとまたその新聞紙が見えなくなる。これを何度か繰り返していると座机のまわり一帯、足の踏み場を失った。雑誌は最早古雑誌となり、そのところどころに挟まった新聞は、当然の結果としてただの古新聞と化した。

しかしわたしが石人泥棒の記事を切り抜いたのは、いわゆる日韓問題のためではなかった。正直にいってこの記事そのものには余り好感は持てなかった。記事としては主観や推測が多過ぎるような気がした。確かにこの記事はニュースではない。署名こそなかったが、ちゃんと署名をしてもおかしくないような、特派員の文章である。現地の刑事などの話も取り入れたりして手もかかっている。ただ惜しむらくは文章の意図が少々露骨に過ぎた。たぶん特派員氏の胸中に燃える日韓親善への使命感のせいであろう。それはよくわかる。国家的親善のためには、まず過去の国家的悪を詫びねばなるまい。私情は抹殺しなければなるまい。わたしは切り抜いた新聞記事をもう一度、途中から読み返して見た。

「だが、日本人がからんだ韓国の墓荒らし、文化財泥棒はいまに始ったことではない。おりからソウルの国立博物館では、一九七三年に発掘された慶州の新羅古墳の出土品の特別展示が行われていた。『韓国人は墓を掘ったり、墓から出土したものを家の中に持ち込んだりすることは絶対にありません。だから、韓国の墳墓は盗掘にあっていないのです。近代にはいって日本人にやられたものを除けばね』と崔淳雨館長は陳列されている新羅の黄金細工に目をやりながら話した」。

このあと、「最大の盗掘者」伊藤博文が出て来る。なるほど。ここで合点がゆくわけだった。伊藤博文は日本側の悪人代表だったわけだ。目下捜査中という石人泥棒の話は、この悪人代表、「最大の盗掘者」を日本側の右代表として突き出すための枕に過ぎなかったのである。それになにしろ、石人泥棒の主犯二人はいまだ逃亡中という。しかも二人は歴とした韓国人らしい。仮に彼らの取引先が日本の商人であるとしても、それはいまのところはまだ推測に過ぎない。その推測だけで、韓国人の主犯二人がまだ逃げまわっているうちから、日本人の方が早々と詫びを入れなければならないというのは奇妙な話だと思っていた。少なくとも、この石人泥棒に関しては、そうである。また、われわれが日ごろ生活をしているこの現実の常識ではそうである。

わたしは切り抜いた新聞記事を読み、一人でそんなことを考えていた。それともう一つ。伊藤博文は初代の朝鮮総督である。つまり権力の代表者である。その彼と、石人泥棒を一緒に考えるのはどうだろうか。いま逃げまわっているという二人の韓国人主犯の取引相手が仮に日本人商人だったとしても、やはり伊藤総督の場合とは違うだろう。この違いは小学生にだってわかっている。

石人泥棒は、つかまってしまえば、石人泥棒として罰せられる。日本人だろうと韓国人だろうと、石人泥棒は石人泥棒である。どういう罪か、どういう罰かはわからないが、いずれ相応のものだろう。しかし朝鮮総督の場合そうはゆかない。日本が戦争に敗けたときは阿部信行総督だったが、その朝鮮総督が一旦罰せられるときには、わたしの祖母に至るまで自分の入るべき仏壇を失わなければならなかったのである。

何だか話が振り出しに戻ったようだ。また仏壇へあと戻りしてしまった。これではいけない。どこからおかしくなったのだろう。伊藤博文と石人泥棒との関係。そこのところでわたしはちょっとひっかかった。しかしそれは日本人記者の日韓親善への使命感のなせる業であろう。その意図はわからないではない。親善のためには詫びなければならぬ。詫びるためには伊藤博文を出した方がよい。記者が私情で詫びるわけではないのだから、「最大の盗掘者」を悪人代表として突き出す方がよいわけだ。

しかしいかに悪人代表とはいえ、いきなり伊藤博文では話が古過ぎる。ニュース記事ではないといっても、新聞である。そこで枕に昨年から捜査中という石人泥棒の話が入った。もちろんこれはわたしの勝手な読み方である。切り抜いた記事を何度も読み返したあげく、そう思った。もともと伊藤博文と石人泥棒とは別の世界なのだ。そう切り離して考えてみると、この記事にまた別な興味も持たれて来るようだった。最初この記事に対して余り好意的でなかった自分を、幾分申訳なく思う気持さえ出て来る。それにこの記事からは教わるところもあった。

「望頭石は石人とも呼ばれ、韓国では新羅後期から李朝前期にかけて、墳墓の入り口に立てられたほぼ等身大の文、武官一組二体の石の彫刻である」。

わたしはこの望頭石という呼び名を知らなかった。ただの石人だと思っていた。また、土まんじゅう式の朝鮮人の墓の前に向い合って立っていた石人が、文武両官であることも知らなかった。何も知らずに三十年以上前に眺めていた石人を、何も知らぬままこの三十年の間にときどき思い出したり、また忘れたりしていたのである。

ただ、南山《なんざん》に立っていた石人は等身大よりは少し小さかったような気がする。子供の背丈くらいのものが多かったと思う。永興では山といえば南山だった。南山は低い山だ。山というより丘陵かも知れない。実さい、どこが頂上なのかわからなかった。しかしその山裾は永興の東の端から西の端まで広がっていた。したがってわれわれは、永興じゅうのどこからでも南山へ登ることが出来たのである。永興神社があるのも南山だった。日本人墓地があるのも、火葬場があるのも南山だった。ドイツ人神父のいる耶蘇教会があるのも南山だった。そして朝鮮人たちが大勢で泣きながら行列を作って登って行くのも、南山だったのである。

朝鮮人の葬式は何度も見かけた。行列はわたしの家の前を西から東へ向う場合もあった。また龍興江《りゅうこうこう》の方からやって来た行列が、わたしの家の前の角を東へ折れて行くこともあった。行列は道路いっぱいに溢れていた。行列の真中を屋根のついた櫓《やぐら》のようなものが、揺れ動いていた。櫓は大人たちが担ぐ永興神社の本輿よりも大きかった。輿の櫓は井の字だった。しかし朝鮮人の葬式の櫓は、縦の二本の木材がもっと長い。横の棒も二本ではなかった。枝のように何本も張り出しているように見えた。その櫓に大勢の朝鮮人たちがしがみついていた。実さい彼らは櫓を担いでいるには違いなかった。しかしぶらさがっているように見えたのである。一つにはそれは彼らの衣裳のせいだろう。櫓に取りついているものたちは皆、裾の長い衣裳を引きずるようにしていた。白い衣裳だった。道路いっぱいに、むっとするような匂いがたちこめていた。何の匂いであるのか、よくわからない。大勢の朝鮮人たちが道路いっぱいに群がっているための匂いかも知れなかった。何かぷうんと食べ物の匂いもするような気がした。むっと来る匂いだ。しかし同時に口の中一ぱいに唾が溢れて来るようだった。胡麻油をまぶした朝鮮餅の匂いかも知れない。わたしは店の前に何度も唾も吐いた。吐いても吐いても唾は口の中にたまって来るようだった。

道路じゅうに「哀号《あいごう》」の声が溢れていた。彼らが櫓にぶらさがっているように見えたのは、この「哀号」のせいでもあったと思う。

「アイゴウ」

「アイゴー」

「アーイゴー」

「アイゴ、アイゴー」

「アイゴー、アイゴアイゴ、アイゴー」

老若男女の複合混声である。長短高低さまざまである。抑揚も違う。また組合せもさまざまである。それらの「哀号」が、高く低く、混り合い重なり合った。せめぎ合い、共鳴した。また互いに他の「哀号」を押しのけ合うようにもきこえた。それに泣き女たちの泣き声が加わるのである。独得の抑揚をもった泣き声だった。しかしそれも、よくきいていると、アイゴーだったのである。アイゴーオーオーオー、オーオオ、アイゴーオーオーオン。したがって朝鮮人たちの葬列は、見ると同時に聞くものでもあったわけだ。

それにしてもまことに大した「哀号」である。これに匹敵する日本語は何だろう。さしずめ思い当るのは、祖母のナマンダブくらいである。これが何だか一番近いような気がする。たまたま葬式だからというのではない。その適用される範囲や、そこに込められる気持、意味などをこれまでの体験および想像を通して考えた上で、そう思うのである。確かに祖母のナマンダブは、便利なナマンダブだった。嘆き、悲しみ、憤り、怖れ、諦め、謝罪、おどろき、感謝、満足。その他数えればもっとあるかも知れない。たぶん、それは祖母の喜怒哀楽の色どりの数だけあるはずである。つまり何でも表現出来た。ナマンダブで表現出来ない感情は、祖母にはなかったのではないかと思うくらいだ。金山さんは朝鮮人ではないのか。いつか咸興《かんこう》からの帰りの汽車の中でそうたずねたわたしを叱りつけたあとのナマンダブも、その一例だったといえるだろう。

まことに自由自在なナマンダブである。場合によっては、ユーモア、諧謔にも適用出来るのである。その点も「哀号」に近かった。しかし祖母のナマンダブは、あくまで祖母だけのナマンダブに過ぎない。そこが違う。朝鮮人の「哀号」は、泣き女たちだけのものではなかった。老若男女すべてのものだ。そればかりではない。「哀号」は純粋に一個人の言葉としても用いられた。そして同時に、集団全体の言葉としても用いられたのである。

しかし不思議といえば、これほど不思議な言葉もなかった。言葉そのものが、同時に泣き声なのである。大の男が公衆の面前で、声を出して泣くというのも不思議だった。葬式の行列はなかなか進まなかった。老若男女、複合混声の哀号は、確かに担いでいるというよりはぶらさがり、しがみついているものの声にきこえた。実さい、ぶらさがっているものもあったと思う。大百足《むかで》の足が、五十本ずつ反対の方向へ動いているようである。

泣き女たちは行列の最後尾だった。彼女たちはあちこちの葬式に雇われて泣きに行くのだという。わたしは兄からそう聞いた。

「あれは、みんな嘘泣きだよ」

「なんだ、嘘泣きか」

泣き女たちは曲げた右肘を、両目に当てていた。彼女たちの長い裾は地を這うようだった。膝を曲げて歩いているのかも知れなかった。彼女たちの仕事は、「嘘泣き」によって行列の歩みを少しでも遅らせることにあるかのようにも見えた。生きているものも、死んだものも、ついうしろを振り返らずにはいられないような泣き声だったのである。

それでも百足のような行列は、少しずつ南山の方へ進んで行った。しかしどの道を通って南山へ登り着くのか、そこまではわからなかった。

四歳の弟が死んだとき、わたしははじめて南山の火葬場へ行った。棺について家を出たわたしたちの列は、たぶん田中歯科医院の少し先を右へ折れたのだろう。それから少し行って橋を渡る。この川は西から東へ流れ、永興小学校の裏を通って龍興江へ入る。小さな川だ。橋も古い木橋だった。橋を渡ると向う側に朝鮮人の藁屋根や瓦屋根が暫く続く。それがなくなるあたりから道はもう南山のゆるい登り坂になった。勾配のゆるい坂は斜めに東へ向っていた。

朝鮮の山奥で
かすかにきこえる豚の声
あ、ブー、あ、ブー、あ、ブ、ブ、ブ!

とつぜんわたしはいま、この歌を思い出した。わたしたちは何かというとこの歌を歌った。何の歌かぜんぜんわからない。もちろん学校で習ったものではなかった。童謡というわけでもない。本にもレコードにもなかった。誰が作ったのかもわからない。いつおぼえたのかもわからなかった。しかしわたしたちはこの歌を歌っていた。この歌を知らない日本人はいなかったのである。

学校の帰りにも歌った。龍興江へ泳ぎに行くときも歌った。山口や吉賀たちと孔子廟の裏の森へ蟬取りに行くときも歌った。順寧面《じゅんねいめん》の朝鮮寺へ遠足に行くときも歌った。兎追いしかの山、小鮒釣りしかの川。松原遠く消ゆるところ、白帆の影はうかぶ。勝って来るぞと勇ましく、誓って国を出たからは、手柄立てずに死なりょうか。拝啓ごぶさたしましたが、僕もますます元気です。煙も見えず雲もなく、風も起こらず波立たず。国を出てから幾月ぞ、共に死ぬ気でこの馬と、攻めて進んだ山や川。それらの合唱が終ったとたん、とつぜん、朝鮮の山奥で……とはじまるわけだった。

この歌の節まわしは何とも説明のしようがない。これは歌ではないのかも知れなかった。いま口の中で思い出してみると、どうやら女の子たちの縄とび遊びの節に似ているような気がする。二人が長い縄の端を持ってまわす。その弧の中へ他の女の子たちが次々に入って跳ぶ。跳びながら歌うときの節まわしである。

朝鮮の山奥で
かすかにきこえる豚の声
あ、ブー、あ、ブー、あ、ブ、ブ、ブ！

縄をまわしているものも歌う。跳んでいるものも歌う。そして最後の「ブ！」で跳んでいるものは縄の外へ逃げ出す。同時に次の女の子が入る。縄はまわる。女の子は跳ぶ。また、朝鮮の……がはじまる。

南山の火葬場は日本人墓地の手前を少し脇へそれた草むらの中にあった。赤煉瓦造りの焼き場がぽつんと建っていて、まわりに鉄の柵がめぐらされていた。弟が死んだのは何月だったのかわからない。夏ではなかった。しかし南山は雪におおわれてもいなかったと思う。火葬場のまわりは一面の枯野だった。翌日わたしたちは焼かれた弟の骨拾いに行った。鉄の扉の中から長い鉄の台が引き出され、わたしたちはその両側に並んで立った。そして誰かが長い竹箸でつまんで渡してくれる骨を、長い竹箸で受け取って、次の誰かへ渡すのである。弟の頭蓋骨は、握り拳くらいの大きさに欠けていた。その他の骨はすでに形を失って、鉄の台の灰の中に埋まっていた。欠けた頭蓋骨の脇に、灰色になったコの字型の鉄線があった。弟が枕元に置いていたゼンマイ仕掛けの機械体操人形の鉄棒だろう。

やがてわたしたちは火葬場から墓地へ向った。日本人墓地は細長く続いていた。わたしの家の墓はそのほとんど一番奥にあった。二つに分けた骨のうち一箱を、そこへ埋めるのである。もう一つは南山を下って寺へ納められた。弟の骨はどういう具合に二分されたのか、わからなかった。墓地の方へ埋める骨は、やがて南山の土に帰るだろう。しかし何故、焼いた骨の半分だけを土へ帰すのか、理由はわからなかった。

曽祖父の場合もそれは同様だった。土葬と火葬の折衷だろうか。朝鮮人たちは南山の火葬場へは行かなかった。彼らは皆土葬だという。曽祖父が死んだ日は雪が降っていた。授業中、学校へ電話がかかったらしい。わたしは先生にいわれて、帰り仕度をした。昇降口のところで店員の李が傘を持って待っていた。曽祖父は、兄とわたしと弟が学校から戻って、間もなく死んだ。伯母と一緒に従兄弟たちが四人、泊りがけでやって来た。一番上と三番目が女だった。家の中は親戚や他人で溢れんばかりだった。夜になると家の中じゅう汗が出そうに熱くなった。温突《オンドル》の焚き口は二つとも昼間から焚き続けだったのである。温突間に入ると、熱くなった油紙がぷんと匂った。温突間の床に張ってあるオンドル紙は、番傘の渋紙によく似ている。色もだいたい同じだった。その油紙が熱される匂いである。それが曽祖父の通夜の晩の匂いだった。

曽祖父の南山行きは大行列だった。八十八歳は、永興じゅうの日本人で最高齢だったという。実さい、わたしのまわりに曽祖父のいる友達はいなかった。この宮大工だった曽祖父のことをわたしはすでにいろいろと書いて来た。しかし曽祖父がいつから永興に住みついたのか、わたしはいまだにそれを確かめていない。母が生きているうちに確かめねばと思いながら、ついつい忘れてしまっている。永興神社は曽祖父が建てた神社だという。それはわたしもきいて知っていた。確かに曽祖父が朝鮮へ出かけたのは、「日韓併合」後の朝鮮に神社を作るためだろう。日本人の住む所、何よりもまず必要なのは神社だったに違いない。しかし最初から真直ぐ永興へ来たわけではないだろう。

そのところがまだわかっていない。早く母にたずねなければ、と思いながらいつの間にか忘れてしまっていた。曽祖父は一九四〇年に八十八歳で死んだ。「日韓併合」は一九一〇年であるから、曽祖父が五十八歳のときである。わたしは昭和七年、一九三二年に永興で生れた。そのとき曽祖父はすでに隠居して、父は雑貨商店を経営していた。わたしが知っているのはそれ以後の曽祖父である。頭はぴかぴかに剃り上げ、ぴんと張った真白い口髭をたてていた。足袋は白足袋である。外出のときには羽織袴に草履ばきで、手製のステッキをついた。

裏庭にはときどき木挽きが来ていた。朝鮮人の木挽きが二人がかりで、大きな鋸《のこぎり》をつかっているのを見かけた。傍でステッキをついた曽祖父が監督していた。何を作っていたのかはわからない。しかし二人がかりで大鋸をつかっている木挽きは、ときどき来ていた。曽祖父は、山や材木商売のために永興に住みついたのかも知れなかった。これも早く母に確かめなければならないことの一つであるが、たぶんそれは祖父のためだったのだろう。この祖父は四十代で若死にして、わたしが生れたときはすでにいなかった。しかし彼は、宮大工でも雑貨商でもなく、山や材木を扱っていたという。つまり宮大工の後継ぎにはなれなかったのである。

山や材木を扱うためには、永興に住まなければならなかったのだろう。また祖父が死んだあと父も、雑貨商店を経営するだけであれば何も永興に住む必要はなかったのかも知れない。なにしろ、永興は小さな町だった。何の取柄もない田舎町なのである。はるばる九州から出て来た日本人が、わざわざ選んで住みつくほどの魅力を持つ町とは、とても考えられない。それがわたしには不思議だった。しかし確かに不思議ではあったが、わたしは永興で生れた人間だった。何の取柄もない北朝鮮の小さな町がわたしの生れた場所なのである。

李成桂《りせいけい》はその永興で生れたのだという。わたしはそれをつい最近知った。三十年ぶりに消息がわかった一人の女性からの葉書で教えられたのである。

「先日は御都合がつかず残念でございました。(略)昨日モンゴルの歴史が知りたくて本を引繰返しておりましたら、李王朝の始祖の李成桂が永興の出身なのを見付けました。高麗時代の永興は北辺を守る拠点で政庁もあって栄えていたようです。あなた方と違って私は学徒動員の世代ですので知識に乏しく(これは言訳です)劣等生で習ったことはみんな右から左へ抜けてしまったようです。(略)お二人のお子様のお父様でいらっしゃる御様子、タイムトンネルを抜け出たようでちょっと想像がつきかねます。私の同級生の消息がおわかりになりましたらお知らせ下さいませ」。

日付を見ると昨年の四月九日だった。最初の「先日は御都合がつかず、云々」の個所は三十年ぶりに消息がわかった直後、早速訪ねて行くつもりでわたしが手紙を出した。しかし何かで実行出来ず、またあわてて手紙を出した。そのことである。この手紙をくれた女性は永興小学校でわたしより二年上級生だった。わたしは彼女のことは、何でもおぼえているつもりである。複式授業のお蔭で、三年生と五年生、四年生と六年生は同じ教室だった。しかしいまその話はしないことにして置く。思い出しはじめたらおそらくきりがなくなってしまうだろう。だから彼女のことはいずれあらためて思い出すことにして、いまは葉書を紹介させてもらうだけに止めておきたい。

李成桂の話はもちろんわたしは初耳だった。しかし葉書を読み、わたしはすぐになるほどと思った。永興湾のことである。わたしは何故あの湾が、永興湾と呼ばれているのか、小学校のころからずっと不思議に思っていた。朝鮮半島を兎に見立てるとすれば、その兎のちょうど耳のつけ根のあたり。戦争中の地図では桃色の点線で囲われた要塞地帯だった。元山海軍航空隊基地、虎島要塞のあったところだ。その兎の耳のつけ根あたりにあるくびれが、永興湾である。しかしその湾に直接面しているのは、元山だった。港の名前も、元山港である。永興は元山から、汽車で一時間半程離れていた。にもかかわらず、湾の名前は永興湾である。それが何故だかわからなかった。わからないままわたしは自分の疑問を、何と三十年以上も放置していたのである。

なるほど。元山よりも永興の方が古い町だったわけだ。わたしはすぐに、彼女が読んだという本を問い合わせようと思った。しかしいつもの悪癖で、一年近く経ったいまだにそのままの状態だった。本屋へ行って探してみようともしなかった。それであわてて、手許にあった金達寿氏の「朝鮮」を読み返してみた。読み返したのではない。正直にいうと、わたしはその本の中に、ただ永興の二文字だけを探し求めたのである。しかしなかなか見つからなかった。ようやく見つけたのは、七十八ページである。

「ともかく、こうして、李成桂は王位につくと一三九三年二月、彼が北方の永興《えいこう》の出身であったせいか、古朝鮮の名のそれを復活して国号を朝鮮と改め、さらに翌年の一〇月には都を漢陽《かんよう》（京城）へ移した」。

また、八十三ページにはこう書いてある。

「地方行政の区画は全国を八道（京畿、忠清、慶尚、全羅、黄海、江原、咸鏡、平安）、四府（慶州、全州、永興《えいこう》、平《へい》壌《じょう》）、四大都護府《とごふ》（安東、江陵、安辺、寧辺）、二〇牧《ぼく》、四四都護府、八二郡、一七五県にわけて細分し、道には観察使（監司）、府には尹《いん》（ただし首都の漢城府は中央の一官制となっている）、牧《ぼく》には使《し》、郡には守《しゅ》、県には格にしたがって令《れい》または監《かん》をおいた」。

金達寿氏の「朝鮮」の中で永興に関する記述は、右の二個所である。結局わたしは、永興の二文字のために金氏の本を最後まで読み返す結果になった。そしてようやく、李成桂が永興生れであることを教えてくれた葉書の主に、申訳が立ったような気持になったのである。すると、とたんにまたまた不精者の自分勝手な想像が頭を擡《もた》げて来て、李成桂が生れたのは、順寧ではなかろうかと思った。何度も小学校の遠足で出かけた、古い大きな朝鮮寺のあった順寧である。当時は永興郡順寧面だった。李朝時代には、永興府の一部だったのだろう。いまから六百年近く前のことである。

わたしは三十何年ぶりかで、やっと自分が生れた永興という町のそもそもの由来を知ることが出来た。それもほんの一部である。われながら情ないことだと思う。しかし六百年を思えば、三十何年などは物の数ではないかも知れない。

朝鮮の山奥で
かすかにきこえる豚の声
あ、ブー、あ、ブー、あ、ブ、ブ、ブ！

南山の石人は「朝日新聞」に出ていたような大きなものではなかった。せいぜい小学生だったわたしの背丈くらいだったと思う。もっと小さな、高さ二、三尺のものもあったような気がする。新聞には残念ながら石人の絵は出ていなかった。写真もなかった。だから形や作りもはっきりわからないが、南山の朝鮮人墓地に立っていた石人は、四角い石の柱に人間の顔を浮彫りにしたようなものだった。時代も様式も違うのかも知れない。また葬られた人間の身分の違いもあるのだろう。南山は永興の人間が誰でも最後に行く山だった。それは日本人も朝鮮人も同じだった。わたしの曽祖父も弟も最後は南山へ運ばれて行った。しかし南山はわたしたちの遊びの山でもあったのである。射撃演習場は南山のほぼ中央部の草原だった。同時に朝鮮人墓地の真只中だった。あたり一面、見渡す限り土まんじゅうだった。果しもなく続く敵のトーチカのようだ。わたしたちはその上でお山の大将をやった。お山の大将おれ一人、あとから来るもの突き落とせ。転げて落ちてまた登る、赤い夕陽の丘の上。土まんじゅうは黄色く枯草でおおわれていた。たちまち全身は泥棒草だらけになった。わたしは誰かに片脚を引っ張られて転落し石人に頭をぶつけた。しかし何が何でももう一度土まんじゅうの頂上に立たなければならない。這い上ってそこに立つと、眼下は一面、土まんじゅうのうねりだった。そしてその果しもなく続く土まんじゅうの起伏は、あたかも波のうねりのように遙か彼方からわたしを手招きしていたのである。

煙

わたしは相変らずの不寝番《ねずばん》で夜通し起きていた。座椅子に腰をおろし机兼用の電気炬燵にへばりついているのである。真夜中だった。飛行機の音はもうだいぶ前にきこえた。毎晩十一時何十分かに爆音がきこえた。爆音はわたしの頭の上を右から左へ去って行く。わたしは北向きに坐っていたから、飛行機は東から西へ飛んで行くのだろう。しかしどこへ行くのかはわからない。何の飛行機かもわからなかった。

爆音がきこえると、わたしは何となく時計を見た。ラジオ付きの箱形置時計である。それがへばりついている机兼用炬燵の右側の棚に置いてあった。頭の上を右の方から爆音がきこえる。時計を見る。それがいつも十一時何十分かだった。十一時何分だったかも知れない。わたしはいつも呆んやり時計を見ていたようだ。何かの用事で確かめるのではないから、正確に十一時何分なのかは思い出せない。

ある晩、わたしはふと手を伸ばして箱形置時計のラジオのスイッチを捻った。頭上を右から左へ通り過ぎてゆく爆音がきこえたあと、だいぶ経っていたと思う。わたしは炬燵に両足を突っ込んだままの不精な恰好で、右手を伸ばしてダイヤルを動かしてみた。時計の目盛りは四桁の数字だった。上二桁が時、下二桁が分をあらわす。一分経つと一番下の桁に新しい分をあらわす数字が、上からゆっくりとおりて来た。ラジオの目盛りは、その時計の数字の下にあった。わたしは左から右へダイヤルを捻った。赤い縦の目盛りがその通りに動いた。

わたしは何をきこうというわけでもなかった。確かにわたしは夜通し起きて机にへばりついている不寝番ではあったが、ラジオの深夜放送をきく習慣はなかった。むしろその時計がラジオでもあることを、ほとんど忘れていたくらいである。わたしは毎晩、机の前で肥後守で鉛筆を削って仕事をしたり、煙草を吸ったり茶を飲んだり、首の骨をぼきぼき鳴らしたり居眠りをしたり、たまには鼻毛を引き抜いたりした。

だからある晩、わたしが右手を伸ばしてラジオのスイッチを捻ったのは、いつもは無言である箱形の電気時計が、同時にラジオでもあったことを思い出したためだろうと思う。それ以外の理由があっただろうか。あるいは何かあったのかも知れない。しかし何が何でもという程のものではなかったようだ。わたしはすぐに忘れてしまった。自分がラジオのスイッチを捻った理由をである。そして左から右へと何度かダイヤルを動かしてみた。すると朝鮮語の放送がきこえて来た。

朝鮮語であることはすぐわかった。わたしはあたかも、自分がラジオのスイッチを捻ったのはこの放送をきくためでもあったかのように、朝鮮語の放送をききはじめた。喋っているのは女だった。重々しい口調で、ゆっくり喋っていた。海外放送のためかも知れない。新劇調の芝居がかった抑揚である。しかし話の内容は皆目わからなかった。わたしはこの三十年の間に、朝鮮語をきれいさっぱり忘れてしまっていた。

わたしは傍にあった雑記帳を開いて、女アナウンサーの朝鮮語を書き取ってみた。もちろん片仮名で、ききおぼえのある単語だけを抜き書きするのである。ヘーバン、ナンポグ、キムイルソン、クッキ、コンサン、テーハエ、パロ……。これでは何のことかさっぱりわからない。一言一言、噛んで含めるような女アナウンサーの朝鮮語はなおも続いた。そして、歌になった。行進曲ふうの旋律だった。それでいまのは、北朝鮮側の放送ではなかろうかと思った。最後の歌は国歌かも知れない。

「ふうん」

わたしは煙草に火をつけて、大きく煙を吐き出してみた。それにしても、きれいさっぱり忘れてしまったものだ。実さいわたしは、自分の頭の中がガランドーになったような気がしたのである。そのガランドーの頭の中にとつぜん山口の声がきこえた。

「おい、チャンテギおぼえてるか?」

「チャンテギ?」

と田中がきき返した。山口と田中とわたしが、二十八年ぶりに再会したときの話である。チャンテギは確かに朝鮮語に違いなかった。ちゃんとした意味はわからない。これは忘れたのではなく、はじめからわからなかった。しかし遊ぶのにはそれで一向に支障なかった。

「あれはな、考えてみたらずいぶん高級な遊びじゃないかと思うよ。野球とゴルフの原形みたいなもんじゃないかね」

そういって山口はもともと丸い目をいっそう丸くした。チャンテギは棒切れを棒切れで叩き飛ばす簡単な遊びだった。リレーのバトンくらいの長さの棒切れを地面に斜めに立てかける。立てかける台は平たい石でも、丸太でも何でもよかった。その斜めに立てかけた棒切れの片端を、手に持ったやや長目の棒で叩く。そうすると、叩かれた方の棒切れが宙に跳ねあがる。跳ねあがったところを、手に持った棒でもう一度叩いて、遠くへ飛ばすのである。

「こうだろう」

とわたしは酒場のテーブルの上の小皿に割箸一本を斜めに立てかけ、その片端をもう一本の箸でたたく真似をやってみせた。

「そうそう」

「あれ、市民運動場でよくやったな」

「撃ち方が悪いと、手がビーンとしびれるからね」

「それから、あれ、ピング！」

負けてなるものかというように、田中がいった。二十八年ぶりに再会したわたしたちは、当然のことながら三人とも満四十歳だった。その四十男が三人、順序は忘れたが、あたかも思い出競争の出場者でもあるかのごとく、朝鮮の遊びを思い出したのだった。チャンテギの次はピング、ピングの次はチャゲ、チャゲの次は朝鮮独楽だった。そしてそれらは、いずれも冬の遊びだった。

作り方はいずれも簡単である。ピングは凍った川の上を滑る箱橇の一種で、まず一枚の板の底に二枚の細長い板を、下駄の歯のように釘で打ちつける。その二枚の歯の底に、三番線くらいの太目の針金を渡せばよい。次に、摺《すり》粉木《こぎ》大の棒の片端に二寸釘を半分くらいまで打ち込む。そして、釘の頭を金鎚で潰し、鑢《やすり》でとがらせる。この棒を二本作る。遊び方は台の上にあぐらをかき、二本の漕ぎ棒で氷をかいて走るのである。

ピングの材料は家の裏庭へ行けば幾らでも見つかった。温室や盆栽のある田中の家の庭と違って、わたしの家の裏庭には、空箱や空樽がごろごろしていた。しかしわたしは、自分の手でピングを作った経験がなかった。いつも裏庭で店の者に作ってもらった。したがって作り方は、店員の張か金か李かが作っているのを見ていておぼえたのである。

龍興江《りゅうこうこう》に氷がはりつめると、永興橋《えいこう》の下を牛車が列をなして渡って行った。牛車には温突《オンドル》用の平たい大石が満載されていた。牛車は龍興江の川幅一ぱいに列を作って、氷の上を渡って行った。そのまわりに、ゲンゴローのように子供たちの漕ぐピングが群がり、走りまわった。しかし父は、ピングを嫌っていた。

「あんな朝鮮人みたいな真似はいかん」

そういって父は、あぐらをかき、やや前かがみの姿勢でピングを漕ぐ手真似をした。

「どうもあの恰好は、朝鮮人くさくていかん」

また、こうもいった。

「あれは、イザリだ」

朝鮮人くさいもくさくないも、ピングは朝鮮人の遊びだった。また、わたしには朝鮮人くさい、という意味がわからなかった。しかし何となくピングは止めてしまった。イザリの方に引っかかったのかも知れない。永興のイザリは朝鮮人の乞食だった。両脚は曲がったまま動かなかった。あぐらをかいたような形だったかも知れない。はっきりした形はわからなかった。なにしろ、つぎはぎだらけのぼろ布でくるまれていた。膝のあたりにはリヤカーの古タイヤのようなものを巻きつけて、針金で縛っていた。彼は雪の上を両肘にくくりつけた板で漕ぐようにして、わたしの家の店先に現われるのだった。その恰好はどこか、ピングを漕ぐのと似ているような気もした。顔じゅう髭だらけで、洟《はな》を垂らしていた。

イザリに金を渡すのは、張か金か李だった。父か母から金を受け取って、イザリの首にぶらさがっている汚れた布袋の中へ落とし込んでやるのである。金は幾らなのか、わからなかった。イザリは布袋の中へ金を落とし込んだ張か金か李かに向って、何度もおじぎをしながら日本語でいった。

「アリカドコジャイマス」

張（か金か季）は、手を振ってイザリに帰れの合図をした。イザリは両肘の板で廻れ右をして、雪の道へ帰って行った。イザリになったのは龍興江のザリガニを食べたからだという。わたしは祖母にそうきいていた。ザリガニを食べると手が曲がる。脚が曲がる。それはどことなく本当のようにきこえた。しかし、あの犬橇に乗って走って来る男のことは、よくわからなかった。犬橇に乗った男は片脚を自分の肩にかついでいたのである。

実さい、いまだにわたしにはわからなかった。あれはいったい何だったのだろう。わかっているのは、彼が朝鮮人だということだけだった。犬橇の男をわたしは何度くらい見ただろうか。はっきりしない。しかし二、三度は見ている。犬橇の男は毎年、大雪の日に西の方から走って来た。どこから走って来るのかわからない。しかし日暮れ方、わたしの家の店先に到着するのだった。わたしは店のストーブの前から立ち上り、ガラス戸をあけて店先へとび出して行った。

橇は二頭立てで、犬は黒犬と白犬だった。大きな犬だ。何という犬かわからなかった。白い方も黒い方も、体の毛は長く、耳を立てていた。鉄砲撃ちの金さんの猟犬は二匹とも真白だった。白熊のようだ。二匹で猪に襲いかかるのだという。犬橇の犬は、鉄砲撃ちの金さんの猟犬くらいの大きさだった。犬は赤い口から激しく息を吐き出していた。しかし不気味であったのは、やはり男の方だった。

男のまわりはすでに人だかりだった。男は店の角の入口に犬橇を横づけにしていた。西は城西校へ、北は龍興江へ向う道路の角である。帽子屋の金さんの店の真向いだった。わたしは店の内側から誰かの脇へ首を突っ込んで、のぞいて見た。そしてまず、自分の肩にかけた片脚におどろいたのである。犬橇の男は毎年、同じ恰好をしていた。飛行士のような革の帽子をかぶり、雪除けの眼鏡を額の上にあげていた。彼の全身は、革ずくめだった。上着もズボンも真黒い革だった。そして黒の革手袋をはめた右手に、細長い革鞭が握られていた。

肩にかつがれた片脚の先はどうなっていたのだろう。しかしこれはよく思い出せない。黒の革ズボンでくるまれていたようにも思うし、足首から先は木だったような気もする。犬橇の男のことは、わからないことばかりだった。男全体がわたしには謎のように思えた。謎の人物、というよりももっと不思議なあるものだった。怪人物というのでもなかった。実さいわたしには、彼は人物ではないような気がした。そのおそろしさは、イザリのおそろしさとは別物だった。片輪異形のおそろしさではない。因果もののおそろしさでもなかった。また、正体不明のおそろしさでもなかった。いわゆる悪夢でもない。怪談のおそろしさとも違う。ハメルンの笛吹き男。あれだった。物語で読んだあの男だった。とつぜん街に現われて、不思議な笛を吹きながら街じゅうの鼠をウェーゼル川に流し込んでしまった男。そしてその次に彼が笛を吹くと、今度は街じゅうの子供たちがぞろぞろとその不思議な笛のうしろから歩いて行く。やがて街はずれの山の麓にさしかかったが男はそのままどんどん歩いて行く。子供たちも男の笛の通りにどんどんついて歩いて行く。男は山の下へ着いた。それでもどんどん歩いて行くと、山は二つに割れるのである。なおも男は歩いて行く。子供たちも男の笛の通りに歩いて行く。二つに割れた山の間を笛の通りにどんどん歩いて行くのである。そして最後の子供が山の割れ目を通り過ぎたとき、ふたたび山は元通りの山に戻るのである。

　もちろん犬橇の男はハメルンの笛吹き男ではなかった。永興の街へ毎年大雪の夕方走って来るのは、鼠退治のためではないらしかった。犬橇のうしろから永興じゅうの子供たちがぞろぞろとついて行くわけでもなかった。南山《なんざん》が二つに割れるわけでもなかった。しかし犬橇の男のおそろしさは、ハメルンの笛吹き男のおそろしさに似ていた。わたしは彼のことを考える度に、物語で読んだハメルンの笛吹き男を思い出さずにはいられなかったのである。

　片脚を自分の肩にかついだ犬橇の男は、大雪の日に西の方から走って来て、東の方へ走り去って行った。わかっているのはそれだけだった。何故わたしの家へ彼が立寄るのかもわからなかった。犬橇の男のまわりはたちまち人だかりとなった。わたしの家では店員の張か金か李が何か話をしていたような気がする。イザリの乞食と違って、犬橇の男は朝鮮語で話したのかも知れない。また彼は乞食には見えなかった。わたしの家へ立寄るのは何か買うためだったのだろうか。煙草か、塩か、砂糖か、その他の食糧品か。あるいは石油だろうか、蠟燭だろうか、燐寸だろうか。しかしわたしは、そのような物は何も見なかった。そんなことは考えてもみなかったのである。わたしはただ店の内側から誰かの脇の下に首を突っ込んで彼を見ていた。

　雪は夕暮れとともにいっそう激しくなるようだった。やがて犬橇の男は右手の革鞭を握りなおし、白黒二頭の犬を東に向けた。そして大雪の道を真直ぐ東へ走り出したのである。不思議なことは、犬橇の男について誰からもきかなかったことだ。何故わたしは誰かに犬橇の男のことをたずねなかったのだろう。これも不思議だった。犬橇の男は何者であるのか。彼はどこから来てどこへ行くのか。わたしは兄にもたずねてみなかった。張や金や李にもたずねなかった。また誰もわたしに話してきかせなかった。その理由もわからなかった。自分の肩に片脚をかけた犬橇の男を見たのは、もう三十年以上も前である。四十年近くなるのかも知れない。しかしわたしは、いまだにとつぜん思い出すのである。

　二十八年ぶりで田中と山口に再会した晩、犬橇の男の話は出なかった。チャンテギ、ピング、チャゲ、朝鮮独楽のあと田中が思い出したのは、鉄砲撃ちの金さんらしかった。だからチャゲと朝鮮独楽の作り方は、いまは暫く忘れることにしよう。ふたたび、とつぜん思い出すまでである。鉄砲撃ちの金さんの家は、田中歯科医院の裏だった。朝鮮瓦を積んだ土塀の中は、広い庭である。芝生でもない。花壇でもない。立木もなかった。ただ広い庭だった。庭の土は砂地ではなく、粘土質の固い土だ。その庭の奥に朝鮮瓦葺きの反り返った屋根が二つ並んでいた。

猪が獲れると金さんは肉を息子に届けさせた。金さんの息子はよく知っている。わたしと同じ年くらいだった。あるときわたしは、金さんの牛車のあとからついて行った。牛車には獲物の猪が横たわっていた。猪は西の方の山で獲れたらしい。牛車は西の方からわたしの家の前を通りかかったのである。牛車のうしろには、すでに大勢の子供たちがぞろぞろ歩いていた。皆、朝鮮人の子供だった。金さんは大きな猟銃を肩にかけていた。牛車の牛を引いているのは息子だった。

わたしはこの金さんの息子に、石油を一度売ったことがあった。もう夜中だったような気がする。店の雨戸はとうに閉められていた。わたしは店の板の間で、誰かと朝鮮将棋をしていたのだと思う。相手はたぶん住み込みの張だったのだろう。そこへ、くぐり戸を叩いて金さんの息子が石油を買いに来たのだった。わたしは張のうしろについて行った。入って来た金さんの息子は、一升壜をぶらさげている。しかし酒を買いに来たのでないことは、すぐわかった。朝鮮人たちは、四合壜や一升壜をさげて石油を買いにやって来た。その壜の口には、必ず油のしみ込んだ麻紐の釣手がくくりつけられていたのである。

店にはそのような壜をさげて買いに来る朝鮮人客用の、口あけした石油罐が幾つか置いてあった。

「イッショ」

と金さんの息子はいった。石油の小売りの仕方はわたしも知っている。商店の倅である以上当然の話であるが、実さいにはなかなかやる機会がなかった。金さんの息子のときが何度目かだったと思う。張はすでにはめていた軍手を脱いで、わたしに渡した。わたしはそれを自分の手にはめて、一升壜の口にブリキ製の漏斗《じょうご》をさし込んだ。次に石油罐の角を三角形に押しあげ、罐の内側に釣りさげられているブリキ製のひしゃくを取る。垂直に柄のついたひしゃくだった。それを暗い石油罐の底へ押し込むように沈める。それからそろそろと垂直に引き上げる。ひしゃくには石油が満たされていた。それをこぼさぬように石油罐の縁まで引っ張り上げ、さっと漏斗へあけるのである。

これを二十回繰り返すと、一升だった。時間はどのくらいかかったのか、わからなかった。とても張がやっているようにはゆかなかった。実さい張は早かった。彼がひしゃくですくっているのは、石油ではなくて、こぼれない水飴か何かのように見えたのである。金さんの息子も、その早さは知っていたに違いない。なにしろわたしが彼に石油を計って売るのははじめてのことだった。いつもは張か金か李から計ってもらっていたのである。だから彼は早く張に代ってもらいたいと思っていたのかも知れない。しかし彼は、一升壜の傍にしゃがみ込んで、わたしの代りに数えていた。チュウシヂ……チュウハヂ……チュウギュウ……。ひしゃくに汲んだ石油をわたしが漏斗にあける進度に合わせて、ゆっくりゆっくり彼は声に出して数えていたのである。もちろん最後の、二十までだった。

「ニチ、ユウ！」

そこで彼はふうっと溜息をついた。わたしたちは一升壜を中に挟んで、顔を見合わせた。振り返ると張の姿は見えなかった。わたしたちはもう一度、顔を見合わせた。そしてほとんど一緒に、ふうっと溜息をついた。

猪を積んだ金さんの牛車と一緒に、わたしは門の中へ入った。朝鮮服を着た金さんのオモニが包丁を片手に歩いて来た。反り身の朝鮮包丁だった。金さんはそれを受け取ると、庭の真中で猪の腹を切り裂いた。猪は子牛くらいの大きさだった。そのまわりに見物人たちが輪になっていた。二十人くらいいたと思う。その見物の輪の中から、とつぜん溜息のような喚声が上った。猪の腹の中から金さんが白い塊を摑み出したのだった。どういうわけか、それが猪の胎児であることは、わたしにもわかった。胎児は子豚にそっくりだった。大きさも似ていた。そして真白だった。しかし金さんの手は血だらけだった。二頭の白い猟犬が金さんの前へ現われた。白い毛の長い猟犬である。それまでどこにいたのか、わたしは気がつかなかった。金さんの二頭の猟犬は、左右から猪にとびかかるのだという。どちらも白熊のように見えた。しかし彼らは、いまや地面に仰向けにされて腹を裂かれた猪には、目もくれなかったのである。金さんは真白い子豚そっくりの胎児を、彼らの前にぽんと投げた。すると白い塊は、あっという間に消えてなくなってしまったのである。

しかし二十八年ぶりに再会した田中が思い出したのは、その鉄砲撃ちの金さんの家の庭の場面ではなかった。そこに田中はいなかったのかも知れない。田中が思い出したのは金さんの息子だった。しかし直接彼のことではなくて、実はわたしのことだった。

「ほら、あんたの家の庭に、ポンプがあったじゃないね」

「うん」

「ポンプのまわりが、ほら、セメント作りの四角い池みたいになって」

「うん」

しかしあれは何だったのだろう。何のために作られたものかよくわからなかった。ポンプがあった。手押しポンプである。そのまわりに田中がいう通り四角い池のようなものがあった。コンクリートだったと思う。広さは畳二枚か三枚分くらいだった。何かの洗い場だったのだろう。洗濯場ではなかった。深さは一尺足らずだったが、いつも水が入っているわけではなかった。そこでわたしがおぼえているのは、鰻屋である。ある日その池に鰻が数匹泳いでいた。傍に鰻屋がいて、コンクリートの縁に俎板《まないた》を置き、包丁を磨いでいた。永興では佐藤君の家が魚屋だった。双子が三組で十三人兄弟という話だった。わたしより一年上の佐藤君は大きな荷台のついた自転車で魚の配達をしていた。また二宮金次郎のように、林檎を山盛りにした竹籠を背負って南山から降りて来ることもあった。魚屋の他に林檎園もやっていたのである。佐藤君の兄さんの大車輪は有名だった。高等科を出たあと鉄道の蒸気機関手になったらしい。

ポンプのところにいた鰻屋は佐藤君の家の人ではなかった。鰻屋ではなくて、朝鮮人の漁師だったのかも知れない。しかし彼は包丁さばきも大したものだった。彼は泳いでいるのを一匹つかまえると、俎板の上に載せるや否や、その頭に長い錐《きり》を突き立てた。あっという間の早業だった。とん、と俎板に錐が突きささる音がした。続いて、布を裂くような音がした。鰻の腹を包丁が裂く音だった。

しかし田中が思い出したのは、まったく別の場面だった。あるときわたしがそのポンプのところで、金さんの息子の真似をしてみせたのだという。

「ほら、あのローソクの話」

「ローソク？」

「神棚にあげる、豆ローソクだよ」

「金さんの息子にか？」

「そう。金さんの息子があんたの家に買いに来たときの話だよ」

「石油じゃないかな？」

石油を売った晩のことは、はっきりおぼえていた。しかし蠟燭のことはまるで思い出せない。

「ほら、あの息子がさ、豆ローソクっていうのを日本語でいえなくてさ。こう、手真似でやった話したじゃないね」

そういって田中は手真似をやってみせた。カミサマニ、タテマツル、チョコマンナ、ノーソクハ、アリマセンカ？　豆蠟燭を買いに来た金さんの息子は、手真似入りでそういったのだという。「カミサマニタテマツル」で合掌。「チョコマンナ」で左手の小指を示す。「ノーソクハアリマセンカ？」では両掌で蠟燭の恰好を作って見せた。チョコマンは、小さいの朝鮮語である。ノーソクは朝鮮語ではなく、ローソクのことだろう。

「カミサマニ、タテマツル、チョコマンナ、ノーソクハ、アリマセンカ？」

もう一度田中は、手真似入りでそれをやって見せた。節までついている。確かにいかにも朝鮮人らしい節まわしだった。強弱弱、強弱弱の三拍子である。金さんの息子がそれをやった。わたしがそれをあの庭のポンプのところで、田中に真似て見せたのだという。

「あんときは、本当におかしかったよなあ」

ポンプの傍で大笑いしたあと、田中とわたしはポンプの水をがぶがぶ飲んだらしい。

ポンプの水をがぶがぶ飲んだあとわたしは、腹をゆさぶって田中に水の音をきかせたのだそうである。

「それでね、耳をくっつけるとさ、本当にポチャッと音がきこえたんだよな」

ラジオの朝鮮語放送の歌がまだ続いていた。朝鮮古来の旋律ではなく、近代的である。もちろんはじめてきく旋律だった。真面目であるが面白くはない。良くも悪くも新興国らしい曲といえるだろう。わたしはそれを北朝鮮の国歌ではなかろうかと思った。歌の文句はまるでわからない。それは歌の前にきいた女アナウンサーの放送と、まったく同様である。だから根拠は何もなかった。ただ、とつぜんそう思っただけである。情無い話であるが、仕方なかった。

わたしは相変らず座椅子に坐ったままだった。その姿勢でぜんぜんわからない朝鮮語の深夜放送を、呆んやりきいていたのだった。わたしは右手をラジオに伸ばした。もちろんスイッチを切るためである。時刻は十二時四十何分かだった。わかりもしない北朝鮮の放送をどのくらいきいていたことになるのだろう。はっきりしたことはわからない。言葉がわからないから、なおさらわからなかった。そんな気がした。わかったことは、朝鮮語は最早ぜんぜんわからないということだった。

それでわたしは、別に落胆したわけではなかった。北朝鮮の放送だからといって、永興のことを話してくれるわけでもあるまい。わたしは一旦ラジオの方へ伸ばした右手を引っ込めて、自分の頭をちょっと掻いた。もちろん部屋にはわたし一人だった。妻や二人の子供たちはもうとっくに眠っていた。しかし何かわたしは、ちょっと頭でも掻いてみたい気持だったのである。深夜の朝鮮語放送などをきいてみた自分に対してである。自分が朝鮮語をすっかり忘れてしまっていることは、もうずっと以前からわかっていたはずだからだった。

朝鮮語の歌はどうやら終りに近づいたようだ。わたしはもう一度ラジオの方へ右手を伸ばした。しかし、とわたしは考え直した。わたしはスイッチの左側のダイヤルの方をつまんだ。北朝鮮の放送があるのならば、南朝鮮の放送もあるはずだった。まことに平凡なことだが、とつぜんそのことに気がついたのである。そう気づかせたのは、歌だったかも知れない。女アナウンサーが朝鮮語を話している間は、北も南も考えなかった。考えようにも、話の内容がわからなかった。わたしはダイヤルを右の方へまわした。わたしは自分の思いつきにある種の満足をおぼえた。こうして深夜の同じ時間に、南北両朝鮮のラジオ放送をきいてみる。それも別に何の目的もなしにだった。わたしは耳を澄ますようにして、小刻みにダイヤルを右へまわした。いつどこから南朝鮮の放送がきこえて来るかわからない。縦の赤い線が目盛りから目盛りへ移る瞬間に、ちらり、ちらりと男や女の声がきこえた。しかしそれがどんな短い言葉の断片であっても、日本語である場合にはすぐにわかった。

やがて朝鮮語がきこえはじめた。こちらは男の声だった。まずきこえたのは、ウリナラだった。きこえたのではなく、わたしにわかったのである。ウリは吾、ナラは国、国民、民族に当る。つまりウリナラは、わが国、わが国民、わが民族だった。この朝鮮語は最近、古代史方面で話題になっているらしい。奈良は朝鮮語のナラではなかろうかというわけである。もちろんわたしは不勉強で、専門家たちの詳しい論議や説の内容は知らない。誰がどういう説を唱え、それに対立しているのが誰の説かもわからない。ただわたしは、もうずいぶん前から、奈良はナラではなかろうかと思っていた。十五、六年にはなるだろうと思う。あるとき自分勝手にそう思ってみたのである。

根拠はこれまた何もなかった。だから証明も出来ない。しかし証明するための努力も研究もわたしはしなかった。不勉強を売り物にするのではない。また、そんなものは別に売り物にもならないと思うが、わたしは何が何でも奈良はナラなのだと証明する必要もあるまいと思ったまでだった。それに、その方面の仕事はわたしには不向きだと思う。それは自分が一番よく知っているつもりである。わたしが、奈良はナラではなかろうかと自分勝手にそう思ったのは、たまたまわたしがナラという朝鮮語をおぼえていたために過ぎない。もはや朝鮮語は忘れてしまった。その忘れてしまった朝鮮語の中の、忘れ残りの一つがナラだった。そして十五、六年前のある日わたしは、おや、と思った。それ以上でもなければ、それ以下でもなかった。証明するしないの問題ではなかった。証明の可能不可能にかかわらず、奈良はナラではなかろうかとわたしは思った。学者でも政治家でもないわたしは、それでよいのである。

南朝鮮の男のアナウンサーは話し続けていた。わたしはあわててまた雑記帳を開いた。そして先刻と同じように、ききおぼえのある朝鮮語を片仮名で書き取りはじめた。先刻書き取った幾つかの片仮名朝鮮語は、雑記帳の上半分に並んでいた。わたしはその下に、横線を引き、今回の分はその下半分に書くことにした。北は上、南は下である。もちろんこれはまったくの偶然だった。最初に北の分の書き取りをはじめたときには、それが北かどうかさえわからなかった。北か南か考えてもみなかった。最後の行進曲ふうの国歌らしき歌をきくまではそうだったのである。

しかしいま雑記帳に一本の横線を引いてみると、偶然とはいえ、世界はたちまちにして一変した。わたしはおどろいた。無造作に鉛筆で引かれた一本の横線は、三十八度線以外の何ものでもなかった。雑記帳の一頁はその一本の横線によって上下に断ち切られた朝鮮半島そのものだった。わたしは横線の上に、北と書いてみた。同じく下に、南と書いてみた。そして横線の上に、38と書いた。いずれも、偶然によるおどろきの余りである。

南側の男性アナウンサーの口調は、北の女性アナウンサーよりも柔らかだった。一語一語、噛んで含めるような調子ではなく、穏やかに語りかけるような調子だった。どちらが朝鮮語らしいのだろう。わたしはちょっと、そんなことを考えてみた。もちろんわたしに朝鮮語の特徴を云々する資格はない。能力もない。ただわたしは両アナウンサーの朝鮮語を、それぞれ誰かの顔に当てはめてみようとしたのだった。わたしが生れてから、三十年前まで、わたしが出会った朝鮮人の誰かである。しかし両アナウンサーの朝鮮語は誰の顔にも当てはまらないようだった。

不思議なことに、誰の顔も浮び上って来なかったのである。誰の顔も、いかなる景色も浮んでは来なかった。

南の男性アナウンサーの口調も芝居がかっているような気がした。柔らかく語りかけるような口調が、いかにも安っぽい学校劇か何かのようだ。中身はわからない。調子のことである。それでもわたしは書き取りの方はやってみた。結果はこうなった。ウリナラ、コンサンデ、ヨギヌン、クンロジャ、ナンポグ。成績は先刻の場合と大差なかった。百点満点で二点か三点ぐらいだろう。そのとき放送が終り、日本と同じような時報の音がした。時計を見ると、ぴったり一時だった。そうか。南朝鮮もやはり午前一時か。時差はまったくなかったのだろうか。そう思っていると、朝鮮語の歌がきこえて来た。南も北も放送のあとは歌を流すらしい。歌がはじまる前、「ヨクサー」という声がきこえた。男性の声だったが、先のアナウンサーとは別人らしかった。そして先の声よりも更に芝居がかってきこえた。たぶんそれは、これからはじまるのが歌だったからだろう。ヨクサーは歴史の朝鮮語である。やがてテノールの男性独唱がきこえて来た。

ずいぶんゆっくりした節まわしだった。しかし古い朝鮮の節ではないようだった。文句がわからないのはこれまでと同じである。わたしは右手をラジオのスイッチの方へ伸ばした。しかしとつぜんわたしの頭に混乱が生じた。

「え?」

とわたしは思わず声を出した。

「おい、おい、ちょっと待ってくれよ」

と、これも声を出していった。

わたしの右手はラジオのスイッチの手前で止っていた。ラジオからはロシア民謡ふうの歌がきこえて来た。歌は朝鮮語だった。しかし節はまぎれもないロシア民謡だった。古い民謡ではなく新しい歌謡曲かも知れない。はっきり何の歌だともわからなかった。たぶんラジオからきこえて来るのは、朝鮮の歌なのだろう。しかし節はロシアの民謡か歌謡曲の何かを真似たものに違いなかった。

とつぜんの混乱はこの歌から生じた。先刻はいかにも新興国家らしい行進曲ふう。今度はゆっくりした節まわしのロシア民謡ふう。果して北はどちらなのだろう? わたしは目の前の雑記帳を見おろした。そこには先刻の書き取りの、まことに出来の悪い結果が見えた。書き取りは上下二段に分れていた。その間に鉛筆で引いた一本の横線があった。わたしはペン皿の中から大急ぎで赤鉛筆を探した。そしてその線の真上に大きく「?」のマークをつけた。果してどちらが北なのだろう? わたしは雑記帳を逆さまにしてみた。

真夜中だった。わたしの前を母が歩いていた。母は小さな妹をおぶっていた。ちょうど三十年前の妹だった。母の黒っぽいモンペの上で妹の短い両脚が小さく揺れていた。母は左手に風呂敷包みをさげていた。風呂敷包みは鍋の形をしていた。山の中だった。わたしたちは落葉松の間を歩いていた。たぶんそれは道だったのだろう。どこを歩いているのかわからなかった。にもかかわらずわたしたちは山の中を歩き続けていた。北から南へと歩いていた。三十八度線の方へ歩いていた。歩いていたのだと思っていた。わたしも荷物を背負っていた。母が手で作ったリュックサックに似た袋の上に丸めた外套をくくりつけていた。その荷物のためにわたしの歩く姿勢は前かがみだった。見えるのは黒っぽい母のモンペと、その上で小さく揺れている妹の脚だった。何度か梟《ふくろう》の鳴声がきこえた。

しかしおそろしいとは思わなかった。わたしたちがおそれていたのは朝鮮人だった。わたしたちは四十人程の団体だった。列の先頭に立って歩いているのは、道案内の兵隊という話だった。関東軍の脱走兵だという。しかしわたしは彼の姿を見たことはなかった。見たのだとしても、誰が彼であるのか見分けはつかなかっただろう。しかし彼は間違いなくわたしたちの列の先頭を歩いているはずだった。そして彼は山の中の道なき道を三十八度線の方へ歩いているはずだった。そう信じる以外にわたしが歩いている理由は見当らなかった。しかし見えるのはいつも黒っぽい母のモンペと、その上で小さく揺れている妹の脚だけだった。

歩いているのはいつも真夜中だった。そして山の中だった。昼間は朝鮮人に発見されるおそれがあった。ふつうの道路にはソ連兵が見張りをしていた。たぶんわたしたちは昼間、山の中で眠ったのだろう。それをもう何回か繰り返していた。しかし日にちはわからなくなっていた。安辺《あんぺん》を発ったのは五月十日だった。それはおぼえていた。安辺は元山《げんざん》から三つばかり南寄りの駅だ。その安辺駅から北へ一里ばかり入った花山里《かざんり》という部落でわたしたちは一冬を越した。永興の日本人収容所を追放されたあとの話だ。朝鮮人の農家の離れの温突間二つを借りた。父と祖母はその温突間で死んだ。父と祖母は花山里の山のかちかちに凍った赤土の斜面に土葬された。かくして二人は、永興のわが家の仏壇に入る機会を失ったのである。それればかりではない。南山の土になることも出来なかった。四月の半ば過ぎに花山里の雪はようやく解けた。五月に入ると花山里の山に躑躅《つつじ》が咲いた。母はその躑躅を摘んで来て躑躅入りの団子を作った。わたしたちが花山里を去るとき、躑躅は満開だった。振り返ると花山里の山全体が、躑躅におおわれた巨大な墳墓のように見えた。

しかし真夜中に山の中を歩きはじめてからわたしは、花山里の山を一度も思い出さなかったようだ。父や祖母には申訳ないことだが、致し方ない。途中わたしは一度、安辺のことを思い出した。出発の前夜わたしたちは安辺の某所に集合した。林檎園の中だった。その晩わたしたちは林檎園の中に泊った。林檎の花は満開だった。わたしたちはその満開の花の下で眠った。夜中にわたしは一度目をさました。母は起き上って、小さな声で何か歌っていた。山路越えて、一人行けど、主の手にすがれる、身は安けし。峰の雪と、谷の流れ、心清くして、胸は澄みぬ。見上げると林檎の花は真白だった。わたしは真夜中の山の中を歩きはじめてから、一度だけその場面を思い出した。歌の文句のせいだったかも知れない。母はキリスト教徒ではなかった。ただの愛唱歌だったのだろう。それとも祖母のナマンダブのようなものだったのだろうか。

朝鮮人に出会ったのは何日目のことだったのだろう。わたしたちは水車小屋の中で大豆をかじっていた。煎った黒い大豆である。場所はわからなかった。しかし水車小屋であるからには、ようやく山を下りはじめていたのかも知れない。朝鮮人はとつぜん水車小屋に姿を現わしたようでもあるし、また何かそれらしい前ぶれがあったような気もする。朝鮮人はたまたま水車小屋に用事で立寄ったのかも知れないし、またわざわざやって来たのかも知れない。いずれにせよ近くの百姓に違いなかった。朝鮮人は二人だった。そして彼らは山賊だった。追剝ぎである。二人とも男で手に草刈り鎌を握っていた。日本人はまったく無抵抗だった。二人が手にした草刈り鎌もさることながら、たぶん朝鮮人そのものをおそれたのだろう。なにしろわたしたちは日本人だった。何をされるかわからなかった。何をされても仕方なかった。水車小屋の中で皆殺しにされたとしても、誰に文句のいいようがあろうか。ソ連兵に密告されても仕方なかった。日本人の権利は何もなかった。

わたしは膝にかけていた外套を剝ぎ取られた。たぶん兄のも取られたのだったと思う。金ボタンつきの黒い外套だった。他に誰が何を取られたかは思い出せない。もちろん外套を取られたからといって、ソ連兵に密告されないという保証はなかった。あるいは仲間の朝鮮人たちに知らされるかも知れない。しかしそんなことは考えてみてもはじまらなかった。品物を寄越せば密告はしない。もし彼らがそう約束をしたのだとしても、破ればそれだけの話だった。約束が違うと、誰に文句のいいようがあろうか。わたしたちは命だけは全員無事らしかった。そして命を取られなかった以上、ただ歩くしかなかったのである。

外套を剝ぎ取られても凍える程ではなかった。北朝鮮の山中にもようやく春は訪れたらしかった。水車小屋を出たあとの眺めはすばらしかった。絵のようだった。久しぶりに眺める明るい景色だった。何故とつぜん昼間歩き出したのかはわからない。わたしたちは山を下りはじめていた。昼ではなく夜明けだったのかも知れない。左手に山が見えていた。朝鮮名物の禿げ山ではなかった。山は綺麗な三角山だった。緑が目にしみた。山の下を川が流れていた。左手の山の裏側からS形に流れて来ていた。やがて川は見えなくなった。そしてまた見えはじめた。そういうことが何度か繰り返された。川はS形に曲がりながら北から南へ流れているのかも知れない。この川伝いに行けば三十八度線へ行けるのかも知れない。しかしわたしたちは山を下ったところで、この川を渡らなければならなかった。もちろん橋はなかった。一列になって石の上を渡って行った。皆、裸足になっていた。水は冷たかった。しかし真夜中に山の中ばかり歩き続けた足には、気持よいものだった。川は浅かった。たぶん膝頭までくらいの深さだろう。澄み切った水は山の緑を映していた。その底に石が見えた。

わたしたちは同じ川を二度渡った。一度目川を渡って向い側の山中に入り、歩きまわった。そしてその山を下り、また川を渡ったのである。もちろん同じ場所ではなかった。景色は相変らず絵のようだった。しかしとつぜん、方向がわからなくなった。同じ山のまわりをぐるぐるまわっているような気がしたのである。やがてわたしたちは、また山中に入った。そして歩くのはまた真夜中だった。わたしの目の前に見えるものは、母の黒っぽいモンペとその上で小さく揺れている妹の脚だけだった。

ちょうど三十八度線のところに流れの急な川があるという。あたかも川自体が三十八度線ででもあるかのように流れているという話だった。北から南へ越えるものは、どうしてもその川を渡らなければならない。何という川かはわからなかった。しかしわたしは誰からともなくその川のことをきいた。そしてその川はわたしの頭にこびりついた。はち巻きのようにわたしの頭に巻きついていた。すでに幾人もの日本人がこの川に落ちたらしい。足をすべらせて水中に落ちた子供を助けることの出来なかった親もあるらしい。反対に子供を先に渡した親が橋の手前で追手の朝鮮人につかまったという話もきいた。橋は小さな丸木橋らしい。そのすぐ下は急流である。しかし何としてもその川を渡らなければ、北から南へ越境することは出来ない。三十八度線の川はすでにわたしの頭の中で伝説化していた。わたしはその川を渡った人にまだ会ったことがなかった。

あたりは真暗だった。わたしたちは小さな丸木橋を探していた。しかし目の前を流れている川があの川か、どうか。確かではなかった。わたしはいわれた通り、川下の方へ向った。そしてこれもいわれた通り、うしろ向きになって歩いた。わたしたちは川上と川下の二手に分れて丸木橋を探した。十メートルくらいの間隔でうしろ向きになって歩いた。橋を発見したらその場に立ち止って両手をあげる。決して声をあげてはならぬ。

川幅は左程のものではなかった。五、六メートルくらいだろう。しかし急流だった。そして深そうだった。わたしはその急流に押し流されるように、うしろ向きの姿勢で川下へと歩いて行った。鶏が鳴く前に何が何でも丸木橋を発見しなければならない。でないとすべては水の泡だった。わたしは必死で小便をこらえた。そして急流に押し流されるように川下へうしろ向きになって歩いて行った。

橋が発見されたのはずっと川上の方だった。わたしは川上へ向って全力で走った。鶏はまだ鳴かなかった。しかし正面の空は心持ち白くなりかけて見えた。橋は丸木橋ではなかった。幅一尺程の板橋だった。橋に乗ると、とつぜん川の音がきこえた。母の黒っぽいモンペが目の前に見えた。その上に小さく揺れる妹の脚が見えた。

わたしは乳色の靄《もや》の中をポプラの木の方へ歩いて行った。一人だった。いま渡った川が果してあの川であったのか、どうか。それを確かめに行くのである。この任務をわたしは誰に指名されたのかわからない。あるいは自分で志願したのだろうか。そうかも知れない。そうでなかったかも知れない。わたしは朝鮮語の達者な中学一年生だった。誰かがそれをいったのかも知れない。朝鮮語ならばもっと達者なものがいたに違いなかった。しかし大人よりはわたしの方がよいということになったのかも知れない。たぶんそんなことだったのだろう。

ラジオのロシア民謡ふうの朝鮮語の歌はまだ続いていた。果してこれは南か北か。北か南か。乳色の靄の中に大きなポプラの木が近づいて来た。その陰に低い藁屋根が見えた。わたしはポプラの幹のうしろから、そっと庭先をうかがった。狭い庭だった。その庭の真中あたりから細く煙が上っていた。ごみ焼きの残り火の煙だった。煙は乳色の靄の中に一筋だけ薄く立ち昇っていたのである。

高崎行

高崎へ行ったのは去年だった。辛夷《こぶし》の花が咲いているのを見て、それを思い出した。辛夷は数日前、電車の窓からちらりと見ただけだった。電車は民家の庭の鼻をすれすれに走り過ぎて行った。去年、高崎へ行ったときは、この私鉄をわたしはまだ知らなかった。この私鉄はそもそも成田山詣でのために作られたのだという。私はまだ成田山は知らなかった。この私鉄の沿線に住みはじめたのは去年の暮からである。ようやく五ヵ月になるかならないかのところだった。

辛夷の花はすぐに見えなくなった。相変らず、枯木にとつぜん咲いたような不思議な花だ、とわたしは思った。電車は今度は鯉のぼりの前を走り過ぎた。去年、高崎へ行ったのは確か五月のゴールデンウィークが終ったあとの土曜日だった。もう鯉のぼりは見えなかったと思う。高崎とこちらでは辛夷の咲く時期が違うのだろう。まる一月《ひとつき》くらいこちらの方が早いのかも知れない。

しかし辛夷の花は、高崎の街中で見かけたのではなかった。高崎から車であちこちをぐるぐるまわったとき、どこかの山の中にぽつんと咲いているのを見かけたのだったと思う。車を運転していたのは町田さんだった。わたしは彼の小型自家用車のうしろの座席に乗っていた。確か車は群馬県の山から碓氷峠を越えて軽井沢まで走ったのだと思う。町田さんは、勝手知ったる山の中といった運転ぶりだった。辛夷の花はその車の中から見かけたのだろう。町田さんとはほとんど車の中で話をしたような気がする。去年の五月、わたしが高崎に出かけたのは、ゴールデンウィークが終ったあとのある土曜日だった。そしてその晩は町田さんのお父さんの家に泊めてもらった。町田さんも一緒に泊った。そして翌日の日曜日、朝からわたしは町田さんの車であっちこっち走りまわったのである。

わたしが町田さんと一緒にいたのは、ちょうどまる一日くらいだろう。上野から電車で高崎に着いたのが土曜日の午後三時ごろだった。高崎の街はすでに暑そうだった。わたしは駅前からすぐタクシーに乗った。すると、あっという間に電報電話局の前に着いてしまった。実さい歩いても十分足らずの距離らしかった。わたしは町田さんの顔を思い出す暇もなく、タクシーを降りた。彼からとつぜん電話をもらったのは一月くらい前だった。永興《えいこう》小学校の高等科にいた町田だという。

「あんたなんかより三年くらい上だったと思うが」

と彼は電話でいった。

「じゃあ、うちの兄と一緒でしょう」

「そうなるかな。しかし自分は高等科一年に転入したから。永興小学校はね」

「それじゃあ、うちの兄が六年生を卒業したのと入れ違いですね」

「あんたの兄さんは知らんけど、あんたのことはよく知ってるよ」

「じゃあ終戦のときは、高等科ですか?」

「あのときは、もう元山《げんざん》だよ。元山の電報電話局で終戦ですよ」

「そうですか。ぼくはあのときは元中の寄宿舎にいました」

「永興もひどかったらしいね」

「ひどかったですね」

「元山もひどかったな」

「ずっと、元山だったんですか?」

「ああ、自分はね。おふくろたちは永興だったんだけど、あとから元山で一緒になった」

「それで、ずっと高崎なんですか?」

「まあ、こっちがもともと親父の出たところだから」

「じゃあ、お仕事の方も」

「そうそう。自分はずっと、トンツー屋ですよ」

町田さんの父親は長興《ちょうこう》の普通学校の校長先生だったという。朝鮮人の小学校である。長興は永興郡長興面で、永興の北の山の中だった。わたしは確か小学校の遠足で一度行ったような気がする。龍興江《りゅうこうこう》の大橋を渡ってどんどん北へ向い、左手の方へ行ったところが長興だったと思う。そこに羊山《ひつじやま》があった。低い山のなだらかな斜面に無数の羊が放し飼いにされていた。山羊《やぎ》ではなく緬羊だった。緬羊は綿ごみの塊をかぶった狒狒《ひひ》のように見えた。その群が山一面をおおっていた。それが羊山だった。小学校の遠足であるから、それほど遠くではないのだろう。一里半か二里。そんなものだったと思う。

長興には日本人小学校はなかった。普通学校の先生も、日本人はたぶん校長だけだったに違いない。その他に日本人は住んでいなかったと思う。いたとすれば駐在所の警官が一名というところだろう。だから町田さんが永興小学校へ来るのは当然だった。しかし高等科に入った理由はわからない。高等科はほとんど朝鮮人だった。高等科は何も朝鮮人のためにだけ設けられたのではないはずだった。しかし現実には、日本人は一、二年を合わせても、四、五人だったと思う。

「自分はずいぶん悪かったから、よくおぼえてると思うがなあ」

と電話で町田さんはいった。自分のことを「自分」というい方は、いかにも高等科らしいと思った。わたしは高等科出のトンツー屋だという彼の顔を想像してみた。しかし彼を思い出すことは出来なかった。

「この商売やってると便利は便利ですよ。世界じゅうどこへだって、ただちに電話出来るからね」

町田さんは電話で、そうもいった。わたしは一月くらい経って彼に電話をした。そしてついに彼の顔を思い出せないまま、高崎へ着いたわけだった。

電報電話局の正面玄関はもう締っていた。わたしは建物の右手に通用門を見つけて、そちらへ行った。そこは自動車の出入口らしい。しかし小さな守衛所で用は足りた。わたしはそこでいわれた通り、待つことにした。わたしは煙草に火をつけ、マッチの軸を表の大通りの方へ投げ捨てた。そして締っている正面玄関のところまで戻った。通用門は車の出入りが激しかった。外から入って行くのは仕事用の車らしかった。出て行くのは退勤する自家用車のようだった。わたしは煙草の吸い殻をやはり表の大通りの方へ投げ捨てた。そこへワイシャツ姿の町田さんが通用門から出て来た。

わたしはそちらへ歩いて行きながら、軽くお辞儀をした。彼だということは、見たときすでにわかった。彼はわたしよりも背が低かった。しかしズボンもワイシャツも、背の低い彼の体格にふさわしく、板に着いていた。彼は左手をズボンのポケットに差し込んでいた。わたしが近づくと、右手を半分あげ、顎を引くようにして頷き、やあ、といった。それはいかにも上級生らしく見えた。わたしたちは通用門の鉄製の敷居を跨ぐような形で向い合っていた。

「わかるかな?」

そういって彼は、自分の額を指さしてみせた。そこには小さな十文字の傷痕が見えた。

「はあ」

わたしはその額の傷を思い出した。同時に彼の渾名も思い出した。チョッコのコッチョである。永興小学校へ転校して来た彼は、校長先生から全校生徒に紹介された。確か運動場で朝礼のときだったと思う。朝礼台の前に全校生徒が並んでいた。といっても百二、三十人である。校長先生は朝礼台の上だった。彼はその下でこちら向きに立っていた。彼の父親が長興の普通学校の校長先生であることはそのとき紹介されたのだろう。

町田さんの顔は丸顔だった。目も丸い。鳥でいえば鳩だった。その額の十文字の傷痕からわたしは、たちまちチョッコのコッチョを思い出した。チョッコのコッチョは長興の校長の朝鮮人訛りである。たぶん高等科の朝鮮人の誰かがそう発音したのだろう。それをきいた誰かが口真似をした。渾名のはじまりはそんなところだったに違いない。わたしはそこまでは、すぐに思い出した。しかしチョッコのコッチョが高等科の生徒だとは思わなかった。わたしより三級上で、高等科一年に転入して来たのであれば、わたしが四年生のときである。彼が同級生だったとは思わなかった。チョッコのコッチョは確かにわたしより上級生には違いなかったが、高等科ではないと思い込んでいたようである。彼が小さかったためかも知れない。また、日本人だったためかも知れない。チョッコのコッチョの子供だということだったかも知れない。

「町田さんは、走るの早かったでしょう」

とわたしはいった。

「え?」

「運動会で」

「いや。自分はいつもビリだったよ」

「そうだったかな」

「こっちは、走るのは駄目なんだよ」

「物凄く早かったような気がするんだけど」

「とても、とても」

「何だかそんな気がしてたんですけど」

「とても奴らのニンニク力にはかなわんですよ」

彼の「ニンニク力」で、わたしはちょっと笑った。それから彼は、帰り仕度をしに、一旦建物の中へ戻った。今夜はどこへ泊ろうか、とわたしはすぐに考えた。その晩は高崎のどこかへ泊るつもりでわたしは出て来ていた。烏川の畔の旅館はどうだろう。そんなことをわたしは漠然と考えた。しかし烏川の畔に旅館があるのか、どうか。わたしは知らなかった。なにしろ高崎へ来たのははじめてである。隣の前橋にはだいぶ前に一度行った。運河のような淀んだ暗い流れのふちに柳の並木があり、一帯は活気のない飲食街だった。実さい幽霊の出そうな柳だった。わたしはそこの小さな酒場に入り、ぬるい燗酒を飲みながら店の女にそういってみた。まるで幽霊の出そうな眺めじゃないかね。すると、本当に出たらしいと女は答えた。この地方の新聞に何日か前そういう記事が出ていたという。今夜はどこへ泊るのか、と女はたずねた。わたしは大きな橋の畔の旅館の名を答えた。女はそれ以上はたずねなかった。以前は遊廓だった場所かも知れない。わたしはその晩、利根川の大橋のすぐ脇の旅館に寝たが、夜通し夢うつつに、枕ごと川下へ押し流されて行くような気がした。

翌日わたしはその大橋の下へ降りて見た。土手の草むら伝いに下って行くと、萩原恭次郎の詩碑があった。

わが詩は山岳に刻むべし
わが名は流水に流すべし
確かそう書かれていたと思う。しかしわたしは前橋へ文学散歩の旅をしたのではなかった。恭次郎の詩はたまたま発見したようなものだ。前の晩、夢うつつに枕ごと川下へ押し流されるような心地で、よく眠れなかったためである。もっとも、はじめて見た恭次郎の詩がわたしの記憶に刻みつけられたのも、あるいはそういう偶然のせいかも知れなかった。

恭次郎の詩碑から少し上流に大渡橋があり、その向うが敷島公園だった。しかしわたしはそこへは出かけなかった。したがって萩原朔太郎の詩碑は見なかった。わたしは十年ばかり続けていた会社勤めを辞めた直後で、ぶらりと前橋へ出かけただけだった。そこから人並みに伊香保温泉へ出かけて一泊し、榛名湖、榛名山などをまわって帰って来た。もちろんその一週間ばかりの旅が、まったく語るに足りるものだとは思わない。たぶんそれは何かの折に、またとつぜん思い出されることになるのだろう。

わたしが高崎へ来たのは、前橋行や伊香保行とは違っていた。高崎行は町田さんのためだ。これははっきりしたことだった。わたしは町田さんに会いに、高崎へ出かけたのである。町田さんあっての高崎だった。それ以外に高崎へ出かける理由はなかった。わたしが高崎で知っているのは烏川と山の上の大きな観音様くらいのものだ。烏川は電車で何度か渡った。四、五年前から夏の信濃追分へ出かけるようになって、途中電車で渡るその川の名前をわたしはおぼえた。そしてその名前が何となく気に入っていた。山の上の観音様も電車の中から眺めていた。夜の山頂に脚光を浴びた白い観音像が、むしろ山よりも大きく見えたこともあった。追分へ出かけるときは、その姿が見えるとやがて涼しくなるのだと思った。追分から上野へ帰る電車の場合は、その反対である。どういうものか、小学校三年生になる長女がその観音様に少なからぬ関心を示した。是非一度行って見たいという。いい出したのは二、三年前からだった。しかしわたしは行かなかった。わざわざ出かける所ではないと思っていた。

「今日はどこへ泊りますかね」

と、やがてあらわれた町田さんはいった。片手に上着を抱えていた。

「さあ、別に決めてはいないんですが」

「自分の家でもいいんだが」

「はあ」

「もっとも、ここから上野じゃあ、帰ろうと思えばすぐだけどね」

わたしは泊るつもりで出かけて来たことを、いいそびれた。わたしは彼に旅館の負担をかけるつもりはなかった。しかし旅館に泊るつもりだといえば、彼は面倒をみなければと思うかも知れない。とつぜんそんな気がしたのである。自分でも思いがけない気のまわし方だった。

「まあ、折角ですから、帰るのは明日でも」

そうわたしは答えた。そしてこうも考えてみた。彼はわたしが、すぐに帰るつもりで来ていると思っているのかも知れない。彼は自分が、わたしを無理に呼びつけたのだと考えたのかも知れない。電話で用もないのに呼び出したのだと思っているのかも知れないのである。わたしは自分勝手にそう考えてみた。そして自分勝手に考え出した、彼のそういう考え方に好感を抱いた。それはいかにも自称トンツー屋にふさわしい考え方だと思った。無駄のない、現実的な生き方である。そして自分の生き方がそうである以上、相手にも無用の旅を強要してはならない。

「ご覧の通り、何の取柄もない町だからな」

「いや、烏川っていうのは、なかなか面白い名前だと思って」

「そういえば、そうかね」

「あの観音様も、汽車からは何度も眺めましたけど」

「そうね、観音様でも行ってみますか」

「そうですね」

まことにあいまいな人間だ、とわたしは思った。もちろんわたし自身の存在がである。実さいわたしは、まことに無用の旅人だった。しかし町田さんは、たぶんその反対を考えていたのだろうと思う。わたしは成行きにまかせようと思った。何が何でも今日じゅうに帰らなければならない理由はなかった。同時に何が何でもこの高崎に泊らなければならない理由もなかった。わたしの中型旅行バッグの中身は町田さんへの手土産一包みと、着換えの下着上下一枚ずつ。その他に小型テープレコーダーが入っていた。表裏で百二十分のカセットテープも三個用意して来た。もちろんそこに、わたしは永興の破片を拾い集めたいと思った。しかしそれがどんな破片であるのか、まるでわからなかった。何が何でもこれだけはきいて置かねばというものが、あるわけではなかった。合計三百六十分の録音テープを町田さんの声で一ぱいにしてしまわなければならない理由は、どこにもなかった。そうしなければ高崎へ来た甲斐がないのだとは、わたしは考えなかった。町田さんはちょうど三十年前、永興小学校の高等科を出た人である。渾名はチョッコのコッチョだった。高崎はチョッコのコッチョの町田さんが住んでいる町である。わたしはその高崎へ出かけて行ったのである。しかし町田さんはそうは思わなかったのかも知れない。

「それから、どこでしたかね？」

「烏川、です」

「あ、そうか。しかしあの川もいまは汚染されたからなあ」

「はあ」

「いや、いまでも魚はずいぶん釣れますよ。ただ、もう食べられないだろうな」

「いや、別にどうしてもというわけじゃあないですから」

「確かボートはもうやってると思うがね」

「はあ、はあ。じゃあずいぶん水は多いんですね」

「そう。確かもうやってると思うがなあ」

そういって彼は腕時計をのぞいた。そしてこういった。

「あのね、うちの職員宿舎へ行ってみよう」

いうと彼はすぐに歩き出した。通用門の中は広場で、車でいっぱいだった。彼はその間をかき分けるようにして歩いて行き、一台の車に乗り込んだ。まるで靴箱から自分の靴を見つけ出すようなものだった。やがて彼は車と車の間から自分の車を繰り出し、わたしの立っている前でドアをあけた。たぶん彼は酒を飲まない男だろう。わたしはそう思った。

わたしは車のうしろの座席から職員宿舎のことをたずねた。出張して来た電報電話局の職員が泊る施設だという。

「安いのが取柄ですよ。飯も食わせてくれるし」

もし部屋があれば自分も今夜遊びに行くから、と彼はいった。職員宿舎にはすぐに着いた。思ったよりも小綺麗な二階建てである。わたしは車の中で待っていた。開け放しにされた玄関のドアの内側に、ソファーが幾つか見えた。談話室のようなものらしかった。町田さんは間もなく戻って来た。しかし部屋は満員だという。

「とにかく観音様を見て、自分のうちへ行こうや」

車は観音山を登りはじめた。町の西南に当るらしかった。高さはどのくらいあるのだろう。大した山ではなさそうだった。それに斜面はゆるやかな車道だった。頂上までバスも通っているらしい。町田さんは狼谷《かみたに》先生の家に下宿していたのだという。

「知ってるだろう、あの先生」

　もちろん知っているどころではなかった。喉仏のとび出した先生だった。色は蒼白く、頬はこけていた。出征した青山先生とは正反対である。やせこけた頬にときどき不精鬚を生やしていた。鬚は剛毛だった。そして両頬から頸《くび》の下までつながっていた。剃り落とすと、剃り跡が蒼白い顔の中で青々と目立った。わたしは狼谷先生から嫌われていた。四年生と六年生のとき教わったが、嫌われていると気がついたのは六年生のときである。そう気がついたのは、たぶん佐藤のお蔭だと思う。魚屋の佐藤ではなく、五年のときに転校して来た佐藤だった。彼の父親は永興農林学校の先生で、鉄砲撃ちの金さんの屋敷内の離れを借りて住んでいた。彼の弁当は赤いジャムのついた食パンだった。いかにも絵に描いたような英国式の山高食パンである。ある日の弁当の時間に、誰かがそのパンを彼の机から奪って、両手で高く差し上げて見せた。佐藤は椅子から立ちあがって、片手をパンの方へ伸ばした。パンは、一歩うしろへさがった。佐藤の手が追う。パンは逃げる。もちろん教室じゅうは大騒ぎだった。とうとうパンは教壇の黒板の前まで来てしまった。佐藤は教壇の手前で立ち止った。そして肥《ふと》った体をゆさぶりながら、地団太を踏んで泣き出した。そこへ狼谷先生が入って来たのである。

　あのときの犯人は誰だったのだろう。吉賀だったような気もするが、真壁だったかも知れない。しかし職員室に呼ばれたのはわたしだった。わたしは級長として呼ばれ、狼谷先生の平手打ちを喰った。その平手打ちは、すぐわたしの家に伝わった。学校の帰りにわたしの家へ一政先生が立寄って話したのである。一政先生はもう四十代で、城西校の一政校長の奥さんだった。眼鏡をかけた小柄な先生である。もちろん彼女はわたしの家へ、わざわざ平手打ちを報告に立寄ったのではない。わたしの家は彼女が城西校の校長官舎へ帰る通り道だった。ほぼ中間くらいだったと思う。寒いときはよく立寄って店のストーブにあたって行った。寒む寒む寒む、といいながら一政先生は入って来た。そして毛糸の手袋とマフラーをはずして店の石炭ストーブにあたった。ストーブの上で沸かした甘酒を飲んで行くこともあった。一政校長の方はわたしの父と飲み友達だったらしい。

「俺は畏れ多くも天皇陛下と同じ年ですぞ」

　これが一政校長の口癖だった。もちろん酔ったときの話である。わたしの父よりも四、五歳上らしかった。一政校長の「天皇陛下と同じ年」は、わたしも何度か座敷できいた。座敷の宴会には、永興小学校の須藤校長の顔も見えた。農林学校の下庄原校長の顔も見えた。下庄原校長と父とは同じ陸軍中尉仲間でもあった。確か最後の応召も一緒だった。宴会の夜は、下庄原一家は家族ぐるみでわたしの家へ来ていた。長男がわたしよりも一つ上だった。姉さんは元山高女の生徒で、妹はわたしより二つか三つ下だった。

城西校（朝鮮人の普通学校）の一政校長と、永興小学校の須藤校長と農林学校の下庄原校長とが一緒に集るのは、どういう宴会であるのかわたしにはわからなかった。客はその他にも何人かいたのかも知れない。しかし農林学校の佐藤先生の顔は一度も見なかった。転校して来た佐藤の父親である。酒を飲まない人かも知れなかった。狼谷先生もいなかった。狼谷先生はわたしの家にはついに一度もあらわれなかった。彼も酒は飲まない人だったのだろう。そして酒飲みが嫌いだったのかも知れない。宴会はなおさらのことだろう。校長先生たちが集って酒を飲むわたしの家での宴会を、狼谷先生は嫌悪していたのかも知れない。憎んでいたのかも知れなかった。

狼谷先生の平手打ちはさほどのものではなかった。家でもぜんぜん問題にならなかった。わたしは母の平手打ちに慣れていたし、むしろ指の長い母の平手打ちの方が痛かったくらいだ。ただ、あの顔が何ともおそろしかった。狼谷先生のとがった頰骨が激しく上下に動いていた。それから顔じゅうの筋肉を歪めて歯を喰いしばった。そのあと平手打ちが来たのだったが、わたしはその痛さよりも、とがった頰骨と顔じゅうの筋肉の激しい動きに目がくらみそうだった。狼谷先生の目は光っていた。憎しみの籠った光だった。わたしは何から何まで、自分のすべてが憎しみを買っているのだと思った。わたしがわたしである以上、狼谷先生の憎しみは消えないだろう。同時にわたしとは反対に、佐藤が愛されていることもわかった。佐藤は体も大柄であったが、やや小肥りの体格だった。当時の小学生としては、どちらかといえば珍しい方だったと思う。運動会ではビリだった。休み時間には一人で絵を描いていた。クレパス画がうまかった。どう見ても戦時下少国民向きの小学生ではなかった。しかし学科はよく出来た。特に理科が得意だった。わたしは彼がいる以上、道知事賞は無理だと思った。六年卒業のときに誰か一人がもらう、咸鏡南道《かんきょうなんどう》の道知事賞である。狼谷先生に平手打ちを喰ってからは、本当にもうだめだと観念した。しかしわたしは道知事賞をもらうことが出来た。六年生の二学期になって、とつぜん佐藤が転校してしまったのである。しかしわたしが佐藤ではない以上、狼谷先生の憎しみに変りはなかっただろうと思う。

「あの教員官舎、知ってるだろう」

とハンドルを握った町田さんがいった。

「ええ。あの川の縁の」

「そう、そう」

永興小学校と市民運動場の間を流れていたあの幅五、六メートルの川である。川は小学校の校庭の周囲に植えられた桜の木の外側を、ぐるりと一めぐりするような形で流れていた。

「へえ、あそこに下宿してたんですか」

「下宿というか、親父から預けられてたんだな」

「ま、長興から通うんじゃあ大変ですからね」

「それもあるけど、自分が悪かったからだろう」

「あの校門の右側のが校長官舎で、反対の左端の方の家だったですね」

「そうそう。瓦葺きの小さな家だ」

「あれ、道路側に玄関があったんですね。学校の中から行くと、裏側で」

「そうそう。講堂の裏通って、教室まで歩いて一分かからなかったな」

「それで、どうだったですか？」

とわたしはたずねずにはいられなかった。

「何が？」

「狼谷先生との生活ですがね」

「うん。まあ飯炊いたり、風呂焚いたり」

「はあ」

「親父としては、むしろ校長とのつき合いだろうから」

「狼谷先生が独身のころですね」

「そう。チョンガーだな」

町田さんの口からは、狼谷先生の意外な側面といったようなものは出て来なかった。しかしわたしは車の中で、とつぜん狼谷先生の号令を思い出した。校庭でおこなわれる宮城遙拝《ようはい》のときの号令である。

「キャオツキャー！」

狼谷先生の号令はそういうふうにきこえた。声は金切声だった。とび出した喉仏が生き物のように動きまわっていた。そして顔は、わたしが平手打ちを喰ったときにそっくりだった。それからもう一つ。わたしがとつぜん思い出したのは、狼谷先生がオルガンを弾いている場面である。すでに薄暗かった。わたしは誰かと校庭で遊び疲れて帰るところだった。わたしは窓の下の花壇を越えて窓枠までよじ登り、教室の中をそっとのぞき込んだ。薄暗い教室の中で狼谷先生は一人でオルガンを弾きながら、歌っていた。曲は「花」だった。季節はたぶん春だったのだろう。狼谷先生の金切声はよくきこえなかった。しかしその顔は、宮城遙拝の号令のときとそっくりだった。そしてあの平手打ちのときともそっくりだったのである。

狼谷先生はあのころ何歳だったのだろう。彼の顔は青年とはいえなかった。しかしやはり二十代の独身青年だったのだろう。どこから赴任して来たのかわからなかった。親戚などもちろん永興にはなかっただろう。わたしの家にも遊びに来なかった。食事にも、宴会にも。

町田さんは狼谷先生の結婚を知らなかった。たぶん彼が高等科二年を卒業した翌年だったのだろう。

「ほう。あそこで？」

「そうです。確かぼくが六年のときだと思いますよ」

わたしはあの小さな川の端の教員官舎の裏庭に立っている女性を、一、二度見かけたような気がする。和服に白いエプロン姿だった。佐藤が転校して行ったあとかも知れない。確か一、二度見かけただけだった。六年になってからは毎日、暗くなってから帰った。中学の受験勉強だった。わたしは重い風呂敷包みをさげていた。ランドセルではもう入り切れなくなっていたのである。毎日全科目を持って行った。また中学入試の口頭試問では必ず本籍地をたずねられるという。フクオカケンアサクラグンアサクラムラオオアザヤマダヒャクヨンジュウロクバンチ。わたしたちは早口言葉競争のように丸暗記した自分の本籍地を唱えながら、暗くなった昇降口へ向った。和服に白いエプロン姿の女性を見かけたのは、あるいはそのときだったかも知れない。彼女は狼谷先生の帰りをそこに立って待っていたのかも知れなかった。

「それで、終戦のときはどうだったの？」

「さあ……」

わたしが元山中学の寄宿舎から戻ったとき、狼谷先生は永興にいなかった。わたしたちが小学校を卒業して間もなく、召集されたのだという。結婚してから一年足らずである。半年ちょっとくらいかも知れない。狼谷先生はどこへ行ったのかわからなかった。奥さんのこともわからない。永興の日本人収容所にいたのだろうか。それもよくわからなかった。その後のことはもちろんわからない。

山は途中から遊園地になっているらしかった。赤青黄の子供用乗物が見えた。車はやがて観音様の足下に到着した。しかし観音様はさらにもう一段上だった。駐車場から何段かの石段を登ったところが、本当の足下である。そこは小さな広場で、展望台のようになっているらしい。ベンチが幾つか置いてあった。確かにここまで登って来てしまえば、下を見下ろす方が理に適っていた。東洋一という白衣観音の姿を見上げるのであれば、もっと下からの方が適している。しかし観音像の内部へ入って見るためには、ここまで登って来なければならない。この観音像についてわたしはほとんど何も知らなかった。何故ここに建てられたのか、その由来もわからない。ただ像の内部が十何階だかになっており、登ることが出来るらしいことは、何かで読んで知っていた。

町田さんとわたしの観音像内見物は、十五分間で終った。入口のところで係の女性から、あと十五分ですよといわれたのである。内部の見物は午後五時までらしかった。入口は像の裏側だった。観音様の白衣の右裾のあたりだ。係の女性は中年を過ぎていた。彼女は、いかにも中年を過ぎた女性らしく、こうつけ加えた。

「十五分あれば充分ですよ。男さんの足ならばね」

確かにわたしたちは十五分で見物を終った。高さはどのくらいあるのだろうか。観音様の内部は十階だった。階段はコンクリートである。いわばコンクリートの十階建てだった。各階の踊り場には楕円形の小窓があった。そして仏像が飾ってあった。仏像は全部で三十体だという。仏像の名は忘れてしまった。なにしろ十五分間である。わたしたちは十階まで登り、そこの楕円形の小窓からちょっと外をのぞいて見た。十階の窓は観音像の肩の部分に当るのだという。しかしはっきりしたものは何も見えなかった。わたしたちは登って来た階段を降りて行った。これでちょうど十五分だった。

「町田さんはもう何度も見物したんでしょう」

外へ出るとわたしはそういった。拝観料は彼が払ったのである。

「いや、いいんだよ」

それから彼はわたしにたずねた。

「誰か自分たちと同級生の消息を知らないかね」

わたしたちは観音様の内部見物の十五分間、ずっと黙ったままだった。その間彼はずっとそのことを考えていたのかも知れない。わたしたちはベンチに腰をおろして煙草を吸った。

「高等科のひとはよくわかりませんけど」

「狼谷さんのところへ、よく来てる何人かがいたなあ」

「あの家にですか？」

「そう。ときどき掃除に来たり、受験勉強に来たりしてた女子が二、三人いたがな」

「いつごろですか？」

「自分が高等一年のころだな」

「受験勉強なら六年生ですね？」

「そう。女子が何人かときどき来て掃除なんかもやっていたよ」

「町田さんが高等一年で六年生なら、ぼくより二年上ですね。二年上の人は割に知ってるはずですよ。複式で、教室が一緒でしょう」

「あれ、何っていったかなあ」

「石山さんという人から最近ハガキをもらいました。ぼくより二年上の女の人です。いまは結婚して名前は変ってましたけど」

「石山。確かいたような気がするなあ。そう、その学年だな、狼谷さんとこへ来てたのは」

「掃除なんかしてくれるんじゃあ、いいですね」

「まあ、こっちはチョンガー二人だからね。まあ、毎日じゃないけど」

「とても字のきれいな人だったたですね。あのころノートの節約時代だったでしょう。確か一度使ったノートの字を全部消しゴムで消してね、もう一度きれいに字を書いて、ほめられたような人だったたと思うな」

「その石山という子？」

「ええ」

観音山はさほどの人出ではなかった。連休あけだったせいかも知れない。観音様の足下にも若い男女が二組いるだけだった。時間もすでに午後五時を過ぎていた。

「あのね」

と、とつぜん町田さんがいった。

「親父のところへ行ってみようか」

「はあ。あの長興の」

「よし、行ってみよう」

わたしたちは車で一気に観音山を下った。そして一まず町田さんの家へ寄った。彼の家は観音山のすぐ下だった。

「この路地はね、自分の車しか入らないことになっているんだよ」

そういって町田さんは二、三度小さな曲がり角を曲がった。実さい狭い路地だった。家は四、五年前に建てたらしい。そのいきさつのようなものを町田さんは、右左にハンドルを動かしながら何か話した。この狭い路地と関係があるらしかった。途中から土地を値上げした地主との問答のようなものだった。やがて車は、狭い路地伝いに庭先に入った。

町田さんの家には三十分くらいいただろうか。車を降りると、玄関の左手の縁側に置かれているベビーベッドが目に入った。縁先には子供用のブランコがあった。わたしはすぐに玄関から右手の部屋にあげられたが、奥さんとはほとんど話す暇もなかった。何か町内の急用でどうしてもすぐに出かけなければならないところだという。わたしたちが到着するのを、待って出かけることにしていたようである。もちろん奥さんのことは何も知らなかった。お茶を運んで来たとき、本当に形だけ初対面の挨拶をしただけである。

「奥さんは、朝鮮とは？」

　とわたしは町田さんにたずねた。

「いやいや、朝鮮のチョの字も知らん人間ですよ」

「じゃあ、こちらで」

「そうそう」

　部屋は町田さんの部屋らしかった。小さな座机があって、まわりにはいろいろな物が置かれていた。わたしがそこで見せてもらったのは、古い無線通信機と町田さんの履歴書だった。無線通信機は日本に何台かしかない古い形式のものだという。その種の展覧会には必ず出品されるほどのものらしかった。自分がこしらえたのだ、と町田さんはいった。履歴書の方は、古いノートに貼り込まれていた。大学ノートではなく、自由日記帖式のものだった。黒っぽい表紙はすでに褪色しかけていた。しかしわたしは通信機も履歴書も、ゆっくり落着いては眺めなかったような気がする。確かに時間もなかったようだ。町田さんの父親が住んでいるのは山の中だという。車で行けば一時間ちょっとであるが、なにしろ山道らしかった。やがてわたしたちはふたたび車に乗り込んだ。乗り込む前、玄関へ出て来た子供たちに、町田さんはあれこれ指示を与えていた。そこへ中学生らしい男の子が帰って来た。赤ん坊を抱いているのは、小学校四、五年生くらいの女の子だった。町田さんは子供たちに風呂とか赤ん坊のミルクのことなどをいった。赤ん坊は町田さんの子ではなく、弟の子供を暫く預っているのだという。車に乗り込みながら、彼はそういった。

　わたしたちは途中、安中を過ぎたあたりで軽い食事をした。いかにも現代的なドライブインである。山の斜面全部が工場の電燈で照らし出されている安中の亜鉛工場を過ぎると、今度は男女の車族たちのために出来上った新形のホテル街の明りが見えた。群馬県人は車が好きなのだという。全国でも自家用車の所有率は高い方だろう、と町田さんはいった。わたしは彼の部屋で見た無線通信機と履歴書のことを思い出していた。彼は永興小学校の高等科を出て、京城《けいじょう》の学校へ行ったらしい。学校の名前はよくわからなかった。たぶん逓信省の無線通信学校だろう。そこを卒業して昭和十九年に元山の電信局へ勤め、敗戦に至るまでの履歴書だった。三歳の差をわたしは感じた。町田さんはすでに朝鮮で一人前になっていた日本人だったわけだ。

わたしは彼が永興にいてくれたら、と思った。そうすれば三歳上の目が見た敗戦後の永興をきくことが出来たかも知れない。わたしの兄も三歳上だった。しかし兄は中学生である。元山中学の四年で、興南《こうなん》の窒素工場に動員されていた。町田さんは元山で、緑町の日本人収容所へ入れられたという。

「あの、遊廓のあった？」

「そうそう」

緑町の前はよく通った。緑町は元山の街はずれに近い、坂の上だった。元山中学の寄宿舎から元山市街へ出るには、その坂の下の平元道路を通らなければならない。わたしは日曜日になると、緑町の坂の下を歩いて仲町の山田醤油店へ出かけた。山田さんはわたしの中学の保証人だったし、他に行くところもなかった。

「あの坂を登って行く海軍の連中を、よく見かけましたよ」

「自分は、まだそこまではゆかなかったけどね」

「はあ」

「あそこへぶち込まれて、はじめて女郎屋だとわかったんだからな」

わたしはちょっと笑った。しかし彼にはきこえなかったらしい。

「それで女たちはどうなったんですかね？」

「さあ。半分くらいは朝鮮ピーだったらしいからな」

「そうか、なるほど」

「朝鮮人の女は、戦後あそこから出て行ったんだろうな。どこへ、どういうふうに行ったかはわからんがね」

「残った日本の女郎は、町田さんなんかと一緒ですか？」

「しかしね、誰がそうなのかも、もうわからなかったな。何せ、日本人はみなよれよれだろう。それに自分ところは、おふくろたちがやって来たから」

「あ、そうですか」

「ほら、あんたたちが永興の収容所追ん出されたあとだよ」

「じゃあ、あのあと緑町で一緒になったわけですか」

「そう。親父は親父で、召集されたままロスケにつかまって、元山に集められてたんだ」

「武装解除されて」

「武装ったって、何もなかったんだろうけど」

「どちらへ召集されてたんですか？」

「虎島《とらしま》だよ」

「永興湾の」

「そうそう。虎島の要塞だな」

「それで？」

「シベリア行きだよ。自分はね、何度も脱走をすすめたんだ。元山にいるときね、こっちは脱走させる方法知ってたからね。一緒に逃げ出そうと思ったんだけど、親父はシベリア行きになるとは思わなかったらしいな咸興《かんこう》あたりまで歩かされて、それで解散になるくらいに思ってたようだな」

「脱走は出来たんですか？」

「元山埠頭にね、ときどき土方に行ってたんだよ。その帰りに海軍の倉庫から砂糖とか大豆を盗むんだな。そんなことやってるうちに、いろんな奴と知り合いになったからね。朝鮮人と、うまく通じてる奴がいたんだな」

わたしは自分がそういう話に憧れていたような気がした。しかし町田さんには悪いが、話半分という気もしないではなかった。もちろんききたくないわけではなかった。むしろ、ききたい方だった。戦争に敗けたあとの大人の世界を体験することの出来た人間を、羨ましく思った。いかにも絵に描いたような敗戦後の場面をわたしは知らないのである。わたしは決してその場面の遠くにいたわけではなかった。むしろその真只中にいたはずだった。しかし、一歩か二歩のずれがあった。絵に描いたような混乱や醜悪の場面から、一歩か二歩はずれていた。何とももどかしい一歩か二歩のずれである。夢のようなもどかしさだった。そしてそのもどかしさは三十年間ずっと続いていたのである。

「緑町には、ソ連兵は入って来なかったですか？」

「ソ連兵？」

「ええ」

「それはどうだったかな。あるいはロスケとか朝鮮人相手に稼いでた女がいたかも知れんね、中には」

「いや、その商売じゃあなくて」

「しかし、寒くなってからは、よく死んだな、女たちが。死ぬと裏の山で燃やすんだよ。穴を掘ってね」

「女郎だった女ですか？」

「もう何もかも一緒だね。何せ、みんな女郎屋だったところへぶち込まれたんだからさ」

車は国道をそれてすでに暗い道を走っていた。町田さんの父親が住んでいるのは後閑《ごかん》というところだという。しかし上越線の後閑駅とは別だということだった。そうなるとわたしにはもう皆目見当がつかなかった。やがて車は山道へ入ったようだ。暗がりの中にヘッドライトに照らし出された桑の葉が見えた。続いて桑の枝が窓ガラスを擦った。車は山の斜面を登っていた。道の両側は桑畑らしい。たぶん車すれすれの狭い山道に違いなかった。しかもその道は常に折れ曲がっていた。

「この道を車で登れるものは余りおらんよ」

「郵便とか新聞はどうなんですかね？」

実さい、そうたずねたくなるような山の中だった。

「それは来るよ」

「毎日ですか？」

「そう。でもあれは昼間だからね」

「こちらはときどき来られるんですか？」

「そうだな、一月ぶりくらいかな。さあ、着いたぞ」

と、チョッコのコッチョはいった。実さい、そのときはそう思った。わたしは永興郡長興面の町田さんの家へやって来たような気持になったのである。暗い山の斜面に低い家が二つあった。車はその下の方の庭先に止った。わたしたちはそこから歩いて上の方の家へ行った。家の中にぼうっと薄く明りが見えた。町田さんは玄関をあけると、何かいいながら上って行った。それからわたしを呼びに戻って来た。わたしはバッグを部屋の入口におろし、右手の部屋へ入った。部屋には卓袱台が置いてあった。その脇で町田さんの父親はテレビを見ていた。もちろんわたしは初対面だった。町田さんに紹介され、わたしは初対面の挨拶をした。町田さんの母親とも同様だった。

町田さんの父親は町田さんとは余り似ていなかった。長顔で体つきもすらりとした感じだった。これがチョッコのコッチョ先生か、とわたしは思った。しかし町田さんの父親とはほとんど話さなかった。初対面の挨拶のあと、彼はまた黙ってテレビの画面を見ていた。白黒テレビだった。やっているのは時代劇らしい。音はほとんどきこえなかった。しかしイヤホーンをつけているようすではなかった。

「親父は、おふくろの分まで耳がいいんだよな」

と町田さんがいった。しかし父親の方は黙ったままテレビを見ていた。確かに、わたしにも話すことは何もないような気がした。やがてわたしは風呂場へ案内された。途中、部屋の鴨居に表彰状が幾つも飾られているのに気がついた。町田さんの父親は戦後はずっと教育委員会の仕事を続けて来たらしかった。風呂場には、珍しいへちまが置いてあった。そのへちまに石鹸をこすりつけているとき、わたしは町田さんの父親との間に幾つかの話題を見つけたような気がした。シベリア抑留時代と虎島と羊山と一政校長と須藤校長と狼谷先生である。それからもう一つ。朝鮮人の普通学校とはどういうものだったのだろう。その教育とはどういうものだったのだろう。町田さんの父親は、ちょうどわたしたちと同じ年代の朝鮮人の子供たちの学校の校長だった。彼らに日本語をどう教えたのだろう。天皇陛下をどう教えたのだろう。また教えられた彼らは日本や天皇陛下や日本人をどう思っていたのだろう。そして彼らの親たちはどうだったのだろう。彼らの本心はどうだったのだろう。蔭でわたしたちのことをどういうふうにいっていたのだろう。それからあの創氏改名はどうだったのだろう。その実態やいろいろな実例を是非ともきいてみたかった。

わたしは、へちまを握ったまま思わず立ち上った。自分の思いつきに興奮したのである。実さい、風呂の中でアルキメデスの原理を発見したときのアルキメデスのようだといってもよいくらいだった。最早へちまどころではなかった。わたしは大急ぎで体についている石鹸を流した。一刻も早く入浴を済ませなければならない。そしてたずねてみたかった。実さい、わたしはそれをたずねるために、今夜はるばるこの山の中へ町田さんの父親を訪ねて来たような気持になっていたのである。

しかし元の部屋へ戻ると、町田さんの父親の姿は見えなかった。テレビも消えていた。

「親父は、お先に失礼したからね」

と、町田さんがいった。

「急にやって来るもんで、何も用意が出来ませんよ」

と町田さんの母親がいった。

「いいえ、こちらこそ。とつぜんお邪魔致しまして」

すると町田さんは、母親の耳の近くへ口を寄せた。そしてわたしの挨拶を大きな声で繰り返した。そうしなければきこえないらしかった。

「町田さんは親孝行なんですね」

と思ったままをわたしはいった。すると町田さんは、今度はそれをそのまま母親の耳に大声で伝えた。町田さんの母の耳は、引揚げて来たあと、急にきこえなくなったのだという。

「考えてみれば、シベリアへ持って行かれた親父が一番気楽だったろうね。何せ、男一人だからな」

町田さんは卓袱台の上の菓子盆から、どら焼きを取って食べていた。思った通り、酒は飲まない人らしかった。

「長興面の場合はどうだったんですかね？」

とわたしは町田さんにたずねた。

「同じ、永興の煙草倉庫組ですよ」

煙草倉庫が永興の日本人収容所だった。

「そうなんですか」

「妹が生きてるとね、何もかも詳しくわかるんだけど」

そしてまた大声で同じことを母親の耳に伝えた。町田さんの妹さんは引揚げて来たあと亡くなったそうだ。わたしより一つ年上だったらしい。しかし町田さんの母親は、何もかも忘れているようすではなかった。ただ耳のために、会話がうまくゆかないのである。わたしが菓子盆のどら焼きに手を出さないことに気がついたのも、彼女だった。

「うちじゃあ誰も飲まんもんだから、気がつきませんで」

「しかしよく酒があったね」

「婿たちがやって来たら、夜通しでも飲むんだから」

「あ、そうか。しかしよかったよ、あって」

町田さんはそういって、わたしに酒をすすめた。正直いって、有難かった。

「相手なしで悪いけど、勝手に遠慮なくやって下さい」

わたしは町田さんと母親の話をききながら燗酒を三合ばかりごちそうになった。戦争が終ったあとも、長興面の朝鮮人たちは町田さんの家族に何の危害も加えなかった。校長先生は応召して不在だったが、家族のものは校長官舎にいるままで安全だった。危害を加えるどころか朝鮮人たちは、食べる物まで運んでくれたという。そこへ永興警察署から武装した警官たちがトラックで彼らを救出に来た。敗戦の翌々日である。確かに町田校長の留守宅は、長興面でただ一軒の日本人家族だった。永興警察署の武装警察官隊は、その長興面の朝鮮人たちの中で「孤立」した町田一家を救出するために出動したのである。しかし永興邑内に救出された彼らは、住む場所がなかった。まず永興小学校の家事室の畳の間に入った。そして間もなく、彼らを救出した永興警察署そのものが、消滅した。それと同時に永興小学校も公共建造物として朝鮮人民保安隊に接収された。町田一家は、今度は「西本願寺さん」へ移った。しかし、やがてそこも追い出された。そして永興じゅうの日本人たちは煙草倉庫に収容されたのである。

「お寺は何に使ったんですかね、彼らは」

「何か、朝鮮人たちの住いにするようなことをいってたらしいな」

「あそこの坊さんも、召集されてたんじゃないですかね」

「ま、遠慮なく飲んでよ」

と町田さんはいった。

「おふくろも久しぶりに永興の話をしたいんだろうから。朝鮮語で酒は、何だったかね」

「スルですね。スル」

「そうそう。スル、だな」

「はあ？」

と町田さんの母親がきき返した。町田さんは彼女の耳に大きな声で繰り返した。

「スル、スル」

そしてわたしの前に立っている燗瓶を指さしてみせた。町田さんの母親は、二、三度うなずいてから、立ち上って台所へ入って行った。町田さんに酒を催促されたと思ったらしい。わたしはあわてて何かいおうとした。しかし言葉にはならなかった。とつぜん母の話を思い出したのである。母と一政先生がソ連兵にあとをつけられた話だった。永興小学校の女の一政先生の方である。母と一政先生は一緒に一政先生の家へ向っていた。気がつくとマンドリン銃をぶらさげた一人のソ連兵があとをつけて来ていた。一政先生の家は町の西はずれに近い城西校の校長官舎だった。気がついたのは、城西校の正門の手前を右へ折れるあたりだという。二人は足を早めた。するとソ連兵も足を早めた。しかし駈け出すのは危険だった。そこから校長官舎までは、人家のない坂道だった。坂道は五十メートルはあるだろう。ソ連兵との距離は十メートルくらいらしい。坂の途中で追いつかれるのは明らかだろう。二人が駈け出したのは、校長官舎の門の五、六歩手前からだった。そしてそのまま家の裏へまわった。そのとき一政校長は、一人で酒を飲んでいたらしい。「天皇陛下と同じ年」の一政校長である。そこへマンドリン銃をぶらさげたソ連兵が入って来た。マンドリン銃は、首から胸にぶらさがっていた。一政校長は座敷で酒を飲んでいたらしい。そこへソ連兵は真正面の縁側から入って来た。そして、あぐらをかいている一政校長の目の前に突っ立ったらしい。そのとき一政校長は、まず彼に向って自分が飲んでいた盃を差し出したそうである。

「サケ、サケ」

と一政校長はいった。

「スル、スル」

と今度は朝鮮語でいってみた。

しかしソ連兵は立ったままらしい。そこで一政校長は盃に酒を注ぎ、飲んでみせた。するとソ連兵は、頷いたらしい。一政校長は、まず一杯を立ったままの彼に飲ませた。そのあと彼に靴を脱がせた。ソ連兵は土足のまま座敷へ上っていたのである。日本の航空兵がはいていたような茶革の長靴だった。脱がせたのは、もちろん手真似だろう。そのあと、自分がやっていたのと同じように、ソ連兵にあぐらをかかせたのも、手真似だったに違いない。そして二人は向い合って酒を飲みはじめたというのである。それから、もう一つ。このときはわたしの母だけだった。真夜中だった。何かの物音で目をさますと家の中に足音がきこえた。咄嗟に起き上って、部屋から逃げた。気がつくと母は一枚の板のうしろに貼りついていた。台所と店との間に物置きがあった。店の品物なども入れるかなり大きな物置きである。その物置きの入口のすぐ脇に、洗い張り板が立てかけてあった。その板の裏側に、顔も体もぴったり押しつけるようにして貼りついていたという。入って来た男は二人だった。一人はソ連兵、一人は朝鮮人だったらしい。二人は物置きへ入って行き、やがて出て来た。そして板の前を二、三度往復した。そのとき低い朝鮮語がきこえた。それから二人は台所へ入って行ったらしい。ガラス瓶の触れ合う音がきこえた。続いて男の声がきこえた。

「スル、スル」

「スル、スル」

わたしはこの話を引揚げて来てからきいた。わたしたちは部屋で眠っていたらしい。まったく何も知らなかった。実さい、不思議なくらいだった。もちろんこの話は、兄もきいている。しかし兄もまったく気がつかなかったという。

町田さんとわたしが眠ったのは、午前一時ちょっと前だったと思う。目をさますと、絵に描いたような五月晴れだった。ただ、わたしは少々二日酔いだった。しかし九時ごろ朝食をごちそうになり、十時にはもう町田さんの車で山を下った。それから午後三時過ぎに高崎駅前で下車するまで、町田さんはあちこち車で走りまわってくれた。町田さんはわたしに群馬の山々を見せたかったのだろう。なるほど車で走りまわってみれば、群馬は山また山であった。そしてついに町田さんは、碓氷峠を越えて軽井沢の方まで足をのばしたのである。その中でわたしが一番気に入ったのは、松井田の宿から眺めた妙義山だった。はっきりした場所はわからないが、新しい自動車道路に挟まれて、三角形に残っている小さな崖があった。新しい道路が出来る前は、たぶん丘だったのだろう。崖の下に古ぼけた茶店が一軒あった。しかしもう営業はしていないらしい。廃業茶店の前に車を止めて、わたしたちは崖の階段を登って行った。崖の頂上には小さな金毘羅様の堂があった。その鳥居の前に立つと、真正面に大きく妙義山が見えた。出来ることならわたしは、そこで大の字に寝転がりたかった。この崖の上で昼寝でもしていたいと思った。しかし町田さんは、群馬県の山から山を車で案内しなければ気が済まなかったのだろう。そして午後三時過ぎまで、そうしたのである。

「じゃあ、また。近いところだから」

と高崎駅前で町田さんはいった。

「駐車困難だから、降りずに失敬するよ」

町田さんと別れたわたしは、そのまま駅へ入って行った。しかしおよそ十分後には、駅前のコインロッカーにバッグを押し込み、構内タクシーで観音山へ向った。長女に頼まれていた観音様の人形を思い出したのである。やがてタクシーは観音様の足下へ到着した。人形は裏の入口の前で売っていた。石膏と銅製の二種で、両種それぞれ大中小がある。わたしは銅製の小を買った。そしてもう一度、観音様の中へ入って行った。入口の女性は昨日と同じ顔だった。そして観音様の内部も、また同じだった。違ったのは中で若い男女の三、四組に出遇ったくらいだろう。二人連れは踊り場に着く度に、手をつなぎ合って仏像の前で暫く立ち止った。階段は手をつないでは登れない狭さだった。わたしは前の日よりも時間をかけて、十階まで登り、そしてゆっくりと降りて来た。たぶん前の日の三倍くらいはかけたと思う。しかしやはり三十体の仏像の名はおぼえられなかった。それらの仏像の程度について云々することが出来ないことも、また前日と同様である。褒めることも貶すこともわたしには出来ないような気がした。

観音様の台座を降りると、駐車場の突き当りに休憩所があった。食べ物は、うどんところ天だけらしい。わたしは中へ入り、まずうどんを注文した。それから、ところ天も食べることにして注文すると、箸が一本だった。食べ終ったうどんの割箸は、丼と一緒に片付けられていた。テーブルの上に箸立も見当らない。客は店内にわたし一人だった。わたしは煙草を吸いながら、暫く赤い一本の箸を眺めていた。すると中年を過ぎた女性が近づいて来て、食べ方を教えてくれた。高崎のところ天は一本箸で食べるのだという。

「なるほどねえ」

理由はたずねたが、わからなかった。しかし食べてみれば、確かに箸は一本で足りたのである。わたしは長男の土産物をその店で買うことにした。店内に並べられている埴輪の模型の一つを選んだ。そして休憩所を出ると、歩いて山を下りはじめた。烏川まで、歩いて行ってみようと思ったのである。

しかし烏川にはなかなかたどり着かなかった。観音山を下って行けば、確か烏川に突き当るはずであった。しかしその観音山の下へわたしはなかなかたどり着くことが出来なかったのである。途中、わたしは二度バスに追い越された。二度目のときわたしは次の停留所でバスに乗ろうと思った。しかしその停留所の少し手前で、わたしは三度目のバスに追い越された。わたしは停留所へたどり着き、ベンチに腰をおろして煙草を吸った。それから近くの小さな店でアイスキャンデーを買った。棒のついた青いキャンデーである。わたしはそれをかじりながら、またゆるい下り坂を歩きはじめた。するととつぜん誰かの顔が目に浮んだ。須藤校長だった。わたしは、おや、と思った。しかし、ちょび髭を生やした顔は須藤校長に違いなかった。そしてわたしの耳には早くも、「美しき天然」の旋律がきこえはじめていたのである。わたしたちは須藤校長に引率されてよくサーカス見物に出かけた。わたしたちは校長先生を先頭に、並んで校門から出かけて行った。サーカスのテントがかかるのは学校の前の永興郡事務所の左脇の道を入って行って右側の、広場だった。わたしが一番不思議だったのは空中ブランコの少女だった。彼女は全身真白だった。白くないのは髪だけだった。顔も首も真白だった。特に不思議だったのはその足首から爪先のあたりだった。何度見てもわたしにはその真白い部分が人間のものとは思えなかったのである。あるときは作り物の人形のように見えた。またあるときは白い毛皮をかぶった別の生き物のように見えた。

ここでわたしは、用意して来たカセットテープのことを思い出した。用意して来たテープは三百六十分だった。結局そこには誰の声も録音されないままだった。町田さんの声も、町田さんの父親の声も、町田さんの母親の声も。それともう一つ。一政先生である。最初は確か市政先生と書いたと思う。それがいつの間にか一政に変っていた。本当はどっちだったのだろう？　しかしカセットテープも一政先生も、たちまちふたたび須藤校長に変った。学校に怪力男があらわれたことがあった。須藤校長が呼んだのである。男は裸足でビール瓶の破片の上を歩いた。それからロープを首に巻きつけ、古ぼけたバスを引いて校庭をまわった。わたしたちは校庭に並んでそれを見物した。怪力のドイツ人女を見せるというサーカス団が永興を訪れたときも、わたしたちは須藤校長に引率されて見物に出かけた。ドイツの女、世界一の女、双葉山、相手にならない。確かそういう触れ込みだった。楽隊は町じゅうを練り歩いた。その先頭を行く道化が、そう呼び声をあげていた。呼び声には節がついていた。ドーイツの女、せかーいいいちの女、ふたばやーま、あいてにならなーい。しかしサーカスに行ってみると、ドイツ人女の姿は見えなかった。幾ら待ってもドイツの女は出て来なかった。怪力女は一度出て来た。しかし彼女の皮膚は全身真黒だったのである。

君と僕

「君と僕」という映画があった。朝鮮人が日本の兵隊になる話だった。見たのは確か米英との戦争がはじまって間もなくだったと思う。翌年だったかも知れない。昭和十七年だとすればわたしは小学校四年生である。

何年か前からわたしはこの映画のことをときどき思い出した。誰かと話しているときその話になったこともあった。もちろん誰もが知っている映画ではないだろう。いつか山崎正和という劇作家が自作の「船は帆船よ」についてこんなことをいっていた。小学唱歌「船は帆船よ」を知っているのは、昭和七年から昭和八年だか九年生れまでのものだけである。あるいは、十年生れまでだったかも知れない。昭和七年生れのわたしはその歌を知っている。小学校何年生かのとき習った。劇作家山崎正和はわたしより一つか二つ若い人らしい。彼はもちろんその歌を習った。ところが「船は帆船よ」の歌はとつぜん学校で教えなくなった。何かの事情でそうなったらしい。わたしが読んだのは劇のパンフレットだった。その中にはとつぜん教えなくなった事情も書かれていた。文部省その他の資料によって詳しく書かれており、わたしは読んで、なるほどと思った。しかしその詳しい事情は忘れてしまった。歌の文句がまずかったのか。歌われている主人公山田長政が途中でまずくなったのか。あるいはそれ以外の理由だったかも知れない。とにかく小学唱歌「船は帆船よ」を知っている日本人は、極く限られたものだという。戦争中でもある限られた二、三年間に小学生だったものだけだという。「君と僕」の方はそれ程限られてはいないと思う。それにこちらは映画である。小学唱歌よりは大衆的である。また「船は帆船よ」の歌は、戦争中にはじまり戦争中に廃止になったところが変っている。特殊である。しかし「君と僕」の方も程度の差こそあれ限定を受けている点は同じだろう。ただ単に戦争中の映画という限定だけではない。早い話、わたしの妻はこの映画を知らないという。妻は昭和八年東京生れである。しかし小学校一年のとき満鉄技師だった父親とともに奉天へ行き、そこで敗戦を迎えた人間だった。その彼女は「船は帆船よ」の歌は知っている。しかし「君と僕」は知らないという。

これが「宮本武蔵」とか「鞍馬天狗」とかであれば話は別だろう。また「丹下左膳」とか「独眼龍政宗」とかであれば、見なかったのは女だからということもあると思う。しかし「君と僕」はいわゆる国策映画だった。わたしたちは学校から並んで見物に行ったのである。このときも校長は須藤校長だったと思う。確かに須藤校長は映画好きだった。サーカスも好きだった。しかし「君と僕」は須藤校長でなくとも全校生徒が並んで見物に出かける映画だったと思う。

「しかし、へんだなあ」

とわたしは妻にいった。

「へんだなあ、っていわれたって、別にへんじゃないでしょ」

「ぜんぜん記憶がないわけだな」

「だって見てないんだもの」

確かに妻は記憶がよかった。いつかわたしが不意に紀元二千六百年をたずねたときも、彼女はすぐに昭和十五年ですと答えた。

「朝鮮だけでやった映画じゃないんですか」

「ふうん」

「とにかくあたしは見ていませんよ」

「そんなもんかなあ」

しかしそういうわたし自身、映画のことをはっきりおぼえているわけではなかった。むしろほとんど思い出せなかった。筋も思い出せない。特別にはっきりおぼえている場面もなかった。ただ一つ、朝鮮踊りの場面が呆んやりと浮んで来るだけである。場所は朝鮮の田舎の庭先だろう。何人かの朝鮮人がそこで車座になってマッカリを飲んでいる。そのうち誰かが立ち上って踊りはじめた。誰かが朝鮮鼓を叩きはじめる。また誰かが立ち上って踊る。踊りには女も加わったような気がする。女は朝鮮のチマ、チョゴリを着けていた。老人は頭に朝鮮の古典的な山高帽を載せていたように思う。馬の尻尾の毛で編んだ黒い冠である。冠の下はたぶん丁髷《ちょんまげ》だろう。若い男だけは朝鮮衣裳ではなくズボンにシャツだった。彼が兵隊に志願した息子だったのかも知れない。

思い出せるのはそれだけだった。まことにあいまいな場面である。同時にどことなく類型的である。それがわたしの不満だった。もう少し何か思い出せないものか。わたしはかねがねそう思っていた。長い長いポプラ並木を誰かが歩いて行く場面とか、古い大きな柳の木に覆われた井戸端で女が水を汲み上げている場面とか。

「そういう場面もあったような気がするけどねえ」

そういったのはある酒場で紹介された人物だった。民間放送の仕事をしている人だという。わたしと同じ北朝鮮からの引揚げ者だった。そのことで紹介されたのである。年はわたしより二つ上らしい。

「何か、二人が靴を交換するんじゃなかったかな」

と彼はいった。

「靴をねえ」

「それで兵隊へ行くんじゃないですか」

「日本人と朝鮮人が、靴を交換して?」

「そう。何かそんな場面があったような気がしますよ」

「靴といえば、朝鮮靴ですか」

「そう。そうじゃなかったかな」

「靴か。靴ねえ」

わたしは靴の場面はとうとう思い出せなかった。思い出せないまま「君と僕」の話は終って何か他の話になった。わたしにも連れがいたし、先方にも連れがあった。「君と僕」はわたしたち二人だけの話で、全員共通の話題にはならなかった。それからあとも靴の場面は思い出せなかった。しかしそれは何か重要な場面であるような気がした。同時になかなか味な場面でもあるように思えた。映画の泣かせどころだったのかも知れない。場所はおそらく野原とか川の土手とかだろう。向うにはポプラの並木があり、大きな朝鮮牛が草を嚙んでいるかも知れない。そういうまことに平凡で、いかにも朝鮮らしい風景の中で、日本人の青年と朝鮮人の青年が、互いにはいている靴を交換する。そして二人とも兵隊に行く。そしてどちらかが戦死するのかも知れない。わたしはそんなことを勝手に考えてみた。しかし靴の場面はどうしても思い出せなかった。

ある日わたしは笠原さんに電話をかけた。笠原さんは元山《げんざん》中学の先輩である。知り合ったのは昨年五月、「元山三校同窓会」のときだった。元山中学、元山商業、元川高女。これが元山三校である。三校合同の同窓会はもう何度もおこなわれているらしかった。しかしわたしははじめてだった。そういうことがおこなわれていることさえ知らなかった。わかったのは一昨年である。山口から行かないかと電話をもらった。しかしわたしは何かの都合で行けなかった。

昨年の同窓会のことは、何をどう書いてよいかわからない。一度ゆっくり整理してみたいと思う。しかし一年以上経ったいまだに混乱したままである。なにしろ三十年ぶりの「元山中学」だった。場所は新宿の大きな中華料理店である。しかしわたしにとっては、そこが「元山中学」であることに変りはなかった。しかもわたしは一年生だったのである。その一年生のままで元山中学は消滅していた。滅亡したものとわたしは思っていたのである。卒業生は昭和二十年三月に、二十回生と二十一回生が一緒に出ていた。五年卒業生と四年繰上げ卒業生である。それで終りだった。

新宿の中華料理店の宴会場は満員だった。三百人くらいはいただろう。それぞれ胸に細い紙の名札をつけていた。校名と卒業回数または学年、氏名が書かれている。しかし知っている顔は辛うじて山口の兄と姉の二人だけだった。受付にいたのは山口の姉と結婚した人らしい。山口は来ていなかった。田中も来ていない。山口の兄と姉は、確かになつかしかった。しかし二人とは、ほとんど挨拶をしただけだった。なにしろ三百人からの会場である。もちろん話せばきりがないだろうと思う。わたしのことは彼らに何もかも知られていた。生れたときからずっと、である。わたしと同級だった山口は十二人兄弟の末っ子だった。姉や兄とは一まわり以上も違っていた。

山口は急に来れなくなったらしい。造船所で船が火災を起こしたのだという。彼は造船所の技師だった。それ以上の話は出て来なかった。もちろん話せばきりのないことだろう。なにしろ永興《えいこう》小学校の校庭に桜の木を植えたのは山口の姉たちだという。桜の木は校庭を一周していた。そしていずれも一抱え以上の大木だった。わたしはその一本に自転車ごと衝突して宙空で一回転したことがあった。わたしは兄が乗っていた子供用の赤い二輪車を譲り受けたところだった。兄が内地の中学へ入ったためである。二輪車は十六インチだった。間もなくわたしはそれを自由自在に乗りこなした。両手放しなどは朝飯前である。走りながらサドルに立ち上ることも出来た。うしろの荷受けに立つことも出来た。あるときわたしは小学校の校庭で、両手を放したまま両目をつぶった。そして全力で自転車を漕いだ。わたしはそのまま校庭のトラックを一周するつもりだった。自転車はどんどん速度を増した。わたしは全力で両脚を動かした。そしてそのまま桜の幹に衝突した。

もちろん何が起こったのかわからなかった。わたしは両目を閉じていたから、目の前ははじめから真暗だった。その闇の中で一瞬、目から火が出た。あとはわからない。気がつくとあたりはすでに薄暗かった。運動場には誰もいなかった。どのくらい気絶していたのかわからない。不思議なことに怪我はなかった。額の上あたりに瘤《こぶ》があるだけだった。両手を放していたのがよかったのかも知れない。ハンドルを握っていれば、腕を折ったに違いなかった。二輪車は四、五メートル離れたところに倒れていた。わたしは起き上って自転車の方へ行った。抱え起こすと、ハンドルのつけ根の垂直の軸がくの字形に曲がっていた。わたしは自転車を押して帰った。そしてこっそり物置きに入れた。衝突のことも黙っていた。翌日からわたしは二輪車に乗らなかった。しかし衝突のことはやがて露見した。二輪車を物置きに放り込んだわたしは店の大人用の自転車を横乗りにした。サドルに尻を置くと足先がペダルにとどかなかった。だから三角形になった軸の間へ右足を入れて、横から乗るやり方である。別名、朝鮮乗りという。朝鮮人の子供たちはほとんどこの乗り方だった。九州へ引揚げて来ると、これは三角乗りと呼ばれていた。

衝突事故が露見したのは、わたしがゴム長靴をはいて大人自転車に横乗りをしたためだった。ゴム長の端がチェーンに巻き込まれてしまったのである。あわてたわたしは田中歯科医院のトタン塀へ突っ込んだ。今度はわたしは宙には舞わなかった。その代り田中の家のトタン塀は大きくめり込んだのである。わたしは詫びに行かされた。同時に物置きに放り込んで置いた二輪車の、くの字形になった軸も露見した。

永興小学校の桜の木の下では、わたしは何度か気絶していた。あるときは運動会の棒倒しで、敵の頭を踏みつけてよじ登りあわや頂上の旗を奪おうと手を伸ばしたとき、敵に襟上を引き戻されてわたしは仰向けに転落し、気を失った。またあるときは真黒くなった桜の実を取ろうとして木から落ちた。狙いをつけた実は高い枝の先端にあった。わたしはナマケモノのように細い枝に両手両脚で、仰向けにぶらさがりながら黒い実の方へ手を伸ばした。指先はすでに獲物に触れていた。しかしそれをむしり取ろうと指先に力を込めたとき枝は折れた。わたしは黒い実に手をかけたまま枝ごと地上に落下したのである。

「一度遊びに来て頂戴」

と山口の姉はいった。それからわたしたちはそれぞれ指定されたテーブルに着いた。もちろん別々のテーブルである。そのあともわたしたちは話す機会がなかった。会場にはもう誰がどこにいるかもわからなかった。しかしその三百人の中からわざわざどこか静かな場所を見つけて、どうしても山口の兄や姉と話さなければならない話は、そのときは見当らなかった。同じテーブルには一年生の名札をつけたものが何人か見えた。しかし誰も知らなかった。わたしたちが四月に入学した元山中学は八月十五日に消滅したのである。

「あんた、何年？」

そういったのが笠原さんだった。わたしは名札をつけ忘れていたのである。彼はわたしの学年と氏名をきくと、テーブルを立って行った。そして細長い紙の名札を作って持って来てくれた。

「これでいいかな」

わたしは礼をいい、「元中一年」の名札を上着の胸ポケットに折り込んだ。笠原さんは「元中四年」の名札をつけていた。わたしの兄と同級だった。しかし彼は兄を知らなかった。兄は福岡県の中学に入り、四年生から元山中学に転校した。元山中学にいたのはわたしとまったく同じ期間だけである。笠原さんが兄を知らないのは当然だろう。わたしが一年の同級生を知らないのと同じだった。笠原さんは某広告代理店のデザイン部に勤めているという。同窓会のあと笠原さんからは次々と手紙が送られて来た。ふつうの手紙ではない。絵と文による元山回想だった。絵が八分、文二分くらいの割合だった。絵は白い西洋紙に黒インクのペン描きである。それが毎回三枚か四枚入っていた。多いときは五、六枚である。黒インクのペン画に緑や黄色、赤などの水彩が薄くほどこしてあることもあった。

「朝鮮で育った僕等は標準語に近い発音をしていたが、ドイツ牧師の『ミナサーン、のどがヘッタ時、水を飲むでしょー』の説教を聞いたり、朝鮮サラミの『話が見えないテス』等の中で育ったので、どうも日本語に自信がない。終戦迄、ニンニクの事をマヌリと思っていたし、『チョッコン』等は日本語だと思って日常会話に使っていた。戦後、ロシア民謡の『灯』のシビを聞くと悪い言葉だと思ってギョッとする」。

絵の端っこにこういう文句が書きつけてあることもあった。チョッコンは朝鮮語で、少しの意である。チョコマンは、小さい。確かにこれはわたしもそうだった。最後のシビは、さすがに長璋吉氏の「私の朝鮮語小辞典」にも出ていない。しかしその「罵詈雑言篇」を見ると次のようなものが出ている。

「シッパルノム、シッパルセッキ＝シッパルは××××する（連体形）。シバルはその転音」。

「チェーミ　シッパルノム＝チは自分の、エミは母親。てめえのおっかあをやるやつの意。雨に濡れて透けた妹のからだに欲情を感じた兄が、それを罪深く思って一物を石で打ち潰して自殺したという民譚もあるくらいなのに、これはまたなんとしたことか」。

いいにくい言葉をなかなかうまく書いてあると思う。要するにシビはシッパルの原形に当る名詞である。シビをする、という動詞がシッパルということである。これは日本語の場合と用法は同じだろう。しかし次のような悪たれ口は日本にはないようである。

「シビ、モゴラ！」

モゴラは、喰え、である。子供たちはそういって右手の拳を相手の鼻先に突き出す。中指と人さし指の間からは親指の頭がのぞいている。笠原さんの手紙はわたしを思わず笑わせた。この文章に限らず、彼の手紙は何度もわたしを思わず笑わせた。そういう手紙をわたしはすでに十通近く受け取っていた。昨年の五月以降、一年の間に十通である。ペン画は西洋紙にぎっしり描いてあった。水彩の部分もあった。わたしは会社から帰って夜遅くまで一人でペン画を描いている彼の姿を想像した。支那饅頭店も出て来た。松濤園の海水浴も出て来た。朝鮮飴売りも出て来た。剣道の寒稽古も出て来た。予科練も出て来た。元山高女のセーラー服も出て来た。元山市街図も出て来た。山田醤油店も出て来た。店の前に大きな醤油樽が二つ描いてあった。大人が立ったまま入れそうな大樽である。赤煉瓦の煙突にはキッコーマンと白く書かれていた。その横に、「この文字あったかな？」と注がついている。これはわたしも思い出せなかった。

もちろん元山中学は何度も出て来た。図画教室、階段教室その他が細かく描き込まれている全景もあった。校舎裏の射撃練習場も出て来た。三八式歩兵銃の分解図も出て来た。「教練用だから菊の御紋章は削り取られていた」という説明がついている。一晩に何枚描くのだろう、とわたしは思った。手紙のあとには必ず電話がかかって来た。

「でも大変でしょう」

と礼をのべたあとでわたしはいった。

「いやいや」

と彼は少々癇高い声で答えた。その度にわたしははげ上った広い額を思い出した。その額をぴしゃぴしゃ叩くような声だった。

「ほんの手すさびですよ」

笠原さんの手紙に「君と僕」が出て来たのは今年の三月だった。西洋紙三枚だった。一枚目は元山海軍航空隊のゼロ戦四機。二機は格納庫の前、二機は滑走路ですでにプロペラを廻している。その手前を戦闘帽、ゲートル姿の中学生が四列縦隊で通りかかっている。横に「朝、作業（モッコカツギ）現場へ向う元中（三年）生」の注があった。その右下にはテントの前で敬礼している海軍航空兵と、テントの中で敬礼を受けている上官のうしろ姿の横で航空服の士官が黒板に何か記入している。左下は、「吹流し射撃訓練中」の雷電。「キーンと独特な爆音（強制空冷ファンの音）。ズングリの雷電（局地戦闘機）。雷電の胴体着陸も見た」と注があった。二枚目は元山航空隊見学記で、剣付鉄砲の水兵が休めの姿勢で歩哨に立っている。その向うに三階建てのビルと塔と煙突が見える。建物の屋上の旗には矢印がついて、上に拡大図があり「少将旗」と記されている。飛行場に並んでいるのは、ダグラス輸送機と九六陸攻である。笠原さんが小学校五年のときの記憶らしい。左側は上から兵舎内のハンモック。毛布の中から小学生らしい坊主頭がのぞいている。隣は兵舎内を案内してくれた先任伍長。顔には矢印がついて、「チョビヒゲ」の注。腕にも矢印があって、「善行章四線〜五線」と注がある。中程に飛行中の九六陸攻の拡大図があり、その下に小さく「海軍さんからもらった風防ガラス細工」の絵が描いてあった。形は飛行機とハートである。ちょうどビスケットのような形だった。上に桃色とか白とか黄色とかの砂糖が塗ってある駄菓子のビスケットである。笠原さんの絵には、細工にあけられた小さな穴まで描かれていて、そこに紐が通してあった。

わたしは風防ガラスのあの甘い匂いを思い出した。わたしがその匂いをかいだのは元山ではなく、引揚げて来てからだった。かつて太刀洗飛行連隊がすぐ近くにあった町である。風防ガラスはそこから拾って来るらしかった。物差しや三角定規にしているものもあった。下敷きにしているものもいたと思う。何でもないただの破片をポケットに入れて持っているものもいた。手でこすると、ぷんと甘い匂いが鼻をついた。今度は上着の袖口にこすりつけ、鼻を近づけて破片をちょっと左右に動かす。誰がはじめたのか、皆そうしていた。破片と一緒に顔を左右に動かすものもあった。授業中に教室のどこかで、とつぜんその匂いが漂うこともあった。不思議な甘い匂いだった。わたしは風防ガラスを手に入れることは出来なかった。しかし誰かの破片をいつもかいでいたような気がする。鼻を近づけ、深く息を吸い込むと、匂いが頭の芯を抜けるようだ。中毒しそうな匂いだった。実体のない空虚な甘さである。摑みどころのない不思議な匂いだった。引揚げて来た内地の匂いだった。

笠原さんの手紙の三枚目は「記憶に残る戦争映画」で、「君と僕」はそこに出て来る。西洋紙いっぱいに三十五、六本の映画の題名が書いてあり、短いメモが書きつけてあった。例えば「加藤隼戦闘隊」には「朝鮮人の金中尉出る。本物の金中尉はビルマで戦死」。また「ハワイ・マレー沖海戦」には「後楽園球場にオープンセットを作り撮影。チラッと外の電柱が見えた」といった具合である。大へんな記憶力だとわたしは思った。ただ「君と僕」に付いていたメモは「大日方伝」だけだった。絵は、魚雷を抱えた「天山《てんざん》」と、「隼《はやぶさ》」戦闘機と、急降下する「メッサーシュミット」だった。わたしは「君と僕」のことをもう少し詳しくたずねてみたいと思った。

「大日方伝の他に、小杉勇ですよ」

と笠原さんは電話でいった。

「それからですね、李香蘭にブンゲイホーが出ていますよ」

「ブンゲイホー?」

「そう。これは大変な朝鮮美人だったよ」

「はあ、はあ」

「それから、それ、永田絃次郎。あの有名な『出征兵士を送る歌』の」

「ああ、なるほど」

「彼は朝鮮人だったんだよね。戦後は北鮮に帰って人民芸術家になったらしいな」

「そうらしいですね」

それからわたしは、例の靴の話をたずねた。靴を交換するという場面である。

「靴?」

「ええ」

「ふうん。確かあれは、戦死するんだよね」

「誰がですか？」

「だから、その靴を交換した、朝鮮人じゃないの」

「はあ、はあ」

「しかしあんた、よく、そんな細かいことをおぼえてるねえ」

「はあ、何かそんな場面が……」

とわたしは酒場できいた話を自分がおぼえていたような返事をした。

「あれはわたしが元中一年か二年のときだったと思うな」

「はあ」

「あんたはまだ小学生だったんじゃないの」

「そうですね」

「ブンゲイホーに、李香蘭。これはブンゲイホーの方がきれいだったね」

笠原さんは靴の場面は知らないようだった。その代りブンゲイホーが出て来た。朝鮮人の美人女優だという。しかしわたしにはぜんぜんわからない。文字もわからなかった。映画の筋もはっきりしなかった。もちろんわたしは何が何でも「君と僕」の荒筋を知りたいというのではなかった。靴の場面をどうしても思い出したいというのでもない。ブンゲイホーという美人の顔でもなかった。そういうものではなく、何か気がかりなものがあった。しかしその気がかりなものの実体がわからなかった。ただそれは「君と僕」と何かでかかわり合っていた。「君と僕」のことを思い出す度に、気がかりになって来る何かだった。あるいはこれは逆かも知れない。わたしが「君と僕」を思い出すのは、その気がかりな何かのためかも知れなかった。筋もわからない。どうしても忘れられない場面が頭にこびりついて離れないわけでもない。俳優も思い出せない。にもかかわらず「君と僕」にわたしがこだわるのは、そのためだった。そういう気がかりな映画だったのである。

もちろん「君と僕」のことを朝から晩まで考え続けていたわけではない。毎日考えていたのでもない。わたしは忘れたり、また思い出したりしていた。すると笠原さんから葉書が届いた。わたしが電話をかけてから十日目あたりだった。

「前略、『君と僕』の件。昭和十六年（一九四一）松竹作品。製作・朝鮮軍報道部。脚本・飯島正。監督指導・田坂具隆。監督・日夏英太郎（朝鮮人では?）。出演・小杉勇、朝霧鏡子、三宅邦子、大日方伝、李香蘭、文芸峰。昭和十六年十一月十六日封切（われわれが見たのは昭和十七年か?）。注・朝霧鏡子はシミキンの奥さん。現在バー『朝霧』（新宿）のマダム。映画のことなら松竹本社9F大谷図書館（木曜休）叉は、早大演劇博物館へ。以上」。

笠原さんは右のことを松竹本社で調べたのだという。わたしが電話をかけたあとわざわざ出かけて調べてくれたらしかった。わたしは早速電話をかけて礼をのべた。

「いやいや」

といつもの声で彼はいった。

「松竹はうちの社からすぐだからね」

「文芸峰というのは、ああいう字だったんですね」

「そうよ。それに朝霧鏡子ね。彼女はシミキンの奥さんよ」

「そうらしいですね」

笠原さんの電話は、先日は文芸峰が中心だった。今回の中心は朝霧鏡子だった。シミキンの奥さん、を笠原さんは強調した。それから、世間は狭いものだと彼はいった。彼の会社の同僚が彼女のバーを知っているのだという。

「それで俄にあの映画が身近なものに感じられちゃってね」

「それは是非一度行ってみたいですね」

「そうですよ」

「よし、行きましょう」

思わずわたしはそういった。そして段取りは笠原さんにまかせることにした。それで話は決まったのである。しかしなかなか実行はされなかった。出来れば三人で一緒に行こう、と笠原さんはいった。彼と彼の同僚とわたしである。わたしもそれがよいだろうと思った。笠原さんの同僚という人をわたしは知らない。しかしその人に案内してもらえばそれに越したことはないと思った。笠原さんからはそのことで何度も電話をもらった。三月、四月、そして五月のはじめまでに六、七回はあったと思う。にもかかわらず実行はまだだった。理由はわたしの都合である。都合の内容は主として仕事だった。しかしそれ以外の何かもあったと思う。そのうちわたしは少々負担をおぼえた。自分の都合のために笠原さんを待たせているような気持になったのである。笠原さんが先に行って来てくれればよいが、とわたしは思った。自分の都合のよい日に同僚と二人で出かけてくれればよい。なにしろ行先はバーだった。一度といわず、二度でも三度でも先に行って、わたしはまたあとから一緒に出かけさせてもらう。しかし笠原さんは出かけて行かないようだった。彼の同僚の方は知らなかった。とにかく笠原さんは行かなかったようである。

わたしは何か落着かなくなった。一つには笠原さんとの約束がなかなか実行出来ないこともあった。しかしそれだけではないようだった。何かその前に思い出さなければならないことがありそうな気がする。それが思い出せなかった。思い出せないために、気がかりだった。

「朝霧鏡子って、どんな顔なのかねえ」

とわたしは妻にたずねてみた。

「そうですねえ。彼女はSKD出身だったわよね」

「何だ、知ってるのか」

「その『君と僕』は知らないわよ」

「うん」

「だって、戦後もずっと彼女は出てましたよ」

「あ、そうか」

あの映画の監督指導に当ったという田坂具隆がいまなお現役の映画監督であることはわたしも知っていた。李香蘭は、いまや参議院議員山口淑子である。大日方伝もまだ活躍中だろう。三宅邦子の顔はときどきテレビのコマーシャルで見ていた。朝霧鏡子が戦後も女優として映画に出るのは至極当然のことだった。彼女だけが「君と僕」とともに消滅しなければならない理由はどこにもなかったのである。しかしわたしは朝霧鏡子のことを知りたいわけではなかった。わたしは自分の湯呑みを持って、ダイニングキッチンから仕事部屋へ引っ込んだ。そして明日は松竹へ行ってみようか、と思った。大谷図書館へ行けば「君と僕」のシナリオがあるかも知れない。わたしは笠原さんの葉書を取り出した。「映画のことなら松竹本社9F大谷図書館」。その文句にわたしは思わず、ちょっと笑った。「映画のことなら」が何ともおかしかった。いかにも広告代理店らしい。同時に楽しみながら書いた笠原さんの顔が浮んだ。大谷図書館は「木曜休」と書いてあった。わたしは七曜表を見て明日が木曜日でないことを確かめた。

それからわたしは、とつぜん大阪の兄へ電話をしてみようと思い立った。時計を見ると十時ちょっと過ぎだった。もちろん夜のである。わたしは部屋を出てダイニングキッチンへ行き、電話番号を確かめてダイヤルを廻した。大阪の兄へ電話をすることなどめったになかった。用件はだいたい手紙で済ませた。電話でなければ間に合わないような急用はこのところずっと無かった。会うのも昨年三月以来ずっと会っていない。そのときはわたしが大阪の兄のところへ行き、一緒に福岡の母のところまで足を延ばした。わたしはそれ以来、母とも会っていない。兄はこの五月の連休に子供を連れて母のところへ行って来たらしかった。そのことを書いた葉書が最近届いていた。母は兄が大阪に転勤になってからは、弟の家で暮していた。そこで兄がふたたび福岡へ戻って来るのを待つのだという。今年ちょうど七十だった。最近ほとんど耳がきこえなくなったという。しかし花いじりに夢中だと兄の葉書に書いてあった。確かに母の手紙は花づくしだった。何が咲き、何が散り、何の芽が出て来た。何の葉がいまこんな色で、何の蕾はこうなっている。それに天候、空模様が加わっていた。これがおよそ月に二回である。その他に毎月送金を受け取ったという礼状が一通。そこにはくれぐれも酒を飲み過ぎぬようにというわたしへの忠告と、人間はどんなに忙しくとも手紙くらいは書けるはずだという小言が書きつけてあった。

電話口に出たのは兄だった。わたしたちはまず互いの家庭が無事であることを報告し合ったあと、母のことを話した。

「耳は遠くなった方が長生きするそうだから、いいんじゃないの」

とわたしはいった。

「このまま二、三年は大丈夫やろ」

と兄はいった。

「花に取り囲まれてれば空気もいいしな。ときどき近所の人から素人離れしとるとかいうて褒められよるらしいもんな」

「それは何よりだね」

「とにかく夢中になってるから」

「ところでね、とつぜんだけど」

とわたしは「君と僕」のことを兄にたずねた。

「君と僕？」

「うん」

「映画だな」

「うん。朝鮮人が兵隊に行くという、まあ当時の国策映画だね」

「内鮮一体か」

「そうそう」

それからわたしは、いままでにわかっていることをだいたい話した。

「ふうん。何か親父だったか親戚だったかが反対するんじゃなかったか」

「いや、それが思い出せないわけよ」

「一人、親戚に民族主義者みたいなのがいて、志願兵に反対するんじゃないか。何かそんなふうなのを見たような気がするがね」

「ははあ、なるほど」

「しかし、君と僕なんて題名にはおぼえがないな」

「じゃあやっぱり見てないのかな」

「昭和十七年の四月からおれは内地だからな。そうかも知らん」

それから間もなく電話は終った。やはり明日は松竹へ行ってみようとわたしは思った。何が何でも行ってみなければという気持になった。松竹本社は築地である。交通はまことに好都合だった。最寄りの私鉄に乗ればよかった。それが途中から地下鉄となり、そのまま歌舞伎座の前まで行くはずだった。松竹本社はそこから歩いておよそ五分である。ちょうどわが家から一時間くらいだろう。わたしは出る前に笠原さんに電話しようか、と思った。電話をすればおそらく彼は松竹まで出かけて来るだろう。わたしは電話をかけずに出かけることにした。わたしの気がかりは飽くまでもわたし一人のものだった。それは当然わたし一人で確かめる方がよかった。

雨だった。それに寒かった。五月の気温としては異例だろう。わたしはレインコートに傘をさして出かけた。午後一時を少し過ぎていた。わたしは電車の中で、こうもりを杖にしてちょっと眠った。十分足らずだろう。目をさましてわたしは、おや、と思った。何か夢をみたらしい。しかし夢は思い出せなかった。電車を降りてからも思い出せなかった。そして歩いているうちに夢のことは忘れてしまった。松竹本社の受付には守衛のような男が坐っていた。

「やってますよ」

と彼はいった。わたしはエレベーターで九階へ昇った。大谷図書館はすぐわかった。エレベーターを降りて、すぐ左である。ドアをあけると小さな部屋だった。これは少々予想外だった。五、六人掛けのテーブルが三つばかり並んでいる。客は三、四人だった。わたしはレインコートを着てこうもりを持ったまま、受付の前に立った。台の向うに四つ五つ事務机が並んでいた。書庫というよりも事務室のように見えた。図書館らしい取っつきにくさもないようである。声をかけると眼鏡をかけた女性が立って来た。

最初にわたしは、松竹映画のシナリオが揃っているかどうかをたずねた。係の女はシナリオの題をたずねた。わたしは「君と僕」と答えた。そして昭和十六年の作品だと思う、とつけ加えた。女は奥へ入って行った。やがて大中二冊の本を抱えて戻って来た。そして頁を繰って何か調べた。

「昭和十六年十一月の作品です」

と彼女はいった。真面目な女だ、とわたしは思った。同時にこれは九分通り大丈夫だろうと思った。

「ありますか？」

「ちょっとお待ち下さい」

そういって彼女はもう一度奥へ引っ込んだ。そして今度は手ぶらで戻って来た。「君と僕」はなかったのである。

「ありませんか」

とわたしはいった。

「戦前のものは揃ってるものもあるんですけど」

「ふうん。ないか」

「スタッフとかキャストでしたら、この本にも出てますけど」

「それは、何ですか？」

彼女が最初に抱えて来た大中二冊の本は、大の方が「松竹七十年史」、中の方は「日本映画発達史」の第二巻だった。

「映画の荒筋くらいは出てますかね？」

「ストーリーですか？」

「そうそう。それから写真とか」

そうだ、写真だ、とわたしは思った。むしろこの際ストーリーより写真かも知れない。写真、写真とわたしは思った。朝鮮の写真なら何でもよかった。

「映画の梗概でしたら当時の『キネマ旬報』に出てると思いますよ」

「あるんですか？」

「ただ、ごく簡単な梗概だと思いますよ」

「それを貸して下さい。ええと、これが貸出しカードですね」

わたしは台の上の貸出しカードを一枚取って、大急ぎで書き込んだ。「松竹七十年史」と「日本映画発達史」第二巻も借りることにした。彼女は本を運んで来た。「キネマ旬報」ではなく「映画旬報」だった。戦争中はそう改名されていたのだろう。その昭和十六年一年分の合本四冊だった。わたしは六冊の本を閲覧室の真中のテーブルに運んだ。そしてレインコートを脱ぎ、椅子に腰をおろした。

わたしは目の前に積み上げた六冊の本を眺めた。そして一つ溜息をついた。目の前に積み上げられた本は、いまや動かし難い事実であった。同時に、「君と僕」が実在したことを証明する動かし難い証拠だった。わたしは思い切ってその一冊に手を伸ばした。「松竹七十年史」である。わたしはまず目次を見て、巻末の作品総索引の「キ」

の部を探した。「君と僕」はそこにあった。わたしは記入されたページを開いた。スタッフ、キャストその他は笠原さんの葉書に書いてあったのと同じだった。封切日が一日違っていただけである。昭和十六年十一月十五日封切。笠原さんの葉書では、十六日。あとは全て同じだった。「現代劇十巻」と書いてあった。「松竹七十年史」では「君と僕」に関する記述はそれだけだった。しかし映画「君と僕」は、いまや一つの実在となったのである。最早それは呆んやりしたわたしの記憶ではなかった。呆んやりしたわたしの記憶とは無関係に、実在する一個の事実となったのである。わたしは、また一つ溜息をついた。わたしは「君と僕」が実在した証拠を求めにここへ来たのではなかった。そしてそれは自分にわかっていた。しかし自分が何を探しにやって来たのか、まだわからなかったのである。わたしはテーブルの上に灰皿を探した。しかし灰皿も見当らなかった。禁煙らしい。わたしは閲覧室を出て灰皿を探した。灰皿はエレベーターの前にあった。

「日本映画発達史」は昭和三十二年に出た本で、著者は田中純一郎である。その「君と僕」の項には昭和十六年当時の朝鮮映画界の様子が出ていた。当時の朝鮮の人口は二千四百万だという。うち日本人は三パーセントだったらしい。映画館は日本内地が当時三万人に一館の割合であったのに対して、朝鮮では百六十万人に一館しかなかったという。わたしが「君と僕」を見たのは永興劇場だった。永興にはそれ一軒だけだった。いつ出来たのかはわからない。曽祖父はよくステッキをついて劇場へ出かけた。羽織、袴、白足袋に草履のいでたちである。夏はそれにカンカン帽をかぶっていた。うしろから店員の朝鮮人が座ぶとんと水筒を持って従って行った。水筒の中身は冷酒である。わたしはそうやって劇場へ出かけて行く曽祖父の姿を何度か見ている。曽祖父が死んだのはわたしが小学校二年生のときだった。昭和十五年である。死んだのは八十八歳であるから、劇場へ出かけていたのはだいぶ前のことだろう。

永興劇場は最初のうちはゴザ敷きだった。前方には舞台があった。はじめは芝居が主だったのかも知れない。ウンコタ―レ、シッコタ―レ！　これはわたしがその舞台に向って吐いた悪たれ口らしい。もちろんおぼえはまったくなかった。三つか四つのときらしかった。わたしはゴザの上をとつぜん走り出し、舞台のすぐ下から熱演中の役者に向って、そういい放ったというのである。このことは祖母からもきいた。母からもきいた。兄からもきいた。昨年福岡の母のところへ帰ったときにもきいた。小学校から先生に引率されて行ったときはゴザの上に列を作って坐った。薄暗いゴザの上に足音が響いた。わたしは「君と僕」をそのゴザの上で見たに違いなかった。

わたしは「映画旬報」の合本を開いた。昭和十六年の十一月と十二月分である。やがてわたしの目の前に「君と僕」が出て来た。三十四年前の「君と僕」だった。

「世紀に誇る内鮮一体総力映画。軍製作の国民映画！　朝鮮半島に志願兵制度が敷かれた。一ケ年三千名の求めに対して果然十四万人余の半島人が殺到して来た。〈君〉とは内地人である。〈僕〉とは半島の人々である。君と僕の手がかくも固く結ばれ崇高なるその使命に共感する時、大いなる理念の結実としてこの映画は誕生した」

「世紀の巨豪篇、遂に完成！

朝鮮総督　　南　次郎

『内鮮一体』は区々たる政策の命題ではない。叉時勢起伏の所産でもない。実に歴史進化の必然、同根民族還元の宿命、而して八紘一宇、大和精神の具現に外ならない。事変下に於ける朝鮮半島の人心と活動の諸相は内鮮一体、一億一心を基軸として奉公の感激を深め来つたのであるが、三年前に実現せる特別志願兵制度は就中軍国の精華として半島人青年の新面目を表徴する顕著なるものがあつた。

朝鮮軍報道部は此に見る所あり、志願兵制度に取材せる映画製作を企画し、其の周到の用意と雄大な規模、軍部にあらざれば容易に捉へ難き活場面を供用して苦心完成せられたる『君と僕』の名篇が、必ずや時代人心に訴へて皇国精神を昂揚せしむるは勿論、内外人をして内鮮一体の実相を認識せしむるに大いに寄与する所あるを疑はないのである」

「今を時めく南朝鮮総督、板垣軍司令官、篇中に特別登場！　感激更に深し！」

「豪華並びなきこの配役陣！

金子英助…永田絃次郎（キングレコード）

久保良平…小杉勇

良平の妻…三宅邦子

浅野美津枝…朝霧鏡子

浅野謙三…河津清三郎

木下の妻…文芸峰（朝鮮映画）
訓練所森山教官…大日方伝
満洲娘…李香蘭（満映）
志願兵…山本正雄
安本…崔雲峰
山本…李錦龍

後援　陸軍省報道部
朝鮮総督府」。

金子英助は京城音楽学校を中退して志願兵訓練所に入った。安本、山本も念願の志願兵訓練所に入った。浅野美津枝は日本人である。彼女は京城音楽学校の生徒で、勤労奉仕中に金子と知り合う。志願兵訓練所では連日猛烈な戦闘訓練がおこなわれた。そしてやがて金子と木下は戦地へ向うことになった。出征の前、金子は賜暇《しか》帰休を得て郷里の扶余《ふよ》へ帰って来た。そこで彼は浅野美津枝に再会する。美津枝は扶余博物館の館長をしている義兄の久保良平のところへ手伝いに来ていたのである。金子は郷里の青年たちを集めて農業の近代化を説く。同時に自ら鍬《くわ》を取って彼らの先頭に立つ。美津枝はそのような彼の姿に強く惹かれる。そして金子を愛しはじめる。金子の方もそれは同様だった。良平の妻（美津枝の実姉）はそれを知り、夫に二人の結婚をすすめる。同時に金子の老父母の説得を頼む。やがて金子の賜暇は終った。故郷の扶余から金子はふたたび原隊へ帰って行く。その金子を美津枝は、彼の老父母とともに朝鮮服姿で見送ったのである。

「映画旬報」の荒筋はざっとそういうものだった。これでみると美津枝役の朝霧鏡子は、金子役の永田絃次郎とともに主役である。二人が主役のメロドラマである。わたしはその荒筋を読んで思い出した。朝鮮総督南次郎夫妻の朝鮮服姿である。ある日その写真が新聞に大きく出ていた。たぶん「君と僕」と同じころだったと思う。あるいは映画の宣伝も兼ねていたのかも知れない。その写真は日本人の間で評判になったようだった。しかし好評ではなく、不評だった。詳しいことはもちろんわからない。ただそういう大人たちの噂だった。

「みっとむなか」

わたしの祖母はそういっていた。

「げさーくか」

ともいっていた。「みっとむなか」は、みっともないの九州訛りである。「げさーくか」は下作、下品、つまり品がないの意である。

「南さんはひょっとしたら朝鮮人ばい」

これも祖母の言葉だった。しかし不評だったのは南総督の朝鮮服姿だけではなかったようだ。彼がわざわざ筆を取って宣伝し、板垣朝鮮軍司令官とともに自らも特別出演した「君と僕」の方も、「映画旬報」の時評で酷評されている。

「この映画は一個の映画作品として見ればまことに拙い。失敗といふよりも忌憚なくいつて映画の形をそなへてゐるかどうか、それすら相当あやぶまれるものである」「指導理念をもち明るい大衆娯楽作品たるべきものとしてみれば、これは不満のはなはだしいものと言はざるを得ない」「金子英助が半島の愛国心の熾烈さを語つて『このことは内地人の方々に本当に判つて頂きたいと思ひます』といふとき、その真摯な叫びが〈僕〉（半島人）の〈君〉に対する志の訴へとして我々に迫つて来る。しかし映画『君と僕』の我々に呼びかけるものは、これ以上には出ない。理念と事実の根本のものが要約して示されてゐるだけであつて、それが更に深く広く内部にたち入つて示されてゐない」「登場人物は人間といふよりは形だけが動き、言葉を発してゐるにとどまる。メロドラマとしての骨格も張りもなく、登場人物に魅力がない」「最後に二組の内鮮結婚の成立を暗示してゐるが、それも説伏的に提示し解決してゐるとはいへない。一言にして言へば『君と僕』は、お手軽にしてお粗末である」。

評者は内田岐三雄となっている。わたしは読んでおどろいた。この時評が載っているのは「映画旬報」昭和十六年十二月十一日号だった。「大東亜戦争」の勃発はその年の十二月八日である。内田岐三雄という批評家をわたしはぜんぜん知らない。戦前はもちろん、戦中も、戦後も知らなかった。もちろんいまならばこのくらいの批評は誰にでも書けよう。しかし時期が時期である。そして、映画が映画である。その大胆率直さにわたしは感心した。しかもただ高飛車に貶しているだけではないのである。

「多少見るべきところありとすれば、木下と妻の福順とが互ひに駈け寄るくだり。志願兵の行軍にすれちがふ三人の半島婦人を配したカット」。

　これは実にいい場面ではないかと思う。木下の妻福順に扮するのは、美人女優文芸峰である。志願兵訓練所を終えた木下は戦場へ行く。その前に賜暇を得て故郷へ帰ったのだろう。一本のポプラの木の下に低い藁葺きの家がある。その前に立って妻は待っている。やがて細い田舎道に夫の姿が見えた。思わず妻は駈け出してゆく。文芸峰は駈け出してゆく。わたしは自分勝手にそんな場面を想像してみた。

　もう一つの場面も同様だった。志願兵たちの行軍は山道かも知れない。野原かも知れない。田舎道かも知れない。彼らは日本陸軍の軍装に身を固めている。背嚢《はいのう》を背負い、小銃を担い、ゲートルを巻き、鉄兜をかぶっているのだろう。そして縦隊を成して歩いて行く。そこをすれ違う三人の朝鮮人女性は、朝鮮服姿であるに違いない。そして彼女たちは、頭に水甕を載せているのだと思う。黒い素焼きの朝鮮水甕である。

　もちろんこれもわたしの自分勝手な空想だった。そして、こうやって書き表わしてみれば、まことに何でもない場面に過ぎない。いかにも朝鮮のどこにでもある平凡な風景といえるだろう。しかしわたしは感心した。そういう何でもない平凡な場面に目をつけた内田某の批評は、愛ある批評だと思う。映画そのものを肯定する思想である。「内鮮一体」批判も、イデオロギーに対するイデオロギーによる批判ではない。政治を政治で批判しているのではなかった。飽くまでも映画を映画として批評しているのが、よかった。あの時期におけるあの大胆率直さは、そこから出て来たものだろうと思う。私心がない。映画一途である。だから可能だったのである。

　しかしわたしがおどろいたのは、その批評家の大胆率直さだけではなかった。わたしは自分自身にもおどろいていたのである。実際わたしは何一つ思い出すことが出来なかった。わたしは「映画旬報」の写真を一つずつ眺めた。写真はすでに色褪せていた。紙も悪かった。南総督と板垣軍司令官が左右に腰をおろしている写真もあった。やや俯き加減の文芸峰は、支那服姿の李香蘭よりも確かに美しかった。写真には戦闘場面らしいものも出て来た。重機関銃が火を吐いていた。天に届く火炎も見えた。しかし誰かが戦死する話は荒筋にはなかった。写真にもそれらしい場面は出て来なかった。靴の場面も同様である。荒筋にも写真にもそれらしい場面は見当らなかった。

　朝鮮服姿の朝霧鏡子も何枚か出て来た。彼女の顔は本物の少女だった。それは予想以上の少女らしさだった。思わず目を止めたのは渡し船の場面だった。たぶん扶余の場面だろう。扶余の地名をわたしは知っていた。知っている理由はわからなかった。大人たちが、プヨ、プヨと呼んでいたのをきいて知っているだけだった。誰か知人がいたのかも知れない。どこにあるのかもよくわからなかった。ただ永興からは遠い南の土地らしかった。渡し船に乗っているのは朝鮮服姿の朝霧鏡子だった。その左は兵隊姿の永田紘次郎だった。船にはもう一人女性が乗っていた。うしろで朝鮮服姿の船頭が櫓をこいでいた。船は小さな古い伝馬船だった。船は川岸を離れたところらしい。夏の黄昏どきらしかった。黄昏はじめた川岸の向うにポプラ並木が見える。ポプラは左から右へ並んで立っていた。

「君と僕」の写真はようやく終りに近づいていた。わたしは次のページへ移った。そしてわたしは、おや、と思った。電車の中で短い居眠りからさめたときにどこか似ていた。電車の中でわたしは短い夢を見たらしかった。しかしそれは思い出せなかった。今度は目の前に一枚の写真があった。扶余を発って原隊へ戻る金子を年取った父母と美津枝が見送る場面だった。三人に向って挙手の礼をしている金子は、もちろん軍服に軍帽だった。見送る三人は朝鮮服姿だった。右からアボヂ、美津枝、オモニの順に立っていた。アボヂはお父さん、オモニはお母さんである。オモニは胸のあたりで両手を握り合わせていた。美津枝は右手を小さくあげていた。アボヂは両手をうしろ手に組んでいた。わたしはもう一度、おやっ、と思った。しかしそれが何であるのかはわからなかった。何か気がかりな夢からさめたときの気持に似ていた。しかし写真の前で居眠りをしたおぼえはなかった。わたしはあらためて写真を見直した。そしてとつぜん思い出した。小学校の学芸会だった。指導は狼谷《かみたに》先生だった。わたしは四年生だったと思う。劇の題名は思い出せない。しかし軍服に軍帽姿で挙手の礼をしているのは歯科医院の息子の田中だった。朝鮮服姿のオモニ役は薬屋の息子の吉賀だった。娘役は誰だったのか思い出せない。若い娘は劇に出て来なかったのかも知れない。しかし朝鮮服姿のアボヂ役はわたしだった。ワタシハ生レハ朝鮮人デス。ケレドモイマデハリッパナ日本人デス。ダカラオクニノタメニヨロコンデムスコヲ戦争ニユカセルノデス。これがその学芸会のわたしの役だったのである。

ナオナラ

小学校三年生の長女が水疱瘡《みずぼうそう》にかかった。五月のある日だった。夕食後にわたしは長女と風呂に入ることにしていた。明日は陸上競技大会だという。その話をわたしは二日ほど前からきいていた。話は風呂の中できいた。競技会は運動会とは別らしかった。時期も違う。家族のものが見に行くわけでもなさそうである。しかし長女は張り切っていた。最初代表に選ばれていた子供が病気になったため、長女が代りにリレーの選手になったのだという。

「病気って何かね」

とわたしは長女を洗いながらたずねた。

「わかんないけど、急になっちゃったんだって」

「病気になったのは女の子なんだろう」

「そうだよ」

「早い子なの」

「まあね」

「じゃあ、頑張らなきゃいかんな」

その翌日もまたわたしは長女と風呂に入った。そしてリレーの話になった。

「今日、練習したんだ」

と長女はいった。

「学校でかね」

「はじめ学校でやって、それからまたさっきやったの」

「さっきって、どこで」

「ハイツで」

わたしたちがこのハイツに越して来て、ちょうど半年だった。前に住んでいたのは住宅公団の団地である。建物は似たような鉄筋コンクリート造りだった。前は四階建ての二階だった。今度は五階建ての五階である。違いはそれと、棟数だった。前にいた団地は世帯数七千、人口二万といわれた。今度のところは五階建ての棟が十ばかり並んでいるだけである。そしてそのうちのどの棟かの一階に管理事務所があり、何々ハイツと呼ばれていた。子供たちは、その何々を略して、ただハイツと呼んでいるらしい。以前は確か、AとかBとかいっているような気がした。なにしろ広い団地だった。全体がABCDの四地区に分れ、それぞれ棟番号がついていた。一地区で七十番くらいまであったと思う。子供たちが、AとかBとかいうのはそのためだった。どこで何をしたのかとたずねられて、ただ団地だけではわからないわけだった。その点、今度はハイツだけでもわかるということだろう。

「この下でかね」

とわたしは風呂場の床を指さした。

「ときどきお父さんがさ、お兄ちゃんとキャッチボールやってるじゃない。あそこ」

「向いの棟との間だな」

「そう。遊び場の公園があるでしょ。その手前に桜の木があるでしょ。そこまで走るわけ」

「じゃあ三十メートルくらいだな」

「もっとあると思うよ」

「そんなもんだろう」

「四十メートルくらいじゃない」

「そうはないだろう」

「でも、汗びっしょりになっちゃったよ」

「今日は、頭洗う日かな」

「そう」

長女は頭に布を巻いていなかった。髪を洗わなくてもよい日は、赤い模様のついた布を頭に巻いている。

「だって、もう汗くさいんだもん」

わたしは長女の髪の毛を嗅いでみた。

「そうね、だいぶ臭いな」

「短い髪の人より、長い髪の人の方が余計に臭くなるのは、当り前じゃない」

「でも切りたくないんだろ」

「でも、いつかは切らなきゃあならないでしょ」

「どうして」

「だって、ほっといたら足まで伸びちゃうじゃない」

「そういうのを、アンポンタンっていうんだ」

「走るのはさ、髪の毛短い方がとくなんだよね、お父さん」

「じゃあ、切ればいいじゃないか」

「でもね、お母さんが、切らなくても編めばいいんだって」

長女の髪を洗い、全身を洗ってやると、くたくたになった。腕もだるくなった。それが、長女が水疱瘡にかかる前日である。しかし赤い発疹に気づかなかったのは、わたしがくたびれたせいではなかったと思う。どこにもそんなものは見当らなかったのである。

「あれ!」

と妻が大きな声を出した。わたしは夕食後テレビを見ながら煙草を吸っていた。テレビには何が映っていたのか思い出せない。長男が見ていたものを呆んやり眺めていたのだろう。プロ野球のナイターがあるときは、わたしは長女を風呂へ入れられなかった。見終ると九時である。それからでは遅過ぎるので、長女は先に一人で入った。しかしその日はプロ野球ではなかった。わたしは煙草を吸い終えたら長女と風呂に入るつもりだった。

妻の声は悲鳴に似ていた。わたしはテレビからそちらへ目を移した。黒いパンツ一枚になった長女が妻の前に立っていた。妻は入浴用の赤い模様入りの布を手にしていた。それを長女の髪に巻いてやろうとするところだったらしい。わたしは黙っていた。ダイニングキッチンのテーブルのこちら側で椅子に腰をおろしたままだった。

「今日はお風呂は駄目だわ」

と妻はいった。長女は黙って妻の顔を見上げていた。しかし妻の目は長女の顔は見ていなかった。肩先から胸、胸から腹のあたりへと動いていた。手も動いていた。そして裸の長女をくるりとうしろ向きにさせた。

「何だい」

とわたしは一呼吸置いたたずね方をした。昼寝の最中に邪魔が入ったようないい方だった。妻の悲鳴に似た声がわたしには余り気に入っていなかった。それもいまはじまったことではないのだ、とわたしは思った。少し大袈裟過ぎるような気がした。驚くのはよい。しかし一呼吸置いて声を出せないものか。これが火事ならば仕方がない。しかし相手は子供ではないか。驚くのは仕方ないが、子供を驚かす必要はないだろう。つまらないことでいちいち騒ぐな。取り乱すな。一呼吸というのは、一芝居ということである。小さな嘘だ。子供の前でそのくらいの芝居がまだ打てないのか。わたしは腹の中で、次から次へとそんな雑言を吐き続けた。そしてあたかも自分が沈着大胆の男であるような気持になった。

「水疱瘡だわ」

と妻はいった。それは独言のようにきこえた。わたしの問いとは無関係のようだった。また、長女の明日の競技大会とも無関係のようだった。

「今日はお風呂はやめなさい。すぐパジャマを着て」

「本当か」

「まず間違いないわ」

そういって妻は長女の体をわたしの方へ向けた。妻の指は長女の右胸の上あたりをさし示していた。そこに赤い小斑点が見えた。テーブルを隔てていたが、はっきり見えた。妻は指を長女の右胸から脇腹の方へ移した。そこにも赤い小斑点が見えた。

「まだだったのか」

「そうですよ。幼稚園のときだいぶまわりの子はかかったんだけど、どういうものかそのときは染《うつ》らなくてね」

「熱は」

「いまんところまだないみたいだけど。やがて出て来るんでしょう」

とつぜん長女が、わっと泣き出した。黒いパンツ一枚のまま妻の腰にしがみついた。長女はまだ妻よりもだいぶ小さかった。

「いやだ、いやだ」

と長女は泣きながらいった。

「よしよし」

と妻は長女の頭を抱きかかえた。

「せっかくリレーの選手になったのに」

と長女は泣きながらも、そう訴えた。

「でも水疱瘡は仕方がないわよ。伝染病なんだから。学校へ行けば皆に染っちゃうでしょ」

ああ、また本当のことをいってやがる、とわたしは思った。騙すんだよ。騙せばいいんだ。相手は子供だろう。もっとうまく騙して忘れさせてしまえばいいんだ。確かに理屈は妻のいう通りだった。また、水疱瘡とリレーとは何の関係もないことである。しかし長女にとっては重大な関係を持つことだった。それはどのくらい重大なものであろうか、とわたしは考えてみた。例えば大人の世界では、それはどういう場合に当るだろう。水疱瘡とリレーの関係は、何に匹敵するであろうか。もちろん匹敵するものは幾らもあるはずだった。しかし、ちょうどぴったりというものはないのである。これは比較の問題ではなかろう。当然のことながら水疱瘡とリレーの関係は、子供の無念残念であった。大人には大人の無念残念がある。しかし水疱瘡が長女にとって最大の無念残念であることには変りなかった。八歳の彼女にとっては生れて最大の無念残念に違いなかった。そしてそれは、次なる無念残念を経験するまで変ることはないはずだった。

「よしよし」

と今度はわたしが声をかけた。

「水疱瘡なんて誰だって一度はかかるものなんだ」

「そうですよ」

と妻がいった。

「お母さんだって小学校一年生のときかかったんだから」

妻は長女を子供部屋へ連れて行った。わたしは立ちあがって、一人で風呂に入った。そして風呂の中で、自分の水疱瘡のことを考えてみた。しかし何も思い出せなかった。わたしは水道の蛇口をひねって湯をぬる目にした。そうやって長くつかっていれば、何か思い出せるかも知れないと思ったのである。わたしは思いついて自分の左腕を調べてみた。確か種痘の痕があるはずだった。まず首をまわして肩のあたりを調べた。肩にはかなりの肉がついていた。もともとわたしはそういう体格である。懸垂は得意だった。そしてその肩の力は日本陸軍のために用いられるはずだった。三十年前のわたしは陸軍士官以外の自分を考えたことはなかった。それ以外の自分というものは考えられなかった。しかし戦争はとつぜん終った。わたしは元山《げんざん》中学の一年だった。日本陸軍はもう要らない。幼年学校も士官学校ももうおしまい、というわけだった。これがわたしの無念残念だった。ところがある晩わたしはこの自分の無念残念についてちょっと考え込むことになった。長女が水疱瘡にかかる少し前だったと思う。

わたしたちは三人で話をしていた。場所はとある小さな酒場だった。途中、何かのことから戦争中の話になった。わたしたちは仕事の上のつき合いで、互いに初対面ではなかった。しかしこういう話になったのははじめてだったと思う。わたしは自分が陸軍びいきだったことを話した。すると一人がこういった。

「それはでも、一般的なものじゃないの。末は大将か大臣か式の」

彼はわたしとまったくの同年だった。

「そうでもないですよ、ぼくの場合は」

とわたしはいった。そしてまた父のことを簡単に話した。一年志願の予備役とはいえ、とにかく父は歩兵中尉だった。したがってわたしの夢は、さしずめ陸軍中尉だった。旧制中学以上の卒業者で徴兵検査に甲種合格した者。長男または一人息子、あるいはそれに準ずる者で、家督相続の義務を有する者であること。これが一年志願の受験資格だったという。わたしの父の場合は一人息子だった。この制度はもうなくなっていたのかも知れない。あったとしてもわたしの場合は次男だった。幼年学校から士官学校を志望したのはそのためだった。これはまことにはっきりしていた。

「ぼくも陸軍の方が好きだったな」

ともう一人の知人がいった。彼はわたしより二つ年上である。

「珍しいですな、東京の人にしては」

と、わたしと同年の知人がいった。そういう彼も東京の出身だった。小学校五年生のとき栃木だか茨城の方へ疎開していたらしい。

「そんなこともないでしょう」

「いや実はね、ぼくもそうだったもんでね」

「なんだ、あんたもか」

「ぼくの場合は、もっとも少年航空兵ですけど」

「少年航空兵？」

とわたしはたずねた。

「昭和七年生れで？」

「そうですよ。小学校五年で受けたんですから」

「あ、そうか」

「ね、出来たでしょう。あの制度が。その第一回目なんすよ」

「なるほど。空だ男の征くところ、だな」

「M検やられなかった？」

と二年上の知人がいった。

「ぼくはやられましたよ。幼年学校の試験でね」

「中学二年で受けたんですか？」

「そうそう」

「どういう検査だったんですか？」

「うん。こういね両手を壁につかされて、腰を引くんだね。そこへ軍医が来て、手できゅっとつかまれるわけよ」

「それは、ぼくらはやられなかったな」

「幼年学校はやられたな」

「少年航空兵じゃあ、あれやられたでしょう。ほら、電気仕掛けの回転椅子」

　とわたしはいった。上半身裸の受験生が腰をおろす。試験官がスイッチを押すと椅子は激しく回転をはじめる。受験生の体は独楽のように廻っている。スイッチを押す。椅子は急停止する。受験生は立ち上る。そこでぴたりと直立不動の姿勢が取れなければいけない。足がふらつくものは、不合格である。確かそういう映画を見たことがあった。ニュース映画だったかも知れない。父の回転椅子でわたしもその真似をやったものだ。店の机の前に置かれていたのは、古くさい革張りの木の回転椅子だった。

「そうそう。そういうのありましたね。でも試験ではやらなかったな」

「じゃあ映画でみたのは入ってからの訓練かな」

「試験ではね、回転するんじゃなくて、ぐらぐら揺れるんですよ」

「海軍へ行くのは、女性の好みなんだな」

　と二年上の知人がいった。

「女親とか、伯母さんとか。姉さんとか、従姉妹とか、女の発言権の強い家庭は、海軍へ行ったんじゃないかな」

「なるほど。開けてるわけか」

「そうそう。民主的というかな」

「海軍には女の思想が入ってるのよ」

　これは確かに面白い話題だった。また、いかにもありそうな話でもあった。実さいわたしの家庭は男八人に女三人だった。曽祖父、父、それに兄弟が上から六人。女は祖母、母、それに末の妹だった。しかしもちろん、これは酒場の話題だった。それ以上でもなければ以下でもない。問題は二年上の知人も、同年の知人も結局は試験に落ちたことだった。一人は陸軍幼年学校に落ち、他は少年航空兵の試験に落ちた。不合格理由は二人とも視力だという。三十年経った現在、二人はともに眼鏡をかけていた。

「どうもあれが劣等感というものを抱いたはじまりのような気がするね」

と二年上の知人はいった。

「ぼくの場合はですね、何とも不思議な気持でね」

と同年の知人はいった。受験をしたのは疎開先だったらしい。父親に黙って受験したのだという。発表の日に東京から父親がやって来た。結果は不合格だった。困った。内緒で受けてしかも不合格。彼は小さくなっている他なかった。ところが父親は喜んで帰って行った。本当に安心したような顔つきだった。それが不思議だったのである。

その不思議さはわたしにもよくわかった。それは二年上の知人の、劣等感という言葉よりはよくわかる気がした。しかしわたしは二人の失敗を、二人の無念残念というふうには受け取らなかった。その点で二人の体験談は同等だった。少なくとも酒場で話をしたときはそうだった。二人の話は、無念残念どころではないような気がした。むしろ羨ましく思ったくらいである。結局どこも受けなかったのはわたしだけだった。羨ましいと思ったのはその体験だった。少なくともそれはわたしの夢であった陸軍に、一歩近づいていた。半歩だとしてもとにかく踏み込んでいた。酒場で暢気に話していたせいかも知れない。確かに何かをどうしてもそこで突きつめて考えなければならないという話し合いではなかった。頭をしぼって酒を飲まなければならないという場合でもなかった。

しかし二人の話は、やはり二人の無念残念に違いなかった。日が経ち、酔いがさめてみると、わたしはだんだんそう思うようになった。自分の無念残念と比較してみることによって、いっそうそれはわかって来るようだった。母はわたしに幼年学校受験を一年待てといった。父は応召中だった。元山中学のわたしのクラスからは確か三名、受験に出かけた。試験は羅南師団でおこなわれるということだった。すでに八月だった。十日過ぎだったと思う。出かけて行った同級生の受験の結果はわからなかった。間もなくソ連軍進攻の噂をきいた。清津、羅津、城津では市街戦がおこなわれているという。出かけて行った同級生たちはどうなったのかわからなかった。その後消息もきかなかった。そして数日後に戦争は終った。結局わたしは待ったままだった。それがわたしの無念残念だった。そのところが先の二人と違っていた。

確かに幼年学校といい、少年航空兵といい、決して個人のための学校ではない。しかしそこを受験して不合格となったことは、やはり個人の無念残念に違いなかった。反対に合格したもののことを考えれば、それは明白だろう。わたしが一緒に酒を飲んだ二人は、戦争が終る前に、すでにその個人の無念残念を体験していた。敗戦はそのあとに来たのである。然るにわたしの無念残念は、二つが同時に重なってしまった。二つは不分明のままだった。その上そこに、朝鮮が重なってしまったのである。わたしたち三人は互いに似たような年齢だった。しかしその無念残念は、当然のことながらそれぞれに違っていた。

いかにも平々凡々たる結論である。しかしこれでもすぐに出て来たものではなかった。あるいは長女の水疱瘡のお蔭だったかも知れない。わたしは風呂の中でそう思った。そして自分の平々凡々たる結論に、差し当り満足することにした。そのために何日もの時間がかかったことにも腹を立てないことにした。わたしは自分の頭がそういうふうにしか働かないものであることを、四十年以上もかかってようやく知るようになっていたのである。

時間がかかってもわかればよい。わたしは時間というものを自分勝手にそう考えることにしていた。しかしそれにしても、左腕の種痘の痕はなかなか見つからなかった。わたしの腕は日本陸軍の役には立たず終いだった。しかし肩の肉は相変らずだった。むしろ三十年経って、ますますつきはじめた。そして肉がついた分だけ肩がこりはじめた。わたしはここ十数年来の肩こりを思った。この肩こりとわたしのつき合いは最早一篇の小説に値いするだろう。大袈裟ではなくそういえると思った。実さい、左腕のつけ根の方へ首をまわすと鈍い音がした。何の音かわからない。骨の音だろうかと何人かの按摩、マッサージ師にたずねてみた。しかしはっきりしたことはわからなかった。

わたしは右腕で左腕を摑み、前後に捩って調べてみた。その間、首は左に捩じ曲げていなければならない。一度に長くは続かなかった。わたしは何度も棙り返した。そしてだんだんくたびれて来た。鶴のように自由に曲がる細くて長い首を羨ましいと思った。自分の太くて短い首をいまいましく思った。しかし種痘の痕はどうしても見つからなかった。わたしはついに湯槽をとび出した。いかにぬる目の湯とはいえ、目に汗が流れ込んで来た。

わたしは蛇口にゴムホースをつけて冷水を顔にかけた。それから木の台に尻を乗せて、ロダンの考える人の恰好になった。種痘の記憶は確かにあった。幾つのときかはわからなかった。場所は永興《えいこう》小学校だったと思う。医師は校医の山室さんだった。小学校へ上る直前だったかも知れない。わたしは上半身裸で並んでいた。山室さんはメスでわたしの左腕に×印を四つつけた。絶対に痛いといってはならない。わたしは誰からともなくそういわれていたようだった。種痘は痛くなかった。しかしわたしの左腕に種痘の痕は見当らなかった。山室さんの前に並んだのは種痘のためではなかったのだろうか。確かに山室さんの前には何度も裸で立った。年に一度は必ず身体検査があった。それに山室さんは父の囲碁仇でもあった。わたしは生れたときからずっと山室さんに見られて来たのである。曽祖父を看取ったのも山室さんだった。四歳で死んだ弟もそうだった。

「ちょっと色が白過ぎるな」

そういって山室さんは、ぺたんとわたしの胸のあたりを叩いた。小学校の身体検査のときだったと思う。そしていまとつぜんわたしが思い出したのは次の言葉である。

「男の子はチンチンで身分がわかるようですな」

山室さんがそういうのをきいたような気がする。どこできいたのか、はっきりしない。父と碁を打っていたときかも知れない。そうだとすれば、わたしの家でだった。山室さんの病院へは何度も父を迎えに行かされた。碁を打ちに行っている父に夕飯を知らせに行くのである。山室医院は歩いて十分くらいだった。玄関の脇に西洋風の部屋が作られている小ぢんまりした医院だった。父たちが碁を打っているのは庭伝いに裏へまわった縁側だった。山室さんには子供がなかった。わたしがそこへ行くのは、病気のときか父を呼びに行くときだった。碁が終るまで庭で待っていることもあった。先に帰るようにいわれることもあった。二人は絶えず何かをいい合っていた。石をつまみながら一言。打って一言。そして、打たれて一言。しかし山室さんのチンチン論をきいたのはその縁側ではなく、わたしの家だったと思う。傍に母もいたような気がした。場面全体は思い出せない。自分が何歳ごろかもはっきりしない。それに言葉の意味もよくわからない。これはいま考えてみてもはっきりわからない。にもかかわらず言葉だけははっきりおぼえていた。山室さんはわたしの父にそう話していたのである。そして傍には母もいたように思う。

あるいは山室さんはわたしを診察に来ていたのかも知れなかった。わたしの寝ている枕元に父と母がいたのかも知れない。往診が終り山室さんは洗面器で手を洗う。そして父と母を相手に暫く雑談をする。そう考えれば場面の辻褄は合うようである。しかしわたしにはほとんど病気の記憶というものがなかった。永興小学校を卒業するとき六年間皆勤賞をもらった。忌引き、百日咳、麻疹《はしか》は欠席扱いにならなかった。忌引きは六年間に四度あった。曽祖父、弟、叔母、従兄の死である。麻疹の記憶はぜんぜんなかった。小学校に上る前だったかも知れない。はっきりおぼえているのは百日咳くらいだった。これは相当激しかったらしい。あの吸入器の塩っぽい湯気の味が思い出される。吸入器をかけられるのは母の部屋だった。六畳だか八畳だかのオンドル間の奥の部屋で、天井に四角いガラス窓があった。

吸入器をかけてくれるのは歌子さんだった。歌子さんは母の遠縁に当るらしい。内地の高等小学校を出たあとわたしの家へ来たのだという。わたしが小学校へ上る何年か前だった。そしてわたしの家から新京へ嫁に行った。わたしが小学校五年のときだったと思う。百日咳にかかったのは二年生のときだった。涎掛けのような胸当てをつけられ、吸入器の前に坐らされた。歌子さんはマッチを擦ってアルコールランプに火をつける。やがてアルコールランプで熱せられた罐の中の液体が沸騰しはじめ、ぷすっぷすっと湯玉のはじける音がきこえた。わたしは大きく口を開く。口の前にはちょうど開いた口に入るくらいのガラス管があった。底のないやや細目のガラスコップのような管だった。そこへ罐の中で沸騰した液体の蒸気が細い鉄の管を通って噴出して来る仕掛けだった。

しかし蒸気ははじめからうまくは噴き出て来なかった。わたしは今か今かと口を一杯にあけている。そこへ、ぽたり、ぽたりと一滴二滴、塩っぽい湯滴が落ち込んで来た。わたしはあけていた大口を一旦閉じてそれを呑み込む。そこへとつぜん熱い蒸気が勢よく噴き出して来た。口を閉じているから鼻に浴びる。わたしは慌てて口を開いた。歌子さんに何か文句をいいたいところだが、すでに間に合わない。塩っぽい蒸気はどんどん噴き出して来る。口を閉じれば鼻に浴びるから、じっと大口をあけている他はなかった。だんだん顎がだるくなって来る。そこで止むを得ず何度か口を閉じなければならない。その間も蒸気の方はお構いなしに噴出して来た。終ると、胸当てはもちろん、顔じゅう塩っぽい蒸気でびしょ濡れだった。

学校を休んでいる間、これを毎日やらされた。一日に二度くらいやったかも知れない。母の部屋に入ると、ぷんと吸入器の臭いがした。しかしわたしには寝床の中の記憶はなかった。ほとんど何も思い出せない。百日咳で学校を休んでいる間も、わたしは家の中じゅうを動きまわっていたような気がする。もちろん咳は激しかった。しかしわたしは白い陶器の痰壺を抱えて部屋から部屋へと動きまわった。そしてそれが唯一つの病気の記憶である。他にはどうも思い出せない。本を読んだとか絵を描いたとか、そういう記憶もなかった。わたしは綿入れのちゃんちゃんこを着て、祖母からもらった緑色のコールテンの足袋をはき、痰壺を抱えて動きまわっていた。そして祖母が拝んでいた金光様の神棚の下のあたりで激しく咳き込み、抱えた痰壺に痰を吐いた。痰壺の中には油紙が敷いてあったような気がする。

山室さんのチンチン論をきいたのは百日咳のときだったのかも知れない。おとなしく寝ていたことはわたしが忘れているだけかも知れなかった。ただ、「身分」という言葉は小学校二年生のわたしには少々むずかし過ぎるような気もする。しかしあの場合はやはり「身分」でなければならないだろう。「出身」とか「階級」ではいっそうむずかしくなる。あるいはわたしがあれをきいたのは百日咳のときではなく、もっとあとになってだったかもわからない。そしてそれは病気で寝ているわたしの枕元でいわれた言葉ではないのかも知れない。どうしてもそうでなければならない理由はなかった。ただ、とつぜん風呂の中でそれが思い出されただけだった。小さな木の台に腰をおろし、ロダンの考える人の恰好をしていたせいかも知れない。しかし山室さんのチンチン論をわたしは何かしら恥かしい記憶としておぼえているのではなかった。いわゆる早熟な少年の耳できいたのではない。きいてはいけない大人の話をきいてしまったとも思わなかった。もちろん何かしら秘密めいたものは感じ取られた。しかしそれは性的世界の秘密ではなかった。山室さんが話しているのは朝鮮人のことだと思ったのである。朝鮮人のチンチン論だろうと思った。それは何か自分たちとは違うものであって、そこに何かしら秘密めいたものを感じ取ったのである。身分という言葉のためだったと思う。山室さんがいった本当の意味はわからない。わたしが自分勝手にそう思ったのである。

結局わたしは水疱瘡のことは何も思い出せないまま風呂から上った。水疱瘡のことばかりではない。わたしは自分の左腕の種痘の痕さえ発見出来ないままだった。

わたしはパンツ一枚でダイニングキッチンへ入った。そして左腕を出して種痘の痕を探してもらった。

「ないだろう」

「そうねえ」

「消えるものなのかね」

「確かあたしも見たような気がするんですがね」

「やったことは間違いないんだから」

わたしは朝鮮人のあばた面を思い浮かべた。天然痘のあばた面であった。続いて天狗のアボヂの穴ぼこだらけの鼻が出て来た。種痘をしないものはああいう顔になるのだ、といわれた。発明者ジェンナーの話も何かに出ていた。「少年倶楽部」だったかも知れない。

「医者の名前もおぼえてるくらいだ」

「あ、ありましたよ」

と妻がいった。

「どれどれ」

とわたしは首をまわした。妻は指先でわたしの腕の四点を一つずつ押してみせた。それは間違いなく種痘の痕だった。

「ずいぶん上の方だな」

「でも探してわからない場所ではないわよ」

「しかし、ヘンだな」

「何が？」

確かに妻が発見したのは種痘の痕だった。しかしそれはわたしの左腕ではなく、右腕だった。

「これじゃあ見つかるわけないよ」

わたしは右腕の方はぜんぜん探そうともしなかったのである。

「それで、水疱瘡の方はどうなんですか」

「それがどうも出て来ないんだ」

「忘れちゃったんじゃないの。いまの種痘みたいに」

「種痘はおぼえていたさ」

「だって左腕だと信じ込んでたんでしょ」

「百日咳ははっきりおぼえてるんだがね」

「丈夫な人はね、知らぬ間にかかって治っちゃう人もいるらしいわよ」

「水疱瘡か」

「そう」

「お前は本当にはっきりおぼえてるのか」

「はっきりおぼえてますよ。小学校一年ですからね」

「ふうん」

長女の水疱瘡はやがて全身に蔓延した。額にも鼻の両脇にも頬にも顎の端にも、赤い小さな発疹が見えた。面皰《にきび》とは明らかに違っていた。もっとはっきりした赤さだった。突起の仕方も小さいがはっきりしていた。これがそのまま痕として残れば間違いなくよく見た朝鮮人のあばた面になるはずだった。

「どうして水疱瘡の予防注射だけないんだろうな」

「さあ」

「だって、麻疹までこのごろは予防注射だろう。だったらおかしな話じゃないか」

長男も長女も麻疹にはかからなかった。予防注射のせいだった。たぶんこれからも一生かからないのだろう。わたしは麻疹の予防注射には反対だった。何だか気味の悪い話だと思った。注射によって表に出て来ない発疹が目に見えない体の内側に出来ているような気がした。麻疹くらいかかってみてもよいのではないか。わたしはそんなことを妻にもいったおぼえがある。麻疹がなくなれば日本語だって変らざるを得ないだろう。そんなことを誰かに話したこともあった。その麻疹の予防注射反対論からすれば、水疱瘡の予防注射がないことにわたしが腹を立てるのは明らかに矛盾だった。わたしは長男の麻疹も、長女の麻疹も知らなかった。予防注射に反対を唱えていたのはそのためだったのかも知れない。

「麻疹の方が重いんでしょ、水疱瘡よりも。伝染病として」

と妻はいった。

「そうかね」

「だって、将軍綱吉が死んだのは麻疹だったたっていうじゃない」

「本当か」

「綱吉、側室、相前後して亡くなったって、何かに出てたわよ」

「そりゃあ、初耳だな」

「大人になってかかればそのくらいこわいもんらしいわよ」

「水疱瘡はどうなのかね」

「大人は大丈夫じゃないかっていうけどね」

水疱瘡の潜伏期間は約二週間だという。やがて、ぽつんと赤い発疹があらわれ、高熱を発する。そして全身に発疹が蔓延し、それが瘡蓋《かさぶた》となって枯れるまでまた約二週間だという。しかし長女の場合は軽かったようだ。一週間くらいで早くも発疹は枯れはじめた。最初のうち妻は食事を長女の部屋に運んでいた。しかしほんの二、三日だったようだ。間もなく長女はパジャマの上にガウンを着てダイニングキッチンへ出入りした。テレビを見ていることもあった。四冊本を読んだという。長女は四冊の本の内容を詳しくわたしに話してきかせた。リレーのことは何もいわなかった。忘れたわけではないだろう。長女はリレーの代りに一つの無念残念と、水疱瘡を体験したのである。もともと長女はリレーの補欠だった。選手が病気になったため繰り上げになったのである。はじめに選手だった子供も水疱瘡で休んだのかも知れない。そして今度は、長女の水疱瘡のために次の誰かが、ちょうど長女と同じように喜び張り切ったに違いなかった。

長女の発疹は一日一日枯れていった。実さいそれは一つずつ、すでに体験済み、とでもいった具合に枯れていった。長女は何もかも記憶に残すことだろう。リレーの代りに体験した無念残念も、水疱瘡の瘡蓋も、四冊の本も。わたしのように北朝鮮のどこかに置き忘れて来るようなことはないだろうと思った。然るに一方わたしは、長女の発疹が枯れはじめるとともに、早くも水疱瘡のことを忘れはじめていた。風呂の中で何とか思い出そうとしたことも忘れかけていた。

わたしにふたたび水疱瘡のことを思い出させたのは、長男だった。今度は彼がかかったのである。妻が疑いを抱いたのは、やはり夕飯のあとだった。そして翌日医者に連れて行き、そうだとはっきりした。

「中学二年生じゃあちょっと困ったわね、だって」

と妻はいった。

「診察室へ入って行ったら、すぐそういってたわ」

「例の女医さんがね」

「そう。中学二年でも水疱瘡じゃあ小児科に行かなきゃ仕様がないものね」

「あいつも運が悪かったな」

「そうね。幼稚園のとき友達はずいぶんかかったんだけどね」

「で、重いのかね」

「中学二年ですからね」

「しかし、あんまり驚かすなよ」

「驚かすって？」

「あいつ、をだよ」

そういってわたしは、うしろの戸棚からウイスキーの壜と、ガラスコップを二つ取り出した。ダイニングキッチンには妻とわたしだけだった。子供たちはすでに就寝していた。わたしは冷蔵庫のところへ行って、中から冷えた水差しを取り出し、テーブルの前の椅子に戻り、一人で飲みはじめた。妻はダイニングキッチンのミシンの前に腰をおろしていた。そしてときどき向い側の六畳間へ入って行った。六畳間は和室である。そこのテーブルの上に何かを一杯に拡げていた。夏ものの型紙類らしかった。それからまたミシンの前へ戻り暫く音を立てた。

「何か召し上りますか」

「いや、いいだろう」

妻はミシンの前から振り返っていった。

「昼間ぜんぜんはかどらないもんですからね」

「あいつか」

「そう。ちょっとやってると、すぐにお母さんお母さんなんだから」

「ま、仕様がないだろう」

「ずいぶん甘えてるわよ」

「おい」

そういってわたしは壁の時計を見た。十時ちょっと過ぎだった。

「おふくろに電話してきいてみようかな」

「何を？」

「水疱瘡だよ。おれの」

すると妻は笑いはじめた。

「何よ、まだ思い出せないの？」

「ああ」

それからわたしは大阪の兄のことも考えてみた。わたしが水疱瘡にかかったかどうか。兄はおぼえているかも知れなかった。

「もう遅いわよ」

と妻はいった。

「大阪ならまだ大丈夫だろう」

するとまた妻は笑い出した。

「そうじゃなくて、もう間に合わないわよ」

「何が」

「だって、染るとすればもうあなたは染っちゃってるわよ」

わたしは電話をかけなかった。確かに妻のいう通りだった。しかし福岡の母にも大阪の兄にも電話しなかったのは、それだけではなかった。もう間に合わないとわかったためだけではない。長男が治るまで待ってみよう、と思った。その間にわたしの顔に赤い発疹が出て来るかも知れない。わたしは不精髭を伸ばしていた。髭は両の顳顬《こめかみ》へ頬、顎伝いにつながっていた。それに鼻の下と口のまわりの髭が合わさっていた。空いているのは鼻から上と額である。わたしはそこにぽつんと出現する赤い小さな発疹を想像してみた。宵の明星のように、ぽつんとあらわれる最初の発疹。それはやがて不精髭の中にまで拡がるものかどうか。まったく見当はつかなかった。わたしは待ってみることにした。

三日四日とわたしは待った。五日六日とわたしは待った。長男の水疱瘡はようやく全身に蔓延していた。幸い病状は予想を下回った。命に別状はなかろうと思われた。ただその顔は何かの面をつけたように見えた。赤き死の仮面、とわたしは思った。その仮面がわたしの目の高さとほぼすれすれの位置に見えた。長男は急に背丈が伸びたのかも知れない。七日八日とわたしは更に待った。しかし発疹は出て来なかった。わたしの顔には不精髭が跋扈していた。

「出て来ないな」

とわたしはいった。

「水疱瘡ですか?」

と妻がたずねた。

「ああ」

「きっともう済んでたんですよ」

しかしそれは何ともわからなかった。出て来ないのはわたしの顔じゅうに跋扈する不精髭のせいかも知れなかった。なにしろ出て来ないのは赤い小さな発疹だけではなかった。わたしの記憶もまた依然として出て来なかったのである。そしてとつぜん出て来たのはナオナラだった。ナオナラは朝鮮人の女だった。女の気違いだった。いつから気違いになったのかわからなかった。わたしがナオナラを知ったときはもう気違いだった。

「ナオナラに連れて行かれるよ!」

暗くなってから泣いている子供はそういわれた。ナオナラはただの気違いではないらしかった。人さらいだという。ナオナラは朝鮮語で、出て来い、ということだった。ナオナラは子供を一人生んだらしい。男か女かはわからなかった。しかし五つで死んでしまった。天然痘だという。また井戸に落ちたという話もあった。ナオナラ、ナオナラ、と彼女は泣いた。そしてとうとう気違いになった。子供を見るとみんな自分の死んだ子に見えた。だから人さらいなのだという。

永興でナオナラを知らないものはなかった。男では天狗鼻のアボヂ、女ではナオナラだった。二人とも永興の町を一日じゅう歩きまわっていた。しかし彼女は乞食ではなかった。その点は天狗鼻のアボヂと同じだった。どこに住んでいるのかわからないところも、同様だった。誰もナオナラの家を知らなかった。南山《なんざん》の向うから来るのだ、という噂もあった。しかし反対に龍興江《りゅうこうこう》の橋の向うから来るのだという者もあった。ナオナラは裸足ではなかった。ゴムの朝鮮靴をはいていた。しかし朝鮮服だった。髪は長かった。乱れ髪が腰のあたりまで垂れていた。歩きながら独言をいっているようだった。そして朝鮮服だった。ぶつぶついうのではなく、何か口の中で歌っているように見えた。

節分の豆撒きが終ると、自分の年の数だけの豆をちり紙にくるんだ。それを子供たちだけで野村製材所の四ツ角まで捨てに行かなければならない。野村製材所の角は、わたしの家から龍興江の方へ向って、一つ目の四辻だった。兄と弟が一緒だった。しかし行きも帰りも話をしてはならない。もちろん夜だった。八時か九時だったと思う。わたしたちは雪明りの道を、行きがけはだいたい歩いて行った。そして四辻にちり紙にくるんだ豆を捨てるや否や、一目散に走って帰った。絶対に振り返ってはならないという。振り返ったら何かが追って来るということだった。ナオナラかも知れないとわたしは思った。

しかし小学校に上ると、わたしはナオナラの傍まで近づいて行けるようになった。彼女と出遇うのはだいたい学校からの帰り道だった。向うから来るのとすれ違うこともあった。のろのろと歩いているのを、うしろから走って行って追い越すこともあった。わたしにはナオナラのいろいろなことがわかるようになった。何か口の中で歌っているように見えたのは、「ナオナラ」の繰り返しだった。ナオナラに節をつけて、二回ずつ繰り返すのである。

「ナーオナーラ、ナオナラ」

「ナーオナーラ、ナオナラ」

そういうふうにきこえた。また彼女は大きな木の櫛を持っていた。ときどき立ち止って長い乱れ髪をその櫛で梳《と》いているのである。

「ナーオナーラ、ナオナラ！」

「ナーオナーラ、ナオナラ！」

わたしたちは五、六人で遠巻きにして囃し立てた。するとナオナラは櫛で梳くのを止めた。そして道路にしゃがみ込み、足元の石を両手で持ち上げた。石は漬物石の大きさだった。彼女はそれを頭の上まで持ち上げて見せた。

「ナーオナーラ、ナオナラ！」

「ナーオナーラ、ナオナラ！」

わたしたちは一斉に、スキップしながら彼女から離れた。ナオナラは頭上に石をさしあげたまま二、三歩あるいた。しかし石は彼女の足元に落ちただけだった。彼女はその石めがけて、ぺっと唾を吐きかけた。

あるときナオナラが道端にしゃがみ込んでいた。田中歯科医院の角の塀際だった。わたしたちは三、四人で学校からの帰りだった。

「ナーオナーラ、ナオナラ！」

わたしたちは口ぐちに囃し立てた。彼女はしゃがみ込んだまままわたしたちの方へ顔を向けた。わたしはナオナラの顔を怖ろしいとは思わなくなっていた。彼女の顔は天然痘のあばた面ではなかった。

「ナーオナーラ、ナオナラ！」

しかし彼女はしゃがんだまま立ち上らなかった。その代り、地を這っていた朝鮮服のスカートの裾を両手でつまみ、ちょっと持ち上げた。するとその下から水が流れ出した。水は暫く流れ続けた。そして、しゃがんでいるナオナラのうしろの地面に尾を引いて、田中歯科医院の塀の内側へ流れ込んで行った。わたしたちは叫び声をあげて逃げ出した。スキップではなく、全力で走った。しゃがんでいたナオナラがわたしの顔を見て、にやりと笑ったような気がしたのである。

二週間経った。そして長男の水疱瘡は治った。わたしは風呂で彼の体を洗ってやった。長男と風呂に入るのは半年ぶりくらいだろう。彼の顔には枯れしぼんだ瘡蓋が残っていた。腹にも、背中にも残っていた。それはちょうど焼け残った小さな艾《もぐさ》のように見えた。わたしの手の甲は一面の疣《いぼ》だらけで、祖母にお灸をすえられた。小学校二年生くらいだったと思う。両手の親疣にそれぞれ十回ずつ灸をすえれば治るという。祖母は艾を小さくひねって、唾でわたしの親疣につけた。そして線香の火を移す。それを十回である。しかも両手だった。艾の燃えかすはからからになった鼠の糞のように見えた。

枯れた瘡蓋をこすり落とさないよう注意しながら、わたしは長男の背中を流してやった。結局わたしは水疱瘡にかからなかったのである。しかし何故だかはわからなかった。自分の水疱瘡のことは依然として何一つ思い出せないままだった。とつぜん出て来たのはナオナラだけだった。

「ナーオナーラ、ナオナラ！」

長男の背中を洗ってやりながら、わたしは口の中でそういってみた。節のついた「ナオナーラ、ナオナラ」はわたしたちの遊びの中にも入り込んでいた。誰かの帽子を取って運動場を逃げ廻るときも「ナーオナーラ、ナオナラ！」だった。誰かが教室の床に習字の墨をこぼしたときも「ナーオナーラ、ナオナラ！」だった。しかしある日とつぜんナオナラは永興の町から姿を消した。わたしが小学校を出る少し前だったと思う。どこへ行ったのか誰にもわからなかった。永興警察署の留置場の中らしいというものもあった。ナオナラはスパイだったのだ、という。南山へ行ったという噂もあった。しかしナオナラの葬式を見たというものはなかったのである。

従姉

青森の従姉から電話がかかって来た。来客中で、テーブルには酒が出ていた。客はウイスキーをオンザロック、わたしは水割りにしていた。しかしまだ酔うほどの時間ではなかった。

「青森の、澄子さんから」

と妻はいった。

「ちょっと失礼」

電話はダイニングキッチンだった。子供たちの夕食はだいぶ前に終ったらしい。長男も長女も見えなかった。

「あ、もしもし」

そういってわたしは、壁の時計を見た。八時半ちょっと過ぎだった。向うも夕食のあと片付けを終えたところかも知れない。

「お久しぶりです」

と従姉はいった。わたしも何か適当に答えた。従姉からの電話は二度目だった。この前は昨年だった。秋時分だったと思う。わたしがいまの住いに越して来る前だった。そのときも別に用事の電話ではなかった。長男が東京の大学に来ているのだという。川崎に親戚があり、そこに下宿しているらしい。電話もそこからかけているらしかった。いやいや、そうではなく、電話はわたしの方からかけたのである。朝早く、わたしがまだ寝ているうちに電話があった。それで夕方、わたしが川崎の方へ電話したのだったと思う。

ちょうど三十年ぶりだった。わたしたちは同じ船で朝鮮から日本へ帰って来た。着いたのは仙崎《せんざき》港だった。たぶんそこで別れたのだろう。従姉たちはそこから青森へ、わたしたちは福岡へ帰った。青森の田舎が叔父の本籍地だった。西津軽郡だったと思う。別れぎわのことは何も思い出せない。船から降りたわたしたちはＤＤＴをかけられた。たぶん頭からだったと思う。襟首にも筒を差し込まれた。DDT係は米兵ではなかったような気がする。マスクをかけた日本人だった。それから握り飯を一個もらった。猿蟹合戦ふうの大きな固い握り飯だった。黄色い玄米のような握り飯だった。これが敗戦日本から受け取った最初のプレゼントだった。その大きさにわたしは感動した。

従姉たちの消息はわかっていた。青森の本籍地に幾許かの土地が残されていたらしい。そこで農業をはじめたらしかった。林檎も作っているという。馬鹿芋や大豆粕の配給を受けていたわたしたちには羨ましいような話だった。もともとは馬や豚の飼料に使われる薩摩芋を筑前では馬鹿芋と呼ぶらしかった。しかし実は筋と水気ばかりだった。大豆粕は脂を搾った大豆を固めたものである。色は大豆より少し濃かった。形は大きい。大きさは自動車のタイヤくらいである。配給所へ行くとそれが幾つも積み重ねてあった。男が一つずつハンマーでたたき割っていた。それを台秤にかけて配給する。わたしは大豆粕の塊をのせた車を押して帰った。木製の乳母車のような箱車で、車輪も木製だった。わたしが転入した筑前の県立中学校では、周囲の農家から通学する生徒が三分の二を占めた。自転車や汽車や電車で通学するものも少なくなかった。彼らはわたしたちを「配給米」と呼んだ。わたしは「引揚げ者の配給米」だった。

母と一緒に買出しに行った小学生の弟が西鉄のバスにはねられた。小一里程離れた親戚の農家へ行った帰り途だった。博多、二日市から杷木《はき》、日田へ通じるバス道路である。わたしはその場にいなかった。期末試験か何かだったのかも知れない。たまたま母は弟を連れて行ったのだった。弟は小学校三年生だったと思う。その日の買出しの収穫は若干の米と南瓜だったらしい。米は母が手にさげていた。布製の買物袋である。弟は南瓜のリュックを背負っていた。バスはそのリュックをかすったらしい。弟は引きずられて倒れた。そして外科病院へ運び込まれた。幸い怪我は大したことではなかった。頭と足首のあたりを幾針かずつ縫ったという。やがて弟はもとのように元気になった。いまも元気である。結婚して二人の子供がいる。わたしが福岡へ行くと駅まで車で迎えに来る。その度に思い出すのは、馬鹿芋だった。事故の翌日、名刺を持ったバス会社の係員が運転手を連れて詫びにあらわれた。そうして見舞い品として、馬鹿芋一俵が届けられたのである。たぶん芋の穫れる季節だったのだろう。

不思議だったのは農家のリヤカーだった。タイヤは飛行機の車輪だった。爆撃機の尾輪だという。わたしがおどろいたのはその真新しさだった。買出しに行く先々の農家の庭で、わたしは讃嘆の眼でそれを眺めた。日本人の百姓というもの自体が引揚げ者のわたしには不思議だった。百姓は朝鮮人か支那人だと思っていた。しかしリヤカーにつけられた真新しい爆撃機のタイヤもわたしには不思議だった。日本が戦争に敗けたことが、嘘か何かの間違いでもあるかのような錯覚をおぼえたほどだったのである。

青森からは一度、林檎が一箱送られて来た。引揚げて来た翌々年だったと思う。

「貯金通帖のお礼のつもりやろう」

と母はいった。仙崎港で北と南に別れるとき母は叔父に貯金通帖一冊を渡したらしい。祖母名義のものだという。母が命がけで持ち帰った郵便貯金通帖五冊のうちの一冊だった。たぶん一冊ずつ何かの間に縫い込んで置いたのだろう。銀行関係の預金は営業用のものも個人名義のものも全部没収された。祖母と兄とわたしと弟二人の名義になっていた郵便貯金五冊だけが、奇跡的に助かったらしい。金額は五冊で二十万円だという。

「貨車一台分送ってくれても罰は当らんと思うがね。これじゃあ、芋バス会社並みやな」

母はそう憎まれ口を叩いた。父と叔父は、二人兄弟だった。一人息子に一人娘である。叔父と叔母は永興《えいこう》で結婚した。祖母は永興の専売局長だった叔父のところへ一人娘を嫁にやったのである。結婚するときはまだ専売局長ではなかったかも知れない。しかしわたしたちが生れたころはそうなっていた。専売局は永興駅近くだった。駅から真直ぐにポプラの並木があり、突き当って左へ行くと順寧面《じゅんねいめん》、右へ折れると永興邑内に入る。専売局は邑内に入ってすぐ左手だった。わたしの家までは一本道で、歩いて三十分くらいかかった。専売局は永興では珍しい大きな洋館だった。クリーム色をしていた。建物の一部が局長の官舎だった。広い庭で山羊を飼っていた。七面鳥もいたと思う。叔父は山羊《やぎ》の乳を搾って飲むのだという。しかしわたしの父はそういうことに反対だった。少なくとも無関心だった。

「あんなものは人間の飲むもんじゃない」

そういっていた。だからわたしは山羊の乳は飲まなかった。しかし叔父の庭へ行くのは楽しみだった。兎も飼っていた。確か鳶も飼っていたと思う。鷹だったかも知れない。従兄ともわたしは仲良しだった。兄と同級の従兄だった。兄とは正反対で遊び好きだった。何かで脚を折って松葉杖をついていたのは小学校五年生ごろだったと思う。やがて彼は元山《げんざん》商業に入った。兄は内地の中学に行った。元商二年のとき従兄は予科練に合格した。しかし入る直前、発疹チフスで急死した。

「衛生兵も当てにならんな」

とわたしの父はいった。叔父は衛生兵だった。階級は軍曹である。東北人らしい大きな体格だった。丈も幅も父より上だった。義弟ではあるが年も三つ四つ父より上だった。はげ上り気味の広い額の下に、頑丈そうな太縁の眼鏡をかけていた。蜜柑を皮ごと食べた。林檎はもちろんだった。叔父の家ではよく焦げ飯が出た。こんがりした、お焦げではない。もっと黒焦げだった。わざわざそうしているのかどうか、それはわからなかった。魚も黒く焦がされていた。

「人間はカルスウム分をとらんといかん」

これが叔父の口癖だった。カルシュウム分の東北訛りである。父はその訛りをよく口真似して笑っていた。わたしは従兄の形見に背嚢《はいのう》をもらった。茶の総革だった。元山商業の背嚢である。しかし従兄もそれはほとんど使わなかったらしい。従兄の時代にはもうズックの背嚢に変っていた。総革の背嚢は禁止されていた。従兄が誰からそれを譲り受けたのかわからなかった。しかしわたしには宝物のようなものだった。翌々年わたしはその背嚢を背負って元山中学に入った。もちろんわたしたちはズックの背嚢だった。わたしは宝物を寄宿舎の棚の奥に隠した。そしてそのまま八月十五日になった。八月十六日の夜、わたしは宝物を背負って永興の家へ帰って来た。そしてそれが最後だった。わたしは宝物を誰にも渡さなかった。保安隊に家を接収され、日本人収容所へ入れられるときも持って行った。しかしある日とつぜん武装したソ連兵と朝鮮人民保安隊員があらわれ、三十分以内に収容所を出て行けという。最早宝物への執着は許されなかった。わたしが背負わなければならないのは、もっと大きなものだった。不恰好に盛り上った凸凹だらけの荷物だった。わたしは宝物を手に取った。そして放した。ぷんと革の匂いのする宝物は、当然のことながら収容所の床に落ちた。

叔母が死んだのは、従兄が死んだ翌年だったと思う。妊娠中の腎臓炎ということだった。父はこういった。

「嫁さんに死なれたくらいで泣く馬鹿があるか」

わたしの家へ来て涙を流した叔父に向って、そういったのである。昭和十九年だった。父はその翌年、自分が死ぬことを知っていただろうか。戦争に負けることを知っていただろうか。もちろんわからない。半分くらいは考えていたかも知れない。とにかく叔母が死に、父が死に、祖母が死んだ。その順番で死んだ。仙崎港で別れるとき母が祖母の通帖を叔父に渡したのはそのためだろう。最早祖母も叔母もいない以上、叔父とわたしたちとのつながりは何もない。ましてや青森と福岡に遠く離れてはなおさらだった。記念に、と母は思ったのだろう。その後わたしは叔父たちのことは忘れて過ごした。あるとき従姉が家出をしたという話をきいた。電話をかけて来た従姉の姉である。叔父の長女で、死んだ従兄の姉でもある。電話をかけて来たのは次女で、従兄の妹だった。わたしより一つ上だった。家出をした従姉は関西の方で看護婦か何かをしているという。しかしわたしはそれ以上の関心は持たなかった。次女の従姉の方は結婚したという話もきいた。わたしがまだ筑前の田舎にいるころだった。転入した旧制中学が新制高校になった時分ではなかったかと思う。

相手は引揚げた先の古い風呂屋だという。しかしわたしは、ふうん、という程度だった。何々湯という屋号もきいたが忘れてしまった。随分早い結婚だ、くらいのことは考えたかも知れない。それ以上の感想はなかった。なにしろこちらは、ジャン・マレー、ミシェル・モルガン、タイロン・パーワー、イングリット・バーグマン、ジョセフ・コットン、グレゴリー・ペック、シルバーナ・マンガーノ、そういったものに関心を奪われている最中だった。実はそういう西洋映画に詳しい母方の従姉がいて、年は青森の従姉と同じだった。わたしの関心は映画よりそちらへ向っていたのかも知れない。日本の女優では原節子、岸旗江、三条美紀といったところだった。「女生徒と教師」という映画が大問題になっていた。防空壕に女学生と教師が一緒に避難して一夜を明かす。そういう映画だったと思う。それから「颱風圏の女」。これは原節子が暴風雨に逢った船の中で、荒くれのマドロスから強姦されるというので興奮して見に行った。続いて、とつぜん町の中学校と女学校が合併し、男女共学ということになって頭が混乱した。

西洋映画の従姉は男女共学の少し前、博多の方へ転校して行った。共学になってからは「帰れソレントへ」の歌に魂を奪われていた。その歌を独唱するのは二年上の女生徒だった。名前は、いまでもおぼえている。色が浅黒く目が光っていた。髪を長く垂らしていた。彼女に逢いたいばかりに、文化祭の手伝いをしたりした。歌劇「カルメン」の全曲レコード盤を上級生の家から学校まで運んだ。SP盤である。全曲何枚だったかわからないが、随分重かった。しかし「帰れソレントへ」の彼女は卒業前とつぜんいなくなった。理由はわからなかった。青森の従姉の結婚はちょうどそんな時分だったと思う。わたしは彼女のことは忘れ放題に忘れていた。

昨年の秋の電話はまったく思いがけないものだった。従姉の声をきくのは正真正銘、三十年ぶりだった。日本の電話で話をするのは生れてはじめてだった。永興の電話ではよく話した。祖母は何かというと、すぐ専売局へ電話をしていた。はじめは壁掛け式の手廻し電話だった。電話は店の父の事務机の脇と、金光様の棚のある部屋に取りつけてあった。そこにも一つ机があって、ラジオが置いてあった。祖母はその椅子に正坐するような恰好で電話をかけていた。受話器を取って耳に当て、片手で呼び出しのハンドルを廻す。交換手が出て来る。

「もしもし、永興の三十、九番に願います」

祖母は必ずそういっていた。専売局は九番だった。わたしの家は三十番だったと思う。電話はわたしがかけることもあった。呼び出しのハンドルを廻すと、交換手が返事をした。

「ハイ」

もちろん女だった。この「ハイ」が電話をかけるたのしみだった。声の良し悪しなどわかるはずはなかった。何かどきりとするようなたのしみだった。無から有を生じるようなおどろきだった。交換嬢は朝鮮人だったのかも知れない。「ハイ」だけではどちらともわからなかった。しかし受話器に入って来る返事はいつも「ハイ」だけだった。一度、宮脇に確かめてみたいとも思った。宮脇の父は郵便局長だった。郵便局と電報電話局は一緒だった。宮脇の家は郵便局の裏門を入ったところだった。前はどぶ川で、銭湯の垢くさい水が流れていた。どぶの土手を掘ると、赤みみずが幾らでも出て来た。魚釣りのときは必ずその土手を掘りくり返した。

宮脇は喘息持ちで小学校を休んでばかりいた。家へ遊びに行くとよく大人と碁を打っていた。将棋も強いらしい。痩せてガンジーのような顔をしていた。何人かいる兄弟の末っ子で、上の兄や姉はもう大人だった。その上彼が大人びた子供だったから、家の中は全体に大人っぽい雰囲気だった。宮脇の姉に見合い話が持ち上っているという。あるときそんな話をきいた。家で母と誰かが話していたのかも知れない。あるいは祖母とかね子さんが話していたのかも知れない。かね子さんは、克巳さんの奥さんである。義理で祖母の姪に当った。

「専門学校出以上やないと行かんて、そんな話らしかですよ」

これは、かね子さんの話し方だった。筑前ふうの植民地日本語である。相手はたぶん祖母だったのだろう。わたしは宮脇と一緒に何度か郵便局の中へ入って行った。裏口から入れてもらったのである。ぷんと何かの匂いがした。活字の匂いだったかも知れない。それから郵便物を入れるズックの大袋の匂いも混っていたと思う。トンツートンツーの音がきこえていた。わたしたちは交換台の近くへ行って、うしろから眺めた。交換嬢は一人だったと思う。しかしその姿形は何も思い出せない。わたしたちは思い出せない。彼女の前には無数の金属の穴が並んでいた。彼女の手が素早く動いて、穴から穴へコードの先端を差し込むと、ぱしゃっと歯切れのいい音がきこえた。コードはバネ仕掛けのように自由に伸縮した。先端の金属は真鍮のように光っていた。それが金属の穴の中へ、ぱしゃっと音をたてて吸い込まれた。呼び出しのハンドルを廻すときこえて来る「ハイ」が、彼女の声かどうか、わからなかった。朝鮮人かどうかもわからなかった。わたしは結局、交換手のことは何もたずねなかったのである。誰にきいたともわからない宮脇の姉の見合いの話が、頭のどこかにこびりついていた。そのためだったような気がする。女のことをたずねるのは何かはばかられるような気がした。

電話は従姉の方からかかって来ることもあった。そしてそのあと叔母と一緒に従姉たちがやって来ることが多かった。従姉たちの兄弟は上から、女男女男女の五人だった。五人が叔母と一緒にやって来ることもあった。従姉の長男が下宿している川崎の親戚は、従姉の連れあいの兄弟だという。もちろん、わたしは知らなかった。従姉の夫のことも何一つ知らない。息子が大学に行っていることもそのとき電話ではじめて知った。電気通信大学だという。

「あれは真面目な大学ですよ」

とわたしはいった。別にその大学のことを何か知っているわけではなかった。しかし、口から出まかせというわけでもない。ちゃんと卒業さえすれば、この世の中のどこかに自分の生きる場所を持つことが出来る。そういう地道な大学ではなかろうかと思った。必要な要員を最低必要な数だけ国が養成する。そういう学校といえるだろう。従姉はわたしの声だけでも息子にきかせてやりたいのだが、といった。そして息子を電話口に出した。

「母からよく、いつもお話きいています」

どういう話だろう、とわたしは思った。

「そうね、子供のときはずっと一緒だったから」

とわたしはいった。従姉の長男といえばわたしとの関係はどうなるのか、ちょっと考えてみた。しかしすぐにはわからなかった。それから、自分は子供たちに従姉のことは何も話したことがないのを思い出した。子供だけでなく妻にもそうだった。年寄りが傍にいないせいかも知れない。母が傍におれば当然、話は出て来るだろう。厭でも出て来るはずだった。その点あちらには叔父がいるわけだった。しかしそれだけではないような気もする。わたしは自分が都会的な個人主義的な家庭を作り上げてしまっているような気がした。もちろん故意にそうしたわけではない。しかしいつか自分の家庭はそうなっていたのだ。そしてそれは結局わたし自身のせいに違いなかった。正月に電話をかけて来た田中満の「家族ぐるみ」案に双手《もろて》を挙げて積極的になれない理由も、同様だった。血縁と他人の違いはあっても根は同じだった。

わたしは従姉を羨ましく思った。わたしの声だけでも息子にきかせたいという。その素朴さが羨ましかった。また、その母親の言葉に従う息子の素直さを羨ましく思った。わたしは個人主義の冷たい家庭を作ってしまった。自分がすでにそういう人間になり切ってしまっているような気がした。もちろんわたしの個人主義は、従姉やその息子たちのような素朴さや素直さを断念するところからはじまったものに違いなかった。しかし断念したはずのものが羨ましく思われたのである。

「一度遊びにいらっしゃいよ」

とわたしはいった。それからもう一度、従姉に代った。従姉は青森からはじめて出て来たのだという。東京見物もはじめてらしい。

「くたびれました」

と従姉はいった。一日も早く帰りたいという。

「いつまでこちらにいるんですか」

「明日、帰ります」

「明日か」

わたしは草加に住んでいた。川崎までは電車を乗り継いで二時間くらいだろう。

「会えるといいんだがね」

「でも、お忙しいんでしょう」

声だけでもきけて本当によかった、と従姉はいった。父に何よりの土産が出来た、ともいった。

「じゃあ叔父さんや、皆さんによろしく」

とわたしはいった。そして息子には遊びに来るように伝えて欲しいとつけ加えた。しかしわたしは自分の息子を電話口には出さなかった。娘も出さなかった。出そうにも出しようがなかった。わたしは彼らに従姉のことを何一つ話していなかったのである。

「お前は知ってたわけだろう」

とわたしは電話が終ってから妻にいった。

「名前までは知らなかったけど」

「でも大体のことはさ」

「ずっと前に、あなたのお母さんからね」

「そうだろう」

「でも今日の人じゃなくて、その上の人ね。それと叔父さん、叔母さん。それにお宅のおばあさんの話だわね」

「ま、朝鮮じゃあ姑と小姑に取り囲まれてたわけだからな」

「終戦後もだいぶ駄々こねたらしいしね」

「ばあさんだろう」

母はたぶんあの話をしたのだろう。いま中学校二年の長男が生れたころ、母は一月《ひとつき》ばかりわたしのところへ来ていた。妻にはそのときいろいろ話をしたのだと思う。それから暫く経って母はわたしに長い手紙を寄越した。永興の日本人収容所を追放されてから翌年の五月、日本へ引揚げて来るまでのおよそ九カ月間いったいわたしはどんなものを食べて生きていたのか。これがわたしの質問だった。母からの長い手紙はその返事だった。そこにはいろいろなことが書かれていた。ほとんどがわたしの記憶にないことばかりである。母の走り書き的敗戦引揚げメモといえるだろう。妻のいう祖母が駄々をこねたくだりは次のようになっている。

「八月二十二日に三十八度線が切れました。その前にうちのトラックの運転手が南鮮へ逃げる様にとてもすすめてくれたのですけど、第一お祖母さんがまるきり聞かないのです。自分たちはこの三十年間、永興で悪い事は何一つしなかつたのだから幾らロシア兵でも何もする筈はないと云つて、中島の大叔父さんたちまでみんな私の云ふ事に反対しました。

金聖鎮と云ふおやぢさんの代からうちで働いてゐたトラックの運転手で、黒田と改姓してゐました。日本人の嫁さんをもらつて、黒田と云ふのはそのお嫁さんの姓だと云つてゐました。京城《けいじょう》迄トラックで逃げなさいとずいぶんすすめてくれたので、その積りで荷物なんかまとめてゐたのですが、お祖母さんがどうしても云ふ事を聞いてくれない。どうしても逃げるのなら自分だけ置いて行けと駄々をこねるし、中島たちまでが一緒になつて私の事を悪く云つたものです。詰めるだけガソリンを詰めて、金目の品物だけでも積めば一番大型のトラックでしたから、小さな家の一軒分くらゐは一台で運べたでせう」。

もう七、八年以上も前の手紙だった。中島というのは祖母の実兄で、永興一の金持ちといわれていた。戦後は留置場に入れられ、人民保安隊員から往復びんたを喰ったという。

「それにしても、息子が大学生とは知らなかったな」

「あなたより一つ上だっけ」

「ああ」

「何だかお母さん、青森へ行きたがってたみたいね」

「そうだな」

「ずいぶんいやな思いもしたらしいけど、青森の叔父さんていう人に会いたがってるみたいじゃない」

「ああ」

「ちょっと考えると不思議なような気がするけど」

「おやじの方の親戚ではもう誰もいないしね」

「でもお父さんの方の親戚は自分で拒否しちゃってたみたいじゃない」

「もう三十年も前の話だからな」

母の手紙の中で三十年前の叔父はこう書かれている。

「朝早く収容所の広場に集められて、今から三十分の後ここを出て行け、でした。せつかく炊いたごはんも食べず、何を持ち出すひまもなく追立てられました。その時私はお金をなくしてしまつたのです。青森の叔父から預つてゐたのと自分のと両方です。両方とも現金でした。取られてゐたのかも知れません。自分が寝てゐたふとんの下に入れてゐたのがどんなに探しても有りませんでした。最後迄残つて探してみたのですがたう〱見つからず、早く出ろと追立てられ判らないまま汽車にのせられました。そのため私は青森の叔父から聞くにたへない様な事を云はれました。持つてゐた荷物は何度も何度もひつくりかへされるし、着てゐた着物の襟や裾までといて調べました」。

　これは永興の日本人収容所を追い出され有蓋《ゆうがい》貨車に詰め込まれる場面。次は、父が死亡した場面である。収容所を追い出されたときは、父はいなかった。応召して大邱《たいきゅう》の司令部にいた父は、わたしたちが詰め込まれた貨車が動き出す直前、ひょっこり帰って来たのである。朝鮮人に変装していた。わたしたちは安辺《あんぺん》で貨車を降りた。そして駅から一里程離れた花山里《かざんり》という部落の朝鮮人農家の別棟を借りて越冬することになった。父はそこのオンドル間で死んだ。青森の叔父、中島、上野たち親戚のものは同じ部落の別々の農家でそれぞれ部屋を借りていた。

「早速土葬の用意です。青森の叔父がさつさとお父さんのシヤツをぬがせました。厚い上等の毛シヤツを二枚ずつ上下重ねて着てゐました。将校用の毛シヤツです。お父さんをすつかり裸にすると青森の叔父はかう云ひました。死んだものにこんな上等のシヤツは勿体ない、形見に僕がもらつておかう、嫂さん何か古いシヤツでも出して下さい。私はだまつてワイシヤツを着せズボンをはかせました。青森の叔父は、そのワイシヤツとズボンも惜しいくらゐだな、と又さう云ひましたが、さすがにそれまではぬがせませんでした。すつかり支度が出来て、私は預つてゐてなくしたお金を青森の叔父に返しました。お父さんに何度云つても、放つとけ、それくらゐの金が何だ、と云つて相手にしなかつたお金を、お父さんの体が有るうちにと思つて突きつける様に返してやりました。青森の叔父は、さうですか、それはどうも、と云つて、それでは香典を上げとかう、と百円札を一枚ちよつと惜しさうに供へてくれました。中島も上野も十円でした。青森の叔父は生憎私から受け取つたのが百円札ばかりだつたので仕方がなかつたのでせう」。

　何ともどぎつい場面である。しかし、にもかかわらず、どことなく可笑しい。母と叔父の顔が同時に浮んで来るためかも知れない、とわたしは思った。また、三十年の時間のせいだろうか、とも考えてみた。しかしそれだけではないようだった。母の手紙は余りにも生なましい。率直である。何もかもそこではむき出しである。丸裸にされているのは死んだ父だけではなかった。叔父も、中島も上野も、そして母もみんな裸だった。むき出しの人間だった。そのむき出しのどぎつさが可笑しいのだと思った。

「やっぱり年を取るとなつかしくなるのか知らね」

と妻はいった。

「ま、おやじも生きてるときにさんざん憎まれ口叩いたんだから、まったく叔父にはいいたい放題だったらしいからな」

わたしはそういって叔父の「カルスウム分」を思い出した。それから一人で、にやにやした。従姉の電話の言葉も青森訛りだったのを思い出したのである。

「不思議なもんだね」

とわたしはいった。

「え？」

と妻がきき返した。

「子供のときはぜんぜんズーズーじゃなかったのになあ」

最初の電話がかかって来たあと、わたしは一度だけ従姉のことを思い出した。鎌倉の正兼さんという女性から手紙をもらった。従姉の住所を知りたいという。永興小学校で同級生だったらしい。正兼という姓にはききおぼえがあった。しかしそれ以上のことは何も思い出せなかった。複式授業のせいかも知れない。教室は一年と二年、三年と五年、四年と六年、高等科一、二年の組合せだった。一年上だった従姉たちの同級生とは馴染みが薄かった。もう一つ上の学年の方をよくおぼえている。わたしは従姉の住所を知らせる返事を書いた。そのあとわたしは、草加からいまの住いに引っ越して来た。そして次の電話がかかって来るまで従姉のことは忘れて暮していたのである。

電話は今度も別に用事ではないらしかった。わたしは大学へ行っている息子のことをたずねた。

「もうそろそろ夏休みじゃないかな」

「それがなかなか帰って来ないのですよ」

「こっちにもぜんぜん電話は来ないね」

大学のギタークラブに入っているらしいという。冬はスキー部らしかった。

「こないだ正兼さんからお手紙もらいました。それでね、あの人の電話わかりますか」

「いま？」

「はい」

「じゃあ、ちょっと待って」

「はい」

わたしは大急ぎで仕事部屋へ入り、手帖を取って来た。手帖は机の上に三冊重ねてあった。一昨年、昨年、今年の三冊である。わたしは三冊一緒にして電話口へ戻り、昨年の分の住所欄を大急ぎで探した。

「あった、あった」

わたしは正兼さんという女性について従姉にたずねてみたいと思った。依然として何一つ思い出せなかったのである。しかし彼女の電話番号をきき終った従姉は、光子さんのことを話しはじめた。光子さんは従姉の実姉である。

「姉の話は知ってるでしょう」

「ああ、大阪の方にいるんでしょう」

光子さんの話は大阪の兄から何度かきいた。母からも何度かきいた。青森の叔父の家族で引揚げ後に母が会っているのは、光子さんだけではないかと思う。ふらりと一人で母のところへやって来たのである。わたしたちが筑前の田舎町に引揚げて来た翌年だったと思う。確かリュックサックを背負っていたような気がする。そして玄関からではなく、庭伝いに入って来て、柿の木の前の縁側に腰をおろしていたようだった。母はおどろいて、いろいろたずねた。すると、光子さんは朝鮮から直接、母のところへやって来たのだという。

これには少しばかり説明が必要だろう。しかし正確なところは、わたしにもわからない。そもそも敗戦の当日、光子さんはどこにいたのかわからなかった。光子さんは祖母の初孫だった。従兄弟全部の中の最年長だった。年の順でいえば、光子さん、死んだ従兄（早生れ）、兄（遅生れ）、澄子さん、わたし、の順である。兄よりも三つか四つ上ではなかったかと思う。敗戦当時すでに十九か二十である。もちろんまだ結婚はしていなかった。どこかへ勤めていたのだろうか。ぜんぜん見当がつかない。確か京城の看護婦学校へ行っていた。それはおぼえている。わたしがまだ小学校のときだったと思う。最初、光子さんは内地の女学校を受けに行った。青森の方ではなく、福岡だった。母方の叔母のところに世話になって、私立の学校へ行っていたらしい。しかし一年くらいで帰って来た。京城の看護婦学校へ行ったのはそのあとだろう。

わたしはとつぜん一つの場面を思い出した。光子さんが部屋に入って来た。金光様の棚のある祖母の部屋だった。光子さんは背が高かった。叔母よりも祖母に似ていたのかも知れない。彼女は手洗いから戻って来たのだった。

「光子さん、手洗いの中で大きな音をたてて鼻をかむのは、止めなさい」

母がそういった。

「年頃の娘が、みっともないですよ」

光子さんは立ったまま、にこにこ笑っていた。祖母はそこにいなかったと思う。いれば母もそんなことはいわなかっただろう。祖母といい争いになるに決まっていた。そのとき光子さんは何か派手な服装だったような気がする。女学生の服ではなかった。パーマネントという言葉をききはじめたころではなかったかと思う。光子さんは休暇で京城から帰って来たところではなかったかと思う。

京城の看護婦学校にはどのくらい行っていたのか、よくわからない。しかし敗戦当時は永興だった。収容所にもいた。貨車の中にもいた。そして安辺までは一緒だったのである。しかしそのあとがよくわからなかった。わたしたちは安辺で一冬を過ごし、翌年の五月、十日ばかり山中を歩いて三十八度線を越えた。日本人五十名ばかりの団体だった。青森の叔父の家族も一緒だった。ところが光子さんはそこにいなかったらしい。らしいというのは気がつかなかったのである。少なくともわたしはそうだった。不思議なことだが、事実だった。

「あんた、よう一人で帰って来たねえ」

と母はいった。実さい信じられないようなことだった。しかし光子さんは柿の木の前の縁側に腰をおろして、にこにこしていた。母はいろいろとたずねたと思う。しかし詳しいことはわからないらしかった。

「お父さんとは、もともと意見が合わなかったから」

要するにそういうことらしかった。それが叔父たちと行動を共にしなかった理由のすべてだという。引揚げて来て、青森へ帰る前にいきなり母のところへやって来たのもそのためらしい。それはいけない、と母はいった。こっちへ出て来るにしても一度は青森に帰ってから出直さなければいけない。光子さんは二、三日泊って一旦青森へ帰って行った。しかしわたしは直接にはほとんど話をしなかったと思う。光子さんは割合に兄とよく話をしていた。年が近いせいもあったと思う。

「ロシア兵でもね、将校はきれいにしていたわよ」

と光子さんは標準語で話していた。

「ズボンの折り目もきちんとつけてるしね」

ソ連兵は確かに汚れていた。はじめて見たのは夕方だった。八月十八日か九日だと思う。わたしたちは夕食をしていた。応召中の父を除いて全員が食卓についていた。わたしは元山中学の寄宿舎から十六日に帰宅、興南《こうなん》の窒素工場に動員されていた兄も前後して帰って来ていた。店は十五日以後、締め切りだった。とつぜん店の前が騒々しくなった。朝鮮人たちが騒ぎはじめたらしい。わたしは立ち上って店へ行った。そして電燈をつけずに、ガラス戸のカーテンをめくって見た。東の方からトラックが走って来た。巴印の朝鮮小旗を手にした朝鮮人たちが、どっとそのまわりに駈け寄って行く。

「マンセー！」

「マンセー！」

の歓声があがった。トラックはソ連の軍用トラックだった。そして次々にとび降りて来たのは武装したソ連兵士たちだった。わたしはおどろいて、声も出なかった。生れてはじめて見る敵国の兵士たちだった。見ると、軍用トラックは警察署の前からずっとつながって停車していた。すでにあたりは暗かった。しかし家の前の道路は明かあかと照らし出されていた。警察署の建物も、警防団本部の建物も明るかった。窓々の電燈とトラックのヘッドライトのためだった。

朝鮮人たちが道路一面に溢れていた。ソ連軍軍用トラックの列を遠巻きにしていた。その囲みの中で、やがてソ連兵たちは踊りはじめた。歌声もきこえた。酒が出たに違いなかった。勝利の酒、勝利の歌、勝利の踊りだった。ついに永興はソ連軍に占領されたのである。わたしは怖ろしさのため、動けなかった。カーテンの端を握ったままじっと眺めている他はなかった。ソ連兵の軍帽は二通りあるようだった。日本陸軍式に鍔《つば》のついたものと、鍔のない戦闘帽である。軍服はルパシカふうの上衣で、太い革ベルトをつけていた。おどろいたのは女兵である。両脚を急速に曲げたり伸ばしたりするコサック式踊りを踊っている兵士の傍でこちらを向いたのは、間違いなく女だった。軍服は男とまったく同じだった。ただ女は無帽だった。わたしはあわててカーテンを引いた。

とつぜん父のことが頭に浮んだ。父は捕虜になるのだろうか。それは耐え難いことだった。父は大邱の司令部だった。しかしまだ三十八度線というものをわたしは知らなかった。ソ連軍も米軍も占領軍に変りはなかった。丸腰に武装解除された父が女兵士の捕虜になる場面を想像するのは、耐え難いことだった。ルパシカふうの軍服の襟はくろぐろと汚れて見えた。太い革ベルトの上に巨大な胸が突き出ていた。あんな豚みたいな女兵士に、とわたしは思った。

「最初に入って来たのは囚人部隊なのよ」

と光子さんはいっていた。それはわたしもきいた話だった。

「あんたたちが帰ったあと、ロシア兵たちもだいぶ変ったわよ」

花山里の方から歩いて行くと安辺駅の手前に大きな川があった。名前はわからない。長い長い橋がかかっていた。その橋の向うが安辺邑内で、人民保安隊もそこにあったのだろう。わたしは安辺の保安隊は見たことがなかった。ソ連軍がどこに駐留しているかも知らなかった。どのくらいいるのかもわからなかったが、光子さんはそこで保安隊とソ連兵宿舎の下仕事をずっと続けていたのだという。最初は洗濯、炊事その他の雑役だったらしい。そのうち看護婦の手伝いもはじめたらしかった。京城看護婦学校が、役に立ったわけだ。しかし、それにしても年頃の娘が唯一人である。一枚の洗張り板のうしろに身を隠して難を逃れた母にしてみれば、とても信じられない出来事に違いなかった。

光子さんの話はまことに屈託のないものだった。朝鮮人もロシア兵も皆親切で、着るものも食べるものも不自由しなかったという。まるで人民保安隊とソ連兵宿舎でアルバイトをして来た学生の土産話でもきくようだった。大まかで、とりとめがなく、肝心のところはよくわからなかった。しかし、ただの作り話とも思われなかった。実さい、光子さんの顔色はよかった。背は相変らず高かったが痩せ衰えているふうには見えなかった。そして何より、彼女の頭は丸坊主ではなかった。髪の毛はちゃんと長かった。光子さんは保安隊員やソ連兵たちの間で、堂々と女で通したに違いなかった。

「昔から一風変ってあったもんね」

と母方の叔母はいった。光子さんが一旦青森へ帰ったあとだった。内地の女学校へ入る前後、光子さんの面倒を見た叔母である。

「三つやったかね、四つやったかね。一つずつ試験について行って、やっと入ったかと思うたら、一年も行かっしゃったかいね」

光子さんの単独行動は確かに母や叔母たちの常識を超えたものだった。しかし光子さん一人を安辺に残して帰って来た叔父の行動はそれ以上に非常識なものだった。父親としていったい何を考えているのか。これでは娘を売ったといわれても弁解は出来ない。母や叔母たちはたぶんそう考えたに違いなかった。そしてわたしも最初のうちはそう思っていたのである。しかしわたしの考えは最近になって、だいぶ変った。

「お父さんとは、もともと意見が合わなかったから」

この光子さんの言葉に全てはいい尽されているような気がして来たのである。彼女は確かに勉強のよく出来る頭のいい従姉ではなかった。内地の女学校を三つも四つも受け、ようやく入った私立の女学校も一年行くか行かないかで止めてしまった。しかし光子さんには彼女の意見があったのである。ただ、それは言葉で表現される意見ではなかった。光子さんは自分の意見を、すべて行動で表現したのである。つまり、お父さんと意見が合わない、ということは、すなわち、お父さんと行動を共にしないということだった。わたしにはそう思われた。そしてそのような彼女の意見は、終戦以来ずっと一貫していたのである。

光子さんは確かに一旦、青森の叔父のところへ帰ったらしい。しかし間もなく一人で家を出て行った。その間、母と兄には絶えず消息を知らせていたらしい。手紙はだいたい葉書で、関西方面から来るらしかった。住所や勤務先は何度か変った。しかしいずれも、病院かそれに類する保護施設の仕事らしかった。それからもう一つ変らないのは、姓だった。結婚してないのである。それはまことに一貫した彼女自身の意見の実行だった。また実行する力を彼女は持っていた。病院のある土地でさえあれば、どこででも自活することが出来たのである。

そう考えてみれば光子さんの行動もそれほど突飛なものとは思えなくなるようだった。別に珍しくもない職業婦人の一例に過ぎないといえそうな気もする。ただ、わからないといえば、何故もともと叔父と意見が合わないのか、ということかも知れない。それともう一つは、安辺における単独行動だった。光子さんはもともと叔父と意見が合わない。意見が合わないということは行動を共にしないということだ。それは決してわからない理屈ではない。しかしだから一人で安辺に残るというのは、やはり突飛というものだろう。しかも人民保安隊とソ連兵宿舎の真只中にである。叔父と別行動を取りたければ、日本へ帰って来てからでも出来たのではなかろうか。それは一つの謎だった。その謎にわたしも好奇心をそそられた。

「姉には会われたのですか」

と従姉はいった。

「いやそれが、生憎と会えなかったんですよ」

昨年の三月だった。わたしは用事で伊東へ出かけた。その帰り思い立って大阪の兄のところへ足を延ばした。光子さんに会って行きたいんだが、とわたしはいった。青森の従姉からまだ最初の電話がかかる前だった。

「何でいまごろ」

と兄はいった。

「何で、ということもないけど。ここにはちょいちょい来てるんでしょう」

「そういえば、このところちょっと顔を見せんようだな」

「そうみたいですね」

と兄嫁が答えた。光子さんは兄嫁ともすでに顔馴染みらしかった。いまの勤めは兵庫県の国立病院だという。大阪市郊外の兄の家から電車で三時間くらいの場所らしかった。

「本当に面白い人ですよね」

と兄嫁がいった。夜の九時過ぎだった。わたしは会社から帰って来た兄とウイスキーを飲んでいた。

「うん。とっても面白い」

と中学二年生の姪がいった。

「あんたは、もうあっちへ行って、休みなさい」

と兄嫁がいった。

「子供たちにも好かれてるんですよね」

「とにかく患者には評判がええらしいからな。特に年寄りの入院患者からは神様みたいに思われてるらしいぞ」

と兄がいった。光子さんが当直の夜は老人患者たちは大喜びだという。看護婦の中にはそれを心得て、当直を適当に代ってもらうものもいるらしい。患者にも看護婦仲間にも有難い存在というわけだった。

「ふうん」

「とにかく人間がいいんだよ」

「クリスチャンなのかね」

「そういえば、いまの病院へ来る前、何とかの家という施設にいたな」

「キリスト教かね」

「うん。確かそういう名前だった。しかしクリスチャンじゃあなさそうだな、彼女は」

「そんなふうなことは、ぜんぜんいわれませんよ」

と兄嫁がいった。兄嫁の「ぜんぜん」にはかなり筑前訛りがあった。「じぇんじぇん」にきこえる。兄もそうだった。

「とにかく、はっきりしてるし、ここへ来てもぜんぜん遠慮はせんしね」

「そうなんですよ。果物は何がいいですか、てたずねたら、今日はバナナが食べたい。晩のおかずは何にしましょうか、いうたら、今日は肉が食べたい。すき焼きがいい。そういう調子ですから」

「ふうん」

「天真爛漫というか、傍若無人というか」

「ふうん」

叔父の話になったのは、兄嫁が子供たちの部屋へ引き取ったあとだった。

「お前おぼえとらんか。子供のころからおやじさんと喧嘩しちゃあ、よう家へ逃げて来よったやないか」

「ああ、おぼえてる」

「専売局のとこから、走って家へ来よったんだよ」

「一度、腕だったか、頭だったか、繃帯《ほうたい》巻いてたことがあったな」

「おやじさんとしょっちゅう喧嘩しちゃ、殴られていたんだ」

「しかし、何故だろうね」

「それが、わからん」

「別に、もともと暴力的な叔父というわけでもなかったと思うがね」

「そう」

何かはっきりとした理由はないのかも知れない。とにかく気に食わない、ということかも知れない。こうなれば余人にはわからない。しかし当事者にとっては絶対のものだった。それを光子さんの側からいえば、「父とはもともと意見が合わなかったから」ということなのかも知れない。

「しかし安辺のことはどうなんだろうね」

「おれも最初のころはいろいろきいてみたんだが」

「もしあれがおやじさんへの反抗だとすりゃあ、命がけみたいなもんでしょう」

「ま、そういえばそうだな。ところがな、ご本人はそんなに大袈裟には考えとらんのだよ」

「叔父を憎んでるんでもないわけかね」

「とにかく終戦のとき、彼女は二十か。おれより四つ上だからな」

それだけの話だろう、と兄はいった。光子さんは二十歳で、看護婦の資格を持っていた。正式な資格ではなかったらしいが、真似くらいは出来た。それを役立てたのがたまたま人民保安隊でありソ連兵宿舎だった。

「要するに彼女は、終戦後に就職したわけよ。はじめはアルバイトみたいなもんだったのだろうが、とにかく一年以上勤めた。そして日本へ帰って来て、今度は日本の病院に勤めた。彼女にとっちゃあ、転勤みたいなもんじゃないのか」

「敗戦もへちまもないわけか」

「その点は、徹底した個人主義やね。見事なもんや。支那人に似てるね。日本人離れしとるよ」

「でも、やっぱり帰って来るのは帰って来たわけだから」

そのあたりの模様も兄はいろいろたずねてみたらしかった。しかし結果は筑前の田舎町へひょっこりあらわれたときと、大差はなかったらしい。三十八度線を越えたのは、闇船だという。金を出し合ってこっそり雇う船である。しかしどういう仲間が集って乗ったのかもはっきりしない。ただ、陸へ上るとき彼女は風呂敷包みを一つ失った。船を降りると、まだ海は深かった。岸よりもだいぶ離れたところで降ろされたのである。持っていた風呂敷包みが波に浮んだ。しかし海は胸まで来ていた。リュックを背負った彼女は手を伸ばしたが届かない。風呂敷包みは波に消えた。

「彼女が腹を立てているのは、それだけだよ。悪い船頭にだまされたと怒ってたな」

「他のことは、忘れたのかね」

「うん」

「それとも喋りたくないのかな」

「要するに、過去なんてものは無関係なんだよ、彼女には。不必要なんじゃないか」

「ふうん」

「おれも人並みの好奇心で、はじめはいろんなことたずねてみたよ。しかし、もう止めてしもうた。彼女には不思議なんだよ。何故そんな過去のことを皆がききたがるのか、それが不思議で仕方ないらしいんだな」

「ふうん」

「もうそろそろ恩給がつくらしいぞ」

「そうか、国立病院か」

「こないだそんなこと話してたよ。年は食ってるし、こわいもんはないんじゃないかな」

「電話してみようか」

とわたしはいった。とつぜん思いついたのである。時間は十一時少し前だった。しかし光子さんのアパートの電話を兄は知らなかった。電話をかけて来るのはいつも光子さんの方からだという。そして、ふらりとやって来るらしかった。

「住所はわかってるんでしょう」

「そういえば、そうだな」

「病院の電話は？」

「それはわかっとる」

翌日、兄が会社へ出かけたあと、わたしは病院へ電話をかけた。お昼ちょっと前だった。わたしは少し待たされた。やがて光子さんは電話口に出て来た。わたしは兄のところへ来ていることを話した。光子さんは何か忙しそうだった。わたしは自分が病院の方へ出かけてもよいと思っていた。しかし光子さんは朝から風邪気味で、いまから早退するところだという。忙しそうだったのはそのせいだったかも知れない。わたしはその日の夕方、大阪を発った。光子さんにには会わずに帰って来た。

「こっちにも、たまあに帰って来るんですよ」

と従姉はいった。

「ふうん」

「またすぐに帰りますけどね」

「でも、元気なんだから、いいでしょう」

「ところがですね、うちにも、もう一人いるのですよ」

「もう一人？」

「長女なんです」

「というと、あの大学に行ってる息子さんの下かね」

「上の子です」

「お宅は子供さん何人ですか」

「四人です」

「それは知らなかった」

「上から女男女男」

「それはいいですな」

「ちょうど、わたしたちの兄弟と同じですけどね。その一番上の子が、わたしの姉と同じようなことをしてるんですね」

「え？　光子さんと」

「大学に一年行ったのですけど、やめてしまって、出て行ったのですよ」

「出て行ったって、どこへ？」

「いる場所はわかっていますけどね」

「ふうん」

「大学も行っていれば、もう卒業だのになあと思ってね」

「でも元気にしているんでしょう」

「手紙を出しますとね、大丈夫だから来なくてもいい、それだけ書いて来るのですよ」

「ふうん」

「そして、ときどき思い出したようにお菓子なんか送って来て、機嫌を取っていますがね、帰って来ないんですよ」

「ぼくんとこは娘がまだ小学校三年だけど、ふうん、そうかなあ」

受話器から従姉の小さな溜息がきこえた。わたしは受話器が急に重たくなったような気がした。わたしは何かを従姉にいわなければならないのかも知れない。しかし、ここで何かをいうためには、もう少し何かを従姉にたずねなければならないだろう。わたしは従姉の長女を、光子さんのようには知らなかった。従姉の夫をわたしは、叔父のようには知らなかったのである。

「でもこんなことは、ひとにいっても仕様がないですね」

「親は、辛いもんなんだよ」

「ただ、ふっと昔を思い出してね。やっぱり年が近かったからですかね」

「ああ」

「無理やり兵隊ごっこに入れられて、ずいぶん振りまわされましたからね」

「そうだったかなあ」

「あの家の庭で、ずいぶん振りまわされました」

確かにわたしの家の庭は兵隊ごっこには打って付けだった。空の木箱やボール箱はごろごろしていた。それらを積み重ねて戦車やトーチカを作った。装甲列車にもなった。中島の庭へ抜ける細長くて暗いトンネルのような物置き場もあった。わたしたちは梯子をかけて倉庫の屋根に登った。そして一人ずつ飛び降りた。飛び降りたものは軍曹になれた。最後に一人だけ屋根の上に残った。わたしたちは梯子をはずした。そしてどこかへ遊びに行った。屋根の上の一人のことは忘れていた。わたしは暗くなって帰って来た。飛び降り切れなかった一人は夕方まで倉庫の屋根にいたそうである。店員の金が見つけたらしかった。屋根の上に置き去りにされた一人は誰だったのだろう。思い出せなかった。しかし本人はいまでもおぼえているのかも知れない。

「キンソーナーをおぼえていますか」

と従姉がいった。

「ううん、そうか」

「キンソーナーですよ」

「朝鮮人の、気違いか」

「そう。女はナオナラで、男はキンソーナー」

「いたな。しかしどうもはっきりしないな。年は、中年だったよね」

「そうですね、あの頃で三十代か四十代」

「うん、うん」

「ほら、学校から帰りがけ、よく真似していたじゃないですか」

「ナオナラの方は、はっきりおぼえてるんだがな。顔も」

「でも、あなたはよく真似をしていましたよ」

「ふうん」

「あなたが真似をしていたのを、わたしはよくおぼえているんです」

「ふうん」

「ほら、三歩歩いて、うしろを振り返る。よくやっていましたよ」

わたしはキンソーナーを思い出せないまま従姉との電話は終りになった。終りがけ従姉は、叔父が元気でいるうちに是非一度遊びに来てくれといった。もう八十だという。わたしが無理なら長男だけでも夏休みに寄越してくれ。途中まで迎えに行くから、と従姉はいった。息子一人ではまだちょっと無理だろう。しかし近いうち何とか一度お邪魔するから、とわたしは答えた。そしてそれで電話は終った。

「キンソーナー、か」

「え？」

と流し台の前の妻が振り返った。

「いや、何でもない」

時計を見ると、九時ちょうどだった。わたしは客の部屋へ戻り、長電話の詫びをいった。

「ご親戚の方ですか」

「ええ。青森の従姉でした」

「青森からですか」

「いや、別に用事じゃないんですが」

わたしたちはそれからまたウイスキーを飲みはじめた。客はロック、わたしは水割りだった。そしてわたしはキンソーナーのことを忘れた。仕事の客だったが、もう仕事の話は終っていた。途中、妻が何かを持って一、二度部屋へ入って来た。客が立ち上ったのは十一時少し前だった。わたしは引き止めた。たぶん酔いかけていたのだろう。しかしもう電車が無くなるという。わたしは立って玄関まで送って行った。客は帰った。わたしは玄関の電燈を消し、部屋へ戻りかけた。一歩、二歩、三歩。三歩歩いて、キンソーナー。わたしは立ち止り、うしろを振り返った。それから右手を鼻の上にかざして天を仰ぎ、口をあけた。それがキンソーナーの笑い方だったのである。

二十万分の一

わたしは天眼鏡で一枚の地図を眺め続けた。地図は横長で新聞紙より少し小さかった。ちょうど一月前だった。妻が部屋へ運んで来た郵便物の一つがこの地図だった。中型のハトロン封筒である。わたしは早速開いてみた。地図は折り畳まれて二枚のボール紙に挟まれていた。取り出して拡げると、青いコピーだった。「永興《えいこう》郡略図」、右から左へそう書いてあった。わたしは暫くの間、ただ呆んやりとその文字を眺めていた。わたしは煙草をくわえ、火をつけた。そして一本を吸い終った。机の上の天眼鏡を思い出したのはそれからだった。

天眼鏡は一年程前からわたしの机の上にあった。わたしの目は近眼と乱視だった。眼鏡は中学二年生でかけた。引揚げて来た翌年である。その後も近視はますます進んだ。しかし昨年になって、とつぜん字引の文字が読めなくなった。そして反射的に眼鏡を額の方へずり上げるようになった。少し早過ぎるような気がした。それに近視なのであるからその分だけ人より遅くて当り前ではないかと思った。しかし近視は無関係だという。眼鏡店でそういわれた。店員は流行の眼鏡をすすめた。近視遠視両用でしかもレンズに境目がない。わたしもそのレンズのことはテレビの宣伝で知っていた。年寄りくさくない老眼鏡。若づくりの老眼鏡。テレビの宣伝にはその眼鏡をかけた別当薫が出ていた。往年のホームランバッターである。なるほど彼は年寄りくさくは見えなかった。

しかし、若づくりの老眼鏡とはまことに奇妙な話だった。何ともグロテスクな発明品である。滑稽千万な流行だった。わたしは思わず苦笑し、それから腹を立て、やがてどちらも止めてしまった。年寄りくさくない老眼鏡。若づくりの老眼鏡。これも何かの象徴ではなかろうか。わたしは店員に要らないといった。そして天眼鏡を買って帰って来た。

わたしは机の上の天眼鏡を取り上げて「永興郡略図」をのぞいた。まず探したのは龍興江《りゅうこうこう》である。龍興江は流れていた。わたしは思わず、ほっと溜息をついた。龍興江は左から右へ、すなわち西から東へ流れていた。そして間違いなく永興湾へ注いでいた。河口附近は永興郡憶岐面《おくきめん》というところらしい。河口近くの湾内に柳島、大猪島、小猪島と書かれた小島が見えた。

　わたしは天眼鏡で龍興江を遡りはじめた。川は憶岐面から鎮坪面《ちんぴょうめん》へ入り、仁興面《じんこうめん》を抜け、徳興面《とくこうめん》の南端部を通って永興邑内へ入っていた。その間、斜めに北上している。それが永興邑内でほぼ東西に水平になり、そのまま長《ちょう》興面《こうめん》へ流れて行くように見えた。しかし残念乍らわたしはそこで川を見失った。とつぜんコピーの青が濃くなったのである。龍興江の線はその青の中で見えなくなった。ふたたび発見されたのは、もう一枚の地図に気づいたときだった。わたしは送られて来たのは一枚だとばかり思い込んでいた。ところがもう一枚あったのである。しかもそちらは青いコピーではなく、色付きの原図だった。

　たぶんわたしは慌てたのだろう。封筒からコピーを取り出すとそのまま机の上に拡げたのだった。そして天眼鏡で龍興江を追いかけ、見失ったあとコピーを畳んだ。するとその下から八つ折りになった原図が出て来たのである。わたしは原図の方は最初から諦めていた。コピーで充分だと思った。それで福岡のT老人へそう書いて送った。T老人から手紙をもらったのは二ヵ月程前である。まったく未知の人だった。福岡の人だったのは偶然に過ぎない。たまたまわたしが書いた何かで、永興の文字を見たものだという。

「拝啓、突然の御手紙を差上げます。御不審に思われます事と存じますが此の御便りを差上げる事には大分迷いました。然しどうしても御手紙しなければ気持が落付きませんので御便り致します。と申しますのも私も永興に住んでいたからです」。

　手紙は便箋に三枚、黒ボールペンで細かく書き込まれていた。

「私は昭和五年～十二年迄、永興警察署に勤務致し、御貴殿の実家の事も承知して居ります。チョンガー時代から大変御世話になった者です。他に、山室公医（当時公医と言いました）、真壁薬局、田中歯科、山口圓蔵（長崎県出身金物店だったと思います）さん等、皆懐しくお世話になった人達ばかり。亦、南山《なんざん》、順寧《じゅんねい》、虎島《とらじま》……皆足跡を残した地です。唯、虎島は島ではなく、元山《げんざん》港の入口迄永興湾を外側から囲んだ様に伸びている細長い半島でした。虎島半島は永興郡管内でしたが、少年感化院は文川郡管内（永興湾に面した地で、地名は忘れました）であった様に思います。蛇足ながら書添えます。尚、永興郡の地図を記念に所持して居ります。御希望であれば御送り致します」。

この手紙がそもそものはじまりだった。T老人は六十七歳だという。昭和五年といえばわたしが生れる二年前である。その年にT老人は二十二歳の独身警察官として永興へ赴任したわけだった。そしてわたしが数え歳六歳のとき永興からどこかへ転勤したことになる。もちろんわたしには何の記憶もなかった。わたしの家を知っているのは、警察署のすぐ傍だったからだろう。また商店だったからだろう。手紙の文面にはその他、医師の山室さんが岡山で健在だと書かれていた。わたしは山室さんは永興小学校の「校医」だと思っていた。誰もが「コーイさん」と呼んでいた。それが「公医」だったことはT老人の手紙ではじめて知った。手紙の最後はこうなっていた。

「二伸　山口圓蔵さんの御家族の消息を知りたいと思います。御知らせ願えれば幸甚に存じます」。

わたしは早速返事を書いた。山口圓蔵というのは山口圓の父親である。山口が生れて間もなく亡くなったらしい。そのことはT老人も知っていたと思う。わたしは返事の中で、山口圓の現住所を知らせた。そして彼の母親も数年前に亡くなられたらしいことをつけ加えた。それから山室さんの住所を知りたいこと、永興地図は是非見たいことを書いた。そのときコピーのことを書いたのである。

もちろんどんな地図であるのか想像もつかなかった。しかしなにしろ永興の地図だった。それも戦前のものである。日本じゅうに二枚とあるとは思えなかった。日本どころか朝鮮にさえ残っていないかも知れないと思った。わたしはすぐにでも飛んで行きたい気持だった。T老人の住所は福岡市内ではなく、郡部だった。行ったことはなかったが町の名は知っていた。わたしは飛んで行って実物を見せてもらいたかった。実さいわたしは余程予定を変更しようかと考えたくらいである。

七月の下旬に母の古希の祝いをするという。子供が夏休みになり次第自分たちは家族四人で出かけるがお前の方はどうか、と大阪の兄から葉書が来ていた。福岡の弟からも電話がかかって来た。直接母からも手紙が来ていた。兄弟たちが家族ぐるみで全員集合して、どこか博多の近くの海辺の旅館に一泊する計画だという。母の孫は合計十三人である。兄弟七人のうち、六人がそれぞれ二人ずつの子持ちだった。十三人目はつい半月程前、末弟のところで生れた。これに夫婦七組と母が加われば総勢二十八人である。旅館は福岡で女子高校の教師をやっている弟の知合いらしい。

この全員集合して一泊する催しは昨年夏からだった。やってみると母も気に入ったらしい。それで毎年子供たちの夏休み期間にやろうということになったのだった。わたしもその話には賛成だった。長男も長女も、ぜんぜん福岡の従兄弟たちを知らない。知っているのは大阪の兄のところの二人だけである。この二人は二、三度兄が連れてやって来た。わたしのところへ母が出て来るとき、兄が一緒に連れて来たのである。しかし一昨年の秋、末弟の結婚式に上京した母は、披露宴の途中でおかしくなり、中座してそのまま兄と一緒に夜行で帰った。それ以後ずっと血圧が高く、福岡の弟のところから病院通いを続けていた。

　わたしだけは福岡の甥姪たちを一通り知っている。母が調子を悪くしたあとも一度福岡へ一人で行った。しかし長男は福岡の従兄弟たちを知らないまま中学二年生になってしまった。長女も小学三年生である。このままではまずい、とわたしは思った。大人になってしまってからはじめて従兄弟たちに出会うというのでは、互いに不幸だろう。折角の従兄弟同士が勿体ないことだった。子供たちにも済まないと思った。しかしわたしは昨年の全員集合にも参加しなかった。昨年の夏、わたしは秋の引越しのことで頭が痛かった。それで妻と子供たちだけでもと考えてみた。しかし妻は福岡とはまったく無縁の人間だった。結婚したとき一度行っただけだった。出かけるにはやはりわたしが引き連れて行く他はないのである。そういってわたしは行けない言訳をした。欠席はわたしのところと末弟夫婦だった。いわゆる東京組である。来年こそは是非、とわたしは母に書き送った。また末弟には、お前も何とか都合をつけろと電話でいった。そして是非ともそうしたいと思った。

　しかし一年が過ぎてみると事情はまた少しばかり変っていた。わたしは今年の夏も昨年とまったく似たようなものになっていることに気づいた。一家四人が揃って福岡へ出かけて行けるようなまとまった時間は、どこにも見出せないような気がした。第一にわたしの仕事だった。次は長男の学校関係の予定である。中学になると夏休みといえども、これでなかなか面倒になっていた。その調整が厄介だった。それに福岡の方、大阪の方の予定もあった。もちろん無理をすれば不可能ではないだろう。何かを犠牲にすればよいことだった。わが家の生活の流れを少しばかり変えればよかった。それを変えるのは、もちろんこのわたしだ。わたしが何でもという気にならなければならない。しかしそう思いながらわたしは黙っていた。とつぜん思い立って、行動を起こすことはしなかった。そしてこのままでゆけば今年も何となく自然に不参加ということになるだろうと思った。

妻への遠慮というのもあるかも知れない。確かに無いとはいえなかった。その証拠にどこかで妻がそれと気づくのを当てにしていた。しかしこちらの遠慮に気づかないからといって口論をはじめる程ではなかった。つまりわたしはまことに遠慮深く遠慮していた。一見してそれと判るような露骨な遠慮ではなかった。それで通じなければそれまでだろう。そしてそれは何も相手が妻に限ったことではなかった。こういう形でわたしは自分の暴発を抑えていた。そしてそのような態度を自分勝手に不精と名づけておいた。

「おふくろさんところ、どうします？」

「やっぱり今年も無理だろうな」

「でも、古希だしね」

「ああ」

わたしはこんなことを妻と話した。そして何が何でもという行動を起こさない自分の態度を、自分の不精のせいにした。ある晩、妻がこういって来た。

「今月は少し余分に送って置きましょうか」

「ああ」

「大勢集れば何かとかかるでしょうから」

「そうだな」

「まあ、気持だけですけど」

「そうね、それでいいな」

毎月末の母への送金のことだった。これで結論が出た形だった。今年も夏の全員集合には不参加と決まった。別にどうしても古希に帰らなければならないことはないだろう。わたしはどこかで母の長生きを当てにしていた。これは親不孝に違いなかった。母の長生きを希む気持は孝行だろう。しかしここではそれが自分の不精のために使われていた。わたしはそう考え、来年こそは是非とも出かけなければと思った。

T老人の手紙はこのわたしの気持を少し変えた。わたしは自分一人だけでも夏の全員集合に参加しようかと思った。T老人はたまたま福岡の人だった。この偶然も大きかった。T老人の住所は福岡市から遠くはなかった。親孝行をした帰りに、そこへ立寄って永興郡の地図を見せてもらう。これは悪くない考えだった。話もいろいろきかせてもらえるかも知れない。それはまことに大きな誘惑だった。少々の犠牲を払っても惜しくはなかった。それにもう一つ。T老人の手紙でわたしは母に頼んで置いたものを思い出した。永興地図である。確か今年の三月ごろだったと思う。わたしは母に手紙を書き、暇を見て永興地図を作ってみる気はないかとすすめたのだった。別にちゃんとした地図の体を成す必要はなかった。ただ思いつくまま永興邑内の家並や道路などを書き込んでもらえばよかった。日本人の家は是非とも欲しかった。誰がどこに住んでいたか。朝鮮人の家も出て来ればなお有難かった。

母が永興の父のところへ嫁に行ったのは、昭和三年である。翌年、兄が生れた。昭和二十年まで永興に住んだのは十七年間である。わたしは自分の思いつきに満足した。体の不調で余り表にも出かけられない母の暇潰しに、永興地図作りは打ってつけではなかろうか。もちろん出来上りはいつでもよかった。長くかかってそれだけ母のたのしみが延びるのもよいと思った。それが長生きにつながればこの上ないことである。母からは毎月手紙が届いた。そのうち二度ばかり地図のことが書いてあった。ただしそれは、わたしが自分勝手に考えていたものとは幾分違っていた。わたしは少しばかり後悔した。母は必ずしも永興地図作りをたのしんではいない様子だった。文面からはどうもそう受け取れた。

一度ざっと書いてみたが気に入らないのでまたやり直している。確かはじめはそんなことが書いてあった。それから一、二ヵ月後だったが、こんなことも書いてあった。傍に誰かいてくれるといいんだが、福岡にいる兄弟たちは余り役に立たない。忠彦はとにかく忙し過ぎるし、それに三十年も昔に消えてなくなった朝鮮の町などにはぜんぜん興味を持っていない。忠彦はどう思っているか、それは忠彦なりに複雑な気持があるだろうが、表には昔のことはまったく出さない。心の底ではどう思っているか、それは忠彦なりに複雑な気持があるだろうが、表には昔のことはまったく出さない。話したがらないし、他の人が話してもぜんぜん相手になろうとしない。また昔話ですか、といったような顔でまったく取り合わない。そういう現実主義者にあの人はなってしまっている。それはそれで決して悪いとはいえないと思う。泰久の方は毎日顔を合わせているが、これはほとんどおぼえていない。敗けたときにまだ小学校二年生だったのだから仕方ないと思う。斉や矩子が泰久よりもっと知らないのは当り前の話だろう。大阪の兄が傍にいればいいのだが、まあ何とかやってみるつもりである。

ざっとそういう文面だった。文中の忠彦はわたしのすぐ下で昭和八年生れ、泰久は昭和十二年生れ、斉は昭和十四年生れ、矩子は昭和十九年生れである。忠彦の気持は母の手紙によく出ていた。わたしにもそれはよくわかった。また泰久以下の兄弟たちについても母のいう通りだろうと思う。よくわからないのは母の気持だった。何故母は自分勝手な永興地図を書かないのだろう。わたしは正確な永興地図を希んでいるのではなかった。あくまで七十歳の母の記憶で充分だった。むしろその方が希ましかった。母の記憶の中で歪められている永興地図が見たいと思った。どこが誇張されどこが消滅しているか。その歪みは他ならぬ永興に対する母の愛憎に違いなかった。

昭和三年、母は二十三歳だった。それから十七年間、永興に住んで七人の子供を生んだ。敗戦のときがちょうど四十歳である。母の結婚のいきさつは詳しく知らない。しかし父との組合せには少しばかり不自然さが感じられた。母は博多育ちである。小学校も女学校も博多だった。家は県庁の役人である。母方の祖父は早死にでわたしは知らないが、県の教育畑に勤めていたらしい。いまでいえば教育委員会のようなところだろう。母方の伯父は九大工学部を出て県立中学の理数科教師だった。伯母も奈良女高師を出た県立高女の国語教師である。そういう家庭から何故とつぜん母は永興などへ出かけたのだろう。父方の親戚のものがやはり県の教育関係に勤めており、その口ききが取り持つ縁だったという。わたしがきいたのはその程度のことだった。しかし北朝鮮の小さな町の雑貨商と母の家とは自然には結びつきにくかった。母がいわゆる文学少女だったときけば、なおさらそうである。女学校何年生かのとき有島武郎が自殺したという。そのころ文学書を濫読してあやうく失明しかけ、女学校を一年落第したらしかった。

しかしそれが縁というものかも知れなかった。母の読書癖はいまも変らない。「大菩薩峠」を三度読んだという。いつも何かを読んでいなければ気が済まないらしい。そしてせっせと手紙を書く。わたしが返事を怠ると苦情の手紙が来た。矩子たちは雨が降っても風が吹いても日曜日には必ず子供連れでやって来る。いくら忙しくとも手紙くらいは書けるものだ。これに対してわたしが「耳が痛い」と書き送ると、今度は「耳が痛くならないようにすることです」と返事が来た。

あるいは母は永興が嫌いなのかも知れない。とつぜんそんな気がして来た。母の読書癖は確かに女学校時分からのものだった。しかしそれはずっといままで途切れずに続いたのではない。永興の十七年間、母は好きな本一冊読めない生活だったという。曽祖父がおり祖母がおり店があり七人の子供があった。父が応召してからは店は母がきりもりしていた。実さい本どころではなかったと思う。単に時間のゆとりということだけではなかった。父もいわゆる読書家ではなかった。趣味は剣道と囲碁と謡曲だった。あとは宴会、宴会、宴会だった。酔うと謡曲をうなりながら帰って来た。父の仕事机の上に載っている雑誌は「エコノミスト」だった。

曽祖父の隠居部屋には古い小型の本が何冊か転がっていた。「猿飛佐助」「岩見重太郎」「拳骨和尚」などをおぼえている。立川文庫というものだったのかも知れない。ときどき祖母が声を出して曽祖父に読んできかせていた。母はよく兄に本を読んできかせていた。小川未明その他の童話だった。わたしはそばでそれをまた聞きしていた。しかしもちろん子供の本ばかりだった。母にとってはそれは読書の部類に入らなかったのだろう。実さい一人で本を読んでいる母の姿は思い出せなかった。

本を読まない十七年間は確かに辛かったに違いない。いまその分まで取り戻そうとしているのかも知れなかった。母は顔すれすれに本を近づけていた。ひどい近視眼だった。老眼にならないのかも知れなかった。天眼鏡も使わなかった。必ず本を手に持って舐めるようにして読んだ。その読み方を思い出し、母は永興での十七年間を取り戻そうとしているのではなかろうか、と思った。そしてわたしは、母の永興とわたしの永興は違うのだ、と思った。とつぜんそう気づいたのである。

「なるほど、そうか」

わたしは思わず独言をいった。これは大きな発見だった。少なくともわたしにとってはそうだった。永興はわたしの生れ故郷だった。しかし母の生れ故郷ではなかった。それは父の場合も同様だった。曽祖父も祖母もそうだった。彼らは皆、日本で生れて朝鮮へ行った。いわゆる一世である。わたしは二世だった。ただ、曽祖父、祖母、父はいずれも朝鮮の土になった。しかし母は生きてふたたび生れ故郷の福岡へ帰って来た。もちろんわたしたちも一緒に帰って来た。しかし文字通り帰って来たのは母だけではなかろうか。わたしたち兄弟は生れ故郷を失って日本へ連れて来られたのである。

母とその十三人の孫たちはいずれも日本生れだった。その十三人の孫たちの親であるわたしたち兄弟だけが、そうではなかった。またその兄弟七人の中でも四番目の泰久以下はすでにほとんど永興を忘れているという。そしてわたしのすぐ下の忠彦は消滅した永興を語りたがらないという。残るは兄とわたしである。しかし兄は中学時代の最初の三年間を福岡で過ごしていた。伯父の家から、父の出た中学へ通っていた。昭和二十年になって元山中学の四年生へ転校して来たのである。玄海灘に米潜水艦が出没しはじめたためだった。兄は春夏冬の休暇毎に福岡から永興へ帰省していた。元山中学へ転校したのはその往復の関釜連絡船が危険になったためだった。昭和二十一年五月、兄はもとの中学の五年生に転入した。わたしも同じ中学の一年に転入した。本来ならばわたしは二年生だった。しかし元山中学の在学証明書がなかった。無試験で入れてもらえただけましだったのかも知れない。たぶん伯父のお蔭だったと思う。兄の方は四年生ではなく五年生に入れた。これは三年生までの学籍簿が福岡の中学に残っていたためだった。元山中学の四年生へ転校した事実も証明出来た。こうしてみると、兄とわたしの間にも開きはあるようだった。母は生れ故郷の福岡へ帰って来た。兄の場合は、福岡の中学へ帰って来たのである。

同じ永興二世でも兄とわたしではそれだけの違いがあった。つまりわたしの永興は、兄の永興でもないわけだった。兄は引揚げて来る前、すでに永興を見るもう一つの目を持っていたのである。内地から、永興を見る目である。たぶん永興は薄汚れた、がさつな北朝鮮の田舎町に見えたことだろう。博多育ちの母にとっては、なおさらであったと思うのである。しかも本を読むことの出来ない十七年間だった。どうやらわたしが一番の永興馬鹿らしかった。

「永興馬鹿、か」

とわたしはまた独言をいった。そして母の永興地図がなかなか出来上らない理由がわかったような気がした。その後母の手紙には暫く地図のことは出て来なくなった。わたしもそのことには触れなかった。あるいはわたしは忘れていたのかも知れない。どうやらそうらしかった。それがT老人からの手紙で思い出されたのだった。そしてその手紙はわたしの不精心を少し動かした。T老人の手紙はまったく思いがけないものだった。そこに永興地図が出て来たのは更に思いがけないことだった。その上、福岡が重なった。この偶然は何かの符合ではなかろうか。実さいそう考えてもよいくらいだと思った。

しかし結局わたしは福岡へ出かけなかった。理由はまことに単純だった。期限の迫った仕事があった。それに先方の都合も確かめねばと思った。目の前にぶらさがった予定表を眺めてわたしは小さな溜息をついた。そして永興地図の原図の方は諦めることにした。わたしはT老人に返事を書き、コピーを一部見せていただけたらとお願いした。すると間もなくT老人から第二信が届いた。十日くらいしてだったと思う。

「拝復　御手紙有難く拝見致しました。懐しい事です。御貴殿とは多少年齢の差がありますので記憶にありませんが、御両親には確に御世話になって居ります。小生、結婚前には媛屋旅館（井上圓二郎氏）に下宿、結婚後は旺場、耀徳、憶岐、鎮坪と各駐在所を廻りましたので、現地調達出来る以外の物資はほとんど貴殿の店と（もう一軒あった日本人商店）からお送り頂いたものです。便は市場通りの牛車でした。私の長男も昭和九年、南山里の小学校の少し南方寄りの朝鮮民家のオンドル間で生れて居ります。それで思い出しましたが、真壁薬局の奥さんは助産婦であったように思います。

遂横道にそれましたが、山室さんの住所は私直接の連絡はして居りませんので岡山に居ります同輩に今問合せ中です。現在御健在である事は確ですので必ず後便で御知らせ致します。尚、永興の地図は別送致します。早速コッピーは致してみましたが、一部着色であり、機械が良くないのか、鮮明でありませんので原図を御送り致します。地図と申しましても略図でありますので御期待に添えるかどうかわかりませんが、地域方向などの判断の資料にはなるかと思います。貴方で良い複写が出来れば幸いです。原図の返送は急ぎませんので御用済の後御送り下されば幸いです。山口さんの御遺族には早速御便り致しましたので御返事頂けるものと思います」。

このあとすぐに地図が届いた。確か翌日だったと思う。わたしは早速礼状を書いた。すると折返しまた手紙をもらった。山室さんの住所がわかったという。

「御手紙拝見致しました。御送り致しました永興の略図、御役に立ちますかどうか案じて居ります。唯一葉の地図ではありますが思い出の永興から持帰りました一片である事に間違いなく、複製であるよりも現物を見て頂きたかったまでであります。地図製版は昭和十二年三月、永興郡庁で発行しました郡勢一覧の小冊子（文庫判より小型）の附録だったものです。郡勢一覧も所持して居りましたが現在亡失して手許にありません。尚、山室医師の住所が判明致しました。岡山の友に問合せたものですが、最近文通が絶えているが御健在であろうとの事です。私自身も直接文通は致して居りませんので、直接御連絡下さい。右御知らせ致します」。

父は最後まで山室さんの名を口にしたという。山室さんへ連れて行ってくれ。山室さんに診てもらえばきっと治る。そういいながら三十年前の冬、安辺《あんぺん》のオンドル間で死んだ。山室さんは父よりも二つ三つ上だったかも知れない。とすればもう八十に近いだろう。T老人から教えられた住所は岡山県の郡部だった。わたしはすぐにそこへ手紙を書こうと思った。わたしは永興小学校であなたに身体検査を受けたものです。父は敗戦の年の冬、安辺で死亡、母は七十歳で福岡にいます。しかしわたしから山室さんに話すことは、それ以上は何もないような気がした。わたしは山室さんには話すよりも、出来ればききたいと思った。しかしいますぐききに行くわけにはゆかない。なにしろわたしは母の古希祝いの全員集合にも欠席していた。そのためにT老人の永興地図の原図も断念したばかりだったのである。

しかしまったく思いがけないことに、「永興郡略図」の原図はわたしの目の下にあった。わたしは山室さんの住所は、福岡の母へ知らせることにした。そしてふたたび地図を眺めはじめた。わたしの目の下にあるのは、いまやコピーではなく原図だった。用紙はコピーよりもやや薄目のものだった。そして少し黄ばんでいた。八つ折りにされた中央部の折り目が少し傷んでおり、四角い和紙で丁寧に裏打ちしてあった。しかしどこにも汚れはなく、文字も鮮明だった。その鮮明さにわたしはおどろいた。実さい不思議なくらいだった。目の前がとつぜん明るくなったようだ。色彩のせいもあったと思う。水色、黄色、黄緑。永興郡はこの三色に色分けされていた。

その間を走っている朱色の線は道路である。永興邑は郡全体のほぼ真中あたりに見えた。そしてそこだけは着色なしの白で、一番小さかった。その小ささにわたしは少々おどろいた。コピーのときには気づかなかった。永興邑の北隣は水色の長興面である。南隣は同じく水色の順寧面だった。東隣は黄緑の徳興面、そして西隣が黄色の福興面だった。永興邑の白い部分は、それら四つの面の間にぽつんと出来上った小さな溜りのように見えたのである。「永興郡略図」と右から左へ書かれたすぐ下に二十万分の一の数字が見えた。その下に「邦里」と書かれ縮尺寸法が示してあった。朝鮮の古い十里は、日本の一里だという。それはわたしもアリランの唄でおぼえていた。わたしを捨てて行く人は十里も行かずに足が痛む。この十里は日本の一里ということだった。わざわざ「邦里」と書いたのはそのためだろう。二十万分の一の地図の一里は、二センチである。机の上に生憎物差しは見当らなかった。しかしこの「永興郡略図」に用いられた「邦里」が日本里であることは間違いなかった。朝鮮里であれば一里は二ミリになるわけだった。物差しはなくとも、二センチと二ミリの区別はついた。

わたしはマッチの軸を一本取り出しそこに鉛筆で「邦里」の目盛りをつけた。そしてそれを永興邑の白い部分に当ててみた。東西はほぼ一里半だった。南北は一里半に満たなかった。わたしは二、三度マッチの軸を当て直してみた。しかしどこをどう計ってみても似たようなものだった。これがわたしの生れ育った永興の町だったのである。わたしはその一里半四方に満たない町の中を駈けずり廻っていたのだった。

　わたしは天眼鏡を当てて見た。白い部分一面に朱色の三文判に似た印が並んでいる。主な公共の建物らしい。停車場はすぐわかった。郵便局の印もすぐわかった。ただし、郵便局ではなく、郵便所である。わたしは地図の左右に書き出された「凡例」と見較べながら眺めた。どういうわけか、郡庁と税務署が同じ印だった。真中を黒く塗り潰した三重丸である。丸の中に法の字は、法院出張所。丸に郡は、郡農会。丸に農は、農業公民校。丸に銀は、朝鮮商業銀行支店。丸に金は、金融組合。丸に片は、片倉製糸。丸に産は、産業組合。丸に機は、機業伝習所。市の字は、市場。鳥居の印は永興神社。その下の丸に小は、永興尋常小学校。丸に普は、公立普通学校。丸に公は、公会堂。警察署は、郵便局の印に両脚をつけ加えたような変った印が丸の中に入っていた。丸に酒の字は、赤煉瓦の高い煙突のあった永興酒造株式会社である。

　もちろんわたしの家は地図になかった。しかしその位置はすぐにわかった。丸に小の印と丸に普の印の、ちょうど中間あたり。ちょっと変った警察署の印よりやや丸に小の字寄りの、三ツ角である。ただわからないのは、ちょうどその位置に書き込まれた、丸に天の印だった。わたしはすぐ天主堂だと思った。永興には耶蘇教会が二つあった。

「ヨソ教」

　と祖母は呼んでいた。それが間違いであることは子供のわたしにもわかっていた。しかし二つの教会の宗派の違いまではわからなかった。教会の一つは南山にあった。神父は黒い僧服を着て銀縁眼鏡をかけた西洋人だった。ドイツ人だという。わたしは彼のドイツ語をきいたことはなかった。きいたのは祈禱の声だけである。それは確か朝鮮語だった。南山の天主堂の信者は朝鮮人ばかりだった。夕方になると南山のゆるいS形の坂道を、朝鮮服の男女が列をなして登って行った。

　天主堂内の正面には十字架にかけられた男の像があった。窓は焼絵玻璃《やきえがらす》だった。壁には何枚も絵が掛けてあった。降誕から復活までの絵物語だったと思う。わたしたちは黙って中へ入り何度も見物した。堂内の床はぴかぴか光っていた。わたしたちはそこでよくスケートの真似をやった。しかし出来るだけ声は立てないようにした。声はたちまち堂全体に響き渡った。ある日、堂内でスケートの真似をやっているとドイツ人神父が入って来た。わたしたちは慌ててスケートを止めて会釈をした。ドイツ人神父は黙って会釈を返し、大股で奥へ歩いて行くと鐘を鳴らしはじめた。わたしたちはおどろいて表へとび出した。ドイツ人神父は両手で太い綱を握っていた。綱は堂の正面に向って左側の隅にぶらさがっていた。ドイツ人神父の体は大きく上下に揺れ動いた。わたしたちはその太い綱にぶらさがっているように見えた。鐘の音とともにドイツ人神父の体は大きく上下に揺れ動いた。わたしたちは扉の外側からそれを見ていた。やがて朝鮮人たちが坂を登って集って来た。夏の夕方だった。ドイツ人神父の祈禱の声をきいたのはたぶんそのときだったと思う。節まわしのある祈禱だった。あとから大勢の朝鮮人の声が神父の通りに唱和した。それが堂内に大きく反響した。朝鮮語だった。意味はわからなかったがそう思った。しかし別に不思議とは思わなかった。神父はあくまでもドイツ人だった。皆がそういっていたし、わたしもそう思い込んでいた。それは漠然とした尊敬の念だったような気がする。たぶんドイツ人だからに違いなかった。

もう一つの教会は、わたしの家の裏にあった。裏庭の塀の向う側の露地を挟んで隣合せだった。こちらの方は木造二階建てで、南山の教会とは較べ物にならない粗末なものだった。鐘の音もぜんぜん違った。南山の教会の鐘は一つ一つがゆったりと尾を引き、余韻を残した。一方、裏の教会の鐘はせかせかと癇高い音をたてた。小学校の小使いが叩く鐘を大きくしたようなものだった。音も鐘の形もそうである。南山の教会の鐘は高い尖塔の内側にあって、見えなかった。ところが裏の教会の鐘は木の櫓に吊るされていた。火の見櫓くらいだった。下で綱を引いているのは朝鮮服を着た中年の男だった。綱の太さも違っていた。朝鮮服の男はドイツ人神父のように両手でぶらさがってはいなかった。手先だけで綱を引いていた。引く度に鐘は左右に首を振った。その軋む音まできこえた。

わたしはその鐘を馬鹿にして、よく裏庭から石を投げた。五発に四発は命中しカーンと音をたててはね返った。しかし誰も出て来なかった。それでわたしはある日こっそり二階へ入ってみた。外から登る木の階段を登るとガラス戸があって、鍵はかかっていなかった。入ると中は、教会というより何かの教室のように見えた。十字架もなかった。正面には黒板があり、その右脇に小さな古いオルガンが置かれている。あとは木のベンチがずらりと並べてあるだけだった。そして、ぷんと朝鮮人の匂いがしたのである。

何から何まで南山の教会とは違っていた。変らないのはそこへ集って来るのが朝鮮人だということだろう。夕方になると、木の階段を登って行く朝鮮人たちの足音がきこえた。それからときどきオルガンの音がきこえてきた。オルガンははじめと終りに鳴るらしかった。曲はいつも決まっていた。「主よ御許に近づかん」である。オルガンに合わせて朝鮮語の合唱がきこえた。二十万分の一の「永興郡略図」に出ている丸に天の印は、そのオルガンの鳴る教会の位置だった。それはそれで別に不思議ではなかった。実さいそこにも教会はあったのである。ただ地図には丸に天の印が一つしかなかった。それが不思議だった。わたしはもう一度、天眼鏡をのぞき直してみた。しかしやはり見当らなかった。南山の教会はなかったのである。

「永興郡略図」の作成は昭和十二年三月だという。T老人の手紙にはそう書かれていた。あるいは南山の教会はまだ出来ていなかったのかも知れない。そんなはずはないような気もした。どちらもはじめからあったような気がする。少なくとも工事中の記憶はなかった。どちらかが新しいとすれば、むしろ裏の教会の方ではないかと思った。それとも一つはつけ忘れか。そうかもしれない。なにしろ地図は略図だった。念のためわたしは、もう一度「凡例」の方をのぞいてみた。南山の教会の方は何か別の印かもしれないと思った。そちらは耶蘇教となっているかも知れない。しかし丸に耶の字は見当らなかった。まさか丸にヨの字ではないはずだった。やはり一つはつけ落しだと思った。

わたしは天眼鏡をおろして、煙草に火をつけた。そして呆んやりと「凡例」を眺めた。左から丸に銀、丸に機、丸に産、市、次は牛の顔で、種牛生産地区と書かれている。これは永興邑内にはなかった。次は鉄道印の停車場、そして丸に文の字。文廟と書かれている。わたしはちょっと考えて、孔子廟のことだろうと思った。位置から見ても間違いなかった。城西校の手前の本田文具店を左へ折れる細い道だった。その道をどんどん行くと家はほとんど見えなくなった。道は牛車一台分の幅だったと思う。左手から南山の西はずれの裾がゆるく迫って来ていた。孔子廟はそこにあった。すでに塗りの剝げ落ちた朝鮮瓦葺きの建物である。大きなものではなかった。しかしいかにも孔子らしく固苦しい建物だった。実さいそう見えた。孔子廟の名にも、どこかただならぬ響きがあった。孔子廟が孔子病にきこえたのである。

わたしがそのあたりへ行くのは蟬取りのためだった。たいてい吉賀と一緒だった。孔子廟の先を右へ入り込んだ森へ行くのである。吉賀は蟬取りの名人だった。彼は必ず真黒い大きな熊蟬を獲えて、掌の中でジッと鳴かせてみせた。油蟬、ミンミン蟬、ニーニー蟬などはついでのようなものだった。彼の狙いはあくまで熊蟬だった。そして必ず二、三匹は獲えた。わたしはぜんぜん駄目だった。せいぜいニーニーか油蟬だった。わたしは諦めて森の頂上の望楼に登った。厚い木の階段を登ると四方に欄干があり、舞台のようだった。大きな塗りの剝げた額縁があったような気がする。これが昔の朝鮮の望楼だと教えてくれたのは父である。そういって父は望楼の上から南山へ向って弓を射る恰好をした。父とも何度か望楼へ出かけた。まず南山の教会へ登り、裏側を通って孔子廟の方へ下り、望楼に立寄るのが普通だった。望楼に登ると夏でも冷んやりした。蟬時雨の合間にどこからともなく豚の鳴声がきこえた。

朝鮮の山奥で
かすかにきこえる豚の声
あ、ブー、あ、ブー、あ、ブ、ブ、ブ!

丸に文の隣は丸に農だった。次は丸に公の字で、その次が丸に天だった。しかしわたしは、おや、と思った。丸に天の字は、天主教ではなくて、「天道教」となっていたのである。明らかにわたしの勘違いだった。丸に天の字の位置から、わたしは裏の教会だと思い込んだのだった。天道教は、東学の正統派だという。李朝時代に起きた東学乱ののちに出て来た新興宗教だという。その信仰は、儒教、仏教、道教を合わせたようなものだという。わたしにはその程度の知識しかなかった。わたしは慌てて手許の本を引っ繰り返してみた。そして姜在彦著「近代朝鮮の思想」から次のような知識を得た。

「日露戦争において日本軍の勝利によって、日本軍国主義の朝鮮侵略政策は反日義兵闘争をはじめとする朝鮮人民の反侵略闘争に流血の弾圧を加えながら、いっそう露骨になった。この時期に天道教は、一方では東学党内部における一進会=侍天教の影響を排除しながら教勢拡大につとめ、他方では〝文化啓蒙〟をかかげて、愛国啓蒙運動の一翼をになった。つまり一日一匙の献米運動をおこし、それを財源として経営難におちいった同徳女学校をはじめ、普成専門学校、普成中学校、普成小学校また印刷所普成社などをひきうけて経営した。このようにして天道教は政教分離をかかげて教団勢力の温存をはかりながら、ついに一九一九年三・一運動には、財政的および人的に大きな動員力を発揮した」。

永興の天道教はどんな建物だったのだろう、とわたしは思った。どうしても思い出せなかった。それともう一つ。丸に天の字が天主教ではなくて「天道教」であるとすれば、南山の教会はどうしたのだろう。わたしの家の裏の教会も同じだった。故意に地図からはぶいたのだろうか。それとも昭和十二年三月にはまだどちらも出来ていなかったのだろうか。そんなことはないような気がする。しかしどちらともわからなかった。なにしろわたしが五歳のときの地図だった。ただ、その後もわたしは天道教の建物は知らなかった。永興じゅうのどこにも思い出せない。いまはっきりしているのは、丸に天の字の位置だった。わたしはまたもや天眼鏡でのぞいて見た。しかしやはり丸に天の字は、わたしが生れた家の真裏だった。朝鮮服を着た中年男が鐘を鳴らしていた教会の位置だったのである。

　わたしは天眼鏡を握ったまま考え込んだ。するとあのせかせかと左右に首を振る鐘の音がきこえた。そして木の階段を登って行く朝鮮人たちの足音がきこえた。それから「主よ御許に」のオルガンがきこえた。しかし天道教のことはそれ以上わからなかった。天眼鏡を通して見えたのは濃い緑色の線だった。龍興江だった。わたしはその流れを途中で見失ったままだったことを思い出した。わたしは天眼鏡を緑色の線に沿って移動させた。コピーの青がとつぜん濃くなっていたのは、黄緑色の宣興面《せんこうめん》だった。そこに龍盤里《りゅうばんり》の駐在所の印があり、龍興江はそのあたりから大きく南北に分れている。龍盤里の名はわたしもききおぼえがあった。大きな滝があるのだという。その滝で獲れたという鯉の生血を和生は飲まされていた。四歳で死んだ弟である。龍盤里の滝をわたしは見たことがなかった。ただ怖ろしい滝を想像していた。ヌクテも出るということだった。ヌクテは朝鮮狼だといわれていた。いかにも怖ろしい朝鮮語だった。朝鮮人の子供がさらわれたという話もきいた。龍盤里のあたりで分れた龍興江の一つの流れは、宣興面をほとんど真北へ昇っていた。途中に、城里というところがあり、面事務所と普通学校の印が見えた。川はさらにそこから北上し、断俗山という山の麓に達していた。そこに卍の印があり、雲住寺と書かれている。もちろんきいたこともない寺だった。ほとんど水源のあたりだった。

　一方、龍盤里から南下した流れは、水色の横川面に入ってからゆるやかな弧を描き、斜めに西北へ向っていた。そして大坪里というところで、ふたたび大きく南北に分れ、南流はそのまま横川面《おうせんめん》を抜けて高原郡へ流れ下り、北流は耀徳面《よどくめん》へ昇っている。その形はちょうど牡鹿《おじか》の角のようだ。途中、越王嶺、屏風山、長峠山などの文字が見えた。そして最後が回城山だった。どれも知らない山ばかりである。しかしどうやらこれが、わが龍興江のそもそもの源に違いなかった。

　わたしは天眼鏡をおろし、ほっと溜息をついた。何だかひどく疲れたようだ。わたしは眼鏡をはずして両手の指で眼球を押さえた。それから首を左右に曲げると、骨の音がきこえた。そしてもう一度溜息をついた。わたしは満足したのである。龍興江の大きさに満足したのだった。わたしは眼鏡をかけ直し、地図の左肩に書かれた「各面間里程表」を調べた。永興邑を中心としたもので、西端の横川面までは十四・一八里、その北の耀徳面までは十三里だった。また、永興湾に面した河口の憶岐面《おくきめん》までは三・一八里だった。もちろんこれは直線距離だろう。龍興江は幾つにも大きく分れながら、ほとんど永興郡全体を流れていた。東西およそ十八里、南北およそ十五里である。

　しかしこの川は普通の朝鮮地図には出されなかった。川だけは出ている場合でも、名前までは出て来なかった。それがわたしには残念だった。朝鮮ではまだこの程度では名前までは出してもらえないらしかった。しかし龍興江はまぎれもなく永興の川だった。永興郡耀徳面の山中に発し、途中、龍盤里で宣興面山中から南下する支流と合し、東へ向って永興湾へ注ぐ。わたしはこの川で泳ぎ、一度溺れかけた。永興橋の下は大きな中州だった。その中州のやや下流寄りのあたりが、永興小学校の水泳場だった。わたしは中州から川の中へ入って行った。するととつぜん立ったまま水中に没した。足の裏に着くはずの川底がなかった。ちょうど階段を踏みはずしたような具合だった。雨あがりで川底の砂が移動したらしかった。わたしは水中で身をもがいた。しかしそれは水面へ浮ぼうとするためなのか、逆に足を川底へ着けようとするためなのか、自分でもわからなかった。わたしはそれでも水の中を二、三歩歩いたような気がする。頭の上も水だった。足の下も水だった。わたしは何か声を出した。自分の耳にそれはきこえた。同時に鼻と口から川の水が押し入って来た。水は緑色だった。いま天眼鏡でのぞいた地図の色にそっくりだった。わたしは何かにしがみついた。気がつくと目の前に日の丸が見えた。わたしを助けてくれたのは高等科二年の朝鮮人だった。日の丸は彼女が着ていた黒い水着の胸のマークだった。水面はその日の丸のすぐ下にあった。彼女は立ったままわたしを抱き上げていた。わたしの背丈は彼女の日の丸に及ばなかった。二年生か三年生だったのだろう。彼女の肩越しに真白い入道雲が見えた。わたしは中州に運ばれた。中州の砂は熱かった。わたしはその熱い砂の上に腹這いになり、呑み込んだ龍興江の水を吐き続けたのである。

片恋

片恋とはいささか大袈裟過ぎるかも知れない。二葉亭四迷訳の「片恋」は、「恰《ちやう》ど私《わたくし》の二十五の時でした」ではじまる。この物語の作者はツルゲーネフで、二葉亭訳は明治二十九年だった。わたしがこの物語を最初読んだのは、もうずいぶん前のことだ。たぶん十六、七のころだったと思う。誰の訳だったかもわからない。なにしろ当時わたしは九州の田舎にいて、読書といえば専ら町の貸本屋か学校の図書館だった。

物語もほとんど忘れていた。呆んやりおぼえていたのは、ある中年男の回想ということくらいである。それと、アーシャの名前くらいだろう。アーシャは、「片恋」の女主人公である。またこの物語の原題は「アーシャ」だという。だからずっと以前に読んだのは「アーシャ」の題名だったかも知れない。しかし題名としては「片恋」の方がよい。ツルゲーネフには悪いが、原題よりも二葉亭訳の題名の方がずっと素晴しいと思うのである。この物語の日本訳がすべて「アーシャ」だったならば、たぶんわたしはこれをもう一度読んではみなかったと思う。

題名のついでに書いておくと、このわたしの「夢かたり」も実は二葉亭から拝借したのである。やはり原作はツルゲーネフで、ロシア語の原題は「夢」である。または「眠り」である。それを二葉亭は「夢かたり」と訳した。そしてこの場合も二葉亭訳の方が原題よりもずっとよいようにわたしは思うのである。ツルゲーネフという作家は全体に題名のつけ方が下手だったのかも知れない。少なくとも無造作だったような気がする。

しかし、もちろんこれは自分のことを棚に上げた上での話である。この「夢かたり」の第十一回目の題名に果して「片恋」がふさわしいかどうか。これはまた別の話だった。

二葉亭訳「片恋」の「私」は、二十五歳のロシア青年である。彼はライン河の近くの小さな町でぶらぶらしている。その理由はこうだった。「少し前に温泉場《をんせんば》でさる若後家《わかごけ》と知己《ちかづき》になつて、其女に痛《ひど》い目に逢《あは》されました。女といふのは、なか〳〵の美人で、才気もあつて、誰とでも戯《ふざ》ける――私も其手玉《てだま》に取られた一人でさ。初《はじめ》の内は大きに気を持たせられたが、其後《そのご》海軍大尉だとかいふ、頰の赤いバワリヤの男に見代《みか》へられて、思ふさま熱湯《にえゆ》を飲ませられた。実は湯傷《やけど》と云つても、さしたる事もなかつたが、何だか少しの間は悲しい面《かほ》をして、世間を遠《とほざ》かつてゐなければならぬやうな気が」したからだという。

　そんなある日の夕方、「私」はアーシャとめぐり逢う。彼女は兄のガギンと一緒で、町はずれの一軒家を借りて暮している。「私」はそこへ通いはじめる。兄のガギンは画家の卵らしい。ときどきバイオリンでワルツを弾く。その伴奏で「私」とアーシャは踊ったりする。しかしアーシャは、とつぜんワルツなどもうききたくない、などといい出す。あるときはいわゆる小悪魔的、あるときはヒステリック、あるときは気鬱症のように見える。アーシャはだいたいそういう女である。

　あるときガギンは、自分とアーシャとは腹違いの兄妹なのだという。彼女の母は、自分の母親の小間使いだった女だという。ガギンの実母が死んだあと、彼の父親は小間使いだった女を後妻に迎えようとした。そしてアーシャが生れた。しかしアーシャの母親はどうしても後妻にはなりたくないといい張り、アーシャを連れて実家の方へ戻ってしまった。そして死ぬ。アーシャはその後、ガギンの妹として入籍されたのである。

「私」はアーシャが自分のことをどう思っているのだろうか、と思う。そこへ彼女から呼び出しの手紙が届く。しかし二人の仲は必ずしも、すうーっと真直ぐ素朴にはゆかない。ガギンは二人の仲を結びつけたく思っているようにも見える。しかし「私」には、ガギンとアーシャの間柄は、あるいは兄妹ではないのではなかろうかとも思えることがあったのである。

　そしてある朝、アーシャとガギンは姿を消す。「私」に残されたガギンの手紙には、どうか自分たちを探さないで欲しいと書いてあった。「私」は二人のあとを追う。あちこち訪ね廻り、ロンドンまで行く。しかし二人の消息は不明だった。そういう話である。それを二十何年か経ったあと、一人の中年男が回想するという、いかにも物語らしい物語だった。物語の最後は、二葉亭訳ではこうなっている。

「妻も子もなく家をも成さずに、一生独居《ひとりずみ》と運が定《きま》つて、私は今淋しい月日を送つてゐるが、アーシヤの手紙と、それから今は乾《から》びて了つたが、昔アーシヤが投げて呉れた風呂草《ふろさう》の花とは今だに重宝《ぢゆうはう》のやうにして蔵《と》つてある。花はまだ微《かすか》に残香を留《とゞ》めてゐるけれど、それを投げて呉れた人の、後《あと》にも前《さき》にも僅《たつ》た一度私の唇に触れた手は、今頃は最《も》う疾《と》くに土に帰《な》つてゐるかも知れん……私とても——今は老込んだ。昔の我も、面白く心の噪《さわ》いで娯《たの》しかつた歳月《としつき》も、止所《とめど》もなく狂つた希望も意気も——今は皆痕迹《あとかた》も無くなつて了つた。之を思へば、果敢《はか》ない草花の幽《かす》かな香《かをり》でも、人の喜憂よりは永く保《もつ》もので——だから人よりも寿命の長いものです」。

　少しばかり二葉亭が長くなった。しかしこれには訳があって、同じ物語でもツルゲーネフと二葉亭では、その材料に対する興味の持ち方が違うように思う。その違いが原作と日本訳との題名に出ていると思ったのである。原作の方では、作者はアーシャという一人の女性を描こうとしている。それはどこかしら捉えどころのない、不思議な陰影を持った、ロマンチックな一つのタイプである。語り口は「私」の一人称であっても主役は題名の通りアーシャであろう。

　一方、二葉亭の興味はむしろ語り手の「私」の方へ傾いているように見える。だから題名も変って来た。アーシャは確かに、ある種の神経質で過激な女の魅力を代表している。しかし見方によっては物語の形にはまった類型かも知れないのである。その点、語り手の「私」の方は最初からまことに平凡な男だった。そして最後まで平凡のままだ。だから興味を抱くとなれば、その平凡な男の個性とか人物像にではあるまい。

　たぶん興味は時間の方へ向っているのだろう。浮気な若後家の手玉に取られた挙句、頬の赤い海軍大尉に油揚げをさらわれた二十五歳の青年を四十何歳かの中年男にした、時間である。またその間の「人の喜憂」さえ、果して現実であったのか夢であったのか、われながら心もとなく思わせてしまうような、時間である。もちろん原作者の目も最後はそこへ向っている。でなければ「アーシャ」は書かなかっただろう。ただ、ツルゲーネフ以上に二葉亭の目はそこへ向いていたのではなかろうか。題名の差はそのあたりにもありそうな気がした。

　わたしはその「片恋」を、一度この「夢かたり」の中に登場させたいと思っていた。思っていたばかりでなく、実は一度書きはじめたのである。いまその痕跡を探すために手許のノートを引っ繰り返してみた。ノートはごく普通の大学ノートであるが、間に書きかけの原稿用紙が十枚ばかり挟まっている。

「いやいや、ちょっと待ってくれよ」

　とわたしは思わず独言をいった。数えてみると十枚どころではなかった。何と三十九枚である。これはどういうことかといえば、わたしはノートを手許に置いておきながら、実はほとんどノートには書かない。書いてあるのは広告を見たり、人の本を読んだりして気がついた書物のことくらいである。あとはいきなり原稿用紙に書きはじめ、中断すると、そのまま重ねて置く。それを二つ折りにしてノートに挾んで置く。それがいつの間にか三十九枚になっていたのだった。

原稿用紙には裏にもあれこれと書いてある。つまり重ねて二つ折りになっているから、裏面にも落書き出来るわけだ。わたしはとき折りその束をノートの間から引っ張り出して、二つ折りのままめくって見た。そしてまた何か思いついて落書きをした。だからいっそのこと最初からノートなど使わなければよいのかも知れない。思いつくまま、いきなり原稿用紙に落書きして、中断したものを重ねて二つ折りして、真中を糸で綴じればそれでノートになるのである。しかしどういうものか、だいぶ前からこういうことになっていて、その癖がいまなお直らなかった。

わたしは三十九枚の原稿用紙の束を引っ繰り返してみた。そして「片恋」を書こうとしたのは第七回目であることがわかった。第七回「片恋」と、これは裏側の落書きではなく、表側の枡目にきちんと書いてあった。第七回目といえば四ヵ月前である。そのときわたしは彼女のことを書こうと思った。彼女は永興《えいこう》小学校で二年上級だった。実は彼女は以前に二度ばかりちょっと出て来る。最初は第四回目の「南山《なんざん》」である。そこで彼女は、「三十年ぶりに消息がわかった一人の女性」として出て来た。そこのところは、こうなっている。

「わたしは彼女のことは、何でもおぼえているつもりである。複式授業のお蔭で、三年生と五年生、四年生と六年生は同じ教室だった。しかしいまその話はしないことにして置く。思い出しはじめたらおそらくきりがなくなってしまうだろう。だから彼女のことはいずれあらためて思い出すことにして、いまは葉書を紹介させてもらうだけに止めておきたい」。

この葉書というのは、李朝の始祖である李成桂《りせいけい》が永興出身だと知らせてくれた彼女からの葉書で、日付は昨年の四月九日だと書かれている。これが第四回目の「南山」に出て来た彼女だった。

二度目は第六回の「高崎行」である。わたしは永興小学校の高等科を卒業したという人を高崎に訪ねて行く。彼は教員官舎に住んでいた狼谷《かみたに》先生のところへ下宿していたという。そこでの彼とのやり取りの中に彼女が出て来る。自分が下宿していたころ、狼谷先生のところへ受験勉強に来ていた女生徒が何人かいた、と彼はいう。わたしより二年上級の生徒らしい。わたしは最近彼女から葉書をもらったことを話した。そしてこういっている。

「とても字のきれいな人だったでしょう。あのころノートの節約時代だったでしょう。確か一度使ったノートの字を全部消しゴムで消してね、もう一度きれいに字を書いて、ほめられたような人だったと思うな」。

これが第六回目の「高崎行」に出て来た彼女だった。第四回目といえば今年の二月である。第六回目は四月である。それを第七回目の五月になって、もう一度わたしは書こうとしたのだろう。「思い出しはじめたらおそらくきりがなくなってしまうだろう。だから彼女のことはいずれあらためて思い出すことにして」と、四回目に書いたところを、思い出そうとしたに違いなかった。今度は部分ではなく、思い出せるすべてを思い出してみようとしたのだろう。

わたしはずいぶん「片恋」に執着したことになる。しかしわたしの「片恋」は出来上らなかった。そのとき出来たのは「君と僕」である。出来なかった理由は簡単だろう。一言でいえば余りにも取り止めのないものだったのである。もちろん「思い出しはじめたらおそらくきりがなくなってしまうだろう」というのも、嘘ではない。思い出しはじめたらきりがないのも事実、同時に、あらためて文字にしようとするとまるで取り止めもないものになってしまうのも事実だった。それが彼女の思い出だったのである。

二葉亭訳「片恋」の「私」は二十五歳だった。ところがわたしの方は、小学校四年生である。彼女は二年上の六年生だった。わたしたちは永興小学校の同じ教室で一年間勉強した。そして彼女は卒業し、元山高女に入学した。ただそれだけの話である。わたしはこれまで、当時の彼女のことは一度も書かなかった。書こうにも書きようがなかったのである。幼なじみというのではなかった。彼女は六年生のとき転校して来た。税務署長の娘である。家が近いというわけでもなかった。彼女の家は城西校に近い税務署長官舎だった。ただ彼女は毎朝わたしの家の前を通って学校へ通った。

背は高い方だった。六年生でも大きい方だったと思う。色白で丸顔だった。髪はおかっぱだったように思う。これではぜんぜん特徴にならないようであるが、強いていえば目が大きくて首が少し長かったような気がする。

特に記憶に残るような場面は何一つなかった。複式授業の教室は、廊下寄りの半分がわたしたち四年生で、彼女たち六年生は運動場寄りの窓側だった。黒板は正面に一つだった。先生は狼谷先生である。わたしたちが何か習っているときは、六年生は自習していた。六年生が教わっているときはわたしたちが自習である。しかし特に教室の中ではっきりおぼえているような場面もない。ただ彼女が起立して、両腕を真直ぐ前に伸ばして、国語の教科書を音読している姿とか、問題を出されて「ハイ」と右手を挙げた姿とか、まことに平凡な記憶だけだった。

学芸会の記憶もない。運動会の記憶もない。彼女に何か悪戯をしたおぼえもなかった代り、何か親切にされたおぼえもなかった。何か話はしたはずだった。なにしろ一年間、同じ教室にいたのである。しかも生徒は、六年、四年合わせても三十名足らずだった。しかし何も思い出せなかった。そういえば彼女の声が思い出せない。教室のオルガンの音と一緒にきこえて来るのは狼谷先生の金切声だけだった。

これでは実さい、幾ら「片恋」とはいえ話にならない。ただわたしは、一度だけ母に連れられて彼女の家へ行ったのである。何しに行ったのかはわからない。たぶん母は、父の代理で税務署長である彼女の家へ何か遣い物を持って行ったのだろう。銀行の支店長だった平沢さんの家とは、家族ぐるみのつき合いだった。わたしより一年上の男の子と二つ三つ下の女の子がいた。その女の子を祖母は特に可愛がっていた。確かわたしの永興小学校入学記念写真には、彼女も写っているはずである。兄弟でもないのに、と兄はそれをいやがっていた。大体に兄は、祖母のやることを余り好きでなかったようだ。しかし平沢の妹はわたしたち兄弟と一緒に、わたしの入学記念写真に写っている。

その写真をわたしはいま持っていない。母か兄が持っていると思うが、平沢の妹は確か和服で着飾っていた。わたしの兄弟の方は、兄とわたしとすぐ下の弟だったと思う。だから彼女は紅一点である。もちろん祖母も写っている。しかしこれは別である。わたしが小学校へ入ったのは昭和十四年だった。まだ末の妹は生れていない。祖母はたぶん、女の孫が欲しかったのだろう。上から五人、これでもかこれでもかといわぬばかりに男の孫ばかりで、祖母はうんざりしていたに違いなかった。平沢の妹を写真に加えたのは、そういう気持だろうと思う。母親びいきだった兄は、そういう祖母の気持を母へのいやがらせと取ったのかも知れない。

とにかく銀行支店長の平沢さんとのつき合いはそんな具合だった。土曜日には、親子四人で夕食を食べに来たりしていた。そしてそれは彼らが裡里《りり》へ転勤するまで続いた。しかし税務署長とのつき合いはないようだった。わたしの父は商人だったから、税務署長とはみだりにつき合うべからざる関係だったかも知れない。これは彼女の父親にしても同様だろう。その理屈は充分には呑み込めなかった。ただ何か残念な気がした。残念といおうか、怨めしかった。もちろん、商店という家業が怨めしかったのである。

母に連れて行かれた税務署長官舎は、明るかった。玄関も、廊下も、座敷も、すべて明るかった。昼さがりの太陽がいっぱいに溢れていた。日曜日だったのかも知れない。あるいは夏休みだったような気もする。とにかく真昼だった。明る過ぎて眩しいようだった。一つにはこういう家がわたしには珍しかった。家の正面に玄関があり、台所の方には勝手口がある。こういう小ぢんまりした清潔な家が羨ましかった。わたしの家はT字路の角に面して鉤《かぎ》の手になっていた。玄関は確かに北の端の方にあるにはあったが、店じゅうがいわば入口であり、出口のようなものだった。実さいどんな形をしていたのか、いま考えても平面図はよくわからない。T字路の角にべったりと広がった旧式の木造平屋だった。

税務署長官舎は、風呂場も明るかった。わたしは彼女の家で風呂に入ったのである。どうして風呂などへ入ったのかわからない。風呂場を見物したのではない。入浴したのである。やはり夏休みだったのかも知れない。風呂は汗をかいていたためかも知れない。風呂はわたし一人で入った。母は入らなかった。風呂場にも太陽はさし込んでいた。ぴかぴかしたタイル貼りの風呂が珍しかった。また羨ましかった。わたしの家の風呂は五右衛門風呂だった。丸い木の板を足で沈めて入るやつだ。風呂場は昼間でも薄暗かった。

「木枯しや合間々々に猫の声」

そういって父は、薄暗い五右衛門風呂の中で、ニャーオと猫の鳴き真似をした。父自作の十七文字らしい。十七文字だとわかったのだから小学校三年生か四年生の時分だろう。

初雪や二の字二の字の下駄の跡
朝顔でラジオ屋ごっこやりました
その時分わたしが知っていた十七文字は、こんなところである。初めのは確か「少年倶楽部」に漫画入りで出ていたと思う。

「どうだ、うまいもんだろう」

と兄は庭の雪の中に下駄で俳句の情景を描いてみせた。二番目のものは、皇太子だったか、他の誰だったか。なにしろ皇族の小学生の作ということが、「少年倶楽部」だか「小学生毎日新聞」だかに書いてあったと思う。なかなかうまいもんだ、とわたしは感心した。庭の朝顔を見ながらそう思ったのをおぼえている。わたしには十七文字は作れなかった。作文も駄目だった。小学校二年か三年のとき、「ストーブ」という題で作文を書かされた。兄とすぐ下の弟のものは学年代表で学校の文集に入ったが、わたしだけ入らなかった。わたしはこっそり弟の作文を読み、うまいと思った。ぼくのうちでは冬になるとストーブで甘酒を作ります。ぼくはストーブの前であたたかい甘酒を飲みながら絵本を読むのが大好きです。確かそういうことが書いてあった。はっきりおぼえているのは、おどろきとくやしさのために違いない。わたしの「ストーブ」は、ストーブの種類の羅列だった。ぼくのうちのストーブはフクロクストーブです。学校のストーブはダルマストーブです。その他いろいろなストーブの形と種類がずらりと並んでいた。たぶん家で売っていたストーブのカタログを見て書いたのだろう。わたしは文集に入った弟の作文をこっそり読み、自分のものは駄目だということがわかった。そして暗い気持になったのをおぼえている。

わたしは父の十七文字にも感心した。木枯しや合間々々に猫の声。これはいまでもうまいと思う。もちろん俳句としてではない。五右衛門風呂のはまっていたあの薄暗い風呂場を、まことによく思い出させてくれるのである。反対に税務署長官舎の風呂場は明るかった。太陽の光がタイル貼りの浴槽の中まで差し込んでいた。自分の体が丸見えだった。わたしはその明るい浴槽の中にいつまでもじっといたいと思った。この明るい風呂場にいつまでもいたかった。ここが自分の家だったら、とわたしは思った。それはこの家に住みたいということだった。同時に彼女の弟になりたいということだった。そしてわたしは本当に自分がそうであるような気持になった。明るい、すき透った浴槽の中でわたしは次第にそんな気持になっていたのである。

彼女の家のことはそれだけしか思い出せない。彼女の姿も出て来なかった。いたのかいないのかもわからなかった。帰りがけのことも思い出せない。記憶はあの明るい、すき透った浴槽の湯の中で止っていた。とつぜん彼女の葉書が届いたのは昨年である。日付を見ると三月十四日だった

「『週刊朝日』の『永興小学校の思い出』を読ませて頂きました。昭和十八年に永興小学校を卒業いたしましたので、〝永興〟の文字が目に入った時、叫び出したいような気持でした。話し合う人も思い出す写真や手掛りもなくなった今、思い掛けず『永興小学校の思い出』に巡り合い、本当になつかしく遠い昔がつい昨日のことのように目に浮び、御礼を申上げたくペンをとりました。日本の繁栄も見ずに引揚げ後間もなく病死いたしました父は、お言

葉を拝借すれば非土着の税務署長、私が六年生の時に永興に赴任いたしました。一年位の短い間でしたけれど、五、六名の受験生が先生のお宅で特訓を受けたり、元山高女へ通学する駅迄の暗い朝夕の道など……。そんなことはよく覚えているのですが、十二、三名しかいなかったクラスメートや先生のお名前など記憶がおぼろです。桜井少年に喧嘩を売った山口氏とはいたずらで剽軽者だった圓君《まどか》のような気がいたします。本当に思い掛けず有難うございました」。

葉書の住所は三条市だった。葉書はそこから新聞社宛に送られたらしい。葉書の右端二、三センチのあたりに折り目がついている。たぶん封筒に入れて新聞社へ送り、わたしのところへ送ってくれるよう頼んだのだろう。宛名の住所だけがボールペンの文字だった。書体も違う。消し印も東京中央郵便局になっていた。姓も以前のものではなかった。しかし、わたしには彼女だとすぐわかった。

葉書には、父は税務署長、と明記してあった。しかし、彼女だとすぐにわかったのはそのためではないような気がした。そう書いてなくともわかったはずだ、という気がした。文字だろうか。葉書の字は、きちんとした万年筆の細字だった。しかし、いわゆる女流の達筆ではない。くずし字も、続け字もなかった。わたしは葉書を眺め、この文字の特徴は何だろうかと暫く考えた。わたしは思いついて母の葉書を取って来て、比べてみた。母のペン字もいわゆる女流ではなかった。くずし字も、続け字もなかった。ただ、字の大きさに大小があった。漢字にも平仮名にも大小がある。なるほど、とわたしは納得した。彼女の文字には大小がなかった。細かい字が一つ一つきちんと離れ、すべての字が同じ大きさだった。

それが彼女の葉書の文字の特徴だった。それがはっきりしたことで、わたしは満足した。わたしは彼女のノートを思い出した。彼女のノートは教室じゅうに回覧された。一度書いた文字を消しゴムできれいに消し、もう一度使った国語のノートである。つるつるした真白い紙が眩しいようだった。枡目は薄い水色だった。そこに芯のとがった鉛筆で書かれた文字がきちんと並んでいた。枡目いっぱいに書かれた文字は見事に同じ大きさだった。もちろん葉書の文字は、もっと小さかった。それに鉛筆ではなく万年筆である。だから文字だけで彼女だとわかったのではなかった。三条市という土地にも心当りはなかった。

わたしは彼女の便りを待っていたわけでもない。あの明るい真昼の浴槽の場面は、ときどき思い出された。何かのはずみで、とつぜん思い出されたのである。しかしこの三十年の間わたしは特に彼女の消息を探し求めたわけではなかった。わたしはときどき浴槽の場面をとつぜん思い出し、また忘れていたのである。彼女からの葉書はまったく思いがけないものだった。「永興小学校の思い出」の中にも彼女のことは何も書いていない。書いたのは彼女の葉書にあった通り、桜井のことだ。彼のことを彼女が知っているかどうかはわからなかった。彼も転校生である。しかし五年生のときだったとすれば、彼女はもう卒業していなかったことになる。

桜井は不思議な日本人だった。南山にあった耶蘇教会の丘に住んでいたのである。例のドイツ人神父のいる教会だった。教会へ登って行くS字形のゆるい坂の途中に、二軒長屋のような家があった。耶蘇教会の宿舎らしい。ドイツ人神父が住んでいるのは、天主堂の裏手の石造りの建物だった。坂の途中の宿舎にいたのは、教会の温室や蜜蜂箱や野菜畑や果樹園や庭の手入れなどをする朝鮮人だったと思う。桜井の家はその宿舎らしかった。しかし彼は城西校にではなく、永興小学校へ転校して来たのである。

父親がドイツ人神父の教会で何をしているのか、わからなかった。母親はいないらしいという。一年か二年下に妹がいて、彼女が食事の仕度をするらしいという話だった。桜井はわたしより一まわり以上も大きく見えた。そして長ズボンをはいていた。長ズボンは高等科の生徒か、普通学校の朝鮮人だった。桜井のは霜降りの長ズボンで、太股のあたりがいつも裂けていた。裂け目から太股がのぞいていた。白い皮膚に西洋人のような毛がきらきら光って見えた。彼は教会の丘から大股で駈け降りて来て、握り固めた拳を相手の鼻先に突きつけるようにして、早口に喋った。上着はいつも腕まくりしていた。その太い腕にも西洋人のような毛が光っていた。近づくと、ぷんと匂った。朝鮮人の匂いとはまた別の匂いだった。しかし彼の早口は、わたしたちが使っていた植民地標準語よりも滑かだった。いま考えると、べらんめえ口調ではなかったかと思う。

「永興小学校の思い出」でわたしは、その桜井と山口が喧嘩した話を書いた。山口と田中とわたしが一昨年、二十八年ぶりに再会したとき、山口からその話をきいたのである。山口はこの破れ長ズボンの転校生に喧嘩をふっかけ、物の見事に打ち負かされたという。それはわたしには初耳だった。喧嘩自慢の山口としては余程くやしかったのだろう。黙っていたのはそのためだったと思う。そして二十八年経ってもまだくやしそうに見えた。しかし桜井と山口では、力士でいえば高見山と鷲羽山というところである。二人はドイツ人神父の天主堂の中で取っ組み合ったのだという。わたしたちがスケートの真似をやった、ぴかぴか光る床の上に山口は投げられ、組み伏せられたらしい。二十八年ぶりに会った山口の話をききながら、そのときの堂内の反響音がきこえるような気がした。

敗戦後、桜井の姿は見えなかった。永興じゅうの日本人が入れられた日本人収容所にも見えなかった。ドイツ人神父がどうなったのかもわからなかった。このことをわたしはずっと前から誰かにたずねてみたいと思って来た。しかしいまだにわからないままである。「永興小学校の思い出」には、彼女の葉書と相前後して、二、三通の便りをもらった。しかし桜井とドイツ人神父の消息に触れたものはなかった。

もちろんわたしは桜井とドイツ人神父の消息のために「永興小学校の思い出」を書いたのではなかった。ある日とつぜん彼らのことを思い出したのである。そして、まったく思いがけない彼女の葉書を受け取ったのだった。早速わたしは返事を書いた。葉書ではなく便箋に何枚か書いた。敗戦から現在までの簡単な自己紹介である。もちろん現在二人の子供がいることも書いた。それから自分はあなたのノートの文字をおぼえていると書いた。風呂場のことは差し控えた。そして最後に御家族一同によろしくお伝え下さいと書き、電話番号を付けた。彼女の葉書には家族のことは何もなかった。わかったのは税務署長だった父親の死だけである。現在のことは何もわからない。しかし姓が変っている以上、結婚したに違いなかった。こちらの電話番号を手紙に書いたのはそのためもあった。電話を当てにしたわけではない。要求する権利など、もちろんなかった。なにしろ彼女の家庭の事情はいまだ何一つわかってはいないのである。ただ同じ返事をもらうにしても、手紙と電話では違うだろう。わたしはそう思った。

彼女からの電話はすぐかかって来た。わたしが返事を出して十日目ぐらいだったと思う。昨年の三月の終りころである。

「もしもしい」

確か最初に彼女はそういった。「もしもし」ではなく、「もしもしい」ときこえた。わたしはその声をきいて三十年以上前の彼女の顔を思い出した。声はどうしても思い出せなかったのである。一対一で話をするのははじめてかも知れない。電話で話すのはもちろん生れてはじめてだった。しかし何を話したのか内容は忘れてしまった。三条は古くから鍛冶屋の街だという。登山用具なども作るらしい。彼女の家はそういう物を売る店らしかった。これもはっきりたずねたのではなかった。彼女の話から漠然とそう思ったのである。

「山が好きなものですからね」

そう彼女はいった。おぼえているのはそのくらいである。しかし、山が好きなのは彼女なのか、夫の方なのか、両方なのか、よくわからなかった。そしてわたしは、きき返さなかった。わたしは彼女の話よりも声をきいていたようだった。ききながら一人の山男を想像した。彼女の言葉には雪国の訛りは混らなかった。ただ早口ではなく、ゆっくり話した。方言はなく標準語だった。これは相手がわたしのせいだったかも知れない。ゆっくりした口調もそのためかも知れない。しかし言葉の最初と最後がはっきりしなかった。それは訛りのせいではなく、彼女の口調のせいだと思った。どこか独言のような口調だった。なにがなしの気だるさがあった。わたしは一度三条へ出かけてみたい、といった。

「何にもないところですけどね」

と彼女はいった。わたしは日取りが決まり次第電話をさせてもらうことにした。しかしそのときわたしは三条へ行けなかった。昨年の四月初めごろ何があったのか、よく思い出せない。わたしは電話ではなく、すぐには都合がつかなくなったと葉書で出した。その返事が彼女の第二信である。李成桂が永興出身であるという葉書だった。高崎から電話があったのはそのあとだったと思う。永興小学校の高等科を出たという人である。これも偶然の電話だった。わたしは高崎へ出かけて行った。それが昨年の五月だったと思う。帰って来てわたしは葉書で、高崎の人に彼女の住所と電話を教えたことを伝えた。そして雑誌を一冊送った。三年程前ソ連旅行をしたときわたしの撮った写真が載っている雑誌だった。レニングラードのゴーゴリの家である。それとドストエフスキーが通ったモスクワの陸軍工科兵学校だった。

七月の終りごろ、わたしは家族のものと一緒に信濃追分の山小屋へ出かけた。そしてそこから彼女に暑中見舞いを出した。追分の家は四方からアカシヤに覆われている。それと追分は落葉松の村である。確かにそれらはなつかしい南山の木だった。わたしはそんなことを暑中見舞いに書いた。彼女からの返事は追分の方へ来た。その葉書を何度か探してみたが、見つからなかった。しかしわたしは文面の大略はおぼえていた。まず、涼しい山の中でお仕事も捗ることでしょう、と書いてあった。それから、こちらでは旧盆で大変だという。自分は面倒なことは嫌いだけれども、これだけは省略することが出来ない。その上、老母の体が動かなくなった。人間とはつくづく哀しいものだなあ、と思う。自分もいずれはこうなるのだろうが、それをいってもまだ若い息子にはわからないようである。

確かそんな文面だった。わたしは地方の街の年寄りのいる古い家を想像した。それから南山を思い出した。それから永興の家の仏壇を思い出した。仏壇の両脇に長い提灯がぶらさがっていた。その両側に幾つかの提灯が飾られていた。水色の四角いものもあった。わたしはとつぜん、その白い房の手触りを思い出した。提灯の房は、摑むとざらりとして、冷んやりしていた。畳の上には脚つきの丸い提灯が並んでいた。仏壇の前には西瓜や金真桑が上っていた。金真桑は真黄色い真桑瓜である。朝鮮人たちは真桑瓜を種子ごと食べた。真桑瓜はどこでも売っていた。帽子屋の金さんの軒先でも行商人が蓆《むしろ》をひろげてしゃがみ込んでいた。蓆の上には真桑瓜が転がっていた。その前に客もしゃがみ込んだ。緑色に黒い縞《しま》のある真桑もあった。客は真桑を掌の上で軽く動かしてみた。幾つかの真桑を代る代るそうやってみる。そして一つを選ぶと、蓆の上に転がっている朝鮮包丁を取って、皮をむきはじめた。彼らは皮を縦にむいた。朝鮮包丁の刃は反り返っている。その反り返った刃で真桑の皮を縦むきにした。半分むいたところで彼らはかぶりついた。汁がこぼれそうになると、天を向いて舌を出した。そして、どろどろした中身も種子も呑み込んでしまった。

呑み込むと袖口で口のまわりを拭き、横向きになって、ぺっと道に唾を吐いた。真桑瓜をかじっているのは客ばかりではなかった。真桑瓜売りも売りながらかぶりついていた。食べ方は客と同じだった。半分を食べ終ると、また包丁で残りの皮をむいた。そして天を仰ぎ、舌を出してすべてのものを呑み込んでしまった。わたしはその食べ方を禁じられていた。

「ジゴはいかんよ」

と祖母はいった。ジゴはからわたのことだった。しかしジゴは甘かった。わたしは一度こっそり裏庭でやってみたのである。食べ方もそっくり真似た。皮も縦むきにしたのである。それから天を仰ぎ舌を出した。そしてすべてを呑み込んだのである。しかしそれはたちまち発覚した。わたしが天を仰いで呑み込んだものは、すべて下痢となって下降したのである。

お盆の仏壇の中のものでは、わたしは落雁と干菓子が好きだった。落雁は蓮の花と蓮の実の形をしていた。餡は緑色の蓮の実の方に入っているはずだった。しかし落雁を盗むわけにはゆかなかった。それでわたしは干菓子を一つ盗んだ。西瓜を四つ割りにした形をした干菓子だった。外側は皮の緑色、中は赤、その赤に点々と黒い種子が混っている。味はどうというわけではなかった。ただこの干菓子があるのはお盆のときだけだった。わたしはその一つを盗み、仏壇の中の菓子器の向きを反対にした。

彼女からの便りはたぶん昨年の夏が最後だったと思う。葉書に書かれてある老母が、彼女の実母なのか、それとも姑であるのかはわからなかった。また「若い息子」についてもよくはわからなかった。しかしわたしの方からもそれ以後便りを出さなかった。わたしは自分が何かいい気な便りをし過ぎたような気がした。追分のアカシヤや落葉松もそうである。レニングラードのゴーゴリの家の写真も、モスクワの陸軍工科兵学校の写真も、そうだった。秋になるとわたしは引越しのことでごたごたと慌しく、年末には珍しく旅行が続いた。それで昨年は終った。

今年の正月わたしは新しい住所から彼女に年賀状を出した。そして二月に「南山」を書き、四月に「高崎行」を書いた。それから五月に「片恋」を書こうとした。便りはなかった。わたしも出さなかった。しかしわたしは二月、四月、五月に、それぞれ三条へ出かけてみようと考えたのだと思う。そしていずれも実行出来なかった。

実行したのは九月である。わたしはまだ信濃追分の山小屋で一人暮しだった。家族のものは長男と長女の夏休みの終りとともに帰宅していた。そのあと九月の初めわたしは一度用事で帰宅して、しばらく自宅にいた。それからまた一人で追分へ出かけたのは、すでに半ば過ぎだったと思う。追分はもう秋だった。庭一面に生えた月見草も終りだった。雑草の中に花のない丈余の茎だけが、棒のように乱立して見えた。花魁草も散った。桃色の小さな花は土の上で青ざめていた。雑草の庭と地続きの空地は一面の芒《すすき》原だった。

わたしは山小屋の後片付けを兼ねて一人で四、五日滞在するつもりだった。彼女からの葉書を見つけたのは、二日目である。何度か探して見つからなかった葉書である。それが追分の状差しの中から出て来た。日付は昨年の八月九日だった。わたしは読み返し、自分がほぼ正確に文面をおぼえていたと思った。ただ最後に、高崎の人に会ったと書いてあった。置時計を見ると、十一時過ぎだった。しかしこの時計は当てにならない。子供用のディズニー漫画つきの目ざましである。

わたしは電話のところへ行き、一一七番にかけて時間をきいた。すると不思議なことに漫画時計の時間とほぼ同じだった。わたしは仕事机のところへ戻って手帳と彼女の葉書を取って来た。彼女に電話してみようと思ったのである。しかし手帳にも葉書にも彼女の電話番号はなかった。わたしは慌ててふたたび受話器を取りあげ、一〇四番へかけて、彼女の住所と姓を告げた。ところが同じ町名に同じ姓が二軒あるという。

「あの、登山用具なんかのお店ですが」

とわたしはいった。

「どちらも金物屋さんですよ」

と案内係の女性は答えた。それから同姓の二人の男の名前をいった。

「ううん」

とわたしは電話口で唸った。名前は一字名と二字名だった。しかしどちらも聞いてすぐに年齢がわかる名前ではなかった。わたしは葉書を見て彼女の番地をいった。しかし番地ではわからないという。わたしは彼女の名前をいおうかと思った。地方の街であるから、あるいは知っているかも知れない。しかしわたしはいわなかった。そして二つの番号を教えてもらった。わたしは電話の前で、メモ用紙に書き取った二つの名前と二つの電話番号を眺めていた。どちらも落着いたいい名前だ。大正、昭和生れの日本人の名前として、特に変ったものではなかった。その代り年齢の違いもわからなかったのである。

「よし」

とわたしは受話器に手を掛けた。二字名の方からかけてみようと思った。メモ用紙にはそちらが上に書いてあった。五十音順からいってもそちらが先である。しかしわたしは二字名の方へはかけなかった。一旦受話器に掛けた手を放し、電話棚の下からわが家のダイヤルメモを取り出した。ＡＢＣ順になっているメモ帳である。わたしはそのＭの項を開いた。するとその中程に彼女の電話番号はあったのである。一字名の方の番号だった。

わたしは煙草を一服つけた。そしてダイヤルを廻すと、男の声がきこえた。わたしは自分の名前をいったあと、一息ついてからこういった。

「奥さまはご在宅でしょうか」

男の声はずいぶん若くきこえた。一息ついたのはそのためだった。「若い息子」の方かと思った。しかしわたしは、何もきき返されなかった。

「ちょっとお待ち下さい」

それだけだった。だからやはり「若い息子」ではないのかも知れないと思った。彼女の声はそれからすぐにきこえて来た。そして電話は十五分くらい続いた。

「一度お宅の方へお電話したんですけど」

「はあ、いつごろですか？」

「昨年の、五月か六月ごろでしたか」

「ぼくは、いませんでしたか？」

「何だか、まだ寝てらっしゃるとか、奥さまおっしゃってましたから」

「それはどうも失礼しました」

「いえ、一度ね、こちらへ来ていただこうと思ったんですけど」

「いや実はぼくも、去年から一度うかがいたいと思っていたんですが」

「ところが、お宅の方のお仕事のね、予定とかお時間とかが、こちらにはよくわかりませんでしょう」

「はあ」

「それで何度かお呼びしようと思ってるうちに、今度はこちらの母が倒れたりしたものですからね」

葉書にあった「老母」はお姑さんの方だという。もう手洗いにも動けないという。初耳だったのは、弟だった。彼女が永興小学校を卒業した年、生れたらしい。彼女の母親はその弟の家族と一緒に暮しているらしかった。

「お店の方は、いま時分はどうなんですか？」

「商売の方は、まあどうってこともありませんけどね。強いていえば、春から夏にかけてでしょうね」

ところがいま新しい家を新築中だという。その家が出来上ったら一度是非遊びに来て欲しい、と彼女はいった。

「来年の春か、雪のころもいいと思いますよ」

「はあ」

わたしはここで、そろそろ電話を切り上げなければと思った。時間も昼近くなっているはずである。しかし話が高崎にそれた。わたしの口が思わず滑ったのである。

「高崎へはいつごろ行かれたんですか？」

「ああ、あれですか」

と彼女はいった。

「息子のお友達が高崎にいるんですよ。それでその方の結婚式に息子が出かけたものですから、それではと思って、便乗したんです」

「はあ」

「何か、おっしゃってましたか？」

「いえ、ぼくもあれから会っていませんので」

「いろいろ話しておられましたけど、わたしの方は、この調子でしょう。あんまり正直に知らない知らないというのも、悪いような気もしたんですけど」

「彼は高等科ですからね」

「同じ年に卒業されたらしいんですよ」

「彼の顔はわかりましたか？」

「それがねえ、向うはわたしのことを、もっと丸顔じゃなかったかなんていってましたけど」

「いや、丸顔でしたよ」

「そうですねえ。林さん、知ってますか？」

「ええ、知ってます。目のぎょろりとした」

「そういえば、あの方、そうでしたねえ」

「彼女の弟が、確かぼくらの一年下にいましたから」

「でも、いまはわからないんでしょう？」

「ええ、ぜんぜん」

電話はこのあともう少し続いた。そしてわたしは三条へ出かけることになったのである。わたしは壁のバス時刻表を見た。十二時五十何分というのがある。それで駅まで行って汽車はその場で決めることにして、大急ぎで旅行の支度をした。まず台所へ行ってプロパンガスに薬罐をかけ、湯が沸くまでに家じゅうの雨戸を締め、ボストンバッグに着替え、洗面具その他を詰め込んだ。そして大慌てで髭を剃った。電話でもう一度一一七番へかけると、バスまであと六分か七分だった。バス停は草道を二百メートルばかり下った国道である。わたしは外からドアに鍵をかけると、ボストンバッグ片手に、庭の月見草をかき分けて走った。それが旧道へ抜ける近道で、真直ぐ小さな食料品店に突き当る。わたしはそのままその店へ入り、手土産に菓子箱を二つ買った。そしてそのままバス停へ走った。

わたしはバスの中で菓子箱をボストンバッグに詰めた。そして少し大き過ぎたのではないかと思った。二箱を詰めると大型のバッグがはち切れそうになった。それにひどく重かった。しかしあれこれ選んでいる暇はなかったのである。バスは一時間に一本だった。反対方向のバスに乗ったのではないか、と思ったのはもう中軽井沢を過ぎたころだった。バスは軽井沢駅行だった。わたしはそこから高崎へ出ることばかり考えていた。頭のどこかに高崎がこびりついていたのかも知れない。反対方向のバスは小諸行だった。新潟方面へ行くには、そこから長野へ出るべきではなかろうか。わたしはだんだん気が滅入って来た。しかしバスはやがて終点に着いた。

高崎行の急行は間もなく来た。汽車は空いており、指定券なしで楽に坐れた。しかし気の滅入りは増々ひどくなった。やはり三条行は来年にすべきだったかも知れない。なにしろ彼女は寝たきりのお姑さんを抱えているのである。その上、家を新築中だという。確かにとつぜんの三条行は、電話中の話のはずみだった。

「どこか旅館にでも泊りますから」

とわたしはいった。実さいわたしは彼女に迷惑はかけたくなかった。会うのは喫茶店でもよいと思った。一時間なら一時間でよい。そのあと勝手にぶらぶらして、また汽車に乗るなり旅館に泊るなりすればよい、と思った。

「そうですか。でも折角来ていただくのに」

「いいえ、その方がぼくも気楽ですから」

しかし気が楽なのは、わたしの方だけに違いなかった。それに承諾したのは、彼女の一存だった。わたしは自分が何かとんでもない人間ではないかという気がした。どこかに致命的な欠陥があるのではなかろうか。わたしは網棚の上の膨れ上ったボストンバッグを見上げた。自分はあのぶくぶくに膨れ上ったボストンバッグのように醜い、と思った。

それでも汽車が横川に着くと、わたしはホームに降りて行って釜めし弁当とお茶を買った。しかも食べ終るとしばらくうとうとしたのである。高崎に着くと、次の新潟行の特急は、十分後だった。わたしが汽車の中での自己嫌悪をすでに忘れでもしたかのように、てきぱきと行動したのは、その十分間という時間のせいだったかも知れない。わたしはその間に窓口で乗車券と指定席券を買い、三条と自宅の両方へ連絡の電話をかけたのだった。三条の方の電話口の声は今度も男だった。しかし追分からかけたときとは、違うようである。さっきの声は、やはり「若い息子」の方だったのかも知れない。わたしは列車名と高崎発の時間を告げた。

「すると、上野発は三時……」

「いえ、上野からではなくて、途中から乗りまして、いま高崎で四時五十分発の特急に乗るところです」

「高崎を四時五十分ですね」

「はい、そうです」

「わかりました。それでは駅までお迎えにあがりますから」

「では、どうも恐縮ですが」

電話の声には幾分か雪国の訛りがあるようだった。自宅の妻の方へは、いまから三条へ行って来るとだけ告げた。そして詳しいことはあとで電話する、といった。実さい、時間も十円玉もすでになかった。

特急の中でわたしはふたたび少し眠った。目をさますと窓の外はすでに暗かった。雪国へ抜ける国境のトンネルを、わたしは居眠りしたまま通り過ぎたらしい。しかし正確な時間はわからなかった。わたしは腕時計をしていなかった。小学校五年生のわたしも腕時計はしていなかった。わたしは店の柱時計が六時になると、大急ぎで永興駅へ赤い二輪車を走らせたのである。田中歯科医院を過ぎ、永興小学校を過ぎ、木の橋を渡り、専売局を過ぎて左折すると、駅前のポプラ並木だった。そこまでわたしは全力で漕いだ。元山からの汽車はまだらしかった。わたしはゆっくりとペダルを踏み、駅前の広場まで行って、そこで大きな円を描いた。元山高女へ汽車通学していた彼女を乗せた汽車が着くまで、わたしは自転車でぐるぐる廻っていたのである。そしてやがて汽車が着き、元山高女の草色の背嚢を背負った彼女の姿が見えるや否や、わたしはハンドルの向きを変え、全力でペダルを踏んで家へ帰って来たのである。

鞍馬天狗

山室さんの住所がわかったのは今年の七月だった。教えてくれたのはT老人である。「永興《えいこう》郡略図」と相前後してもらった手紙に書いてあった。

山室さんの住所を見てわたしはおどろいた。岡山県吉備郡真備町だった。わたしが「雨月物語」にゆかりの地を訪ね歩いたのは昨年のことである。紀州、熊野、高野山、吉野、初瀬、琵琶湖、京都、播州、讃岐、そして吉備路へ行った。吉備路はいうまでもなく「吉備津の釜」の舞台である。

作中の正太郎が住んでいた吉備《きび》の国《くに》賀《か》夜《や》郡《のこほり》庭《にひ》妹《せ》の郷《さと》は、いまの岡山県岡山市庭瀬である。正太郎の家は曽祖父の代までは播州の武士であった。それが吉備へ下って農民となった。しかし正太郎は家業を怠り酒色にふけるような四代目である。そういう彼が吉備津神社の娘磯良《いそら》と結婚した。吉備津神社は備中一の大社だという。もちろんいまもそのままあった。場所は岡山県岡山市吉備津である。

磯良は貞淑な妻だった。しかし正太郎の酒色癖は結婚しても直らない。彼は備後鞆《とも》の津《つ》の遊女袖《そで》のもとへ通い続け、ついに身受けして近くに住まわせ、入りびたりになる。磯良はそのような袖の面倒まで見る女だった。実家から内緒の金を工面までして来る。しかし正太郎はその金を持って袖とともに逐電する。「吉備津の釜」は裏切られ捨てられた磯良の怨霊が、正太郎と袖に復讐する話である。まずお袖が逃げて来た播磨の国印南《いんなみ》の里で、とつぜん悶死《もんし》した。陰陽師は生霊のたたりだという。正太郎はおどろき、魔除札を書いてもらって家じゅうに貼り、陰陽師にいわれた通り、四十二日間部屋にとじこもっていた。磯良は、正太郎が陰陽師のもとへ行く七日前にこの世を去ったのだという。もちろん吉備の自宅で死んだのである。そして死後四十九日間その亡魂は正太郎にとりつくだろう。あと四十二日である。

やがて待ちに待った四十三日目の朝が来た。正太郎は壁越しに隣の彦六に声をかける。彦六は袖の従弟に当る男で、正太郎たちはそこへ落ちのびていたのだった。声をかけると彦六も、もう朝だという。しかし雨戸をあけるや否や、一声、正太郎の悲鳴が聞えた。彦六は手斧を持ってとび出してみた。すると、明けたとばかり思っていた空はいまだ暗く、月は中天に朧《おぼろ》としていたのである。灯火を持って来てみると、開きかけた戸口のあたりにおびただしい血が流れている。血は地面にも流れていた。しかし正太郎の死体はどこにも見えない。不思議に思って探すと、軒先に何かぶらさがっている。灯火をかかげて見ると、それは正太郎の髻《もとどり》だったのである。

「されば陰陽師が占《うら》のいちじるき、御釜《みかま》の凶祥《あしきさが》もはたがはざりけるぞ、いともたふとかりけるとかたり伝へけり」。

これが「吉備津の釜」の結末だった。御釜の凶祥とは、吉備津神社に古くから伝わる釜占いのことである。禊《みそぎ》した神官や巫女たちが釜に湯を沸かして祈禱を捧げる。やがて沸き立った釜の湯が、牛の吼えるような音を立てれば吉兆とされた。しかし、磯良と正太郎の場合は、「秋の虫の叢《くさむら》にすだくばかりの声」もたたなかったという。大凶である。

父親は心配する。神主として当然だろう。しかし母親に押し切られた。理由は大体三つである。まず相手は元武家の出であり、しかもすでに結納は済ませている。次は、祈禱を捧げた巫女の中に不浄のものが混っていたのだろうという。そしてもう一つは、正太郎の男前である。磯良もすでにそれを噂に聞いて、秘かに待ちのぞんでいるのだという。父親はついに押し切られた。神主の立場が父親の情に押し切られたのである。そうさせた母親の態度を秋成はこう書いている。

「まことに女の意《こころ》ばへなるべし」。

まことに意味深長な一行だと思う。秋成は決してこれを、いわゆる女の賢《さか》しらといってはいない。手前本位の御都合主義とも決めつけていない。むしろ神主である夫を説得するだけの現実性をそこに持たせていると思う。いいか悪いか、正しいか正しくないかの問題ではない。女とはそういうものだ、ということだろう。男と女の関係は、そういうものだということだろう。

釜占いの釜はいまも残っていた。祈禱料を払うと占ってくれる。瓦葺きの長い回廊伝いに行くと釜祓いの部屋があった。部屋の前の案内板には「雨目物語」のことも書かれていた。わたしはそこを見物したあと、神社の前で熱い甘酒を飲んだ。それから吉備路を見て廻った。

旧山陽道を南北に跨いで流れる高梁川《たかはし》、足守川、鳴谷川、笹ヶ瀬川流域一帯の田園が吉備路である。ここは藺草《いぐさ》の産地だという。田園の中に堀があって、堀端に白壁の土蔵が見えた。吉備津神社の神主の娘と縁組みをするくらいであるから、正太郎の家もああいう土蔵を持っていたのだろう。しかし藺草は一月の寒中に植え、穫入れは夏の真盛りらしい。正太郎が農業を嫌ったのはあるいはそのためではなかろうかと誰かがいっていたが、なるほどそういうことも考えられなくはない、と思った。

思いつきとして、それは確かに面白かった。寒中の田園で藺草植えをさせられている色男を想像してみるのは、悪くない。しかし正太郎が逃れようとしたのは、農業からだけではなかった。彼の曽祖父は武士を捨てて農に帰した。正太郎はその農を捨て、さらに妻の磯良も捨てた。そうすることによって、彼は個人というものに憧れたのかも知れない。そういえば正太郎という名はまことに近代的である。しかし貞淑な妻磯良の亡霊に妨げられた。この古い吉備の里からついに逃れ出ることは出来なかった。

吉備路には古いものがたくさんあった。備中国分寺の五重塔は、重々しく堂々としていた。丘陵を隔てた国分尼寺跡も見物した。その両者の距離の近さに、わたしは奇妙な羨望の念を抱いたりした。このあたり一帯は、吉備路風土記の丘と呼ばれているらしい。江戸時代の代表的な民家というものも展示されていた。観光用かもしれない。

あたりは大小の古墳だらけだという。しかしわたしには、ところどころに見える山もすべて古墳に見えた。低い丘のような山ばかりだった。昨年の旅行に持って行った小形メモ帳を取り出してみると、十二月二十五日（晴）となっている。もう冬だったわけだ。しかし吉備路はのんびりと晴れて、暖かかった。もちろんそのときは、山室さんのことは思い出さなかった。永興を出てから三十年間、消息不明のままだった。山室さんが岡山の人であることも知らなかったのである。

「先日突然、前永興警察署の人からあなたの思い川のことを知らせて来ました。私は視力が悪いので充分読めませんが大体はわかりました。種々父君のことなつかしんで居られるやうお察ししました。私も父君とは親しくして居りましたので、あなたに知らせてあげたいと思ふこともありますが、何分私は八十三才になり少し耄碌して居るので書くことが困難です。御母堂は元気で居られますか。引揚当時、大体永興在住の人の消息はわかりますが、あなた方は如何して居られるか案じて居ました。余は後便で」。

　これが山室さんからの最初の葉書だった。日付は今年の八月二十日である。わたしはすぐに返事を出した。その中に昨年の吉備路のことを書いたのである。わたしは間もなく次の手紙をもらった。

「永興の話はなつかしいです。私の家は旧山陽道に面して有り、私の家の門口に一里塚の松があつたとかで、碑を立てて有りましたが、今はこはした様です。後の丘の上に吉備真備公の碑も有ります。あなたは先年、私の家の辺まで来られたのではないでせうか。私は旅行は出来ぬ状態ですから、叉先もあまり長くは」

　ここで一枚目の葉書が終り、あとは二枚目になっている。

「生きないでせうから、一度御来宅下さい。今、私等老人の二人暮し、何の仕事もせず退屈して居ます。家は広いですから何日でも御宿します。寒くなりますと困りますから、炬燵も蚊帳も要らぬ時季に御出かけ下さい。新幹線倉敷下車、直ちに車を拾つて、箭田《ヤタ》行。旧国鉄倉敷駅からも同じ。旧倉敷からはバスに乗れば、矢掛《ヤカケ》行、箭田《ヤタ》下車（時間、二、三十分位）」。

　わたしはすぐにも出かけたかった。しかし十月まで動けなかった。すると山室さんから電話がかかって来た。福岡の母から手紙をもらったという。母にはわたしが住所を知らせて置いた。山室さんの声は、当然のことながら老人の声だった。そして岡山訛りだった。

「いまね、来る日を決めなさい」

　そのいい方も老人的だった。

「それからな、一晩じゃとても足りんのだから、幾つか泊るようにして来なさい。奥さんにそういうて、出て来なさいよ」

　わたしは電話器の近くのカレンダーを見て四、五日先の日をいった。そして、もし変更するときはお電話します、とつけ加えた。

「電話してもええが、せんでもええよ。ふらっと来ても構わんのだから」

　わたしは陽気の具合をたずねた。十月に入って朝夕はすでに冷え込んでいた。

「まだ炬燵は要りませんか？」

「炬燵は、要らん」

「お天気は、どんなですか？」

「今日は、ええ天気じゃ」

わたしは電話を切ったあと少し不安になった。四、五日先には天気が崩れるのではなかろうかと思った。

幸い天気は崩れなかった。わたしは東京駅発午後二時何十分かの、新幹線博多行に乗った。土産には栄太楼の飴とカステラを買った。列車の中でわたしは、昨年、新幹線工事中の場所を通ったことを思い出した。吉備津神社から備中国分寺の方へ行って、帰りがけではなかったかと思う。長良山とか、高松城水攻めの跡とか、雪舟の記念碑だとか、タクシーの運転手が走りながら説明していた。備中神楽の面作りの家、というのも教えてもらった。新幹線の工事現場を通ったのは、そういう話のあとだったような気がする。あるいは先だったかも知れないが、いずれにせよ、そのとき新幹線はまだ岡山までだった。

新幹線の新倉敷駅は、岡山の次である。工事現場にはコンクリートの高い橋桁のようなものが続いていた。たぶん岡山—新倉敷間の工事現場に違いなかった。わたしは、本当にあのとき山室さんの家のすぐそばまで行ったのかも知れない。ボストンバッグの中には、中国地方の地図と、吉備路の案内書が二、三冊入っていた。昨年の旅行で買い求めたものである。わたしはそれを入れようか入れまいかと、ずいぶん迷った。もちろん大した嵩ではない。しかし荷物は一つでも減らしたかった。三条行の苦い記憶のせいもあった。しかし持って来てよかったと思った。わたしは昨年の十二月からずっと山室さんの家を探し廻っていたような気持になっていたのである。

到着したのは夜の八時過ぎだった。わたしはいわれた通り新倉敷駅前から直ちにタクシーを拾い、「箭田」といった。それから暫くして、運転手にたずねた。

「山室さんという家を知ってますか？」

「いや」

車は間もなく街をはずれ、奥へ入るようだった。道は狭く、暗くなった。

「もとお医者さんをしていた家だけど」

真備町に入ったところでたずねてみよう、と運転手はいった。車が止ったのは薄暗い道に面した酒屋だった。わたしは自分で店の中へ入って行った。中年の女が二人、話をしていた。うしろから運転手も入って来た。山室さんの家はすぐわかった。二人の女が代る代る教えてくれた。

「山室さんは、お酒は飲まれますか？」

礼をいって出がけに、わたしはそうたずねた。

「さあねえ」

と女は店に並んでいる酒壜の方を見た。

「うちでは、あれしてじゃないけどね」

わたしはもう一度礼をいって外へ出た。買えばよかった、と思ったのは車に乗ってからである。しかしもう走り出していた。車はやがて橋を渡った。そして右折した。車の外側がとつぜん明るくなった。道の両側に街並があった。これが旧山陽道だという。やがて右側に歯科医院が見えた。山室さんの家はその真向いだという。わたしはあわてて左側を見た。道端に誰か立っているようだった。わたしは運転手に合図した。車は四、五メートル走り過ぎて止った。立っていたのは山室さんの奥さんだった。

「大きゅうなったなあ」

と山室さんはいった。わたしはそのとき、はじめて山室さんの顔をはっきり思い出した。わたしが小学生だったときの山室さんの顔である。それからわたしは、新幹線の中で何度か山室さんの顔を思い出そうとしてどうしても思い出せなかったことを、思い出した。

山室さんはわたしを床の間の前に坐らせた。そして、煙草はやるのか、とたずねた。自分はテーブル脇の火鉢に手を当てていた。その顔にはちょび髭があった。それは永興の公医だったときと同じだった。それがそのままの形で白くなっていた。七三に分けた髪もそのまま白くなっていた。特徴は目である。少し窪んだところが「風と共に去りぬ」に出て来るアメリカの映画俳優に似ていた。レッド・バトラー役の男優である。ちょび髭も似ていた。一度見れば忘れにくい顔なのである。わたしはそれを忘れていたのだった。

「ビールかな、酒かな？」

と山室さんはいった。

「はあ」

「どっちがええ？」

「はあ、先生は？」

「わしゃあ、どっちも好きでないんじゃ」

「昔からですか？」

「あんたは好きなんじゃろう。おやじさんの子じゃけんな」

しかしわたしの顔は父に似ていない、と山室さんはいった。

「奥さん似ですよ」

と山室さんの奥さんはいった。なるほどこの「奥さん」は、母のことなのだと思った。わたしはビールを御馳走になることにした。山室さんは自分で栓を抜き、わたしのコップに注いでくれた。それから自分のコップに半分程注ぎ、上からサイダーを注ぎ足した。渋紙色の手の甲だった。そこに血管が太い皺のように盛り上っていた。

「小学校のとき山室先生から、お前は色が白過ぎるといわれました」

「ふん、ふん」

「身体検査のとき、ぴしゃっと胸を叩かれたんです」

「わしが永興へ行ったのは、昭和五年じゃからな」

「わたしは昭和七年生れです」

「そうか。七年かね。そいじゃあんた次男かな」

山室さんはわたしが生れた直後のことをおぼえているという。父はわたしの名前のことを考えているところだったらしい。通りがかりに店へ立寄った山室さんにそれを話したというのである。

「そうか。あんときの次男かね。店でな、茶をよばれながら聞いたのをおぼえとる」

山室さんはわたしのコップにビールを注いでくれた。自分では最初に注いだままのサイダー割りビールのコップを、ときどき口へ運んでいた。大きな手だ、とわたしは思った。太くて長い指に、大きな爪がついていた。しかし山室さんの背丈はわたしよりも低かった。翌日、裏の丘へ登ったときそれがわかったのである。

旧山陽道は歩きにくかった。狭い道を車が絶え間なく走っている。目がさめたのが十時過ぎだった。さめ方、車の音が騒々しかったような気がする。わたしは新築の表の棟に一人で泊った。もと病院だった旧棟をうしろへ移し、そこへ新病院用の一棟を新築したのである。新棟と旧棟とは小さな中庭続きだった。自分たちはうしろの旧棟で隠居し、新しく建てた表の病院の方へは山室さんの弟を呼ぶのだという。二十歳下の弟らしい。その弟を養子の籍に入れているのだという。

山室さんに子供がないことはわたしも知っていた。しかし弟が永興にいたことは知らなかった。見せてもらったアルバムでは学生服を着ていた。

「あんたたちも釜山《ふざん》で会うたんじゃないか」

しかしわたしには思い出せなかった。

「永興の日本人が、全部引揚げるまで釜山で世話しよったんだから」

「いつごろまでですか」

「このわしが最後じゃけん。翌年の五月やったな」

「それまで、ずっと永興ですか」

「皆わしの家に来とったんじゃ」

「日本人収容所を追い出されて、貨車に詰め込まれましたね。それで何日か、鉄原《てつげん》まで行ってはまた追い戻されたりして、そのあとまた永興へ戻ったわけですね」

「年寄りとな、巡査の嫁さんと、病人と赤ん坊じゃ」

「先生は、お医者さんとして、残されたわけですか?」

「それはどうなっとるのかな、ぜんぜんわからん」

「でも病院には、帰れたわけですか」

「医者としての営業は禁止じゃ。ソ連の命令でな。ただ、ときどき朝鮮人が呼びに来よるんじゃや、来てくれいうてな」

「朝鮮人は、いいんですか?」

「来いいうてもな、鞄さげて行きよったら危いじゃろう。そういうとな、保安隊がついて来よった」

行ってみると発疹チフスだという。昭和二十年の冬は永興じゅうに発疹チフスが猖獗《しょうけつ》を極めたらしい。

「蔡朱徹もとうとうあれで死んでしもうたもんな」

「サイシュテツ?」

「永興事件のときの、指導者やった」

「永興事件?」

「旺場《おうじょう》の駐在所で浅田とかいう巡査が共産党に殺されたやろ。わしゃ公医じゃからな、警察のなんで、検死に行ったが皆こわがって逃げよったな。わしゃ、はじめはどんな事件かもようわからんで行ったんでな」

「それは、いつごろですか?」

「あんた、おぼえとらんかね。永興警察のな、留置場に入り切らんくらい捕まえよった。とうとう入り切らんでな、道場に入れとったが、三百人はおったんやないかな」

「みな朝鮮人ですか?」

「そう。容疑者は皆捕まえよったんじゃ」

わたしは捕縄で数珠つなぎにされて車から降りて来た朝鮮人を思い出した。警察署の前に停った車のまわりを、顎紐をかけた武装警官が取りまいていた。あれが永興事件だったのかも知れない。しかしわたしは、自分が何歳のときだったのか、思い出せなかった。とつぜん思い出したのは、山口の母親である。山口の母親は弁当箱を山積みにしたリヤカーを引いてわたしの家の前を通った。毎日、朝夕だった。弁当は警察の牢屋へ運ぶのである。アルマイトの弁当箱は凸凹だらけだった。

「わたしがおぼえているとすると、昭和十二、三年ごろですか?」

「もう、ようわからんな」

「山口のお母さんが、弁当運んでましたね」

「そうそう。あのころはだいぶ稼いだやろな、山口さんも」

「それで、終戦になったとき、保安隊からあんたは家を出て行かんでもいいっていわれたそうですけど」

「そりゃ、知らん。けどな、永興事件で蔡朱徹が捕まったとき、わしが診たんじゃ。淋病にかかっとってな、慢性の。それで睾丸炎を起こしとった。まだ二十幾つじゃったと思うがな」

「彼が主謀者だったんですか？」

「主謀者じゃった」

永興人民委員会の初代委員長になったのが、その蔡朱徹なのだという。彼は永興事件で逮捕されたあと、京城《けいじょう》の監獄へ送られたらしい。そして敗戦後ふたたび永興へ帰って来たのである。山口の話は本当だろう、とわたしは思った。蔡朱徹は、山口の母親がリヤカーで運んだ弁当を、永興警察署の牢屋の中で食べたのだろう。

「保安隊に呼ばれて行ってみたらな、蔡がおってな、あんときゃお世話になりました、いうてな。発疹チフスのときは、わしゃ診んじゃったが、とうとう死んでしもうた」

「それで幾つくらいでしたか？」

「まだ四十にゃなっとらんじゃろう」

「順寧《じゅんねい》の人間じゃないですかね」

「ああ、順寧面の男やった」

順寧には毎年遠足に行った。ストーブの焚きつけにする松笠拾いを兼ねた遠足だった。赤い大きな朝鮮寺のまわりは、広々とした赤松林だった。赤松のてっぺんにはおびただしいカササギが巣をかけていた。赤い大きな寺が、濬源殿であったことを思い出させてくれたのはT老人が送ってくれた「永興郡略図」だった。濬源殿は、シュンゲンデンである。シンゲンデン、シンゲンデンとわたしたちは呼んでいた。

「あそこに、池があったろう」

「池ですか？」

「李成桂の臍の緒を埋めたとかいう池や」

わたしは池は思い出せなかった。わたしの関心は李成桂と蔡朱徹に奪われていた。二人が共に順寧生れだったということが、何か大変な発見であるような気がしたのである。

「あのシュンゲンデンの赤松林な、皆枯れてしもうたよ」

「あの赤松がですか？」

「あっこにな、シラサギがたくさんおったろう」

「シラサギ？」

とわたしはきき返した。

「そう。あれがな、白い糞をたれるんじゃ」

「あれはシラサギだったんですか？」

「あんた、おぼえとらんかね」

「いや、よくおぼえてます」

しかしわたしは、あれはシラサギではなくカササギだと思っていた。確か「鼻」のところではカササギと書いたと思う。三十年以上の間そう思い込んでいたのである。

「あのシラサギをな、皆有難がって見物に行きよったんじゃがな、その白い糞で枯れてしもうたんや」

「え？」

「皆枯れてしもうたよ」

「しかし、それはいつごろですか？」

「あの冬じゃったな」

「終戦後のですね？」

「発疹チフスでな、朝鮮人も日本人も、ばたばた死によったときやからな」

文房具店の本田の祖父が死んだという。薬屋の真壁の父親が死んだ。電気会社の林の両親が死んだ。

「あの時分、確かお産がありましたな」

と山室さんの奥さんがいった。奥さんは火鉢のそばで古いアルバムをめくっていた。

「巡査の奥さんやった。六畳間に何人寝とったかな、十何人おったが、そこに衝立持って来て生ませたんじゃ」

「あの方はどうなりましたかな」

「赤ん坊は、すぐに死んだな」

「どのくらい亡くなったんですかね？」

「四十人は死んだな」

「半分くらいですか？」

「ま、三分の一やな」

「あんときはな、あの佐藤さんの息子さんだけが元気でな」

「あの魚屋の佐藤ですか？」

「あの息子が本当によう働いてくれた。みんな南山《なんざん》に運んで、埋めてくれた」

「本当にようやってくれましたなあ」

「あんたのお父さんも、そのころじゃなかったかな」

「父は、十一月の終りごろです」

「ああ、そいじゃ、ちょうど同じころじゃな」

「父のことは、何か」

「中島財閥の一派が安辺《あんぺん》で汽車を降りよったいう話は、どこからか聞えて来よった。それでな、あんたのお父さんが具合が悪うなっての、永興へ帰りたい、わしのとこへ行きたいいよってじゃいうことも、誰かがいうて来よったんじゃ」

「それは朝鮮人ですか？」

「朝鮮人か日本人か知らんがな、そういう話が流れて来よった。それで、病気の様子はようわからんが、だいたい胃が悪かったからな、わしゃ薬を封筒に入れて鳥巣さんにことづけたんじゃ」

「鳥巣さん、ですか？」

「野村製材所におったろう。あの人が元山の方へ行くいうんで、もう大したええ薬もなかったんじゃが、封筒に入れてな」

「それで、その鳥巣さんは？」

「死んでしもうた。何かで安辺までは行かれんやったんじゃろうな。また、永興へ帰って来てな」

もちろんこの話は初耳だった。わたしはおどろいた。濬源殿の赤松林が総枯れになった話にもおどろいたが、この話にもおどろいたのである。父は山室さんの薬を飲まないで死んだ。安辺の花山里《かざんり》の金潤后の家のオンドル間で、血を吐いた。そして、永興へ連れて帰ってくれ、山室さんの薬を飲ませてくれといい続けた。父は永興へ帰れなかった。祖母もまた同様だった。二人は安辺の花山里の土になった。しかしあのとき永興へ帰っても、たぶん二人は助からなかっただろう。山室さんの話を聞いてそう思った。ただ、あのとき永興へ帰って行けば、父と祖母は南山の土になることだけは出来たかも知れない。しかしその場合は、父と祖母だけでは済まなかったと思う。母も兄も弟たちも妹も、そしてこのわたしも南山の土になっていたのかも知れない。魚屋の佐藤に運ばれて、埋められたかも知れないのである。鳥巣さんという名前には、確かに聞きおぼえがあった。しかしその顔はどうしても思い出せなかった。

「鳥巣さんの写真はありませんか？」

　とわたしは山室さんの奥さんにたずねてみた。

「鳥巣さんはありましたかな」

　そういって奥さんはひろげたアルバムをわたしの方へ向け変えた。アルバムは小型のもので、持ち上げると背中の三分の一くらいが剥げ落ちそうになった。わたしはあわててアルバムを畳の上に戻した。

「しかしよく持って来られましたね」

「まだ他にも持って来たいのがたくさんありましたけどな、やっとこれ一冊だけな」

「わたしのとこなんか、一枚もありません。内地の親戚に送って置いたのを、やっと何枚か返してもらいました」

「子供さんが大勢の方は皆そうですよな」

　鳥巣さんの写真は結局見つからなかった。しかしわたしは山室さんの古いアルバムの中に、まったく思いもかけない写真を発見したのである。実さいわたしは、あっと声を上げてしまったのである。

　わたしが写っていた。しかもすぐ左隣に山室さんが坐っていた。その斜めうしろに父が立っていた。一見して場所が長興面《ちょうこうめん》の黒鉛山であることはわかった。うしろにいかにも朝鮮らしい禿山が見える。丸禿げではなく、ところどころに地肌が出ていた。山は右から左へゆるく裾を引いている。その左裾のあたりに採掘口らしきものが見えた。

反対の右側には飯場のような小屋が見える。そして中央部には高い杭が林立していた。これが写真の背景である。

写真には大勢の日本人が写っていた。男女子供、合わせて六十人ばかりである。手前にはずらりと蓆《むしろ》が敷き並べられている。その上に幾つも竹籠が転がっている。竹籠には自分たちが掘った薩摩芋が詰っているのである。黒鉛山では毎年秋に薩摩芋掘りがおこなわれた。三島さんの招待だという。三島さんは黒鉛山の経営者だった。わたしたちは朝早くトラックに乗り込んで出かけた。

北朝鮮では薩摩芋は珍味に属した。ふつう畑では穫れなかった。朝鮮人も支那人も作らなかった。気候のせいもあるのだろう。冬になると内地から干芋が送られて来た。しかしふかした薩摩芋が食べられるのは、黒鉛山の芋掘りのときだけである。わたしは日本へ引揚げて来るまで、あんなうまいものはないと思っていた。配給の薩摩芋を食べるようになるまではそう思っていた。大人たちは年に一回、黒鉛山の芋掘りで内地を思い出していたのかも知れない。わたしたちは芋掘りのあとは、宝探しで黒鉛山を走り廻った。テントの中では芋汁粉の接待もあった。

わたしは黒鉛山の芋掘りには何度か出かけたと思う。三島さんはわたしの家でもよく酒を飲んだ。酔うと座敷から祖母の部屋へやって来て、何かやっては祖母を笑わせていた。永興神社のお祭りでは屋台の中に入っていた。父とは商売上のつき合いもあったのかも知れない。しかしわたしは父と黒鉛山の芋掘りに行ったことは忘れていた。

写真で真先にわかったのは山室さんだった。最前列の左から三番目に腰をおろしている。七三の頭、ちょび髭、そしてきちんと背広を着てネクタイをしているが、芋掘りであるから右手で鍬《くわ》の柄を握っている。左手も軽く曲げて鍬の柄に添えている。手首には腕時計が見えた。

次にわかったのが、父だった。あっ、と声を出したのはこのときだろうと思う。父が写っているならば、わたしも写っているかも知れないと思った。父は和服を着ていた。ソフトを脱いで左手に持ち、帯の上あたりに当てている。父は帽子を目深にかぶる癖があった。軍帽でもソフトでもそうだった。しかしここでは帽子を取っている。それで顔が丸見えだった。頭は五分刈りである。眉をちょっとしかめ心持ち首を左へかしげている。ちょび髭が見える。この髭でちょっと年齢がわかりにくくなった。これがなければ、ずいぶん若い顔つきである。山室さんと比べて見ると、それがわかった。五分刈り頭のせいもあるかも知れない。耳が馬鹿に大きく見えた。

父は山室さんの斜めうしろに立っていた。間には、小学生の学生帽と戦闘帽と小さな子供のショウちゃん帽が挾まっていた。男の中で和服姿は一人だけだった。父が目立ちやすかったのはそのためもあったと思う。

わたしは自分を探しはじめた。写真は縦十五センチ横二十センチくらいの大きさである。しかしそのどこを探してよいのか、咄嗟にわからない。それにわたしが必ずいるとは限らなかった。そのとき父と一緒に行ったのは兄か弟かも知れなかった。写真は当然のことながら黄色くなっていた。しかしそれはいかにも朝鮮の秋の気配に見えた。時刻は芋掘りが終ったあとの午後三時ごろだろう。父が眉をしかめているのは、まだ太陽の光がまぶしかったためかも知れない。敷き並べられた蓆にも秋の陽が当っていた。禿山のゆるい裾のうしろの空には雲一つ見えなかった。

わたしはなおも写真を眺め続けた。しかしわたしの顔はなかなか見つからない。視線はいつの間にか父へ行っているのである。わたしは父のまわりを探して見た。父の左隣の二人は戦闘帽をかぶった大人である。兵隊かも知れない。父の右隣の五分刈り頭は、宗の父親らしい。同じ五分刈り頭でも宗さんの方は、父とは反対にでっぷり肥えていた。そしてにっこり笑っている。宗さんは確か黒鉛山の関係者だった。わたしは思いついて宗を探しはじめた。宗はわたしより一級下だった。しかし視線が子供の中へまぎれ込むと、たちまち焦点が定まらなくなった。とつぜん目に入って来たのは、田中の父親だった。

田中の父親は最後列の真中あたりにヘルメットをかぶって立っていた。眼鏡をかけているが、左眼の方は白い眼帯である。若い時分、野球ボールを目に当てたのだという。そういう話だった。この顔はどこにいてもすぐわかった。おそらく永興じゅうの日本人で最も特徴のある顔だろうと思う。わたしは田中さんから何本か歯を抜かれた。生え替りの時期に前の乳歯が抜けないうちに、うしろから新しい歯が生えて来たのである。どういうわけか下の歯だけそうだった。そのためわたしの下の歯はいまでも乱杙歯《らんぐいば》だった。田中さんはワイシャツにネクタイをしめ、左肩に鍬をかついでいた。

わたしは田中を探しはじめた。同級生の田中満である。彼が来ていれば、わたしも来ているだろう。彼がいなくて、彼の兄の豊文さんがいれば、芋掘りにはわたしではなく、豊文さんと同級だったわたしの兄が来たはずだった。子供の大部分は小学生らしい。そして男がほとんどだった。セーラー服におかっぱ頭は二つしか見えない。小学校の男の子は、まだほとんどが黒の学制帽である。太平洋戦争はまだ始っていなかったのだろう。とするとわたしは小学校の一年生か二年生である。小学生の戦闘帽は、二つ見えた。最前列に一人と、そのすぐうしろに一人だった。

誰と誰だろう、とわたしはのぞき込んだ。すると、田中満が見つかったのである。

田中は戦闘帽ではなかった。最前列の戦闘帽の右隣だった。田中はまことに堂々と写っていた。小学生中、随一だろう。学生帽をきちんと真直ぐにかぶり、顎紐をかけている。顔は正面を向き、口を結んでいる。そして左膝を立て、右手で鍬を銃のように地面に立てていた。そのポーズはまったく群を抜いていた。左隣の戦闘帽が、口を開き、両脚を投げ出しているため、余計に目立った。

内心わたしは冷やりとした。このだらしない戦闘帽が、もしや自分ではないかと思ったのである。本気で一瞬そう思った。しかし戦闘帽はわたしではなかった。一級上の平沢だった。銀行支店長の息子の平沢修だった。その左隣がわたしだったのである。

黒の学生帽でもない。戦闘帽でもない。運動帽でもない。登山帽でもない。何だか奇妙な白い帽子を、わたしはかぶっていた。形は鳥打帽のように見える。たぶん祖母の土産だろうと思う。芋掘りの朝、無理矢理それをかぶせられたような気がする。わたしはふつうの学生帽で行きたかった。しかし祖母はわたしに自分の土産の帽子をかぶせてしまった。わたしは何だか恥かしくて、いやだった。わたしはとつぜん、そんなことを思い出したのである。

わたしの体は、ほとんど見えない。顔も左頰のあたりは、立てた鍬を握っている平沢の右腕のためにかくれていた。そのためにわたしの顔は左へ傾き、右頰はほとんど隣の山室さんの左腕にくっついていたのである。鳥打帽のような白い帽子が、山室さんの左肩の下にあった。

「あんたが写っとるかね」

と山室さんがいった。わたしは白い帽子を指で押さえて、アルバムを奥さんの方へ渡した。奥さんがそれを山室さんに教えた。山室さんはルーペを当てて写真をのぞいた。

「このわしにくっついとるのが、あんたかな」

「はあ」

「こりゃあ、ずいぶんこまいのう」

「はあ」

「鍬ばかり大きゅう見えるのう」

「はあ」

「じゃが、これはまたずいぶん奇しき縁じゃな」

写真にはその他、次の人々が写っていた。もちろんわたしにわかった人々だけである。平沢の母親、田中の母親と弟、種物屋の石黒さん、山室さんの奥さん、中島の兼子さん、それから歌子さんとわたしの弟の泰久である。泰久はまだ三つか四つだろう。歌子さんの膝に抱かれている。兄の顔は見つからなかった。すぐ下の弟忠彦も見えない。わたしの家からは父とわたしと歌子さんと泰久が出かけたらしい。

写真は昭和十五年のものだった。それがわかったのは、翌日である。起きたのは十時過ぎだった。なにしろ前夜は、午前一時を過ぎていた。わたしが到着した夜の八時過ぎから、時間はそれだけ経っていたのである。遅い朝食のあと、わたしはもう一度芋掘りの写真を見せてもらった。前夜の不思議さがまだ尾を引いていた。

「この山室先生は、お幾つくらいですか？」

とわたしはたずねた。

「そうやな、いまのあんたぐらいじゃないかな」

「四十二、三」

「そんなもんじゃろ、この顔は」

「すると、うちのおやじは」

「わしより、六つ下じゃろ」

「すると、三十六か七ですかね」

それでは剥がして見ようということになったのである。奥さんが果物ナイフを持って来てわたしに渡した。わたしは慎重に剝がしにかかった。

「アルバムの方は破れてもええからな」

「少しこさいだらええでしょうな」

と奥さんもいった。わたしは写真の四隅に少しずつ果物ナイフの先を入れた。日本じゅうに一枚しかないかも知れない写真だった。おそらくそうに違いなかった。思ったよりも写真はうまく外れた。ほっとして裏返すと、「昭和十五年十月」のペン字が見えた。右端である。そのすぐ脇にアルバムの黒い紙がくっついていた。もう一行書いてある字は、そのために見えない。下の方の「芋掘り」だけが辛うじて読めた。

写真は近くの写真館で複写してもらうことになった。

「この写真はな、持って帰ってええからな」

とはじめ山室さんはいった。

「お母さんにも見せたらええ」

「それでは拝借して、複写させていただきます」

とわたしはいった。しかしそれならばここの写真館に頼めばよかろう、ということになったのである。

「すぐ隣やからな」

そういうと山室さんは写真を持って出かけて行った。そしてすぐに帰って来た。しかし複写はすぐには出来ないらしい。ちょうど稲刈りの最中だという。

「あんた、いつまで泊れるかな」

「はあ、今晩もう一晩だけお邪魔させていただいて、明日はおいとま致さないと」

「明日じゃ間に合わんな」

写真館の稲刈りは四、五日かかるらしかった。

「よしよし、出来たら送ろう」

吉備真備の記念碑のある丘は、旧山陽道を百メートル程東へ行って右へ登ったところだった。そこにある神社は、通称吉備様だという。丘はゆるい斜面だったが、その上の石段を登るのは山室さんに悪いとわたしは思った。ただ折角案内してもらったのであるから、わたしだけ一人で登って見て来てもよかったのである。それに山室さんは、薄い色つきの眼鏡をかけていた。白内障だという。手術はあと二、三年後でなければ出来ないらしい。理由はわからなかったが、そういう話だった。

「それまで命の方がもたんかも知れんがな」

と山室さんはいった。色つき眼鏡は外出のときだけかけるらしい。

「ステッキは使われないんですか」

しかし山室さんは黙って石段を登りはじめた。わたしは並んで肩を貸した。しかしうまくゆかなかった。わたしは山室さんのうしろにまわり、帯のあたりを支えるようにして石段を登った。吉備様の拝殿は小さなものだった。山室さんは拝まずに、そのまま裏へ廻った。拝殿の真裏が吉備真備の墓所だった。「吉備公墳」と書かれていたが、柵の中は立入禁止だった。その手前に巨石に刻まれた「吉備公墓碑」があった。「弘化四年歳次丁未冬十月　領主伊東播磨守藤原朝臣長寛立石」の署名がある。

墓碑の前で写真を撮った。カメラは山室さんが出がけにわたしに持たせたのである。自分は扱えないから、わたしに撮るよう山室さんはいった。わたしは内心少し弱った。カメラはオリンパスＤＥだった。これなら何とかなるだろうと思ったが、もちろん当てずっぽうだった。はじめはわたしが山室さんを撮った。同じ位置から今度は山室さんがわたしを撮った。

吉備様の裏側は、日露戦役の忠魂碑などのある小さな広場だった。見下ろすと崖一面が竹藪だった。真備町は竹の子の特産地だという。竹藪の真下に見える家が山室さんの家だった。裏を一めぐりするともとの石段の登り口へ出た。そこから今度は少し奥へ入ると、眼下に寺の山門が見えた。吉備寺だという。行って見るにはだいぶ歩かなければならないだろう。わたしたちはそこで引き返し、丘を下りはじめた。

「あんたは昨年、わしの家の前を通ったんじゃろう」

と山室さんは坂の途中で立ち止っていった。

「旧山陽道はな、あっちからこう来とるんじゃからな」

そういって山室さんは、東の山の方を指さした。わたしはそこを一枚写真に撮った。

「昨年あんたが行ったとこことは、永興と順寧ぐらいのもんじゃろう」

東にも南にも低い山が見えた。ゆるい坂を下って行く真正面に見えるのが小田川の土手らしかった。しかしわたしは坂の途中から落着かなくなった。複写に出した写真のことだった。どうしても借りて帰りたくなったのである。写真屋の稲刈りが済むまではとても待ち切れない気がした。それに複写二枚だけでは物足りなかった。出来れば十枚くらい頼みたかった。そのためにもやはり借りて帰る方がよいと思った。

「山室先生」

と思い切ってわたしはいった。

「あの写真のことですが、やはり拝借して行ってよろしいですか？　帰れば知合いのカメラマンもおりますし、便利ですから」

実さいには誰に頼むか決めているわけではなかった。しかしまるきり当てがないわけでもなかった。とにかく借りて帰りたかった。黄色くなった写真を、家へ帰ってもう一度ゆっくり眺めたかったのである。

「折角頼んでいただいて、悪いんですけど」

「いや、そりゃ構わんじゃろ」

「どうも申訳ありません」

「技術もその方がええじゃろう」

写真屋は山室さんの家のすぐ左隣だった。いわゆる町の写真館ではなく、表はカメラや写真の材料店で、赤ん坊をおぶった若い女性が店番をしていた。

「お客がな、明日帰らんといかんのでな」

山室さんがそういうと、写真はすぐに返してもらえた。ちゃんと写真屋の袋に入れてあった。写真屋へ山室さんのうしろから蹤《っ》いて入ったとき、オリンパスDEの正しい扱い方をたずねようと思いついた。しかし、芋掘りの写真を受け取って店を出て来るときは、もう忘れていた。山室さんの庭で、裏の崖の竹藪を背景に撮ろうとしたとき、それを思い出した。しかし五、六枚撮っているうちに、ふたたび忘れてしまった。中庭では山室さんに撮ってもらった。わたしは旧棟の縁側に腰をおろして、五、六本の鶏頭を見ていた。すると、とつぜんナオナラを思い出した。

「先生、ナオナラをおぼえておられますか？」

座敷に上ってからわたしはたずねた。

「ナオナラ？」

「永興におった、朝鮮人の女のキチガイですが」

「知らんな」

「じゃあ、天狗のアボヂはどうですか」

「天狗？」

「天狗みたいな鼻で、ぶつぶつ穴ぼこだらけの」

「天然痘じゃろう」

「そうかも知れませんが、五十くらいの男で、永興の町をいつもぶらぶら歩いたり、路にしゃがみ込んで、長煙管で煙草を吸ったりしてましたが」

「知らんなあ」

「じゃあ、キンソーナーは、やはりご存知ありませんか？」

「キン？」

「ナオナラは女で、キンソーナーは男のキチガイです」

「それも知らんな」

山室さんは火鉢の前で煙草を吸っていた。そこへテーブルにカステラが運ばれて来た。

「お土産開きです」

と山室さんの奥さんはいった。山室さんは煙草を消して、カステラを一きれつまんだ。そして奥さんに向っていった。

「今夜は少し早う晩飯にせんかな」

ナオナラも天狗鼻のアボヂもキンソーナーも、大人には無関係なものだったのだろう、とわたしは思った。それから思いついて、前の晩にきいた宮脇と本田の住所を忘れないうちにと思ってわたしはたずね、手帳に書き取った。宮脇は鹿児島県出水市、本田は島根県松江市だった。宮脇は県庁勤めの獣医で、ときどき手紙を寄越すという。本田の方は父親の住所で、本田自身は何をしているかわからないらしかった。

「電気会社の林のことは、ぜんぜんわかりませんか？」

「ぜんぜんわからん」

「あの終戦当時の、永興の日本人全体の名簿みたいなものは無かったんですかね」

「それが無いんじゃ」

「そうですか」

「永興小学校にな、稲村さんという書記がおったろう」

「さあ」

「その人にな、終戦直後にわしゃ何べんもいうたんじゃ。早う日本人全部の名簿をこしらえろいうてな。名前と本籍地を書いとけばな、引揚げて来てからも皆連絡がつくやろう」

「あ、稲村さん、知ってます」

「ところがな、その稲村さんの嫁さんが朝鮮人でな、終戦になったら逃げて帰りよったらしい」

「はあ」

「それで本人も、いろいろ大変でな、とうとう出けんやったんじゃな」

「今夜はどっちをあがります？」

とテーブルに器を並べに来た奥さんがいった。

「ビールにしますか、お酒がよろしいですか」

わたしは日本酒の方をお願いした。そしてテーブルの上の写真の袋をボストンバッグへ仕舞いに立った。

「じゃあ、これ拝借致します」

「そうですな。やっぱり持って帰られた方がよろしいでしょうな」

「あんたのお父さんのは、出征のときのやらもあったけどな。軍服のはうるさいいうもんで、皆駄目にしてしもうた」

「まだいろいろ、よう撮れたのがありましたけどなあ」

確かにそれは残念な話だった。しかしその替りわたしは、夕食のあと、山室さん夫妻の「鞍馬天狗」を聞くことが出来たのである。「鞍馬天狗」の話になったのは夕食の最中だった。話のきっかけはわたしが昨年の暮に歩いた吉備路だったと思う。わたしは山室さんからたずねられて「吉備津の釜」の大略を話した。山室さんは、「雨月物語」を謡曲の「雨月」だと思っていたのだという。ところがわたしは、そちらの「雨月」を知らなかった。わたしは山室さんの奥さんからその大略を聞かせてもらった。

　あるところで西行が一夜の宿を乞うと、その家の夫婦がいい争っている。たずねてみると一方は雨の音を聞きたいために屋根を葺きたいといい、他方は月を眺めたいために屋根を葺きたくないのだという。そこで西行はその風流な夫婦のために一首を詠み、一夜の宿にあずかるのである。そういう謡曲なのだという。

「あんたのお父さんが好きやったのは、鞍馬天狗じゃろう」

「あれはずいぶん聞かされました」

「そうじゃろう」

「父とはお謡いもご一緒でしたか？」

「いや、わしらよりずっと先輩じゃ」

「あたしたちが幼稚園のころ、もう高等科くらいでしたからな」

「それからな、いつでもええ加減には謡わん人じゃったな。口先だけじゃやりよらん」

「そうでしたな。いつも大きな声でな」

「顔を真赤にして謡いよった」

　謡曲「鞍馬天狗」は、こう始る。かやうに候者は　鞍馬の奥僧正《ソオジョオ》が谷に住居《スマイ》する客僧《キャクソオ》にて候　さても当山《トオザン》に於いて　花見の由承り及び候間　立ち越え外《ヨソ》ながら梢《コズエ》をも眺めばやと存じ候。シテの山伏は山室さんである。わたしは山室さんの隣に正座して、聞きながら横から本を見せてもらった。子方の牛若丸は山室さんの奥さんである。牛若丸は他の稚児たちや僧と一緒に花見に来ている。そこへ招かれざる山伏が出現したのである。それを嫌って僧や他の稚児たちは引揚げてしまう。

　しかし牛若丸だけは残って、山伏と一緒に花見をしながら、自分の身の上を語るのである。さん候只今《タダイマ》の稚児達は平家の一門　中にも安芸《アキ》の守《カミ》清盛が子供たるにより　一寺《イチジ》の賞翫《ショオクワン》他山《タサン》の覚《オボ》え時の花たり　みづからも同山《ドオサン》には候へども　よろづ面目《メンボク》もなき事どもにて　月にも花にも捨てられて候。牛若丸の身の上を聞いて山伏は感動し自分の正体を打ち明ける。今は何をか裹《ツツ》むべき　我この山に年経たる　大天狗は我なり。そして明晩、鞍馬の奥の僧正が谷において源氏再興、平家追討のための兵法の奥義を牛若に伝授しようというや否や、どこかへ姿を消したのである。

地謡は山室さんと奥さんの声が混り合った。松嵐花《ショオランハナ》の跡訪《アトト》ひて　松嵐花の跡訪ひて　雪と降り雨となる　哀猿雲《アイエンクモ》に叫んでは　腸《ハラワタ》を断つとかや　心すごの気色《ケシキ》や　夕《イウ》べを残す花のあたり　鐘は聞えて夜ぞ遅き。父はこの地謡の部分を最も好んでいたという。山室さんはそういっていた。父は山室さんの前で顔を真赤にして謡ったのだろう。家の座敷の「鞍馬天狗」のときも父は顔を真赤にしていた。そしていつも和服だった。その正面に兄とわたしは二人で正座していた。兄が小学校六年のときは、わたしは三年生である。兄が五年生のときは、わたしは二年生である。芋掘りの写真で鳥打帽のような白い帽子をかぶっていたわたしだった。そも〳〵武略《ブリヤク》の誉《ホマレ》の道《ミチ》　そも〳〵武略の誉の道。「鞍馬天狗」はようやく終りに近づいていた。兄が正座した足の左右の親指を重ね代えた。わたしも左右の親指を重ね代えた。すでに兵法の奥義の伝授は終った。驕れる平家を西海《サイカイ》に追《オ》つ下《クダ》し　煙波《エンバ》滄波《ソオハ》の浮雲《フウン》に飛行《ヒギヨオ》の自在を受けて　敵《カタキ》を平らげ　会稽《クワイケイ》を雪《スス》がん。天狗は牛若丸に別れを告げる。その袂に牛若が縋る。しかし天狗はそれを振り払う。隣の兄がまた親指を重ね代えた。わたしもまた重ね代えた。そのとき顔を真赤にした父の最後の声が聞えたのである。頼《タノ》めや頼めと夕影暗き　頼めや頼めと　夕影鞍馬の　梢《コズエ》に翔《カケ》つて　失《ウ》せにけり。

後記

この小説は昨年一年間、雑誌「海」に連載して出来上った。書き方は、まず第一回目を書き、次はその書かれた前のものをモチーフにするという方法だった。そういう書き方で、一月号から十二月号まで十二回書いた。だから、全体は六百枚近い長さになったが、作り方は連歌、連句に似ていたかも知れない。

わたしがここで書こうと思ったのは、自分の過去を思い出している一人の「私」である。わたしの過去は、朝鮮につながるものだった。このことはすでに、他の幾つかの小説にも書いた。朝鮮とわたしの結びつきは、確かに日本人として幾分か特別のものであっただろうと思う。

しかしわたしはここで、何か特別な体験を書いたつもりはない。当の本人にとっては、どのような体験も、いわゆる特別な体験などというものではなく、あくまでも自分の体験に過ぎないのである。

ただ、そう考えるまでには、正直にいって多少の時間がかかった。敗戦のとき中学一年生の小坊主であったわたしが、四十三歳の中年男に変化するくらいの時間はかかったのである。

わたしは敗戦のとき自分が植民地の中学一年生であったことを、幸せだったとも不幸だったとも思わない。ただ少しばかり厄介な運命であったと思っている。つまり、ある日とつぜん変化が起こった。数珠つなぎにされた朝鮮人たちが放り込まれていた警察の牢屋に、今度は日本人が入ることになったのである。

それは、とつぜんであり、原因不明であったがために、幻想的であった。同時に、そのような原因不明の世界にとつぜん放り出された半人前のわたしは、まことに滑稽な存在であったに違いないと思う。そしてずい分長い間、わたしはその自分の体験を、多少なりとも特別なものではなかろうかと思っていたのである。

しかしどうやら、それがまことに当り前な世界の構造であることにわたしも気づいた。ただ、今度は、あの場所からこの場所に移って来たわたしが、こうやっていま生きていること自体が、どことなく不思議なことに思われて来たのだった。あのときまでのわたしと、いまこうして四十三歳になっている自分とが、間違いなくわたし自身であることが不思議なのである。

ご覧の通り、この小説では、資料は何も使わなかった。例えば「鞍馬天狗」中の「永興《えいこう》事件」にしても、精《くわ》しい資料を使えば、自ら別の物語になったと思う。わたしたちが小学校の遠足に出かけた順寧の朝鮮寺は民族運動の拠点であって、そこで見た木靴をはいた朝鮮人僧たちはその運動の戦士たちの世を欺く姿だった、というようなことも、あるいはあったのかも知れない。

しかしわたしがここで考えたのは、一人の人間の記憶と、事実との関係ではなかった。わたしの関心は、まことにあいまいで辻褄の合わない記憶と、現在との関係にあったのである。先に書いた不思議さは、たぶんその関係の不安定によるものだろう。わたしはその不思議さを、書きたいと思った。

もちろん、現在からみて過去が夢だというのではない。また反対に、過去からみて現在が夢というのでもない。この小説でわたしが考えてみたのは、過去から現在へ向う時間と、現在から過去へ向う時間の複合だった。その両者が二色刷りになった、時間そのものである。

「夢かたり」というのは、そういう二色刷りの時間を書くのに、わたしが考えてみた一つの方法だった。だからこれは、この小説の題名であり、同時に方法であり、またスタイルでもあったといえるだろう。

最後に、ここで使わせてもらった何冊かの書物の著者に更《あらた》めてお礼を申し上げたい。また、ここに実名で書いた古い知人友人たちの多くは、いまだに消息不明のままであることをつけ加えて置きたいと思う。

後藤明生

昭和五十一年二月

行き帰り

習志野（「行き帰り」に改題）

すでに梅雨だという。わたしがこの習志野に移り住んでから、二度目の梅雨である。どこかで紫陽花を見たような気がした。しかし、どこで見たのか思い出せない。思い出せないまま、わたしはそのことを何度か思い出したり、また忘れたりしていた。

ある日、長女が自転車を調べてくれという。パンクしているのかどうかわからないらしい。わたしは五階から降りて、物置きのところへ行った。午過ぎだったから、たぶん日曜日だったのだろう。物置きは鉄筋コンクリート五階建ての各棟の付属品であるが、世帯数よりはずっと少ない。五分の一くらいかも知れない。希望者だけが買うことになっているのである。わたしは物置きは不要ではないかと思った。しかし妻に委せておいたところ、購入したのだった。最初の値段の半額以下になったからだという。

わたしが十年ばかり住んでいた住宅公団の団地からこの買取り式のアパートへ移ったのは一昨年の秋である。子供たちの夏休みが終ると、旧居の方はすでに引越しの準備で、部屋の中はダンボールだらけになっていた。それでわたしは、仕事机代りの電気炬燵と夜具一式だけを親戚のものの車で新居の方へ運んでもらい、自分だけ一足先に移転して、がらんとした家の中で一人暮しをはじめた。

わたしは近くの商店へ行って薬罐と魔法瓶とを購入して来た。しかし気がついてみると、カーテンが無い。わたしは妻へ電話をかけてカーテンを頼んだ。幸い電話だけは据え置きだった。わたしは中古のアパートを買ったのである。電話は先住者が置いて行ったのである。何も無いダイニングキッチンの床の上に、電話機だけが残っていた。持ち上げると下からゴキブリが這い出して来た。翌日、妻はカーテンを持って来た。取り敢えず一部屋分だけだという。わたしはそれが取り付けられるのを待ち、敷き放しのままのふとんに妻を寝かせた。

物置きの値段のことは、そのあと妻からきいたのだったような気もする。物置きははじめ、すぐ下の四階の人に譲りたいような話だったらしい。先住者の奥さんがお産のときいろいろ世話になったのだという。そして値段はこのくらいだということだった。それがどのくらいであったのかいま思い出せないのであるが、わたしにも少し高過ぎるような気がした。世話になったという理由で譲るには、少々高過ぎるように思えた。それで妻は、諦めるといったらしい。すると暫くして電話があった。そして最初の半値以下で話がまとまったらしい。

「なかなかやるじゃないか」

とわたしはいった。先住者の奥さんの顔をわたしは一度だけ見ていた。はじめに家を見せてもらいに行ったとき、お互いに夫婦で会ったのである。

「四階の奥さんとは、うまくゆかなかったんだと思うわ」

と妻は満足そうにいった。

「旦那にいわれたんじゃないか」

「そうか知ら」

「旦那の方がおとなしそうだったろう」

「でも、商人ですよ」

「しかし、いくら何でも悪いと思ったんじゃないかね」

「彼女はさぞ口惜しかったと思いますよ」

「それにしても半値以下とはな」

わたしはそのことがとつぜん可笑しくなり、笑い出した。妻もいかにも愉快そうに笑った。同じ物置きがたちまち半値以下になった。そのことが先住者の奥さんには口惜しいことであり、妻には愉快なことであった。物置きはマンションだとかハイツだとかでよく見かけるスチール製のもので、広さは一坪もないだろう。妻と長男と長女の自転車を入れると、ほぼ満員だった。あとは奥の方の棚に何かを置けるくらいである。

「ずいぶん汚れちゃってるな」

とわたしは長女の自転車を見ていった。

「だって、ずいぶん乗らなかったんだもん」

「どうして？」

「どうしてだかわかんないけど、何だかパンクしちゃってると思ってたんだもん」

「本当かね」

「本当だよ」

「本当は、あきちゃってたんだろう」

「そうじゃないよ」

「本当はあれだろう、お母さんの自転車の方がいいと思ってたんじゃないのか」

「そうじゃないよ」

長女の自転車はパンクしていなかった。わたしが空気を入れ終ると、長女はすぐに乗りたがった。しかしわたしは五階まで油注《あぶらさ》しとぼろ布を取りにやらせた。そして自転車を逆さまにひっくり返し、ぴかぴかに磨きあげた。

「本当はペーパーがあるといいんだがな」

「ペーパーって？」

「ええと、紙やすり、っていうのかな」

「紙やすりって？」

「紙やすり知らないのか」

「ずいぶん、ぴかぴかになったね、お父さん」

「ハンドルのところが、ちょっと錆びてるだろう」

そこに紙やすりをかけたいと思った。

「よし！」

とわたしはいった。

「もう乗っていいから、文房具屋さんに行って紙やすりを買って来なさい」

「いくらなの？」

「お金はお母さんからもらって行きなさい」

「はーい」
しかし長女は、どこへ行ったのか、なかなか戻らなかった。わたしはちょっと腹を立てたが、やがて忘れてしまった。物置きから妻の自転車を引き出して磨きはじめたのである。わたしは桃色をした婦人用自転車を、やはり逆さにひっくり返した。まだ小学生のころおぼえたやり方である。店で働いていた張や金や李たちがやっているのを見ておぼえたのだった。彼らが使うぼろ布は油で煮しめたような色をしていた。それは自転車のどんな細かい部分にもゆきわたった。どんな隙間にも滑り込んだ。車輪にかぶさった泥除けの内側にも、放射状をなす細い鉄線と鉄線の間にも、チェーンがかぶせられた泥除けの裏側にも滑り込んだ。そしてわたしは妻の自転車に対しても、その通りにしたのである。

妻の自転車はぴかぴかになった。新品同様。まことに平凡であるが、その言葉がまず浮んだ。そこへ長女が戻って来た。紙やすりは売っていなかったという。そうか、といってわたしは自転車に油を注した。妻の自転車には、まだ錆は見当らなかった。ペダル、車輪の芯、歯車に油を注し終えて、わたしは逆さになっていた自転車を元に戻した。そして汚れた手で煙草を取り出し、一本を摘むようにして口にくわえて火をつけると、自分が本物の自転車修理工のような気分になった。額の汗をシャツの袖口で拭い取った。およそ一時間くらいの出来事だったと思う。

夜は、テレビの野球中継を見ながら、新聞むしりをやった。古新聞を細かくむしって猫の便所に用いるのである。猫の便器用の砂では、もといた団地でもさんざん苦心をした。砂だらいの砂は一週間足らずで臭くなった。しかし団地ではその猫の便器一杯の砂を探すのに苦心をする。また臭くなった砂の捨て場にも苦心をする。その事情は、引越して来た今度の買取りアパートの場合も同じだった。

アパートから海までは三百メートルくらいのものだろう。東京湾の一部であるから方角は南である。わたしは最初、海が近ければ砂に不自由はないものと思った。しかし、色も形も同じような四角い建物の間を抜けて行くと、コンクリートの堤防に突き当った。突き当る手前に、古い木造平屋の一塊があった。これはアパートよりもだいぶ古くからあったらしい二軒続きの棟割り住宅で、某省の官舎だという。そして聞くところによるとこのあたりの水面は、その官庁の名を取って某省水面と呼ばれているらしかった。

コンクリートの堤防は水面沿いに長く伸びている。ちょうど人一人が歩ける程の幅である。しかし堤防の下は砂浜ではない。海でもない。目下埋立て中のどぶ泥だった。たぶんそれは猫だらいの砂よりも臭いだろう。沖合二、三百メートルのあたりに青い柵のようなものが見えた。そのあたりから埋め立てはじめて、手前の方は干潟になるのを待つやり方なのかも知れない。

どぶ泥の中に、腐りかけたような小舟が一艘、置き去られていた。倒れないのは底が泥にめり込んでいるのだろう。わたしが最初に見たときから、ずっとそのままだった。ただ、ある日、少しばかり舟は沈んでいるように見えた。満潮時だったのかも知れない。どぶ泥化した水面にも、干満の差はあるのかも知れない。半殺しにされた海でも、まだ海以外のものではないのかも知れない。

この半殺しの海は、いつかは新しい道路に変るらしかった。八車線とか十車線とか、大変な自動車道路だという。しかしそうはさせたくないという運動もあるらしかった。ある日、郵便受けに一枚のビラが入っていた。日曜日の朝六時、何々バス停前に集合しよう。双眼鏡など持参のこと。主催は、野鳥を守る会とあった。正面から埋立て反対とは書いてなかった。いま埋立て中の某省水面は日本でも珍らしい野鳥の楽園となっている。その楽園を自分たちの手で守ろう。確かそんな趣旨だったと思う。

「おい」

とわたしは妻にたずねた。

「何とかバス停って、どこなのかね?」

「え?」

「このビラ見たんだろう」

「あ、これですか」

「遠いのかね」

「競馬場の裏側の団地ですよ」

「競馬場の?」

「ほら、いつか一度行ってみたでしょう」

そういって妻はダイニングキッチンからベランダへ出て行った。わたしも煙草をくわえてあとに続いた。ベランダは、南向きだった。海の方である。

「こっちの方角ですよ」

と妻は指さしてみせた。しかし海も団地もそこには見えなかった。見えるのは競馬場である。わたしはこの競馬場のことはまるで知らなかった。これも無趣味のせいであろうが、知らずに入居したのである。そしてある日、何かラッパのような音を聞いてベランダへ行ってみると、目の下を疾走して来る馬の姿が見えたのだった。その間近さにわたしはおどろいた。テレビか映画を見ているような具合だった。思わず身をかわそうとしたくらいである。競馬好きの知人にそれを話すと、あれは草競馬だということだった。市営か県営ということらしい。

競馬場は、ベランダに立って右側だった。西側である。アパートとの間に一本の道があって、それが市の境界であることもあとでわかった。その境界の道沿いに、比較的高いブロック塀があって、向う側に同じような二階造りの木造家屋が並んでいた。それが厩舎らしかった。二階の家には小さな物干台があって、子供物や女物の洗濯物が見えた。そして、ブロック塀に沿って歩いていると、野球帽をかぶった男の上半身が、とつぜんブロック塀越しに、ふわっと見えることがあった。見えたかと思うと、すぐに隠れた。わたしには厩舎というものの構造はよくわからないが、野球帽の男はブロック塀の向う側を馬で歩いていたのである。

「ははあ、あの団地か」

とわたしは、妻が指さしている方を見ながらいった。

「まだ寒かったから、ここへ越して来て間もなくですよ」

「ふうん」

「競馬場の裏の方を、海沿いの道をずっと行くと……」

「何だかひどい道だったな」

「工事の大型トラックですよ」

「ははあ」

「何か、ゴルフの練習場みたいなところがあったでしょう」

「ふうん」

「あの団地のあたりの、バス停ですよ」

「おい、おい」

「え？」

「じゃあ、埋立てじゃないのか」

「あの団地でしょう」

「そうだよ」

「そうですよ」

「そうですよ、じゃないよ」

「何が？」

「だって、あの団地は埋立てなんだろう」


コンクリートの堤防へ行くと、その団地は右手の海の中へ突き出て見えた。住宅公団の団地で、賃貸式と買取り式の両方だという。いつ頃出来たのかはわからない。わたしが越して来た中古アパートと同じ頃かも知れなかった。五階建ての建物の色の具合から見て、そんな見当だろうと思う。その埋立て地に出来た団地が、野鳥を守る会の集合場所らしい。

わたしは野鳥を守る会の集合場所へは行かなかった。埋立て地に住んでいる人間が埋立てに反対する会。そういう会に出かけてみるのも面白いことだと思った。出かけて行けば、わたしなどが堤防の上に立って呆んやりと考えているようなこととはまったく異った何事かが、そこにはあるのだろうと思う。なにしろ会である以上、いろいろな人間が集るに違いなかった。それはこの半殺しになったどぶ泥の海に、いろいろな野鳥が集って来るのと似ているような気もする。わたしは野鳥のことはまるでわからないが、海がいまのようにどぶ泥になる前は、ここは野鳥の名所ではなかった。潮干狩りで有名だった。野鳥の楽園となったのは、埋立てがはじまり、海がどぶ泥になってからなのである。そして野鳥を守る会が出来たに違いなかった。野鳥はどこからともなく、どぶ泥の海に集って来た。人間はその野鳥のために集って来た。野鳥の種類は大変なものだという。ビラだけでなく、それは新聞の地方版の記事にもなった。会員の種類もさぞ多かろうと思うのである。理由は何であれ、とにかく珍らしい野鳥を見たいという会員もいるに違いなかった。また、何が何でも埋立てには反対という会員もいるに違いなかった。野鳥も野鳥だが、そういう何通りもの人間の集合に立ち混ってみたいという人間もあっただろう。そのために早起きをした者もいたと思うが、わたしは六時には間に合わなかった。行かなかったのはそのためである。そしてわたしは、そのことを特に残念だとは思わなかった。珍らしい種類の野鳥や、それを守る会の人々を見ることは出来なかったが、わざわざ出かけて行かなくとも似たような矛盾はどこにでもあると思った。

わたしはある日、野鳥のことを知人にたずねてみた。彼はすぐそばの谷津遊園の副園長である。谷津遊園はわたしのアパートから最寄りの私鉄電車の駅名でもあった。そして彼はそもそもはその私電会社の社員だった。それがたまたま私電会社の経営する谷津遊園地の副園長という地位についていたのである。

彼とこの地でめぐり逢ったのは、引越して間もなくの夕暮どきだった。あるいは家族のものはまだだったかも知れない。わたしだけが、ダンボールだらけになった旧居の方を逃げ出し、夜具と仕事机代りの電気炬燵だけを新居の方へ持ち込んで、一人で『夢かたり』の第一回分を書いていたときだったような気もする。そしてわたしは、たぶん駅前から遊園地へ至る田舎くさい商店街の食堂へ何か夕食を食べに出かけたところだったのだろう。

冬の夕暮方ですでに薄暗く、とつぜん声をかけられたわたしは咄嗟に面喰った。引越して来たばかりの、まるで縁もゆかりもない土地の路上で、誰かに声をかけられようとは思いもよらぬことであった。

「人違いかな、と思いましたけど」

と彼はいった。薄暗がりの中で、確かに見おぼえのある大きな目と、白い歯が見えた。しかし名前が出て来なかった。彼はデパートの紙袋のようなものを手にさげていた。それでますます見当がつかなくなったが、彼は間違いなくわたしの名を呼んでくれたのである。この縁もゆかりもないはじめての土地で、最初にめぐり逢ったわたしの知人であることに変りはなかった。

「どちらへ？」

とわたしは彼にたずねた。事と次第によってはどこかそのあたりで、ビールでも飲もうかと思った。そうすれば間もなく、彼が誰だかわかって来るだろう。

「いや実はですな」

と彼はいった。そしてポケットから名刺を取り出してくれた。わたしはそこで更《あらた》めておどろき、引越しの事情を話した。

「バラの季節はいいですよ」

と彼は自分の遊園地のことをいった。

「いや、これはよい人がいてくれたもんだな」

「是非、お子さん連れでおいで下さい」

「お住いは？」

「この三つばかり先にいます」

「ではそのうち」

「事務所の方に声をかけて下さい」

やがて知人は駅の方へ消えて行った。その後わたしは、谷津遊園へ都合三度出かけた。最初は何か、中国子供展とかいったような催しのときで、彼に招待してもらったのである。下駄ばきで通りがかりに、ふらりと事務所へ立ち寄ると、彼はちょうど休みだった。事務所は遊園地の入口の右脇にあって、通りに面していた。小ぢんまりした部屋で、ワイシャツ姿の男が五、六人と、若い女性が二人ばかりだったと思う。翌日、彼から電話をもらった。それで二、三日して、今度は長女を連れて立ち寄ると、いま生憎本社の方へ出かけていますが、といってワイシャツ姿の若い男から招待券の入った袋を手渡された。確か十枚入っていたと思う。

「お父さん、十枚ももらったの！」

と長女は目を丸くしていった。

「お父さん、それどうするの？」

わたしはそのうちの二枚を使って、長女と遊園地へ入った。小学校四年の長女が学校から帰ったあとであったから、時刻は四時を過ぎていたと思う。わたしたちは急ぎ足で、中国子供展の会場を見てまわった。他のものはまたいつでも見ることが出来るだろう。

大きなテント張りの特産品売場で、長女は京劇の面をかたどった鉛筆削りと、ガラス製の小さな動物の玩具を買った。

「お兄ちゃんに、花火買って行こうか」

そういって花火も買った。わたしは、円い夏用の座ぶとんを二枚買った。藁で円く編んだ奴である。それと小型の芭蕉扇を一本と絵のついた薄い布張りの団扇を一本買った。そして歩いて来ると、出口門の近くで知人に出会った。わたしは招待券のお礼をいった。

「子供が、あんなにもらってどうするのかって、心配してますよ」

野鳥の話はそのとき出たのだったと思う。しかしその前に、こんな立ち話があった。わたしが中国子供展で見た絵のことをいった。

「ずいぶん大がかりなものがありましたね」

「集団製作のようなものが多いですね」

「絵具も、ずいぶん違うようですな」

「こちらのものより、粗末なんじゃないですか」

「しかし大した作業ですよ。子供もすっかり感心していたようです」

これはわたしの感想でもあった。動物とか人物とか風景とかを、具体的に精密に描いていると思った。長女は終始、うまいね、うまいね、を連発していた。

「でも自由さがないでしょう」

と知人はいった。

「ふうん」

とわたしは煙草に火をつけた。

「やはり、描き方が画一的なんですね」

「リアリズムはリアリズムだな、確かに」

「こちらのように、子供の自由に描かせるやり方は、ないみたいですね」

「なるほど」

わたしの意見は反対に近かった。それでわたしは野鳥のことをたずねた。

「ぼくは寝坊をして、守る方には行ってみなかったけど」

「うちの獣医の話ではですね」

「あ、そうか」

谷津遊園地には動物園もあって、象一頭、白熊、オットセイ、その他猿檻や鳥の巣などがあった。

「いまのままの状態だったら、仮に卵を生んだって、とても育たないということですよ」

「ははあ」

「ま、ちょっと必要があって、調べさせたんですけどね」

「あのどぶ泥では、守ろうとしても無理ということですかな」

「いろいろと複雑なんですよ」

知人の立場はまことにはっきりしていると思った。中国子供展についても、野鳥問題についてもはっきりしていた。

「どぶ泥の海の問題はどうなんですかね」

とわたしは某省水面のことをいった。

「お宅の遊園地の管轄でもあるんじゃないんですか」

「それもいろいろもめましてね」

そういって彼は、特徴のある大きな目をちょっと横に動かし、口許を歪めた。見ると制服制帽姿のガードマンが三名、彼に向って挙手の礼をしていた。中国子供展の会場を警備していたガードマンだろう。警備を終えて帰るところである。知人は彼らの方へ会釈を返した。

副園長とはいえ、彼はまだまだ若かった。三十六、七というところだろう。わたしより六、七歳は年下である。わたしたちが知り合ったとき、彼はまだ独身だった。わたしはまだ会社勤めをしていた。十年以上前だったと思う。わたしたちは、行きつけだった小さな酒場で、名前を知らないうちにお互いの顔をおぼえた。銀座でも何番目かといわれる古い店で、二代目、三代目という客もいるらしい。部厚いラワン材のカウンターがあって、中には女性が一人だった。いわゆる社用族の接待用酒場ではないのである。女性の年をきいてわたしはおどろいた。丙午《ひのえうま》だという。わたしの母より一つ年下だった。とてもそうは見えなかった。酒は一滴も飲まなかった。ときどきカウンターの中で腰をおろし、ピースの両切りを吸っていた。十五のときから銀座に出たという人だった。領収書は必ず公給だった。何十何円まで書いてあった。

わたしは喫茶店代りに、よくその店で人と待合わせた。会社の用事の場合もあった。そこで知り合ったとき、知人はまだ遊園地の副園長ではなかった。私電会社の本社勤めだった。わたしたちはお互いに名前も何も知らないうちに、会えば会釈をし合うようになっていて、ある晩、彼の名刺をもらったのである。彼は一人のこともあり、会社の同僚らしい何人かの連れと一緒のこともあった。勤め人として特に変ったところは見当らなかった。結婚のことで悩んでいたというのも、年齢からして当然だったといえるだろう。わたしはそのことを、ある晩カウンターの中の女性からきいた。わたしの感想をきいてみたいと、彼に頼まれたのだという。確かにわたしたちは、そういう性質の問題を直接に話合う程の間柄ではなかった。彼が間接的に感想を求めたのも、そのためだったと思う。もちろんわたしはすでに妻帯者だった。いま中学三年生になっている長男が、一歳か二歳ではなかったかと思う。

話は、女性がアメリカに留学中なのだという。彼女は知人と大学の同級生ということだった。どういう種類の留学であるのか、詳しくはわからなかった。はっきり婚約をしているのかどうかも、わからない。とにかく男の方は彼女を求めているのだった。もちろん留学はよい。結構である。ただ、気持をはっきりさせて欲しい。確約、確答が欲しい。ところがそれが摑めない。アメリカだから会うことも出来ない。彼はある晩、酔って店からアメリカへ国際電話をかけたという。そしてますます悪酔いしたらしかった。

わたしは自分が知っていた一つの実例を話した。この場合は、職場で知り合った恋愛のようなもので、女性の方が会社を辞めてイスラエルへ出かけた。ある時期、女子大生あるいは女子大出の女性の間に流行したらしいキブツ行きである。キブツとは何か、わたしには知識もなかったし、ほとんど関心もなかった。共産制の共同農場のようなものらしい。男の方は、わたしが勤めていた会社で一時学生アルバイトをやっていた。わたしとはそういう知り合いだった。女とはその後就職した会社で知り合ったのである。二人はある日、当時わたしが住んでいた団地へ訪ねて来た。

「仮祝言《かりしゅうげん》だけでもやって行ったらどうですかね」

とわたしは、どちらへというわけでもなくいった。

「仮祝言、ですか？」

と女は可笑しそうに笑った。

「そう」

「仮祝言か」

と男の方がいった。彼は笑わなかった。そして、ちらりと女の方をうかがった。

「そう。女子大出のあなたには、古くさいと思われるかも知れないけど」

とわたしは女の方へ答えた。これは自分のつもりとしては、男の方へきかせる言葉だった。それが出来なければ、おそらく二人は一緒にはならないだろう。男は本当は、女をキブツとやらへ行かせたくはないのである。行先がキブツだからではない。長く離れることは辛いことであり、不安なのである。しかし女の自由を認めることが新時代の男性の度量であると考えているのに違いなかった。なにしろ女は、女子大出の知識人女性として彼の地へ行くのである。男は不安ではあったが、それを認めないことには、そもそも彼女の恋人たる資格は失われるだろう。男の方が惚れているのである以上、女に嫌われたくなければ、外国行きを認める他はなかった。女が惚れ込んでいるらしいキブツというものに、自分も惚れ込む他はなかったのである。それとも腕力に訴えるかである。

わたしは仮祝言というものを信じているのではなかった。咄嗟の思いつきだったのかも知れない。そういうことをいえば女が笑うだろうと思ったのである。そして、仮祝言などという形式に縋《すが》ろうとする男を、もしも彼女が軽蔑するようであったならば、まず二人は一緒にはなれないだろうと思った。わたしは訪ねて来た二人を見てそう思った。そしてその通りになったのである。もちろん二人の仲が続かなかったのは、何も仮祝言の有無とは無関係だったかも知れない。しかし本当に男と一緒になる気が女にあったのであれば、女は仮祝言を受諾したと思う。最初は笑ったとしても、そうしただろう。ところが彼女の場合そうはならなかった。彼女は、すでに男よりキブツの方へ傾いていたのである。わたしにはそういう女に見えたのだった。

この話を電鉄会社の知人がどう受取ったか、わからない。仲介した酒場の老女性がどんなふうに話したかもわからない。どちらもわたしは確かめてはみなかった。彼の結婚がどうなったのかさえ知らなかったのである。わたしは会社勤めを辞めてからも、たまにその酒場へ出かけた。一年に二度か三度くらいだと思う。彼にもまるで会わなくなった。その後の話もきかなかった。こちらもたずねるのを忘れているようだった。そんな状態で七年か八年は経っていたのである。

「あの観覧車、どうですか」

と知人はいった。

「あ、あれね」

とわたしは、遊園地の出口の近くから観覧車を見上げた。遊園地はすでに薄暗くなりはじめていた。

「まだですか」

「え？」

「富士山が見えますよ」

「富士山？」

「この手の物では、東京一でしょう」

「なるほどね」

「乗ったことあるよ、セッちゃんが来たとき一緒に」

と、どこかへ行っていたらしい長女が戻って来ていった。

「うちの子供も、しょっちゅう乗りに来てますよ」

と知人はいった。

「お子さんは？」

とわたしはたずねた。

「今年、幼稚園です」

「お一人ですか？」

これに対する彼の返事をわたしは忘れた。しかしわからないのは何もそれだけではなかったのである。彼の奥さんのことももちろん知らなかった。

「うちのベランダから、よく見えますよ」

ベランダに出て、右を見ると競馬場、左を見ると遊園地の観覧車だった。東側である。大きな糸車のような観覧車だった。青、赤、緑、黄色、薄青、橙色、そしてまた青、赤、緑の順で箱が見える。動いているのか、止っているのか、わからない。色のついた箱は、大きな糸車の頂上へ向って、ゆっくりと動いているようでもあり、糸車の途中で止っているようにも見えた。

「まだ動いてますかね」

とわたしはいった。

「いや、いま止りました」

そういって知人は腕時計をのぞいた。

「まったく静かな観覧車ですな」

じっさい動いているときも止っているときもまったく音をたてなかった。音をたてない大時計のようにも見えた。

「そろそろ閉園の時間ですね」

「また是非いらっしゃって下さい」

わたしたちは別れた。遊園地の門を出るとき、わたしはもう一度観覧車を振返った。そして、自分の仕事部屋からもこの観覧車が見えることを思い出した。わたしの仕事部屋は北向きの六畳間だった。座机の正面は北側の窓で、顔をあげると向い側の棟の屋根のうしろに給水塔のタンクが見えた。観覧車は、東側の窓から見える。窓の真下はアパートの中の子供用遊園地で、その向うに同じような五階建ての棟が二つ並んでおり、観覧車はその棟と棟の間に挟まって見えた。

わたしは夜通し北向きの六畳間の座机にへばりついていた。それがわたしが一人になっているときの生活だったのである。六畳間の東側の窓から見える観覧車には、青や赤やの豆電燈が点っていた。黄色い箱には黄色の、緑の箱には緑の豆電燈が点っているのだろう。大糸車の中心はバラ色だった。バラの花をかたどったその中心がわたしの部屋の窓からは斜めに見えた。そしてまわりの暗闇の中で豆電燈が点滅していた。大糸車は止っているに違いなかった。しかしゆっくりと動いているようにも見えたのである。

夜通し座机にへばりついていると、昼間はきこえない自動車のタイヤの音がきこえた。アパートの北側を走る京葉道路からだった。ある晩、タイヤの音の合間に、何かの奇妙な鳴き声がきこえた。声は観覧車の方からだった。悪い風邪を引いた子供の咳のような声で、二声続いた。声はそれから毎晩きこえた。谷津遊園のオットセイだという。遊園地のプールに出かけたとき、知人からきいてわかったのである。プールにはわたしと妻と長女と三人で出かけた。長男は学校のクラブへ出かけて留守だった。

小中学校の夏休みが明けて直後の日曜日だったと思う。わたしたちはプールの入口のあたりで知人に出会った。

「事務所へ声をかけて下さればよかったのに」

と彼はいった。

「いやいや」

「たぶん今日あたりがピークでしょう」

「あ、そうだ。今度娘がお宅のスイムクラブの方へお世話になることになりましてね」

長女がとつぜん入りたいといい出したのである。スイムクラブは同じ電鉄会社の経営で、遊園地事務所のすぐ右隣だった。

「そうですか。それはどうも」

プールサイドには食べ物店がいっぱいだった。ソース焼きそばだのお好み焼きだのの匂いが立ち籠めていた。焼きいか、焼きとうもろこしの匂いも混った。プールサイドのベンチも満員だった。その片隅をみつけて、妻は腰をおろした。見物である。長女とわたしは大きな浅いプールと、流れるプールで遊んだ。楕円形の輪になった流れるプールの中央部は野外ステージのようになっていて、褐色の肌をした女たちがバンドに合わせてフラダンスを踊っていた。浮き輪の中に仰向けになって流されていると、女たちの脚が見えたり隠れたりした。

オットセイの池は遊園地の入口の近くにあった。それは出口の近くでもある。その右隣は白熊の池で、汚れた白熊が人工岩の上で大の字になって眠っていた。わたしたちは、そこでまた知人と出会った。プールからあがったあとである。そしてあの真夜中の奇妙な鳴き声の主がオットセイであることを知った。オットセイは池の中で、もぐったり浮き上ったりしていた。

「大きい方が牡です」

「ははあ、あいつの声ですか」

「あれが日本一らしいですよ」

「日本一？」

「人間でいうと、九十何歳かに当るらしいですね」

「ロンドンの動物園に、同じくらいのがいるそうですがね」

「ほう」

「ほう」

オットセイの鳴き声はその後も毎晩きこえた。相変らず風邪引き子供の咳のような声である。そしてわたしも相変らずだった。ただある日とつぜんわたしの歯が痛みはじめた。二月二十四日、午後歯科。座机の上の予定表にぽつんとそう書かれている。これは日記ではない。わたしは日記をつけていない。それに代るノートの類もない。日日の記録といえばこの予定表のみである。何年か前から毎年某通信社の予定表をお年玉にもらうようになった。ふつうの週刊誌くらいの大きさで、一月一枚のカレンダーなのであるが、日付の横に付けられたメモ欄が広くて便利だった。わたしはそこへ仕事その他の予定を書き込んでおく。締切り、枚数、来訪者、こちらから東京へ出かけて行く日、時間、場所、等々である。メモ欄に書き込み切れぬ程のメモはなかった。何の印もない欄もあった。

わたしの歯は予定表に書かれた日の何日か前に痛みはじめたのだと思う。夜中だった。わたしは洗面所の電燈をつけ、鏡をのぞいてみた。歯並びの悪い汚れた歯が映った。特に下歯は乱杭歯《らんぐいば》だった。その両脇の歯ぐきが黒くえぐれていた。

「ははあ」

とわたしは独言をいった。乱杭歯はもちろん、いまにはじまったものではなかった。祖母は乳歯の抜け代りを、八歳欠《はっさいか》けといった。わたしはその八歳欠けが遅く、何度も歯医者へ通った。永興《えいこう》の田中歯科である。小学校で同級生の田中の家だった。わたしの下歯はどういうわけか二枚重なってしまうのだという。前の乳歯が抜けないうちに、うしろから永久歯が生えて来るらしい。わたしは田中の父親から何本か前の歯を抜いてもらった。

「君の歯は丈夫過ぎたんだな」

と田中の父親はいった。しかし前の歯のうしろから生えていた歯は、歯ぐきのつけ根のところで早くも歪《いび》つになっていた。下歯の前列はすべてそうだった。そうして前の歯が抜かれたあとは、当然の結果として乱杭歯となったのである。

わたしは洗面所で鏡をのぞいたあと、電話の下の抽出《ひきだ》しをあけて、正露丸を三粒飲んだ。それから翌日、近くの薬局へ出かけて売薬を求めた。今治水《こんじすい》である。このなつかしい名前の薬がいまもあることを、わたしはテレビの宣伝で知っていた。ただしいまのものには、上にネオとついていた。小型のピンセットで丸めた脱脂綿を摘み、薬をしみ込ませると脱脂綿は黄色く染った。その歯ぐきにしみる臭いが田中歯科を思い出させた。田中の父親は眼鏡をかけていた。しかし片方は白いガーゼだった。若いころ野球のボールが当ったのだという。田中にもずいぶん会っていないなとわたしは思った。わたしたちはあのとき永興で別れ別れになって以来、二十九年ぶりかで再会した。ちょうど二年前だったと思う。しかしもっと長いこと会っていないような気がした。わたしが思い出す田中は、二年前に東京で再会した田中ではなかった。永興の田中だったのである。

わたしは三日ばかりネオ今治水で我慢してみた。昨今の歯科の混雑ぶりはわたしも知っていた。何年か前、やはりとつぜん歯が痛みはじめた。近くの歯科へ出かけて行くと、来月の何日なら受付けますという。受付の女性にそういわれたのである。わたしは呆然として帰って来た。不思議なことにそれから以後、歯医者には行かなかった。余りの腹立ちのために歯痛を忘れたのかも知れない。歯科へ行く代りにわたしは按摩にかかった。わたしの肩こりはすでに十五、六年来のもので、結婚前からだった。最早や骨がらみで、月に一度わたしは座机の前で首振り人形になった。知らず知らずのうちに、前後左右に首を振っているのである。振る度に首の骨が鈍い音をたてた。こうなるとわたしの頭はまるきり使いものにならなくなった。目の前で銀粉が舞うこともあった。そして鈍い歯痛をおぼえた。一人で何かを背負い込みでもしたように、わたしは知らず知らずのうちに歯を喰いしばっていたのである。歯痛と肩こりはそういう形で結びついていたのだった。

しかしネオ今治水で三日我慢したあと、ついにわたしは歯医者へ出かけた。新聞でもテレビでもロッキード、ロッキードと騒がしくなりはじめた時分だったと思う。コーチャン、コダマ、クラッター、ピーナツ。幸い中学三年生の長男の同級生の父親に歯科医がいるという。わたしはそこへ妻に電話をかけさせて、何とか番を取ってもらった。そしてそこへ通いはじめた。週に二度のこともあるし、一度のこともあった。行った日に次の日のことを決められるのである。

時間は午後ということで、何時何分という程厳格ではなかった。ただ、その日に何かの都合で行けなくなったときは、順延は利かなかった。もう一度、更めて電話で番を取り直さなければならない。歯科へは歩いて十分程だった。アパートの一塊を抜けると、道は京葉道路の下をくぐった。そして千葉街道を跨ぐ形で作られている階段を登ると、谷津遊園の駅である。私鉄電車は、その駅の下を千葉街道と平行して走っていた。そもそも成田山詣でのために作られた電車だという。

駅からは海岸沿いに出来た町の南面が一望出来た。正面に私電会社経営のボウリング場があり、右手にアパートの一塊、左手には遊園地の観覧車が見えた。この駅を挾んで、町は北側の高台と南側の海岸地帯に二分されているのだった。歯科へ通うようになって、わたしはそれを知ったのである。北側はいわゆる新興住宅街で、わたしの通う歯科医院は小さな商店街を通り過ぎ、幾つか角を曲ったところにあった。

歯科ではずいぶん待たされることもあったし、思ったよりも早く順番がまわって来ることもあった。小さな待合室で、三人掛けくらいのソファーが一つ、肘掛け椅子が二つ、背もたれのない椅子が二つ置いてあった。古い田舎ふうの待合室といえるだろう。そこはいつも、だいたい満員だった。しかし、坐れずに誰かが立っているという程ではなかった。

待合室では、小学生、中学生、高校生の姿が目立つような気がした。学校帰りである。各々に下校時間が違っているため、都合がよいのかも知れない。わたしが少し早めに出かけたときは小学生、中くらいのときは中学生、やや遅めのときは高校生に出会うという具合である。どの時間に行っても出会うのは、子供を連れた主婦だった。かかっているのは親ではなくて子供の方である。診察室からきこえて来る声で、それはわかった。

サイドテーブルには新旧混り合った週刊誌と漫画雑誌が山盛りになっている。それを客たちが、ときどき取り換えながら読んでいる様子は、どこにでもある型通りのものだった。わたしはそれを眺めながら、だいたい呆んやり坐っていた。うまい具合に、うとうと居眠り出来ることもあった。もちろん、ほんの短い時間だと思うが、うまく居眠り出来たときは、長く待たされても損をした気にはならなかった。近来、歯科医院が異常に混雑するのは、子供の歯列矯正熱のせいだという。何かでそんな話を読んだような気がする。妻からきいた話だったかも知れない。待合室で順番を待ちながら、ある日のことわたしはその話を思い出した。そして自分の乱杭歯を思い、とつぜんロッキードを思い出した。

わたしが永興の田中歯科医院へ通っていた頃、ロッキードは敵の戦闘機だった。名前も形もおぼえやすい敵機だと思った。ロッキードP38は緑色だったと思う。不思議な双胴の新型機だった。井の字型で、その間に紡錘形の搭乗員席があった。垂直尾翼も二本だった。グラマンよりも早く出現した敵機だったと思う。わたしはその頃から絵が下手で、図画の通信簿は乙だった。しかしロッキードP38の絵は、何十回となく描いた。そしてそこに赤い炎と黒い煙を描き足せば、敵機ロッキードはたちまち墜落したのである。

敗戦後もわたしの乱杭歯は放置された。そしてやがて煙草のやにに色に染った。田中歯科医院はもうなかった。わたしの歯をいじっているのは田中の父親ではない。わたしの長男の同級生の父親である。長男の同級生は一人息子だという。治療室では母親が助手を務めていた。使用人は誰もいない。母親が助手兼事務員であるらしかった。父親の方は、ほとんど何も喋らなかった。治療が終るや否や、奥へ引込んでしまうらしい。

「はい、すすいで下さい」

という母親の声でコップを手にしたときは、すでに姿が見えないのである。わたしは顔もよく知らなかった。

自分の歯の具合もよくわからなかった。歯槽膿漏まではいっていないという。ただし歯の中からよりも歯ぐきの方から犯されて来ているから、急に削って神経を抜くことはむずかしい。外側から薬で歯ぐきを保護しながら少しずつ中を治療してゆく。もちろんこれは医者の言葉ではない。いろいろきいたうちから、自分がわかる範囲で勝手に簡略化したものである。わたしはだいたいに医者の言葉がわからなかった。医者にかかるときは丸ごと体を預けている恰好である。歯科に限らず、何をいわれても、ただ「はあ」「はあ」だった。

自分の病状や病歴などをうまく他人に話すことの出来る人をみると羨ましかった。そういう人は医者の言葉もよくわかるのだろう。またわからなければ、わかるまできき返して説明を求めているのだろうと思った。何年か前にわたしは血を吐いた。血は胃から出たものに違いないという。それで医科大学へ行き最新式のグラスファイバーというもので喉から胃、十二指腸までのぞき込まれたが、そのときもわたしには自分の体の内部というものは一向にわからなかった。ただ医者の話を「はあ」「はあ」ときき、いわれた通りにしただけだった。与えられた通り薬も飲んだ。

自分の体の内部は、自分ではのぞき込むことの出来ない暗闇である。真暗闇の迷路だと思う。穴のようでもあるが、ただの穴ではない。洞窟でもない。入口と出口が穴になった不思議な暗闇である。医者はその暗闇をのぞき込む人間だった。歯医者も内科医も同じだと思う。わたしは彼らの言葉に「はあ」「はあ」と答える他はなかったのである。

わたしの歯は右から左へ簡単に解決出来るものではないらしかった。だらだらと長く、何となく歯科医院通いをしなければならないのである。そのことだけは、はっきりわかった。わたしはそれを特に苦痛だとは思わなかった。週に一度か二度、古くさい小さな待合室で呆んやりと順番を待っていればよいのである。そして順番が来れば治療室へ入って治療台に腰をおろして口をあける。自分には見えないその穴の中がどのように変化しているのか、よくわからなかった。ある日いつもの通り、そうやって口をあけていると、こんな言葉が耳に入って来た。

「うちの場合は、一人息子ですから」

助手を務めている母親の声だった。

「しかし、奥さんまだまだお若いんですから」

これは男の声である。父親は奥へ引込んでしまったらしい。わたしは治療の途中だったが、あとは母親にまかせたのかも知れなかった。男の顔は見えなかった。彼はこの業界のセールスマンだろう。

「昨日、お留守だったものですから」

「あら、箱が目につかなかったかしら」

「表も裏も、締っているようでしたので」

「だからダンボール箱をわかるように出して置いたのよ」

「いや、どうも失礼しました」

「いや、それはいいんですけどね」

「それじゃあ明日でよろしいですか」

「ええ、そうして頂戴」

わたしは口をあけたままだった。どういうものか、同じ口をあけたまま待たされるのでも、苦しいときとそうでないときがあった。舌の裏側から唾液が溢れて来ると、苦しい。自分の舌と自分の唾液で喉が詰りそうである。しかしこのときは、不思議に苦痛がなかった。わたしは二人のやり取りをききながら、そう思った。

「そりゃあ、うちのは古いけど」

「カタログは……」

「息子には、あとを継がせないつもりですからね」

「それじゃあ、明日、必ず」

「はい、お願いしますね」

セールスマンがすすめているのは、新型の治療台ではなかろうか。治療が終って、コップで口をすすぐとき、わたしはそんな気がした。わたしが腰をおろしている治療台は確かに旧式だった。コップを置くと水が出て来るという仕掛けではない。水はどこからか汲んで出すようだった。そのことにわたしは、はじめて気づいたのである。

「おい、山下君は歯医者にはならんらしいぞ」

とわたしは夕飯の席で長男にいった。

「ふうん」

と長男は気のなさそうな返事をした。

「彼は、出来るんだろう?」

「真面目な子らしいわよ」

と妻が答えた。

「お母さんも熱心だしね」

「あいつは医者になりたいんじゃないの」

と長男がいった。

「じゃあ医学部志望だな」

「そうじゃないかと思うよ」

「じゃああれか、高校も私学行きか」

「さあどうかな」

「そりゃあもう決めてるでしょうね」

「あ、そうか」

「そうですよ、もう新学期ですよ」

「あ、そうか」

「もう三年生ですからね」

「それにしてもずいぶん早いな」

「そうでもないですよ、いまは」

「いや、それもそうなんだが、あの古い機械でずっとやるつもりかな」

「そりゃあ、わかりませんけど」

「仮に息子が歯医者を継がないとしてもさ、まだずいぶん先のことだろう」

「機械のことじゃないんじゃないの？」

「何が？」

「何がって、今日あなたがきいたって話ですよ」

「ま、何か別の話だったかも知れんな」

「山下君があと継がないってことは、決ってるのかも知れないけどね」

「土地の人かな？」

「あそこですか」

「ああ」

「そうじゃないと思いますけど」

「名前もな」

「そうね。この土地に特に多い名前じゃありませんね」

「そうだな」

「あちらの方は、大体お百姓さんでしょう」

「漁師じゃないのか」

「それは、こっちの浜の方でしょう」

「あ、そうか」

「それと、谷津遊園ですよ、こっちは」

「あの商店街の連中か」

「そう。駅のこちら側に降りる客は、以前は潮干狩りか谷津遊園のお客だったんだから」

「ははあ」

わたしは歯科医院からの帰りに、ときどきまわり道をするようになった。季節のせいもあったかも知れない。そして、ぶらぶら歩いてみると、同じ新興住宅地でも高台の方と海岸の方ではかなり様子が違うことに気づいた。海岸の方は、ほとんどが鉄筋コンクリート造りの中層アパートだった。駅から真直ぐ谷津遊園地へ向う細長い道路があって、これが商店街である。しかし商店街というよりもこれは、行楽地の入口などによくある土産物と食べ物の店の通りに似ていた。薬屋もあれば本屋もある。衣料品店、電気器具店もあるにはあったが、食堂の店先にはどこもおでんの鍋が出ていた。玩具店の店先には、必ずセルロイドの面や風車が出ていた。

コンクリートの中層アパートは、その細長い商店街を挾んで、東西にあった。わたしの住んでいるところのように、某建設会社が一まとめに建てて全体をハイツと呼んでいるものもあり、一本立ちでマンションと呼ばれているものもあった。それから公団の団地である。ところが高台の方には、鉄筋コンクリートのアパートはほとんど見当らなかった。大中小、いずれも個人の家屋である。そして、家と家との間を歩いていると、とつぜん空地に突き当ったりした。

空地があると、わたしは必ず入ってみた。そして土筆《つくし》を探したのであるが、一度も見つからなかった。杉菜の大群はあちこちにあった。最初は季節が過ぎたのかと思った。わたしはしゃがみ込んで、杉菜の茂みをかき分けてみた。すると地上一センチ程の杉菜もあることがわかった。土筆が杉菜になったのではなかった。最初から杉菜だったのである。

「おい、一中の方には土筆はないかね」

とわたしはまた夕飯の席で長男にたずねた。

「土筆なんかねえよ、お父さん」

「そうかやっぱり」

「葱畑ばっかりだよ」

長男が通っている中学は、高台の住宅街の奥の方だった。北側である。

「誰か友達にきいてみろよ」

「何を？」

「どうして杉菜ばっかりで土筆がないのかだよ」

「誰に？」

「誰にってお前、クラスに土地の子供がいるだろう」

「わかんないんじゃないの」

「土筆なんか食べたことないいんじゃないかな」

「葱畑の子もか」

「ふうん」

「それにしても本当にないわね」

と妻がいった。

「ずいぶんあちこち探したんだけど」

「そうなんだよ、お父さん」

と長女がいった。

「京葉道路の土手もさ、ぜんぶ杉菜ばっかりなんだから」

「その点、草加はよかったわね」

「草加、行ったら、お母さん」

「そうだわね。安行《あんぎょう》まで行ってみるか」

草加はわたしたちがこの地へ来るまで、約十年間暮した土地だった。安行は、苗木どころで知られる安行である。わたしたちが住んでいた団地の裏側にバイパスがあって、その向うが、田圃を売った億万長者たちの住む土地であった。安行は、その億万長者たちの家とそのまわりの田圃伝いに、一キロばかり行ったところだった。

「しかし、あのあたりももう家だらけじゃないのか」

とわたしはいった。事実、安行へ向う田圃の中の散歩道は、年々、青い屋根、赤い屋根で埋っていた。

「でも、あのお宮のあたりは大丈夫でしょう」

「そうかな」

「綾瀬川は？」

と長女がいった。

「あの土手は、土筆よりも野びるだな」

「でも、久しぶりだから行ってみようかしら」

「何もあそこまで行くこたあないさ」

「でも、ちょっと行ってみたい気もするわね」

「ここになきゃあ、ないでいいんだ」

自分は土筆のない土地へ来てしまったのだ、とわたしは思った。十何年か前、わたしは何のゆかりもない草加へ着いた。それと同じことだと思う。いまは同じように何のゆかりもないこの土地へ、わたしは着いているのである。

「でも、どうしてかしら？」

「杉菜ばかりということか」

「そう」

「土地のせいじゃないのかね」

「土地かしら」

「海じゃないか」

とわたしはいった。別に何か根拠があるわけではなかった。自分でそういってから、本当にそうではなかろうかという気がした。

「だいたいこのあたりは、海か海岸だったんだろう」

「そりゃあ、そうですけど」

「そうだよ、お父さん」

と長女がいった。

「学校の運動場の砂にさ、ときどき貝殻が混ってるもん」

「塩気が混ってるんじゃないかな、土に」

「まさか」

「とにかく土筆には不向きな土地なんだよ、ここは」

そうわたしは自分勝手に結論を下した。

「じゃあ、今年は食べられなくてもいいんですね」

「ああ」

「来年も?」

と長女がいった。

「だって、ないところへ来ちゃったんだから、仕方がないじゃないか」

わたしは何が何でも土筆を食べたいというのではなかった。是が非でも食べなければ気が済まないというのではない。それならば安行へでもどこへでも、取りに行ってもらえばよかった。自分から取りに出かけてもよかった。また誰か土筆のたくさん生える土地に住んでいる知人を探して、送ってもらうことも不可能ではあるまい。わたしが永興で食べていたのは、わたしが生れて育った永興の土筆だった。龍興江《りゅうこうこう》の土手や、ドイツ人神父のいた耶蘇教会の丘の土筆である。

　そしてわたしが草加で食べたのは、草加の土筆だった。綾瀬川の土手や安行の道ばたの土筆である。それは不思議なことに、永興の土筆と同じ土筆だった。何の縁もゆかりもない草加の土地に、永興の土筆と同じ土筆が生えていることが、わたしには不思議でならなかったのである。そしてわたしが土筆、土筆というのはそのためだったのである。

　わたしが新聞紙をむしりはじめたのは、土筆の季節が終る頃からだったと思う。ある晩、わたしがいつものように座机にへばりついていると、ダイニングキッチンで何か物音がきこえた。物が落ちたり、毀《こわ》れたりする音ではなかった。しかし家のものはみんな眠っている時間だった。特に風の強い夜でもない。だいたいにこの土地は風が強かった。もちろん季節にも関係するのであろうが、真夜中にどこかのベランダから何かが吹き落とされて、時ならぬ音をたてることがあった。気違い風だ、とわたしは思った。じっさい、ガラス窓一枚を隔てたところで、こうして自分が無事でいられることが不思議に思われるくらいだったのである。

　その晩の音は風ではなかった。わたしは座机の前から立ち上り、北向きの六畳間を出てダイニングキッチンへ行った。そして電燈をつけてみると、テーブルの脇に猫が倒れていた。わたしはおどろいた。猫はすでに死体のように見えたのである。ダイニングキッチンの床に横倒しになり、前肢二本、後肢二本、それぞれ揃えたように重なって伸びていた。それは、いかにも死んだ動物の恰好だった。わたしは立ったままそれを見下ろした。近寄ることが出来なかった。毛は虎である。喉のところと四肢の先が白かった。喉のところは白いマフラーのように見えた。四肢の先は白いソックスのように見えた。しかし猫は目を閉じていた。顔は横向きである。閉じられた口の線が顎のあたりまで裂けて見えた。この牝猫の名前はナナである。そして倒れているのは、わが家のダイニングキッチンの床の上だった。どこかの路上ではなかった。しかしわたしは猫を両手で抱き上げることが出来なかったのである。

　猫の場所はダイニングキッチンの一番隅にあった。洗濯物を入れる青いビニール製の籠である。底に古タオルが敷いてあり、そこで眠る。便器の砂だらいは、ダイニングキッチンを出て、狭い板の間の先にあった。また水は洗面所の下の小さな青いたらいに入っていた。猫は自分の場所を這い出して、砂だらいか水か、どちらかへ向おうとしたのだろう。そして何歩か歩いたところで倒れたのだと思う。猫が倒れていたのは、まさにそういう場所だった。自分の場所から五、六歩のところだった。この猫が生れた場所は草加である。わたしたちがその土地の団地にいたとき、生れて二、三ヵ月目の仔猫を長女がもらって来た。四年前だったと思う。やがて猫は草加からこの土地にわたしたちと一緒に移って来た。そして、こうしてこの場所で倒れた。水か、砂だらいか。猫が自分の場所を出て、どちらへ向おうとしたのか、わからなかった。あるいは、どちらでもなかったのかもわからないが、いずれにせよ猫は途上で倒れたのである。それはたまたまわが家のダイニングキッチンの床の上だった。しかし、それはどこかへ向う路上だった。猫は倒れた形のまま動かなかった。目も開かなかった。閉じられた口は、薄黒い一本の線に見えた。この猫も路上で倒れたのだ、とわたしは思った。

わたしは気がついて、妻を起しに行った。妻は起きて来て、物もいわずに猫を抱き上げた。そして黒い鼻に触った。すると薄黒い一本の線に見えた口が、ちょっと動いた。わたしはおどろいた。猫は生きていたのである。

「まったく、とつぜんだからな」

「二日ばかり前から、ちょっとおかしかったのよ」

と妻はいった。びっこを引いていたのだという。

「びっこ?」

「脚がふらつくんですよ」

「何か一度、そんなことがあったようだな」

まだ前の団地にいたときだった。まるで馬のように前肢を曲げて持ち上げる。何ともおかしな歩き方だった。そのときは肺炎だったという。高熱のために肢にしびれが来たらしかった。近くの犬猫病院に二日ばかり妻が連れて行って来たと思う。

「それに食欲がなかったわね」

「猫カンかね」

「そう」

猫カンは、猫の罐詰ではない。猫用の罐詰である。わが家の猫は二年程前からそれを常食にしていた。

「あれ、最近変ったんじゃなかったか」

「そう。この一月ばかりね」

「確か、罐の猫の絵がな、ちょっと変ったと思ったけど」

「でも、メーカーが違うだけですよ」

「ははあ」

「いつも買ってる下のマーケットで、前のがちょうど切れちゃったらしくて、あれを持って来たんだけど」

「そのせいじゃないのか、おい」

「まさか」

「そうかな」

「だって、中身は変りませんよ」

「でも食ってみたわけじゃないだろう」

「そりゃあ、そうですけど」

「じゃあ、わからんじゃないか」

「それじゃあ、食べてみますか」

それから妻は、アメリカでは貧乏人はペットフードを食べているという話をした。一番安い食べ物だという。猫カンはわたしもときどきあけてやることがあった。薄茶色の魚肉で、悪い匂いではない。鰹節の匂いに似ていると思った。猫が最も好む匂いだろう。

「熱い飯にかけて食ったら、うまいんじゃないか」

とわたしはいった。じっさい、そんな気がしないでもなかった。しかし本当に出来るとは思わなかった。出来ないことは自分が一番よくわかっていると思った。それからわたしは六畳間に戻りふたたび座机の前にあぐらをかいた。これが猫ではなく長男か長女だったら、おそらくこうはゆかないだろう。座机の前でそう思った。夜が明けてから妻は、電車に乗って猫を犬猫病院へ連れて行った。病名は、骨異栄養症だという。

「何だ、そりゃあ?」

「早くいえば、猫の神経症らしいわね」

「ははあ、そういうものなんでしょうね」

「まあ、現代病だな」

「アパートのせいかな」

「直接には、食べ物でしょう」

「やっぱり、猫カンじゃないのか」

「先生はそうはいわなかったけど」

「そりゃあ、立場上いえないだろう。それこそ大問題だからな」

妻の説明はこうだった。甲状腺の異常のため神経が圧迫され、カルシュウム分が摂取出来ない。そのため脊椎に異常を来し、骨がもろくなっているのだという。

「ふうん」

まことに明快な症状だと思った。自分の体のことよりもよくわかるような気がした。

「それで肢がふらつくわけだな」

「それから、ひどい便秘ですって」

「便秘？」

「そう。だから今日は浣腸をしてもらって、アリナミンを当分飲ませるようにって」

「アリナミンをねえ」

「一日二十五ミリずつね」

「ふうん」

病院へ行って、猫は少し元気になったようだった。しかし肢は依然としてふらついていた。ダイニングキッチンの床を真直ぐ歩けない。踏んばりが利かないらしい。酔漢の千鳥足に似ていた。後肢ががに股になって腰がふらついていた。そして、何でもない場所でとつぜん横倒しになった。

「本当に直るのかね」

「やはり便が出来ないみたいだわね」

「毎日浣腸しなきゃあ駄目なんじゃないか」

わたしはこのまま猫は死ぬのではないかと思った。六畳間でわたしが使っている座椅子の座ぶとんから降りようとして、猫は横倒しになった。ダイニングキッチンで欠伸をしかけ、前肢を伸ばしたところで横倒しになった。そしてまた食べなくなった。ダイニングキッチンの片隅の自分の場所で、眠るばかりだった。あの死んだ動物の恰好で眠り続けた。妻はもう一度犬猫病院へ連れて行った。今度は一週間入院ということになった。

「一日、五千円だそうですけど」

「まあ、仕様がないんじゃないのか」

一週間三万五千円なら犬猫病院にまかせるべきだろう。三十五万円ではないのである。犬猫病院もそのあたりはよく考えているのだと思った。一週間の入院中、妻と長女は二度ばかり犬猫病院をのぞきに行って来たらしい。退院して来た猫はひとまわり小柄になったように見えた。抱き上げると、ずいぶん軽くなっていた。その日からわたしは古新聞むしりをはじめた。犬猫病院では新聞紙の便器を使用していたらしい。それを妻が教わって来たのである。

「これで済めば、本当に助かるわ」

と妻はいった。三百メートル程先に海はあったが、砂浜はなかった。半殺しにされたどぶ泥の海である。妻は自転車で、どこか高台の方まで砂を盗みに出かけていたのだった。明るいうちは具合が悪い。暗くなってからこっそり盗みに行かねばならない。臭くなった砂を捨てに行く場合も同様だった。それが古新聞の場合は、ビニール袋に詰めて出して置けば生ごみや何かと一緒にトラックが運んでくれるという。

「チリ紙交換にして、これでどのくらいかね？」

とわたしは妻にたずねた。

「さあ」

「だいたい、一月《ひとつき》分です」

「一月分なら、チリ紙一束だわね」

「一束って、一〆か」

「そう、一〆ですね」

「トイレットペーパー一巻もないのかね」

「この頃、安いんですって、古新聞は」

わたしはテレビの前にあぐらをかいて古新聞をむしりはじめた。テレビはダイニングキッチンにあった。そこへ座椅子を持って来てあぐらをかくのである。テレビの台が古新聞入れになっていた。わたしが購読している新聞は一種類である。しかし仕事の関係でそれ以外の新聞もあった。定期的に送られて来るものもあり、不定期のものもあった。

あぐらをかいた右脇に、ダンボール箱を置いた。むしった古新聞をそこへ入れるのである。ダンボール箱には猫の顔がついていた。猫カン何ダース入りかの空箱である。わたしはテレビを見ながら古新聞をむしった。最初二つ折りにして、それを縦に短冊のように裂いてゆく。短冊の幅は三センチくらいがよいようだった。それを今度は、横に小さくむしってゆくのである。

テレビにはプロ野球のナイターが映っていた。わたしはその画面を見ながら、古新聞をむしった。ときどき手元が狂って短冊の幅が乱れることがあった。幅が広くなり過ぎている。わたしはコマーシャルの合間にその乱れを直した。短冊の幅が同じように揃うと気分がよかった。新聞にはロッキードの文字が見えた。コーチャン、クラッター、コダマ、ピーナツ。わたしはそれを横に小さくむしってはダンボール箱に放り込んだ。猫は古新聞の便器にうまく慣れたようだった。便秘もほとんどしなくなったという。

「まだ薬は飲ませてますけどね」

と妻はいった。

「でもね、もう欠伸してもズッコケなくなったよ」

と長女がいった。

「やっぱり猫カン止めたのがよかったんじゃないかなあ」

とわたしはいった。

「さあ、そのせいかどうかはわかりませんけどね」

猫カンを止めさせたのはわたしだった。ある日わたしはいつものように古新聞をむしっていた。すると、何となく手にした古新聞にこんなことが書いてあった。「多発するネコの神経症状」という見出しで、筆者は笠井千石という獣医である。「複合汚染の新公害病？」「魚に含む水銀、ＰＣＢ、ＤＤＴ」という見出しもあった。この新聞はわたしが購読しているものではなかった。獣医の文章には、猫カンのことは何も書いてなかった。ただ「猫水俣病様疾患」の原因は、魚の汚染によるものらしいと書いてあった。魚はもちろん、人間も食べている。ただ猫の方が体重比で人間よりも食べ過ぎるのだという。体重比で約十倍食べることになるらしい。その分だけ汚染の影響も大きいということだろう。

猫カンを止めさせたのは、わたしの独断だった。たまたま古新聞で読んだ獣医の文章とも直接関係はなかった。わたしが知ったのは、猫も食物次第で病気になるのだという事実だけである。もちろん人間も病気になる。そして公害病という言葉も出て来た。もちろん如何に公害だ汚染だと騒がれようとも、人間は魚を食べ続けている。これは、自分たちが食べる物はまず誰かが検査していることを知っているからだろうと思う。ところが猫には検査が出来ない。このまことに平凡な事実が、わたしには何とも悲惨なことに思われたのだった。とつぜんそんな気がしたのである。あの晩、鳴き声一つ立てずにとつぜん横倒しになっていた猫を、わたしは思い出した。

「これからは、同じ物を食べることにしようじゃないか」

と夕食のあとでわたしはいった。

「同じ物？」

と長女がいった。

「ああ」

「お父さん、ナナと同じ物食べるの？」

「ああ」

「じゃあ、猫カン？」

「バカ！」

と長男が口を入れた。

「人間が猫カン食えるわけないだろう」

「じゃあ、どうするの？」

「猫カンは止めて、魚にする」

「どうしてなの？」

「アメリカ人は猫カン食べるそうだけど、お父さんにはちょっと無理だからさ」

「アメリカ人は猫カン食べるの？」

「安いからだよ」

と長男がいった。

「だから、猫カン会社には悪いけど、猫カンは止めて、みんな同じ魚を食べることにするのさ」

とわたしはいった。それで食べ過ぎて猫が病気になれば、仕方がないと思った。人間だって病気になるかも知れないのである。


わたしは相変らずテレビの前で古新聞むしりをしていた。テレビには大相撲が映っていた。新聞には相変らずロッキードの文字が見えた。わたしはそれをまず縦に短冊形に裂き、それから横に小さくむしってはダンボール箱へ放り込んだ。猫はまだ薬を飲んでいるらしかった。しかし歩行はほとんど正常に戻った。排便の方も順調だという。わたしの歯医者通いも相変らずだった。週に一度か二度、わたしは小さな待合室に腰をおろして順番を待ちながら、呆んやりしていた。また旧式の治療台の上で、長男の同級生の母親からいわれる通りに、口をあけたり、うがいをしたりした。そして夜は一人になって、北向きの六畳間の座机にへばりついていたのである。

ある日電話があって、九州行きの細かいスケジュールが決ったという。某出版社と地方新聞社共催の講演会のようなもので、場所は熊本と鹿児島だった。相手は県立高校の生徒で、内容は自分の高校時代の読書体験談などどうだろうかということだった。話があったのはもうだいぶ前だったと思う。わたしはそれを引受けていた。わたしは福岡の人間であるが、九州をほとんど知らなかった。敗戦の翌年、北朝鮮から引揚げて来て、県立中学の一年生に転入した。わたしは敗戦のとき北朝鮮の元山《げんざん》中学一年だった。だから本来ならば二年生であるが、もう一度初めからということになった。その代り無試験で入れてもらった。一クラスに四、五名の同類がいた。同じ時期に満州、台湾その他から引揚げて来た連中である。

どういうわけか、そういう連中が野球部に集ったのだった。全国中等野球から全国高校野球への変り目である。わたしたちは「配給米」野球部と呼ばれていた。わたしが転入した中学では、生徒の七割くらいが農村から来ていた。汽車、電車、バス、自転車通学である。「配給米」は、彼らがわたしたちに与えた称号だった。わたしたちは配給のさつま芋を食い、芋粥をすすり、大豆滓《だいずかす》パンをかじって野球部の球拾いをやった。練習で縫い目の切れたボールは、家へ持って帰って夜なべに修理をした。瓢箪形になった二枚の革を、赤糸で縫い合わせるのである。傍ら「バッテン」「ゲナ」「バイ」等々、筑前言葉の習得に励んだ。それらは、わたしが生れてはじめての日本できいた日本語だった。

やがてわたしたちの中学は、学制改革ということで新制高校になった。それでわたしは同じ学校に合計六年間ずるずる通うことになった。高校になった翌年、同じ町の旧制女学校と合併して男女共学になったのだと思う。わたしはその頃から野球部をやめて、町の貸本屋通いをはじめていた。貸本屋のおやじは山羊のように顎鬚を生やしていた。町角の易者のようにも見えた。わたしは手当り次第に濫読した。そしてやがて六年が経ち、わたしは東京へ出て来た。そんなわけでわたしは九州はほとんど知らないのである。雲仙も阿蘇も、霧島も桜島も知らなかった。十五、六年前、新婚旅行のような形であわただしく日南の青島へ出かけたくらいである。

熊本、鹿児島旅行の話は有難かった。こういう機会でもなければなかなか行けないだろうと思った。相手が高校生というのも気が楽だった。ちょうど三十年前の自分のことを話せばよいだろう。野球部の話と貸本屋通いの話である。日程は熊本に二泊、鹿児島に二泊で、移動日に二日を取っているが往復は飛行機でよろしいかという。わたしは前の日に出発してもいいから汽車にしたいと答えた。先方もそれで承知してくれた。出かけるのは、確かまだ一月くらい先だったと思う。その間、知人の家で火事があった。谷津遊園の知人ではない。湘南の方に住んでいる同業者だった。ずっと以前、三年ばかり一緒に同人雑誌をやっていた仲間である。いまはほとんど会う機会もなくなっていたが、彼の近くに住んでいる当時の仲間の一人が電話をかけて来たのだった。

昼火事だったらしい。丸焼けではなかったが、二階の仕事場が燃えたという。わたしは見舞いのつもりで、久しぶりに彼へ電話してみた。電話には最初、女の人が出て来た。わたしは名前をいい、お見舞いの言葉をのべた。女の人は夫人ではなかったらしく、電話は夫人に取次がれた。わたしは知人の奥さんのことは何も知らない。面識もなかったし、電話の声もはじめてだった。わたしはまたお見舞いをのべて、知人はいますか、とたずねた。知人が電話口に出て来るまで、わたしは少し待った。待っている間に、よく電話が通じたものだと思った。わたしは火事になった家へ電話をしていたのである。

「却って迷惑だったかな」

　とわたしは、電話口に出て来た知人にいった。

「いや、いや」

「いま電話もらって知ったもんだからね」

「いや、まだぼうっとしちゃって」

「昨日の昼なんだって」

「そうなんですよ」

「で、家にいたの？」

「いたもいないも、仕事してたんだもの」

「仕事部屋、やられたんだってね」

「そうなんすよ」

「そりゃあ、ちょっと辛いだろうな」

「そうなんすよ」

「原稿は？」

「短いのが一つね、ちょうど終るところだったたんだな」

「ふうん」

「まあ、短いので助かったようなもんだけどね」

「そりゃあ、そうだな」

ちょうど一服しようとしているところへ、子供が学校から帰って来たらしい。それで彼は二階の仕事部屋から降りて行った。そして子供と庭先で何かしていると、二階から火が出ていたのだという。

「ははあ」

「煙草なんだな、やっぱり」

「ふうん」

「それで、書きかけのものだけでもと思って、駈け上ってみたんだけど、もう駄目なんだね」

「まあ、紙屑みたいなもんだからな、われわれの仕事部屋はな」

「もう、ぜんぜん入れなかったね」

「で、怪我は？」

「顔と手を、ちょっとね」

「そうか、ふうん」

わたしは、眉毛がちょっと下った彼の顔を思い浮べた。眼鏡はかけていない。もみあげを少々長くしていた。

「でも、昼間でよかったよな」

「本当に、そうなんですよ」

「夜だったら、子供さんだってね」

「そうなんすよ」

「で、寝るのは大丈夫なの？」

「いやいや、二階から水かけられたでしょう。家じゅう水びたしですよ。それに、電気は止められてるし」

「あ、そうか」

「こっちは何とか、ここにいたいんだけど、漏電の危険があるっていうんでね」

「じゃあ、どこか」

「子供たちはね、まあ近所に」

「ふうん」

「ただこっちはね、どうも何だか、まだここを離れられなくってね。まわりをうろうろさまよってるんですよ」

「じゃあ、余り長電話も悪いだろうから」

わたしは彼の家は知らなかった。場所も遠く離れていた。最初に電話をかけて来た知人が世話人になって、昔の雑誌仲間で火事見舞いを出した。十二名か三名になったらしい。誰か知人の間にこれまで火事があっただろうか、とわたしは思い出してみたが思い当らなかった。自分の名前で火事見舞いというものを出すのは、四十四歳の今日まで、これがはじめてではないかと思う。

郵便物はだいたい午後一時頃届いた。ふつうは午近く何か買物に出た妻が、帰りに階段の昇口の郵便受けから運んで来た。たまに、わたしが自分で取りに行くこともあった。また学校帰りの長女が運んで来ることもあった。わたしはそれを、六畳の居間にあぐらをかいて、昼食の前に一通り眺めた。わたしの昼食は、朝昼兼用でだいたい午後二時だった。郵便物は多いこともあり、ダイレクトメール一通ということもあった。書籍小包があるときは、自分で必ず紐をほどいた。鋏は使わない。そのために昼食が少し遅れることもあった。どんなに固く結んである紐でも、時間をかければ必ずほどけた。ほどいた紐は、蝶結びにしてダンボール箱へ放り込むのである。仕事部屋の入口の脇に、紐用のダンボール箱が置いてあった。

ある日、運ばれて来た郵便物の中に、中型のハトロン封筒が一つ混っていた。週刊誌大である。しかしどこの週刊誌の封筒でもなかった。裏返してみると、差出人の名前もなかった。それでもわたしは、特に不思議だとは思わなかった。こういう種類の郵便物がこれまでにもないわけではなかった。不思議だったのは中身である。まず出て来たのは、袋綴じ、ホッチキス止めの冊子だった。厚さは、厚からず薄からず、というところだろう。最初は同人雑誌の類かと思った。しかしどこか感じが違っている。「蘇峯之噴煙」と表紙の真中にあり、「露営旅行記」と右肩に少し小さ目の文字があった。毛筆書きである。それをコピーしたものだった。一種の自費出版のようなものかも知れない、とわたしは思った。そして表紙をめくってみると、手紙と一枚の写真が出て来た。手紙は便箋に七枚だった。写真はキャビネ大のもので、そこにはわたしの父が写っていた。

わたしはおどろいた。そして、大あわてで手紙を読みはじめた。「私はまだ貴方にお目にかかったことはございません。その未知の私がこの手紙をさしあげることをお許し下さい。それは貴方が私の少年時代の親友のご令息ではないかと思うからです。私の少年時代の親友、それは後藤規矩次《きくじ》君です。間違っていたらご免下さい。貴方が規矩次君のご令息と思ったものですから、少年時代の無銭旅行記をお送りします。当時十八歳の小学校を出たばかりの私が旅行の直後に書いたものです。文中、頓吉というのは後藤均、木食児と書いたり、H君とあるのは後藤規矩次です。私は逸平という仮名を用いました。頓吉と木食児君若しくはH君は中学五年生でした。生涯の最大の思い出となった旅行でした。頓吉は中学を中途退学して、私と共に三ヵ月後、現兵志願として福岡歩兵二十四聯隊に入隊しました。H君はそのまま中学にいて卒業しました。

同封の写真は、その後、私と頓吉はシベリヤ事変で出征したりして大正八年凱旋、その翌年の大正九年七月二十七日、私が上京する一月前の記念撮影です。H君はその頃、偶々帰省していたので一緒に撮ったものです。写真の中に学帽の青年がいますが、それはやはり友人の竹井弥七郎君で、熊本五高の生徒でした。いまはただ、私ひとりが生き残っています。

もし貴方が親友規矩次君のご令息でしたら、お会いして、ぜひお会いして、いろいろと昔の思い出を語りたいと思います。さて、この手紙を書いた『私』というのは誰でしょうか。いずれ必ずお会いする機会があると思いますので、それまで楽しみにしていて下さい。万一、貴方が親友のご令息でなかったら、この手紙をさしあげたことをお許し下さい。　逸平」

手紙はペン字の達筆だった。便箋の一行おきに大きな字で読みやすく書いてあった。ずいぶん書きなれた字だ、と思った。父と同年といえば、明治三十二年生れ、今年七十七歳である。とてもそうとは思えなかった。はっきり筆圧のわかる、力のこもった字である。思いついて封筒の消印を見ると、京橋局だった。まるで見当がつかなかった。しかし同封された写真に写っているのは、間違いなく父の顔だった。「木食児君若くはH君」は、間違いなくわたしの父だったのである。わたしは写真を裏返して見た。そこにはアルバムからはがした痕が残っていた。そしてこう書いてあった。「大正九年七月二十七日撮影　故郷の橋」

わたしはふたたび写真を裏から表に戻した。橋の上で四人の若者が写っていた。この写真の構図を決めているのは橋の欄干である。がっちりした素朴な木の欄干だった。それが右下から斜めに左上へ伸びており、右端の人物はカンカン帽に白浴衣姿で欄干にもたれている。素足に下駄ばきである。その足下に夏草が見えた。二人目、これは手紙にあった五高生だろう。黒の学生帽に眼鏡をかけ、夏服のボタンをはずして、裸足で欄干に腰かけている。その足下に、鼻緒のゆるんだ差し歯の下駄が見えた。三人目も欄干に腰かけている。帽子はソフトを真直ぐにかぶっている。パナマかも知れない。ただ彼は下駄ばきのまま欄干に跨っているらしく、白浴衣の裾が開き内側がのぞいている。下駄は同じく差し歯である。四人目がわたしの父だった。父は白っぽいハンティングを目深くかぶって、これも欄干に腰かけている。左脚を右脚の腿のあたりで組み、右手でその足首のあたりを摑んでいる。そのため白浴衣の裾がまくれて右の脛は丸出しである。胸のあたりもはだけていた。下駄は差し歯である。

橋の畔に杉皮葺きの小屋があった。その少し先に小さな薬屋根が一つ見えた。間に、いかにも堂々たる楠の大木があった。太い幹が三股に分かれて扇形に広がり、葉はくろぐろと繁っていた。遠景は、ぼうっとかすんでいる。真夏の真昼のせいかも知れない。写真には誰の影も見えなかった。遠くにぼうっとかすんでいるのは、山並のようである。耳納連山ではないかと思った。

わたしは、なお暫くの間、写真を眺め続けた。大正九年といえば、父は何歳だろう。わたしは立って六畳の仕事部屋へ行き、手帖を探した。そして年齢早見表を見ると、明治三十二年は一八九九年、大正九年は一九二〇年だった。すると父は昔式の数えで二十二歳である。父は中学を卒業するとすぐ永興へ行ったらしい。わたしが引揚げて来て転入した中学である。中学生の父は、ほとんど曽祖母と二人暮しだったらしい。その話はわたしもきいたことがあった。宮大工だった曽祖父は、すでに朝鮮へ出かけていたのである。やがて祖父祖母も出かけたらしい。そして曽祖母と父だけが本籍地に残った。たぶん朝鮮にはまだ中学がなかったのだと思う。それから父も永興へ出かけた。「H君はその頃、偶々帰省していたので」と手紙にあるのは、そのことだと思う。便箋の七枚目には、こう書いてあった。

「この写真の説明として私は次のように書いています。喬喬として天に聳ゆる朝倉の峯と欝蒼偉大なる隠れが森に親しみて成長し来りし竹馬の友四名、今や各自各個、浮世の風浪に帆を張りて進まむとはする。十年後、二十年後の進展や如何——只之が証人たるもの恵蘇宿橋と、かくれが森と、朝倉山あり。郷土の自然美、絶勝の地は何処へ行くも忘れがたし。仍て之が記念として撮影せしもの也。(原文のまま)——その時から五十六年の歳月が流れました」

アルバムの余白にこの文句が書きつけられていたのだろう。原文のまま、とは、そういう意味だと思った。数え年二十二歳の「逸平」氏は、この写真を撮った一月後上京したのだという。いかにも明治生れの青年らしい、単身出郷の感慨である。それから五十六年経って、その写真がわたしのところに届いた。そうしてそこに写っている四人の若者のうち三人はすでに死亡したという。三人のうち二人は、はっきりしていた。白いハンティングを目深くかぶっている父と、熊本五高の制帽をかぶっている「竹井弥七郎」氏である。はじめてきく名前だった。しかし彼の死は手紙の文面ではっきりしていた。

残る二人のうち、どちらが「逸平」氏であるのか、わからなかった。カンカン帽か、パナマのソフトか。「頓吉」氏の本名は後藤均だという。この名前はわたしも知っていた。わたしたちが北朝鮮から引揚げて来た当時の朝倉郡朝倉村の村長だった。朝倉村大字山田がわたしの本籍地である。あるいは引揚げ当時ではなく、もう少しあとになってからだったかも知れない。とにかく村長後藤均の名にはおぼえがあった。その名によって発行された戸籍抄本、戸籍謄本をわたしは何通か取り寄せている。しかし顔はわからなかった。わからないまま、わたしは「露営旅行記――蘇峯之噴煙」を読みはじめた。いずれが「逸平」氏か「頓吉」氏か、わからないままである。「蘇峯之噴煙」は、「露営旅行記」とある通り、阿蘇無銭旅行記だった。同行は逸平氏、頓吉氏、木食児の三人。出発は大正五年八月十四日、帰着は八月二十日。その間の徒歩露営の模様が、五十六ページに亘って書いてあった。文字は、表紙同様の毛筆書きである。紙は白い西洋紙を袋綴じにしてあるが、元来は半紙のようなものに書かれたものを、コピーしたのだろうと思う。細字でぎっしり書き込まれていた。それが最後までぜんぜん乱れなく続いている。この文字だけでも大変なものだと思った。

「酒と女之あるがために」とまず逸平氏は序言に書いている。「我帝国の青年共が次第に柔弱になつてゆく。茲《ここ》に之を慨して立つたのが風変りの頓吉将軍及び木食児と僕逸平である。先づよそん宿の奴等の度肝を抜いてやらうと突飛極る阿蘇山露営旅行を畫《えがい》たのである。気骨ある青年たらんには宜しく苦しみに堪へ得る覚悟なかるべからずといふのが主眼とする所、それで宿屋に泊らず露営を主とし神社と小学校は臨時に之を応用することにした」

持参金は各自、一円ずつだったらしい。逸平氏によるとそれは「厘《りん》から積みあぐれば大した金ぢやが、一寸洒落れた旅館にでも泊らうものなら下女君の心付けにも当らぬといふ大金？」ということである。筑前朝倉から阿蘇往復は、百五十哩《マイル》だという。何故マイルを使ったのかわからないが、そう書いてある。三人はまず筑前朝倉から筏で筑後川を渡り、筑後吉井町に着いた。そこから茣蓙《ござ》を背負って歩きはじめる。そしてまた筏に乗って筑前朝倉へ帰って来た。その間ちょうど一週間、一日平均二十一哩ちょっとの行軍だったことになる。里に直すとどのくらいだろう。一日八里半くらいになりそうである。

これを一週間、毎日続けるのは大変だろう。しかも山道らしい。それに露営、自炊である。自炊の場面には「盟友飯」というのが必ず出て来た。盟友信有り。シンのある炊き損いの飯の洒落なのである。その盟友飯に醬油をぶっかけるのが、露営旅行中の常食だったらしい。辿った道順は克明に書かれていた。山中で飲んだ冷泉の場所も明記している。この旅行記の通りに歩けば、筑前朝倉から阿蘇まで、たぶん行き着けるのだと思う。しかし、わたしにはまるで見当がつかなかった。ぜんぜん土地勘がないのである。

三人の人物もうまく書き分けられていると思った。万事、先頭に立つのは筆者の逸平氏である。時間、金、米、野宿の場所、すべてを彼は心配している。頓吉氏の別名は滑稽家だという。小川があれば必ず魚を探す。二食分の握り飯を一度に食ってしまったりする。逸平氏は優等生、頓吉氏は落第坊主というところだろう。父はそのどちらでもないように見えた。どちらかといえば、頓吉氏に近い。しかし彼程の愛嬌はなさそうである。

文中の父は、木食児、閑智君、H君の三通りに書かれていた。木食児は、当て字だろう。閑智とHは同音である。どちらかにどちらかを当てたのだろう。しかし出所がわからなかった。大正五年のHが、まさかいまのHではないだろうと思う。わからないままわたしは、木食児、閑智君、H君の出て来る部分に赤線を引きながら読んで行った。

「杉の木蔭で残りの飯をたべる。さつき全部を平げた頓吉クンは閑智君が握飯一つをたべるを待つて将棋を戦はした。僕は飯を美味しくたべ終へて日誌をつけ、出発の用意にとりかかつた。時間は刻々に過ぎてゆく。二人の将棋はいつ皃がつくやら分らない。急けば急くほどゆつくりやり出す。僕茲に一計を案出していつの間にか時計を四十分許り進めておく」

「H君が最も弱つて居た。（略）木の蔭に陣をとつて憩ふ。H君は飯もたべず裸で寝て了つた。頓吉君と僕は先づ食べる方が大事なので薪を拾ひ米を研いで中食の用意。（略）水をくまふとしてH君が水筒を落したことも一寸書いておく」

「今日は頓吉、Hの両君、仲々元気があつて唄をどなつてゆく。（略）二人は声高に唄ふてゆく」

「頓吉、Hの二君はまた例の天体の研究をやり出した。何星がどうの、ガスタイ説がかんのと僕にさつぱりわからぬこと許り、長い間議論を戦はしてゐる。その方面に趣味のない僕じれつたくて仕様がない。気がムカムカする。はてはステッキが飛び、醤油徳利が雑嚢から踊り出した。僕が怒つたことが知れたのか議論が終つたのか漸く宿を探すことになつて線路に添ふてゆく。お互、プン〳〵してゐる。誰か一寸でも気にくはぬことを言つたらそれに向つてプン〳〵怒るのだ」

「何十分憩ふたかしれんが頓吉君もH君も行かうとは言はない。（略）僕の口がだるくなる程説いてやつと二人を出発せしめた。（略）歩兵第十三聯隊の兵士がゆく。僕も百日を経たらあんな軍隊生活をせねばならないんだと思うた」

父が登場する場面は、まだ幾つもあった。逸平氏との関係は、だいたい似たようなものである。父と頓吉氏で代る代る逸平氏を手こずらせているようだった。この露営旅行は逸平氏なしには成り立たなかっただろう。読み終ってわたしはそう思った。同年とはいえ、中学五年生の頓吉氏および父と逸平氏とでは、ずいぶん違うような気がする。三人のうち逸平氏だけが中学へ行かなかったらしい。手紙にも書いてあったが、それは文中にも出て来る。両者の相違はそこから出ていた。そしてその違いを逸平氏は率直に書いた。それがこの文章の面白さだと思った。三人の生き方は、数え年十八歳にしてすでに同じではなかった。その違いを違いとしてはっきり書いているのである。阿蘇無銭旅行というものの中でまことに具体的に書いていると思う。

しかし三人が共有しているものは、その故郷だった。筑前朝倉の恵蘇宿《えそのしゆく》である。「露営旅行記——蘇峯之噴煙」の最後はこうなっていた。「関の渡しを渡ると幸ひ二つの筏が出ようとする所だ。恵蘇へは夕方しか着かんと云ふけれど、足が疲れてゐるのでとう〳〵乗つて了つた。筏は間もなく出た。裸になつて筏から飛び込んでみたり、洗濯したり、筏に飛上つて来た鮎を捕へたりして筏は杷木《はき》へ来た。杷木では五六時間暇が入るといふので町へ行つて何かたべる事にし、肌着一つで川を渡つた。間もなく三人のぬれた身体が杷木の町の或飯食店へ這入つた。床几に腰かけると水だらけ。ウドンを二杯宛と菓子を五銭宛たべて最後の大散財をやらかした。午後三時まで待つて漸く筏の出帆。五時頃、僕等は恵蘇宿に帰ることが出来た。色が黒くなつて大そうやせたこと、之だけは会ふ人毎に言はれたのである。僕としては金の有難いこと、哀れな人々には同情せねばならぬこと、など痛切に感じられた。その晩たべた団吾汁と蚊帳をつるして寝たことが有難かつた」

こうして三人は故郷の恵蘇宿へ帰って来たのである。それは逸平氏の故郷でもあり、頓吉氏の故郷でもあり、わたしの父の故郷だった。

わたしはもう一度、写真を眺め直した。そして、パナマのソフトをかぶって欄干に跨っているのは頓吉氏で、カンカン帽をかぶって欄干にもたれているのが逸平氏だと思った。四人の中で一番物静かである。欄干に腰かけていないのも彼一人だった。下駄も一人だけ低い下駄である。阿蘇山露営旅行から四年後の写真だった。この写真は家にもなかったと思う。数え年二十二歳だった父の帰省の目的もわからなかった。見合にしては早過ぎると思う。母が博多から永興へ行ったのは、昭和三年である。翌年、兄が生れた。徴兵検査かも知れなかった。あるいはそのあとの、一年志願の試験のためだったかも知れない。一人息子だった父は、一年志願の歩兵少尉だった。逸平氏の手紙には、そのあたりの説明は何もなかった。当然といえば当然だろう。なにしろわたしが果して「木食児君若くはH君」の息子かどうかさえわかっていないのである。これが四名の「竹馬の友」たちの最後の写真になったのかどうか。それもわからなかった。あるいはそうかも知れないと思った。父の死は、のちに故郷の村長となった頓吉氏からきいたのだろう。村長になった頓吉氏は、父の名が死亡抹殺となった戸籍謄本を何通も発行していたのである。

なるほどこれが恵蘇宿橋か、とわたしは思った。恵蘇宿はわたしの本籍地一帯の通称らしい。それを祖母は「ヨソンシク」といっていた。「よそん宿の奴等の度肝を抜いてやらう」と「露営旅行記」の冒頭に出て来たのと同じである。恵蘇宿の筑前訛りだった。「ヨソンシクのヤソどん」と祖母はよく歌っていた。糸で手毬を作って、それをつきながら歌うのである。「ヨソンシクのヤソどん、かっきり十《とお》!」、そういう手毬歌のようなものだったと思う。

永興のオンドル間で、わたしは祖母に百人一首を習った。もちろん正式なものではない。いろは歌留多と同じことだったと思う。「天智天皇秋の田の」と祖母は詠んだ。「天智天皇」と「秋の田の」が続いていた。そうきこえたのである。それで「天智天皇」も歌の一部だとわたしは思っていた。まだ曽祖父が生きていた頃だったと思う。曽祖父は昭和十五年、わたしが小学校二年生のとき八十八歳で死んだ。曽祖父はわたしたちの百人一首をそばで見ていた。「天智天皇秋の田のかりほの庵のとまをあらみわがころもでは露にぬれつゝ」と祖母は詠み上げた。その

「秋の田」が、ヨソンシクだという。それが祖母の自慢だったのである。

やがて永興小学校を卒業した三つ上の兄が、朝倉中学に入った。父が卒業した中学である。兄は母方の伯父の家に寄宿していた。伯父は朝倉中学の教員だった。兄はそこから、春、夏、冬の休暇に永興に帰って来た。わたしは兄が歌っていた学徒出陣歌をおぼえた。

千古《せんこ》の鎮《しづ》め　朝倉《あさくら》の
皇居畏《くわうきよかしこ》し　この聖地《せいち》
君《きみ》が御盾《みたて》と国護《くにまも》る
重《おも》き任務《にんむ》を負《お》ひ持《も》ちて
勇《いさ》む　決死《けつし》の学徒隊《がくとたい》

歌の題はわからなかった。誰の作詞かもわからないが、この「朝倉の皇居」は恵蘇宿の木の丸殿だという。斉明天皇は朝鮮征伐のため大宰府へ向い、朝倉の地で病に歿した。斉明天皇は女帝である。天智天皇は、当時は中大兄皇子である。女帝に従って朝倉の地にあった皇子は、朝倉山上に病歿した女帝のための忌殿を作った。それが朝倉の宮、木の丸殿だという。「秋の田」は、その木の丸殿のすぐ下らしかった。わたしは朝倉中学の校歌もおぼえた。

九天高《きうてんたか》く聳《そび》え立《た》つ
古処《こしょ》の霊峰影清《れいほうかげきよ》く
万頃《ばんけい》の田《た》を浸《ひた》しゆく
千歳《ちとせ》の大河色深《たいがいろふか》し
見《み》よ正大《せいだい》の気《き》は凝《こ》りて
美《うる》はしきかな筑紫野《つくしの》は

これも誰の作詞かわからない。もちろん漢字も知らずに丸暗記したのである。歌の意味もわからなかったが、「千歳の大河」は筑後川だという。そしてそれは木の丸殿の眼下に一望出来るという。これが祖母自慢のヨソンシクだった。わたしは永興のオンドル間で、「天智天皇秋の田の」をききながら、そういうヨソンシクを思い描いた。曽祖父も祖父も父も皆その昔ヨソンシクから出て来たのである。同時にヨソンシクは、単なる自分の本籍地ではなかった。また朝倉中学も、単なる一つの中学ではなかった。この二つのものは、わたしにとっては日本そのものだった。永興のオンドル間でわたしは、そういうふうに日本を思い描いていたのである。

　しかしわたしはヨソンシクへは帰らなかった。敗戦後、大邱《たいきゅう》の司令部を出た父は朝鮮人に変装して永興へ帰って来た。大邱から永興までは、大邱から九州までの四、五倍はあるだろう。地図の上の距離でそのくらいである。朝鮮人に化けてとなれば、もっとだろう。三十八度線は歩く以外に越すことは出来ない。父はそれを南から北へ越えて来たのである。そしてその年の冬、朝鮮人農家のオンドル間で口から黒い血を吐いて死んだ。永興から南へ十五、六里離れた安辺《あんぺん》の花山里《かざんり》だった。同じ場所で祖母も死んだ。二人は花山里の山に土葬された。わたしたちはその翌年、三十八度線を北から南へ歩いて越えた。そして筑前甘木町へ引揚げて来た。母方の祖母のところである。百姓をやる気ならヨソンシクに田圃があるという。しかし母はヨソンシクへは帰らなかった。

　もちろんわたしは、恵蘇宿橋を知らぬわけではなかった。逸平氏から送られて来た写真で、はじめて見たわけではない。わたしは何度もその橋を渡った。橋の上はバス道路だった。博多、二日市、甘木、朝倉、杷木を経て日田へ通うバスである。いまの二日市になっている太宰府から杷木あたりまでが、朝倉街道と呼ばれたらしい。わたしたちはそのバスに乗って買出しに出かけた。母と一緒のこともあった。兄と一緒のこともあった。空のリュックサックを背負って行き、帰りにはそこにさつま芋が入っていることもあった。かぼちゃが入っていることもあった。母は何故百姓を拒否したのだろう、とわたしは思った。一度、母と一緒に恵蘇宿橋を歩いて渡ったことがあった。久喜宮《くぐみや》村というところへ行ったときだと思う。久喜宮は朝倉の隣で、祖母の出たところだった。父方の、朝鮮で死んだ祖母である。久喜宮には、祖母の兄と妹の家族が、わたしたちと一緒に永興から引揚げていた。彼らはそれぞれ、自分たちの生れ故郷へ帰ったのである。

　母はそこへ何かの用事があったのかも知れない。あるいはついでに買出しということであったかもわからないが、わたしはリュックサックを背負って恵蘇宿橋を渡った。渡ったところがバス停の、恵蘇宿だったと思う。リュックサックの中身は、さつま芋かかぼちゃだったのだろう。重いだけでなく、凸凹が背中にごつごつ当った。田舎のバス通りは砂埃がひどかった。わたしは前屈みになって、両手の親指を胸のあたりでリュックサックの帯に突込み、前へ引張るようにして歩いた。そうやっていないと、帯が肩に喰い込んで来た。バス通りの草は埃にまみれていた。

木も土塀の石垣も、埃色に見えた。恵蘇宿橋の欄干も埃色だった。バス停のすぐそばに石の階段があって、それが木の丸殿への登り口だったと思う。わたしは立ち止った。この石段は、はじめてではなかった。バスの中から、何度も見ていた。しかし下を歩いて通るのははじめてだった。勾配の急な石の階段だった。わたしはリュックサックを背負ったまま、下から見上げた。木の丸殿は見えなかった。石段は森の中へ入っていた。わたしは歩きはじめた。母はすでにバス停に立っていた。木の丸殿のことは何もいわなかった。バスに乗ってからも、母は黙っていた。

学校でも木の丸殿はさっぱりだった。中学には予科練、海軍兵学校、陸軍幼年学校、士官学校などの制服が入り乱れていた。丸めた教科書を黒い飛行靴の間に突込んで歩いている上級生もあった。わたしたちは表紙のない歴史の教科書に墨を塗っていた。教師たちは民主主義教育に忙しかった。元山中学では英語の先生が教練の教師にまわされていた。今度は、公民を教えていた先生が校庭の草むしり作業の監督に当っていた。とても木の丸殿どころではなかったのである。斉明天皇も天智天皇も忘れられていた。国語の教師も歴史の教師も、何もいわなかった。やがて学校から軍人服は消えて行った。そしてわたしも卒業した。続いて母たちは甘木から博多へ移った。朝倉には誰もいなくなったのである。

「おい、親父の写真だよ」

とわたしは妻にいった。

「お食事はいいんですか」

と妻はいった。

「もう四時前ですよ」

わたしは、とつぜん送られてきた「露営旅行記」と恵蘇宿橋の写真の前で、二時間以上もあぐらをかいていたのである。妻の不機嫌はそのためだった。わたしは時間外れの昼食を済ませ、それから妻に写真を見せた。

「この写真、黄色くなっていないわね」

「そういえば、そうだな」

確かに写真はセピア色ではなかった。不思議に鮮明な白黒写真だった。

「しかしこれは複写じゃないよ」

「裏にはがした痕が残ってるわね」

「本物だよ」

「大正九年っていうと、幾つかしら」

「数えで、二十二だな」

「斉さんが、そっくりだわね」

と妻は弟の名前をいった。福岡で女子高校の教師をしている弟である。

「それと、徳治だな」

とわたしは末弟の名前をいった。こちらは東京に出て来ていたが、めったに顔を見せなかった。

「やっぱり斉さんでしょう」

「おれが一番似ていないそうだな」

「あなたは、お母さんの方ですよ」

「親父は、腹がへこんでたもんな」

「あなただって、昔はそうだったでしょう」

「昔、ね」

「十五、六年前ですよ」

「親父は、最後までそうだったよ」

「四十七、ですか」

「そうね、確かそうだったな」

「気をつけて下さいよ、本当に」

「おれは大丈夫だよ」

「あと三年で、お父さんの亡くなった年なんですからね」

「親父だって、いまだったら死んじゃあいないさ」

「だって、胃潰瘍でしょう」

「医者は一人来てくれたけど、注射も薬も持ってなかったんだから」

「そうかしら」

「そうだよ」

「でも、煙草もお酒もすごかったんでしょ」

「親父か？」

「お母さんがそういってたけど」

「でもあのときは、特別だよ。薬がなきゃあ、どうしようもないだろう」

「そりゃあ、そうでしょうけど」

「おれはね、ひいじいさん似なんですよ。顔はおふくろ似らしいがね、体格はひいじいさんそっくりらしいよ」

「それは大変結構なんですけどね」

「八十八まで、毎日一升酒ですよ」

「でも、まだ半分ですよ」

「そうか」

「そうですよ」

「そういえば、ちょうど半分だな」

長男に同じ写真を見せたのは、その翌日か翌々日だったと思う。

「この写真、誰かわかるかね」

とわたしはいった。長男は学校から帰って来て、ダイニングキッチンで牛乳か何かを飲んでいるところだった。妻は買物らしかった。長女の姿もなかったと思う。わざわざそうしたわけではなかった。しかしまるきり偶然というのでもなかった。わたしは何気ない形で長男にその写真を見せたいと思った。わざわざ家族全員の前で披露するのは、大袈裟すぎるような気がした。本当は、わたしが写真を眺めているところへ来合わせた長男が、何となく写真をのぞき込む。そんな場面をわたしは希んでいたのである。しかし何故そんなことを考えるのだろう、ともわたしは思った。自分で希んでいることを、一方では不思議だと思ったのである。

一つには写真の父が余りにも若過ぎるせいだったかも知れない。妻や長男や長女が、わたしの父を知っていれば、話は別である。一目でも会っていれば、話は簡単だろう。

「おじいちゃんが二十二のときの写真だよ」

そういえば済むと思うのである。もちろん四十七で死んだのでは、孫に会うのは無理だろう。しかしせめて、父の写真だけでもどこかに飾って置けばよかった、とわたしは思った。父の最後の写真は、陸軍歩兵中尉の軍装だった。軍帽を目深くかぶり、椅子に腰をおろして軍刀を突いていた。昭和十九年、最後の応召のときの写真である。わたしはその写真を持っていない。母が一枚持っているだけだった。引揚げて来たあと、内地の親戚へ送っていたものを一枚返してもらったのである。あの写真の複写を一枚送ってもらおう、とわたしは思った。

「どれがお父さんなの？」

と写真を受取った長男はいった。

「おい、おい」

「あ、これだな」

長男の指はハンティング帽を目深くかぶった父の顎のあたりを押えていた。

「お父さんじゃないよ」

「じゃあ、これか」

と長男は学生帽をかぶった五高生を押えた。眼鏡のせいだろう。恵蘇宿橋上の四人のうち、眼鏡をかけているのは一人だけだった。

「そうじゃないよ」

「え？」

「お父さんじゃなくて、お父さんのお父さんの写真だよ、これは」

「ふうん」

「これだよ」

「じゃあ、さっきのじゃない」

「そうだよ」

「お父さんもさ、ずっと前こういうハンティングかぶってたじゃない」

「そうだな」

「おれがまだ幼稚園のころさ」

「ああ」

「でもこの写真、面白れえな」

「大正九年、だからいまから五十何年か前だな」

「え？　じゃあ、お父さんが生れる前じゃない」

「そうだよ」

「どこにあったの？」

「誰かが送ってくれたんだ」

「ふうん」

「お父さんのお父さんの、親友だった人らしいな」

「ふうん」

「この人か、この人か、どちらかだと思うけど」

「この四人さあ、みんな帽子が違うんだよね」

「そういえば、そうか」

右からカンカン帽にパナマのソフトに学生帽にハンティングだった。

「お前、この写真どこだと思う？」

「お父さんの、田舎？」

「ま、そういえばそうだけど」

「お父さん、子供の頃ここにいたの？」

「子供の頃いたのは、朝鮮だよ」

「あ、そうか」

「この写真は、本籍地だよ」

「本籍地って？」

　と長女がいった。いつの間にか傍へ来ていたらしい。

「福岡県だよ」

　と長男がいった。

「そうなの、お父さん？」

「ああ」

「じゃあ、おばあちゃんのいるところじゃない」

「バカ、今度おばあちゃんは大阪行ったんじゃないか」

「じゃあ、どこなの？」

「福岡県朝倉郡朝倉村、ヨソンシク、だ」

　とわたしはいった。

「ヨソンシク？」

「ああ」

「ヘンな名前だね」

「村なの？」

「いまは町になったらしいな」

「これ昔の橋なの？」

「これが、ヨソンシク橋だよ」

　とわたしはいった。

「でも本籍地ってさ、変えてもいいんでしょう」

　と長男がいった。

「ああ」

「じゃあ、うちは何で変えないの？」

「どこに変えるのかね？」

「だってさ、遠くて不便じゃないの」

「そりゃあ遠いさ」

「博多より遠いんでしょう」

「じゃあお前、生れて何回引越したと思うかね」

「一回、二回か」

「そうだろう」

「トモコは、一回です」

「ヨソンシクに置いとけばね、いつどこへ何回引越しても、絶対に変えなくてよいからだよ」


逸平氏が誰であるのか、まだわからなかった。わからないままわたしは九州旅行へ出かけた。東京から博多まで新幹線。博多から鹿児島本線で熊本へ行った。同行の担当者は戦後生れの独身者だった。昨年の十二月は九州へ二度出かけた。母が危篤になったのである。母は三年前、一度倒れた。高血圧である。それで兄が大阪へ転勤になっても一緒に行かず、福岡に止った。一昨年は何とか無事のようだった。しかし昨年の十二月、二度倒れた。博多からちょっとはずれた志免《しめ》というところで、弟が洋品雑貨の店を出していた。四男坊である。母はその弟のところで倒れた。


一度目は飛行機で、一人だった。二度目はそれから十日程あと、東京にいる末弟と一緒に新幹線の一番で出かけた。このときは、今度は母も駄目かも知れないと思った。飛行機を避けたのはそのためである。飛行機会社には悪いと思うが、弔いが重なったのではまずいだろう。新幹線の一番で行って間に合わなければ勘弁してもらう他ないと思った。ところが母は持ち直した。着いた日には意識不明であったのが、翌々日、とつぜんわたしの顔を見つけて喋りはじめた。

「あんたは、あたしが病気のときだけはおるごたるね」

わたしはこの母の言葉をきいて笑った。お前さんはわたしが病気のときしかいないようだね、というのである。

「相変らず、いいたいことばいいござるよ」

と洋品店の弟も笑った。わたしは安心して、高校教師の弟の車に乗せてもらい、癌で入院中だった先輩の同業者を九大病院へ見舞いに出かけた。

「どんなやったね？」

と帰って来たわたしにふとんの中から母はたずねた。

「本人は眠っとらっしゃったから、奥さんにだけ会うて来ました」

「いくつね？」

「そうやな、六十四か五やろう？」

「まだ、若かね」

と母はいった。母は明治三十八年生れで満七十歳である。わたしは、一応安心ということで、大晦日の夜、新幹線で帰って来た。先輩の同業者が九大病院で亡くなったのは、その二日後だったと思う。あらかじめ死を覚悟して郷里福岡へ帰っていたのだ、と伝えられた。母は志免では死にたくなかったのだ、とわたしは思った。志免は市外とはいえ、板付空港のすぐ先である。博多郊外といってもいいくらいである。しかし母にとって志免は志免なのである。自分が育った博多ではなかったのである。母が持ち直したのは、そのためかも知れない。そんな気がした。今年の春になって、母はほとんど恢復したようだった。そして大阪の兄のところへ移った。

博多行きの新幹線の中で、わたしは「露営旅行記」のことを思い出した。わたしはそのあらましを同行の担当者に話した。

「今回の熊本行きと重なったのは、まったくの偶然ですがね」

「博多か、大阪か迷われたのは、そのためだったんですね」

講演の日程が終ったあと、一日くらいならどこかで余裕を作ってもよいという。細かいスケジュールを知らせて来たとき、担当者はそういっていた。それでわたしは、最初は福岡で一泊したいといったのである。はっきりヨソンシク行きを決めたわけではなかった。とにかく一日を確保してみようと思った。しかしわたしはそれを途中から、大阪一泊に変更した。担当者が新幹線の往復キップを買うという前日である。

東京へ帰り着かねばならない日は決っていた。だいぶ前から予定されていた会合である。その約束を破らない限り、余裕は一日しかなかった。福岡か、大阪の母のところへ一泊か。どちらかだった。

「じゃあ、飛行機に変更しましょうか」

と担当者はいってくれた。

「行きだけでもそうされれば」

「あ、そうか」

「熊本へ行く前、博多で一泊出来ますけど」

「いや、やはり大阪にしましょう」

迷った、というのはそういう事情だった。講演の前に私用では、悪いと思った。また、落着かないだろう。それに、逸平氏から送られて来た恵蘇宿橋の写真と九州旅行が重なったのは、あくまでも偶然に過ぎなかったのである。

「何とか阿蘇だけでも登れるといいですね」

と担当者はいった。

「ま、出来たらね」

熊本では雨が降りはじめた。もう梅雨かも知れないという。その雨の合間に水前寺公園と熊本城を見物した。地元新聞社の案内である。

「朝起きるとですね、この池に顔を洗いに来よったもんですよ」

と案内してくれた部長は、水前寺公園の池の前でいった。

「それから飯を食べて、小学校へ行ったもんです」

池には大きな鯉が群がっていた。

「昔は、ハヤが獲れたものです。顔を洗うふりをしてですね、こうしてパッと手拭いの中に入れるわけです」

と部長は「露営旅行記」の中の頓吉氏のようなことをいった。ここが彼のヨソンシクなのだ、とわたしは思った。

熊本城は、陸の戦艦のように見えた。おどろいたのは、武者返しと呼ばれる石垣だった。見上げていると、めまいがした。弓なりになった巨大な石垣が前後に揺れ動くような気がするのである。横からじっと見ると、石垣はただ弓なりに反っているのではなく、斜めにねじれているようである。そういう特別の積み方らしい。めまいも、前後に揺れ動くような錯覚も、そのためだろう。

熊本は二日とも雨だった。わたしは阿蘇を断念した。雨のせいだけではない。地元新聞社の接待その他で、時間もなかった。わざわざ人吉から車で会いに来てくれた友人とも、立ち話しか出来なかった。大学の頃の古い仲間で、郷里へ帰って高校教師をしていた。もとから大変なヘビイスモーカーだった。いまも相変らずのように見えた。その彼と、煙草四、五本を吸う時間しかなかったのである。

鹿児島でも、時間は似たようなものだった。ここでは、二つの高校が離れ離れで、その移動が一仕事だった。桜島の見える海岸道路を、鹿児島湾沿いに、薩摩半島から大隅半島まで走ったらしい。桜島は、下の方が七分くらい見えた。上が見えないのは、噴煙と灰のためだという。大正何年かの噴火のときは、博多にも灰が降ったらしい。母がそう話していたのをわたしは思い出した。母が小学生の頃らしかった。車の中で地元新聞社の人は盛んにゴルフ場の話をしていた。東京、大阪から飛行機で来るゴルファーも多いという。霧島神宮の先の、山の中の巨大な観光ホテルは、団体客で満員だった。四国の客らしい。

二日目は鹿児島市内へ戻って、夕方、同行の担当者とホテルのある城山を下って、西郷洞窟を見物した。道路から一段低くなったところに広場があって、その奥に小さな横穴が二つ、薄暗い水銀燈に照らし出されていた。わたしは西郷隆盛の銅像を思い出し、小さな穴だ、と思った。これが西南戦争に敗れた西郷軍の最後の本陣だという。しかしわたしはこの穴をどうしても見たいと思って、ホテルを出て来たのだった。

西郷洞窟から少し下ったところに、西郷終焉の地があるという。わたしはそこも見たいと思った。史跡の興味とは別のものである。行って見れば、そこもただの小さな広場で、記念碑が立っているに過ぎなかった。しかしわたしにはそれで充分だった。西郷たちは、この城山の麓で生れ、ここで遊び、そしてこの城山の麓で死んだ。その平凡な事実が、わたしにはまことに不思議なことに思えたのである。その不思議さだけで、わたしには充分だった。ここが西郷たちのヨソンシクなのだ、とわたしは思った。

街へ出て、土産物店へ入ると、修学旅行の子供たちが大勢で、それぞれ何かを買い求めていた。最初は中学生かと思ったが、名札をのぞくと小学生である。いまでは小学生でも九州一周くらいするのかも知れない。わたしは土産物店の中で、自分が修学旅行というものを一度もしなかったことを思い出した。小学校は戦争末期で中止。中学校は敗戦直後と学制改革のどさくさで中止。高校では確か関西旅行だったが、行かなかった。積み立てた金を返してもらって、二、三人で映画を見たりこっそり酒を飲んだりしていた。団体旅行に反抗するのではなく、そんなものは無視するというつもりだった。貸本屋通いの結果だったと思う。

翌日も鹿児島は雨ではなかった。しかし街を行く人々は手に手に蝙蝠傘をさしていた。ハンカチを頭に載せた女性も見えた。桜島が灰を降らせているのだという。この土地ではそれを、黒い雪と呼ぶらしかった。毎年、梅雨前あたりから八月頃まで続くのだという。タクシーの屋根も灰色だった。着いた日には、西鹿児島駅から真正面に桜島が見えたのである。それが帰る日には、灰色の空しか見えなかった。

「飛行機はお嫌いなんですか」

と同行の担当者は、鹿児島から博多へ向う汽車の中でわたしにたずねた。

「まあ、好きとはいえないだろうな」

「ぜんぜん乗らないわけじゃないわけですか」

「ま、今度の場合はね、何となく福岡を空から素通りしちゃうというのがね」

「ははあ、なるほど」

「ま、何となく、どうもヘンな気がするというのかな」

わたしたちは、博多から新幹線に乗り継いだ、待ち合わせ時間は十五分だった。わたしは博多駅のホームで、十五分間を過したのである。その間ちらとヨソンシクを思い出した。やがて新幹線は走り出した。

「あなたは、本籍地はどこですかね」

とわたしは新幹線の中で、同行の担当者にたずねた。

「えーと、いまは東京ですね」

彼は生れて中学までは北海道、高校は北九州だという。そして大学は東京で、いまは親たちと一緒に東京に住んでいる。新大阪でわたしは彼と別れた。彼はそのまま東京へ帰るのである。

「キップは、明日のですから」

「いや、どうも有難う」

大阪の兄の家へ行くのは、これが四度目か五度目だろう。場所は、新大阪から京都行きの国電に乗って、茨木下車だった。駅前を少し行って歩道橋を渡る。そして商店街を少々歩き、左へ路地を入った突き当りの家だった。木造平屋の借家だった。着いたのは夕方の六時過ぎだったと思う。

わたしは兄の家で、福岡の叔父叔母に出会った。もちろん偶然である。静岡へ転勤になった次男のところへ行く途中だという。二人はすでに浴衣姿で、兄の家の居間のソファーに、並んで腰をおろしていた。叔母の方が、母の妹だった。年は六つか七つ下だったと思う。わたしは風呂に入って兄の浴衣に着替え、中学三年生の姪と小学校一年生になった甥に小遣いを渡した。それから居間に行って、ウイスキーの水割りを飲みはじめた。飲んでいるのは、兄とわたしと叔母だった。叔父と母は、まったくの下戸なのである。

途中わたしは、立って仏壇へかるかん饅頭を供えに行った。わたしが母に渡した鹿児島土産である。母はそれを箱から二つ取り出すと、黙ってわたしの方へ差し出した。

「お父さんたい」

と傍から叔母がいった。

「あ、そうか」

仏壇は居間の隣の六畳間の箪笥の上にあった。黒い小さな仏壇である。昨年の暮にはこの仏壇が、志免の弟の家の、母が寝ていた部屋の箪笥の上に置かれていた。わたしはかるかん饅頭を供えて線香をあげた。そして、逸平氏から送られて来た恵蘇宿橋の写真を、持って来るつもりで忘れて来たことを思い出した。

「博多では、誰かに会うたね？」

と叔母がわたしにたずねた。

「いいえ、それが時間がなくて」

「あんたは、いつも時間がないんじゃね」

と母がいった。

「もう明日、帰るとやろ」

「そげんいうたって、ねえ。働きよるもんは誰でも忙しかよ」

と叔母はいった。

「お母さんが、お前は病気のときしかおらんていいよったけん、今度は病気でないときに来とるとたい」

と兄がいった。そして叔父も叔母も兄もわたしも笑った。

「なんせ、乗り換え時間が十五分しかなかったもんですから」

とわたしは叔母にいった。

「誰でも仕事のときは、おんなじよ」

「誰にも電話もせんやったと?」

と母がいった。福岡にいる弟たちに、ということだろう。

「ああ」

「そげんいうたって、お母さんももう博多にゃおらんとやし」

と叔母はいった。

「東京の方へも、寄られるんでしょう」

とわたしは叔母にたずねた。東京にいるのは、三男だったと思う。

「ま、寄れたらね」

「もし来られたら、ぼくんところへも寄って下さい」

「そうやね」

「そうそう、和雄ちゃんが場所は知ってるんだから」

「えらい立派なマンションなそうなね」

「冗談じゃないですよ。中古ですよ」

「和雄が一度お邪魔して、そういいよったよ」

「叔母さんが自分で来て見りゃあ、わかりますよ」

叔父はかるかん饅頭を食べながら、ときどき母と何か話していた。母は十時頃休んだと思う。そのあと叔父は、お茶を飲みながら兄と何か話していた。自然にそういう組合せになっていたようである。そして最後は兄とわたしが残り、午前一時ごろ茶漬けを食べて眠った。そして午後二時頃、わたしは予定通り新幹線に乗って帰って来た。新幹線の中で、わたしは父の写真のことを思い出した。陸軍歩兵中尉の軍装で、最後の応召のときに撮った写真である。その写真の複写をわたしは兄に頼むつもりだった。しかし兄の家でわたしは、父の写真そのものを忘れていたのだった。東京駅へ着いたのは夕方の六時過ぎだったと思う。それからわたしは電車を乗り継いで帰って来た。ヨソンシクを出発した「露営旅行記」の三人組は、筏でヨソンシクへ帰って行った。わたしはここを出発して、ここへ帰って来たのである。

雨は降ったり止んだりしていた。逸平氏が誰であるのか、まだわからなかった。福岡の叔母からも電話はなかった。東京までは足を伸ばさなかったのかも知れない。わたしの生活は相変らずだった。週に一度か二度、歯科医院へ出かけ、テレビのナイターを見ながら新聞紙をむしった。新聞にはロッキードの文字が見えた。猫の歩行は、ほとんど正常に戻ったようである。便秘はまったく恢復したという。

ある日、わたしは歯科医院からの帰りに、谷津遊園の事務所へ立ち寄ってみた。歯科医院からぶらぶら歩いて来たのであるから、午後四時過ぎになっていたと思う。雨は止んで、雲と空とが半々に見えた。わたしは遊園地の入口は素通りして、そのまま事務所のドアをあけたのである。そして、知人の転勤を知った。今年三月の人事異動で、また私電会社の本社勤務になったのだという。ワイシャツ姿の若い男にわたしは見おぼえがあった。中国子供展の招待状の袋を渡してくれた事務員だったと思う。彼の態度はそのときと同様、丁寧だった。わたしは礼をいって事務所のドアを閉じた。

わたしは海の方へ歩きはじめた。遊園地の事務所を出て、真直ぐ行けば海、右へ曲ればハイツである。スイムクラブの手前の掲示板に、野鳥観察会のビラが出ていた。ビラには水彩で一羽の鳥が描かれていた。薄茶色の羽をしていた。わたしはその前で立ち止った。野鳥を守る会とは別の会なのかも知れない。ビラには、観察日と集合場所が書いてあった。場所は、野鳥を守る会の場合と同じだった。埋立て地に出来た団地のバス停前である。集合時間も、相変らず朝早かった。わたしはまた歩きはじめた。遊園地の知人と最後に会ったのは、昨年の菊人形展のときだったと思う。これは遊園地最大の年中行事らしく、電車の中でもしきりに放送していた。毎年、ＮＨＫの人気時代劇が主題になるのだという。昨年は「元禄太平記」である。わたしは妻と長女と三人で見物に出かけた。このときも長男は何かでいなかったと思う。

菊のお化けだ、とわたしは思った。大サーカスふうのテント張りの中には、四十七士、吉良上野介、柳沢吉保その他の菊人形が立ち並んでいた。吉保の愛妾《あいしょう》たちの姿もあった。赤、黄、白、紫の菊の花は、彼らの衣裳だった。菊好きの人たちは、衣裳好きの人たちが金襴緞子《きんらんどんす》の衣裳を眺める目で、人形たちに着せられた菊を眺めるのかも知れない。しかしこの展示場のどこかに、お化け屋敷的な要素も入っているような気がした。首から下が菊になってしまった人間。そんな気味の悪さではないかと思う。そう思ってつくづく見ると、人形の顔は不自然な分だけ却って生ま生ましかったのである。

「どうでしたか」

と出口のところで出会った知人は、わたしに感想を求めた。彼は竹箒を手にしていた。

「いや、生れてはじめて見物しました」

とわたしはいった。

「今年は女性客が多いようですよ」

「そうですか」

「昨年は、勝海舟でしたからね」

「あ、そうか」

「あと二、三日後が一番でしょう」

「そうですか」

「品評会の連中はそこを目標にして出品してますからね」

「なるほど」

わたしは吸っていた煙草を捨てようとして、彼の竹箒に気づいた。そして短くなった煙草を摘んだまま、彼と別れた。

海へ向うに従って道は少しずつ狭くなった。両側は生垣で茶の木が多かった。生垣越しに紫陽花が、とつぜん鼻先にあらわれることもあった。生垣の中はふつうの家であったり、二、三階建てのアパートだったりした。わたしは歩きながら、オットセイの声がきこえなくなっていたことを思い出した。九州旅行から帰ったあとも、一人になっているときのわたしの生活は変らなかった。北向きの六畳間の座机にわたしは夜通しへばりついていた。しかし一度もきこえなかったのである。風邪引き子供の咳のような声は、きこえて来なかった。やがてわたしは海に着いた。コンクリート堤防からの眺めは、相変らずだった。

海は半殺しのままのどぶ泥だった。向って左手は谷津遊園の裏側で、運動場のような空地に七、八本の痩せた松並木があった。そして右手には、埋立て団地が見えた。団地はどぶ泥の海の中へ、ほとんど直角に伸びて続いていた。二、三百メートル沖合に作られた青い塀のような柵もそのままだった。置き去りにされた木の舟も元の位置にあった。沈みもせず、浮きもせず、海の泥に舟底をめり込ませていたのである。

わたしはコンクリート堤防の上を歩いて行った。水は減っているように見えた。干潮時かも知れなかった。コンクリート堤防に沿って、低い屋根のバラックが並んでいた。バラックには誰かが住んでいるようでもあり、誰も住んではいないようにも見える。そして低い屋根の下には、「貸しボート」とか「ごかい」とか「休憩所」とか、剥げかけた白ペンキの文字が見えた。

コンクリート堤防の上で、わたしは立ち止った。ちょうどバラックが途切れるあたりだった。わたしは堤防の下を見おろした。このあたりでわたしは一度、長女と一緒に小蟹をつかまえたことがあった。男の子たちが五、六人でやっているのを見て、真似てみたのである。畳三、四枚分くらいの、水のない泥地だった。そこに有り合わせの棒片を突き立てると、穴から蜘蛛のような小蟹が出て来た。小蟹は泥の中から、幾らでも湧いて来るように見えたのである。この小蟹のために野鳥は集って来るのかも知れない。そんな気がした。

コンクリート堤防の下に子供たちの姿は見えなかった。いまは小蟹の季節ではないのかも知れなかった。しかしどぶ泥の海の中に野鳥たちは群がっていたのである。とつぜん野鳥の群が飛び立った。それは水面にとつぜん盛り上った灰色の波のように見えた。灰色の波は、左へ左へと動いて行った。そしてどぶ泥の水面にふたたび見えなくなった。わたしは水面から目を離した。すると目の前に、大観覧車が見えたのである。その間近さにわたしはおどろいた。観覧車は灰色をした梅雨空の真中にあった。大観覧車はゆっくりと動いているように見えた。しかし止っているようにも見えたのである。

行き帰り

梅雨が終り、夏の間しばらくわたしは習志野を離れた。子供たちの夏休みの間、信濃追分の山小屋で暮し、九月にまた戻って来ると習志野ではまだコスモスが花盛りだった。京成電車の駅を降り、海の方へ少し歩いて右折し、京葉高速道路の土手沿いにまた少し行ったところに一軒の廃屋があって、雑草の中に桃色と白のコスモスが群がっていた。

信濃追分では花は遅く咲いて早く散った。雑草だらけのわたしの庭では、おいらん草が咲き、コスモスが咲き、それから月見草が咲く。その順序で咲き、月見草が咲く頃はおいらん草とコスモスはすでに色褪せはじめている。やがて気がつくと月見草は枯れて一面芒《すすき》原だった。それで夏休みは終りになった。妻と子供たちは習志野へ帰って行く。いつもならばそのあとしばらく、わたし一人だけ追分に残るのである。しかし八月の半ば過ぎ頃、胃袋のあたりに鈍痛をおぼえた。知人の医師に話すと、ブランデーがよいのではないかという。下駄ばきでぶらりと千メートル林道のあたりを散歩した帰り道だった。落葉松林の間の坂を下って行くと、坂を登って来る知人に出会った。彼は医師ではあるが大学の教師で、専門は神経科だった。開業医だったら、夏の間じゅう追分で暮すことなど出来ないだろう。

医師の山荘は落葉松林の中である。わたしは誘われてしばらく立寄り、ブランデーの水割りをごちそうになった。

「これが一番純度の高いアルコールですから」

そういって彼は、自らブランデーと水を調合してくれた。

「たぶん神経ですよ、その痛みは」

「こんな山の中にいてですか」

「でも生活は同じでしょう。土地の人のように、早寝早起きの生活じゃないでしょう」

彼はかつて医学生としてフランスに留学中、向うの医師に教えられてブランデーの水割りをおぼえたという。わたしはそれを二杯ごちそうになった。すると翌日、本当に痛みは消えていた。わたしは医師にお礼の電話をかけた。それから草道を下って旧道の食料品店へ行き、ブランデーを一壜買い求めて来た。ごちそうになったフランス物はなかった。それで国産品で教わったフランス式を代行した。やがてわたしは胃袋のあたりの鈍痛を忘れた。

しかしある日のこと、わたしは背中に痛みをおぼえた。胃袋の真裏より少し上のあたりだった。わたしは追分からバスで、軽井沢郵便局へ速達を出しに行き、帰りがけ、思いついて近くの床屋へ入った。ちょうど雨が降り出したためかも知れない。床屋を出ると、まだ雨は降っていた。わたしはそのままバス停まで濡れて歩いた。追分でバスを降りると、道は乾いていた。あちらでは降っても、こちらは降らないことがしばしばなのである。わたしは真正面に浅間を見ながら国道十八号線を横断し、分去《わかさ》れからの草道をわが家の方へ登りはじめた。背中に痛みをおぼえたのは、その途中である。

激痛ではなかった。思わずその場にしゃがみ込む程の痛みではない。しかし、いつかどこかで、幾度かおぼえのある痛みだった。例えば列車の座席である。うとうとっとした瞬間、とつぜん息が詰って目をさます。吸い込んだ息がそのまま吐き出せないで、窒息しそうだった。電気炬燵の前で座椅子にもたれてうとうとっとした瞬間にも、同じようなことがあった。わたしはおどろいて目をさまし、大きく息を吐いて、左右に首を振った。ちょうど水中で溺死する夢からさめたような具合である。そのとき背中に痛みを感じることがあった。二年か三年か、あるいは四年くらい前からだったかも知れない。

「肩じゃあないかしら」

と妻はいった。

「ひどくなると、胸が苦しくなるわよ」

「胸じゃないよ」

「でも、息が詰るわけでしょ」

確かにわたしの肩こりは尋常ではなかった。こりはじめると、わたしは机の前で首振り人形になった。頭はまったく使い物にならない。ただ前後左右に動くだけである。そして、前後左右どこへ曲げても骨が鈍い音をたてた。

もちろん、鍼灸按摩すべてかかった。鍼は追分からバスで軽井沢旧道入口まで通った。一週間に一度の割で夏じゅう通った。灸は京成電車沿線の四ツ木の灸である。これは、まさにカチカチ山の狸だった。背中一面、火がついたのではないかと思った。両肩のつけ根と背骨の両脇の四ヵ所に径二センチ程のモグサを押しつけ、一斉に火をつけたらしい。もちろん自分の背中は見えない。あとで、見ていた妻からきいたのである。灸の痕からは三ヵ月間、膿が流出した。その間、もらって来た円形の紙膏薬を一日二、三回ずつ取り替えたが、これは決して悪い気持ではなかった。体内の毒が膿となって流れ出るのだと思った。またその間は確かに按摩にもかからなかった。しかし、これも元の木阿弥である。わたしの両肩には五円硬貨大の灸痕だけが残った。薄い紫色の斑点である。たぶん背骨の両脇にも残ったのだろう。

この四ツ木の灸が肩こりというものについてのわたしの認識を変えたと思う。最早これは死に至る病だ、とわたしは思った。そう思って、その後も鍼と按摩にかかり続けた。もちろん時間とともにわたしの肩は元の木阿弥となった。またかかる。また、こる。その繰返しである。

「心臓じゃないかな」

とわたしは妻にいった。

「心臓って？」

「心臓だよ」

「肝臓病で、ときどき息が詰るような感じになるって話はきいたけど」

「肝臓、ねえ」

「やっぱり肩こりじゃないのかしら」

じっさい、原因は不明だった。二年程前、人間ドックにも入ったのである。結果は二日間あちこち検査をされ、どこにも異常なしといわれた。しかし列車の座席や電気炬燵の座椅子でうとうとっとした瞬間の窒息状態は、その後もなくならなかった。そして背中に痛みをおぼえた。それは、いつ来るのかわからなかった。じっさい、忘れた頃、不意にうしろから急所を押されたような痛みだった。その度にわたしは、自分はいま死ぬのではないかと思った。瞬間なのかもわからないが、はっきりとそう思う意識は充分にあった。痛みのためではない。窒息感のためである。しかし、やがてわたしはそれを忘れた。そして充分に忘れた頃、ふたたび思い出すのだった。だから、これも繰返しである。ただ、追分の草道でおぼえた痛みがそれと同種のものであるのかどうか、それはわからなかった。あるいは別種の痛みなのかも知れない。しかし、どこかが似ていると思った。

草道は、左側が白樺林、右側は土地の人の畑と雑草の草むらだった。畑では赤い花豆が盛りだった。草むらの中央に欅《けやき》の大木が一本ある。その根本に三体の小さな石仏があり、一体は首がなくなっていた。わたしはこの草道で蛇を殺したことを思い出した。三年ばかり前だったと思う。わたしたちは草道を下ってバス停へ行くところだった。蛇は花豆畑の方から出て来て、わたしの足下を白樺林の方へ横断しようとした。その頭をわたしは下駄で踏みつけ、体重をかけて右へ捻った。それから尻尾をつかんで、二、三度大きく宙に振りまわし、傍の大石に頭部を叩きつけたのである。そして死体を白樺林の中へ全力で放り投げた。蛇は一尺余の山かがしである。追分にはこの蛇しかいないらしい。浅間山の焼石だらけの土地だからかも知れない。気温も湿度も、蛇の天国とはまる反対の土地なのだろう。じっさい、一夏のうちに一匹見るか見ないかだった。

「何も殺さなくても」

と妻はいった。

「だって、悲鳴をあげるのはお前じゃないか」

長男は、蛇がとんで行く方を見ながら、「けっ!」というような声を出した。長女は顔をしかめ、肩をすくめるようにして妻の顔を見ていた。妻の蛇嫌いは極端だった。子供たちにもそれはよく知られていた。蛇だけではない。毛虫、蛙の類も同様だった。ある夏の夕方、わたしが風呂に入っていると、けたたましい妻の悲鳴がきこえた。風呂のガス栓を閉めに来て、裏庭の暗がりでガマ蛙を踏みつけたのだという。おどろいて隣の住人が出て来たらしい。七十過ぎのお婆さんである。五十に近いと思われる未婚の娘さんと暮していた。確かに妻の悲鳴は派手なものだった。年寄りをびっくりさせたに違いなかった。しかしわたしはその妻の悲鳴が嫌いだった。大袈裟過ぎると思った。抑制がなさ過ぎると思った。蛙や蛇を嫌ったり怖れたりする人間がいるのは認めるとしても、あの悲鳴には同情する気になれない。そんなに蛙や蛇が嫌いなら、さっさと山を降りてしまえ。夏の間、山で暮すのならば当然山にいる蛙や蛇に慣れるべきではないか。そう思ってわたしは、妻の都会人臭さに腹を立てた。十九や二十の小娘ではあるまいし、とも思った。いつまで経っても蛙や蛇を差配出来ないのは、却って都会人らしくないとも思った。白痴的で無作法で淫らでさえあると思った。つまりわたしは甚だ不愉快であり、その自分の気持にありとあらゆる嫌悪の言葉を当てはめたのである。腹の中で悪口雑言を並べたのである。

しかし同時に、わたしは妻を羨ましいとも思った。妻の悲鳴は手放しだった。天然自然の恐怖の声だ。果して自分にあれだけの悲鳴をあげることが出来るだろうか。わたしはそう思い、妻の素直さにくらべて自分は恐怖に対してさえ最早や素直さを失っているのだと思った。何も殺さなくとも、と妻はいう。しかしあれは、ある連続した一つの動作だった。下駄で踏み潰し、大石に叩きつけ、そして遠心力を利して遠くへ放り投げるまで、切れ目のない一つの流れだった。内野手が打たれたゴロに向って進み、腰を落とし、ボールを捕え、右手で握り直して一塁手に送球する。そんなところだ。動作はすべて連続しており、あれで完結したのである。

恐怖というものが、そういう動作に変形されているのだと思う。そしてそれは反射的なものだ。じっさい野球の選手だって、ゴロが怖くないわけはないのである。ただ、怖いとはいわないだけだ。怖くないからではない。捕球しなければならないからだ。恐怖というものが捕球という動作に変形されているのである。そしてそれは切れ目のない連続した運動だった。またそれは反射的であると同時に、最早や一つの習慣であった。習慣化することによって、恐怖がある別の何ものかにはっきり変形されたのである。自分の動作のすべてがそうではない。そういうふうに変形され習慣化された動作は、二つや三つではないと思う。蛇ばかりとは限らない。そういうふうに変形され習慣化された動作は、二つや三つではないと思う。蛇であれ蛙であれ、他人であれ死であれ、手放しで悲鳴をあげることの出来る妻を羨ましいと思ったのである。

わたしは草道をのろのろと登った。鈍い痛みをそっと背負うようにして、のろのろと歩いた。そうしながら痛みの正体をさぐるように耳を澄ませていた。この痛みはいつもとは別種のものかも知れない。例えば列車の座席あるいは電気炬燵の座椅子にもたれてうとうとっとした瞬間、窒息しそうになるときの痛みである。しかし、わたしが忘れてしまった頃うしろから不意に急所を押して来たところはそっくりだった。死ぬのではなかろうか、と思ったところも似ていた。ただ、この草道の途中で、このまま死ぬのだとは思わなかった。そういう、あっという間の窒息状態はなかった。しかし来年の夏は果してこの草道を歩くことが出来るだろうか、と思った。また再来年はどうだろうかと思った。だから、わたしが来年もまた再来年も生きていて、この草道を歩くとすれば、これはまことに滑稽な卦だろう。人もそう思うだろうし、自分でもそう思いながら、のろのろと草道を歩いて行ったのである。
三、四分の草道をどのくらいかかっただろう。たどり着くとわたしは、すぐにふとんを敷いて仰向けになった。
「心筋梗塞じゃないかな」

とわたしは妻にいった。

「えっ」

「あれは背中が痛むそうだからね」

「ああ」

「でも、こないだのときも背中が痛かったんでしょう」

「あれは胃のせいじゃなかったんですか」

「ああ」

仰向けになっていると、痛みはなかった。やがてこの痛みはこれで治るのだろう。そしてわたしは痛みを忘れる。

「心筋梗塞って、そんなもんらしいな」

「あれはもっとひどい発作じゃないのかしら」

「それは、もう最後の方だろう」

「そうかしら」

「二十回も三十回も、痛くなったり、忘れたり、また痛くなったり、また忘れたりしたあと、やって来るんじゃないのか」

「病院はどうしますか」

「明日まで待ってみよう」

翌日、痛みはなくなっていた。それからもなかった。そしてわたしが痛みを忘れかけた頃、子供たちの夏休みは終った。わたしは、そのあとしばらく一人だけ追分に残る予定を変更して、妻や子供たちと一緒に習志野へ帰って来た。猫も一緒だった。

習志野では、まだ夏のようだった。わたしは汗をかきかき、三日間病院へ通った。五階から階段を降り、ハイツを通り抜け、コスモスのあたりまで来ると、もう汗が出て来た。そして、いつもここへ来るまで、このコスモスのことを忘れているのを思い出した。高速道路の土手下の道はそのあたりでS字形を描いていて、ハイツの方から歩いて行くと、道なりに左へ曲ったとき、とつぜんコスモスが目に入るのである。ある日わたしは、そこで鶏頭の句を思い出した。鶏頭の十四、五本もありぬべし。しかし雑草の中に群がり咲いているコスモスは十四、五本どころではなかった。廃屋は木造の平家で、板壁にバナナと書かれたペンキ文字が見えた。バナナ倉庫か、バナナ加工工場だったのかも知れない。

病院は上野だった。習志野へ戻ってから追分の医師へ電話をかけ、紹介してもらった。病院では、細かい検査を受けた。血圧、血沈、肝臓、心電図、胸部レントゲン、コレステロール、等々である。階段の模型を登ったり降りたりもした。医師は、少しふとり過ぎではないかという。検査の結果は、どこにも異常がなかったのである。

「心臓は、四十代では上の部らしい」

とわたしは妻にいった。

「コレステロールも、酒煙草の量からすると嘘のように良好だそうだ」

「それで、背中の痛みは？」

「そういえば、そうだな」

「判らないわけ？」

「ああ」

「たずねなかったんですか」

「もちろん、最初にいったよ」

「でも、判らないんでしょう」

「痛みを訴えたから、検査されたんじゃないか」

「でも、その原因は判らないんでしょう」

「痛みをおぼえたから、検査してもらった。しかし、その結果は、異常なし。そういうことだな」

「それじゃ、痛みはどうなるわけ？」

「さあ」

「で、痛みはもうないんですか？」

「ああ、いまはな」

「じゃあ、薬も要らないわけ」

「胃の薬をもらって来た」

「でも検査したのは心臓でしょう」

「だって、そちらの方は、異常なしだもの。背中の痛みは、原因が判らないんじゃなくてさ、検査の結果、原因が見つからなかったわけだからね」

「それで何ともなきゃあ結構なんですけど」

「仮にまだ背中が痛いとしてもだな、検査でその原因が見つからなければ、異常なし、ということになるんだろうね。原因が見つからないということは、原因がない。異常の原因がないということは、すなわち異常なし。そういう理屈だな」

「やっぱり肩こりじゃないんですか」

「ふうん」

死ぬかも知れないと思ったことは、妻には話していなかった。しかし、いわなくてよかった、とは思わなかった。検査の結果は異常なしであったが、自分の体が変ったわけではないと思った。

「どうもおれの体は西洋医学向きじゃあないらしいな」

「でも、心臓じゃなくてよかったですよ」

「それと、コレステロールは意外だったね」

「それは食事のせいですよ」

「あの先生もそういってたな。余程食事のバランスが取れてるんでしょうって」

「見る人が見ればわかるんですよ」

「どうも、自分ではそうは思えんがね」

わたしの体は原因不明のままだった。原因不明のまま相変らず肩はこり続けた。わたしは机の前で首を振り、骨の音を鳴らした。そして、自分の人生観はすべてこの肩こりから出て来たのではなかろうかと思った。肩こりは不断の不快だった。しかしそれを根こそぎ取除くことは諦めていた。原因も不明だった。自分はこの原因不明の不断の不快と共に生きているのだと思った。なにしろ死に至る病なのである。死ぬまで肩こりとは離れられないだろう。死ぬまでこの原因不明の不快とつき合ってゆく他はないと思った。

それは肩こりを愉しんでいるのと同じだろう。わたしに向って、そういう人がいるに違いなかった。狎《な》れるとか、淫するとか、いうことだろう。しかしその批評は、少しばかり図式趣味に過ぎるような気がした。苦しい苦しいといい続ける趣味はわたしにはなかった。肩こりは不断の不快ではあったが、それは、いわば生きているのと同じことだった。生きている以上、そうそう愉快なはずもあるまいということなのである。不愉快であることをけしからんとは思わなかった。むしろ当然というべきだろう。自分を不愉快にする何ものかと共にしかわれわれは生きてゆくことが出来ないのだ、と思った。そしてわたしは、高鍋のことを思い出した。

「とつぜんお手紙を差し上げ、びっくりなさるかも知れませんが、思い出していただけますでしょうか。永興《えいこう》で薬屋をしておりました高鍋の次女です。先日の週刊朝日『永興小学校の思い出』を目にして家じゅうで大騒ぎになりました。確か、兄純一と一緒に元山《げんざん》中学へ入学されたと思うのですが、文中の山口さんはマドカちゃん、田中さんはミツルさんではなかろうか、ということになりました。ちょうど姉も親子でやって来ておりまして、紙に永興の地図を書いてみたり、桜井さんへ行って漬物を漬けてやったことがある話とか、貴方様の家はこのへんで、お金持ちで美しいお母様だったとか。わたしは終戦のとき十歳くらいでしたから記憶もさだかではありませんが、岩田さんや岸上さんは何とか思い出せるのです。

余りになつかしく、週刊朝日に問い合わせまして住所を教えていただきました。ご家族の皆様お元気で福岡にお暮しでしょうか。うちの父は引揚げ直前に亡くなり、母の里である会津に住みついてしまいました。マドカちゃんにお会いになったら、もうおききになったかも知れませんが、一時山口さんとは交流があり、ある事情で途切れてしまいましたが、もう時効かと思いますので。

兄純一は、高卒で市内の銀行に勤めたのですが、あの通りの変人ですので、うまくゆかず、四、五年で退職、それ以来無職で母と暮しております。人間失格とでもいいますか、ほとんど口をきかず、勝手気ままに何やらわけのわからない学問？　をして、一日じゅう正坐をして時を過していています。あの当時の母の力ではとても大学にはやってもらえず、それが一番の原因ではないかと思い、気の毒になりますが、何とも仕方がありません。

姉、私、妹は、とにかく地元の大学を出まして教員をしておりますが、結婚して親になって、とまああたり前に生活しているのは姉だけ、私と妹はいまだにひとり、あっちへうろうろ、こっちへうろうろ。使うために働いているとか勝手なことを言って、スキーやら旅行やら山やら動きまわり、母に叱られてばかりいます。

余りのなつかしさに筆を取りましたが、おかしな、自分勝手なところをつぶって下さい。会津もそろそろ三十年近くになります。母も私たちもたぶんずっとここで暮すことになるのでしょう。こちらへお出かけのこともあるかと思いますが、その折は是非お立ち寄り下さい。昔のことを思い出させていただいたり、永興の話が久しぶりに皆でできたり、本当にありがたいことでした。妹は、生れて三年くらいでしたので、永興のことは文でも読まなければぜんぜんわからないわけです。どうぞ皆様お元気で、失礼いたします。

三月十九日」

この日付は、確か二年前の三月十九日である。高鍋が生きていることを聞いたのは、三年前だった。元山中学一年生で別れ別れになって以来、二十八年ぶりで山口と田中に会い、山口から聞いた。三人はいずれもすでに四十歳で、それぞれ二人の子持ちだった。山口は千葉の造船所の艤装《ぎそう》技師、田中は東京の製薬会社のセールス課長だった。三人はその晩、東京のホテルに泊った。ホテル代は田中が持った。会社で使いつけのホテルだという。永興の同級生のためなら、おれは何でもやる、と田中はいった。おれもやる、と山口もいった。三人はまたの会合を約して別れた。それから三年経ったのである。

高鍋の妹の手紙にある「ある事情」というのは、山口との結婚話だったらしい。それは決して不思議なことではなかった。もしあのまま時間が経っていたのであれば、それはまことに自然の成り行きかも知れなかった。そして山口、田中、わたしの三人の中では、高鍋の妹との結婚は、山口が最も自然な相手だったと思う。家も近くだった。彼は十二人兄弟の末っ子で、兄や姉はもう皆大きくなり、家では母親と二人きりの暮しだったから、特に反対する者はいなかったと思う。

ただ不思議だったのは、日本へ引揚げて来てからも山口と高鍋の妹の間に、永興と同じ時間が継続していたらしいことだった。山口もそのことについては、多くは語らなかった。しかし、それは何とも不思議なことに思われた。山口は下関の水産学校を出ると、暫く捕鯨船に乗っていたらしい。結婚話はその頃のことらしかった。当時はもちろん、山口とも田中とも音信不通だった。何としてでも消息を知りたいとも思わなかった。日常とはまるで結びつかない過去の記憶だった。つまり当然のことながら大人になっている山口や田中に会いたいという気持がなかった。会えるとも思わなかった。わたしは、元山中学一年生までの山口や田中の記憶を抱いたまま死ぬのだろうと思った。それは山口や田中にしても同様に違いない。そのことを特に悲しむ気持もなかった。何か不当なことだとも思わなかった。戦争に負けた以上、止むを得ないだろう。永興が消滅した以上、仕方のないことだった。引揚者である以上、当然の運命だろうと思った。小学校の同級生が一人もいなくなることだってあり得るだろう。そういうことは、これまでの日本人にとっては、甚だ稀なことかも知れない。あるいは前例はなかったかも知れない。だとすれば自分がたまたま、最初にそういう実例になったのである。そして、そうであることも止むを得ないと思った。

高鍋の妹と山口との結婚話が不思議なものに思われたのは、そういう気持からだった。それは、死んだと伝えられていた高鍋が生きているとわかった以上に、不思議なことに思われた。彼が死んだと伝えられたのは、何かの間違いだった。死んだのは彼ではなく、彼の父親だった。噂はもう三十年以上前だった。引揚げて来て、わたしが福岡県の中学に転入したての頃だったと思う。誰から聞いたのかもはっきりしない。ただ高鍋はあの年の冬、永興で死んだという。

「罰かぶらっしゃったとバイ」

これは誰の声だったのだろう。中島の兼子さんの声かも知れない。高鍋は永興の日本人収容所に来なかった。父親が無産党員だと名乗り出たためだという。永興の人民保安隊はそれを認めた。それで彼らの家族だけは自宅を追い出されなかった。日本人収容所に入れられなかった。この話は、すでに収容所の中で聞いたような気もする。高鍋の父親のことはよく知っていた。顔は高鍋とそっくりだった。額が広く鼻が高く、目がぎょろりとしていた。

国防色に黒い襟のついた警防団の制服を着ていたと思う。背も高く、いつも胸を張っていた。年はわたしの父より幾つか若かったと思う。その高鍋の父親が無産党員であり、そのために高鍋たちは収容所へ入らず自宅で暮しているのだという。しかしわたしには、無産党の何たるかはわからなかった。そしてやがてわたしたちは収容所を追放され、わたしは高鍋のことは忘れてしまった。

兼子さんの「罰かぶらっしゃったとバイ」は、中学生のわたしの耳にも仏教的なものにきこえた。「罰かぶる」は「罰が当る」の筑前方言であるが、死んだのは高鍋である。兼子さんの話ではそうだった。それが高鍋の父親への罰だということだろう。なにしろ高鍋は一人息子の長男だった。ここでも無産党は特に問題ではないようだった。中島の大叔父は永興一の金持ちといわれた。所有地は山林田畑十万町歩といわれた。わたしの父方の祖母の弟である。子供がなく、養子を取り、兼子さんはそこへ来た嫁である。大叔父も兼子さんもわたしたちと一緒にリュックサックを背負って帰って来た。そして、間もなく死んだ。六十一か二だったと思う。特に病気というわけでもないらしかった。葬式には母だけが出かけたのだったと思う。バスで二十分くらいの在で、父方の親戚は本籍地に近いそのあたりにかたまっていた。

「十万町歩いっぺんに取られたとやから、頭もおかしゅうなるやろうね」

葬式から帰って来た母はそういっていた。わたしたちは、中学のある町の母方の祖母のところへ転がり込んでいた。そして大叔父に限らず、父方の親戚とは行き来しなくなっていた。ただ兼子さんだけがときどき、ふらりとあらわれた。彼女は散り散りになった永興引揚者の情報通だった。高鍋が死んだときいたのは、中島の大叔父が死んで間もなくだったかも知れない。そして、三年前山口に会うまで、わたしはずっとそう思い込んでいた。

高鍋薬局は永興でも古い店だった。龍興江《りゅうこうこう》寄りの大通りに面していて、わたしの家の前の通りとその通りが、永興では二本の大通りだった。二階建てで、店には大きなガラス戸が何枚も並んでいた。その前に大きなシェパードが一匹、しゃがんでいた。ガラス戸はいつもぴかぴかに磨かれていて、店へ入ると、ぷんと仁丹の匂いがした。わたしはまだ小学校に上る前からその店を知っていた。祖母が庭で作った花を届けさせられることもあった。

「仏様に」

といって渡すと、おばあさんが駄賃におひねりをくれた。しかし店にいるのはいつも老夫婦だけだった。高鍋が永興小学校に転校して来たのは、四年生か五年生のときだったと思う。別府から来たということだった。色が黒いのはそのためかも知れないと思った。それから高鍋薬局の店先には、老夫婦に代って高鍋の父親がいるようになった。老夫婦と高鍋親子との関係はよくわからなかった。顔はぜんぜん似ていないように思えた。高鍋の父親が別府で何をしていたのかもわからなかった。高鍋の妹二人も小学生だった。姉の方が高鍋より一つ下だったと思う。わたしは手紙を読み、すぐにその顔を思い出した。妹も兄にそっくりだった。どんぐり目である。しかし、それが手紙を寄越した二番目の妹であるのか、それともすぐ下の妹だったのかははっきりしなかった。それでも、下級生の女の子ではっきり思い出せる顔は彼女だけだった。山口との結婚話もどちらにあったのかわからなかった。山口からきいたのかも知れないが、はっきりしなかった。しかしその話がこわれた理由はわかったような気がした。

「ほとんど口をきかず、勝手気ままに何やらわけのわからない学問？をして、一日じゅう正坐をして時を過しています」

　高鍋の妹の手紙には暗さがなかった。実に明るい文面だと思った。ユーモアさえあるのは、彼女の性格だろうと思った。山口にもそれはわかっていたはずである。だから彼女との話がこわれたのは、兄のせいだろう。しかし彼女の手紙には、どちらへの怨みも読み取れなかった。もう時効だろうという。

「時効か」

　とわたしは独言をいった。そして正坐をしている高鍋の姿を思い浮べた。それはすぐに出来た。特徴のある広い額は心持うしろへそり返り、顎はその分だけ前へ突き出ていた。子供の頃彼の、正坐姿をよく見たわけではない。彼と一緒に謡を習ったこともなかった。西本願寺の日曜学校の思い出もなかった。まだ若い坊さんで紙芝居が得意だった。独身でよくわたしの家の風呂へ入りに来ていた。日曜学校は、はじめに勤行があり、それからお説教があり、しまいに紙芝居を見せてくれた。「蓮如さま」というのがあったと思う。蓮如の生涯を描いた長尺物で、何回も続きで見せられた。

「レンニョさま」

　という声が鼻にかかっていて、特徴があった。気取った声だったが、吹き出したくなるというのとは違っていた。恥しくて、顔が火照るような、くすぐったさだった。わたしはときどき、一人でこっそり、レンニョさまと真似てみた。自分で声を出したときは、反対だった。くすくす笑いたくなったのである。

もう一つ、「犬の三平」の紙芝居をおぼえている。どういう筋だったか忘れたが、三平が川で溺れて死ぬ。お盆が来て、迎え火を焚きながら子供がじいさんにたずねる。

「三平も来るかなあ」

じいさんが答える。

「来るだ、来るだ、きっと来るだ」

この「三平も来るかなあ」がやはり鼻にかかっていて、耳から離れなかった。「来るだ、来るだ」の方は、どうにもくすぐったくてたまらなかった。しかし学校では、早速誰かがその真似をはじめた。

「三平も来るかなあ」

と一人がいう。出来るだけ坊さんの声色を真似ていうのである。するともう一人が、これも坊さんの声を真似て答える。

「来るだあ、来るだあ、きっとお来るだあ」

この「来るだあ、来るだあ」が何ともたまらなくおかしかった。最後の「きっとお来るだあ」は、まわりの何人かの合唱になった。わたしは日曜学校は、嫌いではなかった。行くと一枚カードがもらえた。絵は仏教説話とか、上人たちの奇蹟のようなものだったと思う。何枚か集めると、子供用の数珠とか勤行集がもらえた。

高鍋が日曜学校へ来ていたかどうか、思い出せなかった。「来るだあ、来るだあ」をわたしたちと一緒にやっていたかどうかもわからない。彼は転校生だったから、遊びの流行の時期がずれていたかもわからない。無産党のことなどはわかるはずもなかった。しかし彼の正坐姿ははっきり思い浮べることが出来た。一度見れば間違えようのない顔だった。ぎょろりとした両目、日本人ばなれした高い鷲鼻。その下の横に広い唇には、よく胡麻塩の黒胡麻がくっついていた。

わたしは、高鍋の妹が「なにやらわけのわからない学問？」と手紙に書いていたのは、数学か哲学の本ではないかと思った。あるいは物理学かも知れないと思った。彼は算数が得意の小学生だった。あの顔は、そういう顔だったと思う。からかわれたり、叱られたりすると、そり返った広い額に青い静脈が走った。ある日彼は、授業中に教室からとつぜん表へ走り出した。理由はわからない。前後の模様も思い出せない。何の授業だったのかもわからないが、そういうことになった。とつぜん立ち上り、教室のうしろ側の出入口から走り出す前に、高鍋は何か大きな声でわめいた。何をいったのかわからない。それが彼の特徴だった。

「やい、やい、やい、やい」

というふうにもきこえた。

「やかまし、やかまし、やかまし」

というふうにもきこえた。いずれにせよ、感情が言葉にならないのである。そのために自分で焦れた恰好だった。遊んでいるときも同じだった。高鍋は山口や吉賀に向って、歯をくいしばり、激しく首を振りながら唸り声をあげていた。あるいは相手はこのわたしだったのかも知れないが、もちろん何をいっているのか、わからない。わめくというより動物の唸り声だった。たぶん本当にそうだったのだろう。彼には言葉は不要だったと思う。からかわれたからいい返すというのではない。そういう形で言葉が出て来ないのだと思う。

歯をくいしばり、唸り声をあげながら、山口や吉賀に向って両手をぐるぐる振りまわしていることもあった。しかしそれは、相手への攻撃でもなければ、防禦でもなかった。それが彼の自己表現だったと思う。わめき声や唸り声の場合と同じだった。相手に通じない表現である。

教室をとび出した高鍋をわたしたちは追っかけて行った。はじめ皆が一斉に窓のところへ行ってのぞくと、高鍋は裸足で市民運動場を鉄棒の方へ走っていた。運動場には彼だけだった。運動場はぐるりと桜の木に囲まれていて、向う側は市民運動場で、境に小さな川が流れていた。市民運動場の向うは南山《なんざん》だった。教室の窓から誰かがとび降りた。誰だったのかわからないが、続いて何人かがとび降りて、高鍋を追っかけはじめた。わたしも追っかけた。誰かが声を出したので、高鍋は振返った。そしてロクボクの方へ方向を変えた。わたしたちは全力疾走した。彼も全力で逃げ出した。ロクボクの前から彼は土俵へとび上り、ブランコの方へ逃げた。運動場を左へ左へと逃げたのである。ブランコは運動場の東の端だった。

わたしたちがブランコのところまで追って行ったとき、高鍋は南山へ登りはじめた。運動場に沿って流れて来た小川に板橋がかかっており、向う側は学校菜園になっていたが、橋を渡ってそのまま南山へ登ることも出来たのである。わたしたちは一列になって板橋を渡り、南山の斜面を登りはじめた。斜面はやがて叢の中の細い道になった。

そして、落葉松の林に入り込んだ。高鍋はその落葉松の林の中をなおも永興神社の方へと逃げ続けたのである。

高鍋の妹が手紙で「あの通りの変人」というのは、そういうことだと思う。確かに彼は銀行員には不向きだったかも知れない。それであのときのように、ある日とつぜん、銀行の建物からとび出したのだろうか。それはあり得ることのようにも思えた。「あの通りの変人」ということは、昔と変っていないということだろう。しかし、環境は急変していたのである。最早や彼は永興一の高鍋薬局の一人息子ではなかった。父親は死亡し、母親の里へ帰って来た引揚者である。「高卒」で銀行へ勤めなければならなかったのは、そのためだった。にもかかわらず彼は「あの通りの変人」だった。

確かに彼は変人だったと思う。しかし銀行をやめてしまったのは、そのためばかりではないだろう。要するに勤まらなかったのである。もちろん、何故勤まらなかったかは問題だろう。場合によっては、それだけで一篇の物語たり得るかも知れない。頭はいいが、個性の強過ぎる一人の少年が、生活のため止むを得ず大学を断念して、銀行へ入る。しかしそこで自分を殺すには、余りにも個性が強過ぎたため四、五年で銀行をやめてしまった。

これは、ききようによっては一つの哀話だろう。しかもその少年が引揚者であり、もとは古い大きな薬局の一人息子だったということになればなおさらである。母親の落胆ということもあるだろう。また、見方を変えれば、高鍋は銀行をやめたのではなくて、やめさせられたのではないか、ともいえる。適応性に欠けた変人を好む銀行はないと思う。だから彼は、ある日とつぜん、あのとき教室をとび出したように銀行をとび出したのではなく、銀行にとって不要の人間になったとも考えられるのである。そして、そうなれば更にいっそう哀話らしくきこえるだろう。

あるいはそれこそ「罰かぶらっしゃったとバイ」ということになるのかも知れない。敗戦後の北朝鮮で、無産党だったと名乗りをあげて自分だけ楽をした日本人の一人息子が、引揚げて来た日本で貧しさのために大学へ行けない。仕方なく銀行へ勤めるが、変人のため勤まらない。そのために妹の縁談までこわれたということになれば、これは一つのまことに皮肉な因果ものだろう。

しかしわたしは、哀話にも因果ものにも興味はなかった。高鍋の妹の手紙を読んで、わたしの頭に残ったのは、銀行をやめてからの彼だった。「それ以来無職で母と暮しております。人間失格とでもいいますか、ほとんど口をきかず、勝手気ままに何やらわけのわからない学問？　をして、一日じゅう正坐をして時を過しています」と書かれた、その彼の時間だった。「高卒」で四、五年勤めたということは、二十二か三までである。それから二十年である。その二十年に、わたしはどきりとしたのだった。

高鍋の母親が何をしているのか、わからなかった。彼が母親と暮していることは、そうしておれば生きて行くことだけは出来るということかも知れない。もちろん出来たから二十年経ったに違いないが、わたしをどきりとさせたのは、彼の無言と正坐だった。それは達磨の面壁九年とは違うだろう。あるいはただ、母親に甘えているだけなのかも知れない。しかし、仮にそうであったとしても、それは誰もが真似をしたくなるというものではなかろうと思う。働かない。結婚しない。そのために妹の縁談がこわれた。ここまでは、それ程おどろくことではないと思う。世間によくある話という程ではないにしても、出来ることなら真似をしてみても悪くないと思う人間は、世間に少なくないはずである。ところが高鍋の場合は、無言と正坐だった。それが二十年間である。四十から六十までの二十年ではない。二十二か三から四十三までの二十年だった。戦争が終って十年後から、三十年後までの無言と正坐だった。つまりそれは、三人の妹たちが地元の大学を出て教員となり、「スキーやら旅行やら山やら動きまわり」はじめた二十年間だったのである。そしてそれは、まだ続いていた。

高鍋の妹は、山口との結婚話はすでに時効だという。わたしはこの時効という言葉を面白いと思った。最早や人間の手の届かない時間である。迷宮入り、時効。これは一つの完璧な解決だろう。人間の手によるあらゆる解決を上まわっている。いかなる手だてを用いても解決出来なかったものを解決する、そういう時間なのである。しかし、高鍋の無言と正坐は、彼の妹のいう時効を更に超えているはずだった。

その間、とわたしは自分のことを振り返ってみた。じっさい、三日ばかり、そのことで頭が塞っていたようである。風呂に入ると、その頭を塞いでいるものが、汗のように流れ出て来た。二十年前、わたしは大学を出て都落ちした一人の失業者だった。わたしは兄の家に寄食して、博多の街をふらふらと歩きまわっていた。あるときは古自転車の重いペダルをこいで、市の東はずれの公園の松林へ行った。そこに小さな図書館があって、学校帰りの中学生や高校生に混って、片隅に腰をおろしていた。何かを読んでいることもあり、ただ呆んやりとしていることもあった。入館料は、三円か四円だったと思う。

また風呂に入ると、二人の女の顔が出て来た。一人は三十代の後家さん、一人は二十代の主婦で、二人とも看護婦だった。わたしは月に十日ばかり、市の保健所のアルバイトをしていた。小学校をまわって、季節々々の予防接種をするのである。一行は三名だった。医師と看護婦とわたしである。わたしは受付だった。集って来るのは、各校区内の幼児を連れた主婦たちである。場所は講堂のこともあり、教室のときもあった。わたしは入口で小学生用の机に向い、子供連れの主婦に、住所と幼児および保護者の名をたずね、それを伝票に書く。黙って米の通帳を差し出す主婦もあった。伝票はカーボン紙つきで、一枚をちぎって主婦に渡す。

二人の看護婦もアルバイトだった。組合せはだいたい一日おきだったと思う。もう一組の方の受付は保健所の職員だった。背の高い痩せた色の黒い中年の男だった。声の大きい人の好さそうな事務員だった。小学校へは、近いところは歩いて行った。また保健所の車で行くこともあり、市電の場合もあった。一番遠いところは、能古島《のこのしま》の小学校へ船で出かけた。アルバイトの三人の控室は、保健所の宿直室だった。畳敷きの八畳間くらいだったと思う。出発前と、仕事から戻ってからの、それぞれ三十分くらいをわたしたちはその部屋で過した。いかにも単純な仕事ではあったが、それでも二人の女性には、その日その日でいろいろと感想があるらしかった。同行した医師とか事務員の評判もあった。それと、彼女たち自身の身の上話である。

後家さんの方は色白で、どちらかの目の下に泣黒子があった。目鼻立ちも整っていたが、その分だけ却ってやつれが目立つような気がした。もう一人の主婦の方は、色が浅黒く鼻も低かったが、まだ新婚で幸福そうな顔をしていた。夫は保健所のレントゲン技師だという。後家さんの方は、彼女に対して卑屈なくらいお世辞をいった。いわれた方は、後家さんに対して、露骨に同情を示した。二人の会話を、わたしはたぶん、若さを失った分別くさい顔で眺めていたのだと思う。じっさい、先のことは何もわからなかった。ふたたび東京へ行けるのか、行けないのか。また、東京へ行って何をやりたいのかもわからなかった。博多の街をどうしても逃げ出したい、というわけでもなかった。ただ、いつまでも兄の家に寄食するわけにもゆかないと思った。ある日、保健所の帰りに後家さんと一緒になった。秋のはじめ頃だったと思う。あたりはまだ暗くなかった。一緒になったのは偶然だったと思う。わたしたちは何か話しながら市電通りを歩いた。彼女は、並んで歩いてみると、ずいぶん背が低いような気がした。腕にかけたハンドバッグに上体をかぶせるような姿勢だった。

わたしは自転車を押して歩いていた。例の古自転車で保健所へ通っていたのである。彼女は保健所からアルバイトの金を前借したと話した。そしてあの事務員は本当にいい人です、といった。所長の近藤さんもいい人ですね、といった。近藤さんはわたしの母の小学校友達だった。福岡師範の附属小学校で、保健所からすぐ近くの西公園の下だった。彼は旧東京帝国大学法学部出身で、旧満州帝国の高級官僚だった。保健所の所長になる前は、わたしの兄と一緒に、闇市通いをしていた。わたしが中学校へ行っていた頃である。わたしたちは母方の祖母のところへ転がり込んだまま居ついていた。近藤さんの一家も、隣村の親戚の農家の庭先の小屋の二階で暮していた。牛小屋の隣の藁小屋である。わたしはその小屋へ何度か出かけた。近くへ買出しに行ったときだったと思う。母か兄が一緒だった。下は土間で、二階へは竹の梯子が取りつけてあった。二階は板張りで、窓がなかった。裸電球が薄暗く点っていたが、夕方ではなかった。一度その二階で芋雑炊をごちそうになった。奥さんが下から声をかけると、近藤さんが上から紐のようなものを垂らした。その先端に鉤《かぎ》のようなものがついていて、梯子のそばで中腰になった近藤さんが紐をたぐると、真黒にすすけた古い鉄鍋が少しずつ近づいて来た。近藤さんと兄との闇市通いは、団子売りだった。団子は母が作った。見た目は一見和菓子ふうである。しかし中身はさつま芋だった。近藤さんと兄は、それを重箱に詰めて、汽車で博多の闇市へ売りに行った。場所は天神町の交叉点の焼跡に出来たマーケットだという。福岡市のど真中である。母は台所で、祖母と口喧嘩をしながら団子作りをしていた。

「みっとむなか」

が祖母の口癖だった。みっともない。世間体が悪い。恥しい。下品だ。そういう意味の筑前訛りである。近藤さんの奥さんも、ときどき手伝いにやって来た。そのうち祖母も手伝いはじめた。闇市で売ることをさえ忘れれば、団子作りそのものは祖母も嫌いではなかったのだと思う。そして近藤さんと兄の団子売りはいつの間にか終った。闇市のあった場所は西鉄のバスターミナルに変っていた。

わたしの保健所のアルバイトは近藤さんの口利きだった。そのことを後家さんの看護婦が知っていたのかどうか、わからない。あるいは宿直室でわたしが話したのかも知れなかったが、はっきりしない。色の黒い、背の高い事務員からきいたのかも知れなかった。

「あの人は、もう諦めた人ですからね」

とわたしは彼女にいった。保健所長といえば、市役所全体からいえば課長か部長くらいだろう。旧満州帝国の高級官僚の地位からみれば、隠居仕事以下だったと思う。それでも、かつての部下に頭をさげてまわしてもらった場所らしかった。それよりはいっそ、闇市の団子売りの方が好ましかったのかも知れない。しかし闇市はやがてバスターミナルに変じた。それに近藤さんの長男はまだ高校生だった。

わたしは古自転車を押して、後家さんの看護婦と一緒に歩いた。何故そうしているのかは考えなかった。気がつかなかったのである。彼女は、もと闇市だったバスターミナルから、バスに乗るらしい。二十分くらい乗るらしかった。来がけはそこまでバスで来て、そこから保健所までは市電に乗る。市電は十五分くらいだった。しかし、保健所から最寄りの停留所はとうに過ぎていたと思う。かといってわたしは、古自転車を押したままバスターミナルまで歩こうというつもりでもなかった。彼女がそうしたがっているのだ、というふうにも考えなかった。どこかへ誘おうとも思わなかった。誘うべきなのだ、とも考えなかった。ただ自転車を押しているのは、彼女が一緒に歩いているためだった。しかし、仕方なくそうしているのでもなかった。しかも、そういう自分にまるで気がつかなかった。気がついたのは、彼女の方である。

「あら」

と、とつぜん彼女は立ち止った。

「自転車で来られたとったとですね」

と彼女はいった。

「せっかくの自転車ば押させてしもうて、どうもすみませんでした」

そういうと彼女は、あわてたように上体を折り曲げた。そして、そのままの姿勢でさっとうしろ向きになり、小走りに電車通りを引返して行ったのである。

また次の日、風呂に入ると、今度は一人の女教師の顔が出て来た。丸顔だった。市内の小学校の教師だった。彼女の下宿は二階だった。八畳間くらいで、二畳程の板張りがついていた。ずいぶん贅沢な下宿だ、と思った。実家は嘉穂《かほ》郡の方だという。わたしはその下宿に何度か泊った。しかしほとんど眠らなかった。ふとんの中へ入ると、彼女は毛布で身をくるんだ。そして唇を押しつけて来た。二人は毛布越しに体をこすりつけ合った。

「あなたは、やがて東京へ帰るんでしょう」

これが女教師の口癖だった。そしてまた唇を押しつけて来た。二人はまた毛布越しに体をこすりつけ合った。それを繰返しているうちに、夜が明けて来るのである。わたしは古自転車をこいで兄の家へ帰った。そのまま保健所へ行くこともあった。ある晩、同じことを繰返していると、一人の男が入って来た。わたしは思わず息を止めたが、彼女はわたしだったと思う。やはり市内に下宿していて、ときどきやって来るのだという。部屋は豆電球の明りだったと思う。二十歳前後の若者に見えた。しかし大学生であるのか、どこかへ勤めているのか、よくわからないままだった。男は、黙って部屋の隅にふとんを敷き、黙ってふとんの中に入ったらしかった。わたしは起きて帰ろうとした。すると女教師はふとんの中で首を横に何度も振った。そのときは少し眠ったのかも知れない。気がつくと男はもういなかった。明方早く帰ったのだという。

「ご飯ば食べ来とるとよ」

と彼女はいった。

「ご飯？」

「あたしの作ったご飯」

女教師はわたしより一つか二つ年上だったと思う。出会ったのは読書会だった。新聞の案内欄で知ったのか、それとも東公園の図書館で貼紙を見たのだったかも知れない。九大の大学院の学生が二人いて、彼らが中心人物らしかった。場所は小ぢんまりした喫茶店で、そこの女主人も会員らしかった。十四、五名の集りだったと思う。地元の女流作家の顔が見えた。顧問のような形で招かれたらしい。彼女の名はわたしも知っていた。四十ちょっとくらいだったと思う。小柄で控え目な様子で、会員たちから尊敬されているようだった。学生は二名の指導者だけで、あとは皆勤め人らしい。ビール工場の工員、電報電話局の職員、それから交換手の女性もいたと思う。あとはよくわからなかったが、はじめの集りからわたしは早くも後悔していた。しかし会には二度目も三度目も出かけて行った。誰に頼まれたわけでもない。会の日になると、足がそちらへ向くのだった。他に行くところもなかったのである。ある日、わたしは見てもらいたいものがある、と女教師にいわれた。二度目か三度目の会のときだったと思う。最初に彼女の下宿へ行ったのは、その晩だったかも知れない。あるいは何日かあとだったかも知れない。

「あの会の人たちはね、みんな左翼なのよ」

と彼女はいった。

「だから、誰にも見せたくなかったとよ」

そういって彼女は、わたしに二十枚ばかりの原稿を見せた。ペン字で綺麗に書いてあった。読んでみると、妻子ある男への別れの手紙の形だった。

「批評はいいの」

と彼女はいった。

「これを読んだのは、あなただけなんだから。黙っていてね」

わたしは黙っていた。

「あなたは、あの人たちとは別な人ね」

確かにわたしは、東京帰りの他所者だった。博多っ子でもなかった。学生でもなかった。勤労者でもなかった。

「どうしてあなたのような人が、あんな会に出て来るのかしら？」

会の日にわたしの足がそちらへ向くのは、彼女のためかも知れなかった。また、それだけではないような気もした。会そのものに反対したい。そんな気持だったと思う。その気持を持って行く場所が会の他にはなかったのである。あとは保健所か図書館だった。保健所の方は相変らずだった。月に十日か二週間だった。保健所のない日は図書館へ行った。帰りに小さな酒場へ立寄ることもあった。渡辺通り一丁目をちょっとはずれたあたりの和風の一杯飲み屋だった。兄の行きつけの店で、わたしは何度かそこの女から兄と間違えられた。女主人とその女と、そのことで口論をはじめたこともあった。金は払うこともあり、兄のツケにしてもらうこともあった。

ある晩わたしは泥酔して、飲み屋の店先に古自転車を置き忘れた。そして目をさますと、女の部屋だった。女は、見知らぬ顔だった。水玉模様のカーテンのかかった窓は、明るくなっていた。女はわたしよりも三つ四つ年上に見えた。スカートをはき、薄桃色のカーデガンを、袖を通さずにひっかけていた。女は卓袱台のそばで煙草に火をつけた。わたしがふとんの上に起きあがると、しんせいの袋をわたしの方へ差し出した。わたしが受取ると、今度はわたしの眼鏡を差し出した。

わたしは渡辺通り一丁目へ出る道をたずねた。すると女は、このあたりは詳しいのか、とたずねた。

「このあたり？」

女は二通りの出口を教えてくれた。そして煙草代にと五十円銀貨を二枚くれた。

「春吉《はるよし》たい」

「千円もろうたけん、お釣りたい」

わたしは那珂《なか》川の土手の方へ歩いた。もう一つの出口は、春吉の露地を抜けて行く道である。しかし、これは迷路だった。一度、わたしはまぎれ込んだことがあった。何の用もなく、図書館からの帰りに古自転車に乗って入り込んだのだったと思う。このあたりは空襲で焼けなかったのかも知れない。古い板塀の家が建て込んでいた。住宅街の雰囲気とも違っていた。狭い道は曲りくねっていた。そしてすぐに露地に突き当った。わたしは何度も古自転車を降りて、押して歩いた。


那珂川の土手にはすぐ出られた。前夜、泥酔したわたしは、このあたりで女に出会ったらしい。土手に出ると方角はすぐにわかった。左へ川下へ行けば柳町遊廓があり、その先は東中洲の繁華街だった。わたしは土手を右へ歩いた。わたしは海老茶色のジャンパーを着ていたと思う。ナイロン製の薄いジャンパーだった。時刻は、昼前ではなかったかと思う。土手には人通りはほとんどなかった。歩いて行くと、柳橋のところで土手は市電通りと交叉していた。その市電通りを右折すると渡辺通り一丁目だった。わたしはそのあたりの食堂へ入ってうどんを注文した。そして、置き忘れた自転車を思い出した。古自転車は飲み屋の店先に横倒しに倒れていた。のれんも赤提燈も取込まれた昼間の飲み屋は、空家のようだった。わたしは自転車を両手で起こし、どこへ行こうかと考えながらペダルを踏んだ。保健所の仕事は当分休みだった。女教師は学校だろう。自転車は渡辺通りをのろのろと走った。それから那珂川の土手をのろのろと走っていた。そこを左へ折れ込めば、さっき出て来た春吉だった。自転車はそのまま土手をのろのろ走った。図書館へ着いたのはすでに午後二時を過ぎていたと思う。


女教師との関係は相変らずだった。わたしはときどき彼女の下宿に泊った。そして同じようなことを繰返した。彼女は毛布にくるまり唇を押しつけて来た。二人は毛布越しに体をこすり合わせた。女教師の口癖も同じだった。

「あなたは、やがて東京へ帰るんでしょう」

保健所の方も相変らずだった。金が入るとわたしは酒を飲み、ふらふらと土手の方へ歩いて行った。いつかの女に出会うこともあった。出会わないこともあった。出会えば女の部屋へ行った。あるとき女は、わたしにいった。

「お金はね、あるときでよかよ」

わたしはジャンパーを置いて帰った。そういうことが二度ばかりあった。女の家には他にも女がいるのかも知れなかった。いないのかも知れなかった。

あるとき近藤さんにこういわれた。

「あんた、市役所に勤めんかね」

「はあ」

「その気があるなら、話してみるがな」

「はあ」

「保健所のアルバイトよりは、ちったあましやろう」

「はあ」

「梅崎春生とかいう作家も、いっとき市役所におったらしかけん、いっとき勤めてみるとも面白かかもしれんばい」

そろそろ年末が近づいていたと思う。ある日、保健所から呼出し状が来て、年末手当を支給するという。月に十日か二週間のアルバイトにも、そういうことがあるらしかった。わたしはその晩、女教師の下宿へ行って、そのことを話した。近藤さんからの一件も話した。わたしは彼女に相談するつもりではなかった。ただその日の話題だった。

「それじゃあ、あたしと同じじゃないですか」

と彼女はいった。そういえば小学校教師は市の職員だった。

「公務員とおつき合いするわけですか」

と彼女はいった。そして、いつもの口癖を繰返した。とつぜん、わたしは腹が立った。恋愛ごっこはもうご免だ、と思った。年が変った。保健所の仕事は一月はなしで、二月からまたはじまった。わたしは女教師の下宿へは出かけなくなった。しかし、近藤さんへの返事には、迷っていた。三月に入った。わたしの博多暮しはそろそろ一年になろうとしていた。わたしは三月二十五日まで待とうと思った。もちろん何か当てがあるわけではなかった。その日が、わたしの博多暮しの三百六十五日目に当るというだけだった。

高鍋の無言と正坐は、その頃すでにはじまっていたのだろう。しかし、その頃は高鍋のことなど何一つ思い出さなかった。ずっと前にきいた、死んだという噂さえ忘れてしまっていたのである。その間わたしはまた東京へ出て来て、十年間会社勤めをした。また、結婚して、子供は二人になった。長男は中学三年、長女は小学校四年だった。

もちろん妻は、高鍋のことは何一つ知らない。子供たちも同様だった。わたしは彼らに高鍋のことを話したことはなかった。それが少しばかり不思議なことに思えた。風呂から上ったとき、そんな気がしたのである。しかしそれは、二十年前のわたしを妻や子供たちが知らないのと、同じことだった。

「それとも」

とわたしは、妻に声をかけた。

「名前くらいは話したことがあったかな」

「え？」

と、ダイニングキッチンの流し台から妻が振返った。

「氷、入れるんでしょう？」

「ああ」

風呂から上って、わたしは上半身裸の恰好でダイニングキッチンの椅子に腰をおろしていた。夕食にはまだ少し早い時間だった。妻が差し出した氷入りカルピスのコップをわたしは受取り、一口飲んだ。

「一度、会津へ行ってみるかな」

「会津？」

「高鍋だよ、高鍋」

「九州のですか？」

「会津の高鍋のことは、あれだっけかな」

「高鍋さんて人なの」

「そうだよ」

「そうだよって、あたし知ってたかしら」

「知ってたかしらって、もちろん会ったことはないさ」

「じゃあ、電話か何か」

「永興だよ、永興」

「あ、小学校の同級生なの」

「いつか話したろう」

「さあ」

「山口や田中なんかと一緒に、話さなかったか」

「山口さんと田中さんの話は、きいてますけどね」

「ふうん」

「でも、会津とはずいぶん遠くだわね」

「だいぶ前、妹から手紙もらったけど。そうか」

「え？」

「いや」

「どうせだったら、東京で同窓会やればいいのに、と思って」

「同窓会ったってお前、たった四人だぜ、わかってるのは」

「そうだったかしら」

「そうですかって、そうじゃないか」

「だって、他にも電話かかって来るでしょう」

「誰だい？」

「誰って、よくわからないけど、あたしも何度か電話に出ましたよ」

「へんだな」

「へんだなってってこと、ないでしょう」

「そんなはずないよ」

「そうですか」

「じゃあ、例えばどんな電話かね」

「そうですねえ。例えば、そう、幼年学校を受けに行ったら、終戦になっちゃった人」

「ははあ、彼か」

「そうでしょう」

「あれは、元中」

「違うんですか？」

「だから元中。元山中学だよ」

「あ、そうなの」

「そうだよ」

「でも、山口さんも田中さんも、元山中学なんでしょう」

「ああ」

「じゃあ、高鍋さんは違うわけ？」

「いや、あいつもそうだよ」

「それじゃあ、違わないじゃないですか」

「中学と小学は、別じゃないか」

「そりゃあ、そうだけど」

「だから、四人っていってるのは、永興小学校のことよ」

　わたしはカルピスの残りを飲んだ。すると、ぶるっと身震いが出た。湯あがりの汗はすっかり引いて、コップを握った手が冷たくなっていた。氷を飲み込む気にはなれなかった。妻の姿はダイニングキッチンから消えていた。わたしは、あわててパジャマをひっかけ、自分の部屋へ引込んだ。

そして高鍋の妹へ葉書を書きはじめた。拝啓、ごぶさた致しております。しかし、葉書はそこで終った。二年前に来た高鍋の妹からの手紙には、返事を書いた。祖母と父の死、母の消息。自分の家族のことなどを知らせた。そのあと高鍋の妹から年賀状が来た。こちらも出した。わたしは会津のことは何も知らなかった。会津落城と飯盛山と白虎隊の話くらいである。それも、小学校の唱歌でおぼえた程度だった。南、鶴ヶ城を望めば、砲煙上る。学芸会でこの剣舞をやったのは田中だった。高鍋から会津の話をきいたことはなかった。高鍋が歌っていたのは白虎隊の歌ではなくて、「この一戦」の替歌だった。

この一戦、この一戦、何が何でもやり抜くぞ、やり抜くぞ、やり抜くぞ。それが、こう変っていた。この一銭、この一銭、何が何でも針買って、糸買って、〇〇のコンマ縫い潰せ、縫い潰せ。〇〇の個所には高鍋の妹の名前が入るのだったと思う。別府の小学校のはやり歌だという。

わたしは会津に行ってみたいと思った。しかし、葉書に書くことは何もないような気がした。見たいのは、高鍋の無言と正坐だった。どんな部屋にどんな服装で正坐しているのだろう。妹の手紙に書かれた「わけのわからない学問?」にも興味はあった。また、彼の父親と無産党との関係にも興味はあった。その父親の死後の模様も知りたかった。わたしたちが追放されたあとの永興の町の様子も知りたかった。しかしそれは、何が何でも高鍋に会わなければならないという気持とは違っていた。どうしても彼に会いたいという気持とも違う。高鍋はわたしに会いたくないのかも知れなかった。少なくとも会いたいとは思っていないだろう。会わなければならない理由もなかった。それはわたしにもよくわかった。

彼の無言と正坐は、自殺ではなかった。ただ一切の弁明を拒否する。銀行をやめた理由もいわない。働かない理由もいわない。結婚しない理由もいわない。生きている理由もいわない。自殺しない理由もいわない。もちろん、無言である理由もいわない。彼の無言とはそういう沈黙だろうと思った。そんな彼がわたしにだけ何かを語るとは思わなかった。それどころか、わたしの顔さえ思い出さないかも知れない。思い出したとしても、そっぽを向いてしまうかも知れない。これは大いにあり得るような気がした。

それとも高鍋は、わたしに向って歯を剝き、唸り声を上げるだろうか。そして、額に青く静脈を走らせ、永興小学校の校庭でやったように、両手を水車のように振り廻すだろうか。そんなことはあるまいと思った。しかし、そう思いながらわたしはその場面を想像していた。わたしは机の前で、自分の歯を剝いてみた。それから自分の両手を動かし、声を出してみた。それはあの高鍋の声とは似ても似つかぬ、小さな声だった。両腕の振りも、鈍く、のろのろとしたものだったが、わたしの耳には、高鍋の声がきこえていた。やい、やい、やい、やい。やかまし、やかまし、やかまし。

しかし、わたしが会津へ行ってみたいと思うのは、自分のためだった。高鍋のためではなく、わたしが自分勝手に行ってみたいのだと思った。彼の妹のためでもなかった。とにかく旅へ出てみよう、とわたしは思った。高鍋に会う会わないは、どちらでもよかった。ただ、行先は会津だった。仙台でもなければ、福島でもない。それは高鍋がいるのは会津だからだった。二十年前のある日から、彼が無言と正坐をはじめた場所だった。わたしはその場所へ出かけてみようと思ったのである。

「やはり会津へ行ってみるよ」

と夕食のとき、わたしは妻にいった。

「明日ですか?」

「いや、明日は無理だろう」

「お父さん、どこ行くの?」

と長女がいった。

「会津っていってるじゃないか」

と長男がいった。

「何しに行くの、お父さん」

「お父さんのね、昔の友達がいるから」

「遊びに行くの?」

「ま、そういうことだな」

「古賀さんのお姉ちゃんのおじさんも、昔の友達なんでしょう」

「ま、そうだな」

「じゃあ、古賀さんのおじちゃんも会津のお友達とお友達なの？」

「会津の友達はね、お父さんが朝鮮にいた頃の友達なの」

「あ、小学校でしょう」

「ああ」

「古賀さんのおじちゃんは、日本なんでしょう」

「ああ」

古賀はわたしが福岡へ帰って来て転入した中学の同級生で、高校まで六年間ずっと一緒だった。家もすぐそばだった。しかし卒業後は互いにまったく無縁だった。彼は九大へ行ったのだと思う。その後のことはまるでわからなかった。とつぜん出会ったのは長女の小学校の運動会でだった。昨年の秋である。女の子が二人、長女と同じ小学校だった。長女より一つ上と二つ上らしい。古賀さんのお姉ちゃん、と長女がいうのは、そのためである。古賀は証券会社の社員だった。何年か前、東京へ転勤して来たという。彼とわたしの住いは、目と鼻の先だった。ハイツ内の、滑り台やブランコのある小さな公園を挟んで、斜め向いの棟だった。余りの近さにわたしはおどろいた。五階の、わたしの部屋の東側の窓から、彼の住いのベランダが見えた。大声で呼べば、もちろんきこえると思う。手を振れば見えるはずである。中学のときより近いかも知れなかった。

「お父さん、どうして古賀さんのおじちゃんとこ遊びに行かないの？」

と長女がいった。

「だって、すぐそばじゃないか」

「そばだから行かないのか」

「行こうと思えば、いつだって行けるだろう」

「あのね、古賀さんのお姉ちゃんね、とっても強いんだよ」

「強い？」

「だってね、男の子だってさ、追っ払っちゃうんだから」

「下の子でしょう」

と妻がいった。

「そう。五年生の方」

「上のお姉ちゃんの方は、優等生タイプだものね」

「追っ払う？」

「ドッジボールなんかのときだよ」

「ほう」

「男の子がさ、キャッチボールなんかやってるとさ、邪魔じゃない」

「それで、追っ払っちゃうのか」

「そう」

「あの子、リレーの選手だろう」

「そうだよ」

「会津城って、官軍に陥されたんだよね」

と長男がいった。

「負けたの？」

と長女がたずねた。

「そうだよ」

「予定は、いつ頃になりますかね」

と妻がいった。

「そうだな」

「別に、いまじゃなくてもいいですけど」

「ああ」

夕食後、わたしは地図帖を持って自分の部屋に入った。百科事典別冊の日本地図である。わたしは仕事机の座椅子にもたれ、福島県のページを開いた。そして、あっと思った。理由はすぐにはわからなかった。はじめは生理的な違和感に似ていた。地図は百科事典の大きさで、見開きだった。その右側のページの右半分が太平洋であるが、陸との境目にほとんど凸凹がなかった。上から下まで、ほとんど凸凹のない海岸線が、べったりとつながっている。

わたしは手を伸して机の端の湯呑みから茶を一口飲んだ。そして煙草に火をつけた。しかし、重苦しさは変らなかった。わたしは地図から目を離し、座椅子の背に体重をかけて、天井を仰いだ。首のつけ根で骨の音がした。左へ曲げても音はきこえた。右へ曲げてもきこえた。いずれも鈍い骨の音だった。左、右、左、右、上、下、上、下。

この首振り運動をはじめるときりがなかった。わたしはフィルターだけになった煙草を灰皿に捨てた。そして、もう一度手を伸して湯呑みの茶を飲み、坐ったままで列車時刻表を探した。時刻表は本棚の文庫本の上に、横になっていた。梅雨に入りがけの頃、熊本、鹿児島へ旅行したときのものだと思う。わたしは立上り、時刻表を取って来た。しかし東北本線に会津若松駅はなかった。わたしは暗い気持になった。子供のときから地理がにが手だった。そんなことがいまだに、こういう形で尾を引いているのだと思うと、腹が立った。

わたしはもう一度、福島県の地図を眺めた。そして、会津若松は郡山から分れた磐越西線であることを知った。はじめてきく鉄道だった。時刻表の駅名も見知らぬものばかりである。郡山、喜久田、安子ヶ島《あこがしま》、磐梯熱海、中山宿、上戸《じょうご》、関都、川桁《かわげた》、猪苗代、翁島《おきなしま》、磐梯町、東長原、広田、会津若松。耳慣れたものは猪苗代くらいだった。あとは読み方さえわからなかった。しかし、そこで生れ、そこで死ぬ人もあるのだと思った。そう思うと、いっそうそれらの土地が自分とは縁遠い、見知らぬもののように思えた。

上野から急行も特急も出ていた。直通で行けるらしい。特急ならば三時間半、急行ならば四時間半だという。しかし、見開き二ページになった福島県の地図は、相変らず重苦しかった。何故だろうとわたしは思った。一つには、海岸線に凸凹が無さ過ぎた。半島もなければ、湾らしい湾もなかった。胴体の一部だけを切り取ったように、のっぺらぼうで、摑みどころがなかった。本州のどの部分に当るのか、見当がつかない。地図は六十万分の一の縮尺だった。しかし、わたしには逆に、何かの一部分が拡大されたもののように見えた。象の腹の一部を、いきなり天眼鏡でのぞかされたようなものかも知れない。全体とのつながりがわからない。そんな不安だった。重苦しいと同時に、落着かなかった。

その中で、僅かに猪苗代湖の水色だけが救いだった。わたしはそこに天眼鏡を当てて覗いてみた。磐越西線は、猪苗代湖の東岸に沿って北上し、北岸を経てゆるく南下しながら会津若松へ達している。湖の北に、「磐梯山一八一三」の文字も見えた。しかし天眼鏡をはずすと、また元の重苦しい気分に戻った。窓がない部屋のようだ、とわたしは思った。水色をした猪苗代湖は、確かに一つの窓だった。しかし地図全体の中では余りに小さ過ぎた。

わたしは座椅子から立ち上って、東側の障子をあけた。目の下はブランコや滑り台のある小さな公園で、青白い水銀燈が点っていた。公園を挟んで正面には、わたしの住んでいる棟とまったく同じ五階建ての、西壁が見えた。壁には窓が二列に並んでいる。鏡を見ているのと同じだ、と思った。ただ、正面の五階の窓には、明りがなかった。それだけの違いだった。

暗闇の中を、ときどき右から左へ、音をたてずに黄色い光が走った。正面の五階の窓の高さだった。黄色い光は二つ三つ四つと続くこともあった。一つだけ、すっと通過することもあった。わたしはガラス窓をあけた。ガラス窓の外は網戸だった。とつぜん、自動車の音がきこえた。右から左へ走り過ぎる黄色い光は、京葉高速道路を行く車のヘッドライトだった。

古賀のいる棟は、正面の五階の左手だった。わたしは目で古賀のベランダを探した。棟に明りは七つ八つ見えた。明りはどれもカーテンの色だった。古賀のことを思い出したのは、ずいぶん久しぶりのような気がした。たぶん夕食のとき長女がいい出したためだろう。古賀にしても事情は似たようなものではないかと思う。二人の娘に何かのはずみでたずねられでもしなければ、わたしを思い出すこともないはずだった。そのとき彼が娘たちに何と返事をしているのかは、わからなかった。しかし、彼が何と答えたとしても、子供たちは不思議に思うだろう、と思った。こんな近くに住んでいながら、何故もっと行き来をしないのだろう。そう思うに違いなかった。

確かに古賀とわたしの住いは、中学時代よりも近かった。中学校の真裏は甘木保健所で、古賀の家はその二、三軒右隣だった。木塀の家が何軒か並んでいて、そのうちの一軒だった。父親は町役場へ通っていたと思う。わたしたちが転がり込んだ母方の祖母の家は、保健所の角を入って、五、六軒目だった。以前は将校町と呼ばれたらしい。太刀洗飛行連隊の将校官舎だったのである。もちろん町名も住人たちも変った。祖母の家の裏は、中学の歴史の教師の家だった。その裏には国漢の教師がいた。道を挟んで斜め前は英語教師の家で、その隣は町役場の収入役だったと思う。教師たちの家は、ほとんど借家らしかった。祖母の家も借家だった。しかし赤煉瓦造りの門のある旧将校町は、引揚者には不釣合いな住宅街だった。町には、木造棟割り長屋式の町営住宅が建ちはじめていた。引揚者優先ということらしかったが、わたしたちは移らなかった。「みっともなか」と、祖母が反対したのである。祖母と口喧嘩をする度に、母は町営住宅へ移るといい出した。しかしすでに町営住宅は満員らしかった。わたしたちはそのまま祖母の家で暮した。近藤さんと兄が福岡の闇市で売る団子をこしらえた家である。

その家から古賀の家は見えなかった。歩いて二、三分の距離だったと思うが、角の保健所の建物で見えなかった。甘木保健所は福岡の保健所のように大きくはなかった。石垣のある誰かの家を改造したものらしい。しかし、門前に一本電柱があって、そこの街燈だけはローソク送電の夜でも明るかった。中学一、二年の頃だったと思う。部屋の電燈がすうっと暗くなり、電球の芯の形だけが赤く残った。ローソク送電は毎晩、何時間かずつだったような気もするし、一週間に何日かだったような気もする。毎晩だったのが、そのうち週何日かに緩和されたのだったかも知れない。ある晩わたしは、何かの教科書を持って保健所前の街燈の下へ出かけた。中間考査か学期末試験の前だったと思う。街燈の下にはすでに五、六人の中学生が集っていた。古賀も教科書かノートを持って、そこに立っていたと思う。街燈の電球には羽虫がびっしりたかっていた。そのまわりで、大小の蛾がくるくる旋回したり、円いジュラルミンの笠に衝突したりしていた。なにしろ旧将校町で明るいのは、その電燈だけだったのである。

それからわたしは、とつぜん古賀が泳いでいる姿を思い出した。中学校のプールだった。彼はすでに緑色に濁った水の中で、左右に首を振り振りクロールを続けていた。わたしはその隙をめがけて、脱衣場のトタン屋根から跳び込みをやった。水中から浮き上り、顔の水滴を払うと、黒い水泳ベコをはめた古賀が、プールの縁に片脚で立って、とんとんと耳の水を出しているのが見えた。あたりはすでに薄暗かった。昼間は水泳部員がプールを独占していた。わたしたちは彼らが帰ったあと、体育館裏の鉄条網の破れから入って、プールで泳いでいたのである。

古賀は高校になってからはテニスをやっていたのではないかと思う。通っていた中学が学制の切換えで高校になり、わたしたちはそのままずるずると六年間同じ学校に通ったが、古賀とは喧嘩の思い出もない。同じ組にもならなかったような気がする。彼は真面目に勉強して九大に入り、そのまままいまの証券会社に勤めたのだろう。それはちょうど、わたしが博多の街をふらふら歩いていた頃だったと思う。わたしが博多で古自転車をこいでいた頃から、彼はずっと順調に勤めて来た人間だった。

二人はお互いばらばらに生きて来た人間だった。甘木の旧将校町ですぐ近くに住んでいたのも偶然だった。その後もわたしたちの間柄は、偶然以上でもなければ以下でもなかったと思う。そういう人間がこの習志野の土地でふたたび偶然出会ったに過ぎない。習志野はわたしにとって無縁の土地だった。古賀にとっても同様だろう。そしてわたしたち二人は、お互いに何が何でも思い出さずにはいられないという間柄ではなかった。忘れたいと思っても思い出さずにはいられないという間柄でもなかった。ただ、そういう彼がいま、目と鼻の先で暮しているということは不思議なことだと思った。

ある日、彼はウイスキーのボトルを持って訪ねて来た。長女の小学校の運動会から一週間か十日かあとだったと思う。昼間だった。たぶん日曜日だったのだろう。

「電話してからと思ったけどな」

と彼はいった。

「あんたの時間帯がわからんもんだからね」

「いやいや」

とわたしはいった。

「こちらこそ一度お訪ねせにゃあいかんと思いよったんやけど」

しかし古賀は、一時間足らずで帰って行った。もらったウイスキーはテーブルの上に置いたままだった。酒は飲まないのだと思う。彼はわたしに、肥えたな、といった。そして何か運動はやっているのか、とたずねた。わたしは肩こりの話をした。彼はテニスをやっている頃のままに見えた。手脚が長く、腹は出ていなかった。わたしがそういうと、彼は白髪のことをいった。白髪の質なのかも知れない。いまは専らゴルフだという。しかし半分はつき合いなのだといった。話はそのくらいだったと思う。あと、旧将校町にいた同級生のことがちょっと出たくらいである。

「彼は雪印じゃなかったかな」

と古賀はいった。

「すると、北海道か」

「確か、そうだったね」

「いまもかな」

「さあ、いまはどこかわからんけどな」

そのあと、ある晩わたしは古賀のところへ出かけた。一月《ひとつき》くらいあとだったと思う。来客があって酒を飲み、わたしは下駄ばきで駅まで送って行った。その帰りに、ふらりと彼の棟の階段を登って行ったのである。彼の棟は駅への行き帰りの通り道だった。ベランダの側か階段の側か、いつもわたしはどちらかを通った。しかし階段を登って行ったのは、はじめてだった。三階のブザーを押すと、見知らぬ女性がドアをあけた。古賀の奥さんには運動会のとき紹介された。しかしわたしは、とっさに思い出せなかった。わたしが名前を告げると、今度は玄関に古賀が出て来た。最初に出たのは、近所の主婦らしい。彼女の他にもう一人来ていた。マージャンである。

リビングルームのベランダ側にソファーとテーブルがあり、わたしはそこをすすめられた。マージャンテーブルは電気炬燵兼用のものらしかった。古賀夫人は、早速わたしの前にウイスキーを運んで来た。氷と水は、他の主婦が運んで来た。わたしが行くと、マージャンは終りになったのである。わたしはそのまま続けるようにといったが、古賀はやめてしまった。

「どうせ、練習だからね、皆さん」

と彼はいった。ときどき彼が教えているのだという。しかしマージャンが終っても、別に話らしい話はなかった。子供たちは、姿を見せなかった。もう眠った時間だったのかも知れない。わたしは一人でウイスキーを飲んでいたのだと思う。そのうち近所の主婦は帰って行ったような気がする。古賀と何を話したのかまるで思い出せなかった。帰って来ると妻から苦情が出た。すでに十二時過ぎだったらしい。しかもウイークデーらしかった。

数日後、わたしは古賀の奥さんに出会った。階段の前で娘とバドミントンをしていた。午後、何かの用でわたしは駅へ向うところだった。わたしが先夜のお詫びをいうと、却って何か戴いてしまって、と彼女はいった。妻が何かを届けたのかも知れない。二人の女の子は、古賀の妹にそっくりだった。その後、古賀には出会わなかったと思う。一度、小学校帰りの娘に挨拶された。しかし、上の子か下の子かはわからなかった。

窓の外の黄色い光は相変らず右から左へ走っていた。古賀のいる棟のベランダの明りは、三つに減っていた。五階がオレンジ色、三階が薄緑色とオレンジ色だった。わたしは、古賀の家のリビングルームのカーテンが薄緑色だったことを思い出した。わたしはガラス窓と障子をしめて、座椅子に戻った。福島県の地図は開かれたままだった。わたしはそれを閉じて、もう一度時刻表を眺めた。急行ばんだい三号、上野十時四十一分発、会津若松着十五時十五分。特急あいづ、上野十四時四分発、会津若松着十七時三十九分。この二本のどちらかだろう。あとは夜中か早朝だった。それから、電話を調べなければ、と思った。高鍋の妹からの手紙には電話番号はなかった。今年の年賀状にも書いてなかったと思う。念のためわたしは、手帖の住所録をめくってみた。電話番号は、やはりなかった。

会津行きは、なかなか決らなかった。したがって電話もかけなかった。電話番号もまだ調べていなかった。ある日、わたしは妻にたずねられた。

「お出かけは、決りましたか?」

「いや」

「寒いところですからね」

「いくら何でも、まだ大丈夫だろう」

「だから、寒くならない方がいいんじゃないかしら」

「そういえば、そうだな」

わたしはコスモスが散っていたのを思い出した。駅へ向う途中の、土手下のコスモスである。何日か前、わたしはそこを通って、そのことに気づいた。まず目についたのは、錆びたドラム罐だった。ドラム罐はコスモスの根本に転がっていた。わたしは、おや、と思った。ドラム罐を見たのははじめてだった。そんなものが、そこに転がっているとは思わなかった。桃色と白のコスモスが群がり咲いていたときには、錆びたドラム罐など見えなかった。ドラム罐はずっとそこにあったのかも知れない。しかし見えなかったのである。それが、ごろりと草むらに転がっていた。

「あのコスモスも散っちゃったしな」

「コスモス?」

「ほら、あの、土手の下の」

「土手って、高速道路の？」

「あそこに、一軒破れ家があるだろう」

「ああ、あのコスモスね」

「咲いてただろう」

「なかなかよかったわよね」

「あの破れ家との具合も、似合ってたしな」

「でも、破れ家はちょっとひどいんじゃないですか」

「だって、破れ家じゃないか」

「でも、人がいるみたいですよ」

「ほんとかね」

「何か仕事してるんじゃないかな」

「バナナ工場か？」

「それは以前でしょう。いまは何か別のことでしょう」

「人が住んでるのかな？」

「そうね、住んではいないかも知れないわね」

「その何かやってるってのは、ずっと前からかね」

「さあ」

「最近になってからかね」

「そんなに昔じゃないわね」

「昔というと？」

「あたしたちがここへ越して来た頃は、空家だったんじゃない」

「じゃあ、つい最近ってわけでもないわけだな」

「え？」

「例えば、追分から帰って来てからとか」

「さあ、それはどうですかね」

「ふうん」

「だって場所は悪くないでしょう」

「そうだな」

「いまどき放っとくには勿体ないでしょうからね」

「ふうん」

「でも、追分とは本当にずいぶん違うってことね」

「ああ」

「あのコスモス、ずいぶんしつっこく咲いてたものね」

「そうだったな」

「ええと、お昼は何にしますか？」

「そうだな」


そのあとわたしは、暫く錆びたドラム罐のことを考えていた。桃色と白のコスモスが群がり咲いていたときから、ドラム罐はあったのかも知れない。無かったのかも知れない。ときどきそんなことを思い出したり、忘れたりした。会津行きも同様だった。高鍋の妹の電話番号のこともそうだった。

体の調子はふつうだった。肩こりも相変らずだった。窒息は二、三度あった。電車の中が一回、その他は座椅子にもたれているときだったと思う。いずれも、うとうとっとしたときだった。その度に追分の草道で、死ぬかも知れない、と思ったことを思い出した。しかし医者には行かなかった。そして、いつの間にか忘れてしまった。

寒くなった。仕事机が電気炬燵になった。机はもともと電気炬燵だった。それにふとんが掛けられ、電気が入った。妻や子供たちがそれぞれの部屋で眠ると、部屋の外で猫が鳴いた。わたしは座椅子から立って、自分の部屋のドアをあけた。猫は、暫くドアのところでじっとしている。わたしが座椅子に戻ると、猫はゆっくりと炬燵へもぐり込んで来た。わたしはもう一度立って、ドアを締めに行った。猫の病気は恢復したようである。

新聞むしりも相変らずだった。一週間に二度、わたしはテレビの前で古新聞をむしった。ナイターシーズンはすでに終っていた。日本シリーズも終った。夕食後のテレビはいろいろだった。髷物《まげ》のこともあった。子供が見ている歌番組のこともあった。

「ナナさ、自分のお便所の紙をお父さんがむしってくれてること、知ってんじゃないかな」

と長女がいった。

「ねえ、ナナ」

そういって長女は、ダイニングキッチンの床に寝そべり、猫の前肢を指先で軽く叩いた。

「お父さん、ずいぶん早くなったみたい」

「そりゃあお前、もう半年以上もやってんだからね」

とわたしはいった。

「だいたい一時間でダンボール一杯むしっちゃうよね、お父さん」

「いや、一時間じゃ無理だな」

「じゃあ、二時間？」

「まあ、一時間半だな」

「じゃあ、三十分番組三つ見ればいいわけか」

「ま、そういう勘定だな」

新聞紙にはもうロッキードの文字は見えなかった。コーチャン、コダマ、クラッター、ピーナツの文字も見えなかった。ある日、新聞をむしっていると、電話がかかった。電話には妻が出た。知人ではないらしい。妻の受け応えでそれがわかった。

「ちょっとテレビ、小さくしなさい」

とわたしは長女にいった。

「このくらい？」

「ああ」

ダンボール箱は、七分目くらいまで塞っていた。わたしは古新聞むしりを続けた。

「朝鮮の永興におられた、高田さんですね」

と電話口の妻がいった。わたしは新聞むしりの手を、ちょっと止めた。

「少々お待ち下さい」

そういって妻は、わたしのところへ来た。

「高田さん、だって？」

とわたしは先にたずねた。

「それが、どうも、はっきりしないんですよ」

「何が？」

「どうも、何だか言葉が」

「高田さん、ねえ」

「知らない人みたいだわね」

「高鍋じゃあないんだな」

「高田さんです」

「ちょっと、わからないなあ」

「あちらも、そうらしいわよ。ただ、どうも言葉が、よくわからなくて」

「何だ、ズーズー弁か？」

「反対ですよ、広島ですから」

「広島から？」

「あなたに何かたずねたいらしいんだけど、それが、どうも」

「ふうん」

わたしは立ち上って、電話口に出た。電話は三十分くらいだったと思う。確かに広島弁だった。

「わしゃあ、終戦のとき、永興の小学校におったんじゃが」

と広島弁の相手はいった。小学校一年生だったという。

「一年というと、入れ違いだな」

「わしゃあ、永興駅の官舎におったもんなんじゃが」

「ははあ、駅ですか」

「おやじが保線区におったもんで」

「じゃあ、早田君、知ってるかな」

「さあ……駅長さんが三浦さんいう人や、いうことだけ、おぼえとるんですがのう」

「その駅長さんには、子供はいたの？」

「子供さんは、よう子さん、たえ子さん、それと、赤ん坊の男の子が一人おってじゃったですが」

「よう子さん、と、たえ子さん、か」

「よう子さんが、わしらと同じ一年生で、たえ子さんが、一つか二つか上じゃったと思いますがのう」

「ははあ、それじゃあ、ぼくは知らないな」

「あのう、永興の小学校のことですがのう、運動場の外を川が流れとって、ほいで、その川には橋がかかっとりましたでしょう」

「ああ、かかってたね、小さな橋がね」

「ほいで、運動場には桜の木がようけい植わっとって」

「ああ、あったね」

「ほいで、その小さな橋を渡ったとこに、横穴防空壕がありましたでしょう」

「ははあ、橋の向うは、学校の野菜畑になってたと思ったがな」

「その防空壕は、知らんですかのう」

「それは、あれでしょう。ぼくらが小学校を出たあと、南山に横穴を掘ったんだろうね」

「ナンザンに、いいますと？」

「あの川の向うにあった低い山が、南山だよ。南山、南の山だね」

「はあ、あれが南山いうですかのう」

「永興神社があったでしょう。あのてっぺんに」

「永興神社ですか？」

「小学校の裏から、長い石段があってね」

「いや、ようおぼえとりません」

「あ、そうだ」

わたしは福岡にいる弟のことを思い出した。

「あんた、昭和何年生れですかね？」

「わしゃあ、昭和十三年生れです」

「十三年の遅生れ？」

「はい、遅生れです」

「それじゃあ、あんたうちの弟と同級生だろう」

「弟さん、ですか」

「そうだよ、弟は十四年の早生れだから、あのとき小学校一年だよ」

しかし、まったく記憶がないという。校長先生の息子が確か同級生にいたような気がするが、それも名前は思い出せないらしい。よう子さんとたえ子さん。おぼえているのは、その二人だけらしかった。

「ふうん」

とわたしは溜息をついた。昭和十三年生れといえば、いま幾つになるのだろう。三十七か八だった。弟は福岡で女子高校の教師をしていた。子供は、小学生が二人だったと思う。

「あんた、子供さんは？」

「女の子が三人おります」

「ほう、それはまた立派ですな」

「ほじゃが、女ばかりですけんのう」

「そんなことはないだろう」

「ほいで……」

「それで、もう子供さんは、どのくらいですか？」

「一番目が中二です。二番目が小学校六年で、下はまだこまいですが」

「ほう、ずいぶん大きいお子さんだな」

「ほいで……」

「はあ」

「ほいで、忘れんうちにおたずねするんじゃが、ええですかのう」

「ああ、何です」

「永興には瓢箪型をした梨があった思うんですがのう」

「瓢箪型の梨ねえ」

「確か、瓢箪型の梨を永興で食べたとおぼえとるんですが、間違いですかのう」

「瓜じゃなくて、梨だね？」

「確か梨じゃ思いますがのう」

「林檎は、よくちぎって食べたんだがね」

「瓢箪型の梨は、なかったですかのう」

「龍興江の近くに、吉賀の林檎園があってね、泳ぎの帰りに、よくちぎって食ったがね」

「はあ」

「あの駅のあたりから、ずっと線路を歩いて行ってね、龍興江の鉄橋を渡ろうとしたら、汽車が来たことがあったな」

「鉄橋ですか？」

「確か、早田なんかもいたと思うけどね」

「はあ」

「あ、そうか。早田は知らなかったのか」

「あの川が、龍興江いうことも知らんのですけ」

「あ、そう、そう」

　とわたしは、とつぜん大きな声をあげた。

「あったよ、思い出した」

「瓢箪型の梨、やっぱり永興にありましたかのう」

「あった、あった。あの青っぽいの」

「はい、そうです」

「ちょっと実が柔らかくて、ぷーんと、西洋ふうの香りがあって」

「はい、そうです」

「いや、あったよ、思い出したよ」

「どうも、有難うございます」

「いや、いや。こちらこそ、忘れちゃってたのを思い出したんだから」

「いやあ、もうだいぶ前から、電話しようかしまいか思うて、迷うとったんじゃが、やっぱり電話してよかった思うてます」

「じゃあ、永興のときの知合いは、誰もいないわけ？」

「はい」

「ははあ、そうですか。いまだに誰とも音信不通ですか」

「はい」

「ふうん。手がかりもないんですか？」

「おやじもおふくろも死んでしもうて、永興のことは、誰にも、たずねることが出けんようになってしもうて」

「ははあ。で、お父さんやお母さんは、引揚げて来てから、亡くなられたんですか？」

「はい」

「やっぱり、広島で?」

「はい」

「それは、病気か何かでですか?」

「それがまあ、病気は病気なんじゃが」

「ふうん」

「食べるもんものうて、栄養失調じゃ思いますけど」

「ははあ。しかし、一緒に引揚げて来た人がいるでしょう?」

「はい。それが、マイクさんいう人なんじゃいうことしか、わからんのです」

「マイク?」

「はい。永興で煙草屋さんをやっとった人じゃいうて、おやじからきいたんをおぼえとるんですけど」

「ははあ、マイク。わからんなあ。煙草屋のマイクさん、か。どういう字ですか?」

「さあ、それが、マイクさんマイクさんいうて、きいとっただけですけ」

「で、そのマイクさんは、どこの人かな。広島じゃないわけね」

「仙崎《せんざき》に船がついて、ほいで、広島駅で手を振って別れたのはようおぼえとるんじゃが」

「ははあ。ぼくも着いたのは仙崎ですがね」

「ほいで、永興のことを、わしゃあなんぼもようけおぼえとらんで、それを忘れてしまわんうちに、いっぺん誰かに語って、ほいで、あれは本当のことやったんじゃいうことを、もういっぺん自分に確かめたい思うて」

「ははあ、しかし、ぼくの電話は、山室さんにきいたのかな?」

「山室さんいう人ですか」

「そう。永興小学校の校医さんだった人なんだけど」

「その山室さんいう人は知りません。わしゃあ、もうだいぶ前じゃが屑屋をやっとりましてのう」

「屑屋?」

「はい。ほじゃけいろんな物を集めて歩くんじゃが、そこに永興のことを書かれたサンデー毎日が入っとったんを、たまたま見つけましてのう」

「サンデー毎日？」

「はい。ほいであんときゃあ、もうびっくりしてしまいましてのう」

「週刊朝日じゃないのかな？」

「いや、サンデー毎日じゃった。ほいで、わしゃあ、話すんがあれで、きき苦しいですじゃろうが、屑屋のあとタクシーに乗っとったときに、ずうっとその切り抜いたんを持っとったです」

「ははあ」

「タクシーに乗っとれば、ああこれは東京のお客さんやいうことはすぐわかりますけのう。ほいで、これこれこういう人を探しとるんじゃがいうてたずねて、ほいで、もうだいぶ前わかっとったんじゃが、ほいじゃがのう、電話しようかしまいか思うて、このたびまで迷うとったんです」

「ははあ、山室さんじゃないわけね」

「はい。ほいで、永興のことなら、何でも、どんなこまいことでもききたいなあ思うて電話させてもろうたんじゃが、ええですかいのう」

「ああ、何かな」

「ほいじゃあ、忘れんうちにこれもたずねるんじゃが、永興一の金持ちやいう人が海軍に戦闘機を一台寄付したいう話をおやじからきいたんですけどのう」

「へえ」

「おぼえておられんですか？」

「それは、戦争中だね、もちろん」

「はい」

「中島のおやじさんが、小学校の講堂を寄付したのは知ってるけど」

「永興の小学校のですか？」

「そう。あれはね、紀元二千六百年の記念じゃなかったかな」

「ほいじゃ、わしゃあまだ上っとらんときです」

「そうだね、ええと、あれは昭和、十五年かな」

「はい」

「あんたが入ったときは、もうあの講堂あったわけだな」

「はい。ありました。あの川の手前の、一番端の講堂ですね」

「そう、そう。あの手前が高等科の教室でね」

「はい。それは、ようおぼえとります」

「あの廊下に、剣道の防具がずらっと掛けてあったでしょう。あれとね、屋根瓦をうちのおやじが寄付したんですがね、あのとき。それまでは永興小学校は、講堂もなくてね、屋根はスレート葺きだったのを、あのとき瓦に葺き替えたんですよ」

「はあ」

「いや、それはどうでもいいけど、飛行機っていうのは、初耳だね」

「確か、おやじからそうきいとったんですがのう」

「そうだな、そのうちおふくろか兄貴にきいてみるよ」

「ほいじゃあ、またお電話してもええですかのう」

「ああ、どうぞ、どうぞ。それで、いまでもタクシーやってるわけ？」

「はい。ほじゃが、いまはラーメンの屋台をやっとるもんじゃけ」

「ははあ、両方じゃ大変だね」

「ほいじゃけ、タクシーの方は、たまになっとりますけど」

「あ、そうそう。さっきの、ええと、誰でしたっけか、その一緒に帰って来られた……」

「マイクさん」

「そうそう。そのマイクさんのことはね、一度さっきいった校医さんの、山室さんに問い合わせてみたらどうかな」

「はあ」

「山室さんはね、とにかく永興じゅうの日本人が引揚げるまで、永興におられた方だし、いまでも、あちこちから情報がある人だからね。あ、それに、あんたのすぐそばだよ」

「広島ですかいね」

「いや、岡山だよ。ちょっと待ってよ、いま住所をいいますからね」

「はあ」

「手紙一本で、わかるかも知れんよ」

「ほいじゃがのう、わしゃあ、その、手紙いうのが、どうも」

「ははあ」

「こうして、いろいろ話すのはええんじゃが、文字いうのがわしゃあ、読むのはええんじゃが、書くいうのは、字引さがすのがえろうて、えろうて」

「じゃあ、電話を教えるから、電話でたずねたらどうかな。ちょっと待って」

山室さんの電話は、電話器の傍の電話番号控ですぐわかった。

「山室さんはね、もう八十幾つかだけど、まだまだお元気だから」

わたしはそういって、山室さんの電話番号を教えた。そしてそれで電話は終った。テレビはすでに消えていた。ダイニングキッチンには誰もいなかった。わたしはテーブルの前の椅子に腰をおろし、煙草に火をつけた。風呂場の方から湯の音がきこえた。

ダンボール箱は七分目のままだった。わたしは正面の何も映っていないテレビの画面を見ていた。耳には電話の広島弁が残っていた。広島へは二度行った。一度目は、桜木さんという老人を訪ねて行った。永興で父と剣道仲間だったという老人である。もう五、六年前ではなかったかと思う。母がまだ大阪の兄のところへ移る前だった。桜木老人の家は横川駅から寺町の方へ行ったところだった。表通りから露路を入った二階家に、老夫婦だけで暮していた。そのときは、広島市内はどこも見物しなかった。わたしは桜木老人の家から、そのまま汽車に乗って、福岡の母のところへ行った。しかし母は、桜木老人のことは知らなかった。桜木老人が永興で父と剣道をやっていたのは、独身時代だった。母が永興へ嫁に行った頃、すでに桜木老人はどこかへ転勤していたのである。その後、桜木老人からは毎年年賀状をもらった。「恙無く」と毎年漢字で書いてあった。その度にわたしは、桜木老人との西日光行きの約束を思い出した。

「わたしゃあね、ほれ、ご覧の通りの老人二人の暮しですよ。この二階の六畳間はいっときお勤めのお嬢さんに貸しとりましたがね、いまはご覧の通りで、がらあきですわ。ですから遠慮はいりません。いつでもお好きなときに、どうぞお立寄りになって下さい。西日光はね、朝早くここを発って、尾道へ出ればええのですから、福岡のお母さんとこから帰りがけ一晩この部屋に泊って、そして翌朝早く一緒に出かけたらええですよ。とにかく、一度は見て置いて損はありませんよ。あんな俗なところはないなんていうもんもおりますがね、文句は見てからあとだってていえますでしょう。そういうことですよ」

わたしは福岡の母のところで、何となくぶらぶらして時間を過ごし、西日光行きの約束は果せなかった。わたしは福岡から、桜木老人に電話をして、西日光行きはまたの機会に延期してもらった。それからもう五、六年が経っていたのである。

二度目は、三年前だったと思う。やはり福岡の母のところからの帰りで、岩国に住んでいる元山中学の先輩と宮島へ行った。その翌日、紹介してもらった地元の新聞記者と一緒に原爆記念館へ行った。八月の終り頃だったと思う。原爆記念館は、もちろんはじめてだった。わたしは新聞記者と並んで、小、中学生らしい団体の列のうしろからついて行った。そして、入口でひっかかった。

わたしは最初、おや、と思った。入口正面のパネルは爆弾の写真だった。写真は白黒で、爆弾はふつうの形をしていた。それはまったく絵に描いたような、平凡な爆弾だった。おや、と思ったのはそのためだと思う。わたしは、子供の頃のクレヨン画を思い出した。じっさい、それは小学生がクレヨンで描くような爆弾だった。いまの子供ではない。わたしが子供だった頃の子供である。わたしは、絵本で見た爆撃機の絵を思い出した。胴体のマークは、ドイツである。しかし、メッサーシュミットではなく、もっと旧式の型だった。なにしろ機体からは、風防眼鏡をつけた飛行士が上半身をのり出すようにしている。自分がいま投下した爆弾の行方を見つめているのである。パネルの白黒写真は、そういう爆弾だった。先の丸い円筒形で、うしろに魚雷式の尾翼がついていた。ただ、胴体が少少ずんぐりしているような気もした。しかし、絵に描いたような、まことに平凡な爆弾には違いなかった。それが原子爆弾だったのである。

新型でもなければ、マッチ箱大でもなかった。写真は原寸大だという。わたしはまったく知らなかった。広島に投下された原子爆弾の形というものを、想像してみたこともなかった。気がつくと、パネルの前でわたしは一人になっていた。小、中学生の団体も、新聞記者の姿も見えない。館内は混み合っていた。説明文を音読する子供たちの声もきこえた。それをノートに書き写している子供もいた。広島一中生徒の焼け焦げた制服があった。名札が胸に縫いつけてある。二年生だった。広島二中生徒のものもあった。上着の腕に一中は一本、二中は二本筋があった。胸の名札は一年生だった。女学生の焼け焦げたモンペもあった。首が飴のようにぐにゃりと曲って垂れさがった一升瓶が二本並んでいた。ケロイドになった驢馬の剝製があった。黒い雨が焼きついた白壁の部分もあった。

わたしは館内を一巡した。その間ずっと入口のパネルの写真が頭から離れなかった。何を見ても、あの平凡な、絵に描いたような爆弾の形が目に浮んだ。新聞記者は、出口のところで待っていた。

「どうも失礼しました」

と彼はいった。

「いえ、いえ」

わたしたちは階段を降りた。

「ここは、どうも駄目なんですよ」

と彼はいった。

「職業柄いろんな方をご案内はするんですが、いつも出口のところで待っているんです」

両親と姉を失ったのだという。わたしは入口のパネルの写真のことを話そうと思っていたのだった。しかし黙っていた。平凡な絵に描いたような爆弾には、英語のニックネームがついていた。それが何だったか、たずねようと思っていたが、それも止めた。彼は広島一中二年生で、江田島に勤労動員で出ていた。それで助かったという。

「一年生は、ほとんど全滅しました」

と新聞記者はいった。

「ははあ」

「学校附近の疎開作業だったんですね」

「ははあ」

「それが、組によっては学校へ戻って授業中だったわけです」

「ははあ、いや、わたしも中学一年だったものですからね」

「あ、杉本さんと同じ、朝鮮のですね」

「そうです」

「うちの社に一人、一中一年の生き残りがおるんですがね」

「それは、運のいい人ですね」

「お前どうして助かったんやいうてききましたらね、前の日に氷食べ過ぎて下痢しとったいうことです」

「ははあ、それで学校休んだんですか」

「そうです」

わたしたちは公園の中を歩いて行った。写真やテレビで何度も見た爆弾慰霊碑の前で、観光客らしい団体が記念撮影をしていた。中年の男女で、手に手にアイスキャンデーを握っている。

「さあ、皆さん、しゃぶって下さい！」

とリーダーらしい男が声をかけた。

「いまや、市を代表するのは、あれかも知れませんね」

と新聞記者はいった。

「はあ」

「カープですよ。あの正面にライトが見えるでしょう。あれが市民球場です」

「ちょっと失礼します」

わたしはそういって、観光客たちのうしろを通り、慰霊碑の前へ行った。そして石の箱に百円玉を入れて合掌し、新聞記者のところへ戻った。

「うちの社内でも、被爆者はもう少数派ですからね」

「ふうん」

「直接の被爆者はもちろん、わたしのように家族を失ったものすら、少数派ですよ」

わたしたちは公園を抜けて、アーケードのある商店街を通った。アーケードを抜けた繁華街の十字路で、新聞記者は通りかかったタクシーを止めた。

「ここです」

タクシーに乗り込んだとき、彼はそういった。そこが彼の家だったらしい。タクシーは比治山《ひじやま》の上まで登った。旧陸軍墓地があるという。わたしは見物したかったが、遠慮した。たぶん彼の亡くなった家族にだったと思う。またいつか見物すればよいと思った。

わたしたちはカマボコ型をした放射能影響研究所の裏を通り、ブランコのある小さな遊園地から、もとは蓮根畑だったという新興住宅地を眺めた。低い山の傾斜面にも団地が並んでいた。江田島は見えなかった。

わたしたちは表側へ戻って、展望台から市街を眺めた。それから歩いて比治山を下った。途中、頼山陽《らいさんよう》の文徳院前を通った。山を下ったところでタクシーを拾った。わたしはボストンバッグを駅のコインロッカーに入れて来たことを話した。新聞記者は、駅まで送ってくれた。駅前のタクシー駐車場で、わたしたちは別れた。

広島駅で新聞記者と別れたとき、もちろんわたしは高田のことを知らなかった。帰りの汽車の中で、わたしはあの爆弾のニックネームを思い出そうとしてみた。しかしとうとう思い出せなかった。帰宅してからも、頭の片隅にそれがひっかかっていた。わたしは翌日、広島の新聞社の東京支社へ電話してみた。電話口に出たのは、若い人らしかった。わたしは広島で案内してくれた記者の名前を告げ、爆弾のニックネームのことをたずねた。

「展示はときどき変りますから」

と電話口の若い人は答えた。見ていないらしい口ぶりだった。わたしは電話を切り、今度は広島の本社へ電話をかけた。しかし、案内してくれた記者は、外出中だという。わたしは、広島の番号案内係へ電話して、原爆記念館の電話番号をたずねた。それは、すぐにわかった。しかし、電話をすると、こちらは資料館ではないという。パネルの爆弾のことをいうと、別の電話番号をいわれた。これでようやくわかったのである。

爆弾のニックネームは、「リトル・ボーイ」だった。わたしは、パネルに書いてあった爆弾の寸法のこともたずねた。

「長さ約三メートル、直径約〇・七メートル、重さ約四トン、です」

「パネルの写真は、確か原寸大でしたね」

「そうです」

電話口の係員は男だった。彼は、長崎の方の爆弾のニックネームも教えてくれた。

「広島のは、リトル・ボーイ、長崎のは、ハット・マンです」

「ハット・マン？」

「そう、英語で、ふとっちょという意味ですね」

あとで、このハット・マンは、ファット・マンのきき違いだったことがわかった。そして、案内してくれた記者が留守だったことは、却ってよかったと思った。彼の両親と姉は「リトル・ボーイ」に殺されたのである。彼に「リトル・ボーイ」と英語でいわせることは、残酷なことに違いなかった。

テレビの画面には相変らず何も映っていなかった。わたしは高田の顔を想像してみた。すると、瓢箪型の梨が出て来た。それから、高鍋の顔が出て来た。しかし高鍋は、高田と反対の人間だった。高鍋は、過去を抹殺しようとしている人間だった。沈黙と正坐によって、過去を捨て去ろうとしている人間だった。永興も会津も、消滅させようとしている人間だった。反対に高田は、永興の断片を集めようとしていた。瓢箪型の梨。永興小学校の運動場。裏を流れる川。川にかかった木橋。その向うの防空壕。永興一の金持ちが寄付したという飛行機。マイクさん。永興のどんな小さな破片でもよいから集めようとしていた。

「マイクさん、か」

とわたしは独言をいった。そして、高田に彼の電話番号をたずねるのを忘れたことを、思い出した。ある日わたしは、大阪の母へ電話をかけた。十一月の半ば過ぎだったと思う。三十二回目の父の命日の何日か前だった。

「お父さんの写真、着きましたか？」

「ああ、どうも有難う」

「実物より、ちょっと大型に伸びてたけど、まあ、ええやろう」

「ああ、とてもよう写っとるよ」

わたしは父の写真の複写を引受けていたのだった。昭和十九年に応召したときのものだった。父は、軍帽を目深にかぶり、陸軍歩兵中尉の正装をして、椅子に腰をおろしていた。白手袋をはめた両手で軍刀を握り、床についている。これが父の最後の写真だった。四十六歳だったと思う。写真はもちろん、黄色くなっていた。永興から内地の親戚へ送っておいたのを、引揚げて来てから一枚返してもらったのだと思う。

「十枚あれば充分やろう」

「ああ、どうも有難う」

「命日には、ちょっと帰られんけん、すみませんがよろしくお願いします」

「ああ、忙しいのはええけど、体にゃ気をつけんといかんよ」

「ああ、わかりました」

「あんたもそろそろお父さんの年やないかね」

「ああ、そうやな」

「それから、たまには手紙を書きなさい。どんなに忙しいか知らんけど、葉書一枚書く暇ぐらいあるやろう」

「ああ、わかりました」

体の具合は、だいぶいいらしかった。大阪の兄の家での暮しにも慣れたようである。わたしは補聴器の具合をたずねた。補聴器をつけると、電話で話も出来るらしい。それからわたしは、「マイクさん」のことをたずねた。

「マイクさん？」

と母はきき返した。

「そう。永興で煙草屋をしとった人らしいけどな」

「マイクて、どんな字を書くとかいね」

と母もわたしと同じことをたずねた。

「それが、わからんとたい」

「知らんな」

「煙草屋っていうと、どのへんやろうね」

「だいたい、駅の人たちはうちにはほとんど来よらんやったからね」

「岩田の方でしょう」

「そう。だいたい岩田の方へ買いに行きよったからね」

年が変った。高田から年賀状が来た。

「皇紀二六三七年。終戦時、永興国民学校一年生デアリマシタ」。字はボールペンの楷書で、きちんと書いてあった。手紙がにが手とは思えないような字である。しかし、電話番号はついていなかった。マイクさんの消息のことにも触れていなかった。山室さんのことも書いてなかった。

高鍋の妹からも年賀状が来た。

「雪が降り出すとすごいことは承知のはずなのですが、今冬の会津には、ただあきれて空を見上げるばかりです。昨年暮から、通して雪の始末で追われっぱなしの感じです。妹は、家がつぶれたらそれまでと……その時は車庫を作るとか……笑ってるしかありません。母も七十一歳になるところですが、元気でたまに来る（姉の）孫たちと喧嘩の相手までしています。暇さえあれば友達と二、三泊のバス旅行、自分の姉妹たちと近くの温泉へと歩いています。はやりもしない三文店で昼寝をしながらの商売。誰もかなわないと思っていた暗算力も少々にぶりが出て来たのか、そろばんを手にするようになりました。兄純一は相変らずの状態、あの調子で私たち親妹がいなくなっても生き永らえるのではないか……笑い話にもなりません。今年もお元気で」

習志野にも雪が降りはじめた。三十何年ぶりだかの寒波だという。午後、郵便局へ歩いて何かを出しに行き、帰りがけ、どんよりと曇った空から雪が舞い落ちて来るということもあった。冬らしい冬だ、とわたしは思った。

ある日わたしは、駅前で古賀に出会った。すでに夕方で、あたりは薄暗く、雪がちらついていた。わたしは外出からの帰りで、電車を降りて来たところだった。古賀はレインコートに蝙蝠傘をさし、子供用の傘を脇に挟んでいた。電車でピアノに通っている娘を迎えに行くところだという。わたしたちは、他に何の話もせず、そのまま別れた。その晩、高田から電話がかかって来た。夕食のあとで、わたしはテレビの髷物を見ていた。九時から十時の間だったと思う。

「あのう、こないだの続きなんですがのう」

と電話口の高田はいった。

「忘れんうちにおたずねするんじゃが、永興のアイスキャンデー屋いうのは、どこにありましたんですかいのう」

「ははあ、アイスキャンデー屋ね」

「一ぺん、お母さんにアイスキャンデー買うてもろて、わしが一本食べたんです。ほじゃが、もう一本食べとうて食べとうて、泣いたんじゃが、もういかんいうておこられましてね」

「ははあ、それは、その店でかな」

「いや、家に買うて帰ったんですわ。ですけ、何本かまだ残っとったのを、わしが欲しいいうて泣いたんじゃが、お母さんにおこられた。ほいで、それがどこじゃったか、見えるところに置いてあって、もう溶けていきよるんですわ」

「あのね、アイスキャンデーは自転車で売って歩いてたと思うがな」

「いや、わしゃあ、店で買うてもろうたとおぼえとるんですがのう」

「麦藁帽をかぶった朝鮮人のおっさんがね、自転車のうしろの荷台に木の箱をのせてたと思うがね。それで、ちりんちりん鳴らしてね、うちの前なんかでよく停めてたけどな」

「ほいじゃあ、店はわかりませんか?」

「ふうん。アイスキャンデー屋というと、やっぱり自転車にのせた木箱だなあ。あの木の箱の蓋をぱたんとあけると、中からふわぁっと湯気が立ち昇ってね」

「色は、どういうか、紫色の薄いのだった思いますけど」

「棒形の?」

「棒形?」

「棒形のと、四角いのとあっただろう」

「はあ」

「四角いのはね、割箸がついてないんだよ。それで、紙に包んであったな。そうだな、バターがあるでしょう、ちょうどあんなふうに、そう、紙もちょうどあんなふうなのに包んであったね」

「ほいじゃ、わしが食べたのは棒形です。箸がついとりましたけ」

「あのキャンデーは甘かったなあ。しかし、どんどん溶けるんだよな」

「あのう……」

「ああ、そうか」

「これも忘れんうちにおききするんじゃが、こないだのお電話で龍興江の鉄橋の方まで遊びに行かれとったいうのをききましたんじゃが、ほいで、永興の駅の前に大きな穴がありませんでしたかのう」

「穴？」

「穴いうか、崖いうか。わしらのおった駅の官舎と駅の間ぐらいに」

「そうそう、崖があったね」

「ありましたか」

「あれは相当に深い崖だったよ。ずっと底の方まで草むらになっていてね。あそこで遊んだ？」

「一ぺんか二へん、遊びました」

「あの崖を、駈けおりてね」

「ほいじゃあ、駅のトロッコは乗られたですか？」

「あ、あの保線区の？」

「はい、そうです」

「あの駅員が、立って二人でポンプみたいに手で押して走るやつね」

「はい」

「いやあ、あれは一度乗ってみたかったなあ」

「わしの父親が、あれの保線区の大将でしたけ」

「あ、そうでしたか。ふうん、確か早田のおやじさんも保線区だったと思うがな」

「ほいで、もしもあれに乗ったことがあるんじゃったら、わしの父親に会うたこともあったんじゃなかろうかのう思うたんじゃが」

「ははあ、なるほど。そうだね、線路では、よく釘を潰して遊んだな。あの長い、五寸釘があるでしょう。あれをね、汽車が来る前に線路に置いとくんだよ。そこへ汽車が走って来るだろう。通り過ぎたあと行ってみるとね、五寸釘がきれいに平ったくなってるんだな」

「はあ」

「しかし、これは保線区に見つかると、それこそ取締られちゃうことだろうね」

「はい」

「だから、あのトロッコが通り過ぎるのを見て、やってたんだろうね、きっと」

「ほじゃが、永興には行けるんでしょうかのう」

と高田はとつぜんいった。何日か前、広島の新聞に投書が出ていたのだという。

「北朝鮮地域同胞援護会いう会があって、その事務局いうのが東京にあって、ほいで、その副会長いう人が興南《こうなん》におった人で、ほいでいまは引揚げて来て、広島におるいう公務員の人なんですわ」

「ははあ、その公務員の人が投書していたわけですね」

「はい。北朝鮮で亡《の》うなった日本人の遺骨拾いと、お墓参りをさせてくれいう呼びかけをしている人なんですね」

「ははあ。幾つくらいの方ですかね」

「ええ、四十五、六くらいじゃったと思いますがのう」

「じゃあ、ぼくぐらいの人だな」

「はい。政府やら日本赤十字やらに呼びかけておられるんじゃそうじゃが、なかなか無理なんでしょうのう」

「ふうん」

「わしゃあ、興南で生れたんじゃが、おじいさんが亡うなったんは、永興ですけえのう」

「ははあ」

「何で北朝鮮だけはお墓参りもしちゃいけんのですかいのう」

「ふうん」

「はあ？」

「いや、四十五、六の人ねえ」

「はい」

「ははあ、じゃあ、中学の二年か三年だった人だな」

「ほいじゃが、ほんとに人間の故郷に対する気持いうもんは、どういうんですか、特に永興みたいに行かれん故郷を持った気持いうもんは、どういえばええんですかのう」

「ああ」

「あのう、わしゃあほいで、ときどきとっぴょうしもないこと考えて、もしわしに文字が書けるんじゃったらのう、文章が書けるんじゃったらのう、そしたらこういうことを書いてみたいのう思うんじゃが、それは神さんか、仏さんが、お前どこへ一番行きたいかいうて問われたら、一番行きたいのは永興じゃいうて答える。ほいじゃあ何で永興へ行きたいかあいうて神さんが問われたら、何で行きたいか答えようがのうても、やっぱし永興へ行きたいんじゃいうて答える」

「ふうん」

「ほいじゃが、永興の次に行きたいとこはどこじゃいうて問われたら、それが名前がわからんのですがのう、いうて答える」

「名前が？」

「はい。こおまい田舎町で、そこの産婆さんをやっとったいう日本人の老夫婦の家で、わしらは一冬を越したんじゃけ」

「それは、永興を追い出されたあとだね」

「はい。大きな家で、部屋がいっぱいあって、そこの町の小学校の校長先生の家族いう人たちもその家に来とられて、娘さんいう人は国民服を着て、坊主頭になっとったです」

「ははあ、しかしどこだろうね。そんな大きな日本人の家が接収されないで、そのまま住んでたわけね？」

「ほじゃが、その産婆さんの老夫婦いう人は、そこの朝鮮人たちが皆で一生面倒みるいうていいよった人ですけえのう。ほいで、その本人たちも、自分らはもう一生この土地で暮すいうて、ほいで、わしらが春になってそこを発つときも、まだそこにそのまま残られた人ですけ」

「ははあ、それで、そこから一緒に帰って来たのが、ええと、マイクさんですね」

「はい。三浦駅長夫婦と子供が三人、名前を知らない助役さん夫婦、マイクさん夫婦と子供が二人、それにわたしの両親とわたし。この十四名ですわ」

「あ、そうだ。それで、マイクさんのことは何かわかった？」

「いや、わかっとらんままです」

「山室さんには、まだかけてないわけか？」

「はい」

「ははあ、こないだ大阪のおふくろにもちょっときいてみたんだがね、わからなかったな」

「はあ」

「しかし、どこだろうね、その小さな町は」

「一ぺん、父親について使役に行ったのをおぼえとりますがのう」

「ははあ、使役か」

「それがロシアの使役なんか、朝鮮人の保安隊のか、ようわからんのじゃが、その産婆さんの家におった校長先生、それと駅長さん、助役さん、それとわたしの父親と出とりましたが、そこで、わしがようおぼえとるのは、こういう歌ですがのう」

そういうと高田は、とつぜん電話口で歌いはじめた。

「サシガシコー、コッキジョネー、コーヌレソー、クッキメンセヘー、何とか何とかかんとかじゃあ、いうて」

「おいおい」

とわたしは思わず吹き出した。

「そりゃああんた、赤旗の歌だよ」

「はあ？」

「赤旗の歌の朝鮮語版だよ」

「そうだったんですかいのう」

「知ってるだろう、赤旗の歌は。ほら、民衆の旗、赤旗は戦士の屍を包む、って」

「はあ」

「高く立て赤旗を、その影に死を誓う、っていう歌」

「その歌ですかのう」

「いや、ぼくもそれを向うできいてね、はじめは朝鮮の歌だと思ってたら、帰って来てみると日本でも同じ節のを歌ってるだろう。それでへんだなあ、と思ったら、それがかの有名な赤旗の歌だったわけなんだね」

「いや、何かさっぱりようわからん歌じゃが、それを朝鮮人の保安隊がよう歌うとりましてのう。それを歌うては、行進しよるんですわ」

「ははあ、そりゃあ保安隊は歌うだろうな」

「ほじゃが……」

「しかし、それにしても、その町はどこなんだろうね」

「あのう……」

「あ、そうか」

「わしゃあ話があっち行きこっち行きするけ、ききづらかろうなあ思うんじゃが、ほじゃがこれも忘れんうちにきいとこう思うんは、永興の小学校に、靴脱ぎ場がありましたのう」

「ああ」

「どういうんか、板が並べてあって」

「昇降口でしょう」

「はい」

「高等科の教室と尋常科の教室の、つなぎ目のところね」

「はい、そうです」

「踏み板と下駄箱が並んでいて、外の方へ踏み板を伝って行くと、便所だよな」

「はい。その靴脱ぎ場に、木銃がずらっと並んどらんかったですか」

「木銃？」

「はい。靴脱ぎ場から、便所の方じゃのうて、運動場の方に出るところなんじゃが」

「ははあ、場所はよくわかるね。しかし、木銃じゃなくて、六角形の杖じゃないかな」

「はあ？」

「ほら、海洋少年団の杖術の六角棒だよ」

「それは知りませんがのう」

「ぼくらは、その杖術と手旗とモールスと、あと紐の使い方だな、習ったのは」

「確か、木銃が並んどった思いますがのう」

「ははあ、じゃあ変ったんでしょう」

「はあ」

「ぼくらが卒業してあと、木銃になったのかも知れないな」

「そうですかいのう」

翌日、わたしは高鍋の妹に電話をかけた。電話番号は、年賀状の住所ですぐわかった。夜九時頃だったと思う。電話口には妹が出て来た。彼女と電話で話をするのは、生れてはじめてだった。もっともこれは、彼女に限ったことではなかった。わたしは高鍋とも電話で話をしたことはない。高鍋の母親とも電話で話をしたことはなかった。

会津へ出かけたのは、それから十日ばかりあとだったと思う。わたしは高鍋の妹にいわれた通り、厚着をして出かけた。ニセラクダの下着の上に厚い毛糸のトックリセーターを重ね、外套を着た。襟巻もつけ、革手袋もはめた。ボストンバッグには、朝鮮産の蜂蜜の瓶詰と、アルメニヤ産のコニャックを入れた。他に写真を三枚入れた。

一枚は永興小学校の卒業写真だった。二年前、岡山の山室さんを訪ねたとき借りて来て複写しておいた一枚であるが、この写真には高鍋もわたしも写っていない。昭和十五年三月のものではないかと思う。うしろに写っている木造平屋の校舎の屋根は、まだスレートだった。ストーブの煙突が一本見える。最前列中央に腰をおろした校長先生は、モーニングに蝶ネクタイをしている。顔はおぼえているが、名前はあいまいである。サーカス好きだった須藤校長か、その前の上園校長ではないかと思う。校長先生の左隣は、国民服を着た男の先生で、名前は思い出せない。その隣の袴をつけた女の先生は、清先生だった。先生はこの三人だけである。もう一人いたように思うが、当時は三人だけだったのかも知れない。

授業は複式で、一、二年、三、五年、四、六年、高等科一、二年が同じ教室だった。高等科は確か校長先生が教えていたと思うが、そうするとあと一人足りない勘定になる。しかし写真に写っている先生は三名だけだった。昭和十五年三月といえば、わたしは一年生を修了したところである。一、二年の担当は清先生だったが、わたしが二年生のときどこかへ転勤になったと思う。

校長先生の右隣には、永興一の金持ちだった中島の大叔父が写っていた。モーニングを着て、鼻の下に髭をつけている。その右が校医だった山室さんで、着ているのは警防団の制服らしい。ベルトつきの上着で襟には星のついた階級章が見える。星が二つ、その下に金筋がついている。金筋は二本らしい。山室さんの右隣の三つ揃いの人は誰だろう。顔はおぼえているが、名前がわからなかった。その右が、紙芝居のうまい西本願寺の坊主頭に眼鏡をかけ、白足袋に草履である。

生徒は二十二名である。うち女は、円内の欠席者を入れて六名だった。男は全員、金ボタンの学生服を着ている。しかし、最後列の十名は詰襟、中列の六名は折襟だった。詰襟組と折襟組は、体格が違う。顔も違う。中学生と小学生の違いである。詰襟組は、高等科の卒業生だと思う。詰襟組で一番小さいのは、魚屋の佐藤の兄だった。その他は全部、朝鮮人だったと思う。折襟組に、田中の兄が写っていた。わたしの兄と同級だった兄の、もう一つ上の兄である。彼は元中から咸興医専に入った。入った年、戦争が終ったのではないかと思う。女は全員セーラー服だった。この年の高等科には、女はいなかったらしい。

二枚目の写真には、高鍋の祖母が写っていた。これも山室さんから借りたものを複写した一枚で、昭和十七年六月、と日付が右隅にペン書きしてある。このとき高鍋たちはまだ永興へ来ていなかったのかも知れない。場所は、城西校の玄関前である。城西校は、永興の朝鮮人の普通学校だった。しかし、玄関の両脇には、日の丸のついた垂幕がかかっている。文字は、右が「教化報国」、左が「体力向上」である。「普通学校」という呼び名もすでに変っていたらしい。垂幕の両脇には、右に「永興城西公立国民学校」「国民総力　永興城西公立青年訓練所」、左には「永興城西青年隊」「国民総力　永興城西公立国民学校聯盟」の木札が掲げられていた。

この城西校玄関前の写真は、何かの記念撮影である。何の記念であるのかは二年前、山室さんの奥さんにたずねてみたが、わからなかった。国防婦人会とか愛国婦人会といった集りなのかも知れない。しかし、写っているのは、日本人と朝鮮人がだいたい半々である。そして、日本人女性はスーツを着た永興小学校の一政先生一人を除いて全員和服、朝鮮人女性は一人の例外もなく全員白のチマチョゴリ姿である。一政先生は、清先生の後任で、城西校校長夫人だった。

最前列中央に腰をおろした和服の二人は、右が「瀬戸知事夫人」、左が「鈴木内務部長夫人」とペン書きしてある。道知事夫人と内務部長夫人が何かの用事で永興へ来たのだろう。日本人と朝鮮人合同の何か新しい婦人団体が作られ、その結成記念の催しがあったのかも知れない。知事夫人がわざわざ出かけて来るのには、それ相当の理由があったのだと思う。

写真には、わたしの母も写っていた。山室さんの奥さんも写っている。それから、本田のお母さん、山谷の叔母、宮脇のお母さん、野間口のお母さん、奥野のお母さん、中島の兼子さん。名前を思い出せるのは、それだけだった。最前列中央の知事夫人の右隣はチマチョゴリである。それから和服、和服と続いて、チマチョゴリ。また内務部長夫人の左隣は和服で、左へ和服、チマチョゴリ、チマチョゴリ。二列目は、左からチマチョゴリ、和服、和服、和服、和服、チマチョゴリ、チマチョゴリ、チマチョゴリ、それに戦闘帽に国民服の男二名。三列目は、左から和服、和服、和服、スーツ、和服、チマチョゴリ、チマチョゴリ、チマチョゴリ、和服。四列目は、左からチマチョゴリ、和服、和服、チマチョゴリ、和服、チマチョゴリ、戦闘帽に背広の山室さん、和服、和服、和服。五列目は、中に警察署長らしい制服制帽を挟んで、戦闘帽に国民服の男が左に四名、右に三名。そういう写真である。

和服とチマチョゴリとの顔の違いは、はっきりしていた。和服とチマチョゴリに分れていなくても、はっきりわかると思った。男の方も同様だった。こちらは、警察署長を除き全員戦闘帽をかぶっている。しかし、日本人か朝鮮人かは、顔ですぐにわかった。永興小学校の卒業写真に写った、折襟組と詰襟組の違いよりも、はっきりしていた。大人になる程はっきりして来るのかも知れない。あるいはそれだけではないのかも知れない。

三枚目の写真は、永興地図の複写だった。二年前、福岡の田口老人から二十万分の一の永興地図を送ってもらった。わたしが生れた頃、永興警察署にいた人らしい。山室さんの住所を教えてくれたのも田口老人である。二十万分の一の永興地図は、新聞紙大だった。しかし複写したネガを、そこまで拡大は出来なかった。写真は、新聞紙を八つ折にしたくらいの大きさだった。したがって、約百六十万分の一の永興地図だった。

この三枚の写真を、わたしは高鍋の妹への土産にした。アルメニヤ産のコニャックと朝鮮産の蜂蜜は、高鍋の母へ渡そうと思った。そしてそれは、どちらも高鍋への土産だった。わたしのつもりではそうだった。なにしろわたしは、永興小学校と元山中学時代の高鍋の同級生なのである。高鍋の母親から見れば、わたしは息子の同級生であり、彼の妹にとっては、兄の同級生だった。それ以上でもなければそれ以下でもなかった。もともとは、そういうことだったのである。

ただ、敗戦、引揚げというものが、それを変形させたのだと思う。永興は消滅して、そこにいた日本人は散り散りになった。そして、一人一人がそれぞれ永興の破片になったのである。高田も破片だった。高鍋の妹も破片だった。わたしも破片だった。山室さんも桜木老人も田口老人も、破片だった。山口も田中も破片だった。マイクさんも破片だった。そして破片は破片を求めた。ただ高鍋だけはそれを拒否しているように見えた。

少なくとも形の上ではそうだった。高鍋は電話口に出て来なかった。母も姉もたのしみにお待ちしています、と高鍋の妹はいった。しかし高鍋が待っているとはいわなかった。あるいは高鍋は、わたしが行くことを知らないのかも知れない。そんな気もした。しかしそうではないような気もした。わたしは電話口で、それを妹にたずねてみようかと思った。しかしそのままにして置いた。どちらでもよいと思ったのである。

わたしが持参した永興地図を高鍋がびりびりに引裂いたとしても、決して悪くはないのだと思った。わたしの会津行きは、彼の二十年の正坐と沈黙を破るためではなかった。その反対に近かったと思う。二十年間、正坐と沈黙を続けている彼に、わたしは会いたいと思ったのである。それはわたしの勝手だった。そして、そういうわたしを拒否することは、彼の勝手だった。お互いに勝手な破片なのだ、と思った。

上野発十時四十一分、ばんだい三号の客席はがらがらだった。指定席でなくとも坐れたのかも知れない。東京は晴れていた。わたしは上野駅で幕の内弁当とお茶を買い、汽車が動き出すとすぐに食べた。そして、食べ終るとすぐに眠ったらしい。目をさますと、白河だった。駅のアナウンスがきこえた。窓の外は一面の雪景色だった。わたしはおどろいて、左右の窓を眺めた。左は駅舎だった。駅舎の屋根も、ホームも、線路も、真白だった。右は雪野原だった。その先の低い山並は雪の白と木立の黒の斑だった。手前に小さな川が見えた。川は凍らずに流れていた。その上に粉雪が舞い落ちていた。

車内は寒くはなかった。わたしは上野で乗り込むとすぐに、トックリセーターをオープンシャツに着替えていた。汽車はなかなか発車しなかった。だいぶ遅れているらしい。わたしは網棚から外套をおろし、ポケットから小型メモ帖と文庫本の「おくのほそ道」を引張り出した。

文庫本の巻末に折込まれた「おくのほそ道工程図」は、三百二十万分の一の地図だった。地名の脇に附された数字は、「曽良随行日記」の日付らしい。芭蕉庵発（3・27）、日光（4・1）、那須湯本（4・18〜19）、白河古関趾（4・20）、矢吹（4・21）、郡山（4・29）、福島（5・1）。わたしは文庫本を拾い読みした。

「白川の関　心許《こころもと》なき日かず重《かさな》るまゝに、白川《しらかは》の関《せき》にかゝりて旅心定《たびごころさだま》りぬ。いかで都へと便求《たよりもとめ》しも断《ことわり》也。中《なか》にも此関《このせき》は三関《くわん》の一にして、風騒《ふうさう》の人心をとゞむ。秋風《あきかぜ》を耳に残し、紅葉《もみぢ》を俤《おもかげ》にして、青葉《あをば》の梢猶《こずゑなほ》あはれ也。卯《う》の花《はな》の白妙《しろたへ》に、茨《いばら》の花《はな》の咲《さき》そひて、雪《ゆき》にもこゆる心地《ここち》ぞする。古人冠《こじんかんむり》を正し衣装《いしやう》を改《あらため》し事など、清輔《きよすけ》の筆にもとゞめ置《おか》れしとぞ。

卯の花をかざしに関《せき》の晴着《はれぎ》かな　　曽良」

「会津山　万代山ノ事也」

「白河関　下野・奥州ノ堺。並テ両国ノ堺ノ明神両社有。前ハ茶ヤ也。古ノ関ハ東ノ方弐リ半程ニ籏ノ宿ト云有。ソレヨリ壱リ程下野ノ方追分ケ云所也。今モ両国ノ堺也」

汽車が動きはじめた。わたしは文庫本を閉じて、小型メモ帖を開いた。昨年の梅雨の頃、熊本と鹿児島を旅行したとき使ったものだった。はじめの五、六ページしか使われていない。「黒酒家《くろじょか》。花の木（鹿児島市内）五月二十八日　熊本駅に着くと同行のT君、急いでクマチュウを買いに行く。そのとき、とつぜん宮脇のことを思い出した。

すっかり忘れてしまっていた！」。メモはここで終っていた。宮脇は、永興小学校で同級だった宮脇久雄である。彼が鹿児島市にいるらしいことは、二年前に山室さんからきいた。それで、鹿児島旅行のとき何かの方法で探してみようと思いながら、すっかり忘れてしまっていたのである。鹿児島では二泊した。市内に一泊、霧島の方の山の中のホテルに一泊だったが、その間ずっと忘れたままだった。それを帰りの汽車の中でとつぜん思い出したのである。

「友よ、許せ」

とわたしは、尻切れとんぼになったメモの余白にボールペンで書きつけた。それからページをめくり、新しいページに「一月十八日」と日付を入れた。

（上野発十時四十一分ばんだい三号車中にて）東京は晴、白河より雪。白河でずいぶん長く停車していた列車、雪の中の小駅でまた停る。雪による架線故障のため、と車内アナウンス。十四時回復の見込みという。屋根なしホーム、倉庫にツララ。ホームの向うは一面雪野原（田圃？）。林の手前に小部落が見える。車中には、他三名のみ。二人連れの話声。どこかで犬が吠え出した。隣の線路に列車が入り、停車。鈍行らしい。窓越しに、防寒帽をかぶった老人が見える。ワンカップ酒、窓際にあり。汽車動きそうになし。ときどき機械の唸り音らしきものがきこえ、またシンとなる。ホームからか、二、三人の男の話声。駅員か？　やがてジージーと音がして、ようやく発車。アナウンスで、前につかえている特急が動いたので、次のヤブキまで行くそうな。やれやれ。

矢吹駅発。車窓は、右にも左にも山脈。列車はその間を走る。

郡山着（一時間二十八分遅れ）。アナウンスで、会津若松着は十六時四十三分の予定だという。（定刻は十五時十五分）。ははあ、これが磐越西線か。車窓の眺め、急変す。右に銀嶺の連山あり。盤梯熱海を過ぎると、今度は間近に迫る山間を走る。トンネルを出ると吹雪がひどくなった（それとも、汽車の煙か？）。空は、濃い青空に、濃い黒雲。窓外の雪は、ぐっと深くなったようだ。白野原に三角山（ワラ積み？）が幾つも並ぶ。

猪苗代駅ホーム。スキー客（男女）多し。ホームの雪の断面、アイスクリームのように見える。五〇～六〇センチ位。隣のホームに入って来た列車の窓ガラスは、氷だらけなり。吹きつけられた雪が凍りついたか。

猪苗代駅を出ると吹雪はますます強く、窓に吹きつけて来た。トイレットへ行くと、窓の隙間から吹き込んで来た。

陽が落ちはじめた。汽車は、赤い夕焼けに向って走る。夕陽を、斜め右に見て走る。と思うと、いつの間にか夕陽は見えなくなっている。と思うと、今度は、左だった。夕陽を斜め左に見ながら走っている。また、右。見えない。そして左。この繰返しである。汽車は夕陽に向って、大きく蛇行しているらしい。

とつぜん、高鍋の妹の電話の声を思い出した。すると続いて、高田の広島弁が出て来た。高鍋の妹の方は、多少ズーズー弁なり。高鍋もズーズー弁に変っていたのだろうか。

一月十九日（会津東山温泉にて）。列車会津着（十八日）は、一時間四十分遅れ。幸子さん（上）友子さん（下）駅まで出迎えてくれる。お互いに、何となくわかったようである。降客も大した数ではなかった。駅前は、かき分けられた雪で狭苦しい。思ったより寒くない。雪は止んでいた。タクシー乗場で乗って、高鍋宅へ向う。街筋も狭い。いかにも旧道らしい家並みで、軒下に雪が盛り上げられている。タクシーはのろのろ走る。

幸子さん、友子さんとも、学校を早退したのだという。駅で二時間近く待ってもらった勘定である。薄暗い街筋の商店は、早くも店じまいのようだ。三十分くらいで高鍋の家へ着く。高鍋のお母さんの店。四階建て鉄筋コンクリート住宅の一階である。一階だけが商店で、上は住宅だという。いわゆる下駄ばきアパート。市営だという。ここに来て、三十年。店は六畳か八畳間くらいか。ガラス戸をあけて入ると、食物類の袋が店いっぱい並んでいる。即席ラーメン、菓子。醬油、塩も売っているらしい。追分のカメダ屋を思い出した。文房具もアイスクリームもある店。ただしカメダ屋ほど奥行きはない。「はやりもしない三文店」という友子さんの手紙の文句、思い出した。

狭い店の右隅に畳一枚を敷いて、高鍋のお母さんが火鉢に当っていた。膝に毛布。高鍋の姿は見えない。「うちの王様はおられますかな」、幸子さんがそういってカーテンをめくった。カーテンの向うが居間になっているらしい。「純一君、今日は」と、カーテンの向うへ声をかけてみる。返事はなし。

高鍋宅の間取り。店から上ったところが四畳半、その向うが六畳間。台所とトイレは四畳半の右手。風呂場はわからない。高鍋は、上り口の四畳半に坐っていた。幸子さん友子さん、カーテンを割って上って行く。そのあとについて上る。幸子さん友子さんは、高鍋の前を通って六畳間へ行き、そのまま炬燵へ入る。

高鍋はジャンパーを着て、正坐。小さな座机の上には、硯と筆があった。座机の脇にボストンバッグをおろし、中腰でもう一度「純一君、今日は」と声をかける。高鍋は、ちょっと口をあけた。前歯が二本、大きく欠けている。声はなし。首を大きく左から右へ振り、そのまま止めた。「お兄ちゃん、返事くらいしなさいよ」と友子さんの声。「まあ、いいから、いいから」と幸子さんの声。

高鍋は、頭は丸刈り。色は黒く、はげ上った額は心持うしろへ反り返り、その分だけ顎が突き出ているところ、昔と変らない。座机の上に二つ折りにした新聞紙。習字の下敷きか。下唇の右隅に墨の跡が見えた。昔、胡麻塩の黒胡麻がくっついていたあたりか。仕方なく、六畳間へ行く。ボストンバッグを取りに、もう一度四畳半へ戻ったとき、高鍋の足が見えた。素足なり。座ぶとんもなかった。

土産物を取出して渡す。「酒は飲ませないの」と高鍋のお母さんがいった。やはりズーズー弁なり。永興地図、永興小学校の卒業写真、城西校玄関前の写真を見ているところへ、栄子さんが帰って来た。末の妹さん。初対面なり。「おばあちゃんに抱かれたのは、この子だけべ」と幸子さん。「だけど、この写真見ても、顔はぜんぜんわからんよ」と栄子さん。「あんた、おばあちゃんからよく仏壇のお菓子もらったべ」と友子さん。「あんな線香くさいものよく食べられるなと思ったべ」と幸子さん。「うちはみんなドライだから」と高鍋のお母さん。ドライという言葉が面白かった。高鍋は隣の四畳半で、正坐、無言だった。

三十分ばかりで、友子さんと栄子さんのところへ行く。彼女たち二人が借りている家である。店のあるアパートには高鍋とお母さん二人で住んでいるらしい。出がけにまた、正坐したままの高鍋の前を通ったが、今度は声をかけなかった。声をかけると、こちらの顔が歪むような気がした。

ボストンバッグは置いたまま、表へ出て、雪の中を歩く。先頭は幸子さん、次が栄子さん、友子さんの順で一列になり一番うしろから歩く。公園を横切った。滑り台があったと思う。小さな鳥居もあった。雪は二尺くらい積っていた。三人が踏んで行くあとを辿って行く。二度、滑りそうになった。「革靴は滑るべ」と友子さん。三人はゴム長なり。

五分ばかりで着く。道路に面した小さな玄関のある借家。もう五、六年になるらしい。「家がつぶれたらその時は車庫を作る」と手紙にあったのは、この家だろう。トックリシャツを脱ぎ、どてらを貸してもらう。「どういうわけか、男物が一つだけあるべ」と幸子さん。友子さんと栄子さんは綿入れのちゃんちゃんこ姿なり。

電気炬燵の上で寄せ鍋。「だけど、この家には徳利も盃もないべ」と友子さん。湯呑み茶碗で、燗酒を飲む。栄子さんだけ飲まない。友子さんが一番早い。途中、幸子さんは子供に電話をかける。小学生と幼稚園だという。家は市内から車で二時間くらいのところらしい。教師夫婦だという。子供はお婆さんが見てくれるそうだ。

永興で父親死亡前後の話。皆が煙草倉庫に収容されたあと、家の表が共産党本部になった。人民保安隊から「家から出歩かないように」と命令。ときどき市場へ買物に行く。昔の知合いの朝鮮人が肉を持って来てくれた。二、三度、煙草倉庫へ遊びに行った。一度、帰りがけ若いソ連兵が裏の木戸まで従いて来た（友子）。「でも乱暴はしなかったべ」と幸子さん。「だけど、あのときお兄ちゃんが、必死で木戸を押えてたべ」と友子さん。高鍋が妹のために、必死で裏木戸を押えていたのだという。

その冬、発疹チフス猖獗《しょうけつ》。祖母、先に死亡。続いて父親死亡。南山のどこか（わたしの家の石油倉庫）に永興警察署員の家族とか、北の方から避難して来た日本人が収容されており、そこへ毛布や何かを運んだりしていて、伝染したらしいという（幸子）。二年前、山室さんからきいた話と同じ時期なり。当時、永興には日本人約百二十名。うち約四十名が死亡。魚屋の佐藤の息子（わたしより一つ上）が、毎日のようにリヤカーを引いて南山へ死体を運んだという山室さんの話を思い出した。

父親の死後（翌年四月）、保安隊から証明書をもらい、汽車（無蓋《むがい》貨車）に乗る。三十八度線の近くまで行き、降りて歩こうとすると、日本兵（脱走兵らしい）が二名、保安隊につかまってビンタ取られていた（幸子）。それで証明書を見せたが、ハンコが一つ足りないといわれた。共産党のハンコだか、ソ連のハンコだかわからないが、一つ足りないから、ここまで来たのは黙認するが、ここから先は駄目だという。それで、お金で朝鮮人の案内人をやとって、川のところまで行った。川のところまで行くと、案内人はさっさと帰ってしまった。橋が無いところで、浅いのかと思って入ると、胸まで来た。それでも、どこへ行ってよいかわからないので、全員裸になって渡った。栄子さんは幸子さんがおんぶして渡る。「母は腰巻き流されました」と幸子さん。川を渡ったあと、道を間違え、北の方へ歩いてしまい、また別の朝鮮人に五千円払って、ようやく三十八度線を越す。その間三日くらい。

途中、高鍋のお母さん、来られた。店じまいをして、夕食を済ませてらしい。高鍋は来なかった。三十分ばかりして、お母さんは帰る。栄子さん送って行く。

永興小学校の話。六年生（高鍋やわたし）が狼谷《かみたに》さん（先生）から廊下でビンタ取られてるのよく見た（幸子）。この「ビンタ取る」という言葉、これで二度目なり。六年生がうちの二階で大あばれして、床間の日本刀抜いて振りまわし、鴨居の額に傷をつけた（幸子）。これは、わたしもいたというが、記憶なし。明治節の日、六年生の男女が校門のところに並んで、五年女子の登校を阻止（理由不明）、怒って靴下を脱いで投げつけて、全員で下正原さんの家へ逃げて行き、集っていると一政先生が迎えに来てやっと治まった（幸子）。これもまったく記憶なし。

高鍋に関する語録。「今日はお兄ちゃん、新しいジャンパー着ていたべ」（友子）。「お母ちゃんが替えさせたべ」（幸子）。高校時代はときどき友達が遊びに来ていた。皆優秀な友達で、東大、東工大、早稲田の理工へ行った。兄は東工大へ行きたかったのだと思う（幸子）。いまは誰も来ない。どこへも行かない。一度、いなくなって大騒ぎしたが、高校の教師やってる叔父のところへ電話かけたら、ふらっと来て、お茶一杯飲んで、何もいわないで帰ったという。母親が一、二泊の旅行に出ると店を締めてしまうらしい（幸子）。「気が向くと、ちょっとだけあけるらしいべ。あれでお兄ちゃんから塩買って行った人もいるらしいから」（友子）。「ほんと？」（栄子）。銀行には成績だけで入った。引揚者で、しかも片親だけで、よく入れたと思う。国家公務員試験も、福島県全体で九番だった（幸子）。銀行には三年勤めた。転勤も一回あったから、ちゃんとやっていたんだと思う。黙ってしまったのは、わたしが大学行ってるとき。銀行から呼び出しがあって、わたしが代りに行ってみたら、下宿の部屋で、いまとおんなじ恰好していた（友子）。銀行なんかよりは、まだ教員の方が向いてたと思うけど、男子で最初から学芸に入るのは、最低ですからね（幸子）。

昨晩（十八日夜）は、友子さん栄子さんの家に泊る。幸子さんも泊った。就寝は二時頃か。ピアノのある八畳間。電気ストーブは消さずに、という。電気毛布は生れてはじめてなり。慣れず、夜中（？）ひどく喉かわく。そっと起きて台所へ行きコップを探していると、栄子さんが起きて来た。明け方だったかも知れない。水を飲み、便所（和式）に入ったが、便秘。尻が凍った。

明け方、ふとんの中で、首筋、顎のあたりが無感覚の状態になっている。父が死んだ安辺《あんぺん》のオンドル間、思い出した。

朝（十九日）、起きて、もう一度、便所へ。やはり同じ。幸子さん、友子さん、もう起きていた。栄子さんは、すでに学校へ出かけたらしい。八時過ぎぐらい。眠い。洗面、煙草を一服。

幸子さん、友子さんは、今日も学校休んで市内を案内してくれるという。昨日は早退、今日も休みでは、本当に申訳なし。が、すでに二人は予定を立て終ったらしい。これも兄のためか。高鍋の顔ちらと浮ぶ。二人のお言葉に甘えることにするなり。

快晴。表へ出ると、雪がまぶしい。軒先に尺余のツララ。手を伸して、折る。根本から取りたいが、二本とも途中で折れた。凸凹のついた太い奴。日本で見たのは、はじめてではないか。永興以来、ではないかと思う。三人で、店の方へ。ちょっと行くと、旧道の十字路。渡って、昨夜の公園の中へ。誰にも会わない。晴れた陽を浴びた公園の雪は、柔らかく、暖かそうに見える。

高鍋は、昨日と同じ場所で、筆を持っていた。姿勢も同じ。座机には白いままの半紙が拡げてあった。「お早よう」と挨拶する。高鍋は、昨日と同じ。ちょっと口を開き、首を左から右へ振って、止めた。

朝食をごちそうになり、すぐ三人で出かける。若松城へは、歩いて行けた。「何年ぶりべ」と幸子さん。「小っさい頃このへんでお姉ちゃんとよくタニシ取ったべ」と、大手門前の橋の上で、友子さん。城跡内には誰も見えない。雪の中には道がなかった。幸子さんは紺のジャンパー、友子さんは茶の半オーバー。ゴム長をはいた二人のうしろから行く。庭に斜面があり、下りがけ、転倒す。何ともいえず、不思議ないい気持なり。尻餅をついたまま、暫時、青空を仰ぐ。真冬の青空。永興で生れて、それから四十何年か経ったある日、この会津の雪の中に、こうして尻餅をついている、ということ。

靴下が濡れたが、意に介せず、そのまま行く。城内見物者は、三人だけらしい。観光シーズンは大変な人だそうだ。熊本城のような威圧感はない。天主閣より、市内を眺める。高層ビル、煙突のない街なり。「父は盤梯山が好きでした」と友子さん。「お墓、あのへんべ」と幸子さん。「盤梯山が見えるところです」と友子さん。高鍋の父親も、会津の出らしい。別府では、サナトリュウムを建てる計画だったという。そのため永興には、財産の整理に行った。そこで敗戦。「永興で一番金持ちは中島さんで、次がお宅で、三番目が岩田さんで、うちは三番目と同じくらいじゃないかなんて、ちょっときいたことありますよ」と幸子さん。「お宅には、木の格子がたくさんはまっていたように、おぼえてますけど」と友子さん。子供（長男と長女）に白虎隊のキーホルダーを買う。

若松城から一旦店へ。高鍋のお母さんは昼食をすすめてくれたが、ちょっと早過ぎるので、表で何か食べることにする。友子さん、電話でタクシーを呼ぶ。

タクシーが来た。もらったお土産をボストンバッグに仕舞って、立ち上る。幸子さんと友子さんは、早くも外へ出て姿が見えない。「どうぞお達者で」と高鍋のお母さんへ。それから靴をはき、カーテンをめくって、「さよなら」と高鍋にいった。高鍋は、ちょっと口をあけた。声は今度も、きこえなかった。しかし、首は振らなかった。

幸子さん、友子さんと三人でタクシーに乗り込み、飯盛山《いいもりやま》へ。車中、「明」の字を思い出した。高鍋が書いていた字である。それ以外は、わからなかった。無明か？「般若心経ですかね」と友子さんにたずねてみたが、はっきりわからない。手本は、手紙で取り寄せたりしているらしい。

飯盛山下で車を降り、登り口の土産物店にボストンバッグを預ける。親切そうな主人。ゴム長を貸してくれた。石段は相当なものだ。石段に平行してエスカレーターがあるが、いまは運休。ビニールカバーがかけてある。雪の石段を手摺りにつかまって登る。「元気いいですね」と友子さん。とても革靴では無理だろう。頂上では、さすがに息が上っている。

白虎隊の墓も雪に埋っていた。大きな石燈に積んだ雪が、石燈の丸みを作ったまま、ずり落ちかけている。「これでやられるんですよ」と幸子さん。屋根の雪を落とそうとして下から突く。すると、屋根の形になった積雪がずるりと滑り落ちて来て、人を埋める。捲き込むように落ちて来る。今年は、何十年ぶりかで、三人が死んだという。家へ入ろうとして、埋った人もいるらしい。

一個所だけ雪が解けている。石をくり抜いた墓で、中にローソクが二本点っていた。石段のところですれ違ったアベックか、他に見物客はなかった。白虎隊終焉の地へは、雪が深くて行けない。途中の雪道で「ここからお城が見えるべ」と幸子さん。「あ、見える、見える」と友子さん。

裸木と裸木の間を、二人が指さす通りに眺めたが、鶴ヶ城はなかなか見えない。二人とも、ずいぶん目がいいのだと思う。南、鶴ヶ城を望めば、砲煙上る。学芸会の田中の剣舞。残るは僅かに十六士、一たび後に立ち帰り、主君の最後に逢わばやと、飯盛山に攀《よ》じ登り、見れば早くも城落ちて、焔は天を焦がしたり。この合唱は全員だった。

山を下って、白虎隊記念館を見物。下る途中、不思議な木造の螺旋階段を見物した。日本最古（？）の木造螺旋階段つきのお堂で、この寺（寺名失念）の住職が発明したという。下りは、雪の石段を降りずに下へ着いた。ボストンバッグを預けた土産物店へ寄り、ストーブの前で甘酒を一杯ずつ。向い側の旅館に、老人団体歓迎の垂幕が見える。秋のがそのままになっているらしい。

またタクシーを呼んで、武家屋敷へ行く。あちこちから集めて来て、復元した観光武家屋敷なり。表に広々とした駐車場あり。団体バス用か。ただし、いまはここの見物も三人だけ。市営ではなく、会社だという。幸子さんも友子さんも、はじめてらしい。わざわざ案内してくれたのだと思う。家老邸、代官邸では、武家女中姿の案内嬢たちが、廊下のストーブの前に坐っていた。部屋の中にはストーブは持込めないらしい。その他、水車式の米搗《つ》き場を見物。これは相当大規模なり。

武家屋敷内には、土産物店もあった。特産の漆工芸品会館。仏壇会館で、赤い表紙の『真宗在家勤行集（全）』を買う（六〇〇円）。永興の西本願寺の日曜学校でもらったのは、黒表紙だったと思う。

武家屋敷内のそば屋で、立喰いの天婦羅そばを食べた。この店の女も女中姿に襷掛けである。汁が辛過ぎ、うめてもらう（三人とも）。

幸子さん、友子さんとは、武家屋敷の前で別れることにした。今夜はどこかに泊りたいというと、東山温泉がいいでしょう、と二人はいった。学校の先生たちの団体で一泊したこともあるという。友子さんが、公衆電話でタクシーを呼んでくれた。事務所脇のコインロッカーからボストンバッグを取出し、待っていると、タクシーが来た。

二人にお礼をのべて、タクシーに乗る。走り出して、振り返ると、二人は寄り添うようにしてこちらを見ていた。二人が、年子の姉妹だったことを思い出した。幸子さんが一つ下（わたしより）、友子さんが二つ下。運転手に、すいていそうな旅館をたずねると、いまならどこでもガラガラだという。では、余り大きくない静かなところ、ということで運転手にまかせる。いまは冬期料金で割引き中だという。

街中を出ると、正面に山が近づいて来た。雪の白と立木の黒との斑山である。気がつくと、あたりもいつか雪催《もよ》いなり。やがてタクシーは山道に入り、停った。二十分くらいか。どこにでもありそうな、中型温泉ホテルの前なり。

一階、十四、五畳の和室。暖房はよく利いている。大きなガラス窓の下は、川なり。その向う、林の中に和風の旅館、幾つか見える。お茶を運んで来た女中に時間をたずねると、午後二時過ぎだった。チップを渡そうとすると、自分は「女中さん」ではなく、掃除係だという。市内からバスで通っているパートタイムの主婦らしい。チップは受取らず、十分ばかり話して行く。いまは客はほとんどないらしい。たまに市内の公務員や会社員たちの宴会があるが、ほとんど泊らない。温泉につかって帰って行くらしい。ケーブルカーも雪で運休中。その他の娯楽場も、八、九割は冬休みだという。

入れ替りに本物の「女中さん」が来る。夕食六時、晩酌二本、八時に按摩、明日の朝食九時。以上のことを取決める。窓外に、粉雪が舞いはじめた。大浴場には誰もいなかった。湯から上り、夕食まで眠る。

一月二十日。晴、薄陽。（会津若松発十時三十五分、上野行特急あいづ車中にて）目をさますと、白河だった。行きと帰り、まったく同じことになった。しかし、白河から先は雪なし。これは、行きと帰り反対なり。駅のホームにも、車窓の風景にも、雪はまったくない。会津の雪は、まるで嘘のようだ。

車内は、行きよりも混んでいる。東山温泉では、朝九時に朝食。これは予定通りであるが、この汽車に乗るため、わざわざそうしたわけではない。こちらの予定ではなく、ホテルの都合なり。本当はもう少し呆んやりと過ごすつもりだった。もちろん、何の当てもないが、何が何でも特急で帰らなければならない理由もない。どこかにもう一泊してもよいし、会津の街を一人ぶらぶらして、夕方の汽車に乗ってもよかった。

それが、朝食を済ませると女中が車を呼びましょうかという。それで、頼んでボストンバッグを持ち、フロントへ行く。時計を見ると、九時四十分くらいである。呆んやりテレビを眺めていると、「特急でお帰りですか」と、フロントの女がいう。四十前くらいの肥った女だった。時間をたずねると、十時三十五分発だという。そして、自分も東京へ行くときは必ずその汽車だという。

このあたりから、少し勝手が違って来た。その上、タクシーがなかなか来ない。それでフロントの女の方が焦立ちはじめた。何度も受話器を取り上げて催促している。そして、その度に時計をのぞき、こちらへ知らせる。親切は有難いが、時間は最早や彼女の支配下に陥っている。

タクシーが来た。乗り込むと、運転手は何とか大丈夫でしょう、という。こちらは間に合わなくてもよいと思った。とにかくギリギリは困る。悠々間に合うのでなければ、間に合わない方がいいと思った。ボストンバッグをさげて、走りたくなかった。大慌てで会津を去るというのは不本意なことだ。

タクシーを降りると、わざとゆっくり歩いた。しかし、駅の待合室へ入ると、いきなり列車が入って来た。すぐ目の前のホームである。駅員にたずねると、特急あいづだという。それからキップを買い、乗るや否や発車。間もなく眠り込んだらしい。

昨夜（十九日夜）、夕食後もう一度入浴。上ってテレビ（百円玉を入れる式の）を見ていると按摩が来た。五十過ぎの女。手も口も程々なり。芸者さんは呼ばないのかという。テレビはつけ放しにして置いたが、目は見えるのか見えないのか、わからなかった。按摩が帰ったあと芸者を呼ぶ。島田髷（かつら）なり。一月一杯は正月の衣裳なのだという。二十一、二か。酒五本。一交。酒四本（追加）。

黒磯にて幕の内弁当。お茶は売切れ。代りに牛乳を飲む。

幸子さん友子さん語録（拾遺）。五年のとき、龍興江で狼谷さん（先生）におんぶされて、深いところで急にもぐられた。泳ぎ教えてくれるつもりだったんだろうけど、びっくりして（腹が立って）力一杯、足で頭蹴ってやった（幸子）。敗戦の翌日、（高鍋は）元中の寄宿舎から何も持たずに帰って来た。元山に爆弾が落とされたとかいって、鉄だか何だかわからないけど、金属の破片のようなものを持って帰って来た（幸子）。栄子は、なんせお兄ちゃんから初月給で『白雪姫』買ってもらったんだから、一生面倒みなけりゃいけないだろうな、だと（友子）。あの子がまだ学校上る前べ（幸子）。

語録（高鍋のお母さん）。「わたしはここで死ぬんです」「銀行やめてから黙っちまったべ」「昔のことはみんな忘れちまったんでしょう」「それでもう二十年も、好きなことだけやってるべ」「純一は、話すことと、働くことと、忘れちまったんです」（高鍋が書き潰した半紙の束を丁寧にたたみ、棚にあげながら）

わたしはメモ帖を閉じた。立ち上って網棚から外套をおろし、メモ帖をポケットに仕舞った。汽車は、宇都宮を出たところである。発車の直前、ちらと知人の顔を思い出した。三十四、五ではないかと思う。東京で大学を出て、もともとわたしが勤めていた会社に入って来た。その後、結婚して子供が出来たが、彼は会社をやめて宇都宮へ帰った。もともと宇都宮の人間だった。いまは市の教育委員会に勤めているらしい。習志野のわたしの家へ一度泊った。一昨年の秋時分だったと思う。ときどき、土地の漬物を送ってくれた。

わたしは、宇都宮はまったく知らなかった。汽車が走り出すと、わたしは知人のことを忘れた。そして、とつぜん「明」の字を思い出した。高鍋の妹二人とタクシーに乗ったとき思い出した文字である。高鍋が半紙に書いていた習字の一字だった。大きな太い字だったと思う。

わたしは立ち上って、網棚からボストンバッグをおろした。そして、赤い表紙の『真宗在家勤行集』を取り出し、ぱらぱらめくってみた。「夫《それ》、人間《にんげん》の浮生《ふしやう》なる相《さう》をつら〳〵観《くわん》ずるに、およそはかなきものはこの世《よ》の始中終《しちゆうじゆう》、まぼろしのごとくなる一期《いちご》なり。されば いまだ万歳《まんざい》の人身《にんじん》をうけたりといふ事《こと》をきかず。一生《いつしやう》すぎやすし、いまにいたりてたれか百年《ひやくねん》の形躰《ぎやうたい》をたもつべきや。我《われ》やさき人《ひと》やさき、けふともしらず、あすともしらず。おくれさきだつ人《ひと》は、もとのしづくすゑの露《つゆ》よりもしげしといへり。されば朝《あした》には紅顔《こうがん》ありて、夕《ゆふべ》には白骨《はつこつ》となれる身《み》なり。すでに無常《むじやう》の風《かぜ》きたりぬれば、すなはちふたつのまなこたちまちにとぢ、ひとつのいきながくたえぬれば、紅顔《こうがん》むなしく変じて、桃李《たうり》のよそほひをうしなひぬるときは、六親眷属《ろくしんけんぞく》あつまりてなげきかなしめども、更《さら》にその甲斐《かひ》あるべからず。さてしもあるべき事《こと》ならねばとて、野外《やぐわい》におくりて夜半《よは》のけふりとなしはてぬれば、たゞ白骨《はつこつ》のみぞのこれり。あはれといふもなか〳〵おろかなり」

「明」の字のことはもう忘れていた。わたしは「犬の三平」の紙芝居の声を思い出した。三平も来るかなあ。来るだあ、来るだあ、きっとお来るだあ。「白骨の御文」も同じ声で読まれた。曽祖父の葬式、弟の葬式、従兄の葬式、叔母の葬式でわたしはきいた。安辺の花山里《かざんり》に土葬した父のときは、もちろんなかった。祖母のときもなかった。紙芝居の坊さんのその後の消息もわからなかった。

汽車が上野に着いた。十四時十四分、定刻だった。わたしはボストンバッグをさげ、駅を出て、西郷銅像の方へ歩いた。そして、行きがけと同じ京成電車に乗って、習志野へ帰って来た。改札口を出ると、左手に大観覧車が見えた。

わたしは足元にボストンバッグをおろし、煙草に火をつけた。そして、「逸平」氏の消息がまだわからないままであることを思い出した。大正九年に本籍地ヨソンシュクの橋の上で父と一緒に写っている写真、父と一緒の阿蘇登山記「露営旅行記――蘇峯之噴煙」を送ってくれた逸平氏である。昨年の梅雨に入りがけだったと思う。その後、逸平氏からの通信はなかった。ヨソンシュクへもまだ出かけてなかった。観覧車はいつもと同じように、ゆっくりと動いているように見えた。しかしいつもと同じように、止っているようにも見えたのである。

後記

この『行き帰り』は、前半の百五十枚を「習志野」として昨年八月号の「海」に発表し、後半の二百枚を「行き帰り」として今年七月号の「海」に発表した。その間ちょうど一年である。

この一年間、わたしは珍らしくあちこち動き歩いた。しかしこれは、いわゆる取材旅行というものではない。あちこち動き歩きながらわたしは、自分が考えてから歩きはじめる人間ではなく、歩きながら考える人間らしいことを知ったのである。

これはまことに平凡な発見であるが、この小説では、そんなことも生かしてみたいと思った。そういった自分の思考方法そのものを、小説の方法、スタイルとして考えてみたのである。

わたしは、ちらっと『おくのほそ道』のことなども考えてみたりした。芭蕉が、歩きながら考える人間だったかどうかはわからないが、『おくのほそ道』は、歩きながら考えられた文章だろうと思う。

また、ある一人の人間が、あるときある場所からある場所へ出かけて行き、ある場所へ帰って来る。帰って来なければならない。あちこち動き歩いているうちに、この平凡な事実が、何か不思議なことに思えた。

これは一つには、永興《えいこう》というわたしが生れた北朝鮮の小さな町のせいだとも思う。自分が本当に帰る場所は永興なのだと、わたしはいまだにどこかでそう考えているらしいのである。そんな自分を発見したのも、この一年間の出来事だった。

しかし、どこかへ出かけたわたしは、必ず習志野へ帰って来た。わたしが帰って来る場所は、永興でもなければ、父や祖父や曽祖父が生れたヨソンシュクでもない。いまわたしが家族のものと共に暮している、この習志野でしかないのである。

高鍋と高田のことは、ずっと前から考え続けていた。しかし、なかなか書けなかった。一昨年『夢かたり』を雑誌に連載しているときから、わたしは高鍋の目が気になっていた。彼の沈黙によって自分は批評されているのだ、と思った。それで、連載中に何度か彼のことを書こうとしてみたが、書けなかった。連載が終ったとき、いよいよこれで逃れられないと思った。今度はどうしても、彼の沈黙と向き合わなければならないのである。

高田のことも、なかなか書けなかった。わたしは高田と高鍋とを、別々に考えていたのである。別のものとして書こうとしていた。書けなかったのは、そのためだろうと思う。高鍋の沈黙と高田の饒舌の間で、わたしは呆然としていた。

しかしある日、高鍋と高田は一つの楕円なのだ、ということに気づいた。沈黙と饒舌の楕円である。これでようやく、『行き帰り』の全体が浮び上った。あとはその楕円形を、出来るだけ丹念に書きたいと思った。

例えば、時間を一寸刻みに、場所を一分間刻みにするような書き方である。これは一種の、ワンダランド意識かも知れない。そして、それがこの小説を書いたわたしの、いわば気分のようなものではなかったろうかと思う。

尚、「高田」も「高鍋」も、もちろん実名ではない。また、作中の引用には『おくのほそ道』(岩波文庫)、『真宗在家勤行集』(永田文昌堂)を使用させてもらった。

昭和五十二年六月

後藤明生

嘘のような日常

大阪土産

父の三十三回忌を八月下旬にやることが決り、その相談ということで、七月のある日、大阪の兄のところへ行っていると、鶴男さんが死んだと電話がかかった。

夜の八時過ぎだったと思う。兄とわたしはもうだいぶ前からテレビのある部屋でウイスキーを飲んでいた。日曜日で、午後三時頃から兄はわたしの着くのを待っていたらしい。わたしは五時過ぎになって到着し、風呂に入れてもらい、すぐに飲みはじめた。

途中、母は夕食のため奥へ行った。兄嫁も、この春高校に入った姪も同じだった。小学校三年の甥だけがテレビのある部屋で夕食をとった。

電話に出たのは兄嫁である。もう夕食は済んで、母も姪もテレビの部屋に戻っていた。

「博多の叔母さんですよ」

と電話から戻った兄嫁は、兄にいった。

「おれに?」

「はい」

この「はい」は、九州人特有の「はい」である。兄はソファーから立って、電話の方へ行った。電話は部屋の外にあった。

「誰ね?」

と母は、わたしにたずねた。

「博多の叔母さんです」

と兄嫁が答えた。

「おおかた、今度の法事のことでしょう」

「もう知らせたんですか？」

とわたしはたずねた。

「いいえ。それがまだなんですよ」

この「いいえ」も、九州人特有の「いいえ」である。

「じゃあ、催促ですな」

「どげんなっとるのか、きいて来らっしゃったとでしょうね」

電話口の兄の声はきこえない。テレビはナイターを写していた。巨人—大洋戦である。

「誰ね、電話は？」

と母はまた同じことをたずねた。先刻の兄嫁の言葉は、きこえなかったのである。

「博多の叔母さん」

とわたしは、左隣に坐っている母の浴衣の胸元をめがけるようにして、いった。そこに補聴器が入っているのである。

「わかった？」

「いま頃、何やろうね」

「今度の法事のことでしょう、おおかた」

と兄嫁が答えた。

「お母さん、わかった？」

とわたしは繰返した。

「お父さんのことは、ぜんぶあんたたちにまかせとるからね」

「それはまあ、それでいいですけど」

「あんたたちで、よう相談して、悪くないようにして下さい」

「お母さん、補聴器ここに出されたらいいのに」

と兄嫁がサイドテーブルの端を掌で軽く叩いた。

「はあ?」

「そしたら、ようきこえますよ」

「ああ」

と母は左手を胸のところへ動かした。しかし補聴器は取り出さなかった。そして左手で、そのまま胸のあたりを押さえていた。

「まるで懐炉《かいろ》やね」

とわたしは苦笑した。内心は、どきりとしたのである。胸元に置かれた母の手は、兄嫁の言葉から補聴器を守っているように見えたのである。

「何でそんなところへ入れとくんやろ」

「いっぺん、落とされたんですよ」

と兄嫁はわたしにいった。

「ははあ」

「ここから、がたんと落としたんやで」

と小学校三年の甥がいった。

「落としたんやで、か」

この甥はもうすっかり大阪弁である。兄が大阪へ転勤になって、早くも五年になるのだと思った。

「違いますぅ」

と何か読んでいた姪がいった。

「おばあちゃんが立ち上ったから、補聴器が落ちたんですぅ」

「ははあ」

「そうなんですよ。ここにこう置いたまま、立ち上りましたでしょう。それで、補聴器がこう、耳からぶらさがって、落ちたんですね」

「あ、そうか」

「それで、ちょっと修理に出しましたから、あとは用心深くなってですね。ぜったいテーブルには置かっしゃれんですもんね」

「ふうん」

わたしは、母の浴衣の胸のあたりに目をやった。母のその補聴器をちょっと見せてもらいたいような気がした。

「お母さん」

とわたしは、母の胸のあたりに録音マイクがあって、それに向って吹き込むような調子でいった。

「ちょっと、その」

「もうテレビ消したらどうね」

と母はいった。

「あ、いかん、いかん」

と小学校三年の甥がいった。

「消したら、あかんでぇ」

「ター坊、阪神じゃなかったのか？」

「掛布はええけどな」

「掛布はええけど、阪神は駄目か」

「頼りにならへん」

「それで巨人に変ったとか」

「巨人やないでぇ」

「じゃあ、大洋か」

「シピンやねん」

兄が電話から戻って来て、煙草に火をつけた。それから鶴男さんが死んだそうだ、といった。

「あら」

と兄嫁が声を出した。

「おふくろには、おれがあとでいうから」

「はい」

わたしは兄と母の間に坐っていた。

「あら、お母さん、あっちで休まれたら」

と兄嫁がいった。母は居眠りをはじめていたらしい。

「話はまた明日、ゆっくり出来ますから」

「お前、鶴男さんは知っとるやろ」

と兄がいった。

「もちろん、知ってますよ」

「あんた、明日はもう帰らにゃいかんとやろね」

と母がいった。

「はい」

「たまあに来たかと思うと、お酒ばっかりやね」

「でも明日じゅうに帰り着けばいいんだから、昼間はゆっくり出来ますよ」

とわたしは答えた。

「あんまり飲み過ぎんようにせんと、いかんよ」

「これやからね」

と兄は、わたしに苦笑を見せた。前歯が上下ともすっかり見える。そういう笑い方だった。白い歯で、わたしと違って歯並びもよかった。

「お母さん」

と兄は、間に挾まっているわたしの前へ顔を突き出した。

「もう、あっちで休んだらどうね」

わたしには、母と何か話をしたい気持もあった。特に何をということはなかったが、この前大阪に来たのは昨年八月である。月遅れの盆を過ぎた頃だったと思う。あれからほぼ一年ぶりだった。その間わたしは、毎月決ったなにがしかの金額を母に送っていた。それは妻の仕事で、ほとんど機械的なものだった。たまにわたしが便箋一、二枚の手紙を同封することもあったが、まずは妻にまかせ切りだった。

母からは毎月きちんと返事が届いた。返事は封書で、送金の礼状に体の具合と季節の花のことが書いてあった。この花便りには、まったく感心する他なかった。福岡の弟のところから大阪の兄のところへ移っても、まったく変らなかった。

わたしは花の名前をまるで知らない。それで毎月の母の花便りは、ほとんど右から左へ読み流した。ただ、母はどこでこんなによく花を見るのだろうと思った。大阪の兄の家は借家で、花を造るような庭はなかった。新大阪から国電で十五、六分のところで、駅前の商店通りを折れ込んだ路地の奥の木造平屋である。

大阪市内へ通勤する兄には至って便利らしい。母も、その古い木造平屋が気に入ったらしい。しかし庭と呼べる程の庭はなかった。あったとしても、いまの母の体では、どうにもならなかったと思う。兄の家で、思い出せるのは、玄関脇の八手《やつで》と紫陽花《あじさい》と、鉢植えの万年青《おもと》とアロエくらいのものである。アロエは兄の薬用らしい。

「この葉っぱ一枚くらい飲むんやで」

と昨年の夏、小学生の甥からきいた。下ろし金で擦り下ろして飲むらしかった。わたしが爪の先で二センチばかりちぎって口に入れてみせると、甥は大袈裟に顔をしかめた。しかし思った程悪い味ではないと思った。

それからわたしは甥を連れて散歩に出た。路地を出て、商店通りを左へ行くと、市の文化会館があった。隣は運動場で、女子中学生がポートボールの練習をしていた。運動場の向うに神社があった。間に土手があり、橋がかかっているが、水は流れていない。

わたしたちは神社の境内をひとまわりして引返して来た。途中、商店通りの本屋で、甥に「小学三年生」を買ってやった。昨年はまだ二年生だったが、三年生を買いたいという。

兄の家から土手の向うの神社までは、母の散歩道らしかった。甥と一緒に出かけることもあるらしい。しかし、その散歩道の往復にも、花は目につかなかった。特別に花の目立つ場所はないようだった。母の花便りは空想だろうか、とわたしは思った。四季の花を、咲く順番に暗記しているのかも知れない。そんな気もしたのである。

わたしは母に何度か花のことをたずねてみようかと思った。母がどこでいち早く四季の花々を見るのか、ちょっと不思議だったのである。手紙の花便りを、読む度にという程ではないが、ときどきそう思った。しかし大阪へ行って母の顔を見ると、忘れてしまい、まだたずねたことはなかった。

そしてそのことを別に後悔もしなかった。何が何でも花の話を、という気持はなかった。わたしは母というものを、そういうふうにつき詰めて考えたことはない。花便りは、一つの小さな例である。その花便りにしても、そこから母というものを、つき詰めて考えようとは思わなかった。ただ何となく不思議だと思っているだけだった。

これはわたしの好みだったのかも知れない。わたしは、いかにも母親らしい平凡な母親というものに憧れていた。小学校の頃、わたしは母の若さが恥しかった。母は、明治三十八年の巳年生れで、いま七十二歳、わたしはいま四十五歳である。こう計算してみるとわたしは母が二十七のときの子で、小学校に上ったとき母はすでに三十四、五であるから、特別に若いとはいえない。しかし、何かのときに母が学校へ来て、眼鏡をかけてややうつ向き加減に立っているところは、他の同級生の母親と何かが違っているように見えた。他の母親たちと並んで、母が教室のうしろの方に立っているのは、いやいやながらのように見えた。それが若さに見えたのかも知れない。そしてそれが何ともいえず恥しかったのである。

この記憶はまことにはっきり残っているが、どういうものか、わたしは母がどういう人間であるかということは一向に考えなかったような気がする。小学校の頃は、ただ早く年を取ってくれればよいと思っていた。年を取って、早く世間並みのいかにも母親らしい平凡な母親になってくれないものかと思っていた。

わたしは母の洋服姿を見たことがない。敗戦後、北朝鮮から引揚げて来て、さんざん貧乏生活をしたが、母は洋服は着なかった。どういうものを着ていたのかは、はっきりしないが、ずっと和服を着ていた。引揚げ者会とか未亡人会とかが世話してくれるいろいろな仕事をやっていたが、洋服は着なかった。

わたしは、引揚げ後のそういう母についても、やはりつき詰めては考えなかったような気がする。敗戦前まではあったものが、何もかもなくなってしまったのであるから、こうなっているのは仕方のないことだろうと思った。とにかく日本では、日本人であることが罪でないだけ、助かったような気持になっていたのかも知れない。その上他人にすぐれていなければならないなどとは、まるで考えなかった。勝ちたいという気持を忘れてしまっていたかのようである。

負けてやろう、と己惚《うぬぼ》れたのは高校の二年くらいだったと思う。それで教科書の代りに小説本を学校へ持込み、授業中も読んだ。何の役にも立たずに生きてゆくには、何になればよいだろうかと、真剣に考えていたようである。坊主ということを考えたりした。しかし母とは、立入った話は何もしなかったと思う。坂口安吾の『堕落論』を読み、未亡人の堕落が悪いことでないことはわかったが、母とは結びつかなかった。結びつけて考えたこともなかった。自分が父を失った人間だとは考えたが、母のことを夫を失った女だとは考えてもみなかった。母を、一人の人間として、一人の女として考えてみたことはなかったのである。

一昨年の暮方近く、母が危篤状態だと弟から電話がかかった。母はまだ大阪の兄のところへ移る前で、福岡市外の志免《しめ》の弟の家にいて、そこで倒れたのである。電話は夜の九時頃だったと思う。わたしは東京にいる末弟と一緒に、翌朝一番の新幹線で出かけた。末弟は電話のあった晩すぐに飛行機でといったが、落ちては困ると思った。わたしは母の葬式を出す覚悟で行ったのである。

博多駅には弟が車で迎えに来ていた。志免町は、板付空港から車で十分程のところで、もとは炭坑で賑わった町らしいが、いまは福岡市のベッドタウン化していた。弟はそこで女子供用の洋品店をやっているのだった。

母の意識はまだ戻っていないという。しかし今夜もてば大丈夫ではないかと思う、と弟は車の中でいった。

「こないだの、ぶり返しかね？」

と末弟がたずねた。母は一月《ひとつき》程前、高血圧で倒れたばかりだったのである。そのときわたしは飛行機で出かけた。末弟とは別々だった。

「わたしの顔を、よく見てごらん」

と枕元に坐ったわたしに、ふとんの中から母はいった。

「こんな顔になってしもうたとよ」

鼻にかかったようなやや高い声だった。それがネジの切れかけたレコードのように、ゆっくりきこえた。母の顔は、むくんだように腫れあがって、二重のはずの瞼《まぶた》が一重に見えた。

「もう体が痺れてしもうて、わたしは何もでけんよ。自分で字も書けんごとなってしもうたとよ」

わたしは黙って、小刻みに何度も頷いてみせた。何も字なんか書けなくたっていいじゃないですか。もうお母さんの手紙は洋服箱二つに入り切れないんですから。元気にさえなればいいんです。とにかく元気に、平凡に。わたしはそう思いながら頷き続けた。幸い大事には至らなかった。わたしは一晩だけ泊って帰って来た。それからおよそ一月後に危篤状態の電話だったのである。

「薬ば、ぜんぶ飲んどらっしゃるもん」

と車を運転している弟がいった。

「ぜんぶ、とは？」

と末弟がたずねた。

「睡眠薬を、たい」

と運転している方が怒ったように答えた。

「睡眠薬を？」

「ああ」

八時過ぎに店じまいをして、弟が母の部屋へ行ってみると、返事がなかった。あわてて細君を呼んでたずねると、夕食を運んだときには、別に変った様子もなかったという。

母は大いびきをかいて眠っていたそうである。弟夫婦が、大声で呼んでも、ゆすっても目をさまさない。二人は暫くの間それを続けていたらしい。そのうち、どちらかが気がついて、薬箱を調べた。

「睡眠薬なんか、飲んでたの？」

と末弟がたずねた。

「ああ」

「どうして？」

「どうしててお前、お医者さんがくれたんやもん」

「睡眠薬だけ？」

「だけやないよ」

薬は何通りもあったらしい。錠剤、カプセル、粉薬などを弟が三日分ずつもらって来る。母はそれを、きちんと一日分ずつ組合せて、クッキーの空缶に入れていたのである。ちょうどその日は、医院から薬をもらって来た日だった。それが空になっていたらしい。

「しかし三日分ていうたら、ずい分あるだろう」

とわたしはいった。

「ある、ある」

と運転している弟が答えた。

「片手にいっぱいいくらいあるんじゃないか」

「あろうね」

「それを、ぜんぶか？」

「ああ」

「睡眠薬だけじゃなくて？」

「ああ」

「間違いじゃないのか？」

「とにかく、薬箱は空っぽやもん」

「だからさ、間違えたんじゃないのか？」

「いや」

と弟は言下に否定した。

「それは、なかばい」

「そうかね」

「おれも、そう思うな」

と末弟がいった。

「どうして？」

「どうしてって、そういう性格じゃないもの」

「なるほど、性格ねえ」

「あの性格からして、間違えるってことは、まず考えられんばい」

「しかし、病人だぞ」

「それはそうやけど、やっぱり間違えたとじゃなかろう」

と運転している弟はいった。

「そうかな」

「ああ」

弟の返事には、理屈ではない強さがあった。わたしは、少し前の母の手紙を思い出した。弟が抱えて風呂に入れてくれたという。母は、兄が大阪へ転勤するとき、一緒について行かなかった。二年程前結婚した末の妹の出産ということもあったと思う。それが表向きの理由だったが、博多を離れたくなかったのだろう。

母はアパートで一人暮しをはじめた。病院裏のアパートで、院長夫人が家主だという。場所は市電の黒門から、黒門川沿いに少し海の方へ行ったところだった。病院が家主ならまさかのときも大丈夫だろう、と皆安心したらしい。志免の弟のすぐ下の弟の勤め先が近いことも安心の一つだった。弟は西公園の下の女子高校の教員で、昼休みにはだいたい母のところで昼食をとっていたらしい。

母はそのアパートで二年ばかり暮したのではないかと思う。その間わたしも二度行ったと思うが、二間に台所、風呂、便所つきの小ぢんまりしたアパートだった。生れてはじめての一人暮しではなかったかと思う。母は博多から北朝鮮の永興《えいこう》という町へ嫁に行き、曾祖父、祖母のいる家で七人の子供を生んだ。そして敗戦の年の冬、父に死なれ、翌年わたしたちを連れて引揚げて来た。母は四十歳、末の妹は二歳になるかならないかだった。

末の妹はわたしより一まわり下である。嫁に行ったのは、二十四か五だったと思う。相手は一つ年下の男で、母は結婚に反対だった。確かそのことでわたしも一度、博多へ呼び出されたと思う。しかし妹はその相手と結婚した。ある晩、しくしく泣いている妹を見て、母は負けたらしい。わたしたちの兄弟は、上から六人共男で、妹は一人娘だった。

一人暮しは、母の夢だったのかも知れない。わたしは、母の一人暮しには反対だった。博多を離れたくない、という気持はわからぬではない。この年になって、大阪などという見知らぬ土地で暮すのはいやだ、という気持も同様である。しかし、それはわたしの考える平凡な母親に反していた。母は兄と一緒に大阪へ行くべきだと思った。大阪へでも、東京へでも、札幌へでも、兄が転勤する以上は一緒について行くべきである。

どうしても博多に、というのであれば、弟のところである。これは、自分ならばそうするという、わたしの勝手な考えであった。また、自分のところへは来ないという前提があっての、虫のいい好みだった。それはわかった上で、なおわたしはそう思った。

母はアパートの一人暮しを楽しんでいるように見えた。定期便的な花便りから、それは察せられた。病院の裏庭の一部を借りて、自分でも何か作っているらしい。長男や長女へ葉書で、そのスケッチが送られて来ることもあった。「おばあちゃんの絵葉書」と長女はいった。スケッチは色鉛筆の彩色だった。花は葉書一杯に描かれていた。バックも一面に塗り潰されており、文字はその上にペンで書かれていた。万年筆ではなく、つけペンである。真面目な絵だ、とわたしは思った。几帳面で、遊びのない絵である。しかし、どういうものか、わたしはそれが母の性格だというふうには考えつかなかった。

ある日、母はアパートから庭続きの病院へ運び込まれた。高校勤めの弟が昼食をとりに行くと、卓袱台《ちゃぶだい》に昼の用意がしてあり、その脇に母が倒れていた。母はもともと高血圧で、冬はにが手だったらしいが、倒れたのはそれがはじめてである。母の一人暮しはそれで終った。十日ばかり家主の病院へ入院したあと、志免の弟のところへ移った。それが三年前だった。母が弟に抱えられて風呂に入ったのは、そのときだったと思う。

母の手紙には、こんな汚い字になってしまいました、と書いてあった。もとのように手が動かない。痺れて指先に力が入らない。だから長男、長女へは当分手紙は出さないのでよろしく伝えてくれという。母の手紙は、筆圧のあるつけペンの文字だった。それが、ボールペン書きに変っていた。しかし変化はそれだけだった。むしろ文字は、ペン書きのときよりも、柔かく丸味を帯びているように見えた。ただ、「風呂」は応えた。母がそうなった原因がわたしではないとしても、その何分の一かは自分ではなかろうか。そんな気がしたのである。自分は親不孝だとはいえないにしても、弟の何分の一かしか親孝行でないことは確かだと思った。母を抱えて風呂に入れることが出来るだろうか。弟の言葉の強さは、「風呂」の強さだと思った。

「性格、か」

とわたしは独言のようにいった。

「性格やな」

と弟は答えた。

「じゃあ、原因は何なんだい？」

とわたしはたずねた。

「間違えたのでなければ、どういうことかね」

「それが、わからんとたい」

「書き置きみたいなものは、何も、なかったのか？」

「ああ」

「字くらいは書ける状態だったんだろう」

「ああ」

「あれだけ字を書く人がね」

「ああ」

「何にも残ってなかったわけね」

「ああ」

駆けつけた医師は、看護婦にモーターつきの洗滌器を取りにやらせ、母が呑み込んだものを吐き出させた。

「医者は、どういってた？」

「早う治りたかったとでしょう、て」

「ふうん」

「ばってん、三日分一ぺんに飲んだから早う治るもんじゃなか、て」

「なかなかうまいことというじゃないの」

と末弟が口を入れた。

「ふうん」

わたしたちが到着したとき、母は眠っていたが、もういびきはかいていなかった。そして夕方、目をさました。わたしの顔もわかったらしい。

幸い母は持ち直した。わたしは三晩泊った。夜は兄や弟たちと酒を飲み、昼間は二日酔いでごろごろしていた。その間、医師には一度会った。診察が終ると、末の妹が母の耳に補聴器の線をさし込んだ。

「治るか治らんか決めるのは、医者のわたしなんやからね」

と医師はいった。

「自分で勝手に、もう駄目やて決めてもろうたら、困りますよ」

「きこえた、お母さん」

と妹が枕元の補聴器を取り上げていった。母は、横になったまま大きく頷いた。それから、鼻にかかったようなやや高い声で、いった。

「どうもご迷惑をおかけして、悪うございました」

母の言葉は、一月前と同様、ネジの切れたレコードみたいな調子だった。歪んだ口許が笑っているように見えた。いい終ると、母は自分の手で補聴器の線を耳から引き抜いた。

翌年の春になって、母は大阪の兄のところへ移った。真相はわからないままだった。母が三日分の薬を一度に呑み込んだ原因である。わからないまま、定期便的な花便りは復活した。わたしはそれを読みながら、ときどき三日分の薬のことを思い出した。母の性格という言葉も思い出した。自分が母を性格という見方で考えなかったのは、母に似過ぎているためかも知れない。そんな気もした。また、反対にぜんぜん似ていないためかも知れないという気もした。

結論は出て来なかった。わたしはいつも、途中で考えることを止めてしまったのである。自分は母について何も知らないのだ、という気がした。弟の「風呂」にはかなわない、と思った。それにしても、自分は四十五歳になるまで、母のどこを見て来たのだろう。

それはある種のうしろめたさに似た気持だった。しかしそれがすべてではないような気がした。自分は自分なりに母を見て来たのだという気持が、腹の底の、どこか隅の方にあることにも気づいていたのである。それは、眼鏡をかけて、ややうつ向いた母にどこかでつながっていた。小学校の教室のうしろの方に他の母親たちと並んで、いやいやながら立っているように見えた母である。居心地の悪そうな母である。

テレビの巨人―大洋戦はまだ続いていた。しかし甥はもう奥へ行って眠ったらしい。姪の姿も見えなかった。わたしは立って、テレビのスイッチを切った。

「法事のことは、きかれなかったですか？」

と兄嫁が兄にたずねた。

「叔母さんの電話か」

「はい」

「いや、鶴男さんのことだけや」

「あたしはまた、まだ知らせとらんもんだから催促かと思うて」

「叔母さんは、元気やったね？」

と母がいった。

「何だ、お母さん、まだ休んどらんと」

と兄はいった。母は黙っていた。きこえたのか、きこえなかったのか、わからなかった。

「叔母さんは、元気そうやったよ」

と兄はいった。

「お母さんに、よろしく、て」

「そうね」

博多の叔母は、母の実妹である。わたしは、この叔母の性格ならば自分にもよくわかるような気がした。県庁勤めの叔父と結婚して六人の子供を生み、ずっと官舎暮しをしていた。叔父が定年退職すると、小ぢんまりした家を建てた。そして日本舞踊を習いはじめた。末の妹の結婚披露の席では、習いたての黒田節を踊って見せてくれた。叔母にいわせれば、お姉さんとあたしとは何もかも反対、だという。わたしも、たぶんその通りだろうと思った。しかしそれは、性格の相違というものとは違うような気がした。そういうもの以外の、何かだと思う。

叔母にも苦労がなかったわけではないのである。わたしたちが引揚げて来たとき、叔父はまだ南方から復員していなかった。音信不通のまま生死不明で、半分疑いながらも叔母はコックリさんにたずねたりしていたらしい。六人の子供のうち、二人は親戚に預けており、うち一人はそのまま養子にやってしまった。そしてもう一人の方が行っていたのが、鶴男さんの叔父に当る家ではなかったかと思う。鶴男さんは母たちの、母方の従弟である。

引揚げ後の母の苦労は、もちろんそんなものではなかった。しかし、わたしにはそれが苦労というよりは、居心地の悪さのようなものに思えた。生きていることの居心地の悪さ、とでもいったものに見えた。そしてそれは、永興小学校の教室のうしろからずっと続いているように思えたのである。

紀元二千六百年の記念に、父方の大叔父はわたしが通っていた小学校に講堂を寄付した。それまで永興小学校には、講堂がなかったのである。そのとき父は、校舎の屋根瓦を寄付した。それまでスレートだった屋根を本瓦に葺替えたのである。それから剣道の防具五十組を寄付した。防具は講堂へ向う廊下にずらりと吊られていた。胴の内側に父の名前が赤のエナメルで書き込まれていた。

当時の母は叔母よりも、経済的に数倍豊かだったと思う。数十倍だったかも知れない。引揚げ後はそれが逆転した。叔母も決して豊かだったとはいえないだろうが、母の方はそれ以下だった。しかし、母の居心地の悪さはそのような変化とは別に、ずっと続いているように見えた。永興小学校の教室のうしろからそのまま続いているように思えたのである。

あるとき兄は、とつぜんこんなことをいった。

「おやじさんは、果しておふくろに満足しとったのかな」

もうずいぶん前の話である。確か、いま小学校五年生の長女が三歳のときではなかったかと思う。母は、長女の七五三を見物がてら、福岡からわたしのところへ一週間ばかり遊びに来ていた。兄は、その母を迎えに来て、一晩泊って行った。

兄の話はそのときに出たのだったと思うが、どういう成り行きでそんな話が出て来たのか、思い出せない。当時のわたしは草加の団地住いだったが、場所は団地の中の遊園地だったような気がする。そこのベンチか何かで、兄とわたしは煙草を吸っていた。真昼間で、昼食の前だか後だかに、二人で陽なたぼこをしているような恰好ではなかったかと思う。

わたしは、きいて、どきりとした。もちろんわたしは、もはや『堕落論』を読んだ頃の高校生ではなかった。どきり、としたのは、兄の言葉が男として余りに現実味を帯びていたためだと思う。

そのときわたしは、何も答えなかったような気がする。兄の言葉が、不愉快だというのではなかった。唐突過ぎると思ったのでもなかった。わたしは兄の言葉を、一瞬きき違えたのではないかと思ったのである。「おやじさん」と「おふくろ」を、反対にきき違えたのではないか。おふくろは、果しておやじさんに満足しとったのかな。兄が、そういったのだろうか、と思った。そして、もしそうであったならば、これは何か答えなければならないかも知れない、と思った。それならばわたしも、何度か考えてみたことがあったのである。

それは、自分の結婚は失敗だったのだと、そう思い込んでしまった母である。そして、すべてを諦めてしまった母であった。理由は、いろいろ考えられた。しかし、それはもはや、どうでもよかった。なにしろ七人の子供を生んでいるのである。ただ、そう思い込んだ自分を、母は頑固に押し通して来たのだと思った。そうすることだけは、絶対に誰にも干渉させない。まるで、そうすることだけが唯一の自由ででもあるかのように、母はそれを押し通して来たような気がした。

それは、父との不和という形ではなかったと思う。父と母の不和の場面など、わたしの記憶には何もなかった。誰でも一度や二度は見るものらしいが、どう思い出してみても、まるでなかった。ちょっとした口論さえ思い当らないし、わたしは母が泣いているところを見たことがない。きいたこともなかった。

もっとも、父の方からいえば、それは兄のいうようなことになるのかも知れない。しかし、子供のわたしの目には、父の方が生き生きとしていた。商店経営者としても、予備役中尉の在郷軍人分会長としても、そうだった。朝は、裏庭で兄とわたしを並べて竹刀の素振りをやらせた。夜は座敷で宴会をしていた。どこからか酔って戻って来るときは、謡《うたい》を唸っていた。ときどき、兄とわたしを正座させて『鞍馬天狗』を教えた。風呂の中では軍歌を唸った。碁を打ちながら年下の坊さんをからかったりしていた。そして何度か軍服を着けて応召し、最後に死んだ。

つまり、そういう単純で平凡な父だったのである。あの時代、あの場所に、満足だったかどうかはわからないが、居心地の悪さは感じられなかった。子供のわたしにも、それはわかった。そして母は、そのような父との結婚を失敗だったと思ったのではないかと思うのである。わたしは、母の泣き声もきかなかったが、楽しそうな顔も見なかった。手放しで楽しんでいる母の顔は、いくら首を捻っても出て来ないのである。

そもそも母は、結婚に不向きだったのかも知れない。父との結婚に限らず、どこに行っても、居心地よく生きることの出来ない人間だったのかも知れない。そんな気もした。しかし、もし仮にそうであったとしても、父との結婚が失敗だったことに変りはなかった。外側から見てそうなのではなく、あくまでそれは母自身の問題だった。母がそう思い込んでいる以上は、そうである他はなかったと思う。

母は、しまった、と思ったのではないかと思う。しかし、それを誰にも打明けようとはしなかった。たぶん、誰を怨む筋合いのものでもなかったからである。実際、母は誰も怨まなかったのだと思う。そして、さっさと自分の失敗を、失敗として諦めてしまったのではないかと思う。満足か不満足か、ということではないような気がする。つまり母は、いわゆる不幸ではなかったのだと思う。失敗したとは思ったが、黙って自分の失敗に耐え抜いたのである。その失敗を、誰にも一言ももらさず、自分だけの失敗として痩我慢し通したのではないかと思う。

わたしが腹の底の、隅の方で自分なりに考えて来た母は、そういう母だった。

しかしわたしは、それを誰にも話さなかった。結局、兄にも黙っていた。草加の団地の遊園地で兄がいった言葉は、その後も何度か思い出した。しかし、「おやじ」と「おふくろ」をわたしが反対にきき違えたのだったかどうかは、結局はっきりしないままだった。はっきりしないまま何度か思い出し、いつか兄にたずねてみようかと思いながら、いつの間にかそれも忘れていたのである。

黒門川沿いの病院裏のアパートで、母はおよそ二年間一人暮しをしていた。七十二歳のうちの二年間である。あそこだけが母にとって居心地の悪くない場所だったのかも知れない。そんな気もした。

「鶴男さん、病気は何だったとですか？」

と兄嫁がたずねた。

「鶴男さん？」

と母がきき返した。

「あら」

と兄嫁は声を出して、兄の顔を見た。

「きこえたらしいな」

と兄がいった。

「悪かったか知ら」

「いや、いいだろう」

「あのね」

とわたしは、母の浴衣の胸元のあたりをめがけていった。

「博多の叔母さんから電話でね、鶴男さんが亡くならっしゃった、て」

「そうやったね」

と母は落着いた声で答えた。

「肝臓らしいね」

「でも、まだ若いんじゃない」

「お母さん、鶴男さんは幾つね？」

「はあ？」

「鶴男さんはね、お母さんより幾つ下やったかいね？」

「あたしより、六つ下やろ」

「すると、まだ六十六か」

「肝臓はずっと悪かったとかね？」

「さあ、おれもこのところずっと年賀状だけやからね」

「あの人は、右の脚に負傷しとったもんね」

と母はいった。

「左脚でしょう、お母さん」

と兄がいった。

「ノモンハン事変の、貫通銃創やろう」

「ノモンハンじゃないでしょう、お母さん」

「はあ？」

「満州事変でしょう」

「ノモンハン事変の、貫通銃創」

と母は同じことを繰返した。

「それは知らなかったな」

とわたしはいった。

「お前、知らなかったのか？」

「ああ」

「歩くとき、ちょっと引き摺りよったろうが」

「そうかな」

「占領軍の、ガードマンの制服着て甘木《あまぎ》の家に来よったのは知ってるんだろう？」

「あの、金モールみたいな、飾りのついたやつね」

「あの人は、徹底しとったからね。平気でどこでもあの制服着て歩きよったな」

「香椎《かしい》のキャンプやったかね？」

「そう。おれはお前、あの人にすすめられて占領軍に入ったんだから」

「ああ」

「おれが商工会議所に勤めよるていうたら、月給は幾らかてきくからね。これこれです、ていうたら、明日からやめて占領軍に来いていうたもんな。確かに月給は、三倍だったよ」

「三倍？」

「ああ、三倍」

「鶴男さんは、ノモンハン事変の貫通銃創のお蔭で、今度の戦争は行かんやったもんね」

と母がいった。

「ははあ。それで、占領軍か」

「あのね、はじめのときおれがアンチョコで英会話ばおぼえよったらな、そんなもんおぼえる必要ないていうもんね。どうせ相手はアメ公なんだから、いい加減デタラメにいってりゃいいていうだな」

「しかし、香椎のキャンプがなくなってからは何してたのかね？」

「それがね、占領軍に勤めながら、少しずつ土地を買いよったらしいな」

「北九州の方に？」

「そう。それで、アパートか何か建てたんじゃないかな」

「ははあ」

「しかし、あの人からはいろいろ教わったなあ。煙草もキャンプでおぼえたし。おれの人生案内だね」

「あんた鶴男さんの住所知っとるね？」

とわたしの左隣に坐っていたはずの母が、サイドテーブルの向う側からいった。いつの間にか立ち上ったらしい。

「知っとるよ。年賀状が来とったから」

「そんなら、これ送っといて」

そういって母は、白い角封筒を兄に渡した。それからわたしの左隣の席に戻り、腰をおろした。

「香典袋ですか」

とわたしは、おどろいてみせた。

「ああ」

と兄は答えた。

「また、ずいぶん用意がいいな」

実際、その早さにわたしは感心したのだった。

「いつも、いろんな袋を用意しとるんだよ」

「ふうん」

「その点は、まったく感心するね」

「お悔み状は、あんたが一緒に書いとって」

と母はいった。

「はい、わかりました」

と兄が答えた。

「もう、わたしは書ききらん」

「だから、おれが書くていいよるじゃないの、お母さん」

と兄がいった。

「もう、わたしは駄目です。手が痺れとるけんね」

そういって母は、浴衣の胸のあたりへ右手を動かした。

「そんなことは、ないでしょう」

とわたしは、母の手が置かれている浴衣の胸元をめがけるようにして、いった。そして、いきなり自分の右手を伸ばして、母の手を摑んだ。

「はあ？」

と母は、わたしの顔を見つめた。

「握力ですよ、握力」

とわたしはいった。

「さあ、さあ。ぼくの手を握ってごらんなさい」

母の右手とわたしの右手は、握手の形になった。

「さあ、さあ。ぎゅっと力を入れて」

「こうね?」

「もっと、全力出して」

そういってわたしは、右手に幾らか力を入れてみせた。とつぜん、わたしの右手は締め上げられた。母は歯を喰いしばっていたのである。

「痛て、て、て!」

とわたしは大袈裟に悲鳴をあげた。そして、あわてて母の手を握り返した。

三十三回目の夏

父の三十三回忌法要は、八月二十一日に大阪で、と決った。そのことで大阪の兄から電話があったのは、子供たちの夏休みに入る少し前だったと思う。

「いろいろ考えてみたけど、この日しかなさそうやもんな」

と兄はいった。わたしたちは兄弟七人で、子供は末弟のところだけが一人、あとは二人ずつだった。合計十三人である。このうちまだ小学校に上っていないのは三人だという。だから子供連れで集るためには、もう夏休みしかなかった。また、兄弟七人のうち四人は勤め人であるから、出来れば土曜か日曜が希《のぞ》ましい。

「それに八月は盆だろうが。それでお寺もなかなかなんだな」

と兄はいった。

「でも、二十一日というのは、うまくいったじゃないの」

とわたしはいった。父の祥月命日は十一月二十二日である。しかし、本当は二十一日なのかも知れなかった。母が気がついたのが、二十二日の未明だったのである。まだ、昭和二十年だった。わたしたちは北朝鮮の永興《えいこう》という町を追放されて、有蓋《ゆうがい》貨車に詰め込まれたまま三日ばかり、鉄道線路の上を南へ北へとさまよっていた。三十八度線の近くまで行くとソ連軍に追い返され、戻って来ると今度は朝鮮人民保安隊に追い返される。その繰返しである。わたしは中学一年だった。

わたしたちは、安辺《あんぺん》という駅で貨車を降りて歩きはじめた。十月のはじめ頃だったと思う。どこへ行くのかわからなかった。見知らぬ田舎道の両側は、見渡す限り田圃だった。リュックサックを背負った五、六家族のものが細い道を一列になって歩いた。田圃は一面黄金色に実っていた。秋晴れの空は高くて青かった。

わたしたちはやがて、小さな流れに出会った。川の水は浅くて、きらきら光っていた。川べりに腰をおろし、暫く休んだ。父だけが一人で、ぶらぶらと歩いて行った。父は頭に破れかけた麦藁帽子をのせ、青っぽい縞の背広を着ていた。ズボンはネズミ色だった。はいていたのは地下足袋ではなかったかと思う。そんな恰好でふらりと永興へ戻って来たのだった。父は予備役の歩兵中尉で、応召して大邱《たいきゅう》の司令部にいたのである。そして、そこで米軍進駐と同時に武装解除され、仲間のものたちはそのまま日本へ復員したらしい。ところが父は単独で北上して三十八度線を越え、永興へ戻って来た。わたしたちが日本人収容所を追い出され、貨車に詰め込まれた直後である。

母の話によると、事前に知合いの朝鮮人が紙切れをこっそり貨車へ届けて来たそうである。永興へ戻って来た父は、どこか駅の近くにこっそり隠れていたらしかった。日本人の警察官は全員逮捕されていた。男で逮捕されないのは、召集を受けなかったものだけだった。たとえ丙種合格の補充兵でも、一旦赤紙をもらって出かけたものは、すべて脱走兵として逮捕されるらしい。父は民間の応召兵であったが、とにかく歩兵中尉であり、在郷軍人会の分会長だった。人民保安隊は父の行方を探していたそうである。母はそのことをずいぶん追及されたらしい。大邱の司令部にいなければ、ただちに逮捕されていたに違いなかった。しかし、そういう父をかくまってくれる朝鮮人もいたのだろう。貨車の中の母に、こっそり紙片を届けてくれたのは、金聖鎮の父親だという。金聖鎮はわたしの家で働いていた三十くらいの、痩せた男だった。朝鮮人の店員頭というところだったかも知れない。彼の父親は、六十くらいだったと思う。

わたしは八月十五日の夜、元山《げんざん》中学の寄宿舎の一室で、父が捕虜になる場面を想像して、涙をこぼしそうになった。敗戦とは何か。日本とは何か。朝鮮とは何か。およそ無知であったわたしに想像出来たのは、その場面だけであった。それがわたしの敗戦というものだったのである。

「あ、話は変るようだけど、西さんて知ってるでしょう」

とわたしはいった。

「西さんて、誰や？」

と兄はきき返した。

「永興の黒鉛山にいた、西さん」

「黒鉛山ていえばお前、三島さんだろうが」

「そうだね」

「三島さんは、お前知っとるだろう。よう、うちに来ちゃあ酔っ払って、うちの婆さんなんかにふざけてみせよったろうが」

「あの人は、死んだんでしょう」

「さあ、それはよう知らんけど、永興神社のお祭りのときの屋台だよ。あの山車の中はだいたい女の人ばっかりやったろう。三島さんだけはいつもあそこに入って三味線ひきよったんだよ」

「でも西さんていうのは、名前はおぼえてるでしょ」

「おやじとようつき合いよったのは、三島さんと大高さんだよ。黒鉛山の関係ではな」

「西さんは、終戦前に内地に帰ったらしいね」

「それはあれだろう、日本の本社に帰ってたんだろう。黒鉛山は確か住友か三井か、あのへんの系統だったんだから」

「その西さんから、こないだひょっこり手紙が来てね、大阪のすぐ近くにいるんですよ」

「大阪？」

「神戸だね」

「何でまたお前のところに来たのかね」

「山室さんにでもきいたんじゃないかな」

「あ、そういえば、おふくろさんところにも何か来てたとかいってたな」

「うちのおやじが死んだことだけは知ってたようだけど、おふくろはどうしているかと書いてあったんでね。大阪の住所と電話、知らせて置いたから」

「中島の克己さんくらいの人じゃないか」

「そういう感じだね」

「終戦のとき、まだ三十くらいだろう。三島さんや大高さんの部下で、ちゃきちゃきの黒鉛山社員だったんじゃないか」

「おふくろは、何かいってた？」

「いや、別に」

「ふうん」

「おふくろさんは、落ちぶれた、という意識が強いからね」

「ふうん」

「それに、だいたいが、永興の連中とは、合わないんだよ。そうだろうが。もともとそういうところがあっただろうが」

「大丈夫かね？」

「何が？」

「おふくろに、きこえないかな」

「ああ、この電話か」

「ああ」

「きかせようと思っても、無理やろうね」

「相変らず、補聴器嫌いかね」

「昼間は、ぜんぜんつけとらんようだな」

「ははあ」

「それで、一人で何か読んでるよ」

「何を読んでるのかね」

「さあ、いま何を読んでるのか知らんけど、直子の本棚の全集を片っ端から見てるようだな」

「そうか、直子ちゃんも本好きだったね」

「お前のとこは、どうなんだ？」

「うちのは、ぜんぜんやな」

「読まんのか？」

「ああ。兄さんとおれとの違いかも知れんね」

「そういえば、子供の頃お前はまるで読まなかったな」

「新しいものはぜんぜん読まんでしょう」

「おふくろか」

「せいぜい菊池寛までじゃないの。『恩讐の彼方に』とか『忠直卿行状記』とか」

「新聞だけは毎日、隅から隅まで読んでるがね。まったく感心するよ」

「西さんには返事は出してないだろうね」

「いまさら、永興でもないんだろう」

「ま、永興の思い出話っていいえば、結局ひいじいさんからの、うちの家とのつき合いだもんな」

「おふくろは、おやじさんとは合わなかったんだよ」

「おやじというより、うちの家でしょう」

「ただ、ああいう糞真面目な性格だからな、好きでも嫌いでも、やらなきゃあならんとなると、何でもいい加減にやるってことが出来んわけよ」

「それでもって、両方からはみ出しちゃってるわけだ」

「両方?」

「永興からも、自分の生れた家からも」

「そりゃあお前、水と油の環境だもの」

「でも、あれでしょう、そもそも永興へ行ったということは、あっちからもはみ出てたわけでしょう」

「そりゃあお前、博多の叔母さんと比べてみりゃあ、わかるじゃないか」

「最近、絵は描かないのかね」

「花のスケッチか」

「ああ。こないだ行ったとき、ずっと前のスケッチブック、ちょっと見たけど」

「絵は、まだちょっと無理やろうね」

わたしは西さんからの手紙の内容は話さないままだった。西さんは、わたしの顔はぜんぜん思い出せない、と書いていた。わたしも西さんの顔はぜんぜん思い出せない。しかし西さんは、わたしの父と母の顔ははっきりおぼえているそうである。だから、わたしがどちらに似ているのかわかれば、おおよその見当はつくのだが、と書いていた。そして最後にこう書いてあった。「小生、文学とか小説とかはとんと六ヶ敷くて判り不申。ただ、永興の軍人会館開館式の貴君のお父さんの軍人勅諭奉読や三島由紀夫の『豊饒の海』に感激するアタマの持主であります」。

永興の軍人会館とはどこだったのだろう。わたしは兄との電話でたずねてみようかと思ったが、いわなかった。もちろん、父の軍人勅諭奉読もわたしは知らない。ただ、五右衛門風呂の中でわたしは何度か父の軍人勅諭をきいたような気がする。凡ソ生ヲ我国ニ享ル者、誰カハ国ニ報ユルノ心ナカルヘシ。あるいは父は五右衛門風呂の中で、軍人会館開館式の練習をしていたのかも知れないのである。

元山中学の寄宿舎から永興の家へ帰って来てからも、わたしは何度か父が捕虜になる場面を想像した。そして、その度に中学一年生の無知の涙をこぼしそうになった。日本兵の捕虜というものをまだ見たことがなかった。わたしはニュース映画やグラフ雑誌で見たアメリカ兵やイギリス兵の捕虜を思い出していたのである。大邱には米軍が進駐して、父はアメリカの捕虜になるはずであった。丸腰でアメリカ兵に自動小銃を突きつけられた父の姿を考えることは、耐え難い屈辱だった。涙は、ほとんどこぼれ落ちていたのである。

やがて永興にはソ連軍が進駐し、父の消息は途絶えた。そしてわたしは父のことを暫く忘れた。涙のことも忘れた。そこへ父はひょっこりあらわれた。青い縞のよれよれの背広を着て頭に破れ麦藁帽子をのせた父は、ふらりと永興駅の屋根の無いプラットホームにあらわれ、わたしたちの貨車にもぐり込んだ。発車したのは、それから五、六分後だったと思う。

父は安辺の田圃道を一人でどこへ行ったのかわからなかった。しかしわたしたちは小さな川のほとりに腰をおろし、秋晴れの青空を満喫した。三日三晩、ほとんど貨車の中に坐り通しだったのである。まったく申し分のないお天気だった。朝鮮の実りの秋をこれ程身近に見るのは生れてはじめてだった。誰かが安辺リンゴの話をはじめた。竹籠に入った青い大きな安辺リンゴは、わたしも土産にもらったことがあった。遠足に来たようだ、というものもあった。確かに、お天気といい、まわりの眺めといい、本物のピクニックのようだった。ただ、食べる物が無いだけだった。

父はやがて戻って来た。そしてわたしたちのところに腰をおろし、煙草を吸った。そこへ若くて体格のいい朝鮮人がやって来て、真白い歯を見せてにっこり笑った。彼は日本陸軍の兵卒の服を着ていた。ズボンもそうだった。足首のところを、きちんと紐で結んでいた。洗い立ての軍服は、彼の体にぴったりとして、いかにも清潔だった。靴も、真新しい日本陸軍の軍靴だった。欠けていたのは階級章だけである。

彼は父の傍に腰をおろした。朝鮮式の地面すれすれに尻を落とすしゃがみ方でなく、日本式に尻を地面につけて、両膝を立てた。そして日本語で父と何か話しはじめた。何人かの大人が父のまわりに集って来た。大人たちが何を話し合ったのかは、わからなかったが、やがてわたしたちは立ち上ってリュックサックを背負い、歩きはじめた。父と朝鮮人の若者が先頭で、そのあとに続いた。

道は流れに沿っていた。わたしたちはその道を川上に向って歩いた。川の向うに幾つか家が見えはじめた。一面黄金色の田圃の中に、ぽつんぽつんと屋根が見えた。屋根は朝鮮瓦葺きと藁葺きだった。それから前方に低い山が見えて来た。山はお椀を二つ並べて伏せたように見えた。その山が少しずつ近づいて来ると、川のこちら側にも家が見えはじめた。わたしたちは、流れにかかった小さな木橋のあたりで止った。

木橋のすぐ前に一軒の家があった。これが金潤后の家だった。日本陸軍の軍服を着て、真白い歯を見せて笑った朝鮮人である。どうやらわたしたちは、この家へひとまず落着くことになるらしかった。父と金潤后との関係はわからなかった。たぶん、偶然の出会いではなかったかと思う。以前からの知合いではなさそうだった。わたしたちが川の近くで休んでいる間に、父はぶらぶら歩いて行って出会ったのだろう。しかし相談はすでについていたらしく、五、六家族のものは金潤后の家の前で分れた。一家族ずつ朝鮮人の家に分宿することになるらしかった。

この部落は花山里《かざんり》だという。金潤后の家のあたりが中花山里、川上の山の方へ行ったあたりが上花山里、川の向う側が下花山里だった。親戚の中島と上野の家族が上花山里へ行った。同じく親戚の山谷と他に二家族ばかりが木橋を渡って下花山里へ行った。

朝鮮人の家は、もちろん永興にもあった。店をあけているのか締めているのかよくわからない不思議な帽子屋。時計屋の金さん。瓦葺きの長い土塀の中にお化けポプラのあった一善写真館。田中歯科医院裏の鉄砲撃ちの李さん。

この家も大きな土塀に囲まれていた。それから白さんの白松医院。これは表は、コンクリート二階建ての洋館だったが、台所は朝鮮式の半地下で、黒光りのするオンドルの焚口に大きな朝鮮釜が据えられていた。そして、奥の方に子供の背丈程の黒い朝鮮甕がずらりと並んでいた。朝鮮漬の甕なのだろう。白さんの家には子供はいなかった。だからわたしは遊びに行ったのではなくて、おそらく洋館建ての医院の落成記念か何かのお祝いに呼ばれて、誰かうちのものと一緒に出かけたのだったと思う。そのとき、新しく出来た台所を見物したのではなかったかと思う。黒光りのするオンドルの焚口が、わたしにはトーチカのように見えた。

しかしわたしは、朝鮮人の農家というものは、花山里がはじめてだった。朝鮮人だけでなく、日本人の農家も見たことがなかった。朝鮮では日本人は農業をやらなかったのである。だから、金潤后の家は、わたしが生れてはじめて見た農家だった。

金潤后の家は、川沿いの道に面して瓦葺きの母屋があり、その裏に藁葺きの別棟があって、庭に面していた。わたしたちはこの別棟に入った。二間続きのオンドル部屋で、広さは二間とも六畳くらいだったと思う。部屋の仕切りは土壁だった。出入りは、したがって、朝鮮紙を貼った障子のような戸を押しあけ、一旦表へ出てからでないと隣の部屋へは行けなかった。オンドルの焚口もついており、ちゃんとした一棟の家なのである。

しかし客間というものではなさそうだった。農繁期に作男や手伝人たちを泊めた部屋だろう、と父はいった。金潤后の家は、花山里部落の中心だったらしい。彼の父親はずっと部落長をつとめた人だということである。すでに家督は息子の金潤后に譲って、隠居の身分だったらしいが、まだ五十くらいに見えた。棘の無い温和な顔立ちで、田夫臭さがなかった。脂ぎってもおらず、皺だらけでもなかった。喜怒哀楽いずれも露骨にはあらわさない。そんな目をしていた。しかし決して冷たい顔ではなかった。その表情は諦めでもなく、悟りでもなく、平和なものだった。

その顔は、わたしがそれまで会って来た、どの朝鮮人とも違うような気がした。小柄で、白い朝鮮服の上に黒いチョッキを着たところは、どことなく不思議な帽子屋のアボヂに似ていた。しかし金潤后のアボヂには、帽子屋のアボヂのどことなく謎めいた気味悪さはなかった。医師の白さんは、永興でも最も裕福な朝鮮人の一人だったと思う。しかし、彼の目は鋭く光っていた。意志力と競争心とプライドの光りだろう。金聖鎮のアボヂの目とも違っていた。

花山里には日本人が住んだことがなかったらしい。それをきいて、なるほど金潤后のアボヂの顔が永興のどの朝鮮人とも違っているわけが、わかるような気がした。しかし、永興も花山里も同じ朝鮮だった。二十里ばかり離れているに過ぎない。日本人が住まなかったとはいっても、八月十五日までは「日本」であったに違いないのである。安辺駅から離れているとはいっても、一里足らずだろう。そこに金潤后のアボヂのような、自然のままの平和な顔があったことは、一つの不思議だったのである。

金潤后のアボヂは日本語を話さなかった。金潤后のオモニも話さなかった。アボヂは父親、オモニは母親である。金潤后の奥さんも話さなかった。オモニとアボヂは、日本語を知らなかったのかも知れない。奥さんの方は、まだ二十五、六だった。金潤后より二つ三つ年上らしかったが、これは朝鮮ではふつうらしい。いつも赤ん坊を腰に巻きつけていて、わたしたちに出会うと、素早くそばを通り抜けた。たぶん彼女は日本語を普通学校で習ったのだろう。しかし、使ったことは一度もなかったのだろう。そんな気がした。おそらく、こんなに近くで日本人に出会ったことはなかったのである。出会うと素早く通り抜けるのは、そのせいではなかったかと思う。彼女は、夫の金潤后同様、若さと健康美に輝いていた。いつも忙しく腰を振り、朝鮮ゴム靴を鳴らして、かいがいしく立働いていた。

金潤后の妹、それから二人の弟も日本語は喋らなかった。妹は十七、八になっていたと思う。弟は、わたしより一つ二つ上と、二つ三つ下だったと思う。下の方は、裏の分教場へ通っていた。日本語で話すのは金潤后だけだった。そして彼はわたしの父を「中尉さん」と呼んでいたのである。金潤后は二等兵だったらしい。八月十五日の何か月か前、赤紙で入隊したらしかった。そして、陸軍の軍服と真新しい編上靴をはいて帰って来たのである。

時あたかも刈入れの季節だった。わたしたちは金潤后の田圃へ出かけて行った。父と三つ上の兄とわたしと年子の弟は、稲刈りだった。末の妹をおぶった母と、下の弟たちは落穂拾いである。わたしは稲刈りは生れてはじめてだった。弟もそうだったと思う。兄は内地の中学にいた頃、農家へ勤労奉仕に行って経験済みらしかった。兄は三年生まで、父の卒業した内地の中学にいて、四年生から元山中学に転校して来た。わたしは、稲刈りの初日、早くも左の小指のつけ根を鎌で切った。稲の株の下の方を握り過ぎたのである。

「中尉さん、稲刈り競争やりますか」

と金潤后がいった。中腰で刈る日本式と、尻を落として刈る朝鮮式と、どっちが早いか競争だという。

「よし」

と競争がはじまった。父と兄が日本式、金潤后と彼の弟が朝鮮式である。結果は、朝鮮式の圧勝だった。一着金潤后、二着金弟、三着兄、四着父の順である。金潤后の田圃は、花山里山麓のなだらかな傾斜面に広がっていた。来る日も来る日も、よい天気だったような気がする。金潤后の奥さんの姿が見えた。頭に載せているハムジの中に、刈取られた田圃の畔道を伝って、みんなの午飯を運んで来る金潤后の奥さんの姿が見えた。頭に載せているハムジの中に、午飯が入っているのである。近づくにつれて、腰の振り方がはっきりして来た。右に左に、朝鮮服のスカートが揺れた。午飯は一人一人、蓋つきの真鍮の食器に盛られていた。蓋を取ると、真白い飯粒が光っていた。

わたしは釈王寺の松根掘りを思い出した。釈王寺は安辺から二つ三つ南の駅だった。李成桂《りせいけい》が建てた大きな朝鮮寺である。その裏山へ元山中学一年生は松根掘り作業に泊りがけで動員されたのだった。宿坊に一週間ばかり泊ったと思う。わたしたちは釈王寺の裏山の松の根という松の根を掘りくり返し、赤土の斜面を穴ぼこだらけにして帰って来た。八月十五日の十日ばかり前だったと思う。

わたしは元山中学の勤労動員がそのまま続いているような気がした。金潤后の奥さんが運んで来た午飯の、真鍮の食器の蓋を取ったとき、そんな錯覚をおぼえたのである。釈王寺の食事は、朝も昼も晩も、こつこつした高梁《こうりやん》飯だった。そこへ釈王寺名物のゲップの出る薬水をがぶ飲みして、ほとんど全員が下痢を起こした。しかし釈王寺も天気だけは毎日よかったのである。

金潤后の田圃の稲刈りは何日くらい続いたのだろうか。本当に毎日毎日、よい天気だったような気がする。そしてわたしは、学校へ行かない自分をちっとも不思議とは思わなかった。勤労動員の錯覚は、あるいはそのせいだったかも知れない。軍靴をはいた金潤后は、農繁期のため休暇をもらって来た帰休兵のように見えた。

夜になると、金潤后は太いローソクを持ってやって来た。花山里には電燈が無かったのである。

「中尉さん、パブチャッスミカ?」

中尉さん、食事は済みましたか、というのである。そういうと金潤后は、ひらりと朝鮮敷居を跳び越えてわたしたちのオンドル間へ入って来た。そして、四角い木の枕に持って来たローソクを立て、真白い歯を見せてにっこり笑った。金潤后は、太いローソクが消えそうになるまで父と話し込んでいた。何を話していたのだろう。話し手は主に父で、金潤后は熱心なきき手といった恰好に見えた。中尉の話に耳を傾けている真面目な二等兵のように見えた。わたしはオンドル間の壁にもたれて腰をおろし、二人が話すのを見ていた。半分は居眠りをしていたのだと思う。金潤后はローソクと一緒に、ドブロクの入った一升壜を抱えて来ることもあった。

刈取られた稲束は牛車で庭へ運び込まれた。それから脱穀である。庭じゅうに、朝から足踏み脱穀機の音が響き渡った。脱穀された藁束は庭に積み上げられて行った。わたしたちはその手伝いをした。脱穀の主役は金潤后、藁積みの主役は、彼の弟である。落穂拾いだった組は、末の妹をおぶった母と一緒に川の向うの下花山里の米搗《つ》き場へ拾った籾を搗きに行った。

相変らずの上天気が続いていた。しかし、脱穀がはじまった頃から、父は起き上らなくなった。顔じゅう不精髯になっていた。そして腰痛を訴えた。夜、金潤后がやって来ても起き上らなくなった。脱穀が終ると、男たちの仕事は冬休みに入るらしかった。今度は朝鮮漬で、主役は女に代るのである。女たちは、大根や白菜を頭に載せて、畑から川へ運んだ。山積みになった大根や白菜を、女たちは川で洗った。何日も何日もそれが続いた。なにしろ一年分の朝鮮漬なのである。

花山里に雪が降りはじめた。父の腰痛は治らなかった。ますます痛みを訴えるようになった。夜になると、下の弟たちに腰を踏ませた。そして部屋も焚口に近い方のオンドル間へ移った。はじめはそちらには、祖母と弟四人が寝ていたのである。金潤后はあらわれなくなった。灯は大豆油を皿に入れ、ぼろ布を撚《よ》った灯芯を燃やした。ある晩、わたしは父の用足しについて行った。便所は庭先の牛小屋の中だった。昼間は金潤后たちもそこを使うのである。しかし夜は、彼らは便器らしかった。

庭に積み上げられた藁山は雪をかぶっていた。牛小屋への道だけが、細く踏み固められて雪が薄かった。便所はムシロ掛けで、中に二本丸太が渡してあった。父はわたしにうしろから支えられて、そこにしゃがんだ。

「果して硬軟の具合は如何なりや」

父は立ち上りながら、独言のようにそういった。それがわたしのきいた、父の最後の言葉ではなかったかと思う。すでに父は黒い血を吐きはじめていたのである。唇に乾いた血がこびりついていた。母と兄は安辺の邑内へ医者を探しに行った。そして、日本人の医者を連れて来たが、薬が無いという。胃潰瘍ということだった。そのあと父は牛小屋からの帰り、雪の中で倒れて兄に部屋へ運び込まれたらしい。それからは牛小屋へも行けなくなったのである。そしてある晩、父は死んだ。金潤后の家の別棟の、焚口に近い方のオンドル間で死んだのである。わたしはもう一つの方のオンドル間に寝ていて、母に起こされるまで知らなかった。

母の手紙には、こう書かれている。父の十七回忌のあと、わたしに寄越した手紙である。そのときわたしは何かで福岡へ帰れなかった。

「何か知らひよつと目がさめてお父さんがあんまり静かなのにドキツとして口もとへ手をあててみたら、もうそのときは聞きとれない位の呼吸になつてゐました。まだ身体は少し温かいのですけれど、熱と疲れでぼんやりした頭に、死んだんだなと感じただけです。早速どう仕様と言ふ考へもつかないし、子供達に知らせねばと思ひ乍ら暫くお父さんのだんだん冷たくなつてゆく顔をぼんやり見てゐました。どの位時間がたつたのか、何時頃なのか、本当いつて何日かもはつきりしません」

それが三十二年前の十一月二十一日の真夜中か、二十二日の未明だったのである。わたしは母に起こされて、兄と一緒に上花山里の中島と上野へ、それから下花山里の山谷へ父の死を知らせに行った。そのときはまだ真暗闇で、空じゅうに星が光っていたと思う。

父の死んだ日は、十一月二十二日と届けられたらしい。翌年、福岡へ引揚げて来てから母が届けたのである。

「それで、お寺はもう決ったわけね」

とわたしは兄にたずねた。

「ああ」

京都の西本願寺ということも考えてみたが、結局、近くの寺に決めた、と兄はいった。

「去年から、毎月二十二日に坊さんに来てもらいよるだろう」

「そうらしいね」

「気さくな坊さんでね、もうこの頃は、ごめん下さい、というなりさっさと上って来て、勝手にお経上げて行くらしいよ。昼間だから、おれはほとんどおらんのだけどな」

「川の向うの、あのお寺かね」

「川の向う？」

「あの、市民会館の」

「あれはお前、真宗じゃないよ」

「あ、そうか」

「もう六十くらいの坊さんやけどな、古自転車をこいでやって来るらしい」

「しかし、今どきうまい具合にいいお坊さんが見つかったもんだね」

じっさい、わたしは羨ましいような気がした。差当りお寺に用事はなかったが、もしあったとしても、果してそういう坊さんにめぐり逢えるかどうか。おそらく、兄の話のような具合にはゆかないと思った。早い話、父の墓はいまだにどこにも無いのである。したがってわたしたちは、どの寺の檀徒でもなかった。寺というものが、どこか遠い存在であるのは、そのためだったと思う。

無関心というのではない。そういう遠さではなかった。むしろ反対である。どこへ行ってよいのかわからない。日本じゅうどこにも自分の寺がないのである。どんな大寺も、どんな破れ寺も、みな他家の寺だった。兄の話をきいたときの羨ましいような気持は、そこから出て来たのだと思う。本当のところ、それは一つの不思議だった。墓もなく、檀徒でもない家へ毎月古自転車をこいで来る坊さんなど、とても考えられなかったのである。

「どこか飄々とした人でね。わたしも兵隊帰りですといってたな」

「どういう縁ですかね」

「それがおれは、ぜんぜん知らんのだよ」

「お母さんじゃないでしょう」

「おふくろは、お前、大阪じゃあ誰ともつき合っとらんもん」

「まあ、そうやろうね」

「老人会とか何かで、ちょっとした旅行とか寄り合いとかにもだいぶ誘われよるけど、ぜんぜん行かんもん」

「相変らずやな」

「結局お前、あれだよ、うちのがときどき行きよる美容院のマダムに、紹介してもろうとるんだよ」

「ふうん」

「何か知らんが、あいつが紹介してもろうて、来てもらうようになったんだよ」

「そりゃあ、大したもんですよ」

「ちょっとおれには真似でけんな。何をどう話したのか、ようわからんけど」

「そりゃあとにかく、大したもんだ」

兄嫁にしても、大阪はまったく無縁の土地だった。その中で、母にも兄にも探せない一軒の寺を、彼女は探し出したのである。羨ましいような気持は、そういう兄夫婦の組合せに対してだったのかも知れない、とわたしは思った。兄がいう通り、兄嫁が父の三十三回忌というものをどういうふうに話したのか、わからない。もちろん彼女は、花山里など知るはずもなかった。花山里の生活、花山里の死、おそらく兄は、彼女にそれを語っただろう。しかし、それは引揚げ苦労談の一類型を出なかっただろうと思う。わたしが妻に語ったとしても、同様だったと思うのである。

「どうも、婿養子らしいんだな」

「その坊さんが？」

「ああ」

「そんなことまで話すのかね」

「とにかく、すっかり馴染みになってな。おふくろもまあ体があんな具合だし、とにかく近いところがよかろうということになったわけや」

「いや、いや。何もお役に立てなくて、済みません」

「それで、お前んところは、全員やろうね」

「そう。事故が無い限り、全員行きます」

「おふくろも、お前んところのに、一番会うとらんからね。他の孫たちには博多におるときちょいちょい会えたわけやけど」

「それで、みんな全員で来るのかな」

「それが、どうも博多組の方がまだ決らんようだな。こっちはお前、宿の予約のことがあるからな。早う決めてもらわんと困るんやがね」

「あ、そうか」

「みんなが子供連れで来たら、とてもおれんところじゃ無理やからな」

夏休みに入ると、妻と子供たちは浅間山麓の追分へ出かけた。四畳半が三部屋の小さな山小屋であるが、夏はそこへ行くようになって、今年で七年目だった。最初の年に小学校四年生だった長男は高校一年に、まだ幼稚園だった長女は小学校五年になったのである。

わたしは仕事の都合で、八月に入ってから出かけた。すると、翌日から雨が降りはじめた。それでわたしは、毎日テレビばかり見て暮した。雨は大降りにはならなかった。しかし、毎日降ったり止んだりだった。庭には雑草が跋扈していた。その中で一段高く伸びているのは月見草と貧乏草である。東側の空地は一面の芒《すすき》原だった。

わたしは、雨が降っているときはずっと白黒テレビで高校野球を見ていた。甲子園だけは、不思議に毎日晴れていた。雨が止むと、わたしは庭へ出て雑草を刈ったり、貧乏草を引き抜いたりした。白い小さな花を咲かせているこの草は、別名鉄道草といわれるらしい。鉄道線路とともに日本じゅうに蔓延したためらしいが、用心しないと間違えて月見草を引き抜いてしまう。故意か天然かわからないが、そういう生え方をしていた。白い花の部分は、月見草の左側に見える。それで、見当をつけて茎を引くと、それは月見草の茎であって、貧乏草の茎の方は白い花の部分とは逆に、月見草の右側に立っている。そういう草なのである。

「大変ですね」

と、ある日隣から声がかかった。長野の方へ車で勤めに出ている隣の娘さんである。年はわたしより上らしかったが、まだ一人で、七十幾つかの母親と一緒に暮している。娘さんというのは、そのためだった。わたしも妻もそう呼んでいた。もともとは東京の人らしかったが、わたしたちよりも少し前から、追分の土地に住みついたらしい。

「今日はお休みですか」

とわたしは娘さんに挨拶を返し、泥だらけの軍手を脱いで、煙草を一服した。そして、今年はまだお婆さんに挨拶をしていなかったことを思い出した。小柄な人で、いつも襷掛けだった。花に水をやったり、草をむしったり、薪を台所へ運んだりしていた。わたしは、電話でずいぶんお世話になった。最初の年、わたしの山小屋にはまだ電話がなかったのである。かけるときもお世話になったが、呼び出しの方はそれ以上だった。雨降りの日でも、傘をさして知らせに来てくれたのである。年は母より一つか二つ上かも知れない。わたしは、自分が考えている、いかにも母親らしい母親とは、こういう老人なのかも知れないと思った。

「お前は挨拶したんだろう」

とわたしは部屋に入ってから、妻にたずねた。

「これで三度目ですよ」

と妻は答えた。

「何が」

「来たときにすぐ挨拶は済ませたといったでしょう」

「そうだったかな」

雨は相変らずだった。東京の方も同じだという。八月十五日も雨だったのである。ある日、テレビの前であぐらをかいていると、電話がかかった。わたしは鳴っている電話を、頭の上の棚から畳に下ろした。

「もしもし、ぼくは永興にいた中島だけど」

と男の声がきこえた。ナカジマではなくて、ナカシマだった。

「中島さん？」

とわたしはきき返した。安辺の花山里で同じ冬を越した親戚の中島も、ナカシマである。九州ではだいたいそうだった。しかし電話をかけて来たのは、その中島ではなくて、中島潤一郎だった。永興小学校の同級生である。

「ぼくは死んだことになっていたんじゃないかな」

と彼はいった。じっさい、その通りだった。わたしはそう思い込んでいたのである。彼と最後に会ったのは、筑前の甘木《あまぎ》町だった。その町に引揚げて来て、地元の中学一年に転入して間もなくの頃だったと思う。ひょっこり彼が訪ねて来た。何故わたしの居所がわかったのか、わからない。おぼえているのは永興駅で貨車に詰め込まれたところまでである。それからあとは、わからなかった。もちろん生死も不明だった。しかし中島は、ひょっこり訪ねて来た。彼は、胸当てズボンの作業服を着ていた。博多で住込みの自動車修理工をやっているという。

彼の母親は早く亡くなったらしい。彼には四つ年上の姉がいて、父親と三人で野村製材所に住んでいた。どういう事情からかわからないが、野村さんは中島の伯父に当る人らしい。中島の姉は優等生で、綺麗な顔をした女学生だった。永興から元山高女へ汽車通学していたと思う。しかし中島は、わたしたちと一緒に元山中学へは入らず、元山商業に入った。成績のためではなかったと思う。

ひょっこり訪ねて来た中島は、天涯孤独の身上だった。父親も姉も戦後死亡したという。いつどこで、どういう具合に死んだのかはわからなかった。そのとき彼にきいたのかも知れないが、ぜんぜん思い出せない。わたしたちが貨車を降りて花山里へ行き、そこで一冬を越していた間、彼はどこで誰といたのかもわからなかった。また、いつ、どこから、誰と、どのようにして引揚げて来たのかもわからなかった。これもそのとき、彼にきいたのかも知れなかったが、まったく思い出せない。おぼえているのは、胸当てズボンの作業服だけである。それと、アイスキャンデーである。わたしは彼と甘木のアイスキャンデー屋に入り、割箸のついたアイスキャンデーを食べた。

それから暫くして、肺結核で入院したと便りがあった。わたしは博多郊外の松林の中の療養所へ彼を見舞いに行ったような気もするが、何かの錯覚かも知れない。たぶん行かなかったのだろう。手紙は何度も出したと思う。しかし、やがて返事が来なくなり、わからなくなった。何故死んだと思い込んだのか、はっきりしない。音信不通になってから一度、彼が働いていた自動車修理工場へ訪ねて行ったような気がする。博多駅の裏側の比恵《ひえ》新町というところだった。黄色っぽいごみごみした町で、自動車修理工場ばかりだった。胸当てズボンの修理工ばかりだった。中島は死んだ、ときいたのはあるいはそこでだったかも知れない。しかしこれも、何かの錯覚かも知れなかった。わたしがそこへ訪ねて行くと、斜めに持ち上げられた自動車の下から、胸当てズボンの中島が出て来たような気もするのである。

ただ、彼は死んだのだ、と思い込んだことだけは確かだった。音信が途絶えたため、あるいは死んだのかも知れないと思ったのではなかった。はっきり死んだと思い込んだのである。これで永興小学校の同級生は、また一人もいなくなったとわたしは思った。山口も田中も本田も吉賀も、ぜんぜん消息不明だった。中島だけが、ひょっこりあらわれ、そして死んでしまった。わたしはそう思い込んだのである。一つには、結核のせいもあったと思う。中学の同級生が一人、高校になってから結核で死んだ。当時は、肺結核は死に至る病だったのである。

しかし、その頃はまだ、山口や田中や本田や吉賀をどうしても探したいとは思わなかった。わたしにはまだ生れてはじめての日本が珍しかった。そして、「バッテン」「ゲナ」「バイ」の筑前言葉の習得と、サツマイモの買出しに追われていた。中島のことはときどき思い出した。胸当てズボンがだぶだぶだったことも思い出した。山口と田中の消息がわかり、再会したのは四年前だったと思う。中学一年で分れ分れになって以来二十八年ぶりだった。そのときわたしは中島のことを話した。だから山口も田中も、ナカシマは死んだと思っているはずだった。

「それで、いまどこにいるのかね」

とわたしはたずねた。

「島根県の大田市《おおだし》にいるんよ」

「オオダシ？」

「大きい田と書くんだけど」

「ははあ。それで、そこにいつからいるのかね」

「ここに来て、もう十年やね」

「何でまた島根なんぞに行ったのかな」

「それはまあ、いろいろあってね」

「それは、まあそうだろうな」

中島の電話には、九州の訛りがあった。しかしそれだけではないようである。広島、岡山あたりの訛りに似ているような気もした。あちこち歩いたのかも知れないと思った。甘木でアイスキャンデーを食べたときには、永興弁で話したのだと思う。永興弁すなわち植民地標準語である。当時わたしは筑前言葉習得の真最中であった。中島の方は博多弁を習得中だったと思う。しかし、アイスキャンデー屋では、永興弁が自然に出て来た。

それが三十年経って、わからなくなってしまった。九州弁なのか、広島弁なのか、岡山弁なのか、わからない。どこかに標準語のようなところもあった。中島だけではない。わたしの方もそうだった。三十一年ぶりにとつぜん生き返って電話をかけて来た彼と、どこの言葉で話すべきか、わたしは話しながら考えなければならなかったのである。

　中島は結婚して三人の子供がいるという。大田市は奥さんの郷里らしい。彼はそこで国立病院の検査技士になっているらしかった。詳しいことはわからない。そこへ至るまでの三十年は、とても電話では済まないことだろうと思った。わたしは四年前、山口と田中に会ったことを話した。中島はわたしとアイスキャンデー屋で会って以来、誰にも会っていないという。

「島根県というと、松江の近くじゃないのかね」

「松江のちょっと西になるがね」

「本田は、確か松江だと思うがね」

「あの、本田君？」

「ああ。城西校の方の文房具屋の」

「松江ならすぐそばだよ」

「近くかね」

「車でも、二時間足らずだよ」

「車やってるのかね」

「まあ、遊びだけどな」

「しかし、そんなに近くなのか。でも、住所がわからんのだよ」

「松江市なんだね」

「確か、あそこが本籍地だと思ったなあ。六年のとき、中学の入学試験の口頭試問の練習やらされただろうが、狼《かみ》谷《たに》先生から」

「狼谷先生か」

「あれで本籍地を必ずきかれるってんで、みんな丸暗記しただろう。早口言葉みたいに、教室とか廊下で、丸暗記してたんだよみんな。それでね、人の分までおぼえたんやな」

「松江市内なら、すぐわかるわ」

「実はね、二年くらい前かな、本田の夢をひょっこり見てね」

「夢？」

「自転車に乗ってね、彼の家へ何か買いに行くんだね。彼のお婆さんから何か買って帰ろうとすると、彼とあと二人ばかり誰か出て来て、それで城西校の裏の山の方へ遊びに行くと、とつぜん地震になるんだなあ」

「本田君は、元中じゃなかっただろう」

「彼はね、咸興《かんこう》師範だ」

「よし、早速、電話帳で調べてみよう」

「あ、そうか」

「本田君は、和雄だったな」

「そう、ワユウだ」

わかったらすぐに知らせるから、と中島はいった。そして翌日、また電話がかかった。しかし、本田のことではなかった。本田の電話はもうわかったようなものかも知れなかった。

「昨日いい忘れたんだけどね」

と中島はいった。

「君、幾枝姉さんおぼえてるかな」

「イクエ姉さん？」

「姉さんといっても、従姉だけどな。野村の娘だから」

「あ、あの人かな」

「戦争中結婚したんだけどな、旦那さんが陸軍の主計少尉か何かでずっと行きっ放しだったからね、幾枝さんはほとんど野村の家におったんだけどな」

「あれじゃないか、ほら、誰かがおなかにボール投げつけちゃった」

「そうだよ、あの幾枝さん」

誰かが妊娠中の彼女のおなかにボールを投げつけたのだった。確か野村製材所の母家の仏壇のある部屋だったと思う。誰が投げたのかわからなかった。誰が投げたのかわからなかった。幾枝さんは坐って編物か何かをしていたような気がする。中島とわたしたちは、何をして遊んでいたのか思い出せない。ボールの投げ合いではなかったと思う。ボールは、たまたまこちらへ転って来たのだった。赤い模様のついた中くらいのゴムマリである。誰か他に小さな女の子がいたのかも知れない。中島には妹はいなかったから、他家の子供だったのかも知れないが、とにかくボールが転って来た。それを誰かが拾ってドッジボール式に投げ返したのである。それが彼女のおなかに当った。

「誰が投げたんだったかね」

「誰だったのかな」

「まさか、おれじゃなかっただろうな」

「君じゃなかったような気がするがね」

狙って投げたのではなかったと思う。彼女が妊娠中だということも、わたしは知らなかった。あとで家に帰ってからわかったのである。幾枝さんはその場に倒れたわけではなかった。しかし、あとで大騒ぎになったらしい。医者も呼んだらしい。それで大人たちの話題になったのだろう。流産するかも知れない。そんな話だったと思う。流産とは何か、よくわからなかった。母から直接叱られたのでもないような気がする。しかし、ずいぶんおそろしい思いをした。なにしろ幾枝さんの旦那さんは出征中だったのである。出征中の軍人の奥さんが流産ということになれば、どういうことになるのか。たとえ子供だろうが、憲兵隊は容赦しないかも知れなかった。おそろしくて、暫く野村製材所へは遊びに行けなかった。

「それで、無事は無事だったんだろう」

「もちろん、何でもなかったわけだよ」

「あれ、いつ頃だったのかね」

「昭和十八年だから、おれたちが小学校五年生か」

「すると、あれか、あのときおなかにいた赤ちゃんも、もう三十四、五か」

「女の子だったんだがね」

しかし、その消息がわからないのだという。引揚げのときは一緒だったのか、それも別々だったのか、電話ではっきりしなかったが、中島が博多にいる頃、幾枝さんたちは東京にいたらしい。杉並区の住所もわかっていた。しかし、それがわからなくなった。手紙を出したが返送されて来たそうである。

「なにしろこちらは、六年間寝とったんだからね」

「区役所へ行けばわかるんじゃないかな」

「わかるだろうかね」

「だって、もといた住所がわかってるんだろう」

「三十二年までは、そこにいたと思うんだけど」

「区役所へ行けば、転出先がわかるはずだろう」

「しかし、二十年前だからな」

「九月にここから帰ったら、当ってみようか」

「しかし、どうだろうね」

「役所のことは、おれもさっぱりわからんけどな」

「いますぐどうこうということはないんだけどね、昨日君に電話したあと、ふっと思い出したもんだからね」

「是非とも、ということになれば、やってみるよ」

「そうだな。そのときはまた頼むことにしようか」

「ああ、いいよ」

「八月一杯は、そこにいるのかね」

「ああ。二十日からちょっと、大阪の兄貴んところへ出かけるけど」

「大阪にいるのか、兄さん」

「おぼえてるかね」

「小学校から眼鏡かけてただろう」

「君の姉さんより、一つ下じゃなかったかな」

「うちの姉はね、病気で一年休んだからね」

「あの姉さんの顔は、はっきりおぼえてるなあ」

「大阪は、長いのかい」

「いや、一晩だ。今年はほら、おやじの三十三回忌だから」

「あ、そうか」

電話が終ったあと、わたしは中島の頭の禿げを思い出した。受話器を置くのとほとんど同時だった。電話中、彼の顔は何度も思い出した。色は浅黒かったが、きちんと整った丸顔だった。そして、女学生だった姉さんに似て、目許に淋し気なところがあった。もちろん、だぶだぶの胸当てズボンも思い出した。しかし禿げのことは、不思議に思い出さなかったのである。

中島は額が広くて、頭のうしろは絶壁だった。その頂上のやや右寄りに、一銭銅貨大の禿げがあった。「潤ちゃんの一銭禿げ」である。わたしは一度、うしろからこっそりその禿げを指でつまんだことがあった。一銭銅貨は楕円形になり、皺が出来た。それからわたしは、とつぜん祖母の顔を思い出した。祖母の死をすっかり忘れてしまっていたことを思い出したのである。父の三十三回忌は、同時に祖母の三十三回忌だった。祖母も花山里で死んだのである。父の初七日に当る日だったと思う。父と同じ焚口に近い方のオンドル間で、祖母は死んだのである。

法事前の数日

追分は相変らず雨続きだった。そしてわたしも相変らず白黒テレビで高校野球ばかり見ていた。甲子園だけは不思議に晴れているらしかった。雨は大降りにはならなかった。しかし一日に一度は降った。上げおろしするふとんが確かに重たくなるようだった。妻が不機嫌になっているのもわかった。テレビの前であぐらをかいているわたしの頭上にも、洗濯物がぶらさがっていた。

それでも猫は毎日遊びに出かけた。夏の間は猫も追分に来ていたのである。五歳になるトラの牝で、追分は五度目だった。最初の夏はおびえたように床の下にもぐり込んでばかりいた。しかし次の夏からは自由に遊びまわるようになった。雑草だらけの庭を走ってみたり、隣の芒《すすき》原の中へ姿を隠したり、瓦葺きの屋根に登ったりした。庭のアカシヤの木にも登った。わたしは猫の木登りというものを、生れてはじめて見たのである。一度、軽井沢駅前のバスターミナルのベンチに腰をおろしているとき、一匹の猫が階段を登って行くのを見たことがあった。すでにあたりは薄暗かった。バスは一時間に一本だった。バスターミナルのベンチの正面にはすでに廃業したボウリング場があって、その向うに余り高くない山が黒く見えた。左手は、二階建ての商店街の裏側だった。土産物店とかそば屋とか、何軒かの店の共同の建物である。その裏側に斜めにかかっていた鉄の階段を一匹の猫が登って行くところだった。

わが家の猫も階段は登っているはずだった。追分で暮すのは夏の一月《ひとつき》半ばかりで、あとはわたしたちは五階建ての五階で暮していた。エレベーターはなくて、階段である。猫はときどきその階段を降りて表へ出かけた。ドアを出ると、用心深くあたりの臭いを嗅ぎまわり、それから踊り場まで何段か降りて、そこでごろりと横になり、ごろごろと左右に何度か転った。そして階段を降りて行った。そうやって出かけた猫は、だいたい一時間くらいで戻って来て、ドアの外で鳴声をあげた。だから、わたしは猫が階段を登って来るところは、見たことがなかったのである。軽井沢駅前のバスターミナルのベンチから見たのが、はじめてだった。

猫は、平凡なトラ猫だった。わが家の猫と大差はなかった。しかしわたしは、おや、と思った。猫が宙を歩いているように見えたのである。手摺りのない、鉄製の裸階段だったせいかも知れない。それから、まわりががらんとしていたせいだろう。確かに、猫は宙を歩いているのではなかった。逆立ちをして登っているわけでもなかった。しかしわたしは何かしらひどく珍しいものを見たような気がした。たぶん人間と同じことをしているような気がしたためだろうと思う。階段を登っている人間は何か考えているように見えるのである。

その点、猫の木登りは別に不思議ではなかった。また、猫は隣の屋根にも登った。庭に降りて来る尾長《オナガ》を追っかけることもあった。わたしの山小屋の斜め裏に墓地があった。正面に堂々たる石門があって、紋どころを彫った銅板がはめ込まれていた。追分に古くから土着した一族の墓地である。八月に入ると一族が集合して墓掃除をしていた。そして、墓地の中にゴザを敷いて酒盛りをやり、歌を歌った。それが習慣だということだった。一度、佐渡おけさがきこえて来たことがあった。喧嘩になることもあるらしかった。尾長は、その墓地から飛んで来るのである。

墓地には東西に二本、欅《けやき》の大木が立っていた。五年前に一本伐り倒されたが、二本は残っていた。裏側はアカシヤと雑木の林だった。そのあたりに尾長の巣があるのだと思う。尾長は、高くは飛ばなかった。木の枝から枝へ水平に飛んで、枝にたどり着くとしがみつくようにして止った。そして、姿に似合わぬ悪声で鳴いた。庭へも平気で降りて来た。人里と山との中間部を好むらしい。何かでそう読んだような気がする。人間をおそれない野鳥だった。しかし、猫には捕らなかった。猫は、その度に空を見上げていた。

あるとき猫が前肢で庭の樅《もみ》の木の根元を掻いていた。二年ばかり前の夏だったと思う。行ってみると、モグラだった。モグラはすでに弱っていた。それでも樅の木の根元にもぐり込もうとしていた。それを前肢で邪魔するのである。引張り出されたモグラは身を縮めて死んだふりをしていた。猫はそれをじっと見ていた。モグラはまた動き出した。すると猫は前肢を動かして邪魔をした。その繰返しである。しかし猫はモグラを食べなかった。食べ方を知らないのだと思う。この猫は生れてすぐもらわれて来た。長女がもらって来たのであるが、したがって親からは何も教わっていない。それから約一年経って、卵巣手術を受けた。モグラは、濡縁の下にも出るらしかった。峠の釜めしの食べがらの転っているあたりに、掻いた跡があった。

ある日、わたしは樅の木が枯れているのに気づいた。二年前、その根元で猫がモグラを嬲《なぶ》っていた樅の木である。樅の木は大木ではなかった。幹は直径二十センチくらいである。高さはちょうど山小屋の屋根くらいだった。去年までの葉が赤くなっていた。枯れたのはモグラのせいかも知れない、とわたしは思った。それからこの木を伐り倒してやろうと思った。

わたしは裏の物置から鋸《のこぎり》を取出して来た。鉈《なた》は仕事部屋の押入れから出して来た。鋸は一面に錆びていた。七年前、知人からこの山小屋を譲り受けたとき、中軽井沢の道具屋で買ったものだった。使いっ放しで、一度も磨かなかった。鉈は、三年前、離山《はなれやま》に登ったとき、同じ道具屋で買った。バス通りに面した大きな道具屋で、わたしはシャベルや鍬《くわ》や竹箒や松葉掻きなどもそこで買った。軍手や洗濯竿も買った。道具屋へ入って行くと、わたしは永興《えいこう》の家を思い出した。四十五年前、わたしが生れた家である。店の構えが似ているというわけではなかった。それにわたしの家は道具屋でもなかった。三つ角に面して鉤《かぎ》の手になった、だだっ広い雑貨店だった。店の中央部に子供の背丈くらいのカウンターがあり、そのうしろの方に父の事務机があった。そのまわりに椅子が幾つか置いてあり、店の応接間のようになっていた。冬はそこにストーブが置かれた。

道具屋は、右隣が確かカメラ屋だった。そしてそのカメラ屋が十字路に面していた。また、永興の家は平屋だったが、道具屋は二階だった。それでも、どういうわけかわたしは道具屋へ入ると、永興の家を思い出したのである。しかし誰にもそのことはいわなかった。妻にも、子供たちにも黙っていた。わたしが生れた家は誰も知らないのである。

高校一年の長男は、剣道部の合宿で東京だった。わたしはそのことを思い出し、樅の木を伐り倒すのは、あとまわしにした。長男が帰って来てから手伝わせてやろうと思った。伐り倒す楽しみを味わわせてやろうと思った。わたしは樅の木の代りに、庭のアカシヤを一本伐った。実際、アカシヤは雑草のようなものだった。何年か前、屋根を覆っているアカシヤの枝が電線に絡みそうになって、二本倒した。このときは電力会社に電話をして、倒しに来てもらった。本当は自分で伐りたかったが、下手をして屋根に倒れかかったら瓦を砕くことになると思い、諦めて頼んだ。電工が二人、間もなくやって来て、あっという間に倒して行った。そのとき断ち落とした枝を庭の隅に捨てた。それが翌年には根をつけているのだった。放って置くと、庭じゅうアカシヤだらけになりそうな勢いである。

わたしは、洗濯物干し場の上にかぶさりかかっているアカシヤを伐り倒した。そして、枝を鉈でばらばらにして、切り口が地面にくっつかぬように積み上げた。鋸は、一面に錆びてはいたが、充分役に立った。実際、不思議なくらいだった。はじめわたしは、錆びた鋸では無理だろうと思って、鉈をふるってみたのである。こちらの方は、ぜんぜん錆びはなかった。しかし、すぐに腕がだるくなった。アカシヤの幹は、せいぜい直径十センチくらいだった。しかし、鉛筆を削るようなわけにはゆかなかったのである。わたしは鋸に切り換えた。そして、やはり鋸は鋸なのだな、と思った。腐っても鯛、錆びても鋸である。

勢いに乗って、わたしは更に二本伐り倒した。枯れた樅の木の向い側に、もう一本樅の木があって、その両側にアカシヤと松が生えていた。三本の幹は、一メートルも離れていない。たぶん、この山小屋を建てた知人が、ずっと前に植えたのではないかと思う。そのときは、三本とも一メートル足らずの幼木だったのではないかと思う。それが生長したため窮屈になった。三本とも、歪つになっていた。実際、木の中程のあたりを見ると、いったい何の木であるのか、わからなかった。アカシヤと樅と松の枝葉が絡まり合い、入り乱れていた。わたしは、樅の木を残して、両側のアカシヤと松を伐り倒した。

樅の木は、確かに両側から挾み撃ちに合っているように見えた。しかし、窮屈さは、三本ともお互いさまだったと思う。実際、伐り倒してみると、アカシヤも松も、幹の片側にしか枝がなかった。樅の木に接した側には、枝が出ていなかった。そういう片腕の状態だった。だから、真中の樅の木を伐り倒せば、反対側の枝も伸びて来たのかも知れなかった。しかしわたしは、そうしなかった。何故だろう、とわたしは思った。わたしは、三本の木を比較し、その結果、樅の木を選んだのである。もう一本の樅の木が枯れたためでもあったと思う。しかしそれだけではないような気もした。わたしには木の値段はわからないが、わからないなりに、わたしは三本の木に値をつけたに違いなかった。まず、アカシヤは雑草同然だった。では松と樅とではどちらが上だろうか。三本の木を前にして、自然にわたしはそういう値踏みをしたのだと思う。差をつけたのである。そういう自分を、わたしは別に嫌悪はしなかった。ただ、自然にそういうことをしている自分に気づいただけである。

中央線まわりの汽車の切符は買えなかったらしい。父と祖母の三十三回忌のため大阪へ行く切符である。上野へ一旦戻って、東京から新幹線に乗れば、その方が簡単だった。しかし、折角追分にいるのであるから、松本へ出て、そこから名古屋へ行く道を考えたのである。子供たちはもちろん、わたしもその道はまだ通ったことがなかった。バスに乗って軽井沢の旅行会社へ出かけた妻は、腹を立てて帰って来た。何日か前に一度出かけた。そのときもう一度来るようにいわれたらしい。去年の係員とはぜんぜん違って誠意が感じられない、と妻はいった。

「この雨降りに、結構みんな旅行するんだな」

「二人乗りの自転車、いっぱいだよ」

と一緒について行った長女がいった。長女はあの二人乗りに乗りたかったのである。

「それで、どうなったのかね」

とわたしは妻にたずねた。

「仕方ないから、駅へ行って買って来たわ」

「結局、上野まわりか」

「そうです」

「往復とも？」

「帰りは、名古屋から松本まわりにしました」

「何だ、それじゃあ、別にいいわけじゃないか」

「でも、帰りは夜なんですよ」

「あ、そうか」

「夜じゃあ、折角はじめての眺めも、台無しでしょう」

「ははあ」

「だから、行きを買いたかったんじゃないですか」

何日かして、わたしがテレビを見ていると、電話が鳴った。わたしは立ち上って、頭の上の棚から畳の上に電話をおろした。電話は旅行会社からだった。わたしは妻に受話器を渡した。そしてそのままテレビを見続けていたが、電話の内容はほぼわかった。

「まったく今年はどうかしてるわ」

と電話を切ってから妻はいった。

「どうもそうらしいな」

「いま頃になって、取れたっていって来るんだから」

「雨呆けじゃないのか」

「それも、中央線まわりと、上野まわりと、両方四枚ずつ取れましたっていうんですからね」

「何だ、そりゃあ」

「同じ日の切符なんですよ」

「ははあ」

「同じ日に、同じ四人が、同じ大阪へ行くのに、考えてみればわかるはずだわよね」

「それで、断ったんだろう」

「もちろん、もう要らないっていってやりました」

旅行会社のような、極めて正確な仕事をしている人間の頭も、何かで混乱するのか、と思った。

夜、長男から電話があった。明日、合宿から帰るという。妻と長女は、傘をさして迎えに出かけた。バスで軽井沢まで行くのである。夕方六時頃着く汽車だった。しかし雨で二時間ばかり遅延だという。妻からそう電話がかかって来た。上野を出た一つ前の列車が尾久《おぐ》のあたりで動かなくなったらしい。長野と小諸の間あたりでも何かあったらしかった。テレビのニュースでそんなことをきいていると、また電話で、列車は更に遅れるという。この分だと何時になるのかわからない、と妻はいった。駅の待合室は満員で、窓口でたずねることもなかなか出来ない。いまかけている公衆電話のまわりも人だかりで、ようやく順番がまわって来たのだそうである。妻は食事のことをたずねた。わたしは待つと答えた。

「わたしたちは駅前のそば屋か何かで済ませようと思いますけど」

「じゃあ、おれは駅弁買って来てくれ」

「それでいいんですか」

「ああ。久しぶりにあれを食ってやろう。売ってるところは知ってるだろう」

「この電話の、すぐ前ですね」

「そうそう。そこに、油屋弁当部入口、って出てるだろう」

列車が着いたのは夜の十時過ぎだった。バスはもうないのでタクシーで帰るという。電話がかかってから二十分程して、わたしは迎えに出た。懐中電燈を持って、分去《わかさ》れのところまで草道を下りて行った。雨は止んでいるようだった。草道の片端は畑で、片端はどこかの会社の社員寮の敷地だったが、そのまわりに鉄条網が張りめぐらされたため、タクシーは草道を上って来なくなった。四年程前からである。最初わたしは鉄条網に腹を立てた。しかしそのうち腹は立たなくなった。そして草道を歩く度に、最初は自分がこの鉄条網に腹を立てたことを思い出した。

旧中仙道と旧北国街道の分れ目が分去れだった。地面よりも一尺程土を盛り上げた細長い三角地帯がいまも残っていて、古い石の常夜燈があった。しかしいまは真暗である。わたしは灯の点っていない常夜燈の下でタクシーを待った。煙草を二本吸った。やがてタクシーが走って来て、わたしの前を通過した。そして五、六メートル先で止り、妻と長男と長女が降りて来た。それから運転手が降りて来て、車のトランクをあけ、ジュラルミン製の大型トランクを取り出した。衣類などの運送用に買ったトランクを長男が合宿に持って行ったのである。わたしたちは一列になって草道を登って行った。先頭のわたしと、一番うしろの妻が懐中電燈を持っていた。草道は懐中電燈なしには歩けなかった。煙草を二本吸った。文字通りの一寸先は闇なのである。電燈を持っていても、顔に蜘蛛の巣がへばりついた。

長男は剣道部の新人戦で準優勝したそうである。金色の剣士のついたトロフィーをもらって来た。わたしは、まだ追分へ来たての頃を思い出した。長男は小学校の四年生だったと思う。長男は防具をいやがった。わたしはそれを無理矢理つけさせ、竹刀を振らせた。竹刀はまだ子供用だった。わたしも竹刀を持って、長男の面をずいぶん叩いた。また、草道の下の方の材木屋から角材の余りをもらって来て、庭の隅に打ち込み、頭の部分にぼろ布を巻きつけた。そこに防具の面をかぶせて、長男に打ち込みをさせた。

この打ち込みにも、長男は余り熱心ではなかった。わたしにいわれて、仕方なしにやっているようだった。自分からすすんでやることはなかった。わたしはそれが不満だった。そして、何故そうなのだろうと思った。欣《よろこ》び勇んで、とまでは考えなかったが、せめて涙を流して欲しいと思った。いやでいやで仕方がないなら、泣きながら面を打ち込んだらどうだと思った。涙が出ないなら、この竹刀で思い切り出させてやろうか。実際わたしは、何度もそんな気持になったのである。

わたしは自分が、死んだ父の真似をしたかったのだと思う。確かに剣道は、わたしの感傷だった。小学生のわたしは父に剣道を習った。しかし、戦争が終り、父が死に、日本へ帰って来ると、剣道は禁止されていた。禁止が解けたのは、高校一年か二年のときではないかと思う。そしてわたしは、すでにいっぱし厭世病にかかっていた。競争心を軽蔑して、授業中も小説本に読み耽った。敗戦国のヤポンスキーの皆さん、そんなに勝ちたければ負けてやるよ、と己惚れていた。実際、敗戦国民の日本人同士が何故そんなに競争するのか、不思議だった。何の役にも立たずに生きてゆくには何になればよいだろうか。それだけを本気で考えていたようである。

そういう自分を、忘れているわけではなかった。しかし剣道は、わたしの見果てぬ夢だったのである。それを長男に託すことが平凡過ぎるなら、自分は平凡な父親で結構だと思った。そして自分のそういう気持が一向に通じないらしい長男に、腹を立てた。しかし、そろそろわたしは諦めかけた。長男が中学に入る頃である。長男は中学の剣道部に入った。これは少しばかり意外だった。もう止めてしまうのではないかと思っていたのである。長男は卒業するまで止めなかった。しかし、わたしは諦めかけていた。長男が自分から剣道の話をすることはなかった。試合の様子をたずねてもあいまいだった。そういう状態のまま高校に入った。そして、また剣道部に入った。

長男は少し変ったらしい。高校に入ってからは、日曜日にも早く起きて出かけて行くことがあるらしかった。背丈もわたしより高くなった。地区大会の審判の補助員などもやらされるらしい。しかしわたしは、俄かに希望を抱く気持にはなれなかった。

わたしは自分のことを思い出してみた。長男は、小説本に読み耽ってはいなかった。いつの間にかギターを買い込んで、練習していた。小遣いを貯めて買ったらしい。ヘッドホーンをつけ、レコードに合わせて弾いたりしていた。声も変った。電話口で何度かわたしと間違えられたらしい。毛が生えて来たことには、追分の風呂で気づいた。中学三年のときだったと思う。高校に入ってからは、わたしの剃刀を使うようになった。

わたしはそのことを思い出す度に、一人でにやにやした。同時に、わたしが高校一年のときには父はすでに死んでいたことを思い出した。四十七歳で死んだことも思い出した。それは数え年である。わたしは数えで四十六になっていた。あと一年か、とわたしは思った。しかし、仮にあと一年で死ぬことになったとしても、父のような死に方にはならないはずである。仮に父と同じように胃から血を吐いて死ぬとしても、花山里《かざんり》の朝鮮人の家の離れのオンドル間で父が死んだようには死なないはずだった。父の生活は単純で平凡なものであったが、死に方だけは平凡ではなかった。わたしはもっと平凡に死ぬはずである。薬もあるだろうし、医者もいるはずだった。少なくとも、北朝鮮の土になることはなかったのである。

長男は遅延した列車の中で、駅弁を食ったり、アイスクリームを食ったり、ジュースを飲んだりしたらしい。四時間以上の遅延である。平常ならば特急で二時間のところが、六時間以上もかかった。隣の席の見知らぬおばさんがお茶を買ってくれたそうである。あとは居眠りをしていたらしい。長男はその程度のことしか話さなかった。わたしは妻が買って来た駅弁をつつきながら準優勝のトロフィーを眺めた。そして、これは父への何よりの土産だと思った。

「これ、大阪に持って行けよ」

とわたしは長男にいった。

「大阪に？」

「おじいちゃんへのお土産だ」

そういってわたしは駅弁の冷飯を、お茶でぐっと呑み込んだ。

「おばあちゃんじゃないの？」

「ま、両方だな」

追分の天気は相変らずだった。雨の合間をみて、わたしは枯れた樅の木を伐り倒そうと思った。はじめわたしが鋸を使った。地面から一尺ばかりのところを挽いた。鋸は、今度もうまく幹に喰い込んだようにみえた。わたしは腰を落とし、右膝を立てて、出来るだけ水平に鋸を挽いた。しかし、間もなく鋸は動かなくなった。同時に足がしびれて来た。鋸を引き抜いて見ると、喰い込んだのは僅かに一センチ程の深さだった。かなりの時間挽いたと思ったが、鋸は木の中心に向って進んだのではなかった。幹のまわりを、深さ一センチのところで半周したに過ぎなかったのである。わたしは長男に鋸を渡した。しかし結果は似たようなものだった。残りの半周をやはり深さ一センチばかり挽いただけである。わたしは少し鋸の位置を高くしてみた。地上一尺の位置で鋸を水平に挽くのは、姿勢に無理があるようだった。鋸の位置を上げると、確かにその分だけ姿勢は楽になった。更に上げると、更に楽になった。鋸の位置は最初の地上一尺から、三度目には地上一メートルくらいになった。ちょうど立ったまま両手を水平に動かせる位置である。そうやってわたしは、長男と交替で鋸を挽いた。しかし、どの高さで挽いてみても、鋸は深さ二センチ以上には喰い込まなかった。アカシヤのようなわけにはゆかないのかも知れない、とわたしは思った。

「無理じゃないんですか」

と昼飯のときに妻がいった。

「清水屋さんに頼んだ方がいいでしょう」

清水屋さんというのは、土屋老人である。清水屋は旧宿場時代の屋号だった。いまは旧道に老夫婦で住んでいて、山小屋の管理などをしていた。

「あの鋸じゃあ無理じゃないの」

と長男がいった。

「清水屋さんは、商売だもの。もっといいのを持ってるわよ」

「よし、新しいのを買いに行こう」

「お父さん、中軽まで？」

と長女がいった。

「ああ」

昼飯のあと、わたしはバスに乗って新しい鋸を買いに出かけた。妻と子供たちも一緒に来た。わたしたちは中軽井沢の、いつもの道具屋へ入って行った。道具屋の鋸は、どれも皆よく切れそうに見えた。わたしは道具屋の主人に、七年前にこの店で買った鋸のことを話した。しかし、主人とは顔見知りというわけではなかった。年は五十くらいに見えた。

「すっかり錆びちゃってね」

それから樅の木のことを話した。

「直径二十センチくらいなんだけど、知らぬ間に枯れちゃってね」

「枯れたかね?」

「そう」

「それじゃ、伐りにくいやね」

「枯れると伐りにくいのかね」

「生木は柔かいけど、枯れると固くなるからね」

「ははあ」

これは、まったく考えてもみないことだった。

「反対みたいだがね」

「立ったまま枯れると、固くなるから」

「ははあ」

とわたしは、二本の鋸を見較べた。

「どっちが切れますかね」

「切れるのは、こっちだね」

錆びた鋸より一まわり大型だった。わたしはそれを買い求めた。鋸にはボール紙の鞘《さや》がかぶさっていた。わたしは、それを担ぐようにして道具屋を出た。雨は止んでいるようだった。わたしたちは、バス通りから一本山寄りの道をぶらぶら歩くことにした。長女は不服そうな顔をしていた。バスで軽井沢へ行って、賑やかな商店街を見たいのである。実際、子供には何の目的もないぶらぶら歩き程、面白くないものはないだろうと思った。しかし、缶ジュースでごまかして、ぶらぶら歩いて行った。

特に見物するようなものは何もなかった。ただ、自動車が通らないだけである。途中、大きな材木置場があった。赤牛の胴体のような材木が積まれていた。わたしは買いたての鋸で、それを輪切りにしてみたい気がした。自分が天下の名刀を手にしているような気がした。赤牛の胴体のような材木も、あっという間に輪切りに出来そうな錯覚をおぼえた。

「このままずっと離山の下まで行けないかしら」

と妻がいった。しかし、ものの三十分も歩くと、道は急に狭まり、林の中へ入った。そして二手に分れていたが、どちらへ行っても出口は同じらしかった。林は、唐松と他に何か生えていたがどことなく人工的に見えた。ところどころにコンクリートの小さなベンチがあった。細い道が少し下りになったところで、犬を連れた女の子に出会った。長女と同じ、小学校五年生くらいに見えた。犬は小型犬で、種類はわからなかった。わたしは、コンニチワ、といってすれ違った。妻と長女は、立ち止って何か話をしていた。


道を下りて林を出ると、前方にバス通りが見えた。何だ、こんなところか、とわたしは思った。しかしバス通りの手前に、もう一本、平行して細い道があるのもわかった。振返ると、左うしろに小高い山が見えた。三年前に登った離山だった。妻と子供たちと四人で登った。何の変哲もない、おむすび形の山である。しかし、おむすび形に見えるのは正面からだけらしい。わたしは、とつぜん花山里の山を思い出した。父を土葬した山だった。ちょうどあのくらいの山だった、と思った。


「あら、離山じゃない」

と、うしろから来た妻がいった。

「ああ」

「ここからだと、ずいぶん形が違って見えるわね」

「そうだな」

「でも、もう一度登る気にはなれないわね」

「まあ、そうだな」


わたしは離山から目を離した。そして歩き出した。バス通りの手前の細い道を左折すると、右手に森があって、中に遊園地らしいものが見えた。左手には、ぽつんぽつんと人家があった。歩くにつれて人家は増えて、古い木造のいかにも町営住宅らしい建物もあった。道は何回か折れ曲った。そしてその度に少しずつ広くなって、やがて川に突き当って右折していた。それでバス通りへ出るのである。

川は、湯川だった。バス通りを横切って、油井《ゆい》の方へ流れていた。わたしは何年か前、旧女街道を歩いて油井まで行ったことがあった。湯川は、そばで見るとそれ程小さな川でもなかった。ただ流れは油井のあたりよりもずっと浅く、平たい岩の上で若い女たちがカメラを向け合っていた。中洲には流行の二人乗り自転車が横倒しになっていた。

　バス通りにかかった橋の手前まで来て、わたしは古い木の鳥居に気づいた。長倉神社の鳥居だった。この鳥居は、バスの窓からいつも見ていた。しかし、くぐったことは一度もなかった。長倉神社についても、わたしは何も知らなかった。ただ、ずっと昔このあたりは長倉牧と呼ばれる馬牧場だったそうである。奈良朝末の頃かららしい。馬頭観音が多いのはそのせいかも知れなかった。旧女街道の入口附近に、馬頭観音を幾つもまとめて、金網で囲ってある場所があった。石に刻んだ観音像の頭上に、馬の頭が載っている馬頭観音である。わたしは実物を見たのは、それがはじめてだった。

　雨はいまにも降り出しそうだった。しかし長倉神社の境内にも見物人たちの姿が見えた。二人乗りの自転車もあった。赤や黄色の雨具をつけた親子連れが石段脇の石仏にカメラを向けていた。長倉神社では、わたしは宮大工だった曽祖父を思い出した。曽祖父は筑前朝倉の本家から分家して朝鮮に渡り、神社を建てたらしい。南山《なんざん》の永興神社も曽祖父が建てたそうである。そして、わたしが永興小学校二年生のとき八十八歳で死んで、南山の土になった。曽祖父のことを思い出して、わたしは苦笑した。わたしは買いたての鋸を手にしているのである。そして、神社を見ると自分がいつも曽祖父のことを思い出しているらしいことに気づいた。どこでもそうだと思った。神社の大小とも無関係だった。これは死ぬまで治らないだろうと思った。

「あ、どろろのお家《うち》だ」

　と妻がいった。

「何？　お母さん、どろろのお家って？」

　と長女がたずねた。

「ここにあるじゃない」

　と妻は古い木造の長倉神社を指さした。

「これが、どろろのお家なの？」

「お兄《にい》が小さいとき、そういってたの」

「本当？」

「お宮を見ると、あっお母さん、どろろのお家だって」

どろろは、テレビ漫画の忍者だった。長男が三つか四つの頃放送されていたのだと思う。わたしもそれはおぼえていた。地蔵堂に住んでいる子供の忍者だったと思う。

長倉神社の屋根は藁葺きだった。しかし左右に反った屋根でなく、帽子を載せたように見えた。神社のことはまるでわからなかったが、反った屋根よりも古くて粗末な感じを受けた。屋根だけでなく、社殿全体もどことなく不安定なものに見えた。縦横のバランスが普通の神社と少し違うようだった。両足を揃えて立っている人間が、自分では直立しているつもりで左右どちらかに傾いている。そんなふうに見えた。しかし、どこか知ら不思議な人間臭があった。何故だろう、とわたしは思った。どこにも装飾らしいものがないせいかも知れなかった。そのため様式的というよりも、現実的だった。神様よりも人間が住むために作られたかのようである。実際、誰を祀っているのかわからなかった。立札によると延喜時代に建てられたらしい。それ以外のことはよくわからなかった。

しかし、うしろの森は大した広さだった。大昔はずいぶん大きな神社だったのではないかと思う。森の一部は遊園地のようになって、ジャングルジムなども出来ていた。欅、樫《かし》、橅《ぶな》などの大木があり、木名を書いた札がかかっていた。わたしはその大木のどれかを自分の鋸で伐り倒してみたい気持になった。大木の幹はどれも、わが家の枯れた樅の木の五、六倍はあった。もっとあるかも知れなかった。しかし気持のよい音をたてて、鋸は喰い込んで行くような気がした。わたしは、ボール紙の鞘のついた鋸を、欅の幹に当てがってみた。生木は柔かい、といった道具屋の主人の言葉が思い出された。

「あっ？」

と長女の声がきこえた。

「お父さん、何してるの？」

「あ、雨だわ」

と妻がいった。

わたしたちは境内を出て、バス通りへ向った。バス通りにかかった湯川の橋を歩いて渡るのははじめてだった。最寄りのバス停は、離山だった。途中、新しく出来た検問所があった。駅前の派出所が暴走族に襲われたのだそうである。それで俄かに設けられたらしい。わたしたちはバス停まで十五分くらい歩いた。雨は濡れる程には降らなかった。中軽井沢から山寄りの道を遠まわりして、バスの二駅分をぶらぶら歩いた勘定だった。そしてそこからバスに乗って帰って来た。

母から手紙が来ていた。博多の従弟が右足首を切断したという。

「癌だそうだ」

とわたしは妻にいった。

「癌？」

「ああ」

この従弟は博多の叔母の長男だった。年はわたしより一つ下だった。しかし引揚げて来たわたしは一年落第したので、中学から高校の途中までずっと一緒だった。従弟が博多の高校へ転校したのは、二年からだったと思う。それから九大に入った。何故フランス文学科へ行ったのかはわからないが、卒業すると大学院に入った。それから講師になり、助教授になり、三、四年前フランスに留学した。

そういう、まったく順調な従弟だった。従弟は、兄弟六人だった。年頃はわたしの弟たちとほぼ似たようなもので、皆それぞれに独立していたが、その中でも一番順調な従弟だった。落第は一度もしなかった。病気らしい病気もしなかった。怪我もなかった。結婚してからも両親のすぐ傍に住んでいた。子供は三人である。どこから見ても申し分のない孝行息子だった。

叔母には自慢の息子だったと思う。確かに欠点のない従弟だった。酒も煙草もやらなかった。しかし決して偏屈ではなかった。歌も歌うし冗談口も利いた。そして自分についても他人に対しても、露骨なところがなかった。決して自慢せず、人を見下すようなところがなかった。誰かと喧嘩をしたことがあるのだろうか、とわたしは思った。誰を憎む必要もなかったのかも知れない。そんなことを考えてみたくなるような従弟だった。

礼儀も正しかった。しかし形式主義ではなかった。他人行儀でもない。意志的とか理知的とか、自分の生き方を相手に誇示する冷たさでもなかった。母が博多で倒れたときは、病院へも見舞いに来てくれたそうである。本当に気持のやさしい人です、と母は手紙に書いていた。そして、早速叔母宛に見舞状を出すようにと書いてあった。

「何年か前から、足の裏にイボみたいなものが出来てたらしいな」

「イボ？」

「ああ。別に痛くも痒くもないんで、放っといたらしいんだけど、何となく気になり出して医者に見せたらしいんだな。そしたら、すぐに手術しろといわれたらしい」

「それは気の毒だわね」

「お前は、二度会ってるわけだな」

「そうね。最初は博多のお兄さんの家でだから」

「あのときは、彼はまだ独身か」

「そうだわね」

「それから、あのときだな」

「そうね」

「誰が癌なの？」

と長男がたずねた。

「博多にいる、お父さんの従弟」

と妻が答えた。

「そうか、お前は知らないんだな」

従弟は一度、わたしのところへふらりと遊びに来た。フランスへ行った年の春だったと思う。わたしがいまのハイツに引越して間もなくの頃だった。一行は、従弟の他に、従弟の弟夫婦と、子供三人だった。従弟の弟は三男坊で、東京の商事会社に勤めていた。子供は、従弟の次女と、弟の方の長女、長男だった。女の子は二人とも、わたしの長女と似たような年頃で、一緒に表の遊園地へ遊びに行った。男の子は、まだよちよち歩きではなかったかと思う。

従弟は別に用事で来たのではなかった。彼とは、わたしが博多に行ったとき会うだけだった。わざわざ会うような用事はお互いになかったのである。従弟は東京での学会に出て来たらしい。弟の家があるので、次女を連れて来たらしかった。従弟は、引越して間もないわが家の部屋を一通り見物した。そして、なかなか立派なハイツやね、とお世辞をいった。ただ、長男の部屋だけは見て行かなかった。長男はたまたまそのとき、おたふく風邪で寝ていたのである。従弟は子供連れだった。きいてみると、おたふく風邪はまだだという。それで用心のため長男は部屋に閉じ込めて置いたのである。従弟たちは、一時間ばかりいて、弟の方の奥さんの運転する車で帰って行った。

「で、もう手術は済んだわけですか？」

「ああ。福大病院で切ったらしいな」

「九大病院じゃなかったんですか」

「福大の方が家から近いんだよ。九大だと反対側だもんな」

「叔母さん、びっくりしたでしょうね」

「でも、足でよかったよ」

「そりゃあ、まあ、そうだけど」

「ま、大学の教師だからな。足がなくなる分には大して困らんだろう」

「本当に、足だけで済めばいいけど」

「ああ」

「切ればそれで済むのかしら」

「まあ、叔母さんにしてみりゃあ、どうせ足を切られるんだったら、まだ交通事故か何かの方がよかったと思うだろうな」

夕食後わたしは大阪の兄に電話をかけた。父と祖母の三十三回忌のための大阪行は、二日後だった。電話口には、兄嫁が出て来た。

「どうも、今度のことは、お寺の心配までお願いして、済みません」

とわたしはいった。

「いいえ」

と兄嫁はいつもの口調で答えた。

「それから、ホテルの方も、こないだお電話いただきました」

「それが、もっとええとこが取れればよかったんですけどね。会社の方の伝手で、だいぶあちこちきいてもろうたらしいですけど、あんまりええとこでなくて、済みませんけど」

「いや、いや」

「それでも、まだ出来たばっかりで、新しいのは新しいそうですからね」

「はあ」

「それに新大阪の駅から、すぐやそうですからね」

「いや、子供連れですから、それが何よりですたい」

兄嫁が電話口でちょっと笑った。わたしの「ですたい」のためらしい。妻が傍へ来て、目くばせした。そしてメモ用紙をわたしに渡した。喪服のことをたずねて下さい、と書いてあった。わたしは受取ったメモ用紙を見ながらいった。

「あ、それから、喪服のことですがね」

「あ、それはですね、てんでに、略服でいいそうですから」

「洋服でいいんですね」

「はじめはですね、お母さんがみんな和服を着た方がええようなことといってあったですけどね」

「おふくろは、自分は平気だもんだから」

「寒いのは嫌いですけどね」

「じゃあ、黒の服ならいいわけですね」

「はい。この暑さですしね。みんな着慣れんやろうていうてですね」

「そっちは、暑いですか」

「いっとき涼しゅうなっとったですけど、またぶり返しましたね」

「天気がいいのだけは、高校野球のテレビで見てますけど」

また妻が傍へ来て、メモ用紙を差し出した。五万円のこと確めて下さい、と書いてあった。三十三回忌の法事の費用の分担金である。これは兄と話した方がいいだろう、とわたしは思った。兄嫁と金のことを話すのはどうかと思った。しかし兄はまだ帰っていないらしい。

「九時頃は戻ると思いますけど」

「じゃあ、またかけましょう」

「お母さんは、代らなくていいですか」

「そうですなあ」

「代りましょうか」

「ま、いいでしょう。明後日は行きますから、そう伝えとって下さい」

しかし、急いでつけ加えた。

「あ、ちょっと待って下さい」

わたしは傍でメモ用紙を手にしている妻の顔を見た。そして、受話器を妻に渡した。妻は兄嫁と話しはじめた。年は兄嫁より妻の方が上だった。三つ四つ上ではないかと思う。わたしは、従弟の手術のことを忘れていたのを思い出した。妻と兄嫁の電話は思ったよりも長かった。わたしは妻の手からメモ用紙を取って、おふくろに伝言、ススム手術の件今夜すぐ見舞状書く、お見舞いも送る、叔母さんの住所、たずねること、と書いて妻に渡した。電話口の妻は、標準語の敬語を使っていた。

「あれじゃあ姉さん、大変だわ」

と電話を済ませた妻はいった。

「金のことか」

「お金はまあ、みんなで出し合うわけだけど」

「で、話はわかったのかね」

「わかりました。要するに、兄弟それぞれ五万円なんだけど、それだけで一切まかなえるのかどうかってことよ」

「一切というと」

「だって、お寺の方のあとで、みんなで食事するわけでしょう、どこかで」

「ふん、ふん」

「だって大変ですよ、みんな集れば」

「そうだな。全員なら、えーと、二十八名かな、おふくろを入れて」

「とにかく、親子三人が一軒だけで、あとは親子四人ずつでしょう。ですから、五万円ずつでその費用をまかなえるのか。それとも、それは別になるのか。それをたずねておいた方がいいと思いましたんでね」

「ははあ」

「やっぱり、博多の方からも、だいぶ問い合わせが来たらしいわ」

「誰かね」

「誰ってことは、きかなかったけど」

「ま、そうだな、子供連れでホテルにも泊るわけだしな」

「だけど、お寺の方から、あとの料理屋さんのことから、全部姉さんがやってるのね」

「昔だったら、もっと大変だろう」

「そうかしら」

「そうだよ。長男の嫁だからな」

「でも、却っていまの方が大変じゃないかしら」

「どうして」

「だって、みんなばらばらでしょう」

「ばらばら、か」

「とてもわたしには出来ないわね」

「そりゃあ、お前は他の女房連中を知らんからだよ」

妻が知っているのは兄嫁と、東京にいる末弟の嫁だけだった。

「それで、博多の方は全員集るのかね」

「幸雄さんとこだけ、まだですって」

「ははあ」

「もう一度兄さんに電話するんですか」

「そうだな」

　わたしは法事の前に何か兄と話して置かなければならないことがあるような気がした。しかし、それはもう何度も話し合ったような気もした。父の墓を、どこに立てるかということだった。

　二年前、母が博多で倒れたときにも話し合った。そこには弟たちも集っていた。話は、簡単なことだった。父の墓を、来る三十三回忌を期して立てようということである。そのことに異存のあるものはなかった。しかし、場所が決らなかった。朝倉のヨソンシュクか、博多か、決らなかった。ヨソンシュクは恵蘇宿《えそのしゅく》の筑前訛りで、ここがわたしたちの本籍地だった。曽祖父も祖父もそこで生れた。そして朝鮮へ行くまで暮したところである。しかし、母もわたしたち兄弟も、そこで暮したことは一度もなかった。博多は、母が小学校、女学校を出て、朝鮮の父のところへ嫁に行くまで暮したところだった。そして、いまも暮しているところだった。弟たちも三人暮していた。末の妹も暮していた。しかし、兄は大阪に転勤になった。そして結論が出ないまま、翌年母も大阪の兄のところへ移ったのである。

「おやじの墓のことなんだがね」

　とわたしは妻にいった。

「どうも、何だかはっきりしないんだよな」

「はっきりしないって？」

「場所だよ、場所」

「あれ、まだ決ってなかったかしら」

「だって、決ってないじゃないか」

「朝倉の方にしたんじゃなかったんですか」

「そうじゃないよ」
「でも、二月に出かけたのは、そのためだったんでしょう」
「だから決ったとは、いえんだろう」
「じゃあ、朝倉には、反対者が多いわけ」
「いや、そうはっきりしているわけでもない」
「じゃあ、どうして決らないんですか」
「だから、そのへんが、何だかはっきりしないわけじゃないか」

　何故だろうか、とわたしは思った。しかし、どうも考えが真直ぐ前へ進まなかった。そのことを考えようとすると、頭のどこかが鬱血したような具合になった。いつもそうなった。わたしは首を左右に曲げた。左へ曲げても右へ曲げても、首は鈍い音をたてた。肩が凝っているのだった。この肩凝りは、もう十数年来のものだった。鍼灸按摩いずれもかかったが治らなかった。死ぬまで治らないだろうとわたしは思った。

　わたしは首振りを暫く続けた。左右だけでなく、前後にも曲げた。前後に曲げても鈍い音は同じだった。その音をききながら、わたしは自分の肩凝りに気を奪われていた。そして、暫くそうやっていると、頭の中が少しずつ空っぽになるような気がした。

　わたしは、空っぽになった頭で、もう一度父の墓のことを考えてみようとした。一番簡単なことから考えてみた。わたしが考えているのは、一つの平凡な墓だった。小さ過ぎもせず、大きくもない、まことに平凡な墓石だった。それがわたしの考える父の墓だった。わたしは、その平凡な父の墓石を、空っぽになった頭の中に立ててみた。それは、まことにはっきりした一つの墓だった。そして、どこにでもある平凡な墓だった。わたしの空っぽになった頭の中では、そうなっていたのである。

　しかし、一旦そこから外へ出すところへ来ると、わからなくなった。博多か、ヨソンシュクか。原因は母にあるような気もした。母はわたしたちを連れて、母方の祖母のところへ直行した。三十二年前、引揚げて来たときである。朝倉へは行かなかった。そして父と祖母の遺髪と爪を甘木《あまぎ》の教法寺に預けてしまった。教法寺は母方の菩提寺だった。

この母の処置を誰も責めることは出来ないと思う。三十二年前、わたしたちはリュックサック一つで命からがら日本へ逃げ帰って来たのだった。実際、あのときの引揚げ姿を写真に撮って置けばよかったと思う。ベトナムの難民の方がまだよかった。生きているのが不思議だった。父と祖母の遺髪と爪のことなど思い出しもしなかった。しかしそれは兄のリュックサックの底に入っていた。もちろん母が入れたのである。位牌も入っていた。曽祖母、祖父、それと四歳で死んだ弟の位牌だった。永興の土になった四人である。それを持ち帰っただけでも大したことだった。

母が朝倉へ行かなかった理由も、よくわかった。父がいなくなった以上、朝倉は母にとって無縁の土地に等しかった。そして、無縁以上に行きたくない土地に違いなかった。朝倉の村長は、わたしたちと同姓で、父の中学時代の同級生だった。そういうこともあったかも知れない。見栄かも知れないし、面子かも知れなかった。三十二年前、母はちょうど四十だった。意地ということもあったかも知れない。

母はその意地をずっと通した。朝倉の世話にはならずに暮した。わたしたちはときどきバスで朝倉を通った。リュックサックを背負ってサツマイモの買出しに行ったのである。しかし母は朝倉村にだけは行かなかった。朝倉村のイモは食わなかったのである。

しかし、そういうことも、いまになって考えての話だった。当時は、母の意地など特に考えてはみなかった気がする。父と祖母の遺髪と爪を、朝倉の寺へ持って行かなかったことも、特に不自然とは思わなかった。実際、戦争に敗けた日本に、寺というものがちゃんと残っていることさえ不思議だった。そんな気持だった。これは、甘木という町がまったく戦災を知らなかったためだと思う。花山里の山に父を土葬して来たわたしには、余りにも平和過ぎる町だったのである。余りにも落差が大きかった。

最初のうちその落差は、おどろきであり、不思議だった。次にそれは、コンプレックスに変った。わたしは自分が贋物の日本人のような気がした。わたしは何とかして、この平和過ぎる町に同化したいと思い、「バッテン」「ゲナ」「バイ」の筑前言葉の習得に励んだ。そして中学の野球部に入り、毎晩、夜なべに硬球の修理に励んだ。中学三年まで、それを続けた。甘木に住んだのは六年間である。その前半の三年間だった。あとの三年は諦めてしまった。「バッテン」「ゲナ」「バイ」はマスター出来たが、同化は無理だった。一日も早くこの町から逃げ出したいと思うようになった。

わたしは朝倉のことなど忘れて暮した。友達もどういうわけか朝倉村にはいなかった。すぐ手前や、一つ先の村には、何度か友達の家へ遊びに行ったが、朝倉には行かなかった。故意にではなく、そういう結果になった。父と同級生だった村長の息子は、別の高校に入って、水泳部の選手になっていた。定期的な対校試合で、何度か泳ぐところを見たが、もちろんつき合いはなかった。彼は日大へ行って、自由形のオリンピック選手になった。

教法寺には何度も行った。しかし、父の墓の場所など考えてもみなかった。母も何もいわなかった。それに教法寺は立派な寺だった。真宗の本願寺派で、町中にあったが、広い境内はいつも静かだった。坊さんも細身で、おとなしい人に見えた。頭は五分刈りで、年は三十過ぎに見えた。教法寺のすぐ前に、わたしと同姓の活版所があった。そこがわたしたちの本家だった。分家した曽祖父の兄の家である。もちろん曽祖父の兄は、もういなかった。朝倉から甘木へ出て来て、二代目らしい。わたしは一度だけ、その活版所へ行った。母と兄が一緒だった。甘木へ引揚げて来て間もなくだったと思う。道路から少し高くなった入口を入ると、すぐ工場で、右側に機械が並んでいた。わたしたちは通路を抜けて奥へ行ったが、部屋には上らなかった。立ったまま挨拶をして、すぐに帰って来た。わたしはうしろで、頭をさげただけだった。母がどういう挨拶をしたのかも、よくわからなかった。

本家の主人は、ちょうど父と同年輩くらいに見えた。名前に一字、父と同じ字が使ってあった。しかし顔は、ほとんど記憶に残らなかった。よく見ていなかったのかも知れなかった。本家の主人は町会議員だった。娘は、長女がわたしより一年上だった。高校になってからは同じ学校に来ていた。しかし、お互いに知らん顔をしていた。一度も口を利かなかった。活版所へも、最初に一度行ったきりである。母も行かなかった。教法寺へ行っても、立寄らなかった。しかし母は、寺からの帰りに一度こんなことをいった。教法寺の欄間の彫刻は曽祖父の作品だそうである。朝鮮に行く前の仕事らしい。

甘木にいる間、わたしと朝倉の関係はそういうものだった。それを特に不思議とも思わなかった。そして、そういう関係のままわたしは高校を出て甘木を離れた。母や兄弟たちも離れて、博多へ移った。

二年前、母が倒れたとき、わたしは父の墓のことが気になりはじめた。それは母の墓のことでもあったと思う。また、朝倉が気になりはじめたことでもあった。そこへ「逸平」氏から手紙をもらった。村長さんと同じ、父のヨソンシュク仲間である。そしてわたしは、死んだ父の年まであと一年という年になっていた。なにしろ父の三十三回忌が来るのである。しかし、父の墓は決らなかった。

ヨソンシュクか、博多か。兄弟の意見がまとまらないのは、熱意不足のためかも知れないという気もした。確かにわたしたちはそれぞれに結婚して、ばらばらに暮していた。父の墓は自分たちの入る墓ではなかった。はじめわたしは、そのことがよく呑み込めなかった。しかし、確かに、父の墓へ入るとすれば、それは母だけなのである。博多にいる弟や妹たちが、是が非でも博多にしたいといい出さないのは、そのためかも知れない。そんな気もした。

母が大阪の兄の家に移ったこともあると思った。もちろん、父の墓を大阪にと考えるものはなかったと思う。しかし、博多の兄弟たちが母のところへ集る機会はなくなってしまった。大阪の母のところへ行くとしても、ばらばらである。

誰かが俄かに思い立って、暴走するのを待っているのではなかろうか。そんな気もした。しかし誰にも暴走する気配はなかった。母も黙っているらしかった。一月程前《ひとつき》、わたしは三十三回忌の相談に兄のところへ行った。しかし母は、何もいわなかった。

「あんたたちのええように、相談して決めて下さい」

と母はいった。

「わたしはもう、何もしきらん」

「いつも、これやからね」

と兄は笑ってみせた。しかしわたしは笑えなかった。頭の中が鬱血して来た。そして、母はいまだに朝倉への意地を張り続けているのかも知れないと思った。そして兄は、そういう母を承知の上で笑っているのかも知れないと思った。わたしは母も兄も巳年だったことを思い出した。

三十二年前の母は四十歳だった。わたしは自分があのときの母より五つ年上になっていることに気づいた。そして、母が朝倉と絶縁したのは、母の若気の至りだったのではなかろうかと思った。わたしはこの春、一人でふらりと朝倉へ出かけた。しかしそのことは、母にも兄にも黙っていた。特に隠す程のことではなかった。母の意地に対する遠慮というわけでもなかった。一種の恥しさのようなものではなかったかと思う。四十五にもなって、ということである。用もないのに朝倉くんだりまで出かけた一人旅を、わざわざ白状することもなかろうと思った。自分一人が、憂い顔の孝行息子役を演じているような気もした。

お前まだそんなこと考えているのか、と兄にいわれそうな気もした。朝倉だのヨソンシュクだのとお前は何だか有難がるようだが、本当にお前、つき合えるのか。お前だって知らんわけじゃないだろうが。それにお前、ひいじいさんだって、おやじだって、自分からあそこを出て行ったんじゃないか。その気持の方がよっぽどよくわかるよ。しかしまあ、おやじも死んでしまったんだし、お前が朝倉を有難がるのは結構なことだ。確かに、おやじはあそこで生れた。それに、あそこからの筑後川の眺めはすばらしいからな。しかし、おやじさんは、お前だけのおやじさんではないだろう。

頭の中の鬱血がひどくなった。わたしは何かいおうとした。朝倉へ行った話をしてやろうかと思った。わたしは一人いきり立って、七人も兄弟がいながら何をもたもたしているんだ、という気になった。朝倉がいやならさっさと博多に決めてしまおうじゃないか、という気になった。しかしわたしは何もいわなかった。朝倉へ行ったことも話さなかった。とつぜん母が、補聴器を外してしまったのである。

わたしはそのまま帰って来た。そして、それでよかったのだ、と思った。わたしは母の補聴器を思い出して、苦笑を洩らした。わたしがいま頃になって、一人でぶらりと朝倉へ出かけたのは、あのとき朝倉のイモを食わなかったためかも知れない。そんな気もした。永興のオンドル間で祖母からきかされたヨソンシュクが、そのままの形で残ることが出来たのは、母の若気の至りのお蔭だったのかも知れないと思った。

それからわたしは、とつぜん父の墓のことを思い出したり、また忘れたりして暮した。考えはじめて、頭の中が鬱血して来ると、首を曲げて音を出した。そして頭の中を空っぽにした。それからまた思い出し、また暫くは忘れて暮した。オリンピックに出た村長の息子のことも一度思い出した。活版所の娘のことも一度思い出した。

「兄さん九時には戻ってるんでしょう」

と妻がいった。風呂上りだった。

「ああ」

「もう十時ですよ」

「ホテルのことはもうわかってたかな」

「あれはもう、部屋もきいてます」

「従弟のことは」

「え？」

「手術のこと」

「あ、手紙とお見舞い、ね」

「そう、そう」

「ちゃんと伝えました。住所もききました」

「じゃあ、もういいだろう、今夜は」


わたしは仕事部屋へ行って、博多の叔母宛に従弟の手術の見舞状を書いた。改まって叔母に手紙を書くのは、はじめてのような気がした。葉書は何度か書いたと思う。しかし簡単な礼状とか挨拶程度だった。わたしは一時間程かけて、便箋に四枚書いた。それから机の上のウイスキーボトルをあけて、暫く飲んだ。わたしは買って来た鋸のことを思い出した。そして明日は枯れた樅の木を伐り倒してやろうと思った。

しかし翌日は雨だった。妻と子供たちは傘をさして、犬猫病院へ出かけて行った。

「帰りに町へ寄って、お見舞い送っておきます」

と妻はいった。猫は犬小屋型の赤いケースに入れられていた。それを長男がぶらさげていた。大阪へ出かけた留守中、病院へ預けて置くのである。犬猫病院は離山の下だということだった。わたしは雨の合間をみて、枯れた樅の木を伐ってみたいと思った。しかし雨は夕方まで降り止まなかったのである。

花山里

大阪へは追分から出かけた。八月半ば過ぎの土曜日である。出発の日も追分の天気はよくなかった。しかし、どうやら傘はささずに済んだ。僅か一泊の大阪行ではあったが、親子四人連れとなると、各人が何かを持たなければならなくなった。

わたしはいつもの大型ボストンバッグをさげた。もう五、六年、どこへ行くにもこれなのである。ジーンズの紺がすでに擦れて剝げかけていた。中身が洗面道具と着換えの下着だけのときは、このひしゃげた大型バッグをぶらさげて歩くのも悪くはなかった。しかし、目一杯に何かを詰め込むと、腕が抜けそうな重さになった。

そこにトランジスタラジオを押し込もうか止めておこうかと、わたしは二、三度迷った。その日は夏の高校野球の決勝戦だった。大阪行は父の三十三回忌法要のためである。しかし、迷ったのはそのためではなかった。トランジスタラジオは旧式のもので、ドストエフスキー全集一冊分くらいの重さがあった。大きさもたぶんそのくらいではないかと思う。もう何年になるのだろう、とわたしは思った。そして、このトランジスタラジオを買ったのは、結婚して間もなくだったことを思い出した。

長男が高校一年であるから、まだ二十年にはならないようである。十七年か十八年。わたしたちは都内の木賃アパートに住み、わたしは会社勤め、妻は私立高校の英語教師をしていた。テレビはなかった。六畳間の中は革張りのソファーと冷蔵庫だけのように見えた。実際、二つとも六畳間には不釣合いに大きかった。アパートの前をどぶ川が流れていた。ある日、妻は学校へ行っていて、長男を流産しそうになった。それで慌てて学校を辞めてしまった。わたしは、トランジスタラジオを買ったのは、何かの割引きだったことを思い出した。勤めていた会社とメーカーとの何かの関係で安く買えるから買わないかと誰かにいわれて買ったような気がする。そんなことを、ふっと思い出した。長男が生れる少し前、わたしたちはアパートを引越した。それからまた二度ばかり引越したが、どこに住んでいるときも、このトランジスタラジオをしみじみきいたことはないような気がした。そして、追分に来るようになってからは、追分の山小屋に置放しにしていた。

追分では、トランジスタラジオは必需品だった。雷雨のため停電することが一夏に何度かはあったのである。停電すると、トランジスタラジオを卓袱台《ちゃぶだい》に据えて、親子四人がそのまわりに集った。そして、この文明社会から孤立しそうになっている自分たちのところへ、何か救いとか慰めの言葉がトランジスタラジオからきこえて来るのではなかろうかという気持で、息をころしていた。天気予報か、せめて何かニュースのようなものをききたかったのだろうと思う。しかし、きこえて来るのは何かの音楽か、音楽の合間の誰かのお喋りのようなものだった。あるとき、とつぜん朝鮮語の放送がきこえた。暗闇の中で長男がトランジスタラジオをいじったらしい。

また、とつぜんプロ野球中継がきこえて来たこともあった。それから、『奥の細道』がきこえて来たこともあった。受験生向けの国語の時間だったらしい。先生の方が何か説明したあと、それではそこのところを誰々さんに読んでもらいましょう、という。すると女の声で朗読になった。いかにも朗読調の朗読で『奥の細道』の有難味がなくなるような気がした。どこかの新劇の女優かも知れない。わたしは極端に嫌いな新劇女優が一人いたが、彼女ではなかった。女で重々しいというのはおかしいかもわからないが、彼女の抑揚はそんな気がした。いかにも新劇といった重々しい調子があった。しかしこのトランジスタラジオの声は、彼女などよりはずっと無名の女優だろうと思った。

芭蕉はどんな声だったのだろう。わたしはそんなことをちらっと考えてみたりした。それからプーシキンやゴーゴリが、よく自作を朗読したということまで思い出した。ドストエフスキーも、決して朗読は下手ではなかったらしい。彼はベリンスキーがゴーゴリを非難した手紙をある会合で朗読したために逮捕されシベリア行きになったのである。

わたしはトランジスタラジオをボストンバッグに入れようか止めようかと、二、三度迷った。迷った挙句、入れるのを止めて出かけた。わたしたちはバスで軽井沢へ行き、そこから汽車に乗った。上野駅に着いたのは、午前十時過ぎだったと思う。天気は追分よりも幾らかましというところだった。しかし東京駅へ行くと、天気はよいのか悪いのか、わからなくなった。新幹線の時間には四十分ばかりあるらしかった。わたしは妻と長女を荷物のそばに残し、長男を連れて大丸へ行った。これは四十分の余裕のためだったと思う。それがなければトランジスタラジオは諦めて、そのまま列車に乗っていたと思う。たぶん、思い出しもしなかっただろうと思うのである。

わたしたちは一旦改札口を出て、デパートに入った。そして、入口の近くにいた若い女性にたずねてエレベーターに乗った。長男を連れて来たのは、トランジスタラジオを選ばせるためだった。それと、腕時計をしているためである。

「お父さん、どういうの買うの」

とエレベーターの中で長男がいった。

「どういうのって、新幹線の中できこえるやつだよ」

売場にはステレオとかテレビの類が陳列されていた。わたしはそういった品物に挾まれた通路に来ると、何だか落着かなくなった。まわりの物がよく見えなかった。何かわけのわからない機械室にでも迷い込んだような気がした。長男の方は、まる反対の様子だった。一つ一つ、ステレオだかビデオカセットだかを眺めまわしているようである。わたしはとにかく一直線にトランジスタラジオ売場へたどり着きたかった。しかし、一度たずねたがわからなかった。たずねたのは、若い女性で、彼女の前には電気剃刀が並んでいた。

「いかがですか？」

わたしが近づいて行くと、彼女はそういって、わたしの顔へ目をやった。追分では床屋へ行かないので、髭はずいぶん伸びていたはずである。わたしは顎のあたりに手をやりながらトランジスタラジオの売場をたずねた。顎のあたりも、一面に髭だった。わたしは大阪に着いてから、髭はホテルで剃るつもりにしていた。剃刀を持って来ていた。

電気剃刀売場の女は、わたしが手を当てている顎髭に目を注いでいるようだった。背の高そうな女で、眉が黒く、目が鋭かった。色は白かったが、色白という印象ではなかった。毛深い女ではなかろうかとわたしは思った。彼女はトランジスタラジオ売場を教えてくれた。それから、わたしの顎のあたりを見て、またどうぞ、といった。わたしはいわれた方へ歩いて行った。しかし、途中でわからなくなって、今度は男の店員にたずねた。長男は、わたしに付かず離れずの形で、あれこれ眺めながら歩いていたようである。

「それなら、これでしょう」

とトランジスタラジオ売場の男はいった。

「こないだ、やはり新幹線に乗られるお客様が、もしきこえなかったら返しに来るぞ、なんて、買って行かれました」

「なるほど」

「その後、返しにはみえませんでしたから」

男はショーケースの向う側から、身をのり出すようにして、小型のトランジスタラジオを指さしながら、そんなことをいった。長男はケースの中の、他のラジオをのぞき込んでいた。

「じゃあ、これにするぞ」

とわたしは長男にいった。長男はこちらを向いたが、何もいわなかった。

「じゃあ、これにしよう」

しかし、どういうわけか、その製品は品切れだった。ショーケースの中のものは見本だったらしい。男の店員は、ちょっと詫びをいった。わたしは腹が立った。しかし、他の店へ行く時間は、もちろんなかった。

「次にきこえるのはどれかね」

店員は似たような小型のトランジスタラジオを指さして、これならなんとか大丈夫だと思いますが、といった。しかし、どういうものか、それは先のものよりも二千円ばかり値段が高かった。この小商人奴《こあきんどめ》が、とわたしは思った。そして何だか気になるデパートだなと思った。トランジスタラジオは掌に入る大きさだった。厚さは別だが、文庫本よりも小さかった。わたしはそれを買ってエレベーターの方へ向った。途中、電気剃刀売場の前を通った。さっきの女がちらっと目に入った。彼女はわたしの顎のあたりを見ているような気がした。すると、自分の足が自然に止るような気がした。剃刀は用意して来ていたが、新幹線の中で電気剃刀を使うのも悪くないような気がしたのである。チリチリと髭を剃る音が耳にきこえた。それから軽いモーターの唸りがきこえた。

「お父さん、買うの？」

わたしの前には電気剃刀の並んだショーケースがあって、その向うに、さっきの女が立っていた。

「いま、何時だ？」

とわたしは長男の方を向いてたずねた。

「ご旅行ですか？」

と女がいった。

「ああ」

女は幾つかの電気剃刀を取り出して、わたしの前に並べた。

「お客さんの髭でも、これでしたら」

「ぼくは、赤毛だもんでね」

そして、とつぜん床屋の女を思い出した。うちのお父さんもお客さんみたいな赤毛ですよ、とわたしの髭を剃りながら彼女はいった。年もお客さんくらいじゃないかな、ともいった。年をたずねると十九だという。何度か行った店ではあったが、ぜんぜん知らない相手だった。なにしろ店には七、八人の女が働いているのである。父親といまも一緒にいるのかとたずねると、国は秋田だという。いわれてみると、そんな気もした。店の三階の寮に住んでいるらしい。正月には国へ帰るが、そのときには剃刀を持って帰るそうである。しかし、お父さんの髭はどうも剃りたくない、といった。なかなかよく喋る女で、日記をつけているのだともいった。三年日記というのらしい。三年間使えて、同じページに三年分の同じ月日のことを書くことが出来る。そういう日記帳らしかった。いまはやってるんじゃない、といわれたが、もちろん見たこともきいたこともなかった。帰って来て長女にきいてみたが、知らないということだった。最後に女は、ああずいぶん剃ったわ、といった。鏡で顔を見ると、顎がとがっていた。

「これならモーターもしっかりしていますよ」

と電気剃刀売場の女は、わたしの方へ品物の一つを差し出した。ドイツ製だった。

「あ、これは持ってるわ」

とわたしはいった。ずっと前、妻からもらったのである。まだ長男が生れて間もない頃ではなかったかと思う。その頃は誕生日に妻から何かプレゼントをもらっていたのである。いつ頃からそういうことはしなくなったのだろうか、とわたしは思った。しかし、もちろん思い出せなかった。

「でもさ、お父さんのは、電池式じゃないじゃない」

と長男がいった。

「ああ」

確かに妻からもらったものはもう十何年も前の旧式で、コードがなければ使えなかった。そして売場の女が差し出しているのは、電池式の新型だった。チリチリと髭を剃る音が耳にきこえた。軽いモーターの唸りもきこえた。妻からもらったのは、白だった。新型の方は黒だった。わたしは女が差し出した黒い新型のドイツ製を手に取って眺めた。そして、自分はいったいこんなところで何をしているのだろう、と思った。

わたしは我ながらあいまいな表情を作った。本当は笑いたかったのである。なにしろ、これから父の三十三回忌で大阪へ出かけるところだった。わたしは何かあいまいなことをいって、ドイツ製の新型を女に返した。たぶん長男に時間のことか何かをたずねたのではなかったかと思う。そして、あいまいな表情のまま売場を離れた。離れぎわにわたしは、実は明日はおやじの三十三回忌でしてね、と彼女にいっている自分を想像していたのである。わたしは笑ったような笑わないような顔をしていたのだろうと思う。売場の女の表情は、はっきりしていた。彼女の鋭い目は、わたしの顎のあたりの、伸びた髭に注がれていた。そして唇のまわりには冷笑が浮んでいた。当然のことながら彼女は、わたしの父親の三十三回忌のことなど、知るはずもなかったのである。

もちろん、わたしが父の三十三回忌を前にしてデパートなどへ入り込んで行ったりしたのは、何も父の三十三回忌を忘れていたためではない。むしろ反対に、わたしの頭の中は父の三十三回忌のことで一杯だった。そのことで頭の中は一杯であったわたしが、高校野球の決勝戦をききたいと思ったのである。それで、デパートへ入って行った。そしてトランジスタラジオを買った。そしてチリチリというあの電気剃刀の音に誘惑されて、デパートの電気剃刀売場の女の前に立寄ったのである。そして、我ながらあいまいな表情でそこを離れたのだったが、しかし、それは何も、いま自分がやっていることは父の三十三回忌へこれから出かけようとしている人間のやることではないと、とつぜん考えついたからでもなかった。なにしろわたしの頭には、父の三十三回忌のことしかなかったのである。そういうわたしが、高校野球の決勝戦を新幹線の中できききたいと思い、また、その同じわたしが電気剃刀のチリチリという音に誘惑されたのである。

新幹線は、定刻に発車したのだったと思う。わたしは発車するや否や、いつもの通り幕の内弁当を食べはじめた。そしてやがて平らげた。しかしトランジスタラジオはきこえなかった。試合はそろそろ始っていたはずである。列車が熱海を過ぎた頃がプレイボールの時刻ではなかったかと思う。トランジスタラジオは長男にまかせておいた。彼は向い側の席で、さかんにアンテナを引張ったり、斜めに動かしたりしていた。動かす度に、雑音に変化が生じた。そして、小さな赤ランプがせわし気に点滅した。

「その赤いのは何かね」

とわたしはたずねた。

「これ？」

「ああ」

「これがさ、きちんと赤く点らないときこえないわけ」

長男はなおもトランジスタラジオをいじり続けていた。しかし人間の声らしいものはほとんどきこえて来なかった。わたしはすでに諦めかけていた。デパートの売場の男にも腹は立てなかった。わたしは眠くなった。実際、例外的に早起きしていたのである。わたしは、うとうとっとした。そして昨夜、妻があれだといったのを思い出した。何だか仏様には悪いような気がするけど、ともいった。わたしはふとんから起き上り、机の上のウイスキーを取寄せて飲みはじめた。そして飲んでいるうちに、何となく大袈裟な気分になって、とうとう和泉式部まで担ぎ出した。和泉式部が「月のさはり」にもかかわらず熊野本宮への参拝を許されたという話である。

わたしが熊野へ行ったのは三年ばかり前だったと思う。『雨月物語』に書かれた場所を、紀州、吉野、高野山、琵琶湖、京都、播州、吉備路、白峰と取材でめぐり歩いたのである。もちろんわたしは、和泉式部のそんな話は熊野へ行くまで知らなかった。東京からフェリーで和歌山南端の勝浦へ着き、「蛇性の婬」にゆかりの新宮、那智の滝などをまわったあと、湯の峰温泉に一泊した。湯の峰温泉は熊野本宮へ参る者の湯垢離場《ゆごりば》だったらしいが、いまはただのひなびた温泉である。翌日、熊野まで車で行き、その石段を登る途中、和泉式部の祈願塔を見つけた。確か、登って行って、左手だったと思う。そこに例の歌が書きつけてあったのである。

ええと、とわたしは、ウイスキーを飲みながらその歌を思い出そうとした。しかし、思い出せなかった。ウイスキーは大して飲んではいないのである。ガラスのコップに二、三センチ注いだのを二、三杯程度だった。しかし頭がしびれていた。芯の方がしびれているのがよくわかった。待てよ、とわたしは立ち上った。酔っていたからこそ、わざわざ立ち上ったのである。そして、薄暗いスタンドの明りをたよりに、狭い山小屋の部屋の押入れをあけて一冊の本を引張り出した。それは、三年前にわたしが歩きまわってまとめた紀行文で、和泉式部の歌のこともそこに書いておいたのである。これこれ、と本を開いて、わたしはいった。そしてその部分を音読した。

詞書

熊野へ詣たりけるに月のさはりにて奉幣かなはざりけるに

晴れやらぬ身の浮雲のたなびきて月のさはりとなるぞ悲しき

詞書

かくて空しく帰らんとせしに其夜霊夢ありて参詣するを得たり

もろともに塵に交はる神なれば月のさはりもなにかくるしき

色深く思ひけるこそうれしけれもとのちかひを更に忘れじ

もちろん音読は低い声でやった。なにしろ真夜中であるし、子供たちは廊下の向うの部屋ですでに眠っていた。ずいぶん露骨な歌だ、とわたしは思った。しかし、その晩彼女が見た霊夢とはいったいどんなものだったのだろうと興味を抱いたのも確かだった。ずいぶん色彩的な歌だと思った。また、ずいぶんものわかりのいい風流な神だと思った。さすが大権現様というところかも知れない。その大権現様と対等につき合っている和泉式部も大したものだと思った。自由かつ大胆不敵である。これに較べれば与謝野晶子など、まだ文学少女というところかも知れない。女として男を見る目がまだまだ一面的である。それに較べて、なにしろこちらは宇宙的だった。大権現様に平伏しながら同時に対等なのである。そして大胆にも一体化している。熊野御幸は皇室の行事だった。和泉式部はもちろんそのお伴である。彼女に限らず平安文学はそうであるが、皇室との関係はまことに自由である。もちろん、いまよりもずっと自由である。これは不思議のようでもあるが、当然のような気もした。

しかしそれにしても、ずいぶん露骨な歌だと思った。霊夢か、とわたしはいってみた。そして、おい、と声をかけてみたが返事がなかった。妻はすでに眠り込んでいたのである。わたしはコップを取寄せて、ウイスキーを一息にぐっと呑み込んだ。そして両手を固く握りしめ、子供が寒さのためにがたがた震えるときの真似をしてみた。それからスタンドを消してふとんにもぐり込んだ。それがもう午前二時近くではなかったかと思う。そして起こされたのが六時過ぎだった。

「お父さん」

「え？」

と向い側の長男がいった。

「これ、やっぱり無理らしいよ」

「ああ」

わたしはトランジスタラジオの雑音をききながら眠り込んだ。暫く眠って目をさますと、やはりトランジスタラジオの雑音がきこえた。長男は相変らずアンテナやスイッチをいじりまわしていた。わたしは、また眠り込み、また目をさました。長男はアンテナを列車のガラス窓の隅に押しつけるようにしていた。もはや野球のためではなさそうである。わたしはもう一度眠り込んだ。そして目をさますと、相変らず雑音がきこえた。

「とうとう、きこえなかったわけ」

と妻がいった。そして長女と一緒に笑った。それから間もなく列車は新大阪に着いたのである。

大阪はまことによい天気だった。ボストンバッグをさげて改札口を出ると、汗がふき出て来た。構内にはずいぶん人がいるようだった。わたしたちは目で椅子を探しながら、公衆電話のある方へ歩いて行った。とにかくひとまずホテルに落着きたかった。歩きながらわたしは、トランジスタラジオをつけるように長男に声をかけた。決勝戦はまだ終っていないようだった。今度は雑音なしにはっきりきこえて来た。長男はトランジスタラジオをズボンの尻ポケットに入れていた。

空いている椅子は見つからなかった。公衆電話も満員のようである。決勝戦は八回で一対一らしい。わたしは電話があくのを待って、まずホテルにかけた。予約のことはすぐにわかった。ただし、部屋に入れるのは四時からだという。公衆電話はプッシュホン式だった。それで今度は長女に押させて、兄の家へかけた。電話口には、兄嫁が出て来た。東京の弟たちが一時間ばかり前から来ているという。

「もうそちらに来てるんですか？」

「はい」

「全員ですか」

「はい、親子三人で」

わたしは弟に代ってもらった。確か弟たちも今夜は同じホテルに泊るはずだと思った。電話口に出て来た弟は、ホテルの部屋が四時からだということを、少し腹を立てたような声でいった。それで荷物を持ったまま真直ぐ兄の家へ行ったらしい。

「博多の連中は？」

「たぶん夜じゃないかな」

わたしはホテルの場所をたずねた。部屋には入れなくとも四時までロビーで暇を潰せばよいと思った。兄の家まで重いボストンバッグをさげて行く気にはなれなかった。ホテルは駅から歩いて行けるらしい。

表に出ると、太陽がまぶしかった。梅雨の晴間のような気がしたのは、追分でずっと雨に降られていたせいだろうと思った。駅の建物に沿って少し右へ行くと、弟が電話でいった通り、前方に白いビルが見えた。しかし、歩きはじめると奇妙な道で、地下へもぐったかと思うと、高速道路の下をくぐったり、またセイタカアワダチ草の繁る空地の前を通ったりした。もちろん、このあたりを歩くのははじめてである。新幹線が出来るまでは、余り人も住まなかった場所だろうと思った。わたしは長男のうしろを歩きながら、ボストンバッグをさげた手を何度も持ち代えた。決勝戦は一対一のまま延長戦に入るらしい。

ホテルは、兄嫁が電話でいっていた通り、まだ出来たてらしかった。近頃はやりのビジネスホテルらしく、午後四時からというのもそのためのようである。しかし部屋はツインで、それが二つ予約してあった。ロビーも狭苦しいという程ではないが、実用的に見えた。五、六人連れの若い女性と、老夫婦がやはり時間待ちのためか、椅子に腰をおろしていた。妻はフロントで手続きをはじめた。わたしはフロントの正面の椅子に腰をおろして、決勝戦をきいた。長女が自動販売機から缶ジュースを買って来て、わたしにも一本くれた。長男はロビーをあちこち歩きまわっていた。彼が新幹線の中で最後までトランジスタラジオをいじりまわしていたのは、決勝戦のためではなかったのである。彼の興味は、わたしが新しく買った小型トランジスタラジオそのものにあったのだと思う。

「おい、終ったぞ」

とわたしは長男に声をかけた。

「どっち？」

と長男は立ったまままたずねた。

「東洋大姫路だ」

そういってわたしは、缶ジュースの残りをぐっと呑み込んだ。それで涙をこらえたのである。理由はわからなかった。試合の決着は十回表のスリーランホーマーだった。しかしもちろんそのせいではない。東洋大姫路のせいでもなかった。まったく縁もゆかりもない学校である。

「終ったんですか？」

と、フロントから戻って来た妻がいった。

「ああ、終った」

「やっぱり大阪は暑いわね！」

妻は夏の大阪を嫌っていた。親戚があって、子供の時分、夏の大阪で暮したことがあったらしい。

「そりゃあお前、追分のようなわけにはゆかんさ」

「あそこは別ですよ」

「今日は、八月何日だっけ？」

「二十日です」

「ははあ」

涙はどうやら治ったようだな、とわたしは思った。しかし理由の方は依然としてわからなかった。夏のせいかも知れない、とわたしは思った。八月十五日と、夏の高校野球とは、もちろん偶然の一致に過ぎない。それに、自分の涙の出どころを何が何でも究明せねばとも思わなかった。夏なら夏ということでも構わんだろう、とわたしは思った。また、それ以外でも構わないと思った。いずれにしても涙の原因は、何かと何かの単純な結合に違いなかった。そしてわたしは、その単純極まりない結合に、自分の脳髄をまかせた。単純極まりない自分の脳髄を、単純のまま放置したいと思った。好きなようにさせて置こうと思ったのである。

ツインの部屋は隣り合っていた。なるほど広いとはいえないツインであったが、別に不都合なことは何もなかった。わたしと長男が一室に入り、妻と長女がもう一つに入ることにした。わたしはバスに入り、頭を洗い、髭を剃った。そのあと剃刀を長男に貸した。長男は自分用のヘアトニックを持って来ていて、それを使っていたようである。兄の家へ出かけたのは、六時頃だったと思う。新大阪駅から電車ですぐだった。快速だと十五分くらいである。姫路方面から京都方面へ向うこの電車は、東海道本線の西端部に当るらしい。車体は、ずっと以前の山手線に似ていた。

兄の家へ行くのは、妻も長男も長女もはじめてだった。彼らが母と会うのも、六、七年ぶりではなかったかと思う。母が最後にわたしの家へ来たのは、確か長女の七五三のときで、その長女が小学校五年になっているのである。子供同士も同じくらい会っていなかったのではないかと思う。兄のところは上がわたしの長男と同年の女の子で、下は男で小学校三年だった。わたしは、兄のところの姪甥の前では、出来る限り屈託のない叔父ぶりを発揮することにしていた。大阪の兄の家に行ったときは、出来るだけ遠慮をせず、姪甥には必ず本代と称して小遣いを渡した。しかし、子供同士の方は、互いに従兄弟慣れしていなかったと思う。

わたしの子供たちは、近くに従兄弟がなかった。妻の妹や弟が比較的近くに住んでおり、結婚もしていたが、どういうものか子供がなかった。また、兄の子供たちにしても、大阪にはわたしたちの兄弟は誰もいないのである。もっとも東京に住んでいる末弟のところに男の子が生れた。その弟の家に長男は一度泊っている。たまたま、弟の家が長男の通っている私立高校のすぐそばだった。バスで二駅くらいらしい。それで入学して間もなく、折からの春闘ストライキで通学していた私鉄電車が動かないため、弟のところへ一晩か二晩、泊めてもらったのである。しかし、末弟の長男は、まだ誕生を過ぎたばかりだった。

その点、博多組の子供たちの方は、互いに従兄弟慣れしていたのではないかと思う。母が大阪の兄のところに移ってからは、以前程一緒に集る機会はなくなったと思うが、とにかく、わいわい集って一緒に飲み食いをしているのである。博多組は、甥が三人、姪が五人だった。わたしは彼らには、一通り会っている。また、妹を除いて、三人の弟の家にもそれぞれ泊めてもらっているが、甥姪たちの名前はどれがどれやら、さっぱり区分がつかなかった。しかし、こんなことを書いているときりがなくなる。実際、夜が明けてしまうかも知れなかった。なにしろ父の三十三回忌には兄弟七人のうち六人が集る予定になっており、六人にはそれぞれつれ合いがあって、甥姪は十一人に及ぶのである。

兄の家には、末弟の家族と、妹の家族が到着していた。末弟のところが親子三人、妹のところは親子四人である。わたしは、子供たちのことは子供たち同士にまかせて置くことにした。初対面の従兄弟であっても、いちいち紹介はしないことにした。必要があれば妻がするだろうと思った。

長男は、夏休みの剣道部の合宿でもらって来た新人戦準優勝のトロフィーを、忘れず持って来たらしかった。それを仏壇に供えることにして、わたしは長男と長女を連れて仏壇の前に坐った。すると、甥姪たちもぞろぞろとうしろにつながって坐った。わたしは蠟燭に火をつけ、線香をあげ、長男と長女にもあげさせた。他は省略した。たぶんもう前にあげたのだと思う。それにまだ一人ではあげられないものもいた。わたしは鐘を鳴らして合掌した。うしろの方でも皆同じことをやっているのがわかった。

「よろしい」

とわたしは、うしろを振返っていった。

「ウヘーッ」

と誰かがいった。兄のところの甥の声らしかった。

「お坊さんのごたる」

と誰かがいった。妹のところの姪の声らしかった。長男と長女が、くすっと笑うのがきこえた。仏壇の上の鴨居に父の写真が飾られていた。陸軍歩兵中尉の正装で腰をおろし、軍刀を突いた写真である。すでに黄色くなっていたのをわたしが知人に頼んで複写してもらい、引き伸ばしたものを十枚、母のところへ送った。それが額に収って飾られていた。

「これ、幾つぐらいの写真なの」

と立ち上って写真を眺めていた長男がたずねた。

「お前、うちで見ただろうが」

「見たのは見たけどさ、こういう額に入ったのははじめてだよ」

「確か、昭和十九年だから、四十六かな」

「もっと若いんじゃない」

「もっとも、数え年でだから、満なら四十五かな」

「四十ぐらいに見えるけどな」

「軍服を着ると若く見えるんだよ」

「ふうん」

長男は、父の写真とわたしの顔を見比べているのかも知れないと思った。そして、彼には父を自分の祖父だと思うことが出来るだろうか、と思った。なにしろ長男は、この写真しか知らないのである。そしてこの写真の父は、わたしと同じ四十五歳だった。しかもそれは、わたしよりずっと若く見えたのである。

「この翌年、死んだんだよ」

とわたしはいった。

「いまから、三十三年前の写真だからな」

そのときわたしは小学校六年だった。兄は中学三年だった。わたしの長男はいま高校一年である。ちょうど父が死んだときの兄と同じ年になっているわけだった。

「これ、ピストルつけてないね」

「ああ」

「だって、将校はピストルつけるんじゃないの」

「それは戦争のときだろう」

「じゃあ持ってるのは持ってたわけ」

「そりゃあ持ってたさ」

「モーゼルだった？」

わたしは長男がモデルガンを集めていたことを思い出した。型も重さも本物そっくりだった。高校に入るときに止めさせたが、十何挺か集めていた。小遣いはすべてそのために使ったらしい。

「ブローニングじゃないか」

とわたしは出まかせをいった。革ケースから取出したところを何度か見ていたが、何型だったのか忘れてしまっていた。長男は立ったまま父の写真を眺めていた。あとは何を考えているのか、わからなかった。

母は仏壇を新しく買い替えたらしかった。博多から持って来ていた箱型のものより一まわり大きく見えた。抽斗《ひきだし》や飾りも豊富に見えた。内部に豆電球が点る仕掛けになっているらしい。そこに紋付袴姿の曽祖父の写真が見えた。頭をつるつるに剃りあげて、真白い口髭をぴんと立てている。米寿の記念に撮ったものだったと思う。分家とはいえ、いかにも一代目の威厳があった。曽祖父の写真は黄色くなって、小さな木の枠に入っていた。永興《えいこう》の家では、この写真が仏壇の上の鴨居に飾ってあったのである。写真はもっと大型だった。仏壇も、もちろん大きかった。座敷の床の間の隣に、襖二枚分の大きさのものがはめ込まれていたと思う。わたしは毎朝、祖母にいいつけられて、そこへ真鍮の食器を運んだ。食器には炊きたての飯が三角形に盛られていた。食器は四つだった。曽祖父と曽祖母と祖父と四歳で死んだ弟の分である。位牌も四つだった。それが、この新しい仏壇では、一つにまとめられているらしかった。立ち上って手に取ってみると、黒塗りの位牌箱で、蓋を取ると六枚の位牌が出て来た。先の四枚に父と祖母の分である。合同位牌とでもいうものかも知れない。なるほどこれならば場所も取らず便利だと思った。長女が珍しそうに、わたしが位牌をいじるのを見ていた。わたしのところには仏壇はないのである。

この三十三回忌は、まあ月遅れのお盆のようなもんだなとわたしは思った。永興でもお盆は八月だったと思う。仏壇の両側には長い提灯がつるされ、畳の上には丸いのや四角いのや、いろいろな形の提灯が飾られていた。そして、線香の匂いに混って、ぷんと金真桑の匂いがした。永興のお盆は、西瓜と金真桑が食べ頃だったのである。

「これはな、こうやるんやでえ」

と兄のところの甥が、提灯の電燈を消してみせた。そして、またパッとつけた。水色をした走馬燈のような提灯で、電気仕掛なのである。

「ほら、な」

と甥はまた提灯を消してみせた。それからとつぜん騒がしくなった。テレビのある居間から仏壇の部屋へ、甥姪たちが押合うようにして入り込んで来た。博多の高校教師をしている弟の家族が到着したらしい。この弟のところは子供は二人とも男で、小学校二年と一年の年子である。やがて仏壇の間は子供たちの遊び場になった。長男も長女もそこに混っているらしかった。高校一年の長男は小さな甥姪たちの間で、オジさん的な存在になって面喰っていたのかも知れない。しかしそのうちそれにも慣れるのではなかろうかと思った。甥姪たちの塊の中から抜け出して来ないところをみると、面喰いながらも悪い気はしなかったのかも知れない。ただ、長男と同じ年の兄のところの姪は、どこへ行ったのか、まったく姿を見せなかった。

母はテレビの部屋でソファーにかけていた。しかし、子供たちやそのつれ合いや孫たちを集めて、どっかと腰をおろしているというのではなかった。そうは見えなかったし、本人もそのつもりではなかったと思う。永興では母は、ずっと祖母の下で暮して来た。祖母が死んだとき、はじめて母は永興の家の中で、どっかと中央に坐ることが出来たのだと思う。ところが祖母が死んだときは、永興の家そのものが雲散霧消してしまっていたのである。そしてこの父と祖母の三十三回忌も、自分が金庫から取出した金ではなく、子供たちが出し合う費用でまかなわれるのである。もちろんそんなことは、もはやとうの昔に諦めたことに違いなかった。だから母は、いつもの通り、こうして腰をおろしているのだろうと思った。どっかと腰をおろすのではなく、あくまで兄の家のテレビの部屋のソファーに、母は腰をおろしていた。坐り方もいつもと変りなかった。ソファーの一番テレビ寄りの端に、かけ心地悪そうに補聴器をつけて、ややうつ向き加減に腰をおろしていた。

小さな洋品店をやっている弟一家は、翌日早く来るらしかった。わたしのすぐ下の弟は、やはり来ないらしい。この弟については、母もそれ以上のことはたずねなかった。高校教師の弟もそれ以上は何もいわなかった。わたしもたずねなかった。この弟は、中学を出てすぐ北海道へ出かけた。中学の理科の先生と一緒に、北海道で牧場だか農園だかをやるのだという。思い込むとがむしゃらに猛進する性質らしい。理科の先生もそういう人だったのかも知れない。まだ若い先生らしく、弟がわたしと高校で同級生だった。弟の方はチビで、余りぱっとしなかった。陸上部で、毎日放課後、首をふりふりトラックを走っていたが、万年補欠というところだったと思う。兄の中学の理科の先生の方はぜんぜん知らなかった。母はもちろん反対した。しかし彼らは出かけてしまった。三、四年経って二人は失敗して帰って来た。そして弟はクリスチャンになった。宗派は詳しくわからない。わたしもたずねないし、他の兄弟も同様らしいが、いまでも家族ぐるみそうらしかった。今度の法事のことで、その弟と兄との間に、どういうやり取りがあったのか、よくわからない。しかし母は、はじめから諦めていたのかも知れないと思った。小学校の頃は、決して乱暴な子供ではなかった。むしろおとなしい優等生だった。絵も作文もわたしよりうまかった。わたしとは年子でよく殴合いをしたが、喧嘩で兄を負かすような弟ではなかった。ただ、一度こういうことがあった。いきなり彼が、兄の鳩尾《みぞおち》を拳で突いたのである。確か部屋にはふとんが敷いてあったと思う。だから寝る前に、兄とわたしと弟が三人でふざけていたのだろうと思うが、なんでも兄が鳩尾というのはここなのだ、とわれわれ弟に教えていたところではなかったかと思う。もちろん兄は、うめき声を上げてふとんの上にうつ伏せになった。

わたしはふっと、そんなことを思い出したのである。父の三十三回忌に彼だけが出て来ないということには、別段腹も立たなかった。彼だからこそ出来ることだ、と思った。そして、この弟のことを思い出すと胸が痛むような気がするのは何故だろうか、と思った。しかし、彼にしてみれば、わたしに胸を痛められるようなおぼえはないと考えているに違いなかったのである。弟の思想からすれば、そうだったと思う。それに、何も三十三回忌だけが会う機会ではないと思った。

全員で近くの中華料理店の二階へ出かけたのは、夜の九時近くだったと思う。はじめは行かないといっていたが、母も出て来た。街のふつうの中華料理店で、二階は仕切りのない大衆座敷だったが、他の客はないようだった。そこで一時間ばかり、がやがやと飲み食いした。女房連中や子供たちは何か食べ、兄とわたしと二人の弟は老酒を飲んだ。妹のつれ合いは下戸で、ビール一杯で真赤な顔をしていた。一人だけ来ない弟の話はそこでも出なかった。わたしも兄にたずねなかった。それからわたしたちはタクシーでホテルへ帰った。兄と兄嫁は、電車の方が便利だし、しかも早いといった。実際、手ぶらであればそうだろうと思った。しかし、荷物を持っている末弟が、さっさと一台に乗り込んでしまった。それでわたしたちもうしろのタクシーに乗った。妹たちも、すぐうしろの車に乗り込んだらしい。新大阪のホテルに泊るのは、この三組だった。高校教師の弟は、細君の姉が京都にいて、そこに泊るらしい。

タクシーの中では、運転手が政治のことを話しかけて来た。中年の男で、眼鏡をかけていた。黙っていると、わたしに職業をたずねた。わたしは腹が立ったが、子供たちも乗っていることだし、それにこんな場所で降りてもあとまた面倒だと思って、数学の教師だと出まかせをいった。すると、どこで教えているのかというので、東京の大学だと答えた。しかし、それでも政治の話をやめなかった。眠ったふりをしてきき流していると、マッカーサーとか、トインビーとかいう名前が出て来た。かと思うと、大阪在住の誰でも知っている小説家の名前が出て来た。それから、その小説家が得意とする幕末ものの話になり、今度は保守党の大物らしい人物の名前が出て来て、自分は彼らの相談役であるが、こうやってタクシーの運転手などやっているのは、連中から金をもらいたくないからであるといった。

妻も子供たちも無言だった。わたしも眠ったふりをしていたが、そこまできいて、ぞっとした。キチガイではないかと思ったのである。しかし今更どうしようもなかった。車は高速道路を走っていた。妻がいらいらしているのがわかった。わたしは眠ったふりをやめて、おそるおそる相槌を打ちはじめた。何とかこのキチガイを刺戟せずに、ホテルに着かなければならないと思った。わたしは何度も怒鳴りつけたくなった。しかし、当りさわりのない相槌を打ち続けた。

ホテルに着くと、妻は陸運局へ電話してやろうかしら、といった。会社も車の番号もおぼえて来たらしい。妻は運転手の名前もおぼえていた。

「いや、まったく、ひやひやしたな」

「だって、わたしたちは何とか無事だったけど、誰かきっとやらかすわよ」

「気の短い客だったら、危いだろうな」

「お父さん、何で嘘ついたの?」

と長女がいった。

「だってお前、あんなのまともにつき合えるわけねえじゃねえか」

と長男が代りに答えた。

「兄貴の忠告をきいときゃよかったな」

とわたしはいった。それにしても、まったく予期せぬことが起こるものだ、とわたしは思った。実際、父の三十三回忌とタクシー内の出来事とは何の関係もなかったのである。部屋へ戻ったあと、わたしは妻を呼び出して、何か食べるものを探した。そしてエレベーターで一、二階上ったところで自動販売機を見つけて、カップヌードルを食べた。わたしは中華料理店の二階で何も食べなかったのである。妻は陸運局への電話はかけなかったらしい。

しかし、翌日わたしたちは、またタクシーで出かけた。はじめは弟妹の家族と一緒に電車で出かけるはずであったが、朝食のあとわたしは軽い下痢を起こした。フロントへ戻ると、弟妹たちは一足先に駅へ向ったという。実際、時間はすでに遅れ気味だったらしい。ホテルの外へ出ると、早くも一面の暑さだった。それにボストンバッグが腹にこたえた。そこへタクシーが通りかかったのである。乗り込むとき妻のオーデコロンがぷんと匂った。タクシーの運転手は昨夜とはまる反対に無口だった。兄の家にはわたしたちが先に着いた。

「あれ!」

とあとから着いた妹がいった。

「あたしたち駅で一電車待ってたんよ」

わたしはニヤニヤ笑って誤魔化しておいた。母はすでに出かけていた。もうずいぶん前に、兄嫁と姪、それからその日着いた弟の娘二人と一緒に寺へ向ったそうである。

「とにかく、きちんと時間の前に行っとかんと気の済まん人やもんね」

とその日着いた弟がいった。わたしたちは、ぞろぞろと歩いて寺に向った。兄と甥と、わたしたち親子四人、その日着いた弟夫婦、高校教師の弟の親子四人、末弟の親子三人、妹のところも親子四人である。寺を知っているのは兄だけだった。商店通りへ出ると、ばらばらになった。子供たちは、わたしの長男を真中にしてかたまっているようである。女たちは女たちで一塊になった。わたしは女たちがいつの間にか黒っぽい服に着替えているのに気づいた。商店通りを過ぎて、市民会館の先の橋を渡った。そのあたりで、汗がにじみ出て来た。わたしは上着を脱いで、肩に担いだ。兄は上着を脱がなかった。

わたしたちは大通りをそのまま真直ぐ歩いた。日曜日のせいか、車はずいぶん少ないような気がした。雲のない真青な空に、とつぜん真白い飛行機雲が見えた。わたしは立ち止って振返った。子供たちも立ち止って上を見ていた。それからまた歩きはじめた。

「おふくろさん、歩いて行ったのかね」

とわたしは兄にたずねた。

「ああ。こないだ一ぺん、連れて行ったよ」

「でも、かなりあるんじゃない、これだと」

「どうしても、法事の前に一ぺん行ってみらんと気が済まんらしかったもんな」

「でも、このくらい歩けりゃあ、立派なもんですよ」

実際、大通りを右折してからも、かなり歩いた。右折すると、あたりは古い街並になって、狭い道の両側に格子のついた家や商店が並んでいたが、めざす色光山称名寺は、その街並を更に通り抜けた先だったのである。四、五十分は歩いたような気がした。わたしは、毎月二十二日に住職が兄の家まで古自転車をこいで来るときいたのを思い出した。そして、古自転車であれば、かなりこぎでのある距離ではなかろうかと思った。それからわたしは、母の足にも感心した。すると、モンペ姿の母が目に浮んだ。母はややうつ向き加減の姿勢で、下駄の爪先を地面にこすりつけるようにして歩いていた。モンペの尻のあたりで、三十二年前の妹の両足がぶらぶら揺れ動いていた。そうやってわたしたちは十日ばかり歩いて、三十八度線を越えたのである。

「今日のお説教は、あんまり長《なご》うなからしかばい」

と山門を入ったところで、弟がいった。その日博多から着いた弟である。二月《ふたつき》ばかり前、住職が亡くなったのだという。この話は初耳だったが、亡くなったのは、古自転車をこいで来る住職の奥さんらしい。わたしは、古自転車をこいで来る住職が婿養子だと兄からきいたのを思い出した。

「奥さんの方が、偉かったらしかもんね」

「お前それ、誰にきいたとや」

「さっき、嫂さんがお寺に行かっしゃる前たい」

「それで、お説教が短くなるわけか」

「奥さんの方のお坊《ぼん》さんのお説教は、えらい長かとで有名やったらしかもんね」

「まあ、この暑さですからな」

と末弟が横からいった。実際、そのとき暑そうな蟬の声がきこえて来た。しかし、境内は明るくて、小ざっぱりしていた。山門のところでもそれは感じた。いかにも末寺らしい小さな山門は、まだ新しい白木作りだった。本堂の屋根も新しかった。女住職が亡くなったのは二月前だというが、山門の新造も、本堂の葺替えも、その前後の出来事ではなかろうかと思った。そのあたりの事情は、もちろんわからなかった。しかし、悪い気持ではなかったのである。

「なかなかいい寺じゃないか」

とわたしは弟にいった。実際、気持がよかった。特に真夏にはふさわしいような気がした。長かった髪をさっと一思いに刈込んだような明るさだと思った。

母は本堂の縁先に立って、こちらを見ていた。しかしわたしが真下へ行くまで、笑顔は見せなかった。あるいは母は、縁先の大きな蘇鉄《そてつ》を見ていたのかも知れない。蘇鉄の前には立札があって、大阪府指定天然記念物と書いてあった。時間は、予定の十一時を少し過ぎたところらしい。本堂にはずらりと座ぶとんが敷きつめられていた。お手伝いらしいおばさんが扇風機を運んで来て、仏壇の脇の方に置いた。座ぶとんにあぐらをかいていると、歩いて来たときの汗は一旦引込んだようである。しかし、上着をつけて正座をすると、また汗が出て来た。わたしはふだん締めつけないネクタイまでしていたのである。

僧は二人だった。こちらへ向いて挨拶をしたのは若い方である。眼鏡をかけて、髪はふつう並みに伸ばしていた。まだ三十代も前半に見えた。彼は、くだけた大阪弁で、わたしたちに膝をくずしても構わない、といった。大して長いお経ではないけれども、お子たちも大勢おられるようですから、といった。わたしは、兄からきいた古自転車の住職にしては若過ぎると思った。

もう一人の方は、丸刈りで、年は五十過ぎに見えた。しかし、こちらも古自転車の住職ではなさそうな気がした。彼は最初から黙って仏壇に向っていた。席は、若い僧の左脇である。若い方が主役に違いなかった。しかし二人の関係についてては、説明はなかった。亡くなったという女住職についても、説明はなかった。最前列には、母を真中にしてわたしたち兄弟が坐っていた。兄が母の左隣、わたしが右隣である。最前列の兄弟たちのうしろに、それぞれの家族のものが並んだ。わたしは、若い方がどこか他の寺から来た位の高い僧かも知れないと思った。そうすると、もう一人の方はやはり古自転車の住職なのかも知れなかった。結局、二人の僧の関係はわからないままだった。わからないまま、父と祖母の三十三回忌法要ははじまっていたのである。

仏壇の正面に父と祖母の戒名と俗名を書いた半紙が下っていた。父は浄心院釈護道居士、昭和二十年十一月二十二日歿、祖母は釈順芳信女、昭和二十年十一月二十八日歿。毛筆書きの字は、兄のものだった。お経はききおぼえのあるものだった。曽祖父の葬式のときにも、四歳で死んだ弟の葬式のときにも、同じお経をきいたような気がした。若い僧の声はやや高く、もう一人の方の声は太くて低かった。当り前といえば当り前のことだが、二人の僧の声はうまく調和してきこえた。

わたしは、もちろん正座していた。最後まで足を崩す必要などはないだろうと思った。ただ、汗はにじみ出て来た。ネクタイ、ネクタイ、とわたしは思った。父と祖母の戒名を書いた半紙が、ときどきふわりと持上った。すると扇風機の風がちょっと当った。扇風機の回転はゆっくりしていた。その風が待ち遠しかった。わたしは、ふっと離山《はなれやま》を思い出した。何日か前、追分で妻や子供たちとぶらぶらしたとき眺めた離山である。そしてそのとき、花山《かざん》里《り》の山を思い出したことを、わたしは思い出した。父を土葬した花山里の山だった。父の遺体はカーキ色の軍隊毛布にくるまれて、縄で縛られていた。リヤカーで運んだのは、金潤后と兄とわたしの三人である。十一月二十三日の午後だったと思う。

とつぜん蟬の鳴き声がきこえた。わたしは正座した足を組替えた。花山里の山は確かに離山に似ているとわたしは思った。おむすび形の低い山である。しかし、その赤土の斜面は固く凍りついていて、わたしが力一杯振りおろした鶴嘴《つるはし》を、斜めにはじき返したのである。

夜に帰る

読経は続いていた。二人の僧の声は前と同じようにきこえた。わたしは数珠を持って来るのを忘れたことを思い出した。何年か前、吉野へ出かけた折に買って帰ったのである。吉野葛を買った土産物店のはす向いの店だったと思う。吉野は桜の季節ではなく、秋で、客はほとんどなかった。吉野では数珠も土産の一つだろう。しかしわたしは誰かのために買ったのではなかった。また、何かのために買ったのでもない。ただ、吉野葛を買った土産物店のはす向いの店をのぞいて、子供の頃使っていた数珠を思い出したのである。それだけだった。

わたしは店に入って、紫色の房のついた数珠を探した。子供の頃使っていた数珠の房は紫色だった。珠は贋水晶のようなものだったと思う。祖母のものは、二重にしてもまだ手首の下にだらりと垂れさがる長い数珠で、黒い小さな珠がぎっしりつながっていた。そして房はやはり紫色である。店には数珠の他に扇子が並べてあった。しかし、紫色の房の数珠は見当らなかった。

わたしは薄茶色の房のついた数珠を取り上げてみた。それは上等ですよ、と店番の婆さんはいった。そして、何何ですから、と珠の出来ている木の名前をいった。木の名前は忘れてしまったが、それが気に入らないわけではなかった。ただ、房の色は紫色がいいような気がした。薄茶色の房は、どことなく年寄りくさいような気がしたのである。それで、わたしがそういってみると、そんなことはないと婆さんはわたしの顔を見て、ちょっと笑った。

わたしはその数珠を一つ買い求めた。妻のことをまったく忘れていたわけではなかった。金を払ったとき、ちらっと思い出したのである。子供たちのことも同様だった。妻には女用の数珠を、二人の子供には子供用の数珠をこの際買い求めるべきであるか、どうか。そしてほとんど同時に、何故そんなことを考えるのだろうかと思った。そんなことをまだ考えてみようとした自分が何ともひどく滑稽なものに思えた。なにしろわが家には仏壇というものがないのである。

わたしは永興《えいこう》の自分が生れた家の仏壇を思い出していたのだろうと思う。そして、その仏壇の前に、自分が買って帰った数珠を手にした妻や子供たちを坐らせることを考えてみたのだろうと思う。もちろんこの空想を、馬鹿ばかしいものだと否定するのは、実に簡単なことだった。だから実際、わたしはそうしたのである。そして、それっきり妻や子供たちのことは、まるでちらっとも思い出さなかったように、忘れてしまった。父の三十三回忌のことも思い出さなかった。何年か前に吉野で数珠を買ったときはそうだったのである。店番の婆さんは、釣り銭を渡しながらわたしの顔を見て、もう一度笑った。さっきと同じように、歯を見せないで目と口で笑っていた。わたしはその笑いを受入れることにした。なにしろわたしは仏壇もない家に住んでいながら数珠を買い求めたのである。おまけに妻や子供たちの分まで、買うべきであるかどうか、迷ったのだった。わたしは婆さんに笑い返した。声は出さなかったが、たぶん歯を見せて笑ったのだろうと思う。

買って来た数珠を、わたしはそのまま仕舞って置いた。吉野葛を妻に渡し、数珠は仕事部屋の小型ロッカーの抽斗《ひきだし》に入れた。思い出したのは、妻の妹の義父の葬式のときである。仕舞い込んでから半年くらい経った頃だったと思う。葬式には親子四人で出かけた。電車で二十分くらいのところだったし、長男も長女も、妻の妹の義父のことはよく知っていた。心臓病で、入院したり退院したりという生活が何年も続いていたらしいが、わたしは一度、房総の海へ一緒に海水浴に行った。長男や長女は、何度も一緒に行っていると思う。

「あら」

と妻は、わたしの数珠を見つけていった。

「ずいぶんいいもの持ってるわね」

わたしたちは、電車を降りて歩いていたようだった。歩きながらわたしは、ポケットの数珠を取出していたらしかった。

「これか」

「そう。ぜんぜん気がつかなかったわ」

「吉野土産だよ。こないだ行っただろう」

それからわたしは長女にたずねた。

「これ、知ってるかね？」

「仏様を拝むものでしょう？」

「ジュズだよ、ジュズ」

と長男は、わたしの手から数珠を取って自分の手首にかけた。

「知ってるよ」

「そうらしいな」

「だってイッキュウさんで見てるもん」

「一休？」

「テレビの一休さん」

「ははあ、そういうことか」

妻は、どうして自分の分も買って来てくれなかったのか、とはいわなかった。自分も買っておいた方がいいかしら、ともいわなかった。

「ちょっと年寄りくさくないかね」

「は？」

「いや、この房の色だよ」

「そうかしら」

「本当は紫色のを探したんだがね」

「なかったんですか」

「ああ」

「じゃあ、他の店へ行けばよかったじゃない」

なるほど、とわたしは思った。いかにも妻らしい返事だった。そして、それは物を買うというからにはまことに当然な頭の働き方であった。妻にとって数珠は数珠なのである。それ以上でもなければ、それ以下でもない。そして、それを買うからには、一つの買物に違いなかった。例えば紫色のカーテンならカーテンと同じことだろう。店にそれがなければ他の店を探せばよいわけだった。何もそこで薄茶色のカーテンを買うことはないのである。

もちろんわたしは、吉野へ数珠を買いに出かけたのではなかった。わたしは「蛇性の婬」の真女子《まなご》の行跡を辿っていたのである。吉野葛を買いに出かけたのでもない。たまたま吉野葛を買った土産物店のはす向いの店をのぞき込んだに過ぎなかった。そこは数珠を売る店だった。吉野葛を売る店が吉野葛を売っているように、数珠を売っていたのである。しかしわたしは、勝手に子供の頃使っていた数珠を思い出して、紫色の房のついた数珠を探した。そして店番の婆さんに笑われたのである。そもそも、妻の考える買物とはわけが違うのだと思う。その違いはわたしにもはっきりわかった。しかし、わたしはそれを妻にいう気にはなれなかった。お前さんの話は余りにも現実的過ぎる。そういうことではないのだ。カーテンを買うのとはわけが違うのである。それがお前さんにはまるでわかっていないと、妻に腹を立てる気にはならなかった。それどころか、わたしはホッとしていたのである。たとえ妻が、あたかもこの世の中のリアリスト代表ででもあるかのごとくわたしを皮肉ったのだったとしても、それは同じだと思った。

「でも、悪い色じゃないわよ、これも」

と妻はいった。薄茶色の房のついた数珠は、長男が手首にかけたまま歩いていた。

「そうかな」

とわたしは、店番の婆さんの顔を思い出した。

「それとも、何かしら」

「何が?」

「何か、宗旨と関係があったのかしら」

「何が?」

「だから、その房の色ですよ」

「紫色と薄茶色か?」

「そう、真宗とか、禅宗とか」

「ふうん」

わたしにはまるで見当がつかなかった。実際、考えてもみなかったのである。数珠を買ったのは蔵王堂《ざおうどう》下のゆるい坂道に面した土産物店通りだった。しかし、そもそも吉野の金峯山寺《きんぷせんじ》そのものが果して天台宗であったか、それとも真言宗であったか、思い出せないのである。

「紫色が、真宗なのかしら?」

「ふうん」

「とすると、この色じゃあまずいわけね」

「しかしだな、他の宗派の家の葬式にも行くわけじゃないか」

「それもそうだわね」

「自宅用と、そうでないのと、使い分けるということかな」

「そんなに複雑なものかしら」

「そりゃあ、何ともいえんだろう」

「そりゃあそうだけど」

「じゃあお前、今日のお葬式は何宗なんだ?」

「さあ……」

「そうだろう。何にもわからんわけじゃないか」

妻の妹の義父の葬式は何宗だったのか、忘れてしまった。その家の数珠の房が何色だったのかも思い出せなかった。ただお経は、南無阿弥陀仏ではなかったようである。数珠の房の色と宗派との関係はその後もわからないままだった。何かで確かめてみようと思ったのは事実だったが、元の小さなロッカーの抽斗に仕舞い込んでいるうちに忘れてしまった。妻も忘れてしまったらしい。そのあとわたしは、何度かちらっとそのことを思い出したような気がする。しかしまたすぐ忘れてしまったのである。

二人の僧の読経の声は前と同じようにきこえていた。わたしは今度は、お経の本も忘れて来たことを思い出した。これは半年程前、会津若松へ行った折に買って来た「真宗在家勤行集」である。朱色の表紙の小型本だったが、これももちろん、会津までわざわざ買いに出かけたのではなかった。出かけたのは永興小学校の同級生だった男に会うためである。会津では、若松城と飯盛山の白虎隊の墓と武家屋敷会館を見物した。武家屋敷会館は観光客用に作られたものらしいが、一角に大きな仏壇会館というものがあった。これは全体が一軒の仏具店であるのか、あるいは会津じゅうの仏具店が連合して出来ているのかよくわからないが、広い会館全体にありとあらゆる仏具が並んでいた。会津は仏壇の特産地かも知れないと思った。何故こんなところを自分が見物しているのか、とは考えなかった。実際、わたしは倦《あ》きなかった。会館の中を何周か歩きまわったのではないかと思う。そうやってわたしは、自分が生れた家にあった仏壇を探しまわっていたようである。そこにある物は、すべて、いまのわたしの生活には無いものばかりであった。黒光りする仏壇や、金色に光る仏具はわたしにとって、未来でもなければ死でもなかった。過去だったのである。

　朱色の表紙の小型本「真宗在家勤行集」を買ったのは偶然のようなものだった。黒光りする仏壇と金色に光る仏具の間に経文の売場が挟まっていた。そこで立ち止って買い求めたのである。父の三十三回忌のことは考えなかった。たまたま子供の頃に見おぼえのある朱色の表紙が目についたのだった。もっとも型は少しばかり違うようである。仏壇の前で祖母が開いていたのは、もっと細長かった。そして和綴ではなくて、屏風式のものである。買って来た「真宗在家勤行集」を、わたしは仕事机の上に置いていた。国語小辞典の上に置くと、ちょうど同じ大きさだった。しかしわたしは毎日それを読むわけではなかった。勤行集は国語小辞典の下になっていることの方が多かった。またその上に何冊かの文庫本が置かれることもあった。ある日わたしは、父の三十三回忌にはこの勤行集を持って行こうと考えたのだと思う。そして、抽斗の中の数珠と一緒に、追分へ出かけるとき持って行った。それを忘れて来たのだった。

　父と祖母の戒名を書いた半紙が、ふわっと浮き上った。扇風機の風が、右側からちょっと当った。わたしは歯を喰いしばって、正座している足の先を組替えた。読経にはときどき、ききおぼえのある文句が混った。いまはあの勤行集のどのあたりだろうか、とわたしは思った。

　蟬の声がきこえた。ネクタイ、ネクタイ、とわたしは思った。いや、それよりも、やはり足だ。全体重が尻にかかり、その尻が重ねた足先にのしかかっているのである。わたしは自分の体重を思い知らされた。足先が、自分の体重を測る体重計のような気がした。わたしはまた正座の足を組替えた。そして、高鍋を思い出した。彼は会津の市営アパートの四畳半で正座をしていた。表では七十を過ぎた彼の母親が小さな店を出して、駄菓子とか即席ラーメンとか味噌醤油の類を売っていた。二月だったが、高鍋は裸足だった。裸足で小さな坐机の前に正座して、習字をしていた。机の脇には小さな火鉢があるだけだった。何を書いているのかわからなかった。高鍋とは永興でばらばらになって以来、はじめてである。中学一年でばらばらになり、いまはお互いに四十半ばだった。わたしはとうとう高鍋とは一言も話をせずに帰って来た。高校を出て地元の銀行に勤めたが、四年目にとつぜんやめてしまった。それ以来、物をいわなくなったという。結婚もしない。働きにも行かない。一日じゅう四畳半の坐机の前で、正座と沈黙を続けているそうである。高鍋はネズミ色のジャンパーを着ていた。広く禿げ上った額と、その下のぎょろりとした目玉は、昔のままだった。ただ前歯が二本大きく欠け落ちて、そこから暗い口の中が見えた。

会津は大雪だった。わたしは生れてはじめて行ったが、何でも十数年ぶりとかの大雪で、何人か人が死んだらしい。わたしはその大雪の中を、高鍋の二人の妹に案内されて、あちこち見物したのである。妹は中学校と小学校の教師だった。二人ともズボンにゴム長で雪の中を歩いた。わたしは、父を埋葬した花山里《かざんり》の山も雪だったのを思い出した。わたしが力一杯振り下ろした鶴嘴《つるはし》を斜めにはね返した凍った赤土の斜面は、その雪の下にあったのである。金潤后は、穴掘りを手伝わなかった。兄とわたしが掘るのを、傍に立って見ていた。何故だろうとわたしは思った。それが朝鮮人の風習だろうか。父親を埋葬する穴は息子の手で掘らなければならない。他人が手伝ってはならないという仕来りがあるのかも知れない。しかし、そうではないのかも知れない。もはや彼は、陸軍歩兵中尉殿を尊敬する気にはなれなかったのかも知れないのである。金潤后は、いつもの陸軍二等兵の服を着ていた。足首のところを紐で結ぶズボンである。しかしもはや彼は帝国陸軍の二等兵ではなかった。ある思想が、彼を変化させたのだろう。陸軍歩兵中尉の墓穴を掘ることは、その思想に反する行為だと、彼は考えたのかも知れなかった。思想とは別に、感情も変化しはじめていたのかも知れない。あるいはその両者が混り合って、この親日家だった穏和な朝鮮人農家の長男を、迷わせていたのかも知れなかった。陸軍歩兵中尉の墓穴を、掘るべきか、掘らざるべきか。彼は腕組みをして自問自答していたのかも知れなかった。

花山里の冬は静かだった。二つ並んだおむすび形の山も、その裾にひろがった田畑も一面雪に覆われていた。稲刈りのあと大根、白菜を取り入れ、朝鮮漬をつけ終えると、田畑は翌年の春まで雪の中に放置されるのである。麦は作れないらしい。見渡す限り、緑は一点もなく、雪一色だった。その雪の中を兄とわたしは何度か元山《げんざん》まで歩いて行った。用事は、日本人の知合いのところへ行って日本人の情報をきき出すことや、貯金通帳を現金に替えてもらったりすることだった。通帳はなかなか現金に替らなかったらしい。それでも、どういうものか、帰りがけには必ずトンコリと呼ばれた闇市に寄って、何か買い食いをした。トンコリには何でも売っていた。元山中学の制服制帽もあった。わたしたち一年生はついに着ることの出来なかった、黒詰襟の制服と黒の制帽である。売ったのは日本人で、買うのは朝鮮人に違いなかった。実際、街では戦前の黒の制服制帽に黒マントを羽織った朝鮮人の元山中学生の姿を、何度か見かけたのである。元山中学は朝鮮人だけの新しい中学として再開されていたのだと思う。

トンコリの中は、むっと食べ物の臭いがした。肉汁飯やピンデットの臭いである。青豆を擦りつぶしたものに、刻んだ葱や挽き肉を混ぜて鉄板で焼くのがピンデットだった。朝鮮餅の油の臭いもした。わたしは、黒の制服制帽の前で、思わず足を止めた。もちろん、それらのものは、もはやわたしには不要の物だった。買うどころか、もし寒くさえなければわたしの着ている金ボタン付きの黒外套も、朝鮮餅か肉汁飯かピンデットかに化けていたに違いなかった。わたしは元中の徽章《きしょう》をはずした戦闘帽をかぶっていたのである。

元山の市街には、あちこちに大きなアーチが作られていた。アーチにはレーニン、スターリン、金日成の大きな肖像が掲げられ、まわりには赤の小旗が何十本もはためいていた。そしてアーチの下をソ連の軍用トラックが、ガソリンの臭いをさせて疾走していた。兄とわたしは、ほとんど無言で歩いた。わたしは兄の軍靴の踵を見ていた。自分がいま欲しいのはあの軍靴だと思った。わたしは先の割れていない地下足袋だった。元山中学の徽章ははずしてしまっていたが、せめて革靴をはきたいと思った。

一度、兄と歩きながらウグイス餅を食べたことがあった。元山市街を出はずれたあたりだったと思う。兄が外套のポケットから取り出した紙包みをあけると、ウグイス餅が二個、歪んでいた。トンコリで売ってるのを見たらどうしても食いたくなってな、と兄はいった。歪んだウグイス餅は、少し温まっていた。しかしその色はまぎれもないウグイス餅だった。お母さんには内緒だからな、と兄はいった。わたしたちは歩きながらウグイス餅を食べた。ウグイス餅は、すぐになくなってしまったのだと思う。それからわたしたちは、また無言で歩いた。花山里から元山までは、往復およそ十里だった。わたしたちは、まだ暗いうちに花山里を発ち、暗くなってから花山里に帰って来た。

金潤后の家も静かなものだった。庭に積み上げられた二つの藁山は雪をかぶっていた。ときどき、その藁山の間をスキップで駆け抜けて行く金潤后の弟の歌う声がきこえた。パンマンモック、トンマンサンヌ、イリボンヌムドラー！　飯を喰って、糞をたれるだけの、日本人野郎共！　歌の節は、どういうわけか、東京は日本のキャピタルで、と同じものだった。歌っているのは金潤后の一番下の弟で、まだ小学生だった。彼はその歌を歌いながらスキップで藁山の間を駆け抜け、裏の分教場へ出かけるのである。歌は朝鮮語の赤旗の歌であることもあった。ピガパンジャヤー、カラミョンガラー、ウリドゥルプルグンキヌシキンダー！　卑怯者去らば去れ、われらは赤旗守る！

わたしは、また正座の足を組替えた。これで何度目だろうか、と思った。こんなはずではなかった。わたしは、うしろが気になった。すぐうしろにいるのは、長男だろうか。妻だろうか。しかし、振返るわけにはゆかなかった。実際、何度も足を組替えることさえ、気になっていたのである。何故だろうか、とわたしは思った。父親の沽券にかかわるということだろうか。確かにそれもあるような気がした。なるほどわたしは、数珠も勤行集も忘れて来ている。しかし、自分のうしろに正座しているものが他ならぬ自分の妻や長男や長女たちであることを、わたしは意識していた。わたしの正座が、彼らのためでないとはいえなかったのである。

それからわたしは、自分の兄弟たちのうしろに正座しているのが彼らの細君であり、また自分の甥や姪たちであることも意識していた。そしてこれは、自分が兄弟たちの中で一番ふとってしまったせいかも知れないと思った。妹は別として、集った兄弟四人の中で、一番背の低いわたしが、一番ふとってしまっていた。一人だけ来なかった弟を入れても、それは同じだった。かつてはわたしが、兄弟の中では一番足も早く、野球もうまかったのである。一番身軽で、水泳もうまかったのである。それが四十五歳にして、一番醜くふとってしまった。あんたがおじいちゃんに一番似とるごたるね、と母はいう。あんたが一番長生きするかも知れんばい。母のいうおじいちゃんは、八十八で死んだ曽祖父のことだった。お父さんは腹がぺこんとひっこんどったろうが、と母はいう。兄がその父にそっくりだった。曽祖父は肩幅が広く、ずんぐりしていた。たぶん腹も出ていたのだろう。母はそこまではいわなかった。しかし、わたしの腹は父とは反対だった。

わたしは兄がこの寺まで、上着を脱がずに歩いて来たのを思い出した。もちろんネクタイもきちんと締めているのである。他の弟達も同じだった。わたしだけが上衣を脱いで肩にかつぎ、一番汗をかいたのだった。わたしは兄と一緒に歩いた花山里から元山の行き帰りを思い出した。わたしは兄の軍靴が羨しかった。その羨しさが、いまもそのまま続いているような気がした。地下足袋をはいたわたしは落伍し、軍靴をはいた兄はどんどん歩いて行くような気がした。しかし、それを妻や子供たちに見せるわけにはゆかないと思った。兄弟の細君や、甥姪たちに見せたくはなかった。理由はお前たちにはわからなくともよいのだ、と思った。

正座に組んだ足の上に、醜い腹が乗っているような気がした。この腹の分だけ自分は耐えなければならないのだと思った。痩我慢でもよい。意地でもよい。とにかく自分は、花山里の山に穴を掘って父を埋葬して来たのだった。わたしは歯を喰いしばった。そして、また足を組替えた。すぐうしろにいるのは、妻であるのか、長男であるのか、わからなかった。しかし、どちらにしても、花山里のことは何も知らないのである。知らない彼らが声ひとつたてずにいるのだった。

実際、それは不思議なくらいだった。わたしの妻や子供たちばかりではない。全員が、まったく物音ひとつたてないのだった。咳払いも、鼻水をすすりあげる音もきこえなかった。そうやって自分のうしろに、妻や子供たちが並んでいることが不思議だった。彼らは花山里のことは何一つ知らない。父のことも何一つ知らなかった。しかしわたしのうしろに並んでいるのだった。また兄や弟たちのうしろに、彼らの細君や子供たちが並んでいるのが不思議だった。そして、ここが大阪であるということが不思議だった。花山里の山に父を埋めたわたしがこうして正座をしている場所が、大阪の寺の畳の上であるということが不思議だった。

蟬の声がきこえた。あれは大阪の蟬なのだとわたしは思った。わたしは、ちらっと左側の母をうかがった。母は、臍の下あたりに両手を重ねて、その上にかぶさるように上体を折り曲げていた。膝の上に置いた文庫本か何かを、目をこすりつけるようにして読んでいるような恰好に見えた。数珠はつけていなかった。母は数珠嫌いなのだ、とわたしは思った。それは年がら年じゅう数珠を手にしていた祖母への反動ではなかろうか、という気もした。しかし、父の三十三回忌の念仏をききながら、いま母が何を考えているのかは、わからなかった。花山里で口から血を吐いて死んだ父のことだろうか。それとも、冷たくなった祖母の体から這い出して来たシラミの群だろうか。あるいは、永興の日々だろうか。女の一生だろうか。博多で暮した幸福な少女時代の場面だろうか。または、そのいずれともまったく無関係の事柄だろうか。実際、どんなことだって思い出せたはずなのである。しかし、わたしにはわからなかった。そしてそれは、たぶん永久にわからないだろうと思った。

ただ、念仏をききながら母の考えていることが、父の墓のことではないことだけは確かだろうと思った。この三十三回忌のあと、父の墓をどこに建てるか、まだその場所は決っていなかった。朝倉か、博多か。結論はいつもうやむやになってしまうのである。あんたたちがよう相談して、ええようにして下さい。これが母の決り文句だった。そしてこの決り文句で、結論はいつも出ないまま次に持越されてしまうのだった。その一言をきくと、何となくそれまでの意気込みが、すうっと抜けてゆくような気がした。

母の決り文句は、いまの自分にはもう父の墓を建てる力はない、といっているようにもきこえた。だからあんたたち兄弟で好きなように、好きな場所に建てるのがよろしい。あたしはもう何もしきらんのだから、あんたたちに何もしてやる力は持たんのだから。持って帰って来たのは、ひいじいさんたちの位牌四枚と、お父さんとおばあちゃんの遺髪と爪だけなんやから。それと、あんたたち上から六人の子供の名義で四万円ずつ入っとった普通郵便貯金の通帳六通だけなんやから。あとは銀行預金も定期預金も、現金も店も黒鉛山もメンタイ船も、みぃんな取られて置いて来てしもうたとやから。そして三十三年経ったんやから。もうあたしには何の力もなかとですよ。母の決り文句は、そういっているようにもきこえたのである。

しかし、また、それは父の墓のことではなくて、自分の墓のことをいっているようにもきこえた。母の決り文句をきく度に、それまでの意気込みがすうっと抜けてゆくような気がしたのは、そのせいかも知れないと思った。わたしは母の手紙を思い出した。陸軍歩兵中尉の正装をして軍刀をついている父の写真を複写して送ったあとの手紙だったと思う。こんなことが書いてあった。

「このごろ泰子がしきりにお父さんのことをもつと知りたいから何でもいいからときどき手紙に書いて送つて欲しいといつて来ます。自分の子供が育つて来るにつれて、父親といふものがどんなふうに必要なのか、父親を知らずに育つた自分にくらべて、自分の子供たちがどんなふうに違つてゐるのか等、いろいろ考へさせられてゐる様子です。でも、いまの息子たちは昔の男とまるで違つて来てゐますから私は今更何も話したくないし、話しても仕様がない。いまの若い人達には信じられない判らない事ばかりだと思ひます。だから、なまじ昔の父親の話を聞くよりも、自分のご主人と思ひ合はせて、良いお父さんを想像してゐる様にいつておきました。私は、送つてもらつたお父さんの写真がいつも目の前にあつても、お父さんの夢は一度も見ません。この頃はつきり思ひ出されて来るのは、幼くいぢらしい和生の姿です。誰からも忘れられてしまつたいぢらしい幼い姿がだんだんはつきりと浮び上つて来ます」

泰子というのは、末の妹のことで、父が死んだときは一歳半くらいだったと思う。和生は弟で、数え年四歳で死んだ。曽祖父が亡くなる前の前の年で、わたしが小学校へ上る前の年だったと思う。風邪がはやり、わたしたちは順々に引いて治ったが、最後に引いた和生がこじらせて肺炎になったらしい。ある晩わたしたちは寝ている和生の枕元に呼ばれた。兄とわたしと年子の弟である。時間ははっきりしない。わたしたちは眠っているのを母に起こされたのかも知れなかった。和生が呼んでくれといったのだそうである。わたしたちは枕元に並んで坐った。父は向い側で、正座をして目をつむり腕組みしていた。和生は黙ってわたしたちを見ていた。痩せこけて、顔じゅうが目玉だけのように見えた。わたしたちも黙ってその目玉を見ていた。枕元に、ゼンマイ仕掛の機械体操人形が置いてあった。ネジを捲くとセルロイドの人形が、くるりくるりと大車輪をする。やがてわたしたちは部屋へ戻って眠った。そして眠っているうちに和生は死んだのである。ゼンマイ仕掛の機械体操人形は棺の枕元に入れて、一緒に焼かれた。翌日わたしたちは南山《なんざん》の火葬場に骨拾いに行った。機械体操人形の鉄で出来た部分だけがそのままの形で残っていたと思う。和生の骨は南山の日本人墓地に埋められ、位牌は永興の家の黒い仏壇に入った。

どうです、お母さん、とわたしは腹の中でいった。誰からも忘れられてしまった、とお母さんはいうけれども、そうでもありませんよ。わたしははっきりおぼえているんですから。そしてわたしは、一枚の黄色くなった写真を思い出した。博多の叔母のところへ送っていたのを、引揚げて来てから返してもらったのだったと思う。この毛糸の服はね、あたしが編んで送ってやったとよ、と博多の叔母はいった。確かにわたしと年子の弟は暖かそうな毛糸の服を着ていた。年子の弟は数え年五歳で、前列中央の椅子に足を投げ出すようにして坐っていた。その右側に立っているわたしの上体は、弟の方に傾いていた。そして、少し眉をしかめ、何かをのぞき込むような目つきをしている。たぶんカメラの方を向くようにいわれたのだと思う。弟の左側には半ズボンに靴下をはいた学生服姿の兄が気をつけの姿勢で正面を向いていた。兄は数え年九歳、小学校二年生である。和生は、後列の母に抱かれていた。

母は三十三歳、和生は三歳である。母の右隣には歌子さんが立っていた。歌子さんは母の遠縁に当る女性で、福岡で高等科を出たあと永興の家に手伝いに来ていた。母は和服、歌子さんは洋服で、髪を三つ編みにしている。彼女は数え年十六歳である。年齢は写真の裏にペン字で書いてあった。撮影は、昭和十二年一月九日。どちらも母の字である。博多の叔母が送ってくれた毛糸の服をわたしと弟に着せた写真を、母は叔母に送ったのだろうと思う。母に抱かれた和生は、着物の中から顔だけが見えた。彼は生れつき痩せこけていたのかも知れない。写真の顔も、顔じゅうが二つの目玉だけに見えた。最後に枕元に坐ったわたしたちを見つめていた目玉と同じ大きな目玉だった。この写真を撮った翌年、和生は死んだのである。最後の写真だったのだと思う。

　四歳で死んだ和生は、いまやわたしたちの子供たちよりも小さくなった。母にしてみれば、孫よりも小さくなった四歳の和生が不憫に思われるのは当然のことだろうと、わたしは思った。わたしは和生のことを思い出している母の姿を想像してみた。そして、七十二歳になった母が思い出しているのは、どんな場面なのだろうかと思った。やはり和生を抱いているところだろうか。そういう夢を、ある晩とつぜん母は見たのかも知れないと思った。そしてわたしに手紙を書いたのかも知れないのである。それは大いにあり得ることのような気がした。

　あるいは母は、ふっとあの黄色い写真のことを思い出したのかも知れなかった。どういうわけかその写真は、わたしの手許にあった。いつか母のところから借りて来たままになっていたらしい。わたしが送った父の写真の複写を見て、母はそれを思い出したのかも知れなかった。母の手紙は、あの写真をこちらに返しなさいと催促しているのかも知れなかった。はい、はい、わかりました、とわたしは腹の中で答えた。しかし、手紙の中で母が「私は、送つてもらつたお父さんの写真がいつも目の前にあつても、お父さんの夢は一度も見ません」と書いているのは、あれは母の痩我慢ではなかろうかと思った。そしてそれは、朝倉への意地と同じものではなかろうかと思った。

　引揚げて来た母はヨソンシュクへは帰らなかった。そしてとうとうヨソンシュクへはイモの買出しに行かなかったのである。朝倉の寺にも行かなかった。父と祖母の遺髪と爪は甘木《あまぎ》の教法寺に預けたのである。そういう母のやり方を、わたしは母の若気の至りではなかろうかと思った。そのとき母はちょうど四十だった。三十二年前である。

　わたしは、もう一度、ちらりと左側の母をうかがった。母は先刻と同じ恰好をしていた。臍の下あたりに両手を重ねて、その上にかぶさるように上体を折り曲げていた。それは確かに七十二歳の老婆の恰好だった。母はすでに、六十六歳で死んだ祖母よりも六つ年を取っているのだ、とわたしは思った。確かに母の恰好は、六十六歳で死んだ祖母よりも老婆だったのだろうと思う。しかしどこかが違って見えた。わたしの目だけでなく、孫の目から見ても、やはり二人は同じ老婆ではないだろうと思った。祖母は仏壇の前では絶えず長い数珠を両手でこすり合せていた。同時に皺だらけの口を動かしていた。ナマンダブ、ナマンダブ、と低い声がきこえた。母の口のまわりもいまや皺だらけだった。しかし、母は皺だらけの口を閉じたままだった。ナマンダブ、ナマンダブの声はもちろんきこえなかった。だから膝の上に置いた文庫本か何かを、目をこすりつけるようにして読んでいるようにしか見えなかったのである。

しかしそれは、いかにも母らしい恰好に見えた。どことなく居心地の悪そうな恰好だと思った。わたしは、永興小学校の教室のうしろに立っている母を思い出した。母は他の母親たちと一緒にそこに立って、わたしたちをうしろから見ていた。母はややうつむき加減で、いやいやながらそこに立っているように見えた。わたしは、そのどことなく居心地悪そうに見える母が、好きではなかった。何ともいえず恥しいような気がした。何故、他の母親たちのように、いかにも母親らしい母ではないのだろうかと思った。それは母が若過ぎるせいだと思った。そしてそのことが恥しかったのである。母はその頃、いまの妹くらいだったのだと思う。妹はわたしより一まわり下だった。娘は二人で、上が小学校一年である。その頃とはすべてが一変していた。銀行預金も定期預金も現金も店も黒鉛山もメンタイ船も、みいんな取られて置いて来てしもうた、のである。そして母は七十二歳だった。しかし、母の居心地の悪そうな恰好は変らないような気がした。永興小学校の教室のうしろから、ずっと続いているような気がしたのである。

「お母さんは案外、絵描きになりたかったとかもしれんな」

と、いつだったか兄がいったのをわたしは思い出した。今度の父の三十三回忌の相談で大阪の兄の家に行ったときか、あるいはもう少し前だったかも知れない。

「女学校時分に目が潰れそうになった話は、きいたことあるけど」

とわたしはいった。

「小説本の読み過ぎやろ」

「ああ」

「それもそうらしいけど、久留米のおじさんところに習いに行きよったらしい」

「久留米のおじさん？」

「白根さんだよ」

「ははあ」

「お前も名前ぐらいは知っとるやろうが」

「甘木にも何遍か来たんじゃないかな」

「それは、息子さんの方だろう」

「眼鏡かけた、色の青白い」

「それは、息子さんの方だな。第一、お前、年が合わんだろうが」

「なるほど」

「甘木に来よったのは、まだ二十五、六の人やったろうが」

「ま、そうかな」

「だったらお前、お母さんに絵を教えられるわけないだろうが」

「そりゃあ、ま、そうだけど」

「あの人のおやじさんだよ。お前も話ぐらいきいたことあるだろう。京都の美術学校出て、戦後は帯の絵なんか描いていた人よ」

「おじさん、というと？」

「本当は、また従兄くらいに当る人やろ。いわゆる従兄半、ていうやつたい」

「ふうん」

「女学校出てから、だいぶ行きよったらしいな」

「それで、どうして止めたんかね？」

「それがおれにもわからんわけたい」

「止めさせられたのかね？」

「さあ、それはわからん」

「お母さんにきいても？」

「いや」

「きいてもわからない、か」

「さあ、どうかな」

「そのおじさんは、まだ元気なのかね」

「いや、亡くなった。もう四、五年前やったな」

「生きていたら、どのくらいかね」

「お母さんより、七つ八つ上じゃなかったかと思うがね」

「ははあ」

それからわたしは母のスケッチブックを見せられた。大学ノートくらいの粗末な小型スケッチブックだった。ボール紙の表紙には、日付も何も書かれてなかった。

「そうすると、お母さんが女学校出た頃そのおじさんは、美術学校出たてくらいだろうかね」

とわたしは、スケッチブックの表紙の紐をほどきながらたずねた。

「そうやな」

「出たて、というわけでもないか」

「そうやな」

母のスケッチブックは花ばかりだった。最初は寒椿である。花だけが一つ、大きく描いてあった。彩色は色鉛筆である。余白に青の色鉛筆でこう書き込まれていた。

「一月二十七日。寒椿と山茶花の花は咲き続けてゐる。二日ばかり大雪だつたが、季節の花も次々と咲きはじめてゐる。鉢植ゑの梅の小さな蕾、沈丁花の蕾も大分ふくらんで来た。無事に冬を越すことが出来たら――」

次は、牡丹だった。濃い紫と桃色の花が二つ描いてある。日付は四月三十日。青鉛筆でこう書いてあった。

「雨で花は台無し。牡丹だけがとても美事に咲いてゐる。花びらの先が白くぼけてピンクになつてゐるのも描きたかつたが。これは二十センチもある大きな花。病院の裏庭の藤の花。つつじ。小学校の運動場の大きな藤棚、西公園のつつじを思ひ出してゐる」

二月と三月は何も描かなかったらしい。そして次は七月にとんで、紫陽花だった。日付は七月三日。青鉛筆でこう書いてあった。「二、三日梅雨の晴間。黒門川は大丈夫だつたが、福岡市内はだいぶ水害があつたらしい。この絵は三日かかつた。紫陽花ももうおしまい。くちなし、夾竹桃、うつぎ等が次々咲きはじめた。病院裏のざくろの花が、緑一色の中でとてもきれいだ」

この紫陽花は、確かに力作だった。三日がかりで描いただけのことはあると思った。そして、母の絵は母の字によく似ていると思った。母の字は、いわゆる達筆というのではなかった。走り書きであるが、崩した女文字ではなく、略字も変体仮名も使わなかった。女の文字としては、骨ばった色気のない文字だろうと思う。筆圧のかかった文字がぎっしり詰っていた。しかし読めない字はなかった。かといって習字のお手本の字ではなかった。わたしは母のスケッチブックを見て、絵もそんな絵ではないかと思ったのである。

わたしは母が長男や長女宛の葉書に、ときどき花の絵を描いて来ていたのを思い出した。ひまわりとか朝顔とかが描いてあって、彩色はやはり色鉛筆だった。それを見てわたしは、真面目な絵だ、と思った。達者だとか、器用だとかいうものではなかった。その感想は、スケッチブックを見ても変らなかった。遊びといったものは見られなかった。しかし、スケッチブックの絵と、葉書の絵は、どこか違っていた。紫陽花のところで、そう思った。これは当然といえば当然の話かもわからないが、わたしは母が、こういうスケッチブックに描いていることは知らなかったのである。スケッチブックの中の紫陽花はすでに盛りを過ぎようとしていた。しかし、その盛りを過ぎようとする紫陽花は、スケッチブックから溢れ出んばかりだった。実際、わたしは思わずどきりとしたのである。

「ふうん」

とわたしは、煙草に火をつけた。

「これ、いつ頃の絵なのかね」

「だから、ほら、博多で倒れた年だよ」

と兄はいった。

「ははあ」

「倒れる前、黒門町の病院の裏のアパートに一人でおっただろうが」

「これ一冊かね」

「荷物に入っとったのはこれだけやな。こっちに送るとき、博多の方に置き忘れて来たのがあるかも知れんけど」

「誰にも見せなかったのかね」

「さあ。おれはぜんぜん知らんやったな」

わたしはスケッチブックをめくった。泰山木、ビロード草、なでしこ、くちなし、うつぎ、など、わたしには名前さえわからない花も描かれていた。そして各々の余白に、青鉛筆のメモがついていた。最後の花は、山茶花だった。日付は十一月二十日。青鉛筆のメモはこうなっていた。

「初冬を飾り長い冬中を咲き続けてくれる山茶花」。いつもに較べてずいぶん短いメモだと思った。それに、絵にも力がなかった。紫陽花のようにスケッチブックから溢れ出そうな不気味さがなかった。メモの文句も型通りで、絵とは裏腹のような気がした。山茶花の次のページには、枯木が一本描かれていた。わたしは、おや、と思った。枯木は描きかけのままだった。

「これは、何かね？」

「ふうん」

と兄はスケッチブックをのぞき込んだ。

「このページには日付もないね」

「梅の木みたいにも見えるな」

「梅？」

「しかし、梅は一月か二月だな」

「ははあ」

「とにかく、このあたりで、手の痺れがひどくなったんじゃないか」

「ふうん」

わたしは毎月、なにがしかの仕送りに対して定期便のように届く母の手紙を思い出した。そこに必ず書かれているる季節の花便りを、わたしは右から左へ読み流していた。しかし母の花便りは、すなわち母自身の生の便りだったのである。スケッチブックを見て、そう思った。「無事に冬を越すことが出来たら――」という青鉛筆のメモは、鉢植えの梅の蕾や沈丁花の蕾を見ている母自身の不安だったのである。最後の山茶花につけられたメモも、同様だと思った。母は山茶花の花と共に何とかこの冬じゅうを耐えしのぎたいと思ったのだろう。冬は高血圧の大敵だった。母はそれを怖れたのだと思う。怖れながら、何とか梅や沈丁花が咲くまで耐えしのぎたかったのだと思う。しかし願望に較べて力は衰えていた。衰えていた分だけ願望と不安は大きかったのである。それが、絵とメモのちぐはぐさになったのではなかろうかと思った。わたしはもう一度、描きかけのままの枯木を眺めた。するとそれは、兄がいったように梅の木かも知れないという気がした。母はそこに、せめて満開の梅を描きたかったのかも知れない。しかし絵は枯木のままになった。そして、何日かあとに母は倒れたのである。

読経の声が急に高くなった。父と祖母の戒名を書いた半紙がふわっと持上った。扇風機の風が右から左へゆるく往復した。正面の僧は片手に棒を取上げて、鐘を大きく鳴らした。読経は終りに近づいたらしい。もう一度鐘が鳴らされて、南無阿弥陀仏が繰返された。わたしは祖母のナマンダブを思い出しながら、合掌して口の中で三度唱えた。それから母の方をちらっとうかがった。母は先刻と同じ恰好をしていた。口も動かなかった。読経が終っても変らなかった。読経が終ると、僧は衣の裾を払ってこちら向きになった。そして、ききおぼえのある白骨の御文章を読みはじめた。わたしはこの御文章の半分くらいは暗記していたと思う。ただ、永興で曽祖父や弟の葬式のときにきいたのとは、少し節が違うような気がした。母はずっと同じ恰好をしていた。白骨の御文章が終るまで同じ恰好だったのである。

二人の僧が奥へ引上げて行くと、ようやくあたりに物音が広がった。わたしは、ふうっと声を出して、足を崩した。女たちや子供たちの声もきこえた。お手伝いらしいおばさんがあらわれて、お茶が配られた。薄いお茶を一口飲んで、わたしはやっと自分の体重を忘れたようである。

「どのくらいやったかね」

とわたしは右隣の弟にたずねた。

「五十五分やな」

と博多から今朝着いた弟は、腕時計を見て答えた。やがて僧が戻って来た。一人だけである。正面に坐っていた、眼鏡をかけて髪を七三に分けた若い方だった。わたしは崩していた膝を直しかけた。

「いや、そのまま、そのままでよろしい」

と僧はいった。そして、こちら向きに坐ってお茶を飲み、十五分ばかり話をした。確かにそれは、お説教ではなかった。くだけた茶飲み話といった形で、実は自分も小学校二年生で父親を失くしたのだという。この寺の住職にも召集令状が来て、南方で戦死したらしかった。それで、今度は母親も亡くなったので、とうとう自分は一人になってしまった。それから、自分は現在は大阪市内の高校教師をしているが、いずれは寺へ戻るつもりであるというようなことを、大阪弁で話したのである。

また、先刻一緒にお経をあげた僧は、この寺の僧ではなくて、たまたま住職が体の具合を悪くして寝ているため、同宗の寺から来てもらったのだということだった。なるほどそうか、とわたしは思った。亡くなった女住職は、敗戦後、子供を抱えて婿養子を迎えたのである。それが、兄の家へ古自転車をこいで来る住職だった。しかし、その住職のことを若い僧は、父親とは呼ばないようだった。亡くなった女住職のことは、母親と呼んでいたが、義父のことは、住職としか呼ばなかったようである。

「ところでお母さん、幾つになられましたの」

と僧は、すぐ目の前の母にたずねた。

「本当に今日は、どうも有難うございました」

と母は答えた。母の声は、鼻をつまんだような、やや高い声だった。そして、ネジの切れたレコードのような調子だった。そうなったのは、博多の弟の家で倒れてからだった。痺れは手足だけでなく、口にも来ていたのである。その後ずいぶん恢復はしていた。ふだんはほとんど気にならない程になっていたと思う。それが元へ戻った形で出たのは、法事の席で緊張したためかも知れない。また、不意にたずねられたせいかも知れないと思った。

両手を突いた母の上体は、ほとんど平たくなって、畳にくっつきそうに見えた。それから母は半分程上体を起こすと、もう一度、同じ言葉を繰返した。声も調子も同じだった。わたしは、おや、と思った。僧から年をたずねられたのが、きこえなかったのだろうか。僧と母とは向い合せだった。間は、座ぶとん一枚くらいしかなかった。補聴器をつけていれば充分きこえる近さだと思った。

「母は七十三になります」

と向う側の兄が代って答えた。

「このところ耳が、だいぶ不自由になっておりますものですから」

母は、また元の恰好に戻っていた。読経の最中と同じ恰好である。わたしは母のこちら側の耳に目をやった。補聴器は見えなかった。向う側の耳かも知れないと思った。ふだん母は左側の耳に栓のような器具をつけ、細い線でつながれた小型マイクのような器具は懐に押込んでいたような気がする。わたしは、上体を折り曲げるようにしている母の、懐のあたりに目をやってみた。それから向う側の耳の方へ目を動かしてみた。母は上体を折り曲げるようにしていたのであるから、線は当然、耳から垂れていなければならないと思った。しかし、線らしきものは見えなかった。母は補聴器をつけていなかったのである。

わたしは、臍の下あたりに重ねて置かれた母の両手に目をやってみた。しかし、そこにも補聴器はなかった。母は補聴器を持って来なかったのだ、とわたしは思った。そして、あの場面を思い出した。母が、三日分の薬を一度に飲んで大騒ぎになったときのことである。医師の診察が終ると、末の妹が母の耳に補聴器の線をさし込んだ。医師は母に向って、病気が治るか治らないかを決めるのは医者の自分なのであるから、一人で勝手にもう駄目だと決めてもらっては困りますよ、と注意を与えた。妹が、母に医師への返事を催促した。母は大きく頷いて、医師に詫びをいった。どうもご迷惑をおかけして、悪うございました。しかし、そういい終るや否や、母は自分の手で補聴器の線を耳から引き抜いたのである。

あれは母の自殺だったのだと、とつぜんわたしはそう思った。一昨年の暮方近く、母が三日分の薬を一度に飲んで昏睡状態に陥った事件の真相は、結局はっきりしないままだった。はっきりしないまま、誰も話さなくなっていた。わたしも何度か思い出したが、誰にもたずねてはみなかった。そしてそのうち、実際に忘れてしまっていたようである。兄弟たちも、誰もが忘れてしまったような顔をしていた。それは母の面倒をみていた志免《しめ》の弟への思いやりでもあったと思う。なにしろ彼は、母を抱いて風呂にまで入れたのである。彼の細君は、母の下の世話までしてくれたのである。わたしはそれを、ずっとあとになってから母の手紙で知った。そして、お前にも出来るかね、といわれたような気がした。わたしは何もいえなかった。

しかし、母が死んでしまおうとした原因は、その風呂だったのではなかろうか、とわたしは思った。弟に抱かれて入る風呂は、これ一度きりにしたいと思ったのではなかろうか。わたしは母のスケッチブックを思い出した。そこに描かれた季節の花と、青鉛筆のメモを思い出した。そして、母にとってスケッチブック以外の場所は、すべて居心地の悪い場所だったのだと思った。しかし、母の手は痺れて動かなくなった。そしてとうとう、母は弟に抱かれて風呂に入ってしまったのである。弟は、遺書めいたものは何もなかったという。はじめわたしはそれを疑っていた。弟は隠しているのではないかと思ったのである。しかし、とつぜんこう思った。筆圧のかからなくなった字なぞもうわたしの字ではありません。母は勝手にそう決めてしまったのではなかろうか。一旦は何か書きかけたものを、母はどこかへ捨ててしまったのかも知れない。

帰りはちょうど真昼どきだった。わたしたちは八月のかんかん照りの中を、ぞろぞろと歩いた。

「おい、これが茨木中学だよ」

と兄がいった。

「川端康成の出た」

「ははあ」

とわたしは校門の前に立ち止った。夏休みで、校門は閉っていた。その向うに、いかにも府立の旧制中学だったらしい型通りの校舎が見えた。わたしは自殺した作家の顔を、ちらっと思い出した。

「でも、来がけには気がつかなかったな」

「来がけはお前、一つ先から曲ったたから」

「あんた、なんで阪急の帽子かぶっとるとかいね」

と末弟が博多の甥にたずねた。

「本当はライオンズなんやがね」

と高校教師の弟が答えた。

「大阪でライオンズの帽子かぶっとったら、馬鹿にさるるていうて、きかんもん」

歩きながらわたしは母の補聴器のことを思い出した。

しかし兄にはいわなかった。母にもたずねなかった。そして、昼食会場の料亭に着いたときには、忘れていた。

料亭の二階の座敷は広々としていた。裏の庭には竹林が見えた。兄の家から十分とかからない距離で、商店通りの裏側に当る場所らしかった。座敷には大テーブルが三つ並んでいた。なにしろ総勢二十四名である。母は中のテーブルの中央に、窓を背にして坐った。兄の家族がその両側に並び、わたしの家族が母の正面に並んだ。あとは家族ごとに、適当に着席したようだった。母を囲んだ一族団欒の形である。

やがて、巨大な海老の生作りの皿が運ばれて来て、母の目の前に置かれた。女たちの、ほう、という溜息がきこえた。

「これですね、特別に前から頼んどいたとですよ」

と兄嫁がいった。

「ほら、まだ髭が動きよりますでしょう」

「それじゃあ、料理も揃ったようですから、お母さんから一言挨拶してもらいましょうか」

と兄がいった。

「あ、女の方もみんな足を崩して下さい。じゃあ、お母さん、ちょっと」

「そうやね」

と母は、目の前の大海老の髭を見ているような恰好で答えた。

「そうやね、てお母さん、みんなにお礼をいいたいていいよったじゃないね」

と兄は、母の耳に片手を当てるようにしていった。母はちょっと頷いたように見えた。それから母の声がきこえた。

「今日は皆さん、本当にどうも有難うございました」

わたしは思わず下を向いた。母の声は法事のあとの挨拶と同じだったのである。調子も同じだった。せめて、座長らしく子供や孫たちを眺めまわしながらいえばよいのに、とわたしは思った。しかし母は、目の前の大海老の髭を見ているような恰好に見えた。そして、その恰好のままつけ加えた。

「それから、今日のことは、何から何まで、君子さんの骨折りのお蔭です。みんなからも、君子さんによおくお礼をいってあげて下さい」

これで母の挨拶は終った。君子さんは兄嫁のことである。確かにその通りだとわたしは思った。たとえ兄弟であっても、誰かが骨を折らなければ、もはやこうして集ることは出来なくなっているのだ、と思った。それぞれ妻や子供たちを連れて、集ることは出来ないのである。

「本当にどうも有難うございました」

という妹の声がきこえた。続いてあちこちから、同じ言葉がばらばらにきこえた。それから男たちは酒を飲みはじめた。子供たちも、がやがや騒ぎはじめた。母親たちの笑う声もきこえた。

「日本酒は止めたとかいね」

と博多から今朝着いた弟がいった。

「ああ。こうふとったからな」

とわたしはビールを飲みながら答えた。

「今日帰らにゃいかんとかいね」

「ああ」

「山の方にね」

「そうたい」

「何時の汽車？」

「三時頃じゃなかったかな」

弟一家は母のところに泊るらしい。高校教師の方は、細君の親戚のところにもう一泊するらしかった。末弟たちは夜行で東京へ帰るらしい。妹たちも夜行で博多へ帰ることにしているらしかった。みんな、ばらばらに帰るのである。帰る場所もばらばらだった。それは当然のことだった。同時にそれは不思議な気もした。しかし、細君たちにしてみれば、それは不思議でも何でもないのだろうと思った。子供たちもそれは同じかも知れなかった。

子供たちは、わたしの長男のまわりに群がって騒いでいたようである。長男の肩や背中に乗っているものもあり、テーブルの下にもぐり込んでいるもののもいたらしい。

「ウヘーッ！」

と子供の声がきこえた。高校教師の細君と、妹が子供たちの方へ立って行った。テーブルの下にもぐり込んでいた一人が物を吐いたらしかった。

「山の方には何時頃帰り着くとね」

と高校教師の弟がわたしにビールを注ぎながらいった。

「さあ、夜中じゃないかな」

「一ぺん子供ば博多に連れて来んね」

「そうやな」

「まだ、博多は知らんとやろう」

「そうやな」

「話は違うばってん、お墓のことは、どうなるとかいね」

と洋品店の弟がいった。

「どうなるとかいねいうても、もう今日は話し合いは無理ばい」

と高校教師がいった。

「大阪じゃあ、何か決らんとじゃないかいね。何か、ふらっとよそに来たごたる気持やろうが。やっぱし博多に集らんと決らんとじゃなかろうかね」

「もう今日は飲むだけたい」

「飲んだ勢で、誰かが演説でもはじめらっしゃりゃあ別やろうがな」

「そりゃあ、なかろう」

確かに、とつぜん、カラマーゾフの兄弟のようにわめきはじめるものはいないだろうと、わたしは思った。それから、一人だけ来なかった年子の弟の顔を思い出した。そして彼はアリョーシャかも知れないと思った。彼は子供のときから笑顔をほめられていた。写真でもほとんど笑顔だった。朝鮮人の大人たちからも愛される笑顔の持主だったことをわたしは思い出した。しかし、わたしはイワンではなかった。兄もドミートリイではなかった。とすると、一人だけ来なかった弟もやはりアリョーシャではないかも知れないと思った。カラマーゾフの兄弟は、あの三人の関係だった。イワンとドミートリイがいなければ、アリョーシャも存在しないのである。

わたしたち七人は、カラマーゾフの兄弟にはどこも似ていない兄弟だった。スメルジャコフもいない。まことに平凡な兄弟だと思った。料亭での宴会もまことに穏かなものだった。わたしが中座したあとも、たぶんそれは変らないだろうと思った。父の墓のことで喧嘩腰になるものもないであろう。結局は兄が優柔不断なのだと、喰ってかかるものもないであろう。実際わたしも、あんたたちがよう相談してええようにして下さい、という母の決り文句をきくと、すうっと意気込みが抜けてしまうような気がしたのである。母のあの事件についても、誰一人ほじくり返そうとするものはなかった。実際、宴会のときはわたしも忘れていたようだった。

母の顔は、巨大な海老の髭の向うに見えた。わたしは妻に時間を知らされて、中座の挨拶に立ち上った。ややうつむき加減の母は、箸を動かして何か皿の物を食べていたようである。隣の兄嫁が母の耳に何かいった。母は箸を止めて、立ち上ったわたしを見上げた。そして、ちょっと口を動かした。妻と二人の子供が母の傍へ挨拶に行った。母は上体を折り曲げてお辞儀をしていた。それから子供たちに何かいった。

「また来ますから」

とわたしはテーブル越しに、大きな声で母にいった。隣の兄嫁が母の耳に何かいった。母はちょっと頷いて、笑ったような顔になった。

わたしたちは兄と一緒に表へ出た。そして兄の家へ寄って荷物を持ち、電車で新大阪へ出た。兄とは兄の家で別れた。兄はまた宴会場へ戻らなければならないのである。新大阪から新幹線で名古屋まで行った。名古屋駅では、中央線の列車がホームに停車していた。

「助かったわ」

と座席について妻はいった。

「この暑いのにホームで三十分も待たされるんじゃあ、どうしようかと思ったわ」

名古屋発は午後五時くらいだったと思う。この線に乗るのははじめてだった。しかしわたしは、駅弁の幕の内を食べ終るや否や、眠り込んでしまったようである。昼間のビールのせいもあったと思う。目をさますと、真赤な夕焼けが見えた。車窓一面、夕焼けだった。

「どのあたりかね」

とわたしは妻にたずねた。

「木曽福島を過ぎたところ」

「中津川は？」

「もうとっくに過ぎたわよ」

「おい、木曽の夕焼けだよ」

とわたしは長男にいった。長男は、来がけに東京駅で買った小型トランジスタラジオのアンテナをいじりまわしていた。

「やっぱり、来がけにこの線が買えればよかったのよね」

と妻がいった。

「そうだな」

「折角の眺めも、もう暗くなっちゃうんだものね」

長野では、もう真暗だった。ホームでわたしは、ぶるっと身震いした。

「長野県はやっぱり寒いわね」

と妻がいった。

夜行列車はがらがらだった。乗り込んだ車輛には誰もいなかった。

「お父さん、これ昔の汽車なの？」

と長女がいった。

「いま走ってるから、いまの汽車だよ」

と長男がいった。

丈の高い背もたれのついた木製の座席だった。子供たちはそれぞれ勝手なところに席を取った。しかし、すぐにがらがらの車輛内をあちこち動きはじめた。長男は鉄棒に登りはじめた。鉄棒は車輛の前後に立っていた。長女も真似をして登りはじめた。長男は鉄棒を滑り降りて、ドアの方に行った。

「お母さん、このドア、手であくらしいよ」

「止めなさい！」

と妻の声がきこえた。荷籠を背負った女が一人、がらがらの車輛を通り抜けて行った。

「おい」

とわたしは妻に声をかけた。そして足下を指さしてみせた。

「何ですか？」

わたしはもう一度、座席の足下を指さしてみせた。真新しいチョコレートが落ちていたのである。チョコレートは大型で、赤い包装紙だった。

「お止しなさい！」

と妻はいった。

「お母さん、何？」

と長女が近寄って来た。わたしは足下の赤い大型チョコレートを指さしてみせた。

「あ、ロッテだ」

「お止しなさい！」

わたしは、とつぜん一人で笑い出した。

「え？」

「いや」

わたしは母の補聴器を思い出したのである。母は補聴器を忘れたのだろうか、とわたしは思った。それともはじめからお経やお説教などきこえない方がよいと思ったのだろうか。それで持って行かなかったのだろうか。どちらも考えられるような気がした。しかし、どちらだったとしても、母にはほとんど何もきこえなかったのである。補聴器をつけていない母の目の前で、読経は続けられたのだった。わたしは両目を固くつぶって、歯を喰いしばり、息を止めた。そうやって暫く笑いをこらえていたのである。

「お母さん、ナナいま頃どうしてるかしら」

と長女がいった。

「さあねえ」

「もう眠っちゃってるよ。離山《はなれやま》の下の犬猫病院でさ」

と長男がいった。

「今日は連れに行かないんでしょう」

「今夜はもう無理だわね」

「明日早く行くんでしょう」

「そうね」

わたしはつぶっていた両目を開き、大きく息をついた。足下に赤い大型のチョコレートが見えた。

「おい」

とわたしは妻に声をかけた。

「この汽車、どこ行きだっけ?」

「え?」

永興で乗せられた貨物列車には機関車がついていなかった。三日目に機関車が来て発車したが、どこへ行くのかわからなかった。わからないままわたしたちは、真暗い貨物列車の中に坐っていたのである。その暗闇の中に、少しうつむいた母の顔が見えた。お母さん、とわたしは母の顔にたずねた。いまわたしはどこにいるのでしょう?しかし母は黙っていた。お母さん、とわたしはもう一度たずねた。わたしはどこへ帰ろうとしているのでしょう?どこへ帰ればよいのでしょうか? わたしが帰る場所はあるのでしょうか? しかし母は相変らず少しうつむいたまま黙っていた。わたしは、おや、と思った。わたしは暗闇の中で目をこらした。母は補聴器をつけていなかったのである。わたしは慌てて、大急ぎで両目を固くつぶった。そしてもう一度歯を喰いしばり、息を止めた。

後　記

この小説は、雑誌「文体」に創刊号から五号まで連載した。季刊であるから、一年と三カ月かかったことになる。雑誌には毎回題をつけて書いたので、短篇として読まれたこともあったかと思うが、それはそれで構わないと思う。また、全体で三百枚くらいの長さであるから、長篇の部に入るか入らないのかもわからない。ただ、全体の題を何かつけようとは考えていた。「嘘のような日常」という題は、最後の五回目を書き終えたあとで決った。

この小説では、ある部分が、以前に書いたある小説の部分と、素材的に重複し、反覆されている。しかし、もちろんただの繰返しでないのは、日常との組合せ、配列、関係が変化しているからである。ズレているからである。そういうコンポジションを考えて書いた。

一冊にまとめるに当って、若干であるが訂正加筆した。その他はすべて担当の西田成夫氏のお世話になった。

昭和五十四年一月十日

後藤明生

解説 ―― 帰る場所のない人類学者 ―― 山本貴光 ――

「ほいじゃが、ほんとに人間の故郷に対する気持いうもんは、どういうんですか、特に永興みたいに行かれん故郷を持った気持いうもんは、どういえばええんですかのう」

――『行き帰り』（本書：三六九ページ）

何かその前に思い出さなければならないことがありそうな気がする。それが思い出せなかった。思い出せないために、気がかりだった。

――『夢かたり』（本書：一二四ページ）

一❖途方もない日常へ

あなたには、「ここが自分の故郷だ」と感じる場所があるだろうか。もしあるとしたら、その場所になんらかの愛着や思い出はあるだろうか。いまはその故郷にいるだろうか。それともどこか別の場所にいるだろうか。あるいは、そうした故郷を失ったことはあるだろうか。

本書に集められた三つの作品は、こう言ってよければ故郷、人が生まれ育った場所をめぐる小説である。もう少し言うなら、そうした場所についての人間の記憶をめぐる小説だ。描かれているのはもっぱら中年男性の目から見た、一見なんでもないような日常生活である。そんなふうに言えばなんだか面白くもないように思えるかもしれないけれど、さにあらず。これから述べるように主題と文体とがあいまって、ここには途方もない日常が描き出されている。

以下ではご一緒にこの三作の読みどころを眺めてみよう。これから読む人にはもちろんのこと、読み終えた人にももう一度楽しむための手がかりとなれば幸いである。あらかじめ言えば、故郷、記憶、距離がキーワードだ。

二❖作品について

まず、本書に収められた三つの作品について確認しよう。それぞれかつて次のような書名で単行本として刊行された。

- 『夢かたり』(中央公論社、一九七六年)
- 『行き帰り』(中央公論社、一九七七年)
- 『嘘のような日常』(平凡社、一九七九年)

いずれも単行本となる前に雑誌で発表されたものだ。

- 『夢かたり』――『海』(一九七五年一月号から一二月号まで連載)
- 『行き帰り』――『海』(一九七六年八月号、一九七七年七月号に掲載)
- 『嘘のような日常』――『文体』(創刊号から第五号まで連載)

また、三作品とも後に中公文庫に収められている

三❖静かな日常──現在

この三作はそれぞれ独立して読めるし、互いに関係しあった連作のようにも読める。いずれも同じ中年男性の作家とおぼしき「わたし」の視点から、その意識に映るものごと、生活の風景が書かれている。『夢かたり』によれば、「わたし」は昭和七年（一九三二年）生まれで、同作の時点で四二歳。

彼は、家族（妻と息子と娘）とともに暮らしている。どうやら物書きをしているようで、毎日会社に出勤するといったことはない。注意して読まなければ、なにもせずにぶらぶらしている人に見えなくもない。というのも、仕事についてはときおり触れられる以外、あまり表だって書かれないからだ。小説のほとんどは、彼が家族や誰かと会うなり電話や手紙を介すなりして交わす言葉や、講演や旅行でどこかへ移動して誰かと話す様子からなる。なんらかの事件が持ちあがって試行錯誤の後に解決するといったあからさまなプロットがあるわけではない。そういう意味ではとても静かな小説だ。

作中の時代は執筆された時期と重なっている。ちょっとここで留意しておきたい点がある。この三作が発表された一九七〇年代半ばにはまだ、コンピュータネットワークは普及しておらず、人びとは携帯電話もスマートフォンも持っていない。電話といえば固定電話か公衆電話だし、ネットでさっと検索というわけにもいかない。ものを調べようと思ったら、ほとんど自他の記憶や本などに頼る他はない。読者の中には携帯電話やネットがない世界を経験したことのない人もいるかと思うので記しておこう。

四❖失われた故郷──過去

そうした「現在」を中心として、「わたし」の「過去」がさまざまな形で重なってくる。

「わたし」の出身地は永興《えいこう》という。現在の北朝鮮にある町で、いまは金野《クミャ》郡と名前が変わっているようだ。彼は昭和七年（一九三二年）にそこで生まれ、小学校を卒業し、中学一年生まで過ごしている。といっても彼は朝鮮の人ではない。いや、そもそも朝鮮の人であるとはいかなることか。この辺りからはやくも話が込み入ってくる。

事情はこうだ。かつて日本は（と、急に主語が大きくなる）大日本帝国として東南アジアを侵略し植民地化した。「わたし」はそうした日本の植民地の一つであった朝鮮へ渡った両親のもとに生まれ育った。

大日本帝国は一九四五年の敗戦とともに瓦解する。永興も一夜にして日本の領土ではなくなり、ソ連軍が進駐。支配者だった日本国民は、見つかり次第収容所へ収監される敗戦国民になった。そして彼の地を逃れて日本へと引き揚げる。「わたし」もまた、こうした歴史の変転のなかで、生まれ故郷である永興を後にした一人だった。

ここで注意しておきたいのは、このような形で生まれ故郷を失ったのは、彼のようにそこで生まれた者に限られるという点だ。彼の曾祖父や両親は、あくまで移住者として日本から永興へ行き、あるいはそこで没し、あるいは日本へ帰った。彼らにとっての生まれ故郷はあくまでも日本である。また、「わたし」の子どもたちは日本で生まれ育っており、やはりその生まれ故郷は日本である。「わたし」だけが、植民地を生まれ故郷とし、それを失うという稀な経験をしている。土地としての生まれ故郷はあるとしても、祖国としての生まれ故郷は永久に失われたわけである。彼にとって引き揚げて「帰ってきた」日本での生活は異郷での暮らしである。邦人でありながら異邦人のようでもあるという状況は、おのずと「わたし」がものを見る目に影響している。

この永興での暮らしや故郷喪失というモチーフは、本書の三作に限らず、いくつもの作品で変奏されている。

五❖不如意な記憶の正確な記述

では、「わたし」のこうした故郷とその喪失はどのように描かれるのか。先にも述べたように小説は、日本に引き揚げて三〇年近くが経ち、仕事をしながら家族とともに暮らす「わたし」の現在に焦点を当てている。過去は例えばこんなふうに彼のもとを訪れる。『夢かたり』からの要約とそれに続く原文から例をお示ししよう。

あるとき、小学校三年生の長女が水疱瘡にかかった。「わたし」は風呂で自分の水疱瘡はどうだったかと考えるが「何も思い出せなかった」。彼は、自分の左腕に種痘の痕があったはずだと調べる。かつて自分が将来陸軍士官になろうと思い描いていたのを思い出す。しかし中学一年生の時に戦争が終わり望みはかなわぬままになった。そこから数日前に知人と酒場で戦争中の話をしたことを思い出す。単行本で六ページほど、やりとりの回想が続き、彼の意識は再び自分の腕にあるはずの種痘の痕探しに戻る。ついで数年来悩まされている肩こりに注意が向かう。湯船からあがってなおも風呂場で種痘の記憶をたぐる。ここから少し原文を眺めてみよう。

わたしは蛇口にゴムホースをつけて冷水を顔にかけた。それから木の台に尻を乗せて、ロダンの考える人の恰好になった。種痘の記憶は確かにあった。幾つのときかはわからなかった。場所は永興小学校だったと思う。医師は校医の山室さんだった。小学校へ上る直前だったかも知れない。わたしは上半身裸で並んでいた。山室さんはメスでわたしの左腕に×印を四つつけた。絶対に痛いといってはならない。わたしは誰からともなくそういわれていたようだった。種痘は痛くなかった。しかしわたしの左腕に種痘の痕は見当らなかった。山室さんの前に並んだのは種痘のためではなかったのだろうか。確かに山室さんの前には何度も裸で立った。年に一度は必ず身体検査があった。(本文：一四四〜一四五ページ)

一読して不明な点はない。きわめて平易な言葉と表現で書かれている。ただし、そのつもりで注意すると、ここには人間の意識に生じる現象がたいへんこまやかに描き出されている様子が見えてくる。本書の三作を読む上でも、また後藤明生の作品全体を味わう上でもポイントとなる書きぶりを少し丁寧に見ておこう。

いま読んだ文章をもう一度提示する。ただし今度は、文が進むに連れてなにが生じているのか、どのように書かれているのかという点に注目してみる。先に言えば、ここには知覚と記憶という意識の二つの状態が重なりあう様子、別の言い方をすれば目の前の現在となにかのきっかけで想起される過去の記憶とが描かれているのだ。

・現在――入浴するわたしの知覚
・過去――永興でのわたしの記憶

それぞれの文がいずれの時間について書かれているかに注意してみよう。また、それと同時に動詞（述部）にも気をつけてみよう。これらを見た目でも区別するため、**現在を太字**にし、動詞（述部）には傍線を付してみる。また、各文を区別しやすくするために番号も振ってみる。

①**わたしは蛇口にゴムホースをつけて冷水を顔にかけた。**②**それから木の台に尻を乗せて、ロダンの考える人の恰好になった。**③**種痘の記憶は確かにあった。**④幾つのときかはわからなかった。⑤場所は永興小学校だったと思う。⑥医師は校医の山室さんだった。⑦小学校へ上る直前だったかも知れない。⑧わたしは上半身裸で並んでいた。⑨山室さんはメスでわたしの左腕に×印を四つつけた。⑩絶対に痛いといってはならない。⑪わたしは誰からともなくそういわれていたようだった。⑫種痘は痛くなかった。⑬**しかしわたしの左腕に種痘の痕は見当らなかった。**⑭**山室さんの前に並んだのは種痘のためではなかったのだろうか。**⑮確かに山室さんの前には何度も裸で立った。⑯年に一度は必ず身体検査があった。

ご覧のように全部で一五の文から成る。それぞれを認識と記憶という観点から分類すればこのように分けられる。

①② 現在の行動についての認識。
③ 記憶についての認識（断定）。
④ 記憶についての認識。時間に関する記憶（不明）。
⑤ 過去の状態についての記憶（断定）。場所に関する記憶（不確か）。
⑥ 記憶についての認識。時間に関する記憶（不確か）。
⑦ 過去の行動についての記憶（断定）。
⑧⑨ 過去の状態についての記憶（不確か）。
⑩⑪ 過去の状態についての記憶（断定）。
⑫ 現在の状態についての認識。
⑬ 過去の行動についての認識（推測）。
⑭ 過去の行動と状態についての一般的な記憶（断定）。
⑮⑯

風呂場で裸の男が考える人のポーズをとっている。表情は分からない。ここに描かれているのは、その脳裏で生じる出来事だ。ご覧のように記憶は必ずしも鮮明ではない。⑥や⑧のように断定されていることもあれば、④⑤⑦のように不確かなものもある。動詞（述部）に注目したのは、「わからなかった」「だと思う」「かも知れない」「ようだった」「のだろうか」という具合に、記憶が必ずしも定かではない様子が多様に示されていることに注意したかったからだ。

種痘の施術を山室さんから受けたはず。だが自分の腕にはその痕跡がない。過去の記憶と現在の認識の辻褄が合わない。とりわけ③と⑬が整合しない。だが⑭⑮のように、何度も山室さんの前に裸で立ったのは確かだ。確かに感じられる記憶とそうではない記憶が混在している。

先ほど便宜上、「過去――永興でのわたしの記憶」と書いた。だが実際には、右の引用箇所でも分かるように、過去の記憶とは、それを思い出している現在の「わたし」の意識状態である。例えば⑦の「小学校へ上る直前だったかも知れない。」とは、過去の出来事の時間の記憶について、現在の「わたし」がどう認識しているかを記したものだ。「だったかも知れない」と感じているのはあくまでも現在の「わたし」である。

そのつもりで読むと、この三部作の至るところで、読者は「思い出せない」「はっきりしない」「わからなかった」「かも知れない」「と思う」「忘れてしまった」「覚えていない」「気もする」といった表現に遭遇するだろう。そうしたぼんやりとして、時に曖昧で、時に不正確な過去の記憶のなかに、時折鮮明に像を結ぶ記憶も現れる。気をつけたいのは、こうした永興にまつわる記憶のあり方の記述そのものは正確であるということだ。つまり、これは私たちの記憶のあり方を捉えた文章でもあるのだ。また、「わたし」は過去に対して、いつどこでどのような状況だったかを具体的かつ正確に捉えようとしていることにも注意しておきたい。だからこそ「幾つのときかはわからなかった」という確認もなされる。いうなれば「わたし」は、痕跡しか残らない過去の出来事を再現しようとする探偵のごとき目をもっているのだ。

記憶はまた別の点でも不如意なものであることを作家は的確に捉えている。これもまたそのつもりで見ると、この三作には「とつぜん」なにかを想起する場面が多々現れる。『行き帰り』から一例だけ挙げればこんな具合だ（本書：二六五ページ）。「わたし」は歯科医を訪れて待合室にいる。

近来、歯科医院が異常に混雑するのは、子供の歯列矯正熱のせいだという。何かでそんな話を読んだような気がする。妻から聞いた話だったかも知れない。待合室で順番を待ちながら、ある日のことわたしはその話を思い出した。そして自分の乱杭歯を思い、とつぜんロッキードを思い出した。
わたしが永興の田中歯科医院へ通っていた頃、ロッキードは敵の戦闘機だった。名前も形もおぼえやすい敵機だと思った。ロッキードP38は緑色だったと思う。（略）ロッキードP38の絵は何十回となく描いた。

歯科医院の待合室でとつぜん敵の戦闘機を思い出す。これは自分でそうしようと意図した記憶ではない。言うなれば身体が勝手にそのような状態をとっている。それを自覚する際、「とつぜん」思い出したと感じる。日常生活を送るなかで、自分ではそうしようと思っていないにもかかわらず、とつぜん永興時代の記憶が甦るわけである。想起のきっかけは、友人や家族との会話や知人からの電話や手紙、食べ物、場所や風景、写真や地図や本その他、いたるところにある。

このように後藤明生は、不確かだったりとつぜん思い浮かんだりする不如意で思い通りにならない記憶の現象（非意志的記憶）を見事に捉えている。仮に「わたし」が過去の出来事を、すっかり正確かつ自在に思い出せるとしたら、これらの作品は別の形になっていただろうし、これほどまで繰り返しモチーフとなることもなかっただろう。

六❖異郷の人類学者のように

最後にもう一つ、こうした出来事を記すために作家が選んだ書き方に注目しておこう。

これは私の場合だけかもしれないけれど、後藤明生の文章を読んでいると、自分がなにを読んでいるのか怪しくなってくる。もちろん本書の三作は作家自身が小説であると位置づけているし、文学作品として刊行もされている。だが仮に数百年後、そうした文脈が失われて本文だけ伝わることがあったら、果たして人はこれをなんだと思って読むだろうか。ひょっとしたらある種の報告書、ドキュメンタリーとして読まれてもおかしくはない。

そう感じさせる原因として、文章そのものに比喩表現が少ないことも挙げられるだろう。作家は「わたし」の経験を記述することに徹している。書かれることのほとんどは、「わたし」の行動と知覚と記憶の出来事である。

では、そうした経験はどのように書かれているか。読みながらすぐに気がつくのは、三作を通じて「わたし」が実に淡々としている様子だ。いや、もちろん時には苛立ったりもするのだが、故郷喪失というけっして小さくはない出来事に対して、あるいはそうした事態をもたらした敗戦という出来事については、ほとんど情緒らしい情緒の動きを見せない。例えば『嘘のような日常』にこんな場面がある。

> わたしたちは北朝鮮の永興《えいこう》という町を追放されて、有蓋《ゆうがい》貨車に詰め込まれたまま三日ばかり、鉄道線路の上を南へ北へとさまよっていた。三十八度線の近くまで行くとソ連軍に追い返され、戻って来ると今度は朝鮮人民保安隊に追い返される。その繰返しである。わたしは中学一年だった。（本書：四一五ページ）

そうしようと思えば、もっとドラマティックに、もっと情緒たっぷりに描くこともできる場面であろう。しかし実際には「追放されて」「さまよって」「追い返され」たという行動だけが記されている。そのときどう感じたかといった情緒や心理の類は書かれていない。これに続いて逃避行の様子が同じ調子で描かれる。また、民間の応召兵で歩兵中尉だった「わたし」の父が逮捕を逃れた顚末も同様に記される。ようやくその末尾に情緒らしきものが書かれている。

わたしは八月十五日の夜、元山《げんざん》中学の寄宿舎の一室で、父が捕虜になる場面を想像して、涙をこぼしそうになった。敗戦とは何か。日本とは何か。朝鮮とは何か。およそ無知であったわたしに想像出来たのは、その場面だけであった。それがわたしの敗戦というものだったのである。(本書：四一六ページ)

「敗戦」という彼らが追放され、故郷を失うことにもなった出来事そのものについては、ほとんど心を動かされた様子さえ見えない。他方で具体的な出来事として想像される父の逮捕には涙をこぼしそうになる。しかしこの情緒さえも、それ以上踏み込んだ心理描写はなく、そうした現象が生じたという報告のように書かれている。ここには書き手の出来事に対する距離が示されているようだ。そうした距離はどこから来るのか。

いかにも絵に描いたような敗戦後の場面をわたしは知らないのである。わたしは決してその場面の遠くにいたわけではなかった。むしろその真只中にいたはずだった。しかし、一歩か二歩のずれがあった。絵に描いたような混乱や醜悪の場面から、一歩か二歩はずれていた。何とももどかしい一歩か二歩のずれである。夢のようなもどかしさだった。そしてそのもどかしさは三十年間ずっと続いていたのである。(本書：『夢かたり』一〇三ページ)

彼にとって「敗戦」とは抽象的な出来事だった。また、抽象的な水準で分かったことにしなかったからこそ、それは不明の謎であり続けた。「わたし」はかつての経験を手放さず、繰り返し考え続けた。では、具体的な追放と故郷喪失についてはどうか。『行き帰り』ではこう述べられている。

〔かつて永興で同級生だった友人に再会できないとしても〕そのことを特に悲しむ気持もなかった。何か不当なことだとも思わなかった。戦争に負けた以上、止むを得ないだろう。永興が消滅した以上、仕方のないことだった。引揚者である以上、当然の運命だろうと思った。小学校の同級生が一人もいなくなることだってあり得るだろう。そういうことは、これまでの日本人にとっては、甚だ稀なことかも知れない。

あるいは前例はなかったかも知れない。だとすれば自分がたまたま、最初にそういう実例になったのである。そして、そうであることも止むを得ないと思った。(本書：三二〇ページ)

自分の運命を嘆き悲しむでもなく、ましてや恨むでもなく、ただそういうことであるという態度だ。ほとんどストア派の哲学者、自分に制御しえないことについては無用な心配などせずに放っておけと言った賢者エピクテートスを思わせるような達観である。

だがここには謎もある。一見冷静で達観している「わたし」は、それでもなおこれだけの言葉を費やして失われた故郷について繰り返し語っている。作家はなぜ繰り返し永興での生活と故郷喪失について書いたのか。

すでに見てきたように、彼は汲み尽くせぬ不如意な記憶を使って、あれはいったいどのような経験だったのかを記述しようとした。これはそのまま歴史記述の困難でもある。つまり、確かになにかが生じたとしても、それをすべて丸ごと記憶し、記述する術を私たちは持っていない。それでもできるのは、より適切な証拠を集め、それを用いてより正確な記述を目指すことだ。歴史は常にそのつどの現在から照射しなおされ、記述しなおされる。この作業に終わりがないのと同じように、原理的にいえば後藤明生の試みにも「これでよし」という終わりはあるはずもなかった。

だからこそ作家は、本書の三作品をはじめさまざまな機会を捉えて、記憶をよりよく捉え、過去を記述するための方法を探究したのではあるまいか。実際、そうした目で見ると、本書にも「わたし」の脳裏で生じる意識の動きはもちろんのこと、夢での出来事、目の前にいる人びとの話しぶり、電話から聞こえる誰かの声、もらった手紙の文面、録音テープから聞こえる音声、目にした写真に写るもの、記憶に残る誰かの言葉、自分がメモに書きつけつつあることなど、実に多様な書き方が試されている様子が目に入る。

すでに見てきたように、「わたし」は分かることと分からないこと、覚えていることと覚えていないことの違いを疎かにしない。また情緒に流されることなく、出来事をさまざまな道具で観察しているかのようだ。なぜ観察が必要なのか。故郷を持たない異邦人としての邦人、異郷で生きる者は、傍からはそう見えないとしても、自分が何者であるかを考えずにはいられない。後藤明生は、どこでもないどこかにいる者、ノーウェアマンとしてこの世界や過去を見て、帰る場所のない人類学者のようにそれを報告し続けたのだ。

（やまもと・たかみつ／文筆家・ゲーム作家）

書き下ろし：二〇一八年二月

底本・初出一覧

❖『夢かたり』――底本　文庫『夢かたり』

初出

夢かたり……………………「海」一九七五（昭和五〇）年一月号
鼻……………………………「海」一九七五（昭和五〇）年二月号
虹……………………………「海」一九七五（昭和五〇）年三月号
南山…………………………「海」一九七五（昭和五〇）年四月号
煙……………………………「海」一九七五（昭和五〇）年五月号
高崎行………………………「海」一九七五（昭和五〇）年六月号
君と僕………………………「海」一九七五（昭和五〇）年七月号
ナオナラ……………………「海」一九七五（昭和五〇）年八月号
従姉…………………………「海」一九七五（昭和五〇）年九月号
二十万分の一………………「海」一九七五（昭和五〇）年一〇月号
片恋…………………………「海」一九七五（昭和五〇）年一一月号
鞍馬天狗……………………「海」一九七五（昭和五〇）年一二月号

単行本

『夢かたり』（中央公論社・一九七六年三月二五日刊）

文庫

『夢かたり』（中央公論社・一九七八年七月一〇日刊）

❖『行き帰り』——底本 文庫『行き帰り』

初出

「習志野」（「行き帰り」に改題）……「海」一九七六（昭和五一）年八月号

「行き帰り」……「海」一九七七（昭和五二）年七月号

単行本

『行き帰り』（中央公論社・一九七七年七月二五日刊）

文庫

『行き帰り』（中央公論社・一九八〇年一月一〇日刊）

❖『嘘のような日常』——底本 単行本・文庫『嘘のような日常』

初出

大阪土産……季刊「文体」一号（一九七七年九月）

三十三回目の夏……季刊「文体」二号（一九七七年一二月）

法事前の数日……季刊「文体」三号（一九七八年三月）

花山里……季刊「文体」四号（一九七八年六月）

夜に帰る……季刊「文体」五号（一九七八年九月）

単行本

『嘘のような日常』（平凡社・一九七九年二月一五日刊）

文庫

『嘘のような日常』（中央公論社・一九八二年一〇月一〇日刊）

❖著者

後藤明生――ごとう・めいせい（一九三二年四月四日〜一九九九年八月二日）

一九三二年四月四日、朝鮮咸鏡南道永興郡永興邑（現在の北朝鮮）に生まれる。旧制中学一年（十三歳）で敗戦を迎え、「三十八度線」を超えて福岡県朝倉郡甘木町（現在の朝倉市）に引揚げるが、その間に父と祖母を亡くす。引揚げ後は旧制福岡県立朝倉中学校（四八年に学制改革で朝倉高等学校に）に転入。当初は硬式野球に熱中するが、その後、「文学」に目覚め、海外文学から戦後日本文学までを濫読。高校卒業後、東京外国語大学ロシア語科を受験するも不合格。浪人時代は『外套』『鼻』などを耽読し、本人いわく「ゴーゴリ病」に罹ったという。五三年、早稲田大学第二文学部ロシア文学科に入学。在学中の五五年、「赤と黒の記憶」が第四回・全国学生小説コンクールに入選し、「文藝」に掲載。卒業後、一年間の就職浪人（福岡の兄の家に居候しながら『ドフトエフスキー全集』などを読み漁る）を経て、学生時代の先輩の紹介で博報堂に入社。翌年、平凡出版（現在のマガジンハウス）に転職。六二年、小説「関係」が第一回・文藝賞・中短篇部門佳作として「文藝」復刊号に掲載。六七年、小説「人間の病気」が芥川賞候補となり、その後も「S温泉からの報告」「私的生活」「笑い地獄」が同賞の候補となるが、いずれも受賞を逃す。六八年三月、平凡出版を退社し執筆活動に専念。七三年に書き下ろした長編小説『挾み撃ち』が柄谷行人や蓮實重彥らに高く評価され注目を集める。また、古井由吉、坂上弘、黒井千次、阿部昭らとともに「内向の世代」の作家と称されるようになる。七七年に『夢かたり』で平林たい子文学賞、八一年に『吉野大夫』で谷崎潤一郎賞、九〇年に『首塚の上のアドバルーン』で芸術選奨文部大臣賞を受賞。そのほかに『笑い地獄』『関係』『円と楕円の世界』『四十歳のオブローモフ』『小説――いかに読み、いかに書くか』『蜂アカデミーへの報告』『カフカの迷宮――悪夢の方法』『しんとく問答』『小説の快楽』『この人を見よ』など著書多数。八九年、近畿大学文芸学部の設立にあたり教授に就任。九三年より同学部長を務め後進の育成に尽力。小説の実作者でありながら理論家でもあり、「なぜ小説を書くのか？　それは小説を読んだからだ」という理念に基づく、「読むこと」と「書くこと」は千円札の裏表のように表裏一体であるという「千円札文学論」などを提唱。九九年八月二日、逝去。享年六十七。二〇一三年より後藤の長女で著作権継承者が主宰する電子書籍レーベール「アーリーバード・ブックス」が設立され、これまでに三〇作品を超える長篇小説・短篇小説・評論の電子版がリリースされている。

後藤明生「アーリーバード・ブックス」公式ホームページ：http://www.gotoumeisei.jp

検印廃止

引揚小説三部作　「夢かたり」「行き帰り」「嘘のような日常」

2018年3月10日　初版印刷
2018年4月4日　第1版第1刷発行

著者❖後藤明生

発行者❖塚田眞周博
発行所❖つかだま書房
〒176-0012 東京都練馬区豊玉北1-9-2-605（東京編集室）
TEL 090-9134-2145／FAX 03-3992-3892
E-MAIL tsukadama.shobo@gmail.com
HP http://www.tsukadama.net

印刷製本❖中央精版印刷株式会社

ISBN978-4-908624-04-9 C0093

❖絶賛発売中❖

アミダクジ式ゴトウメイセイ 対談篇

後藤明生

アーリーバード・ブックス❖編

「名著」かつ「迷著」として知られる『挟み撃ち』の著者であり、稀代の理論家でもあった後藤明生が、「敗戦」「引揚体験」「笑い」「文体」「小説の方法」「日本近代文学の起源」などについて、アミダクジ式に話題を脱線させながら饒舌に語り尽くす初の対談集。

ISBN978-4-908624-00-1 C0093
定価：本体3,800円＋税

- ❖ **文学における原体験と方法** | 1996年 | ×五木寛之
- ❖ **追分書下ろし暮し** | 1974年 | ×三浦哲郎
- ❖ **父たる術とは** | 1974年 | ×黒井千次
- ❖ **新聞小説『めぐり逢い』と連作小説をめぐって** | 1976年 | ×三浦哲郎
- ❖ **「厄介」な世代——昭和一ケタ作家の問題点** | 1976年 | ×岡松和夫
- ❖ **失われた喜劇を求めて** | 1977年 | ×山口昌男
- ❖ **文芸同人誌「文体」をめぐって** | 1977年 | ×秋山駿
- ❖ **ロシア文明の再点検** | 1980年 | ×江川卓
- ❖ **〝女〟をめぐって** | 1981年 | ×三枝和子
- ❖ **「十二月八日」に映る内向と自閉の状況** | 1982年 | ×三浦雅士
- ❖ **何がおかしいの？——方法としての「笑い」** | 1984年 | ×別役実
- ❖ **文学は「隠し味」ですか？** | 1984年 | ×小島信夫
- ❖ **チェーホフは「青春文学」ではない** | 1987年 | ×松下裕
- ❖ **後藤明生と『首塚の上のアドバルーン』** | 1989年 | ×富岡幸一郎
- ❖ **小説のディスクール** | 1990年 | ×蓮實重彦
- ❖ **疾走するモダン——横光利一往還** | 1990年 | ×菅野昭正
- ❖ **谷崎潤一郎を解錠する** | 1991年 | ×渡部直己
- ❖ **文学教育の現場から** | 1992年 | ×三浦清宏
- ❖ **文学の志** | 1993年 | ×柄谷行人
- ❖ **親としての「内向の世代」** | 1993年 | ×島田雅彦
- ❖ **小説のトポロジー** | 1995年 | ×菅野昭正
- ❖ **現代日本文学の可能性——小説の方法意識について** | 1997年 | ×佐伯彰一

『壁の中』

後藤明生

作者解読❖多和田葉子／作品解読❖坪内祐三

日本戦後文学史の中に埋没してしまった「ポストモダン小説」の怪作が
読みやすくなった新たな組版による新装幀、
かつ【普及版】と【愛蔵版】の2バージョンで甦る！

新装愛蔵版

【新装普及版】

造本／A5判・並製・PUR製本・本文680頁

ISBN978-4-908624-02-5 C0093

定価：本体3700円＋税

【新装愛蔵版】

造本／A5判・上製・角背・PUR製本・本文680頁・貼函入り

ISBN978-4-908624-03-2 C0093

定価：本体12000円＋税

愛蔵版特典①　奥付に著者が生前に愛用した落款による検印入り

愛蔵版特典②　代表作の生原稿のレプリカなどによる写真集を同梱